Elizabeth Peters

Im Schatten des Todes
Der Fluch des Pharaonengrabes

Zwei Ägyptenkrimis in einem Band

Aus dem Englischen von
Leni Sobez
Karin Dufner und Bernhard Jendricke

W0351586

Ullstein

Besuchen Sie uns im Internet:
www.ullstein-taschenbuch.de

Umwelthinweis:
Dieses Buch wurde auf chlor- und säurefreiem Papier gedruckt.

Ungekürzte Ausgabe im Ullstein Taschenbuch
Sonderausgabe Januar 2008
© für die deutsche Ausgabe Ullstein Buchverlage GmbH, Berlin 2008
Im Schatten des Todes:
© 2000 für die deutsche Ausgabe
by Econ Ullstein List Verlag GmbH & Co. KG, München
© 1995 für die deutsche Ausgabe by Econ Verlag, Düsseldorf
© 1975 by Elizabeth Peters, published by Arrangement with Author
Titel der amerikanischen Originalausgabe: *Crocodile on the Sandbank*
Übersetzung: Leni Sobez
© der deutschen Übersetzung by Wilhelm Heyne Verlag & Co. KG, München
Der Fluch des Pharaonengrabes:
© 2000 für die deutsche Ausgabe
by Econ Ullstein List Verlag GmbH & Co. KG, München
© 1999 by Verlagshaus Goethestraße GmbH & Co. KG, München
© 1994 by Econ Verlag, Düsseldorf und München
© 1981 by Elizabeth Peters, published by Arrangement with Author
Titel der amerikanischen Originalausgabe: *The Curse of the Pharaohs*
Übersetzung: Karin Dufner und Bernhard Jendricke
Umschlaggestaltung: HildenDesign, München
Titelabbildung: Käfer: © Nathan B Dappen/shutterstock
Satz: KompetenzCenter, Mönchengladbach
Gesetzt aus der Sabon
Druck und Bindearbeiten: Ebner & Spiegel, Ulm
Printed in Germany
ISBN 978-3-548-26820-0

IM SCHATTEN DES TODES

Bemerkungen der Autorin

Obwohl die Hauptpersonen reine Fantasiegestalten sind, erscheinen kurz auch einige historische Figuren. Maspero, Brugsch und Grebaut waren in den achtziger Jahren des vorigen Jahrhunderts ausgezeichnete Kenner ägyptischer Antiquitäten, und William Flinders Petrie begann seine große Karriere in Ägyptologie um die gleiche Zeit. Petrie war auch der erste Archäologe von Beruf, der in Tell el Amarna grub, und ich habe mir die Freiheit genommen, meinen fiktiven Archäologen einige seiner Entdeckungen und auch seine fortschrittlichen Ideen über Methodologie zuzuschreiben. Die Behandlung des bemalten Pflasters ist zum Beispiel die, welche Petrie selbst beschrieben hat.

Im übrigen versuchte ich, Land und Leute und den Stand der archäologischen Forschung des späten neunzehnten Jahrhunderts möglichst genau zu beschreiben. Die Einzelheiten dazu entnahm ich zeitgenössischen Reisebüchern. In der Wiedergabe der Orts- und Pharaonennamen bediente ich mich der damals üblichen Schreibweise; so hieß der ketzerische Pharao früher *Khuenaten,* doch moderne Wissenschaftler wählen die Schreibweise *Akhenaten,* und *Usertsen* ist der moderne *Senusert.*

1. Kapitel

Evelyn Barton-Forbes sah ich zum erstenmal in Rom. Unser Zusammentreffen war Zufall, wenn auch ein sehr glücklicher. Ich hatte ja immer genug Energien für zwei.

An jenem Morgen hatte ich ziemlich gereizt mein Hotel verlassen. Alle meine Pläne waren schiefgegangen, und das bin ich nun einmal nicht gewöhnt. Mein kleiner italienischer Führer spürte meine schlechte Laune und trottete schweigend hinter mir drein. Sonst redete er ununterbrochen. Aus einer ganzen Schar von Jungen, die sich Fremden als Führer und Dolmetscher anboten, hatte ich ihn deshalb ausgewählt, weil er etwas weniger schurkisch aussah als die anderen.

Ich kannte diese Burschen genau, die ihre Arbeitgeber bedenkenlos ausnützten und betrogen, doch ich dachte nicht daran, auch deren Opfer zu werden. Das hatte ich Piero bald klargemacht. Ich kaufte Seide und handelte so erbarmungslos mit dem Ladenbesitzer, daß Pieros Provision auf ein Minimum zusammenschmolz. Darüber beklagte er sich in seiner Muttersprache bei dem Kaufmann und äußerte sich dabei abfällig über meine Manieren und mein Aussehen. Ich ließ ihn eine Weile reden und machte dann eine Bemerkung über seine Manieren. Ich spreche und verstehe Italienisch nämlich ganz gut. Danach kam ich mit Piero wunderbar zurecht. Ich beschäftigte ihn ja nicht, weil ich einen Dolmetscher brauchte, sondern damit er Botengänge für mich erledigte und meine Pakete trug.

Meine Sprachkenntnisse und die Mittel für Auslandsreisen stammten von meinem Vater, der Wissenschaftler war und ein Antiquariat hatte. In der kleinen Provinzstadt, in der er zu leben vorzog, gab es wenig Abwechslung, und so studierte er immer weiter. Ich habe einiges Talent für Sprachen, egal ob tot oder lebendig. Papa mochte sie lieber tot. Die Vergangenheit war seine Leidenschaft, und gelegentlich tauchte er daraus auch für kurze Zeit auf. Dann blinzelte er und stellte fest, daß ich, seit er mich zum letztenmal bemerkt hatte, ein ganzes Stück gewachsen war.

Wir kamen wunderbar miteinander zurecht. Meine sechs älteren Brüder hatten nichts übrig für Vaters Studien. Sie waren erfolgreich als Kaufleute und in anderen Berufen, und so war eben ich die kleine Sonne der letzten Jahre meines Vaters. Mir gefiel dieses Leben, denn es gab mir Gelegenheit, meine wissenschaftlichen Neigungen zu entwickeln. Da mein Vater nichts übrig hatte für die praktischen Seiten des Lebens, blieben sie mir überlassen, und ich schacherte recht erfolgreich mit dem Bäcker und dem Fleischer. Nach Mr. Hodgkins, dem Fleischer, hatte ich mit Piero keine große Mühe.

Später starb mein Vater; um genau zu sein: er schrumpfte immer mehr zusammen und vertrocknete völlig. Ein naseweises Hausmädchen behauptete, er sei schon volle zwei Tage tot gewesen, ehe es jemand bemerkte, doch das ist eine schamlose Übertreibung. Richtig ist, daß er irgendwann im Laufe der fünf Stunden, die ich in seinem Studierzimmer verbrachte, sanft entschlafen ist. Er saß in seinem Ohrenbackensessel und schien nachzudenken, doch als ich, einer Ahnung folgend, zu ihm trat, schauten mich seine Augen mit genau dem gleichen fragenden Blick an wie immer. Ich meine, das ist eine sehr gemütliche und schöne Art, zu sterben.

Niemand war erstaunt, daß er seinen Besitz mir vermachte, denn ich war das einzige seiner Kinder ohne eigenes Einkommen. Meine Brüder hatten nichts dagegen einzuwenden, wie sie auch die treuen Dienste akzeptiert hatten, die ich meinem Vater leistete. Sie explodierten auch nicht, als sie erfuhren, daß dieses Vermögen eine halbe Million Pfund betrug. Sie waren eben dem Irrtum unterlegen, daß ein Gelehrter unbedingt auch ein Narr sei. An Debatten mit dem Fleischer war mein Vater zwar nie interessiert, um so mehr aber an guten Geldanlagen, und da war er ebenso beharrlich wie in seinen Studien. Also starb er zur allgemeinen Überraschung als reicher Mann.

Als dies dann bekannt wurde, drohte mein ältester Bruder James zwar damit, daß er das Testament anfechten werde, doch das redete ihm Papas Anwalt, der ausgezeichnete Mr. Fletcher, ziemlich leicht aus. Dann kamen unzählige Nichten und Neffen, die in den Jahren vorher durch Abwesenheit geglänzt hatten; sie luden mich ein, doch bei ihnen zu wohnen, und warnten mich vor Mitgiftjägern.

Warnungen waren unnötig. Mit meinen damals zweiunddreißig Jahren hatte ich noch nie einen Heiratsantrag erhalten und war eine alte Jungfer. Das wußte ich, doch es machte mir nichts aus. Auch über mein Aussehen machte ich mir noch nie Illusionen, ich bin ja schließlich kein Dummkopf.

Gewisse Gentlemen und meine Verwandten ermunterte ich sogar noch zu Besuchen, weil sie mich amüsierten – bis ich bemerkte, daß ich zynisch wurde. Deshalb beschloß ich, auf Reisen zu gehen, denn das wollte ich schon immer tun, und vor allem jene Länder besuchen, mit denen sich Vater beschäftigt hatte, wie Griechenland, Rom, Babylon und das hunderttorige Theben.

Als ich meinen Entschluß gefaßt hatte, brauchte ich nicht mehr viel Zeit für die Vorbereitungen. Mr. Fletcher machte mir schnell noch einen Heiratsantrag, den ich genauso humorig ablehnte, wie er vorgetragen worden war. »Ich dachte, es sei einen Versuch wert«, meinte er dazu trocken. »Miß Amelia«, fügte er hinzu, »ich frage Sie jetzt als Ihr Anwalt: Haben Sie die Absicht, jemals zu heiraten?«

»Nein«, antwortete ich. »Grundsätzlich habe ich einiges gegen die Ehe. Für einige Frauen mag sie recht gut sein, denn was sollten diese armen Dinger sonst tun? Warum sollte sich aber eine unabhängige und intelligente Frauensperson den Launen eines tyrannischen Ehemannes unterwerfen? Ich versichere Ihnen, ich habe noch nie einen Mann kennengelernt, der so vernünftig gewesen wäre wie ich selbst.«

»Das kann ich Ihnen durchaus glauben«, meinte er. Und dann platzte er heraus: »Warum ziehen Sie sich aber so entsetzlich an? Um Bewerber abzuschrecken?«

»Aber, Mr. Fletcher!« protestierte ich. »Meine Kleider passen genau für das Leben, das ich führe. Die gegenwärtige Mode ist für eine aktive Person völlig ungeeignet. Diese engen Humpelröcke und die Schnürmieder, in denen man nicht einmal atmen kann ... Und die Turnüre! Die ist doch völlig idiotisch! Ich trage sie nur deshalb, weil man ein Kleid ohne Turnüre heutzutage nicht gemacht bekommt. Ich kann aber wenigstens auf dezenten Stoffen und einem Minimum an Kinkerlitzchen bestehen. In roter Seide mit Spitzchen und Rüschchen und Troddelchen käme ich mir närrisch vor.«

»Trotzdem dachte ich immer, Sie würden in roter Seide mit Spitzchen und Rüschchen recht hübsch aussehen«, antwortete Mr. Fletcher lächelnd.

Meine gute Laune war gerettet, doch ich schüttelte den Kopf. »Geben Sie's auf, Mr. Fletcher. Mir können Sie nicht schmeicheln, denn ich kenne die Liste meiner Fehler viel zu genau. An einigen Stellen bin ich zu mager, an anderen zu füllig, meine Nase ist zu lang, mein Mund zu groß, mein Kinn ist zu männlich. Blasse Haut und rabenschwarzes Haar sind im Moment unmodern, und meine grauen Augen unter den dichten Brauen jagen den Leuten Angst und Schrecken ein, denn vor Güte strahlen sie selten. Können wir jetzt zu den Geschäften übergehen?«

Ich folgte seinem Rat und machte mein Testament, wenn ich auch noch lange nicht die Absicht hatte, zu sterben; es ist jedoch immer mit einem gewissen Risiko verbunden, in ungesunde Gegenden zu reisen. Mein ganzes Vermögen vermachte ich dem Britischen Museum, in dem Papa so viele glückliche Stunden verbracht hatte.

Schließlich suchte ich mir noch eine Reisegefährtin, weil ich einsam war, nicht weil ich es unschicklich gefunden hätte, allein zu reisen. Immer hatte ich für Papa gesorgt, und ich brauchte auch jetzt einen Menschen, für den ich sorgen konnte. Miß Pritchett war ein paar Jahre älter als ich, kleidete und benahm sich jedoch so, als sei sie wesentlich jünger. Allerdings sahen die Rüschchen und Spitzchen an ihrem Knochengerüst recht grotesk aus, und ihre Stimme klang sehr schrill. Sie war ungeschickt, einfältig und neigte zu Ohnmachts- und Schwächeanfällen, oder sie gefiel sich darin, sobald sich eine Gelegenheit dazu ergab. Ich hatte ganz schön zu tun, wenn ich sie durch die Straßen Kairos und die Wüsten Palästinas schleifen wollte.

Kaum hatten wir jedoch Rom erreicht, als sie an einem Typhusfieber erkrankte. Sie kam zwar durch, aber ich mußte meine Reise nach Kairo um zwei Wochen verschieben. Da sie eine lange Erholungszeit benötigte, schickte ich sie nach England zurück und übergab sie der Obhut eines Geistlichen und seiner Frau, die gerade Rom verließen. Ihr Gehalt wollte ich ihr bezahlen, bis sie einen neuen Posten fände. Sie versuchte, als sie sich verabschiedete, weinend meine Hand zu küssen.

Meine Pläne waren also durchkreuzt, und ich fühlte mich schlechter Laune. Meine ganzen Vorbereitungen hatten zwei Personen gegolten. Sollte ich mir eine neue Gefährtin suchen oder die Reise einsam antreten? Darüber dachte ich nach, als ich der trostlosen Kuhweide einen Besuch abstattete, die einstmals das historische Forum von Rom gewesen war.

Es war ein unfreundlicher Dezembernachmittag. Piero sah trotz der von mir gekauften Jacke wie ein frierender, geschorener Pudel aus. Die umgestürzten Säulen waren von braunem, dürrem Unkraut überwuchert. Ich las ein paar gemeißelte Inschriften und stellte den Ort fest, wo Cäsar überfallen wurde; damit war ich zufrieden und setzte mich zu kurzer Rast auf einen Säulenstumpf.

Von Piero ließ ich mir den heißen Tee geben, den die Hotelküche zusammen mit einem kleinen Imbiß für mich vorbereitet hatte. Während ich meinen Tee trank und Piero im Korb nach etwas Besserem kramte, bemerkte ich in der Nähe einen Menschenauflauf und schickte Piero zum Nachschauen, was es dort gebe. Viele Fremde, berichtete er wenig später, seien um eine junge englische Dame versammelt, die am Boden liege. Was konnte eine solche junge Dame auch anderes sein als Engländerin? Und sie sei ganz gewiß tot, weil sie sich nicht rühre.

Nun, Engländerin oder nicht, ich zweifelte, daß sie tot sei. Piero liebte als Römer das Dramatische ein wenig zu sehr, und von den vielen Fremden schien niemand etwas für die junge Dame zu tun. Also ging ich hin, schob energisch mit meinem kräftigen Sonnenschirm einige Gentlemen zur Seite und stand endlich neben der jungen Dame. Sie sah erbarmenswert aus, und niemand hatte auch nur einen Finger für sie gerührt.

Ich kniete neben ihr nieder, setzte mich auf die Fersen und bettete den Kopf des Mädchens auf meine Knie. Es tat mir unendlich leid, daß ich keinen Mantel oder Umhang trug, doch das ließ sich leicht ändern.

»Ich brauche Ihren Mantel, Sir«, sagte ich zum nächsten Herrn. Er war dick, rundgesichtig und hatte viele Lagen Fett, die ihn warm hielten. Vorher hatte er mit seinem Goldgriffspazierstock nach dem Mädchen gestochert, um zu sehen, ob sich das arme Ding noch rühre. Das mußte er mir jetzt büßen.

»Was wollen Sie von mir?« knurrte er.

»Ihren Mantel, Sir«, erwiderte ich ungeduldig. »Sofort ziehen Sie ihn aus. Aber schnell!« Das sagte ich nicht sehr leise; sein Gesicht wurde immer röter, als er seinen Mantel langsam auszog. Das Mädchen war, wovon ich mich überzeugt hatte, nicht tot, sondern nur ohnmächtig. Nun hüllte ich das arme Ding in den warmen Mantel ein und musterte es dabei. Da ich selbst recht unscheinbar bin, liebe ich Schönheit über alles, und dieses Mädchen konnte ich nur bewundern.

Natürlich konnte sie nur Engländerin sein, denn so makellose weiße Haut und so blaßgoldenes Haar sind bei keiner anderen Nation zu finden. Ihre Wimpern waren einige Schattierungen dunkler als ihr Haar und ungewöhnlich lang. Für die winterliche Kälte war sie mit einem Sommerkleid und einem dünnen Mantel sehr dürftig gekleidet. Alles sah recht abgetragen aus, mußte früher aber ziemlich teuer gewesen sein und zeugte von bestem Geschmack. Die Handschuhe an ihren zarten Händen waren sauber gestopft. Das Mädchen bot einen armseligen Anblick, schien jedoch von bester Abkunft zu sein und mußte wohl unter Hunger und Kälte leiden.

Da flatterten plötzlich die dunklen Wimpern, die Lider hoben sich und enthüllten Augen von einem sehr dunklen, wundervollen Blau. Als sie mich erfaßten, kam etwas Rot in ihre Wangen, und das Mädchen versuchte, sich aufzusetzen.

»Bleiben Sie ruhig liegen«, mahnte ich und drückte sie zurück. »Sie waren ohnmächtig und sind noch schwach. Ich habe einen Imbiß bei mir. Wenn Sie etwas zu sich genommen haben, sehen wir weiter.«

Sie versuchte zu protestieren, und die starrenden Gaffer machten sie sehr verlegen. Ich befahl den Leuten also zu verschwinden. Von dem Herrn, dessen Mantel ich gefordert hatte, ließ ich mir seine Hoteladresse geben. Ich versprach ihm, den Mantel bis zum Abend zurückzuschicken. »Eine Person von Ihrem Umfang sollte auf keinen Fall so schwere Kleidungsstücke tragen«, mahnte ich ihn noch.

Die Dame neben ihm, die auch so dick war, empörte sich. »Wie können Sie es wagen, so etwas zu sagen! Das ist unerhört!«

»Sicher ist das unerhört«, gab ich ihr recht. »Ich verspreche Ihnen jedoch, Madam, keinen Versuch zu machen, Ihnen christliche Gefühle beizubringen, denn das wäre vergeblich. Am besten ist es also, wenn Sie mit diesem dicken Mann hier schnellstens verschwinden.«

Ich hatte inzwischen dem Mädchen ein paar Happen aus dem Korb zu essen gegeben. Sie hatte Hunger, das sah man, doch sie aß sehr langsam und wohlerzogen. Also war sie eine Dame, wie ich vermutet hatte. Sie trank den Rest des Tees und aß ein Stück Brot, und nun konnte ich sie mit Pieros Hilfe in einen Wagen setzen, der uns zu meinem Hotel brachte. Der herbeigerufene Arzt bestätigte meine Diagnose. Die junge Dame leide an keiner Krankheit, sondern an Hunger und Kälte, erhole sich aber schnell.

In meinem Kopf formte sich schon ein Plan, und ich kam auch bald zu einem Entschluß. Das Mädchen sah wohl sehr zierlich aus, dennoch mußte es von sehr kräftiger Konstitution sein. Sie schien weder Freunde noch Verwandte zu haben, die sie vor einem so desolaten Zustand hätten bewahren können, doch dem konnte man ja schließlich abhelfen. Ich sagte ihr also, was ich zu tun gedachte.

Sie saß im Bett. Travers, meine Dienerin, gab ihr Suppe ein. Beiden schien dies keinen Spaß zu machen. Travers ist eine rundliche Person mit einem freundlichen Gesicht und der Seele einer alten Jungfer. Da ich es nicht dulde, wenn sich jemand über das, was ich tue, beklagt, trug sie eine gekränkte Miene zur Schau. Nur so konnte sie ihre Gefühle ausdrücken.

»Das genügt jetzt, Travers«, sagte ich. »Du kannst gehen. Aber mach die Tür ordentlich hinter dir zu.«

Als wir allein waren, musterte ich meinen Schützling und war mit dem, was ich sah, durchaus zufrieden. Das Flanellnachthemd war viel zu groß für das zierliche Persönchen. Sie brauchte Kleider, und es mußten hübsche, nette Sachen sein, also von der Art, die ich nie hatte tragen können. In Blaßgrün, Rosa und Lavendel mußte sie entzückend aussehen. Wie hatte dieses Mädchen nur in einen so trostlosen Zustand geraten können? Sie bemerkte, daß ich sie musterte und senkte die Augen, doch dann sprach sie; ihre Stimme klang wie die einer wohlerzogenen jungen Dame, und die Worte verstand sie ausgezeichnet zu wählen.

»Ich bin Ihnen zu unbeschreiblichem Dank verpflichtet, aber seien Sie versichert, Maiam, daß ich Ihr gutes Herz nicht ausnützen werde. Ich habe mich jetzt erholt. Wenn Sie Ihre Magd anweisen, mir meine Kleider zu bringen, werde ich Sie sofort von meiner Anwesenheit befreien.«

»Ihre Kleider ließ ich wegwerfen«, antwortete ich. »Die Mühe des Waschens und Bügelns lohnte sich nicht mehr. Sie müssen sowieso bis morgen im Bett bleiben. Morgen lasse ich eine Näherin kommen. Am nächsten Freitag geht ein Schiff nach Alexandria. Eine Woche müßte genügen. Sie werden einiges einkaufen müssen. Wenn Sie mir sagen, wo Sie wohnen, lasse ich Ihre Sachen holen.«

Ihr Gesicht drückte die verschiedensten Gefühle aus; erst Empörung, dann Mißtrauen, schließlich Entsetzen. Da sie mich nur offenen Mundes anstarrte, fuhr ich ziemlich ungeduldig fort: »Ich nehme Sie als Reisegefährtin mit nach Ägypten. Miß Pritchett wurde krank. Ihr wollte ich zehn Pfund jährlich bezahlen. Natürlich werde ich Sie für die Reise ausstatten. In einem Flanellnachthemd können Sie schließlich nicht auf Reisen gehen.«

»Nein«, gab das Mädchen zu, »aber ... «

»Ich bin Amelia Peabody, eine alte Jungfer, unabhängig und reise zu meinem Vergnügen. Wollen Sie sonst noch etwas wissen?«

»Nein, ich weiß alles«, antwortete das Mädchen ruhig. »Ich war nicht ganz ohnmächtig, als Sie zu meiner Rettung kamen, und erkenne Herzensgüte auf den ersten Blick. Aber, meine liebe Miß Peabody, Sie wissen nichts über mich. Ich könnte ja vielleicht ... kriminell oder haltlos sein.«

»Nein, nein«, wehrte ich ab. »Ich treffe zwar meine Entschlüsse sehr rasch, doch niemand kann mir Dummheit vorwerfen. Ich denke nur schneller und gründlicher als die meisten Leute und habe Menschenkenntnis.«

Der Mund des Mädchens zitterte, und an einem Mundwinkel erschien ein Grübchen. »Ich bin nicht das, was Sie denken«, sagte sie leise, »doch ich bin Ihnen meine Geschichte schuldig. Habe ich sie erzählt, so werden Sie alles Recht haben, mich hinauszuwerfen.«

»Na, dann fangen Sie an. Ich werde sie dann schon beurteilen.«

Das Mädchen begann zu sprechen:

»Ich bin Evelyn Barton-Forbes. Ich war noch ein kleines Kind, als meine Eltern starben, und aufgezogen wurde ich von meinem Großvater, dem Earl of Ellesmere. Sie scheinen den Namen zu kennen. Er ist alt und ehrenhaft. Mein Großvater wird von vielen als geizig gescholten, obwohl er sehr reich ist. Menschenfreund war er nie, doch mich behandelte er gütig. Er nannte mich immer sein Lämmchen. Vielleicht war ich das einzige menschliche Wesen, zu dem er je freundlich war. Er verzieh mir sogar, daß ich ein Mädchen und nicht der ersehnte männliche Erbe bin.

Ich bin das einzige Kind des ältesten Sohnes meines Großvaters, kann aber Titel und Besitz nicht erben, weil ich ein Mädchen bin. Als mein Vater starb, war mein Vetter Lucas Hayes der nächste männliche Verwandte.

Ich hatte Lucas immer gern, und er tat mir leid, weil Großvater immer so unfair zu ihm war. Er sagte, er möge Lucas wegen seiner ausschweifenden und zügellosen Gewohnheiten nicht, doch ich denke, hier handelt es sich vorwiegend um Gerüchte. Aber mein Vetter ist eben seines Vaters Sohn, und deshalb mag er ihn nicht. Großvaters älteste Tochter ging nämlich mit einem Italiener durch. Mein Großvater ist jedoch ein Brite bis auf die Knochen und mag besonders die romanischen Völker nicht. Er hält sie für gerissen, betrügerisch und falsch. Meine Tante ließ sich also vom Conte d'Imbroglio di Annunciata entführen. Großvater enterbte sie und tilgte ihren Namen aus der Familienbibel. Noch auf ihrem Totenbett wartete sie vergeblich auf ein Wort des Trostes und der Verzeihung. Er sagte, der Conte sei kein Edelmann, sondern ein Betrüger und Mitgiftjäger, doch ich bin überzeugt, daß dies nicht zutrifft. Sicher hatte der Conte wenig Geld, doch sein Titel war echt. Lucas hielt es, als er volljährig wurde, für klug, seinen Namen zu ändern. Er nennt sich jetzt Lucas Elliot Hayes und gab den italienischen Titel auf.

Eine Zeitlang ging es ganz gut, und ich glaubte sogar, mein Großvater dachte an eine Heirat. Lucas würde ja den Titel und den Grundbesitz erben, doch ohne das Privatvermögen meines Großvaters war der Besitz nur eine Last. Großvater ließ keinen Zweifel daran aufkommen, daß sein Vermögen ich erben würde. Es kam jedoch nicht soweit.

Großvater warf Lucas hinaus, als er von dessen bösen Streichen erfuhr, und ich war darüber erleichtert, da ich Lucas nicht liebte, obwohl ich ihn gern hatte. Ich war nämlich sentimental und der Meinung, eine Heirat ohne Liebe sei ein Unding. Und zu meinem Unglück verliebte ich mich.

Meinem Großvater gefielen meine Zeichnungen, und auch Lucas hatte sie immer sehr gelobt. Deshalb hielt mein Großvater nach einem Zeichenlehrer Ausschau. So kam Alberto in mein Leben.

Damals erschien mir sein Gesicht engelhaft, heute kommt es mir eher wie das eines Teufels vor. Er sprach mit ungemein weicher Stimme ein ziemlich fehlerhaftes Englisch. Kurz gesagt, er verführte mich und überredete mich zur Flucht mit ihm. Ich verließ also den alten Mann, der mich liebevoll erzogen hatte, gab meine moralischen Grundsätze und meine ganze Zuneigung für meinen Großvater auf. Ich kann jetzt von Alberto nur voll Verachtung reden, doch noch mehr Vorwürfe mache ich mir selbst. Ich verdiente mein elendes Los.

Das Ende der Geschichte ist schnell erzählt. Ich nahm meine wenigen Schmuckstücke mit, die mir mein Großvater geschenkt hatte. Der Erlös daraus reichte nicht sehr lange. Alberto bestand darauf, daß wir in einem Stil reisten, der meinem Stand entsprach. Als wir jedoch in Rom ankamen, war die Unterkunft, die wir da bezogen, sicher in keiner Weise standesgemäß, denn mein Geld war zu Ende. Alberto wich mir aus, wenn ich fragte, was er zu tun gedächte, und wegen unserer Heirat fand er auch immer Ausreden. Als guter Katholik könne er sich nicht mit einer Ziviltrauung abfinden, sagte er, und ich war ja nicht katholisch. Oh, wie naiv ich doch war!

Vor einer Woche brach dann meine Welt vollends zusammen. Alberto war die meiste Zeit des Tages weg, und kam er nach Hause, war er betrunken und mißlaunig. Eines Morgens fand ich mich dann in einer ärmlichen, kalten Dachkammer allein. Er hatte alles mitgenommen, was irgendwie von Wert war. Mir hatte er nur einen Brief zurückgelassen.

Die schlechte, fehlerhafte Schrift war fast noch schlimmer als die Gemeinheiten, die er enthielt. Er habe sich nur an mich herangemacht, weil ich eine reiche Erbin sei, aber nun habe mich mein Großvater aus seinem Testament gestrichen, wie er im britischen Konsulat von Rom erfahren habe; und außerdem habe der alte Mann, wie er ihn nannte, einen Schlaganfall erlitten. Es sei ihm gerade noch gelungen, mich in einem neuen Testament völlig zu enterben, doch danach sei er in ein Koma gefallen, das nur zum Tod führen könnte. Damit sei ich für ihn wertlos. Er habe viel angenehmere Aussichten.

Sie können sich meinen Zustand vorstellen, Amelia. Ich war einige Tage krank. Die alte Frau, der das Haus gehörte, entdeckte bald, daß ich völlig mittellos war und warf mich heute hinaus. Ich wäre am liebsten gestorben, denn was sollte ich anfangen? Ich hatte meinem Großvater sehr viel angetan, und er würde mich wohl nicht zurücknehmen wollen. Nur Ihre Herzensgüte rettete mich dann vor dem Tod. Aber ich kann nicht länger bleiben. Ich muß Sie anekeln, wenn Sie es mir auch nicht zeigen. Sprechen Sie, Amelia, ich bitte Sie! Ich will demütig Ihre Vorwürfe hinnehmen, denn ich habe sie verdient.« Evelyns blaue Augen waren von Tränen verschleiert, als sie geendet hatte, doch sie war ruhig geblieben. Ich schwieg lange, denn ich mußte nachdenken. Mein Schweigen schmerzte das Mädchen, und sie duckte sich zusammen, als erwarte sie einen Schlag. Ich war so verwirrt, daß ich schließlich etwas ganz anderes fragte, als ich hätte fragen wollen.

»Sagen Sie, Evelyn – wie ist es? Ist es angenehm?«

Evelyn war so verblüfft, daß sie mich nur wortlos anstarrte. Ich fuhr deshalb fort: »Sie müssen mir verzeihen, wenn ich Sie ausfrage, doch dazu bot sich mir nie eine Gelegenheit. Man hört so widersprüchliche Dinge. Meine Schwägerinnen flüstern miteinander und sprechen von dem Kreuz, das eine Frau zu tragen habe, aber ich habe auch die Dorfmädchen mit ihren Liebsten gesehen, und sie scheinen kein Kreuz zu tragen. Du lieber Himmel! Ich scheine ja nicht einmal die richtigen Worte zu finden. Verstehen Sie, was ich meine?«

Evelyn starrte mich noch immer an, dann schnitt sie eine merkwürdige Grimasse und schlug die Hände vor das Gesicht. Ihre schmalen Schultern bebten.

»Sie müssen entschuldigen«, bat ich. »Natürlich wollte ich nicht ... Und nun werde ich es nie erfahren ...«

Aber da ließ Evelyn die Hände fallen. Ihr Gesicht war rot und noch tränenfeucht – aber sie lachte! Ich glaubte an einen hysterischen Anfall und hob die Hand.

»Nein, nein, ich bin nicht hysterisch«, wehrte sie ab. »Aber Amelia, Sie sind ... Ist das alles, was Sie mich nach einer solchen Geschichte fragen können?«

Ich überlegte. »Nun, viel zu fragen gibt es da nicht. Ihr alter Großvater und der Schurke von einem Liebhaber verdienen keine Fragen. Und Ihre übrigen Verwandten müssen ebenso hartherzig sein, sonst hätten Sie sich an diese wenden können.«

»Und mein verdorbener Charakter stößt Sie nicht ab?«

»Ich halte ihn nicht für verdorben. Diese böse Erfahrung dürfte ihn eher gestärkt haben. Wissen Sie, ich hielte es für besser, Sie würden sich davon überzeugen, daß die Ihnen von mir gebotene Stellung dem entspricht, was ich sagte. Ich kann Ihnen Referenzen geben ...«

»Nein, das ist überflüssig«, wehrte sie ab. »Nur eines

möchte ich wissen, Amelia. Warum sagten Sie: ›Nun werde ich es nie erfahren ...‹?«

»Nun, es ist unwahrscheinlich, daß ich persönlich derartige Erfahrungen mache. Ich bin ja mit dem Gebrauch von Spiegel und Kalender vertraut. Ich bin schließlich zweiunddreißig Jahre alt und unansehnlich. Ich schmeichle mir nicht. Und die in unserer Gesellschaft erforderliche Schwachheit des Weibes ist mir auch nicht eigen. Ich könnte weder einen Mann ertragen, der sich von mir beherrschen läßt, noch einen, der mich zu beherrschen versucht. Ich bin jedoch neugierig und dachte ... Nun, meine Brüder versichern mir ständig, ich dächte und redete unpassend.«

»Ich habe Ihre Frage noch nicht beantwortet«, sagte Evelyn. »Es ist schwierig, eine richtige Antwort zu geben. Im Moment schüttelt es mich vor Grauen, wenn ich an die Stunden in ... Albertos Armen denke, aber damals ... damals ...« Ihre Augen glänzten. »Oh, Amelia, unter den richtigen Umständen ist es ein herrliches, ein großartiges Erlebnis!«

»Ah, genau das dachte ich mir. Nun, meine liebe Evelyn, ich bin Ihnen für diese Information sehr dankbar. Wenn Sie jetzt also die von mir angebotenen Referenzen ...«

Sie schüttelte ihre goldenen Locken. »Ich brauche keine Referenzen. Amelia, ich komme gerne mit als Ihre Reisegefährtin. Ich denke, wir werden gut miteinander zurechtkommen.«

Da küßte sie mich auf die Wange. Das erstaunte mich so, daß ich etwas murmelte und aus dem Zimmer ging. Ich hatte ja nie eine Schwester gehabt, doch jetzt war mir, als hätte ich eine gefunden. Ich kann, ohne meine Energie ungebührlich zu unterstreichen, von mir behaupten, daß ich einen einmal gefaßten Entschluß sehr schnell in die Tat umsetze. In der folgenden Woche knackte und krachte die lethargische Stadt der Päpste unter meinen Schritten.

Auch einige Überraschungen erlebte ich. Evelyn wollte ich anziehen und ausstaffieren wie eine schöne lebende Puppe, für die ich all die hübschen unpraktischen Kleider und Sächelchen zu kaufen gedachte, die ich selbst nicht tragen konnte. Das gelang mir nicht, obwohl sie mir niemals widersprach. Zum Schluß hatte sie eine entzückende, sehr geschmackvolle und erstaunlich billige Garderobe, und ich selbst hatte ganz gegen meine Absicht auch ein halbes Dutzend Kleider gekauft. Ein Abendkleid, das ich ganz bestimmt niemals anziehen wollte, war aus karmesinroter Seide mit einem so tiefen Ausschnitt, wie ich ihn noch niemals getragen hatte. Die Röcke waren über eine gewaltige Turnüre drapiert und ließen einen mit Ziermünzen bestickten Unterrock ahnen. Evelyn wählte die Stoffe aus und trieb die Schneiderin auf ihre sanfte Art viel nachdrücklicher an als ich auf meine energische. Wenn Evelyn zu mir sagte: »Dieses Kleid kannst du tragen«, dann trug ich es auch. Sie entdeckte auch meine Schwäche für bestickten Batist, und die feinen für sie gedachten Unterkleider und Nachthemden entstanden nach meinen Maßen.

Diese Woche verbrachte ich in einem Zustand halber Betäubung. Ich hatte das Gefühl, ein winziges, armseliges Kätzchen vor dem Ertrinken aus einem Teich gefischt zu haben, das sich innerhalb weniger Tage zu einem richtigen Tiger auswuchs. Soviel Verstand blieb mir gerade noch, daß ich einige praktische Schritte unternehmen konnte.

Ich bin keine Männerfeindin, wenn ich auch dem anderen Geschlecht gegenüber immer mißtrauisch blieb. Dieses Mißtrauen schien Evelyns Geschichte zu bestätigen, doch die Sache mit ihrem Großvater bedurfte einiger Nachforschungen. Ich ging also zu unserem Konsul in Rom.

Alberto hatte, sehr zu meiner Enttäuschung übrigens, die Wahrheit gesagt. Der Konsul kannte den Earl of Ellesmere persönlich, und er sorgte sich um die Gesundheit eines so wichtigen Mannes. Tot war er noch nicht, doch erwartete man sein Hinscheiden täglich.

Ich erzählte dem Konsul, der schon einigen Klatsch darüber gehört hatte, auch von Evelyn. Ich hatte zwei Gründe, mit ihm über Evelyn zu sprechen: erstens den, um zu erfahren, ob ihre Verwandten nach ihr geforscht hatten, und zweitens sollte jemand über ihren Verbleib unterrichtet sein, falls man solche Nachforschungen anstellte. Der Diplomat hatte keine Anfragen vorliegen, erwartete auch offensichtlich keine, denn er kannte den alten Earl zu gut. Ich versorgte ihn also mit meiner Kontaktadresse in Kairo und überließ ihn im übrigen seinem Kopfschütteln und seinen gemurmelten Protesten, da er meine Handlungsweise mißbilligte.

Am achtundzwanzigsten gingen wir in Brindisi an Bord des Schiffes nach Alexandria.

2. Kapitel

Ich will meinen verehrten Lesern die Beschreibung der Seereise und des Schmutzes von Alexandria ersparen. Jeder europäische Reisende, der seinen Namen schreiben kann, fühlt sich zur Abfassung seiner Memoiren verpflichtet, und das ist mehr als genug. Wir kamen jedenfalls ohne Zwischenfall in Kairo an und nahmen Aufenthalt in Shepheard's Hotel.

Jeder, der auf sich hält, wohnt bei Shepheard's. Früher oder später trifft man dort mit Sicherheit Bekannte, und das orientalische Leben kann man bei einer Limonade von der Terrasse aus genießen. Steife Engländer reiten auf Eselchen vorüber, die so klein sind, daß die Männer ihre Füße im Straßenstaub schleifen lassen; ihnen folgen Janitscharen in prächtigen, goldgestickten Uniformen, und sie sind bis an die Zähne bewaffnet; denen folgen wiederum Eingeborenenfrauen in wallenden schwarzen und stolze Araber in wehenden blauen und weißen Gewändern, Derwische mit fantasievollem Kopfputz, Süßigkeitenverkäufer und Wasserhändler, also eine endlose, faszinierende Prozession.

Die Kämpfe im Sudan hatten viele englische Reisende vergrämt, denn der verrückte Mahdi belagerte noch immer den ritterlichen Gordon in Khartum. Sir Garnet Wolseleys Entsatztruppe hatte Wadi Halfa erreicht und würde wohl bald den tapferen Gordon aus der Umklammerung der barbarischen Armee befreien. Man hielt es daher bei Shepheard's nicht für gefährlich, nach dem Süden in Richtung Assuan zu reisen.

Ich hegte zwar da gewisse Zweifel, doch ich wollte reisen, und das tat ich auch. Die einzige bequeme Methode, Ägypten kennenzulernen, ist die Reise auf dem Strom, denn alle bemerkenswerten Altertümer sind in dessen unmittelbarer Nähe zu finden. Ich hatte schon gehört, wie vergnüglich eine Fahrt mit einer Dahabije sei, also wollte ich sie ausprobieren. Man kann diese Boote mit allem erdenklichen Luxus ausstaffieren, soweit man ihn bezahlen kann, und bedient wird man wie ein König.

Aber die Auswahl einer Dahabije sei ein sehr heikles und mühsames Geschäft, versicherte man mir, und man lachte schallend über meine Zuversicht, in ein paar Tagen segeln zu können. Die Ägypter, verriet man mir, seien eine faule Gesellschaft, die sich zu nichts drängen ließe.

Ich behielt meine Meinung für mich, da mir Evelyn einen bedeutsamen Blick zuwarf. Dieses Mädchen wirkte ungemein erstaunlich auf mich; ich fürchtete, mit der Zeit könne ich sogar noch sehr sanft und mild werden. Wir waren uns darüber einig gewesen, daß sie nur als Evelyn Forbes, nicht aber unter ihrem vollständigen Namen auftreten sollte, da er zu vielen Engländern zu gut bekannt war. Wurde jemand neugierig, schützte ich regelmäßig Müdigkeit vor.

Natürlich war Evelyn manchmal bedrückt, wenn sie an die Vergangenheit dachte, doch sie verstand es auch, die Schönheiten des Landes zu genießen. Von unseren Zimmern aus konnten wir den Hotelgarten überschauen. Die hohen Palmen waren schwarze Schattenbilder im herandämmernden Morgen, wenn sich der dunkle Himmel mit durchsichtigem Licht und blaßrosa Perlenschimmer füllte. Die Kuppeln und

Minaretts der Moscheen überragten malerisch die Baumwipfel, und die Luft war von köstlicher, kühler Frische.

Es war gut, daß wir den Tag mit dem Anblick solcher Schönheit begonnen hatten, als wir nach dem Frühstück zur Werft von Boulaq gingen, um eine Dahabije zu mieten. Hunderte von Booten lagen dort vor Anker, und der Lärm war unbeschreiblich.

Die Boote unterscheiden sich eigentlich nur in der Größe. Die Kabinen liegen im Heck, und ihr Dach ist gleichzeitig ein Oberdeck, das sich mit Möbeln und Markisen ausstatten und so zu einem herrlichen Freiluftsalon machen läßt. Die Mannschaft bewohnt das untere Deck. Dort gibt es eine Küche, einen Verschlag mit einem Holzkohlenofen und eine Sammlung von Pfannen und Töpfen. Die Dahabijes sind Boote mit flachem Kiel und zwei Masten, und wenn die Segel sich im leichten Wind blähen, sind sie ein sehr malerischer Anblick.

Welches Boot sollten wir wählen? Nun, die Wahl war nicht allzu schwierig, denn die meisten Boote strotzten vor Schmutz. Natürlich durfte man keine englischen Maßstäbe anlegen, wenn auch die primitivsten hygienischen Einrichtungen vorhanden sein mußten. Selbstverständlich waren die größeren Boote in einem besseren Zustand als die kleinen. Es ging mir nicht um die höhere Ausgabe, sondern es kam mir lächerlich vor, für uns beide und eine Magd zehn Einzelkabinen und zwei Salons zu haben.

Evelyn bestand darauf, daß wir uns einen Dragoman nehmen sollten. Ich dachte, das sei nicht nötig, weil ich schon auf der Seereise ein bißchen Arabisch gelernt hatte, doch ich gab nach. Unser Mann war ein Kopte namens Michael Bedawee, ein dicklicher, kaffeebrauner Bursche mit weißem Turban und abenteuerlichem, schwarzem Bart; allerdings paßt diese Beschreibung auf die meisten Ägypter. Was unseren Michael auszeichnete, war sein freundliches Lächeln und die Ehrlichkeit seiner weichen, braunen Augen. Wir entschieden uns sofort für ihn, und er mochte uns offensichtlich bald sehr gern.

Michael half uns bei der Auswahl des Bootes. Die *Philae* war von mittlerer Größe und ungewöhnlich sauber. Der Reis, wie man den Kapitän nannte, war uns auch sympathisch. Er hieß Hassan und stammte aus Luxor. Mir gefiel sein ruhiger Blick und eine Andeutung von Humor, wenn ich meine paar arabischen Worte anbrachte, sooft es ging. Mein Akzent muß fürchterlich gewesen sein, doch Reis Hassan beglückwünschte mich zu meinen Sprachkenntnissen. Infolgedessen war der Handel bald abgeschlossen.

Wir waren stolz auf unser Schiff, das nun vier Monate lang unsere Wohnung sein sollte. Es hatte vier Kabinen, je zwei zu beiden Seiten eines schmalen Ganges. Sogar ein Badezimmer hatten wir. Am Ende des Ganges öffnete sich die Tür in einen halbrunden Salon, der das ganze Schiffsheck einnahm; ein langer Diwan folgte der geschwungenen Wand, und acht hohe Fenster ließen viel Licht ein. Den Boden bedeckten Brüsseler Teppiche, und die Wandvertäfelung in Weiß mit Goldrand erweckte den Eindruck großer, luftiger Weite. Die scharlachroten Vorhänge paßten herrlich zu den prunkvollen, goldgerahmten Spiegeln, und ein sehr hübscher Eßtisch mit passenden Stühlen vervollständigte die Einrichtung.

Schränke und Regale gab es genug, und wir hatten das Zeug, sie zu füllen. Ich hatte vor allem meines Vaters Bücher über Ägypten dabei und hoffte, noch mehr kaufen zu können. Ein Klavier wollten wir haben. Ich bin zwar völlig unmusikalisch, aber Evelyn spielte und sang sehr schön.

Das Boot war gerade von einer Reise zurückgekehrt, und Reis Hassan sagte, er brauche ein paar Tage zur Überholung verschiedener Geräte, ehe wir abreisen könnten; seine Leute wollten auch noch ihre Familien besuchen, und so legten wir, als ich bezahlte, den Reisetag auf eine Woche später fest.

Ein passendes Klavier zu finden erwies sich als nicht leicht. Ich wollte andere Vorhänge für den Salon, weil das Scharlachrot nicht zu meinem Abendkleid paßte. Evelyn meinte, es eile nicht so schrecklich, doch ich wußte, wie sehr sie fürchtete, im Speisesaal des Hotels Bekannte zu treffen.

Die Wartezeit nützten wir gut. Die Basare in Kairo sind faszinierend. Hier gibt es keine richtigen Läden; es sind eher große, vorne offene Schränke, vor denen die Kaufleute auf gekreuzten Beinen sitzen und ihre Kunden erwarten. Bei den Teppichhändlern wurde ich schwach und kaufte etliche Stücke für unseren Salon, wahre Schönheiten aus Persien und Syrien. Ich wollte auch für Evelyn ein paar Kleinigkeiten besorgen, doch sie nahm nur ein Paar Samtpantoffeln an.

Wir besuchten auch Moscheen und die Zitadelle, und ich interessierte mich besonders für die alte Kultur; deshalb sahen wir für einen Tag unseren ersten Besuch in Gizeh vor. Wenn ich gewußt hätte, was uns da bevorstand!

Die Pyramiden besucht jeder Reisende, denn seit dem Bau der Nilbrücke braucht man vom Hotel aus nur eineinhalb Stunden Fahrzeit. Wir brachen am frühen Morgen auf, damit wir den ganzen Tag vor uns hatten.

Selbstverständlich hatte ich Bilder gesehen, doch die Wirklichkeit der Pyramiden ist überwältigend. Die glatten, steilen Steinflanken führen hoch hinauf zur Plattform. Und die Farben! Der ägyptische Kalkstein wirkt in der hellen Sonne vor dem tiefblauen Himmel so, als sei er aus mattem Gold.

Die ganze ebene Fläche, auf der die drei großen Pyramiden stehen, sind mit Gräbern, kleineren und zerfallenen Pyramiden und sandgefüllten Löchern durchsetzt, und in einer großen Sandmulde erhebt sich der majestätische Kopf der Sphinx. Der Körper dieses herrlichen Werkes muß immer wieder vom Sand befreit werden. Ein solches Meisterwerk aus Menschenhand gibt es kein zweites Mal.

Wir machten uns zur größten der drei Pyramiden auf, zum Grab des Khufu. Erst in ziemlich geringer Entfernung erkannten wir die riesigen Steinblöcke, und wir überlegten uns, wie wir in den langen und ziemlich engen Röcken diese Stufen erklettern sollten.

Es gelang uns mit Hilfe von je drei Arabern. Je einer stützte uns links und rechts, ein dritter schob von hinten an, und so standen wir bald auf der Gipfelplattform. Evelyn erschien mir ein bißchen blaß, doch mich nahm die großartige Aussicht völlig gefangen. Diese Plattform hat eine Größe von etwa dreißig Fuß im Quadrat, und einige Steinblöcke, die von der abgetragenen Spitze übrig waren, dienten als Sitze. Mir tränten vom angestrengten Schauen bald die Augen.

Es war ein unvergleichlicher Anblick: im Hintergrund die Minaretts und Kuppeln der Märchenstadt Kairo, im Vordergrund der grüne Streifen des fruchtbaren Niltales. Im Westen und Süden schimmerten golden die Wüsten. Am Horizont waren noch ein paar kleinere Pyramiden zu erkennen, die von Abusir, Sakkarah und Dahshoor.

Evelyn zupfte mich am Ärmel und riß mich aus meiner staunenden Begeisterung. »Könnten wir nicht absteigen?« bat sie. »Ich glaube, ich bekomme einen Sonnenbrand.«

Ihre Nase war trotz des breitrandigen Sonnenhutes schon dunkelrosa, und so ließen wir uns von unseren fröhlichen Führern wieder nach unten bringen. In das Innere der Pyramide mochte Evelyn nicht mitkommen. Ich ließ sie also bei einigen Damen zurück, raffte meine Röcke und folgte den Männern in die schwarze Tiefe.

Ah, es war schrecklich! Die Luft war kaum zu atmen, am Boden lag überall Schutt, und das Licht der flackernden Kerzen wirkte unheimlich. Die Gänge sind so niedrig und steil, daß man nur geduckt kriechen kann und von den Führern gestützt werden muß, wenn man nicht zurückrutschen will. Natürlich gab es auch Fledermäuse. Doch schließlich standen wir in der Königskammer aus schwarzem Basalt, in der nur der schwarze, massive Sarg stand, in den Khufu vor gut viertausend Jahren zur letzten Ruhe gebettet worden war. Oh, es war ein ungeheuer erhebendes Gefühl, das etwa jenem glich, das ich einmal als Kind erlebt hatte. Mein Bruder William hatte behauptet, ich würde es nicht wagen, auf den Apfelbaum in unserem Garten zu klettern. Ich bewies es ihm, daß ich es wagte, und schaute vom höchsten Ast aus zu, wie er von einem der unteren Äste fiel und sich dabei den Arm brach.

Trotz meiner begeisterten Schilderung weigerte sich Evelyn standhaft, die Pyramide zu betreten.

Wir waren damals etwa eine Woche lang in Kairo, und ich hatte die begründete Hoffnung, in ungefähr zwei Wochen absegeln zu können. Ich war einige Male in Boulaq, um Reis Hassan ein wenig anzutreiben, doch nach dem Besuch von Gizeh ließ ich ihn in Ruhe. Ich hatte nämlich in mir eine gewisse Vorliebe für Pyramiden entdeckt und besuchte deshalb auch die beiden anderen Pyramiden von Gizeh und später auch die Stufenpyramide von Sakkarah. Von den kleineren Pyramiden in Sakkarah hat man die massiven Steinblökke abgetragen und sie für andere Bauten verwendet; die Reste sind deshalb eigentlich nur noch Schutthaufen. Das war mir jedoch egal, denn Pyramiden in jeder Form waren nun meine Leidenschaft.

Ich war fest entschlossen gewesen, wenigstens eine der Grabkammern zu besuchen, die mit herrlichen Wandmalereien und Hieroglyphen-Inschriften geschmückt sind; wegen Evelyn verzichtete ich darauf, als sie das enge, dunkle Loch sah, in das ich an einem Seil hinabgelassen hätte werden müssen. Sie wurde totenblaß und drohte mir zu folgen. Da ließ ich es lieber sein.

Auch Travers mißbilligte meine Pyramidenausflüge. Etliche meiner Kleider ließen sich nicht mehr reparieren, und die anderen machten ihr sehr große Mühe. Besonders ekelte sie sich vor dem Fledermauskot, den ich gelegentlich und ohne es zu wissen mitbrachte. Einmal schlug ich einen Ausflug nach Dashoor vor, wo es einige hervorragende Pyramiden gibt, doch Evelyn weigerte sich energisch und wollte lieber das Museum von Boulaq besuchen. Das taten wir, denn nach dem Museumsbesuch konnte ich zu Hassan gehen.

Auf M. Maspero, den französischen Abteilungsleiter für Altertümer, freute ich mich. Mein Vater hatte mit ihm korrespondiert, und so durfte ich hoffen, daß mein Name ihm vertraut sei. Er war es, und wir fanden M. Maspero im Museum. Meistens ist er nämlich zu Ausgrabungen weg.

Seinen Assistenten Emil Brugsch kannte ich nur seinem Ruf nach, denn er hatte vor wenigen Jahren das Versteck berühmter königlicher Mumien entdeckt. Während wir auf M. Maspero warteten, erzählte uns Herr Brugsch die Geschichte des Fundes. Gute zehn Jahre früher hatte eine Räuberfamilie aus Theben das Versteck der Mumie gefunden, weil der sehr zwielichtige Abd er-Rasool Ahmed in den Felsen am Rand seines Dorfes namens Gurnah eine Ziege suchte. Die Ziege war in eine Felsspalte gefallen, und da machte er seinen erstaunlichen Fund – die Mumien der großen Pharaonen, die nach der Ausplünderung ihrer Gräber hier versteckt worden waren.

Brugsch hatte von Sammlern Fotos von Gegenständen erhalten, die königliche Namen trugen, und ihm war sofort klar gewesen, daß diese Dinge aus Gräbern stammen mußten. Die meisten dieser Gräber befanden sich, wie er wußte, in Theben, und so bat er die Polizei, solche Leute zu beobachten, die plötzlich mehr Geld ausgaben, als sie offiziell hatten. Der Verdacht konzentrierte sich auf die Familie Abd er-Rasool, die sich inzwischen wegen der Aufteilung der Beute zerstritten hatte; einer verriet das Geheimnis an Brugsch.

Mir lag an diesem Herrn jedoch nichts; er steht seit langem im Dienst von M. Maspero und seinem Vorgänger M. Mariette, und sein Bruder ist ein sehr bekannter Wissenschaftler. Mir gefällt seine harte Art nicht, in der er die Foltern beschrieb, welchen die Diebe ausgesetzt wurden, um ihre Geständnisse zu erzwingen. Ihm war es auch zu verdanken, daß die königlichen Toten sofort in Sicherheit gebracht wurden. Innerhalb von acht Tagen waren sie auf einer Barke nach dem Norden unterwegs. Zahllose Klageweiber hatten die Flußufer gesäumt, um die alten Könige zu beweinen.

Endlich kam M. Maspero. Er war ein stämmiger, ungemein liebenswürdiger Mann mit einem kurzgestutzten, schwarzen Bart. Als artiger Franzose beugte er sich über meine Hand und begrüßte Evelyn voll Bewunderung. Von meinem Vater sprach er in Worten höchster Verehrung. Er bat uns um Entschuldigung, weil er uns nicht persönlich im Museum herumführen konnte, versprach jedoch, später wieder zu uns zu stoßen.

Ich war froh, daß er nicht bei uns war, denn ich hätte ihm sonst sicher gesagt, was ich von seinem Museum hielt. Es enthielt selbstverständlich eine ganze Menge der interessantesten Dinge, aber der Staub und das Durcheinander! Meine hausfraulichen Instinkte fühlten sich herausgefordert.

»Vielleicht bist du jetzt nicht ganz fair«, hielt mir Evelyn in ihrer sanften Art vor. »Es gibt so unendlich viele Gegenstände, täglich kommen neue dazu, und das Museum ist trotz der kürzlichen Vergrößerung viel zu klein. Wie soll man da immer Ordnung halten und Staub wischen können?«

»Um so mehr Grund, Ordnung zu halten«, erwiderte ich.

»Früher wurde alles, was die europäischen Abenteurer fanden, außer Landes geschleppt. Nun besteht doch ein Abkommen zwischen Großbritannien und Frankreich, das den Franzosen die Aufsicht über alle Altertümer einräumt, während unser Staat Finanzen, Bildungs- und Gesundheitswesen, Außenpolitik und so weiter überwacht. Ich glaube, englischer Ordnungssinn wäre hier eher angebracht als französische Lässigkeit.«

Wir waren inzwischen in einem abgelegenen Raum angelangt, der mit unzähligen Gegenständen wie Vasen, Perlketten, winzigen Figuren und anderen Dingen angefüllt war, die in den vorderen Räumen keinen Platz gefunden hatten. »Schau dir doch das hier an!« sagte ich zu Evelyn, nahm ein Figürchen und rieb mit meinem Taschentuch den Schmutz ab. »Sie könnten doch ...«

Da erschütterte ein fast tierisches Heulen den kleinen Raum. Ehe ich noch nach dessen Quelle Umschau halten konnte, entriß mir eine kräftige, sonnenbraune Hand die Statuette und brüllte mir ins Ohr: »Madam! Tun Sie mir den Gefallen, und lassen Sie die unersetzlichen Kostbarkeiten in Ruhe! Schlimm genug, daß dieser unfähige Esel Maspero sie so miserabel behandelt, und jetzt wollen Sie in Ihrer Idiotie auch noch das vernichten, was er übrigläßt!«

Ich nahm meine ganze Würde zusammen und drehte mich zu diesem Kannibalen um. Er war sehr groß, hatte Schultern wie ein Stier und einen nach der Art assyrischer Könige geschnittenen schwarzen Bart. Sein Gesicht war dunkel wie das eines gewöhnlichen Ägypters, doch daraus funkelten mich wütende grellblaue Augen an. Die Stimme kannte ich ja schon, sie war ein tiefer, dröhnender Baß; dem Akzent nach schien er ein Gentleman zu sein, den Gefühlen nach war er es nicht.

Ich maß ihn von oben bis unten. »Sir, ich kenne Sie ja gar nicht.«

»Aber ich kenne Ihre Art, Madam! Diese britischen Weiber sind doch von allen die dümmsten und arrogantesten! Oh, ihr Götter! Diese Brut ist so unnütz und aufdringlich wie ein Moskitoschwarm, und kein Fleck der ganzen Erde ist vor ihnen sicher. Zum Verrücktwerden ist das!« Jetzt mußte er dringend einmal Atem holen. Diese Pause nützte ich aus.

»Und Sie, Sir, sind der überheblichste Brite mit den schlechtesten Manieren. Nun, wir britischen Frauen müssen den von den boshaften Männern verursachten schlechten Ruf reparieren, so gut es geht. Randalieren, von der eigenen Überlegenheit überzeugt sein ...«

Vorsichtshalber trat ich ein paar Schritte zurück und griff fester um den Knauf meines Sonnenschirms. Ich bin nicht klein und ängstlich, aber dieser Mann überragte mich wie ein Turm, und er machte den Eindruck, als wolle er mich mit seinen sehr großen und sehr weißen Zähnen zerfleischen.

Ich schaute auf und sah Evelyn mit einem kleineren, schmäleren, bartlosen Ebenbild meines Gegners sprechen; er war dunkelhaarig, blauäugig und groß, wenn auch nicht so bullig wie der andere, und der Bartlose legte dem Bärtigen eine Hand auf die Schulter.

»Radcliffe, du ängstigst ja diese Dame«, sagte er. »Ich bitte dich ...«

»Mich kann er nicht ängstigen«, erwiderte ich ruhig. »Aber Ihr Freund scheint einem Schlagfluß nahe zu sein. Leidet er sonst auch unter Gehirnschwäche?«

Der jüngere Mann schien nicht sehr besorgt zu sein, denn er lachte breit, und das gefiel mir. Aus Evelyns Miene schloß ich, daß wir uns da einig waren.

»Das ist mein Bruder, Madam«, erklärte der junge Mann fröhlich. »Sie müssen ihm verzeihen. Und du, Radcliffe, beruhigst dich jetzt wieder. Wissen Sie«, wandte er sich wieder an mich, »das Museum wirkt immer so auf ihn. Sie trifft keine Schuld an seiner Erregung.«

»Ganz sicher nicht!« rief ich. »Eine so unentschuldbare Unhöflichkeit...«

»Amelia!« Evelyn versuchte mich am Arm wegzuziehen, weil der bartumrahmte Mund ein Wutgeheul ausstieß. »Wir wollen uns doch nicht weiter Grobheiten an den Kopf werfen.«

»Das liegt mir fern«, erwiderte ich kühl. Evelyn und der junge Mann tauschten Blicke, und wie auf Verabredung zerrte der junge Mann seinen aufgebrachten Bruder mit sich, während Evelyn etwas sanfter meinen Arm packte. Die anderen Museumsbesucher hatten uns voll atemloser Neugier beobachtet, gingen aber nun weiter, als rasche Schritte die Ankunft von M. Maspero ankündigten. Als er uns sah, lachte er breit.

»*Ah, c'est le bon Emerson!* Das hätte ich wissen können. Sie kennen einander schon?«

»Wir kennen einander nicht!« brüllte der Mann, der Emerson hieß. »Und wenn Sie, Maspero, einen Versuch dazu machen, dann schlage ich Sie mit einem Hieb zu Boden!«

M. Maspero lachte schallend. »Dann versuch ich es lieber nicht... Kommen Sie, meine Damen. Das hier ist unwichtiges Kleinzeug, ich zeige Ihnen die feineren Sachen.«

»Sie sind sehr interessant«, warf Evelyn mit ihrer sanften Stimme ein. »Ich bewundere die schönen Farben dieser Ketten.«

»Sie sind aber nicht wertvoll. Wir finden diese Ketten zu Hunderten. Es sind ganz gewöhnliche Fayencen.«

»Dann sind diese herrlichen Korallen und Türkise gar keine echten Steine?«

»*Mais non, Mademoiselle,* das alles sind nur Imitationen von Korallen, Türkisen, Lapislazulisteinen und dergleichen und bestehen aus einer farbigen Paste, die im alten Ägypten viel verwendet wurde.«

»Sie sind trotzdem sehr hübsch«, bemerkte ich. »Und schon das Alter dieser Gegenstände ist bewundernswert. Wenn man bedenkt, daß diese wunderschönen Perlen vor tausend Jahren um den Hals ...«

Der Schwarzbärtige wirbelte herum. »Dreitausend Jahre vor unserer Zeitrechnung«, korrigierte er mich wütend.

Maspero lächelte nur, nahm eine Kette aus winzigen blauen und korallenfarbenen Perlen und überreichte sie mit einer höflichen Verbeugung Evelyn. »Behalten Sie das bitte als Erinnerung an Ihren Besuch hier. Wie schade, daß ich nichts Schöneres für eine so entzückende junge Dame habe ... Und das ist für Sie, Mademoiselle Peabody.« Auch mir drückte er eine Kette in die Hand. »Tun Sie mir die Ehre, sie zu behalten, meine Damen – außer Sie fürchten den Fluch der ägyptischen Rachegeister ...«

»Ganz gewiß nicht«, versicherte ich ihm.

»Nun, und der Fluch des Mister Emerson?« fuhr er fort. »Sehen Sie, er ist schon wieder dabei, unfreundliche Dinge zu mir zu sagen.«

»Keine Angst, ich gehe schon«, knurrte Emerson. »In Ihrem Horrorhaus kann ich es sowieso nur ein paar Minuten aushalten. In aller Götter Namen, warum katalogisieren Sie nicht endlich diese ganzen Töpfe und Vasen?« Damit stürmte er hinaus und zog seinen Bruder mit sich, der aber noch einmal umschaute und Evelyn nicht aus den Augen ließ, bis sie seinen Blicken entzogen war.

»Er hat ein sehr aufbrausendes Temperament«, bemerkte M. Maspero voll Bewunderung. »Die Großartigkeit seiner Wutausbrüche nötigt einem Respekt ab.«

»Da kann ich Ihnen nicht beipflichten«, widersprach ich ihm. »Wer ist dieser Bursche eigentlich?«

»Ein Landsmann von Ihnen, Madam, der sich für die Altertümer dieses Landes interessiert. Er hat wundervolle Ausgrabungen gemacht, aber ich fürchte, für uns hat er nicht viel übrig. Nicht ein Archäologe in ganz Ägypten entgeht seiner beißenden Kritik.«

»Wir halten Ihr Museum für faszinierend«, warf Evelyn taktvoll ein.

Wir verbrachten noch ein paar Stunden dort. Nicht um die Welt hätte ich das in der Öffentlichkeit gesagt, aber ich fand Emersons Kritik mehr als berechtigt. Die Ausstellungsstücke waren unmethodisch aufgereiht, und überall lag Staub.

Evelyn war dann zu müde, um noch zum Boot zu gehen, und sie war auch sehr schweigsam und nachdenklich. »Mr. Emersons jüngerer Bruder hat nicht das heftige Familientemperament, glaube ich«, bemerkte ich während der Rückfahrt. »Hast du zufällig seinen Namen gehört?«

»Walter«, erwiderte sie und errötete.

Ich tat, als bemerkte ich nichts. »Ah, ich fand ihn sehr angenehm. Vielleicht begegnen wir ihm im Hotel.«

»Nein, sie wohnen nicht bei Shepheard's. Walt... Mr. Walter Emerson sagt, ihr ganzes Geld werde für die Ausgrabungen ausgegeben. Sein Bruder erhält einen Zuschuß von einem Museum oder irgendeiner Institution. Sein jährliches Einkommen ist nicht sehr groß, und sein Bruder Walter sagt, wenn er alle Reichtümer Indiens hätte, so würden sie ihm für seine Arbeit auch noch nicht genügen.«

»In der kurzen Zeit hast du aber sehr viel erfahren«, stellte ich amüsiert fest und beobachtete Evelyn aus den Augenwinkeln heraus. »Wie schade, daß wir die Bekanntschaft nicht nur mit dem jüngeren Bruder fortsetzen können und dem Wahnsinnigen ...«

»Wir werden einander kaum mehr begegnen«, warf Evelyn leise ein, doch da hegte ich recht deutliche Zweifel. Nach einer kurzen Mittagspause besorgten wir die Medikamente, die unser Reiseführer für unerläßlich hielt. Südlich von Kairo gibt es noch immer kaum einen Arzt. Ich hätte, wäre ich ein Mann gewesen, allzu gerne Medizin studiert, denn ich habe dafür eine natürliche Begabung. Ich falle beim Anblick von Wunden nicht in Ohnmacht, wie viele meiner männlichen Bekannten. Selbstverständlich hatte ich auf meiner Liste auch einige chirurgische Instrumente und war durchaus bereit, im Notfall auch Gliedmaßen, mindestens einen Finger oder eine Zehe, zu amputieren.

Michael, unser Dragoman, begleitete uns. Blaue Pillen, grüne Pillen, Chinin, Rhabarberpillen, verschiedene Puder, Desinfektionsmittel, Laudanum und vieles andere, vor allem reichlich Verbandmaterial wurden nacheinander abgehakt. Michael erschien mir die ganze Zeit hindurch ungewöhnlich still, und als Evelyn ihn schließlich nach dem Grund dafür fragte, erklärte er uns, sein Kind sei krank, wenn es auch nur eine Tochter sei.

Nun, weil wir gerade die medizinische Seite unserer Reise vorbereiteten, hielten wir es für angebracht, anschließend nach diesem Kind zu sehen, denn Michael war ehrlich bekümmert.

Es war ein altes, schmales Haus mit holzgeschnitzten Balkonen von sehr schöner Arbeit; sie sind typisch für Kairo. Es erschien mir schmutzig, wenn auch nicht ganz so verwahrlost wie die Umgebung, doch das Zimmer, in dem das kranke Kind lag, sah trostlos aus. Die Holzläden lagen vor den geschlossenen Fenstern, es war stockdunkel und stank fürchterlich. Im fahlen Licht einer rauchenden, übelriechenden Öllampe sah ich auf einem primitiven Lager ein süßes kleines Ding mit großen schwarzen Augen. Die plärrende Verwandtschaft jagte ich gleich davon und ließ nur die Mutter des Mädchens bleiben, die auch kaum älter als fünfzehn Jahre sein konnte.

Evelyn kniete bereits neben dem Mädchen, schob die wirren schwarzen Locken aus dem Gesicht und verscheuchte einen lästigen Fliegenschwarm. Die Mutter wagte aus Angst vor uns nicht zu protestieren, denn Fliegen sind dort ein notwendiges Übel, das man hinnehmen muß. Deshalb sind auch sehr viele Menschen dort blind, und die Kindersterblichkeit ist überaus hoch. Von fünf Kindern sterben drei sehr jung.

Ich sah den unglücklichen Michael an und beschloß, daß dieses Kind nicht sterben werde, wenn ich es irgendwie verhindern konnte. Wofür hatte ich so viele Medikamente gekauft?

Die Krankheitsursache war leicht zu entdecken. Das Mädchen hatte sich bei einem Sturz verletzt, und die Wunde war nicht desinfiziert worden. Sie hatte sich entzündet, und der kleine Arm war dick geschwollen. Mit einem desinfizierten Messer schnitt ich die Schwellung auf, und eine übelriechende Masse quoll heraus. Ich reinigte die Wunde und verband sie und unterwies auch die Eltern, wie sie das Kind nun zu pflegen hatten. Evelyn war mir eine große Hilfe. Übel wurde ihr erst, als wir im Hotel waren, aber da gründlich. Michael schickte ich sofort wieder nach Hause, damit er die jammernden Verwandten hinauswerfen konnte.

Abends fühlte sich Evelyn wieder einigermaßen wohl, und deshalb bestand ich darauf, daß wir unten speisten. Sie machte sich große Sorgen um ihren Großvater und quälte sich mit dem Gedanken ab, daß er allein sterben müsse. Deshalb wurde sie manchmal fast menschenscheu, was ich jedoch nicht zuließ.

In ihrem staubrosa Abendkleid mit den breiten Spitzenrüschen an den Ärmeln und dem gerafften Unterkleid sah Evelyn bezaubernd aus. Ich schlüpfte in meine karmesinrote Seide, wenn ich mich darin auch nicht ganz wohl fühlte. Wir erregten einiges Aufsehen, und etliche Gentlemen folgten uns nach dem Dinner in die Halle, hauptsächlich zu dem Zweck, von Evelyn ein Lächeln zu erhaschen. Plötzlich sah ich sie tief erröten. Ich folgte ihrem Blick und bemerkte unter der Tür den jungen Emerson, der im Abendanzug großartig wirkte. Er hatte nur Augen für Evelyn und schritt so schnell durch die Halle, daß er um ein Haar über einen niederen Tisch gestürzt wäre.

Er hatte auch seinen Bruder mitgebracht, und da mußte ich wirklich ein Lachen unterdrücken. Sein Abendanzug sah aus, als habe er ihn vor langer Zeit in eine Reisetasche gestopft und ihn jetzt wieder ausgegraben, jedoch vergessen, ihn bügeln zu lassen. Er sah wie ein riesiger schwarzer Bär aus, tappte unbeholfen hinter seinem Bruder drein und warf den elegant gekleideten Gästen mißtrauische Blicke zu.

Walter begrüßte mich hastig und beschäftigte sich anschließend ausschließlich mit Evelyn. Und mir blieb der wütende Emerson, der mich voll Widerwillen musterte.

»Ich bin da, mich zu entschuldigen«, knurrte er.

»Angenommen«, antwortete ich. »Setzen Sie sich, Mr. Emerson. Ich bin überrascht, Sie hier zu sehen. Wie ich hörte, ist das gesellschaftliche Leben nicht nach Ihrem Geschmack.«

»Es war ja auch Walters Idee«, platzte er heraus, setzte sich und rückte so weit wie möglich von mir weg. »Ich hasse Dinge wie Hotels, Menschen, die…, kurz, all dies hier.« Mit einer verächtlichen Handbewegung schloß er die großartige Halle und alle Gäste in seine Abneigung ein.

»Wo wären Sie dann lieber?« fragte ich.

»Irgendwo in Ägypten, am liebsten bei meinen Ausgrabungen.«

»In der heißen, staubigen Wüste, weit weg von jeder Zivilisation und allein mit unwissenden Arabern…«

»Unwissend mögen sie sein, aber auf die Heuchelei der

Zivilisation kann ich verzichten. Ah, wie überheblich sind besonders die englischen Touristen! Bei den Ägyptern gibt es, wie überall, auch gute und schlechte, freundliche, fröhliche und treue Menschen, auch intelligente, wenn man sie unterweist... Jahrhundertelang wurden sie von Despoten unterdrückt, sie sind mit Krankheit, Armut und Unwissenheit geschlagen, aber das ist nicht ihre eigene Schuld.«

Mich rührte es irgendwie, daß er so nachdrücklich für die unterdrückte einheimische Bevölkerung eintrat, aber sonst mochte ich ihn noch immer nicht.

»Sie müßten dann aber zu schätzen wissen, was die Briten für dieses Land tun. Die Finanzen zum Beispiel...«

»Pah! Glauben Sie, das tun wir aus Herzensgüte? Fragen Sie die Einwohner von Alexandria, wie es ihnen gefiel, als sie vor zwei Jahren von britischen Kanonenbooten beschossen wurden. Wir sind nicht ganz so unzivilisiert wie die Türken, aber wir dienen auch nur unseren eigenen Interessen. Wir lassen es zu, daß dieser idiotische Franzose die kostbaren Altertümer verschleudert. Nun ja, unsere Wissenschaftler sind auch nicht gescheiter... Nur ein junger Kerl namens Petrie scheint wirklich etwas von Archäologie zu verstehen, auch von Methodik, die da so bitter nötig ist. Diesen Winter arbeitet er im Delta. Leider hat er keinen Einfluß, und wir zerstören mutwillig eine ganze große Vergangenheit, weil wir wie Kinder im Sand herumbuddeln und dem Boden Dinge entreißen, von denen wir sorgfältig notieren sollten, wo und wie wir sie gefunden haben... Gefäße... Damit müßte etwas geschehen. Man müßte die verschiedenen Typen studieren, welche Ornamente zu welchen Formen gehören, man müßte Waffen und Möbelstücke...«

»Zu welchem Zweck?« warf ich ein.

»Es gibt viele Zwecke. Gefäße verändern sich im Laufe der Zeit, entwickeln sich je nach Notwendigkeit und Mode.

Man müßte lernen, das Alter dieser Gefäße zu bestimmen und der Gegenstände, die in und bei ihnen gefunden werden. Und nicht nur Gefäße – jedes Stückchen kann uns etwas über die Vergangenheit lehren. Jetzt wird sehr vieles achtlos auf einen Haufen geworfen, unwissende Touristen schleppen vieles davon, was der Wissenschaft für immer verloren ist. Maspero rettet nur sehr eindrucksvolle Gegenstände, und die Hälfte davon wird ihm in seinem komischen Museum auch noch gestohlen oder zerschlagen.«

»Dann müßte man also auch Studien anatomischer Überreste fördern, nicht wahr?« fragte ich. »Man könnte bestimmen, welchen Rassen oder Rassenmischungen die alten Ägypter angehörten. Aber Wissenschaftler sammeln, soviel ich weiß, keine Knochen und Mumien, nicht wahr? Oder doch nur, wenn sie diese als Kuriositäten ausstellen können.«

Emerson vergaß vor fassungslosem Staunen den Mund zu schließen. »Guter Gott«, murmelte er, »eine Frau, die gescheite Fragen stellt? Ist denn das die Möglichkeit!«

Ich überhörte die darin liegende Beleidigung, denn mich interessierte das, was er zum Thema zu sagen wußte. Aber da wurde ich leider durch eine dramatische Störung unterbrochen.

Evelyn saß auf einem Stuhl neben dem Sofa, und Walter hatte die Hände auf die Lehne ihres Stuhles gelegt. Plötzlich sprang sie auf. Sie war weiß wie ein Leinenlaken und starrte zum Eingang der Halle.

Ich konnte nichts entdecken, was ihre Erregung gerechtfertigt hätte. Ehe ich noch etwas tun oder sagen konnte, sank Evelyn zu Boden. Walter versuchte etwas ungeschickt, sie aufzuheben, und es war gar nicht ganz einfach, sie aus ihrer Ohnmacht herauszuholen. Sie verlangte nur, in unsere Räume gebracht zu werden. Walters Hilfe wies sie jedoch voll Entsetzen zurück und bat mich, ich solle ihr helfen.

Ich konnte Walter gerade noch versprechen, ich würde ihn am Morgen von Evelyns Befinden unterrichten, wenn ihm daran liege, im Hotel nachzufragen. Dann führte ich Evelyn nach oben. Travers schickte ich zu Bett, denn sie war viel zu ungeschickt und mißmutig.

»Ich glaube, ich muß Travers nach Hause schicken«, bemerkte ich beiläufig, um Evelyn zum Reden zu bringen. »Sie mag Land und Leute nicht, das Boot ...«

»... und mich«, ergänzte Evelyn und lächelte matt.

»Von mir hält sie auch nichts«, erklärte ich ihr. »Wir können auch ohne sie zurechtkommen. Darum werde ich mich morgen kümmern. Evelyn, möchtest du mir nicht jetzt sagen, was ...«

»Das werde ich dir später erklären, Amelia, wenn ich ... Willst du nicht wieder nach unten gehen? Mr. Emerson ist sicher noch da. Du könntest ihn ... sie beruhigen und ihnen sagen, daß ich nur Ruhe brauche. Ich werde sofort zu Bett gehen.«

So, wie sie sprach, klang es nicht nach Evelyn. Sie wich meinen Augen aus, als ich sie musterte. Sie wurde wieder totenbleich, als es laut an unserer Tür klopfte. Wer konnte das sein? Wer klopfte zu dieser Stunde so unverschämt stürmisch?

Es war jedenfalls viel zu spät für einen Besuch in unseren Räumen. Walter war sicher nicht so unhöflich, und überdies hatte ich den Eindruck gewonnen, Evelyn wisse genau, wer dieser Besucher sei, und fürchte sich über alle Maßen vor ihm.

Da schaute sie mich an, straffte die Schultern und biß sich auf die Lippen. »Amelia, sei bitte so gut und öffne die Tür. Ich bin ein elender Feigling, aber ich muß mich dieser Sache stellen.«

Ich war gar nicht überrascht, als ich die Tür öffnete und

den Mann dort stehen sah. Ich kannte ihn nicht, und er war mir noch nie begegnet, doch das glatte schwarze Haar, die dunkle Haut, das kecke Aussehen bestätigten meinen Verdacht. »Ah«, sagte ich. »Signor Alberto, wie ich annehme.«

3. Kapitel

Er legte eine Hand auf sein Herz und verbeugte sich. Sein Aussehen und sein Benehmen grenzten an Frechheit. Ich mußte mich wirklich beherrschen, ihm nicht eine Ohrfeige zu verpassen.

»Sie bitten mich herein?« fragte er in seinem gebrochenen Englisch. »Ich denken, Sie ziehen vor, Angelegenheiten von Herz nicht vor Öffentlichkeit zu besprechen.«

Ich trat einen Schritt zurück, damit er hereinkommen konnte, und schloß leise die Tür hinter ihm, die ich ihm am liebsten vor der Nase zugeknallt hätte. Alberto lief auf Evelyn zu.

»Ah, Geliebte meines Herzens! Wie kannst du mich verlassen? Weißt du nicht, daß ich habe gelitten um dein Schicksal wie ein Hund?«

Evelyn hob abwehrend die Hand, und Alberto blieb stehen. Ich hatte schon gefürchtet, dieser Schurke werde sie in die Arme reißen. Nun legte er den Kopf schief. »Du mich zurückstoßen? Du mich total vernichten? Ah, verstehe. Du hast gefunden reiche Beschützerin. Sie dir gibt Geschenke, du verlassen also arme Liebhaber, der nichts hat als nur Liebe. Oh, oh!«

Mein Sonnenschirm stand in der Ecke; den holte ich mir. Evelyn schwieg. Ich denke, sie war von so viel Frechheit völlig verwirrt. Ich stieß Alberto mit dem Schirmknauf in den Rücken. Er tat einen Satz zur Seite.

»Das reicht jetzt«, sagte ich energisch. »Sie haben diese Dame verlassen, nicht die Dame Sie, obwohl es nur klug gewesen wäre. Wie können Sie es wagen, hierher zu kommen, nachdem Sie einen so unverschämten Brief schrieben und ihr alles wegnahmen, was sie hatte?«

»Brief?« Alberto rollte dramatisch die Augen. »Ich nix Brief. Ich gehe aus, suche Arbeit für Essen für Herzensgeliebte. Da hat mich Pferd getreten, ich liege Wochen in schrecklichem Hospital und weine nach meine Evelyn. Ich werde gesund und schleiche in Zimmer, wo war Paradies für mich. Aber sie gegangen, fort! Mein Engel weggeflogen. Ich nix Brief geschrieben, nix, niemals! Wenn Brief, dann hat geschrieben mein Feind. Ich viele Feinde, die mir wollen stehlen meine Engel.«

Ich habe selten einen so schlechten Schauspieler gesehen, doch ich wußte nicht, wie sehr sich Evelyn von ihm beeindrucken lassen würde. Liebe richtet ja in manchen Gehirnen fürchterliche Zerstörungen an. Doch ich sah bald, daß ich keine Angst zu haben brauchte. Evelyns Wangen waren rot vor Zorn.

»Wie kannst du so etwas wagen?« fragte sie leise. »Hast du nicht schon genug Schaden angerichtet? Natürlich verdiene ich deine Vorwürfe, doch nicht dafür, daß ich dich verlassen habe, sondern nur dafür, daß ich mit dir ging und dir vertraute. Wie kannst du es aber wagen, hierher zu kommen und solche Ungeheuerlichkeiten zu dieser Dame zu sagen? Du bist nicht wert, die gleiche Luft zu atmen wie sie. Also verschwinde von hier, und komm mir nie wieder unter die Augen!«

Alberto taumelte ein paar Schritte zurück, und mein Schirm, der sich in seinen Magen bohrte, unterstützte seinen Rückzug. »Du kannst nicht so meinen, mußt sein krank«, sagte er. »Ich biete dir Hand und Namen. Kein andere Mann wird heiraten, wenn er weiß, daß du ...«

Er tat einen Satz rückwärts, als ich den Schirm hob, um ihn auf seinem Kopf zu zerschlagen, doch Evelyn fiel mir in den Arm. »Bitte, das ist ein guter Sonnenschirm«, sagte sie. »Er ist es nicht wert, daß du ihn seinetwegen zerschlägst.«

»Aber er wird dich erpressen. Er wird dich bloßstellen, wenn du nicht ...«

»Er kann meine Dummheit in die ganze Welt hinausposaunen«, erklärte Evelyn kalt. »Glaub mir, Amelia, er hat keine Macht mehr über mich. Wäre noch eine Spur von Zuneigung für ihn in mir gewesen, so hätte diese Szene sie ausgelöscht.«

Alberto starrte uns entsetzt an. »Erpressen? Bloßstellen? *Dio mio,* wie kannst du falsch verstehen? Ich nie denke daran ...«

»Das lassen Sie auch besser sein«, riet ich ihm. »Der geringste Ärger von Ihrer Seite, Sie Schuft, dann sitzen Sie im Gefängnis! Die ägyptischen Gefängnisse sind nicht sehr modern und behaglich, und ich habe etwas mehr Einfluß auf die hiesige Regierung als Sie.«

»Nun Sie mich bedrohen«, stellte er befriedigt fest. »Nicht nötig. Wenn Dame mich nicht will, ich gehen. Ich komme nur wegen Ehre. Ah, ich verstehen! Ist ein andere Mann, nicht wahr? Wer ist Räuber, der mir Herz meiner Liebsten stiehlt?«

Bis jetzt hatte sich Evelyn bewundernswert gehalten, doch jetzt flüsterte sie mir zu, ob wir nicht um Hilfe rufen könnten, damit er ginge.

»Natürlich können wir das«, erklärte ich, ging an Alberto vorbei, der sich hastig zurückzog, und riß die Tür auf. Gewöhnlich ist ein Flurdiener da, den ich rufen wollte, doch das war nicht nötig, weil Michael, unser Dragoman, auf dem Boden saß und sofort aufsprang. Ich winkte ihn herein.

»Michael, mein Freund, nimm diesen Mann hier am Kragen und wirf ihn hinaus«, trug ich ihm auf und deutete auf Alberto.

Michael zögerte nicht und griff nach Alberto, doch der wich schnell aus. »Nicht notwendig, ich gehen!« schrie er. »Ich abreise aus Ägypten. Mein Herz gebrochen, mein Leben kapuuut...«

»Mir egal«, antwortete ich. »Eine Frage noch. Woher wußten Sie, daß wir hier sind, und woher haben Sie das Geld, daß Sie uns folgen konnten?«

»Sind zwei Fragen, Dame. Ich gehen natürlich zu britischem Konsul in Rom, was sonst? Aber ich arbeite auf Schiff, friere, hungere, um meine Herzensliebste... Nein, ich gehen«, beeilte er sich zu versichern, als Michael wieder nach ihm griff. Und Alberto schoß zur Tür hinaus.

»Ich überzeuge mich, daß er gegangen ist«, erbot sich Michael.

»Ich danke dir«, antwortete Evelyn erleichtert. »Wie geht es deinem kleinen Mädchen, Michael? Sollen wir noch einmal nachsehen?«

»Nein, meine Dame. Ich komme, Ihnen zu sagen, daß es ihr bessergeht. Sie wacht auf und will essen, und jetzt danke ich Ihnen. Wenn Sie etwas von Michael brauchen, er wird alles für Sie tun. Und ich folge Ihnen bis ans Ende der Welt. Jetzt aber muß ich nach diesem bösen Mann sehen.«

Mit einer Geste demütiger, würdevoller Dankbarkeit verabschiedete er sich. Kaum hatte sich die Tür hinter ihm geschlossen, als Evelyn in Schluchzen ausbrach. Ich suchte fieberhaft nach Taschentüchern und Riechsalz, doch Evelyn erholte sich bald wieder. Sie nahm mir den Sonnenschirm ab, den ich noch immer fest umklammert hielt.

»Du bist viel aufgeregter als ich«, sagte sie. »Ich will dir ein Glas Wein bringen lassen.«

»Nein, nein, ich brauche nichts. Aber vielleicht du ...«

»Nein. Merkwürdig, ich fühle mich jetzt sehr erleichtert, etwa so, als hätte ich einen bösen Geist ausgetrieben.«

»Es war also Alberto, den du in der Halle sahst, als du ohnmächtig wurdest, nicht wahr?«

»Ja«, gab sie zu. »Weißt du, als ich da sein unverschämtes Grinsen sah, kam er mir wie ein Teufel vor, der gekommen war, um mich an meine Vergangenheit zu erinnern. Und ich war doch gerade so glücklich mit ... mit ...«

»Mit Walter doch, nicht wahr? Liebst du ihn?«

»Ich möchte mich dieses Wortes nicht bedienen, nachdem ... Oh, ich könnte ihn lieben, wenn ich das Recht hätte, einen guten Mann zu lieben.«

»Oh, hör doch mit dieser rührseligen Dramatik auf!« rief ich.

»Wir leben fast im zwanzigsten Jahrhundert, da sind deine abgestandenen Moralbegriffe nicht mehr zeitgemäß!«

»Glaubst du denn wirklich, Walter würde mir einen Heiratsantrag machen, wenn er von meiner Vergangenheit wüßte?« fragte sie ängstlich.

Ich zuckte die Achseln. »Er scheint ein netter Mann zu sein, aber ein Mann ist er trotzdem. Aber warum sollte er überhaupt davon erfahren?«

Darauf gab sie mir keine Antwort. Ich wußte auch so, daß sie ihm in ihrer Offenheit, die Teil ihres Wesens war, alles beichten würde. »Amelia«, schlug sie traurig vor, »wir wollen lieber das Thema wechseln. Ich wollte nur sagen, wie erleichtert ich war, daß Alberto ein ganz gewöhnlicher Mensch aus Fleisch und Blut ist. Wir sind mit ihm fertig. Aber daß er uns hierher folgte ...«

»Ja ... Ich überlegte mir schon, ob sich dein Großvater nicht vielleicht doch erholt haben könnte. Oder ob er, im Gegenteil ...«

»Amelia, wie zynisch du bist – und wie klug! Ich hoffe ...«

»Nicht zuviel hoffen, Evelyn«, warnte ich. »Morgen werde ich versuchen, etwas zu erfahren. Dann müßte ich Reis Hassan auch ein wenig drängen. Je eher wir von Kairo abreisen, desto besser ist es für uns beide.«

»Ja«, meinte Evelyn und lächelte sehnsüchtig. »Hier sind Menschen, die ich nicht gerne sehen mag. Aber Walter wird auch nicht mehr lange hiersein. Er reist mit seinem Bruder in zwei Tagen ab. Den Namen des Ortes habe ich vergessen. Ich weiß nur, daß dieser Platz einige hundert Meilen weiter südlich liegt. Es sind die Ruinen der Stadt des ketzerischen Pharao.«

»Also Amarna«, antwortete ich. »Nun, liebes Kind, wir wollen zu Bett gehen. Es war ein sehr ermüdender Tag.«

Doch der Tag war noch immer nicht vorüber. Evelyn schlief fast sofort ein, denn sie war sehr erschöpft. Ich wälzte mich ruhelos unter meinem Moskitonetz. Evelyns Bett stand auf der anderen Seite des Raumes in der unmittelbaren Nähe eines Fensters, vor dem sich ein kleiner Balkon befand. Ich hatte die Läden nicht geschlossen, da die Nachtluft so herrlich kühl und klar war. Ein breiter Streifen Mondlicht fiel durch das Fenster, doch die Ecken des großen Raumes lagen in tiefen Schatten. Ein Streifen Silberlicht fiel auch auf mein Bett.

Seltsam, ich dachte über die Gebrüder Emerson nach. Walter und Evelyn ... Wäre sie das, was zu sein sie vorgab – eine verarmte Adelige, die sich ihren Lebensunterhalt als meine Gesellschafterin verdiente –, so wäre eine Heirat zwischen den beiden recht passend gewesen. Ich nahm jedoch an, daß der ältere Bruder den jüngeren scharf unter Kontrolle hielt, daß aber auch nicht so viel Geld da war, daß der Jüngere sich eine Frau leisten konnte. Und wenn Emerson die Wahl hatte, dann entschied er sich immer für seine Ausgrabungen, und sein Bruder hatte das Nachsehen. Arme Evelyn, sie mußte Walter wohl die Wahrheit sagen. Die würde keinem Mann gefallen. Vielleicht schluckte er sie und heiratete Evelyn, um ihr dann sein Leben lang seinen Edelmut vorzuhalten, daß er ihr verziehen habe. Und das wäre unerträglich.

Ich wälzte mich ruhelos in meinem Bett herum. Vor dem Fenster quäkte etwas. Ein breiter Streifen Mondlicht fiel nun direkt auf mein Bett. Ich drehte mich der Wand zu, um von ihm nicht wachgehalten zu werden, doch es nützte nichts. Da begann ich über Albertos Motiv, Evelyn zu folgen, scharf nachzudenken. Liebe traute ich diesem Burschen nicht zu. Er schien andere Aussichten gehabt zu haben, als er sie verließ. Vielleicht hatte ihn ein ganz anderer Plan nach Ägypten geführt, doch als er sah, daß Evelyn anscheinend unter dem Schutz einer reichen Dame stand – dafür hielt er mich ja –, hoffte er, etwas aus ihr herausholen zu können. Oder aus mir.

Aus meinen Gedanken scheuchte mich ein Geräusch auf, das dem ähnlich war, welches ich vorher gehört hatte; es war nur jetzt viel näher und wurde wohl von einem lockeren Dielenbrett verursacht, das sich zwischen meinem Bett und dem Fenster befand. Ich kannte es gut; man trat ja öfter am Tag darauf. Ich drehte mich also auf den Rücken, um nachzusehen, ob Evelyn vielleicht aufgewacht und ans Fenster getreten sein könnte.

Und da stand neben meinem Bett, so nahe, daß der Körper das Moskitonetz berührte, eine unglaubliche Gestalt. Sie schien in dicken weißen Nebel eingewickelt zu sein, so daß ich zwar kein Gesicht, wohl aber die Umrisse eines Körpers erkennen konnte. Sie hätte direkt aus dem Museum in Boulaq stammen können, wo Maspero seine kostbaren ägyptischen Herren und Damen aufbewahrte. Aber selbst im blassen Mondlicht wirkte die Gestalt lebendig; der bronzebraune Körper war nackt bis zur Taille, der breite Kragen bestand aus orangefarbenen und blauen Perlen, und die kunstvoll gefaltete Kopfbedeckung aus Leinen war rot und weiß gestreift.

Ich war starr – nein, nicht vor Angst, das gewiß nicht! – vor Verblüffung. Lange stand die Erscheinung bewegungslos da, bis sie schließlich in einer drohenden Geste den Arm hob.

Da setzte ich mich auf, griff nach dem Ding und schrie. An Erscheinungen glaube ich nämlich nicht, deshalb wollte ich das Ding packen. Leider vergaß ich darüber das Moskitonetz, und der verehrte Leser möge verzeihen, daß eine Dame an den Ausdruck ›verdammt‹ dachte, weil mir kein stärkerer einfiel.

Natürlich hatte dieses elende Netz die nebelhafte Verschleierung bewirkt, und als ich mich endlich aus der Wirrnis von Netz, Nachthemd und Bettlaken befreien konnte, war ich atemlos und die Erscheinung verschwunden. Inzwischen war auch Evelyn aufgewacht, die mit ihrem eigenen Netz kämpfte.

Wir trafen uns am Fenster. Evelyn schüttelte mich an der Schulter. Ich muß wohl mit meinen aufgelösten Haaren wie eine Furie ausgesehen haben, und weil ich mich so weit zum Fenster hinausbeugte, fürchtete Evelyn, ich wolle Selbstmord begehen.

Nachdem ich auf dem Balkon oder im Garten darunter keine Spur unseres ungebetenen Besuchers hatte entdecken können, erzählte ich Evelyn den Vorfall. Sie zündete eine Kerze an, und ich las deutlich von ihrem Gesicht ab, was sie sagen wollte. Ich kam ihr zuvor.

»Es war kein Geist«, erklärte ich ihr bestimmt. »Ich war wach und kenne den Unterschied zwischen Traum und Wirklichkeit. Du siehst doch das zerrissene Netz ...«

»... das von deinem Kampf mit Bettlaken und Nachthemd stammt. Gegenstände aus Traum und Wirklichkeit gehen da oft ineinander über.«

Ich tat einen lauten Schrei, und Evelyn sah bestürzt drein; mein Schrei rührte von einem Gegenstand her, auf den ich mit meinen nackten Füßen getreten war. Ich hob ihn auf und zeigte ihn Evelyn.

Es war ein kleines Schmuckstück von etwa Fingerlänge, das aus blaugrüner Fayence bestand und den Falkengott Horus darstellte. Dieses Ornament ist häufig als Halsschmuck der alten ägyptischen Toten zu finden.

Jetzt lag mir noch mehr daran, Kairo so schnell wie irgend möglich zu verlassen. Selbstverständlich glaubte ich nicht an Gespenster. Ein bösartiges menschliches Wesen hatte sich im mondhellen Zimmer gezeigt, und darüber machte ich mir viel mehr Sorgen als über irgendeinen Spuk. Ich dachte sofort an Alberto, aber der war ein kleiner, gemeiner und labiler Übeltäter, kein Mördertyp. Und mörderische Absichten hatte diese Gestalt sicher gehabt.

Schließlich kam ich nach langem Überlegen zu dem Schluß, es müsse doch ein Dieb gewesen sein, der gehofft hatte, in dieser Verkleidung zwei Frauen so verblüffen zu können, daß er mit seiner Beute unerkannt entkam. Das war eine raffinierte Idee, wenn sie auch nur teilweise Erfolg gehabt hatte.

Die Polizei wollte ich nicht rufen, denn von den Ägyptern läßt sich da nicht viel erwarten. Außerdem hatte ich das Gesicht nicht genau genug gesehen. Sicher würde der Eindringling auch nicht zurückkommen, sondern sich eher eine leichtere Beute suchen. Das erklärte ich Evelyn in der Hoffnung, sie damit beruhigen zu können. Sie schien trotzdem mindestens noch halb zu glauben, ich hätte nur geträumt.

Leider gelang es mir nicht, Albertos Bleibe ausfindig zu

machen, um ihn überwachen lassen zu können. In Kairo gibt es so unzählige winzige Gasthäuser, daß man sie nicht alle in kurzer Zeit überprüfen kann. In einem der europäischen Hotels wohnte er jedenfalls nicht. Ich konnte aber erfahren, daß ein Mann von seinem Aussehen am Morgen eine Fahrkarte für den Zug nach Alexandria gelöst hatte, und so strich ich Alberto aus meinen Gedanken.

Walter war dagegen nicht so leicht abzuschütteln. So früh es sich höflicherweise machen ließ, erkundigte er sich nach Evelyns Befinden, doch sie wollte ihn nicht sehen. Ich verstand es und erklärte ihm so gut wie möglich ihre Gefühle, die Walter selbstverständlich falsch auslegte. Das veranlaßte ihn zu der Frage, ob er etwas getan oder gesagt habe, das Evelyns Ohnmacht zur Folge hatte. Ich versicherte ihm, das sei nicht der Fall; überzeugen konnte ich den armen Jungen damit aber nicht. Er war sehr betrübt, bat mich jedoch, Evelyn seine Grüße und besten Wünsche zu übermitteln und ihr zu sagen, er werde morgen mit seinem Bruder zum Grabungsplatz aufbrechen.

Walter tat mir so unendlich leid, daß ich um ein Haar mit der Wahrheit herausgeplatzt wäre, doch ich hatte ja kein Recht, Evelyns Vertrauen zu mißbrauchen. Ich ging also nach oben, um das arme gebrochene Herz der anderen Hälfte des Liebespaares zu trösten, wenn ich auch der Meinung war, daß ein bißchen Vernunft von beiden Seiten das Problem leicht hätte lösen können.

Mit Michaels Hilfe trieb ich die Bootsmannschaft an. Michael war von einer sagenhaften Hingebung und las uns jeden Wunsch von den Augen ab, wenn ich ihn insgeheim auch verdächtigte, mich für eine wichtigtuerische, unlogische Frauensperson zu halten. Ein Hotelgast bei Shepheard's hatte mir verraten, koptische Christen dürfe man nicht zum Dragoman wählen, weil die Moslems unter den Bootsmannschaften und die Kapitäne sie boykottierten. Aber Reis Hassan und Michael schienen gut miteinander zurechtzukommen, und die Vorbereitungen liefen gut weiter. Das Klavier stand bald im Salon, neue Vorhänge hingen an den Fenstern und sahen sehr schön aus, die Besatzung kehrte allmählich aufs Schiff zurück, und Travers schickte ich nach England zurück.

Wir hatten sehr viel zu tun mit all den Einkäufen, wir besuchten auch ein paarmal Michaels kleines Mädchen, probierten unser Arabisch aus, ließen das Klavier stimmen, machten einen letzten Besuch in Gizeh und gingen noch ein paarmal ins Museum. Bei den britischen Behörden fand ich einen alten Freund meines Vaters, der im Finanzministerium tätig war. Er war mir fast böse, weil ich ihn nicht schon früher aufgesucht hatte, denn er hätte die Gelegenheit, mich auszuführen, nur allzu gern wahrgenommen. Schließlich fühlte ich mich unter seinem prüfenden Blick unbehaglich.

Endlich platzte er heraus: »Miß Amelia, ahnen Sie denn überhaupt, wie sehr Sie sich verändert haben? Die ägyptische Luft tut Ihnen offensichtlich gut. Sie scheinen heute sehr viel jünger zu sein als bei meinem letzten Besuch in Sussex.«

Ich trug ein Kleid, das Evelyn für mich ausgewählt hatte; es war senfgelber Foulard mit grünen Paspeln und drapierten Röcken. »Feine Federn, mein Freund, stehen auch alten Hennen gut«, antwortete ich. »Aber Sie können mir vielleicht helfen ...«

Natürlich war ich zu ihm gekommen, um etwas über Evelyns Großvater herauszufinden, doch er war so sehr Gentleman, daß er nicht nach dem Grund meines Interesses fragte. Er unterrichtete mich davon, daß er vor etwa zwei Wochen vom Tod des alten Herrn erfahren habe, über die Tatsache hinaus wußte er jedoch nichts. Und ich konnte keine weiteren Fragen stellen, wollte ich nicht verraten, wer Evelyn war. Also blieb meine Neugier unbefriedigt.

Als ich gerade das Büro verlassen wollte, kam Major Baring, jetzt Sir Evelyn, der Generalkonsul und britische Regierungsvertreter, herein. Er erinnerte mich an meine Brüder, die ebenso wie er eine dicke Staublage britischer Respektabilität mit sich herumtrugen. Sein getrimmter Schnurrbart, der goldgefaßte Kneifer, die makellose Kleidung, die rundliche Statur – alles sprach von Fähigkeit, Zuverlässigkeit und langweiligem Trübsinn. Er hatte sich um die finanzielle Gesundung des Landes jedoch sehr große Verdienste erworben und war als der maßgebende Mann Ägyptens bekannt. Er war äußerst liebenswürdig und sagte mir jede nur denkbare Hilfe zu. Meinen Vater hatte er nicht persönlich, nur dem Ruf nach gekannt, so daß ich mir allmählich meinen Vater wie eine Spinne vorstellte, die in einem weltweiten Netz sitzt und an den Fäden zieht.

Wir planten unsere Abreise für Freitag, und am Donnerstag abend kam unser Besucher an. Die Unterhaltung mit ihm klärte einige Punkte, schuf aber viele neue Probleme, die gar nicht leicht zu lösen waren.

Ich hatte darauf bestanden, in die Halle hinabzugehen. Evelyn war den ganzen Tag über sehr nachdenklich und düsterer Stimmung gewesen, teils wegen ihres Großvaters, teils Walters wegen, der sich immer weiter von ihr entfernte. Die Emersons hatten eine Kabine auf einem Flußdampfer genommen, in der sie all ihre Vorräte unterbringen konnten. Sie selbst schliefen auf Deck bei der Mannschaft. Unwillkürlich stellte ich mir meine zarte Evelyn in einer solchen Umgebung vor und konnte nicht sehr bedauern, daß Walter entschwunden war.

Wir waren beide müde von der reichlichen Tagesarbeit, und ich glaube, ich habe ein wenig geschlummert, als mich Evelyns Ausruf weckte. Ich fürchtete schon, es könne wieder Alberto sein, und sprang auf, doch ihre Miene sprach eher von ungläubigem Staunen denn von Angst. Ein junger Gentleman kam rasch auf uns zu und streckte ihr lachend die Hände entgegen.

Ich dachte schon, jetzt wird sie ihm gleich um den Hals fallen, doch das tat sie nicht, sondern schüttelte nur begeistert seine braune Hand.

»Evelyn, liebes Mädchen! Wie erleichtert bin ich ... Aber wie konntest du mir einen solchen Schrecken einjagen!«

»Was, in aller Welt, tust du hier?« rief Evelyn.

»Ich bin natürlich dir gefolgt, was denn sonst? Ich fürchtete doch um deine Sicherheit. Aber wir vergessen unsere ganze Höflichkeit ...« Er wandte sich lachend an mich. »Das muß Miß Peabody sein, die edle, großherzige Miß Peabody, der ich die Rettung meiner lieben Kusine verdanke. Oh, ich weiß alles! Ich war in Rom beim britischen Konsul, und über ihn habe ich dich ja gefunden. Nein, liebe Kusine, von diesem sauberen Gentleman, der dich nach Rom brachte, wollen wir nicht sprechen, doch ich weiß, was wir Miß Peabody zu verdanken haben. Meine liebe Miß Peabody, entschuldigen Sie, wenn mich meine Begeisterung mitreißt.« Er griff nach meiner Hand und schwang sie so heftig, daß ich dachte, er wolle sie mir ausreißen.

»Wirklich, Sir, ich bin ganz überwältigt ...«, begann ich.

»Ich weiß, ich bin's auch.« Der junge Mann ließ meine Hand los und lachte so perlend, wie man es bei einem Mann selten hört. »Aber bitte, meine Damen, setzen Sie sich doch, damit ich mich auch setzen kann. Dann können wir uns besser unterhalten.«

»Vielleicht denken Sie dann auch daran, sich vorzustellen«, erinnerte ich ihn und massierte meine geschundenen Finger.

»Oh, Verzeihung, Amelia«, bat Evelyn. »Darf ich dich mit meinem Vetter, Mr. Lucas Hayes, bekannt machen?«

»Das erlaube ich dir, wenn er lange genug schweigt«, antwortete ich ein wenig säuerlich, doch der junge Mann lachte breit.

»Aber ist er denn noch Mr. Hayes? Oder müßte man ihn ›Eure Lordschaft‹ nennen?«

»Sie, Miß Peabody, werden mich doch hoffentlich Lucas nennen«, schlug er liebenswürdig vor. »Für Evelyn könnte es allzu schmerzlich sein, an ihren Verlust erinnert zu werden. Ich sehe ja, daß die Nachricht Sie schon erreicht hat.«

»Wir erfuhren erst vor ein paar Tagen davon«, erklärte Evelyn traurig. »Bitte, Lucas, erzähl mir davon. Ich will alles wissen, selbst wenn es schmerzlich für mich ist. Ich hoffe, daß er mir verziehen hat, daß er wenigstens Zeit für ein freundliches Wort, für eine Botschaft hatte.« In ihren blauen Augen glänzten Tränen. Sie sah sehr schön aus, und das Gesicht des jungen Mannes drückte höchste Bewunderung aus.

»Evelyn, ich bin überzeugt, daß auch er Güte kannte. Aber laß mich meine Gedanken erst sammeln, ich will dir alles erzählen.«

Also sammelte er seine Gedanken, und ich hatte Muße, ihn zu studieren. Er war groß und breitschultrig, und seine elegante Kleidung hatte einen Anstrich von Dandyhaftigkeit. Seine Lackschuhe schimmerten wie poliertes Glas, und die Weste war mit Rosenknospen bestickt. Auf seiner schneeweißen Hemdbrust glitzerte ein riesiger Diamant, und die Hosen saßen so eng, daß ich bei jeder seiner Bewegungen fürchtete, etwas könne platzen. Seine ganze Art war sehr englisch, doch seine dunkle Haut und die großen, dunklen Augen verrieten die Nationalität seines Vaters. Seine Hände waren groß, dunkel und gut geformt, und vor allem so gut gepflegt wie die Hände einer Dame. Die Hand drückt den Charakter des Besitzers besser aus als sonst etwas. Emersons

Hände waren schwielig und von harter Arbeit mit Narben bedeckt und verformt.

Dem verehrten Leser mag es vielleicht unlogisch erscheinen, daß ich etwas gegen meinen neuen Bekannten hatte. Seine Manieren waren zwar überwältigend, doch sonst war an ihnen nichts auszusetzen. Der Sprache nach war er ein Mann von Herz, Verstand und Ehre, doch ich mochte ihn einfach nicht.

»Du weißt wohl«, begann Lucas, »daß dein ehrwürdiger Großvater nach deiner ... überstürzten Abreise einen fürchterlichen Wutanfall hatte und infolgedessen einen Schlaganfall erlitt. Der alte Herr war erstaunlich stabil und erholte sich wieder. Ich glaube, dieses hitzige Temperament verleiht ungeheure Kräfte. Du darfst mich nicht so vorwurfsvoll anschauen, Evelyn. Ich kann nicht vergessen, wie schlecht er dich behandelt hatte, also darf ich mir ab und zu ein Wort der Kritik wohl erlauben.

Als ich hörte, was geschehen war, reiste ich sofort zu ihm. Du kannst dir nicht vorstellen, welche Menschenmenge ich bei meiner Ankunft in Ellesmere Castle vorfand – Tanten und Onkel, Vettern und Basen jeden Grades waren wie die Aasgeier eingefallen, und der arme Leidende war belagert wie ein Fort. Vetter Wilfred versuchte die Pflegerin zu bestechen, Tante Marian saß in einem Stuhl bei der Tür und mußte jedesmal weggeschoben werden, wenn jemand das Krankenzimmer betreten oder verlassen wollte, Peter Forbes kletterte am Spalier in die Höhe und mußte von einem Diener und deinem demütigen Vetter – von mir – heruntergeholt werden.

Meine liebe Miß Peabody, ich lese in Ihrem Gesicht wie in einem offenen Buch. Sie denken: Da schimpft ein Kessel den anderen schwarz, und Sie halten mich ebenso wie die anderen für einen Aasgeier. Natürlich haben Sie recht. Ich leugne es nicht, daß ich bestrebt bin, meine Position auf dieser Welt zu verbessern, wo immer es möglich ist. Ich bin kein Heuchler und gebe nicht vor, den alten Herrn geliebt zu haben, wenn er auch ein paar gute Eigenschaften hatte. Evelyn ist eine kleine Heilige, sie verzeiht und vergißt alles. Und nur eine Heilige hätte Großvater lieben können. Mir tat er leid. Oh, er tat mir ehrlich leid. Da lag er nun leidend und sterbend und hatte keinen Menschen um sich, der ihn liebte.

Meine Position war weit besser als die meiner Mitaasgeier, denn ich war der Erbe, und die Ärzte und Anwälte, die bei ihm waren, wußten es. Da er sich nicht bewegen und auch nicht sprechen konnte, benützte ich meine Autorität, die ganze Familie hinauszuwerfen. Ihre Flüche machten keinen Eindruck auf mich. Ich denke aber, daß die nun eingetretene Ruhe seine Erholung ermöglichte. Sehr zum Staunen der Ärzte stampfte er nach wenigen Wochen in seinem Zimmer herum, beschimpfte seine Pflegerin und warf seinem Diener das Eßgeschirr nach. Die Ärzte warnten ihn vor starken Gemütsbewegungen. Sie sagten, ein zweiter Schlaganfall werde mit Sicherheit tödlich sein.

Nach deiner Abreise, Evelyn, ließ er sofort seinen Anwalt kommen und machte ein neues Testament. Da hinterließ er dir fünf Pfund, damit du dir einen Trauerring kaufen konntest. Mich hatte er zum Erben eingesetzt – nicht aus Zuneigung, ganz gewiß nicht, sondern weil er die übrige Verwandtschaft noch viel mehr haßte und verachtete als mich. Als er sich wieder erholt hatte, hielt ich ihm einmal vor, wie schlecht er dich behandelt habe. Ich hatte gewiß nichts gegen ein Erbe einzuwenden, aber es war ja genug da für zwei, und ich konnte meinen Reichtum nicht genießen, wenn ich wußte, daß es dir schlecht ging.

Der alte Herr wurde wütend, und so konnte ich nicht mehr von dir sprechen, wenn ich nicht einen neuen Schlaganfall heraufbeschwören wollte. Dann deutete er an, ich solle abreisen, aber er war noch ziemlich schwach, und die Ärzte meinten, jemand müsse ihm ja die Besucher vom Leib halten. Das tat ich auch.

Ich glaubte schon, sein Zorn auf dich habe sich gelegt, als eines Nachmittags ... Nun ja, ich war nicht im Haus, weil ich auch einmal ein bißchen Vergnügen brauchte, denn ich hatte sehr trübsinnige Wochen hinter mir. In meiner Abwesenheit verließ Großvater das Bett und trieb die Diener an, deine Sachen zu packen, nicht nur deine Kleider und die paar Schmucksachen, die er dir geschenkt hatte. Nichts blieb zurück. Er stürmte durch deine Zimmer und warf alles, was er fand, in die Kisten. Als ich nach Hause kam, war alles verpackt, verschlossen und von einem örtlichen Fuhrmann auf den Weg gebracht. Nichts mehr im ganzen Schloß erinnerte an dich. Und da brach er dann zusammen. Das ganze Haus war in Aufruhr, Ärzte kamen an, das Hauspersonal war hysterisch, dazu schneite es, was vom Himmel herabkommen mochte; es war eine Szene wie in einem trübsinnigen Roman. Es war schrecklich!

Da hat sich Großvater dann nicht mehr erholt. Er versuchte noch ein paarmal zu sprechen, und ich hatte den Eindruck, er wolle dir verzeihen und wünschte deine Rückkehr. Ich hoffe, daß du das glaubst.«

Evelyn hatte den Kopf gesenkt. Dicke Tränen fielen auf ihre im Schoß gefalteten Hände.

»Eine sehr rührende Geschichte«, bemerkte ich trocken. »Evelyn, du verdirbst dein Kleid. Auf Satin sieht man jeden Wassertropfen.«

Evelyn holte tief Atem und tupfte sich die Augen ab. Lucas hatte die Frechheit, mir zuzuzwinkern. Das übersah ich. »Nun, Evelyn, ein Problem ist damit gelöst«, sagte ich. »Die Motive unseres Besuchers werden verständlich. Dieses Individuum hatte von der Erholung, nicht aber von dem fatalen Zusammenbruch gehört. Die Hoffnung stirbt ja nie aus.«

»Du brauchst nicht so taktvoll zu sein«, erwiderte Evelyn. »Lucas weiß genau, wen du meinst. Ich will ihn nicht kränken, indem ich über ...«

»Du kränkst mich, wenn du je wieder auf die Vergangenheit zurückkommst. Sie ist abgeschlossen – außer ich habe das Glück, einem gewissen Individuum eines Tages an einem abgelegenen Ort zu begegnen ... Aber laß mich meine Erzählung zu Ende bringen. Du hast die traurigen Kapitel gehört, nun folgen die angenehmeren Dinge.

Nachdem die Trauerfeierlichkeiten für unseren Vorfahren abgeschlossen waren, machte ich mich auf die Suche nach dir. Und da bin ich nun und warte auf deine Einwilligung, unser Vermögen zu teilen. Ich kann es nicht mein Vermögen nennen, doch ich möchte, daß du Titel, Leben und Namen mit mir teilst.«

Er lehnte sich zurück und strahlte uns beide an wie ein jugendlicher Weihnachtsmann. Das war ein großzügiges Angebot, und es fiel mir nicht leicht, mein Urteil über den jungen Mann nicht umzustoßen. Trotzdem ging mir die Bedeutung des letzten Satzes erst nach einer Weile auf. »Sir«, rief ich, »soll das etwa ein Heiratsantrag sein?«

»Ich denke, anders lassen sich meine Worte nicht auslegen«, erwiderte er breit lachend.

Evelyn starrte uns entgeistert an, versuchte ein paarmal zu sprechen, räusperte sich einige Male und stotterte schließlich:

»Lucas, d-das kann ich n-nicht glauben. Du kannst d-doch nicht m-meinen ...«

»Warum nicht?« Er nahm ihre Hände in die seinen. »Evelyn, wir sind doch füreinander bestimmt. Vernunft und – wie ich hoffe – Zuneigung sollten uns zusammenführen. Ich weiß, daß du mich nicht liebst, daß dein Herz zaghaft und verwundet ist. Aber laß mich dir eine Zuflucht in meinem

Herzen bieten! Laß mich dich lehren, mich so zu lieben, wie ich dich verehre!«

Seine dunklen Augen waren so voll Zärtlichkeit, daß ich nicht begriff, wie ein Mädchen ihm je widerstehen konnte. Aber Evelyn war doch stärker, als ich gedacht hatte.

»Lucas«, erwiderte sie leise, »dein Angebot bewegt mich zutiefst, und mein Leben lang will ich dich für deinen Edelmut verehren. Aber heiraten kann ich dich nicht. Deinetwegen nicht, Lucas, denn dich trifft die Kritik der Leute noch härter als mich. Ich will niemals heiraten. Ich trage ein Bild in mir...«

»Aber doch nicht dieser elende...!« rief Lucas empört.

»Nein, ganz gewiß nicht.«

»Das erleichtert mich. Liebste Evelyn, ich bin aber nicht entmutigt, denn eine so schnell aufgeflammte Zuneigung kann nicht von Dauer sein. Ich werde sie schon überwinden. Da du keine Eltern hast, wende ich mich an Miß Peabody und bitte um die Erlaubnis, so, wie es sich gehört, um dich werben zu dürfen.« Er legte dazu eine Hand aufs Herz und lachte mich an. Ich lachte ein wenig säuerlich zurück.

»Mein lieber Herr, ich kann Sie nicht daran hindern, die Gesellschaft Ihrer Kusine zu genießen, doch Sie werden sich beeilen müssen. Wir reisen nämlich morgen früh ab, den Nil entlang. Sie haben also nur ein paar Stunden Zeit, Ihren Anzug aufbügeln zu lassen.«

»Morgen schon? Oh! Natürlich denke ich nicht allzu bescheiden über meine Überredungskünste, jedoch...«

»Es tut mir leid, Lucas, ich werde meine Ansicht nicht ändern«, fiel ihm Evelyn ins Wort. »Und ich bedaure, daß ich deine Gesellschaft nicht mehr lange genießen kann.«

»Nein, Evelyn, darüber müssen wir noch reden. Ich bin ebenso stur wie du. Meine Hoffnungen gebe ich nicht auf. Liebes Mädchen, die Hälfte des Vermögens gehört dir, wenn auch gesetzlich nichts darüber festgelegt ist, und ich werde nie eine Heirat dazu benützen, etwas zu erzwingen ... Deine Vermögenshälfte wird dir sofort nach unserer Rückkehr überschrieben. Du gehörst nach Hause; du kannst wohnen, wo du willst; wenn Dower House in Ellesmere dir nicht gefällt, suchen wir ein anderes ...«

Evelyn schüttelte den Kopf. »Mein Großvater konnte über sein Vermögen bestimmen, wie er wollte. Ich kann nichts annehmen, was mir nicht gehört, Lucas, und gibst du es mir, dann gebe ich es zurück. Außerdem habe ich versprochen, den Winter mit Amelia zu verbringen. Eine Reisegefährtin hat sie schon im Stich gelassen, ich will nicht die zweite sein. Sie verläßt sich auf mich.«

»Dann im Frühling?«

»Ich verspreche gar nichts.«

»Ich verstehe, es wäre undankbar Miß Peabody gegenüber, sie jetzt zu verlassen. Der Winter in Ägypten ist an sich eine gute Idee. Du wirst dich an Körper und Geist erholen. Ich kann mir inzwischen für meine Freunde zu Hause eine gute Lüge ausdenken, wo ich war, denn die ist nötig. Deine Absage, meine liebe Kusine, nehme ich nicht als endgültig hin. Erst wenn ich dich bis zum Frühjahr nicht von meinen ehrlichen Absichten überzeugen konnte, gebe ich die Hoffnung auf; vorher nicht. Nun, Miß Peabody, was sagen Sie dazu?«

»Wollen Sie wirklich meine Meinung hören? Nun, mein lieber Lord Ellesmere, Sie haben gewiß einiges Recht auf Ihrer Seite. Und du, Evelyn, kannst die Hilfsbereitschaft deines Vetters nicht zurückweisen. Wenn du das Geld nicht nehmen willst, das er dir zu geben bereit ist, kannst du aber durchaus ein ordentliches Jahreseinkommen akzeptieren. Wenn du nach Hause gehen willst ...«

»Amelia! Wie kannst du so etwas sagen!«

Ich putzte mir die Nase, um meine Freude nicht erkennen zu lassen. »Dann treten wir also unsere Reise an. Sind wir zurück, kannst du über das Angebot deines Vetters entscheiden. Ist das fair oder nicht?«

Lucas schüttelte begeistert meine Hand, doch Evelyn war nicht sonderlich erfreut, wenn sie auch keinen Einwand erhob.

»Aber Sie müssen aus einer gewissen Entfernung werben, Mr. Lucas«, fuhr ich fort. »Es ginge nicht an, daß ich Ihnen eine Kabine auf unserer Dahabije anbiete.«

»Ich dachte nicht, daß Ihnen so sehr an Schicklichkeit liegt«, antwortete Lucas. »Aber selbstverständlich miete ich mir selbst eine Dahabije und folge Ihnen so schnell wie möglich. Sie entkommen mir nicht, meine Damen. Ich werde immer dort vor Anker gehen, wo Sie sind.«

»Das hört sich ja ungeheuer romantisch an«, bemerkte ich trocken. »Hoffentlich sind Sie nicht enttäuscht, wenn hier in Ägypten nicht alles so glatt läuft, wie Sie es wünschen. Heute können Sie sowieso nichts mehr tun.«

»Unterschätzen Sie mich nicht, meine Dame! Morgen, wenn ich Sie zu Ihrem Boot begleite, miete ich mein eigenes, und noch heute besorge ich mir einen Dragoman. Vielleicht können Sie mir einen guten empfehlen?«

»Nein«, erwiderte ich. »Und Michael ist schon nach Hause gegangen.«

»Er ist sicher irgendwo in der Nähe«, meinte Evelyn, »denn er verehrt dich über alle Maßen.«

»Woher willst du das wissen, Evelyn? An dir hängt er so sehr.«

Jedenfalls stimmte das, und Michael war noch im Hotel. Wir verabschiedeten uns von den beiden Männern. Natürlich war Evelyn in ihrer Gutherzigkeit wieder einmal viel zu hilfsbereit gewesen, und das fand ich gar nicht gut.

4. Kapitel

Ich hatte mir vorgenommen, ungewöhnlich früh am nächsten Morgen abzureisen, um Mr. Lucas zu entgehen. Ich unterschätzte ihn. Am Himmel zeigte sich noch kaum ein erster rosenfarbener Schimmer, als wir in die Hotelhalle hinabkamen und dort Mr. Lucas mit einem riesigen Blumenstrauß für Evelyn und einem wissenden Lächeln für mich vorfanden. Er bestand darauf, uns nach Boulaq zu begleiten, und als wir schon auf der Dahabije waren, stand er noch immer winkend und die Pracht seiner Zähne in einem breiten Lachen zeigend am Ufer.

Mit viel Geschrei nahmen die Männer ihre Plätze ein und lösten die Ankertaue. Die Ruderer stießen ab, bald schwellte der Wind die Segel, und wir waren auf dem Weg.

Wir saßen auf dem oberen Deck im Schutz eines Sonnensegels. Teppiche, Liegestühle und Tische machten es zu einem behaglichen Salon, und sofort erschien auch unser Aufwärter, der junge Habib, mit Minzentee und Gebäck. Evelyn gab ihre tiefe Nachdenklichkeit auf und tat kleine Entzückensschreie. Wirklich, selbst ein ausgemachter Pessimist müßte auf die Schönheit eines solchen Tages und einer solchen Reise voll Heiterkeit reagieren. Die Sonne stand an einem wolkenlosen Himmel, und ein sanfter Wind fächelte uns die Wangen. Die Paläste in ihren Gärten, die bis zum Wasser reichten, erschienen uns wie ein Traum oder ein liebliches Märchen. In der Ferne hoben sich die Pyramiden klar vor dem Himmel ab, denn die reine, trockene Luft ließ alle Linien wie graviert hervortreten.

Wir konnten uns von dieser herrlichen Aussicht nicht losreißen und saßen den ganzen Tag über auf Deck. Zur Dinnerzeit wehten delikate Düfte zu uns herauf, und Evelyn aß mit herzhafterem Appetit als seit langem. Dann brach der Abend herein, und wir zogen uns in den Salon zurück. Sie spielte Chopin, während ich an einem Fenster saß und den Sonnenuntergang beobachtete. Solche Momente bleiben ewig in meinem Gedächtnis haften.

Selbstverständlich habe ich nicht die Absicht, die Literatur um ein weiteres Reisebuch zu bereichern und den seltsamen Gesang der Männer in der Abenddämmerung, den Austausch von Saluten mit den Cook-Dampfern und unsere Besuche bei den Monumenten von Dahshoor und Abusir – größtenteils Pyramiden – zu beschreiben. Die meisten Reisenden wollen die schwierigere Fahrt flußaufwärts möglichst rasch hinter sich bringen und besichtigen die historischen Plätze erst auf dem Rückweg. Sehr viel hängt natürlich von den Winden ab, denn bei Flaute ist man entweder gezwungen, am Ufer vor Anker zu gehen oder sich von Männern rudern zu lassen, die wie Sklaven an Taue gelegt werden.

Ich zog es aus privaten Gründen vor, die Reise nilaufwärts möglichst schnell zu machen, denn ich unterschätzte Mr. Lucas' Energie keineswegs. Ich rechnete mir aus, daß es nicht sehr leicht wäre, eine passende Dahabije zu finden, so daß wir ein paar friedliche Wochen genießen könnten.

Vor unserer Abreise hatte ich einen Plan aufgestellt, weil ich die älteren Grabdenkmäler sehen wollte, bevor ich die aus der griechischen und römischen Periode besichtigte. Reis Hassan erklärte mir jedoch, er müsse sich nach den Winden richten. Ich verstand aber inzwischen so viel Arabisch, daß ich ein paar Bemerkungen begriff, die mir Michael nicht übersetzte. Nach Reis Hassan war ich eine Frau, also eine Närrin, die nichts von Booten und Winden auf dem Nil verstand. Wer ich denn sei, daß ich einem erfahrenen Kapitän sagen wolle, wie er sein Boot führen müsse?

Selbstverständlich machte ich den Reis darauf aufmerksam, daß ich das Boot gemietet habe, und man braucht nicht zu raten, wer die Auseinandersetzung gewann. Trotzdem mußte ich jedesmal mit ihm streiten, wenn ich unterwegs einen Halt vorschlug.

Der Wind war gut, und wir kamen ausgezeichnet vorwärts. 167 Meilen südlich von Kairo sind die Gräber von Beni Hassan aus der Zeit der Zwölften Dynastie, die chronologisch jener der Pyramiden von Gizeh folgt. Der Reis begriff meine Erklärung sicher nicht, doch wir hielten in Beni Hassan.

Das Dorf war typisch. Kleine, mit Stroh gedeckte Erdhügel, die wahllos über die Ebene verstreut waren, dienten als menschliche Behausungen. Gekocht wird in einem von solchen Erdhügeln umgebenen Innenhof; neben der Feuerstelle gibt es einen Stein, mit dem Korn zerquetscht wird, und ein paar Krüge, das ist alles. Die Frauen spinnen, mahlen Korn oder nähren ihre Kinder, die Männer sitzen untätig da. Kinder, Hühner, Hunde und ab und zu eine Ziege, alles schmutzig und mit unzähligen Fliegen bedeckt, balgen sich da. Sind die Kinder nicht von Krankheiten entstellt, so sind sie trotz allen Schmutzes sehr hübsch.

Als wir in das Dorf kamen, wurden wir sofort umringt. Hände streckten sich nach Bakschisch aus oder boten uns gestohlene Antiquitäten oder deren wertlose Nachahmungen zum Kauf an. Man sagt, diese Fälschungen stammten aus europäischen und amerikanischen Lieferungen.

Evelyn schrie auf, als ihr ein unbeschreiblich gräßlicher Gegenstand unter die Nase gehalten wurde. Erst sah das Ding aus wie ein Bündel trockener brauner Stecken, die in Lumpen gewickelt waren, doch dann erkannte mein kritischer Blick eine Mumienhand, die am Gelenk abgetrennt war. Zwei zierliche Ringe steckten noch an den Fingern, und das machte den Anblick noch gespenstischer.

Viele Reisende kaufen solche Dinge, ja sogar ganze Mumien, die ohne jede Ehrfurcht vor ihrem Alter und ohne Berücksichtigung ihres unschätzbaren kulturellen Wertes außer Landes gebracht werden. Michael mußte diesen Leuten erklären, daß wir nicht daran dächten, solche Sachen zu kaufen.

Wir begaben uns zu den Gräbern. Ich hatte während der Reise meine Zeit nicht vergeudet, denn ich hatte mich mit Samuel Birchs kleinen Büchern über ägyptische Hieroglyphen beschäftigt, so daß ich nun in der Lage war, Evelyn den einen oder anderen Namen zu buchstabieren. Es ist ein sehr erregendes Gefühl, diese Zeichen auf zerbröckelten Fels gemalt zu sehen, statt gedruckt auf den Seiten eines Buches, und dann auch noch ihren Sinn zu erkennen.

Die Gräber waren auch für Gelegenheitstouristen außerordentlich interessant. Die Wandbilder stellten auf fröhliche Art das dar, was diese Toten zu Lebzeiten zu tun liebten und was auf ihren Besitztümern gearbeitet wurde. Sklaven bliesen Glas und machten Goldschmiedearbeiten, hüteten die Herden, arbeiteten auf den Feldern oder töpferten.

Später wurden dann viele dieser herrlichen Gräber von habgierigen und unverständigen Eingeborenen geplündert. Teile der Wandbilder wurden an Antiquitätenhändler verschachert. Die Touristen waren auch kaum besser als die Ägypter. Ich beobachtete einen Amerikaner, der einfach ein Stück Stein mitnahm, das ein entzückend gemaltes, ganz junges Kalb zeigte. Ich schrie den Mann an, doch er erklärte mir seelenruhig, wenn er es nicht mitnähme, täte es ein anderer, und es sei ja genug da.

Emerson hatte mit seinen Klagen schon recht gehabt, das sah ich immer deutlicher. Evelyn sprach nie von Walter, doch wenn ich einmal den Namen erwähnte, leuchteten ihre Augen. Sie schien also sehr häufig an ihn zu denken.

Ich dachte oft an den älteren Bruder, wenn auch auf eine andere Art als Evelyn an den jüngeren. Mir kam der Gedanke an ihn wie ein Moskitostich vor, an dem man ständig kratzen mußte. Ich weiß, das ist kein eleganter Vergleich, doch seine Kritik war ja auch immer sehr beißend gewesen. Als ich jedoch immer klarer sah, daß die Touristen und die Einheimischen wie Vandalen in diesen geheiligten Altertümern hausten, hätte ich am liebsten die ganze Altertumsabteilung des Landes übernommen. Oh, ich hätte für Ordnung gesorgt!

Inzwischen kannte ich die Bootsmannschaft ganz gut. Der Koch war ein ältlicher, schwarzhäutiger und zahnloser Mann aus Assuan, der auf zwei kleinen Kohlenöfchen die köstlichsten Mahlzeiten zauberte. Habib und Abdul, die beiden jungen Diener, hätten direkt aus einem alten ägyptischen Wandbild stammen können. Sie sahen sehr gut aus, waren groß, schlank und breitschultrig. Besonders Habib hatte ein sehr ansteckendes Lachen, wenn ich mit ihm arabisch sprach. Die anderen Männer konnte ich nicht leicht voneinander unterscheiden; sie waren milchkaffeefarbig bis schwarz und trugen gestreifte Gewänder und weiße Turbane.

Die Ägypter haben für jedermann einen Necknamen. Maspero hatte uns von einem weißbärtigen Freund erzählt, den sie ›Vater des Bartes‹ nannten. Mir verliehen sie den Titel *Sitt Hakim,* das heißt Doktorin. Ich verdiente ihn, denn täglich hatte ich Wunden zu verbinden, Kratzer zu desinfizieren und kleine Krankheiten zu heilen, doch zu einer Amputation wurde ich niemals gerufen. In den Dörfern brachten mir die Frauen ihre kranken Kinder. Als wir Beni Hassan verließen, hatte ich fast meinen ganzen Vorrat an Augenmedizin aufgebraucht, aber auch das war nur ein Tropfen Wasser in der Wüste.

So vergingen die Tage eigentlich recht abwechslungsreich und interessant. Evelyn war eine sehr angenehme Gesellschafterin und gute Freundin. Sie genoß Schönheit, wo sie sich bot, nahm auf meine Stimmungen Rücksicht, war heiter, beklagte sich nie und zeigte sich sehr aufgeschlossen für die Geschichte, deren Zeugen wir vor Augen hatten. Ich glaube, wir hätten viele Jahre lang wie Schwestern zusammen reisen oder die Behaglichkeit Englands genießen können, doch mir war ja klar, daß ich damit nicht rechnen konnte. Ob sie nun ihren Vetter heiratete oder nicht, war egal, denn heiraten würde sie eines Tages, und Lucas' Beharrlichkeit war nicht zu unterschätzen. Also beschloß ich, ihre Gegenwart so lange zu genießen, wie es möglich war.

Nach Beni Hassan war der nächste interessante Ort ein Dorf namens Haggi Quandil, auch Tell-el-Amarna genannt, die Stadt des Ketzerkönigs Khuenaten. Manche Archäologen vermuten, daß es kein König, sondern eine Königin war, und wenn man Bilder dieses Herrschers sieht, entdeckte man eindeutig feminine Züge.

Verwirrend waren die Überlegungen zur religiösen Überzeugung dieser Persönlichkeit. Khuenaten hatte die alten ägyptischen Götter aufgegeben und verehrte dafür die Sonne, Aten. Betete er wirklich nur diesen einzigen Gott an? Und bestand zwischen seinem Monotheismus und dem der Hebräer irgendeine Verbindung? Moses war am Hof von Ägypten erzogen worden, und so erschien es mir möglich, daß der Glaube der Hebräer von der Religion eines altägyptischen Pharaos abstammte. Evelyn war sehr erschüttert, als ich ihr gegenüber diese Idee entwickelte. »Er hat die königliche Stadt Theben aufgegeben«, erklärte ich ihr, »und seine neue Hauptstadt seinem Gott geweiht. Lepsius entdeckte auf den Felsen rund um Khuenatens Stadt zahlreiche Inschriften und interessante Gräber. Die Malereien hier unterscheiden sich grundlegend von den sonstigen Grabgemälden. Wenn der Wind günstig ist, könnten wir dort einen Besuch machen. Was meinst du dazu, Evelyn?«

Evelyn, die gerade an einer Skizze arbeitete, legte den Bleistift weg. Sie zeichnete nämlich sehr hübsch und hatte unterwegs schon viele Skizzen gemacht. Jetzt schaute sie zum Ufer hinüber.

»Wie heißt dieses Dorf, Amelia?« fragte sie.

»Der alte Ortsname heißt...« Ich blätterte in meinem Buch.

»Der moderne Name ist doch El Amarnah, nicht wahr?« sagte sie leise.

»Es gibt hier drei Dörfer, El-Till, El-Haggi Qandil und El-Amariah.«

»Ach ja, ich erinnere mich. Walter hat davon gesprochen. Da arbeiten doch die beiden. Du hast natürlich keinen Grund, dich daran zu erinnern.«

Jetzt war Evelyn ausnahmsweise einmal sarkastisch. Einen solchen Luxus erlaubte sie sich selten, also sagte ich nichts dazu.

»Tatsächlich?« antwortete ich beiläufig. »Ich denke nicht, daß wir den Emersons hier unbedingt begegnen müssen. Es ist ein riesiges Gebiet, und die Gräber liegen weit auseinander. Ich werde also mit Reis Hassan sprechen.«

Infolge widriger Winde kamen wir erst zwei Tage später nach Haggi Qandil. Reis Hassan sträubte sich sehr gegen einen Aufenthalt dort. Er sagte, im Dorf herrsche eine

Krankheit, die archäologischen Stätten seien viel zu weit vom Fluß entfernt, und dazu fiel ihm noch eine Menge anderer Gründe ein. Er kannte mich nun schon lange genug und hätte wissen müssen, daß es unnütz war, mit mir zu streiten. Selbstverständlich hatte er teilweise recht. Vor dem Dorf liefen wir auf eine Sandbank, und die Dorfbewohner mußten uns zum Ufer tragen. Reis Hassan und seine Männer mußten das Boot wieder flottmachen, und das war eine harte Arbeit.

Michael, unser Dragoman, führte uns ins Dorf. Dieses Dorf sah noch verrückter und elender aus als andere, die wir gesehen hatten. In den engen Straßen lagen übelriechende Unrathaufen, die in der heißen Sonne dampften. Alles war mit Sand bedeckt. Viele magere Hunde streiften herum, und halbnackte Kinder bettelten uns an.

Michael stürzte sich in die Menge, schrie Befehle, und wenig später konnten wir unter einer Anzahl von Eseln unsere Auswahl treffen. Natürlich nahm ich den Esel, der noch am besten aussah, aber ich forderte eine Prozedur, die selbst unseren getreuen Michael überraschte. Der Eselsbesitzer mußte nämlich das schmutzige Zeug vom Rücken des Tieres nehmen und es mit etlichen Wassergüssen ordentlich säubern. Dann wurde der Esel mit einer Salbe eingerieben, die ich zur Verfügung stellte, und ich gab auch eine saubere Satteldecke her, die nach jeder Benützung gewaschen werden mußte. Es war sowieso das erstemal, daß dem armen Tier eine so fürsorgliche Behandlung zuteil wurde.

Das finstere Gesicht des Eselsbesitzers hellte sich beträchtlich auf, als er mein ansehnliches Trinkgeld entgegennahm. Ich erklärte den Leuten, wie vorteilhaft es für sie sei, wenn sie ihr Vieh ordentlich pflegten, doch begriffen haben sie's sicher nicht, obwohl Michael dolmetschte.

Das kultivierte Land zu beiden Seiten des Nils ist kaum

breiter als eine halbe Meile; dahinter ist Wüste, bis man zu den Felsen kommt, in denen die Königsgräber liegen. Dorthin machten wir uns nun auf.

Wir kamen recht gut vorwärts, wenn uns auch die grelle Sonne sehr blendete. Bald bemerkte ich eine Gestalt, die uns entgegenkam. In der trockenen, klaren Luft Ägyptens sieht man weiter und schärfer als sonstwo, und so erkannte ich bald, daß diese Person kein Einheimischer war. Der Mann trug nämlich Hosen und kein flatterndes Gewand. Es ist nicht fein, von den inneren Organen zu reden, doch die meinen verknoteten sich. Evelyn erkannte ihn gleichzeitig mit mir; ich sah, wie ihre Hände sich um die Zügel krampften.

Walter erkannte uns nicht gleich; er sah nur zwei europäische Reisende, denen er entgegenlief. Er blieb dann so unvermittelt stehen, daß unter seinen Absätzen eine Sandfontäne aufstob. Dann starrte er uns an, als seien wir ein Traum.

»Gott sei Dank!« rief er, ehe wir ihn noch begrüßen konnten. »Das heißt, sind Sie das wirklich? Sie sind keine Fata Morgana?« Natürlich schaute er dabei vorwiegend Evelyn an, doch es war sicher nicht nur Liebe, die ihn erleichtert aufatmen ließ.

»Ja, wir sind es wirklich«, antwortete ich. »Was ist denn los, Mr. Walter?«

»Emerson, mein Bruder. Er ist krank, sehr schwer krank. Sie haben natürlich keinen Arzt bei sich. Aber vielleicht wäre es möglich, ihn mit Ihrer Dahabije nach Kairo bringen zu lassen?«

»Schnell, Michael, lauf zum Boot und bring mir den Sanitätskasten«, befahl ich. »Aber lauf, so schnell du kannst, bitte ... Und jetzt, Mr. Walter, wenn Sie uns den Weg zeigen wollen? Sie wissen ja, einen Arzt gibt es nur in Kairo, und ich weiß doch nicht, ob Ihr Bruder transportfähig ist. Also, führen Sie uns hin.«

Er machte kehrt und rannte davon, und wir trabten hinter ihm drein. Eine dicke Staubwolke folgte uns.

Emerson hatte in einem der Felsengräber Stellung bezogen, die am Rand der Ebene lagen. Die Eingänge waren nur schwarze Vierecke im sonnendurchglühten Stein. Ein primitiver Pfad führte hinauf, und das letzte Stück mußten wir klettern. Walter bemühte sich um Evelyn, während ich die Eselstreiber mit dem Sonnenschirm abwehrte. Ich keuchte ein wenig, als ich oben ankam, aber es war weniger die Anstrengung, sondern eher eine gewisse Aufregung, die mich atemlos machte.

Die Türrahmen waren mit Reliefs bedeckt, doch für die hatte ich jetzt keine Zeit. Ich ging hinein und schaute mich um. Es war ein langer, schmaler Gang, der selbstverständlich etwas besser war als ein Zelt. Das Ende verlor sich in düsterer Dunkelheit, doch in Türnähe konnte ich ganz gut die Packkisten sehen, die als Eß- und Schreibtische dienten. Zwei Feldbetten und ein paar Klappstühle waren die ganze sonstige Einrichtung. Auf einem Feldbett lag bewegungslos ein Mann.

Mich packte Entsetzen, weil ich fürchtete, wir seien zu spät gekommen. Dann bewegte sich ein Arm, und eine rauhe Stimme murmelte etwas. Ich trat zum Bett und setzte mich daneben auf den Boden.

Zu erkennen war er kaum mehr. Sein Bart hatte das Gesicht fast völlig überwuchert, die Augen waren eingesunken, und die Wangenknochen traten hervor. Er glühte vor Fieber. Sein Hemd war offen und enthüllte einen dichten schwarzen Pelz. Bis zur Taille war er mit einem Laken zugedeckt, das sich um seine Beine gewunden hatte.

Evelyn sank neben mir auf die Knie. »Was soll ich tun, Amelia?« fragte sie.

»Tauch ein Tuch ins Wasser, Evelyn. Walter, Sie müssen

dafür sorgen, daß immer reichlich Wasser da ist. Essen wird er wohl nicht wollen. Hat er Wasser getrunken?«

»Er will keines«, antwortete Walter.

»Von mir nimmt er es schon«, sagte ich und rollte die Ärmel hinauf.

Als Michael mit dem Sanitätskasten ankam, hatten wir Emerson ein wenig bequemer gebettet. Da wir ihm dauernd kalte Kompressen auf Kopf und Brust legten, war die Temperatur etwas zurückgegangen, und ein paar Tropfen Wasser hatte ich ihm auch eingegeben, natürlich unter Schwierigkeiten. Ich gab ihm eine doppelte Dosis Chinin. Dazu mußte ich mich quer auf seine Brust legen und ihm die Nase zukneifen, während Walter ihm die Arme und Evelyn die Beine festhielt. Danach schlief er ziemlich unruhig. Ich schickte Michael zum Boot, und Evelyn ging mit, um die Sachen auszuwählen, die wir für uns brauchten. Ich befahl ihr zwar, an Bord zu bleiben, doch sie weigerte sich. Also bat ich Walter, ein hübsches Grab für uns auszusuchen.

Walter war sprachlos. Er klappte nur immer wie ein Fisch den Mund auf und zu, und das sah ziemlich komisch aus. Ich drängte ihn also, für uns endlich ein Grab auszuwählen und es säubern zu lassen, damit alles in Ordnung wäre, wenn unsere Sachen ankämen.

»Hübsches Grab?« wiederholte Walter dümmlich. »Ja, ja, ein paar Gräber sind schon da in der Nähe, aber ob sie hübsch sind ...?«

»Ich verstehe ja, daß Sie sich Sorgen machen, Walter, aber den Kopf brauchen Sie doch nicht gleich zu verlieren«, redete ich ihm zu. »Ich bin da und bleibe so lange, bis Mr. Emerson wieder auf den Beinen ist. Ah, ich habe mir schon immer gewünscht, einige Zeit bei einer archäologischen Expedition verbringen zu können. Es hat keinen Sinn, Ihren Bruder anderswohin zu bringen, denn die Krise wird in wenigen

Stunden zu erwarten sein. Keine Angst, mein Freund, denn er ist sehr kräftig, und ich bin ja da.«

Walter hockte neben mir auf dem Boden. Er beobachtete mich, als ich ein nasses Tuch auswrang und es auf Emersons Brust klatschte. Ganz unvermittelt nahm er mich bei den Schultern und küßte mich kräftig auf die Wange.

»Ich glaube Ihnen, Miß Peabody, daß ich keine Angst mehr zu haben brauche, denn Sie sind ja da. Sie würden sogar den Satan in die Flucht schlagen, wenn er Ihnen in die Quere käme.« Damit sprang er auf und rannte hinaus.

Ich legte meinem Patienten wieder ein frisches Tuch auf. Außer mir war niemand bei Emerson, und er schlief, so erlaubte ich mir ein Lächeln. Der liebe Gott hatte dem einen Emerson ungeheuer viel Charme geschenkt, dem anderen gar keinen. Arme Evelyn! Kein Wunder, daß sie sich so gründlich verliebt hatte. Dieser Emerson hier war allerdings keine Gefahr für eine Frau.

Aber ein gestürzter Koloß ist erbarmenswerter als ein gefallener Schwächling. Als ich ihm das heiße Gesicht kühlte, verloren sich ein paar Linien des Schmerzes, er seufzte wie ein Kind, und von da an schlief er ruhig.

Die Krise kam nachts, und wir hatten alle Hände voll zu tun. Bis zum Morgengrauen kamen Evelyn und ich nicht zur Ruhe. Walter hatte für uns ein Grab säubern lassen, und Michael hatte es recht gemütlich eingerichtet. Aber wir verließen unseren Patienten nicht. Gegen Sonnenuntergang lag Emerson in Fieberfantasien, und wir brauchten unsere ganze Kraft, um zu verhindern, daß er sich oder uns durch sein Toben verletzte. Ich gab ihm noch ein paarmal Medizin ein, und in den ersten Morgenstunden fiel er in ein Koma, das entweder zum Tod oder zur Genesung führen mußte.

Diese Stunden waren schlimm. Das Fieber stieg trotz unserer Bemühungen. Walter kniete neben seinem Bruder. Meine

Hände schmerzten vom ständigen Auswringen der Tücher, alle Knochen taten mir weh, besonders die meiner linken Hand, die Emerson in seinem Delirium ergriffen und lange nicht mehr losgelassen hatte. Das Fieber verlieh ihm unheimliche Kräfte. Aber ich hatte das Gefühl, als sei ich eine Art Lebensleine, die er nicht loslassen wollte, um nicht in den Abgrund des Todes zu stürzen.

Allmählich wurde ich so müde, daß mein Kopf wie leer erschien. Es war eine gespenstische Szene: Die rauchende Lampe warf flackerndes Licht auf das magere Gesicht des Kranken und die gespannten Gesichter seiner Pfleger. Ab und zu heulte draußen in der Wüste ein Schakal. Das klang in der Nachtstille sehr spukhaft.

In der dunkelsten Stunde vor Einbruch der Dämmerung kam dann der Umschwung. Er war so spürbar wie ein kühler Luftzug an der Wange. Für einen Moment schloß ich die Augen, und ich fühlte gar nichts. Da hörte ich einen unterdrückten Seufzer von Walter. Als ich die Augen öffnete, sah ich ihn quer über dem Fußende des Bettes liegen, und seine Hand ruhte auf dem Arm seines Bruders. Emersons Gesicht sah sehr friedlich aus. Dann hob sich seine Brust in einem langen, tiefen Atemzug – und bewegte sich weiter. Die Hand, die meine festgehalten hatte, erschlaffte. Und sie war kühl. Er würde also am Leben bleiben.

Ich war so verkrampft, daß ich nicht stehen konnte. Walter mußte mich mehr tragen als stützen, als ich endlich zu Bett ging. Er wollte für den Rest der Nacht bei seinem Bruder sitzen und Wache halten, doch ich glaubte nicht, daß ein Rückfall zu befürchten war. Ich schlief sofort ein, während Evelyn mir noch Gesicht und Hände wusch.

Als ich nach einigen Stunden erwachte, wußte ich gar nicht, wo ich mich befand. Um mich herum waren Steinwände, unter mir eine harte Unterlage statt einer weichen Couch.

Als ich mich umdrehte, tat ich einen Schmerzensschrei. Meine linke Hand, auf die ich mich gestützt hatte, war dick geschwollen.

Jetzt wußte ich wieder alles. Ich erhob mich und tastete nach meinem Schlafrock. Evelyn schlief an der Wand gegenüber den Schlaf der Erschöpfung. Ein Lichtstrahl fiel durch den schnell angebrachten Vorhang und vergoldete ihr Haar.

Als ich vor das improvisierte Schlafzimmer trat, traf mich die Hitze wie ein Schlag, aber die Aussicht, die sich mir bot, war großartig. Die Sandhügel der Wüste reichten bis zur blauen Biegung des Flusses, und die Felsen dahinter schimmerten wie nachgedunkeltes Gold. Die Ferne verschönte die Hütten des Dorfes, die Palmen veredelten sie. Etwa halbwegs zwischen dem Dorf und unseren Felsen schien ein Ameisenhügel lebendig geworden zu sein; das war die derzeitige Grabungsstätte.

Eine breite Felsleiste führte an den Gräbern entlang, und ihr folgte ich zum Nachbargrab, von wo zornige Rufe zu hören waren. Emerson ging es also wieder gut. Ich möchte hier ausdrücklich festhalten, daß meine Gefühle an jenem Morgen die reinster christlicher Nächstenliebe waren, denn Emerson tat mir leid, und das war ganz natürlich bei einem Patienten, den man gepflegt hat. Aber dieses Gefühl hielt nur zwei Minuten an.

Als ich das ›Krankenzimmer‹ betrat, mühte sich Walter ab, seinen Bruder im Bett zu halten. Er war nur teilweise bekleidet. Seine Beine steckten in Hosen von unglaublicher Rosafarbe. Er schrie Walter an, der ihm einen kleinen Teller unter die Nase hielt.

Als er mich sah, hörte er zu brüllen auf, doch seine Miene wurde nicht freundlicher. Ich lächelte und besah mir das, was auf dem Teller lag. Zugegeben, ich vergaß mich und bediente mich einiger kräftiger Ausdrücke, die ich von meinem Vater gelernt hatte, doch das war verständlich, denn der Anblick von giftig aussehendem, graugrünem Zeug war zuviel für mich.

»Guter Gott, was soll denn das sein?« rief ich.

»Das sind Erbsen aus der Dose«, erklärte Walter. »Verstehen Sie, Miß Peabody, das ist ein ausgezeichnetes, billiges Gemüse. Wir haben zwar auch Corned beef, Bohnen, Kohl und dergleichen, doch ich dachte, dies hier ...«

»Hinauswerfen«, befahl ich und hielt mir die Nase zu. »Ihr Koch soll ein Huhn besorgen. Wenn Sie solches Zeug essen, wundert es mich nicht, daß Ihr Bruder Fieber hat. Durchfall und entzündetes Gedärm bleiben da nicht aus.«

Walter salutierte militärisch und marschierte davon. Emerson hatte sich inzwischen zurückgelegt und das Laken bis zum Kinn hinaufgezogen.

»Reden Sie schon weiter, Miß Peabody«, forderte er mich heraus. »Geben Sie ruhig Ihren Kommentar auch zu meinen anderen Fehlleistungen. Ich habe gehört, daß ich Ihnen mein Leben verdanke. Allerdings neigt Walter immer dazu, alles zu dramatisieren. Trotzdem danke ich Ihnen für Ihre aufopfernde Pflege. Aber jetzt gehen Sie.«

Das hatte ich zwar beabsichtigt, doch nun blieb ich, setzte mich auf das Bett und griff nach seiner Hand. Er entriß sie mir. »Ich will doch nur Ihren Puls fühlen«, fuhr ich ihn an. »Hören Sie auf, sich wie eine schüchterne alte Jungfer aufzuführen.«

Ein paar Sekunden lang überließ er mir sein Handgelenk, ehe er es mir endgültig entzog. »Mir wäre lieber, Miß Nightingale wäre zu Hause geblieben. Jetzt möchte es ihr jede Engländerin gleichtun. Madam, wenn Sie jetzt endlich zufrieden sind, dann gehen Sie – oder ich stehe auf.«

»Sie können heute nicht aufstehen, also bleibe ich«, erklärte ich ihm resolut. »Und glauben Sie ja nicht, daß Sie mir mit Ihren Drohungen Angst einjagen können. So hinreißend ist Ihre Anatomie ja wirklich nicht, darin gebe ich Ihnen recht; aber ich bin ganz gut vertraut damit.«

»Aber mein Pflaster!« rief er. »Was geschieht mit meinem Pflaster? Sie Teufelsweib, ich muß nachsehen, was die mit meinem Pflaster machen!«

Von seinem Pflaster hatte er auch in seinen Fieberdelirien ständig gesprochen, doch ich wußte nicht, was er damit meinte. Also fragte ich ihn.

»Mein bemaltes Pflaster«, erklärte er mir nun ruhiger. »Ich habe einen Teil von Khuenatens königlichem Palast entdeckt. Pflaster, Wände und Decken waren bemalt. Stellenweise sind diese Malereien wundervoll erhalten.«

»Gut und sehr erstaunlich. Heißt das, der Palast des häretischen Königs habe dort gestanden, wo jetzt Sandwüste ist? Khuenaten ... Eine faszinierende Persönlichkeit. Oder könnte es vielleicht doch eine Frau gewesen sein?«

»Unsinn! Ein solcher Gedanke ist typisch für die Narren, die heute archäologische Forschungen betreiben. Mariette behauptet, die Nubier hätten ihn gefangen, und sie gehen davon aus ...«

»Die Theorie kenne ich«, unterbrach ich ihn. »Warum sollte das nicht möglich sein? Eine solche Operation bringt bei Männern doch weibliche Züge hervor, oder nicht?«

Emerson warf mir einen seltsamen Blick zu. »So kann man's auch sagen. Ich halte es für wahrscheinlicher, daß Khuenatens körperliche Absonderlichkeiten künstlerische Zutaten sind. Seine Höflinge und Freunde zeigen die gleichen Eigenheiten.«

»Wirklich?«

»Klar. Schauen Sie doch das hier an.« Er setzte sich auf und grapschte nach dem rutschenden Laken. Er war wirklich überaus haarig. »Dieses Grab hier gehörte einem Edelmann an Khuenatens Hof. Die Wände sind mit Reliefs im einzigartigen Amarna-Stil geschmückt.«

Ich griff nach der Lampe, um sie anzuschauen, was einen Wutschrei Emersons zur Folge hatte. »Doch nicht die Lampe! Ich benütze sie nur, wenn es gar nicht anders geht. Diese Narren mit ihren Magnesiumlampen sind Vandalen, denn der fettige Rauch zerstört die Reliefs. Nehmen Sie doch den Spiegel. Wenn Sie ihn im richtigen Winkel halten, haben Sie genug Licht.«

Der Spiegel war mir vorher schon aufgefallen, und ich hatte mich gewundert, woher Emersons plötzliche Eitelkeit kam. Nun probierte ich ihn aus, unterstützt von seinen sarkastischen Kommentaren, und fand auch endlich den richtigen Winkel, so daß ich einen Moment lang den Atem anhielt.

Die Reliefs waren ziemlich flach und etwas verwittert, doch sie waren von einem Leben erfüllt, das mich tief beeindruckte. Sie schienen eine Parade oder Prozession darzustellen. Zahlreiche kleine rennende Gestalten folgten der großen des Pharaos, die zehnmal so groß war wie die der Untertanen. Er lenkte graziös einen mit feurigen Pferden bespannten leichten Wagen. Neben ihm im Wagen saß eine etwas kleinere, ebenfalls gekrönte Person. Sie wandten einander die Köpfe zu, als wollten ihre Lippen einander berühren.

»Er muß sie sehr geliebt haben, wenn er sie so an seine Seite setzte«, überlegte ich laut. »Emerson, ich glaube, nur ein richtiger Mann kann seiner schönen Frau so viel ergebene Zuneigung zeigen. Sogar ihr Name Nefertiti – die schöne Frau ist gekommen …«

»Ah, Sie haben die Hieroglyphen gelesen?«

»Ein wenig.« Ich deutete auf das ovale Medaillon, in dem der Name der Königin stand, dann auf die leeren Ovale, die einst den Namen des Khuenaten enthalten hatten. »Ich habe gelesen, wie die triumphierenden Priester des Amon den Namen des königlichen Ketzers nach seinem Tod überall tilgten. Wie müssen sie ihn gehaßt haben!«

»Sie hofften, damit auch seine Seele auslöschen zu können«, antwortete Emerson. »Ohne Identität konnte der Geist des Toten nicht weiterleben.«

Erst als Evelyn erschien, kam mir zu Bewußtsein, wie grotesk meine Unterhaltung mit einem Gentleman in rosa Unterwäsche eigentlich war. Sie zog sich sofort wieder zurück und fragte von außen her schüchtern an, ob sie hereinkommen dürfe.

»Ah, verdammt noch mal«, fluchte Emerson, zog das Laken zum Kopf hinauf und forderte Evelyn zum Eintreten auf. Sie war korrekt in ein blaßgrünes Baumwollkleid gehüllt und sah aus, als hätte sie alle Bequemlichkeiten des Dahabije zur Verfügung gehabt, statt lediglich einer Schüssel lauwarmen Wassers. Sie schien sich über etwas zu amüsieren. Emersons Augen funkelten sie über dem Lakenrand böse an. Sie beachtete ihn jedoch nicht.

»Evelyn, komm doch rein, und schau dir diese Reliefs an!« rief ich und drehte meinen Spiegel geschickt. »Hier ist der König in seinem Wagen, neben ihm die Königin ...«

»Das ist sicher sehr faszinierend, aber wäre es nicht klüger, Amelia, eine geeignetere Zeit für diese Dinge abzuwarten? Mr. Emerson braucht Ruhe, und du bist für einen Besuch nicht passend gekleidet.« Ihre Stimme kam mir recht verdächtig vor, als müsse sie ein Lachen unterdrücken. »Mir scheint, Walter hat einige Schwierigkeiten mit dem Huhn, das du bestellt hast.«

Ich warf einen letzten Blick auf die rennenden Gestalten und legte den Spiegel weg. »Dann muß ich mich eben selbst darum kümmern«, meinte ich seufzend.

»Wenn schon, dann könnten Sie gleich nach meinem Pflaster schauen«, brummte Emerson. »Sie stehen hier herum und schwatzen wie ein Papagei, und inzwischen blättert die ganze kostbare ...«

»Sie haben sie doch aufgedeckt«, erinnerte ich ihn. »Wie wollen Sie die Malereien jetzt schützen?«

»Ich habe ein Holzgerüst aufgestellt, aber das ist nicht ausreichend. Die Farbe zerkrümelt zu Staub. Mit einem Pinsel verschmiert man nur die Oberfläche. Firnis verpfuscht die klaren Farben und wird rissig ...«

»Aber Sie haben doch sicher eine Lösung gefunden.«

»Genau. Eine Lösung. Eine Mischung aus dünnem Tapioka und Wasser, und diese Mischung muß mit der Fingerspitze aufgetragen werden.«

Ich starrte ihn voll Bewunderung an. »Das muß ich zugeben, Sie wissen, was Sie wollen.«

»Es geht sehr langsam, und die Arbeit muß ich selbst tun. Ich habe erst einen kleinen Teil davon fertig.« Er stöhnte vor Verzweiflung. »Frau, ich muß aufstehen und mich um mein Pflaster kümmern.«

»Das werde ich tun. Sie bleiben im Bett, sonst ist ein Rückfall zu befürchten, der Sie dann für Wochen ans Bett fesselt. Selbst Sie müssen einsehen, daß dies recht unpraktisch wäre.« Auf eine Antwort wartete ich nicht, denn sie wäre doch nur grob ausgefallen.

Draußen hielt mich Evelyn fest. »Amelia, wohin gehst du?« fragte sie.

»Zu Mr. Emersons Pflaster natürlich. Hast du je erlebt, daß ich mein Wort nicht gehalten hätte?«

»Nein, natürlich nicht. Aber könntest du dich nicht vielleicht doch passender dazu bekleiden?«

Da hatte sie recht. Ich hatte ja noch meinen Morgenrock an.

Wie der verehrte Leser inzwischen wohl festgestellt hat, lag mir nie besonders viel an weiblichem Modefirlefanz. Ich hatte, als ich einmal in London war, jedoch von der Liga für vernünftige Kleidung gehört und mir in diesem Stil ein Kleid nähen lassen. Es bestand aus schieferfarbener indischer Seide von einfachstem, fast männlichem Schnitt. Der einzige Schmuck war ein Spitzenrüschchen am Handgelenk. Sein großer Vorteil und sein Charakteristikum war der geteilte Rock. Die beiden Beine waren sehr voll geschnitten, so daß sie wie ein gewöhnlicher Rock wirkten. Er gewährte zwar nicht ganz soviel Bewegungsfreiheit, wie ich mir gewünscht hätte, doch war er viel praktischer als die damals modernen Humpelröcke. In Kairo hatte ich das Kleid nicht zu tragen gewagt und deshalb ganz unten in den Koffer gepackt. Jetzt nahm ich es heraus, schüttelte die Falten aus und zog es an. Noch lieber wären mir jedoch richtige Hosen gewesen.

Ich kletterte nach unten und fand dort Walter, der mit dem Koch stritt. Der Mann schaute mürrisch drein und hatte nur ein Auge. Ich wußte nicht, worum der Streit ging, schlichtete ihn aber und hatte das gerupfte Huhn, das der Koch Walter unter die Nase hielt, im Topf, ehe ich ging. Walter schickte ich zu seinem Bruder, der einen Wachhund brauchte.

Bald hatte ich den Vorarbeiter Abdullah, einen stattlichen, großen Mann in fließendem, schneeweißem Gewand mit langem, grauem Bart, gefunden. Mit seiner umfangreichen Kopfbedeckung glich er einem biblischen Patriarchen. Er stammte aus Oberägypten und hatte schon früher für Emerson gearbeitet.

Abdullah führte mich zum Pflaster, das wegen des hölzernen Schutzdaches leicht zu finden war. Es war etwa zwanzig Fuß lang und fünfzehn breit und einmalig gut erhalten. Die Farben sahen aus, als seien sie frisch aufgetragen – erlesene Blau- und leuchtende Rottöne, dazu kühles Grün mit etwas

Weiß und Schwarzblau, um Kontraste zu unterstreichen. In einem Luxusgarten mit schönen Blumen flogen bunte Vögel herum, dazwischen spielten junge Tiere im Gebüsch. Ich konnte fast das Muhen der Kälbchen und das Meckern der kleinen Ziegen hören, so lebendig wirkte alles.

Ich hockte noch immer vor dem Pflaster, als mich Evelyn und Walter fanden. »Amelia, jetzt ist die heißeste Zeit, und alle Arbeiter halten Mittagsruhe«, mahnte sie mich. »Sei vernünftig, komm mit uns und iß einen Happen.«

»Von diesem elenden Huhn esse ich keinen Bissen«, erklärte ich. »Schau dir doch das an, Evelyn. So etwas Schönes habe ich noch nie gesehen. Und die königliche Nefertiti wird in Goldsandalen darüber geschritten sein.«

»Es ist wirklich erlesen«, gab Evelyn zu. »Ich würde es gerne zeichnen.«

»Eine großartige Idee«, pflichtete ihr Walter eifrig bei. »Mein Bruder wäre überaus glücklich, wenn er davon eine Kopie bekäme. Ich bin unter anderem der Künstler der Expedition, aber das kann ich nicht.«

Das Huhn war furchtbar zäh, das Gemüse zu einer undefinierbaren, geschmacklosen Masse zerkocht. Da mein ergebener Michael zur Hand war, flüsterte ich ihm einige Anweisungen bezüglich unserer künftigen Versorgung zu. Es war wirklich ungemein heiß, und nach der dürftigen Nachtruhe war ich gerne zu einer Siesta bereit.

Michael war ein Juwel. Als ich mit Evelyn am Spätnachmittag unser Grab verließ, stand ein Tisch auf dem breiten Sims, Stühle waren aufgestellt, sogar ein kleiner Teppich lag da. Nun hatten wir einen reizenden Balkon mit einer unvergleichlich schönen Aussicht. Der Sonnenuntergang tauchte den Himmel in die glühendsten Farben, und eine zarte Brise fächelte unsere Wangen. Michael hatte auch Lebensmittel mitgebracht und überwachte den Schurken von einem Koch.

Ich ließ mich auf einen der Stühle fallen, und gleich darauf stand ein Glas Limonade vor mir. Dann kam Walter dazu, und als ich ihn nach unserem Patienten fragen wollte, hörte ich eine kleine Steinlawine abgehen. Ich drehte mich um und sah Emerson in der Türöffnung seines Grabes stehen. Er war angezogen, und sein Gesicht war grau wie dunkler Sandstein. Er klammerte sich an den Türrahmen.

Im Notfall kann man sich auf keinen Mann verlassen. Ich erreichte Emerson gerade noch rechtzeitig, um ihn aufzufangen, so daß er sich nicht den Kopf an den Felsen einschlug. Unter seinem Gewicht setzte ich mich ein wenig zu plötzlich auf den harten Boden, dessen dornige Spitzen ich schmerzhaft durch meine Röcke spürte. Hätte ich ihn nicht mit beiden Armen festgehalten, wäre er vom Sims gestürzt.

»Dieser Mann ist von einer grenzenlosen, arroganten Sturheit!« rief ich, als Walter gelaufen kam. »Holen Sie Michael. Er soll Ihnen helfen, ihn zu Bett zu bringen.« Sein starriger Bart kratzte durch das dünne Gewebe meines Kleides. »Und schaben Sie ihm endlich dieses gräßliche Gestrüpp aus dem Gesicht!« fügte ich zornig hinzu.

5. Kapitel

Emerson hatte unverdientes Glück; er erlitt keinen Rückfall, doch er sah selbst ein, daß er noch zu schwach war, um seine alten Aufgaben zu übernehmen. Es mußte etwas getan werden, und wer anders als ich sollte das tun?

Ich brachte ihn also wieder zu Bewußtsein, gab ihm eine Dosis Chinin ein und befahl Abdullah, sich auf seine Beine zu setzen, damit er nicht aufstehen konnte. Seine Flüche folgten mir weit ins Tal, nachdem ich ihn verlassen hatte.

Draußen war die märchenhafte ägyptische Nacht hereingebrochen. Am indigoblauen Himmel glitzerten unzählige Sterne, und das Nachglühen des Sonnenuntergangs verwandelte die Klippen zu Geistergestalten. Evelyn und Walter saßen nebeneinander und schauten über das Tal hinaus.

Als ich ihre Gesichter sah, nahm ich davon Abstand, mit ihnen meine Pläne durchzusprechen. Ich war nämlich der Meinung, daß es keinen Sinn hatte, Emerson nach Kairo zu bringen; bis er dort war, hatte er sich wahrscheinlich erholt. Ich erklärte Michael, wir würden etwa eine Woche hier verbringen, und bis dahin müßte Emerson außer Gefahr sein. Michael versicherte mir, die Bootsmannschaft werde diese Ruhepause begeistert begrüßen, da sie ja bezahlt werde. Er hätte es jedoch lieber gesehen, wenn wir auf dem Boot übernachtet hätten, doch ich hielt den Weg hin und zurück für Zeitverschwendung.

Die nächsten beiden Tage verliefen glatt. Das heißt, ich war davon überzeugt, doch später entdeckte ich, daß ich einige verräterische Zeichen hätte bemerken müssen, wäre ich nicht so sehr mit Emersons Pflaster beschäftigt gewesen.

Seine Mischung aus Tapioka und Wasser war gut, doch ich verbesserte sie mit einem Teelöffel Stärke und zwei Löffeln Wismut auf ein Quart Wasser. Er hatte recht gehabt, daß man die Mischung nicht mit einem Pinsel auftragen konnte, und so benützte ich einen Finger nach dem anderen, um sie vorsichtig auf das Pflaster zu tupfen.

Evelyn kopierte inzwischen die Malerei, und ich bewunderte ihre Geschicklichkeit, weil sie nicht nur die Figuren und Farben genau darzustellen verstand, sondern auch den Sinn erfaßte, den der Künstler seiner Arbeit unterlegt hatte. Selbst Emerson knurrte anerkennend, als ich ihm die ersten Skizzen zeigte.

Am zweiten Morgen zeichnete sie weiter und legte dann eine Ruhepause ein, doch ich blieb bei der Arbeit. Ich hatte bereits die Ränder konserviert und ließ Stege darüber bauen, indem ich Säulenreste als Stützpfeiler benützte, aber ich mußte natürlich genau auf die Arbeiter aufpassen. Sie hielten meine Vorsicht für lächerlich und hätten einfach Planken über die Malerei gezerrt, wäre ich nicht ständig dagewesen.

Ich arbeitete gerade an einem neuen Abschnitt, als Evelyn nach mir rief. Ich schaute auf und sah zu meinem Staunen, daß die Sonne schon unterging. Meine sämtlichen Finger bluteten von der Arbeit, und ich beschloß aufzuhören.

Evelyn schüttelte mich erbittert an den Schultern. »Schau dir doch deine Hände an! Dieser Unsinn muß aufhören. Und dein Kleid, deine Haare, und ...«

»Für die Kleider ist das wirklich nicht gut«, gab ich zu. »Aber was soll sonst mit mir nicht in Ordnung sein?«

Evelyn reichte mir wortlos einen Spiegel. Tatsächlich, ich sah wie eine indianische Hexe aus. Meine Haut war infolge der indirekten Sonnenbestrahlung grellrot, und meine Haare hingen mir wirr ins Gesicht.

Ich ließ mir von Evelyn helfen, mich zu erfrischen. Walter wartete schon auf uns, und Michael erschien mit kalten Getränken. Zum erstenmal sollte auch Emerson kommen, denn er hatte sich ausgezeichnet erholt. Walters Hilfe hatte er zurückgewiesen, und so war ich doppelt erstaunt, als er erschien. Sein Bart war weg. Emersons Wutschreie während der Rasur hatte ich bis zur Arbeitsstelle gehört, aber auch Walters Erklärungen für die Notwendigkeit dieser Prozedur. »So viel Haar zieht alle Kraft aus dir heraus«, hatte er ihm lachend vorgehalten. »Michael, halt ihm die Arme fest, damit ich ihm nicht versehentlich den Hals abschneide. Miß Peabody wird sich freuen, dich ohne Bart zu sehen, Radcliffe. Sie sagt nämlich, Bärte dienten nur dazu, allzu weiche Gesichtszüge, fliehende Kinne und Hautunreinheiten zu verdecken.«

»Was? Sie behauptet, mein Kinn sei weich?«

»Nein, das tut sie nicht. Sie hat es ja noch nie gesehen.«

»Hmpf.« Das war seine ganze Antwort. Walter hatte gewonnen.

Als ich ihn bartlos sah, wußte ich, weshalb er sich einen Backenbart hatte wachsen lassen. Der untere Teil des Gesichtes war äußerst blaß, wenn auch die Züge als solche nicht unangenehm waren. Der Mund war jedoch so zusammengekniffen, daß ich nur eine Linie feststellen konnte. Das Kinn erschien mir sogar ein wenig zu eckig und energisch, doch es hatte ein Grübchen, und ein Mann mit einem Grübchen im Kinn sieht nicht furchterregend aus. Daher hatte sich Emerson einen so dichten Bart wachsen lassen. Aber er schaute mich so herausfordernd an, daß ich mir jede Bemerkung darüber versagte.

Die beiden Brüder bemerkten fast gleichzeitig meine geschundenen Hände und verboten mir die Weiterarbeit am Pflaster. Die könne er auch übernehmen, erbot sich Walter, nur gebe es einige Unruhe unter den Leuten, die hinter jeder Krankheit Dämonen vermuteten. »Und sie scheinen etwas zu wissen, von dem wir keine Ahnung haben. Aber sie haben Angst davor.«

»Das schaue ich mir morgen selbst an«, versprach Emerson.

»Das werden Sie nicht tun, mein Freund, sonst sind Sie morgen wieder krank im Bett«, protestierte ich. »Einen Tag kann ich das Pflaster schon warten lassen. Ich rede schon mit den Leuten.«

»Sie lassen das Pflaster überhaupt in Ruhe, sonst infizieren Sie sich noch die Finger. Peabody, ich will nicht, daß Sie einen Finger oder zwei verlieren, hören Sie?«

»Vielleicht haben Sie recht«, gab ich ungewohnt kleinlaut zu, so daß Evelyn sich vor unterdrücktem Lachen verschluckte. »Ich überwache also morgen die Arbeiter.« Dazu ließ ich mir von Walter genau erklären, wonach gegraben wurde.

»Es ist wunderbar, daß wir wenigstens Skizzen von allen Funden bekommen«, erklärte er begeistert. »Alles ist ja nicht zu retten.«

»Ich muß aber noch einige Hieroglyphen lernen, damit ich sie richtig kopieren kann«, warf Evelyn ein. »Diese vielen Vögel haben doch alle eine andere Bedeutung. Und manches ist nicht mehr klar zu erkennen. Wenn man die Sprache ein wenig ...«

Emerson war ungeheuer beeindruckt von so viel Wissensdurst und zeichnete ihr sofort die verschiedenen Vögel auf eine Serviette. Walter sah den beiden voll Bewunderung zu. Ja, sie liebten einander, das ließ sich nicht leugnen. Doch mir tat das Herz weh, wenn ich daran dachte, daß Walters erstes Wort von seiner Liebe alles zerstören konnte.

Ich weiß nicht, ob jemand eine Ahnung hatte, daß dies der letzte friedliche Abend war, den wir für längere Zeit genießen konnten.

Als ich am nächsten Morgen mein Haar bürstete, hörte ich Walter nach mir rufen. Er war sehr aufgeregt. »Die Männer haben oben in den Felsen ein Grab entdeckt!« schrie er schon von weitem.

»Ist das alles? Du lieber Himmel, hier gibt's doch jede Menge Gräber!«

»Aber dieses Grab ist nicht ganz ausgeplündert! Es ist eine Mumie drinnen, eine richtige, echte Mumie! Und, Miß Peabody, die Leute vom Dorf kamen mit der Nachricht zu mir, statt das Grab auszuräubern. Sie müssen uns also vertrauen, sonst würden sie nicht zu uns kommen.«

»Sie vertrauen Mr. Emerson, weil er ihnen den vollen Wert aller gefundenen Gegenstände bezahlt«, antwortete ich. »Warum sollten sie da zu Antiquitätenhändlern gehen, die sie übers Ohr hauen?« Er wandte sich ungeduldig wieder zum Gehen und meinte noch, der Weg dorthin sei außerordentlich mühsam.

»Evelyn, denkst du nicht auch, daß wir vielleicht aus einem Rock oder aus zweien Hosen schneidern könnten, die praktischer wären als diese Röcke?« fragte ich, denn der Weg war wirklich denkbar schlecht.

Nach ein paar Meilen kamen wir am Grab an. Walter war plötzlich ein ganz anderer Mensch; er gab klare Anweisungen und band mir schließlich, als ich darauf bestand, trotz der zu erwartenden Fledermäuse mitkommen zu wollen, ein

Seil um. Aber der Einstieg war nicht so schlimm wie erwartet. Natürlich lagen lockere Steine herum, und einmal wippte nur eine schwankende Planke über einer von Schatzsuchern gegrabenen Mulde, aber sonst sah es viel ordentlicher aus als in den uns bisher bekannten Gräbern. Deshalb fürchtete Walter, wir würden schließlich doch gar nichts mehr finden.

Aber dann erreichten wir am Ende des Korridors eine kleine Kammer, die aus dem Fels gehauen war. In der Mitte stand ein hölzerner Sarg. Walter hob seine Fackel und schaute hinein.

Natürlich hatte ich in Museen schon Mumien gesehen, und die hier sah auf den ersten Blick aus wie alle anderen Mumien auch – ein gesichtsloser Kopf, die Arme über der Brust gekreuzt, gerade ausgerichtete Beine und alles mit braunen, halbzerfallenen Binden umwickelt –, und trotzdem war es etwas anderes, einen Menschen, der seit Jahrtausenden tot war, in seiner Grabkammer zu finden. War es ein Prinz, eine Priesterin oder die junge Mutter einer königlichen Familie gewesen? Und lebte die Seele weiter in den goldenen Gefilden von Amenti, wie die Priester es versprochen hatten?

Mit frommen Überlegungen hielt sich Walter nicht auf. Er untersuchte im Licht der Fackel die mit Inschriften bedeckten Wände der Kammer. Einige flache Reliefs zeigten die majestätische Gestalt des Pharaos, ein paarmal allein, meistens mit seiner Königin und sechs kleinen Töchtern. Darüber ließ sich das Sinnbild des Gottes Aton, die runde Sonnenscheibe erkennen, die den König mit goldenen Strahlen umarmte. Jeder Strahl endete in einer winzigen menschlichen Hand.

»Nun, wollen Sie hier graben, oder soll der arme Kerl aus seinem Sarg herausgenommen und in eine behaglichere Umgebung gebracht werden?« fragte ich.

»Wenn wir ihn hierlassen, kommen sicher noch Räuber und suchen die Mumie nach Wertsachen ab. Mir scheint, dieses Grab stammt aus einer späteren Periode als jener, die wir hauptsächlich erforschen, und da waren auch die Edlen ziemlich arm. Viel würden die Plünderer hier nicht finden.«

Aber da sagte einer der Dorfbewohner etwas zu Walter, und er berichtete es mir. »Er ist ein Prinz und Zauberer gewesen, sagt Mohammed. Aber ich denke, er behauptet das, um ein höheres Bakschisch zu bekommen. Der Sarg hat nämlich keine Inschrift, die den Namen der Mumie erwähnt.« Mohammed hatte nämlich das Grab entdeckt und Walter davon berichtet. Er war etwa dreißig Jahre alt, sah aber wie ein Greis aus.

»Ja, wir müssen unseren unbekannten Freund mitnehmen«, fuhr Walter fort. »Radcliffe kann ihn auswickeln. Dann hat er etwas zu tun.«

Emerson freute sich wie ein Kind über diesen Fund, und er ging sofort an die Arbeit. Allerdings war er dann enttäuscht, weil die Mumie nach der Art der Wickelung aus der griechisch-ägyptischen Zeit stammte. Walter erklärte ihm lachend, nach Mohammed sei es aber ein Prinz und Zauberer, ein Priester des Amon, der einen Fluch auf die ketzerische Stadt gelegt habe. »Und da wäre eine neue Aufgabe für dich«, meinte er abschließend. »Man könnte die Traditionen und Sagen dieser Leute erforschen. Es würde unserer Arbeit nützen.«

»Was habt ihr denn nun mit unserem Freund getan?« fragte ich, um den wissenschaftlichen Streit der beiden etwas abzukürzen. »Ich hoffe, ihr steckt ihn uns nicht in unseren Schlafraum. Das hielte ich für ungesund.«

Da lachte Emerson schallend. »Keine Angst, die Mumie ist am Ende des Pfades in einer Höhle versteckt.«

»Morgen früh könnte ich mir eigentlich das Grab anschauen, dann bleibt mir der Nachmittag für die Arbeit am Pflaster«, bemerkte ich.

»Du lieber Gott, Madam, Sie halten sich doch hoffentlich nicht für eine Archäologin?« protestierte Emerson. »Was hoffen Sie dort zu finden?«

Walter und Evelyn versuchten fieberhaft, das Thema zu wechseln. Es gelang ihnen auch einigermaßen, aber Emerson blieb den ganzen Abend über brummig.

»Nehmen Sie's ihm nicht übel, Miß Peabody«, bat Walter. »Er ist noch nicht ganz so wie früher.«

»Das stimmt, denn wenn er gesund ist, redet er noch viel lauter und streitsüchtiger«, antwortete ich. »Aber ich fürchte, wir sind alle ein bißchen nervös und gereizt. Besser wäre, wir gingen zu Bett.« Und das taten wir auch alle.

Ich war schon früher auf die Tatsache gestoßen, daß ein gesunder Schläfer sich von normalen Geräuschen nicht stören läßt, von unbekannten und außergewöhnlichen jedoch sofort aufwacht. Amarna war sicher eines der stillsten Fleckchen der Erde. Ab und zu heulte in der Ferne ein liebeskranker Schakal, aber sonst rührte sich nichts. Es war also nicht besonders erstaunlich, daß ich in jener Nacht plötzlich hellwach im Bett saß. Ich hörte ein Geräusch, und es klang ungefähr so, als kratze etwas Knochiges auf einem Stein herum.

Instinktiv griff ich nach meinem Sonnenschirm, der als Waffe durchaus geeignet war, weil er einen sehr kräftigen stählernen Stock hatte. Dann erst rief ich leise: »Wer ist da?«

Antwort erhielt ich keine, doch das Kratzen hörte auf. Ein paar Augenblicke später vernahm ich leise, tappende Geräusche, als habe jemand einen sehr hastigen Rückzug angetreten.

Ich sprang aus dem Bett, rannte zum Eingang und riß den

Vorhang weg. Nur flüchtig schoß mir der Gedanke an wilde Tiere, in erster Linie Löwen, durch den Kopf, denn die waren am Wüstenrand zwar nicht mehr sehr häufig, aber sie suchten manchmal auch bewohnte Gegenden auf. Ich stand eine Weile da und lauschte, bis ich schon ziemlich weit weg Steine unter einem eiligen Fuß davonrollen hörte. Vom Sims aus hielt ich Ausschau nach der Ursache dieses Geräusches.

Der Mond schien sehr hell, doch der Sims lag im Schatten der Klippen. Vor dem dunklen Hintergrund hob sich dort, wo der Sims um eine Bergflanke bog, ein blasser Gegenstand ab. Dieses Objekt hatte etwa die Größe und Breite eines Mannes, doch es glich eher einer weißen Steinsäule als einer menschlichen Gestalt. Die untere Hälfte schien zu Beinen geteilt zu sein, und in Schulterhöhe standen steife, nicht sehr lange Stummel ab. Sicher waren es aber keine Arme, denn die wären niemals so starr gewesen.

Plötzlich verschwand das Ding, wahrscheinlich hinter der Bergflanke. Mich erreichte nur noch ein jammerndes Seufzen, doch das konnte auch ein Windhauch gewesen sein, wenn ich auch keinen gespürt hatte.

Ich kehrte in mein Bett zurück, schlief aber gar nicht gut und war froh, als der Morgen heraufdämmerte. Ich redete mir ein, es könne ein großes Tier gewesen sein, das sich auf die Hinterbeine gestellt hatte, doch daran glaubte ich selbst nicht. Als ich auf den Sims hinaustrat, knackte etwas unter meinen Füßen.

Der Sonnenaufgang in Ägypten ist ein großartiges Schauspiel, doch diesmal interessierte er mich nicht. Ich bückte mich und hob das Zeug auf, das geknackt hatte. Es war braunes, trockenes Zeug, das wie Papier knisterte, als ich es zwischen den Fingerspitzen rieb, ein Stück Bandage, das einmal um eine Mumie gewickelt war.

6. Kapitel

Emerson hatte sich doch stundenlang mit der Mumie beschäftigt, doch daß er das Zeug verstreut haben könnte, erschien mir unwahrscheinlich, aber soweit ich schauen konnte, lagen auf dem Sims Teile davon. Und vor allem war er nie während der Nacht in unmittelbarer Nähe unserer Tür gewesen. Dort lag aber der größte Teil dieser Bandagen.

Ich weiß nicht, was mich zum Handeln bewegte – Sorge um Evelyn oder der Aberglaube der Arbeiter –, jedenfalls holte ich schnell einen Lappen und fegte damit das schreckliche Zeug vom Sims. Von unten wehte köstlicher Kaffeeduft herauf.

Ich trank eben meinen Tee am Lagerfeuer, als Emerson den Pfad entlangkam. Er nickte mir mürrisch zu und verschwand sofort in der Höhle, in der er seine kostbare Mumie aufbewahrt hatte.

Ein paar Sekunden später wurde die süße Morgenstille von einem gräßlichen Schrei gestört. Ich ließ vor Schreck meine Tasse mit dem heißen Tee auf meinen Fuß fallen. Emerson stürmte mir entgegen und schwang beide Fäuste.

»Meine Mumie! Sie haben meine Mumie gestohlen! Bei Gott, Peabody, jetzt sind Sie zu weit gegangen! Mein Pflaster, meine Expedition, mein treuer Bruder, sogar mein armer, leidender Leib, alles ist Ihrer Einmischung zum Opfer gefallen.

Aber dies ist jetzt zuviel! Sie zwingen mich, im Bett zu bleiben, damit Sie mir meine Mumie stehlen können. Wo ist sie? Bringen Sie mir sofort meine Mumie, sonst, bei Gott, Peabody ...«

Sein Geschrei weckte das ganze Lager auf. Evelyn spähte neugierig herab, Walter kam gerannt und stopfte im Laufen sein Hemd in den Hosenbund.

»Radcliffe, was ist denn los? Kannst du dich denn gar nicht benehmen?«

»Er beschuldigt mich, seine Mumie gestohlen zu haben«, erklärte ich. »Und ein solcher Vorwurf kann nur einem kranken Gehirn entspringen.«

»Krankes Gehirn! Oh, wenn Weiber sich einmischen ...« Der Streit hatte die Arbeiter magisch angezogen, und mit offenen Mündern und großen Augen schauten und hörten sie zu. Mohammed, der uns am Tag vorher zum Grab geführt hatte, schien schlau zu grinsen. Das interessierte mich so sehr, daß ich mich vom wütenden Emerson ab- und ihm zuwandte. Sofort schaute Mohammed drein wie der unschuldigste und frömmste aller Engel.

Walter verschwand in die Grabhöhle, wo die Mumie gewesen war, kam aber sofort wieder heraus. »Sie ist weg«, stellte er verblüfft fest und schüttelte den Kopf. »Nur ein paar Bindenstücke sind noch da. Wie kann jemand nur so ein armseliges Ding stehlen?«

»Die hier würden sogar ihre eigene Großmutter stehlen und sie verkaufen, wenn es einen Markt für verhutzelte alte Weiber gäbe«, knurrte Emerson. Sein Ausbruch vorhin schien ihn erfrischt zu haben, und er war jetzt so friedlich, als hätte er mich nie mit seinen Anschuldigungen überfallen. »Wie wär's mit einem Frühstück, Peabody?« fragte er ganz freundlich.

Ehe ich ihn mit einer passenden Antwort zerschmettern

konnte, sagte Walter: »Ich verstehe das einfach nicht. Die Männer hätten doch mit der Mumie verschwinden können, bevor sie uns davon erzählten. Und was ist mit den Bandagen, die du abgenommen hast?«

»Das ist ganz einfach«, erklärte Emerson. »Die konnte ich nicht abwickeln, weil sie zu einer soliden Masse zusammengebacken waren. Ich mußte sie also über der Brust aufschneiden. Und du weißt ja selbst, daß die Körperhöhlungen oft Amulette und Schmuckstücke... Peabody, was ist denn los?«

Seine Stimme wurde zum Insektensummen, und die Sonne verdunkelte sich. Hätte der Mond höher gestanden, hätte ich meinen nächtlichen Besucher genauer gesehen, wäre dann auch die klaffende Öffnung zu erkennen gewesen?

Ich freue mich, sagen zu können, daß dies das erste- und letztemal war, daß ich einem Aberglauben nachgab. Als ich die Augen wieder öffnete, wurde mir klar, daß Emerson mich trug, und sein besorgtes Gesicht lag nahe an dem meinen, aber ich schob seine stützenden Arme weg.

»Eine momentane Schwäche«, tat ich sehr gleichmütig, ließ mich aber von Walter zu einem Sitz führen.

»Sie überanstrengen sich, Miß Peabody«, warnte er mich ehrlich besorgt. »Heute müssen Sie ruhen, darauf bestehe ich.« Sein Bruder musterte mich nur.

Die ganze Atmosphäre war irgendwie gespannt oder unruhig; erst arbeitete ich ein bißchen am Pflaster, doch dann ging ich dorthin, wo Walter und Abdullah die Arbeiter beaufsichtigten. Etwa fünfzig Männer gruben die Fundamente eines Tempels und verschiedener Häuser aus dem Sand; Kinder schleppten ihn körbeweise weg und schüttelten ihn wahllos dorthin, wo man vermutlich wenig später graben würde. Meistens sangen und lachten sie bei der Arbeit, denn die Ägypter sind von Natur aus fröhliche Menschen, doch diesmal war von ihren etwas jammernden heiteren Gesängen nichts zu hören. Ich fragte Abdullah nach dem Grund.

»Es sind unwissende Menschen, die sich vor Dämonen und unbekannten Dingen fürchten«, erwiderte er ein wenig zögernd. »Und vor den Geistern der Toten. Sie fragen, wohin die Mumie verschwunden ist.«

Mehr wollte oder konnte er nicht sagen, und ich kehrte ziemlich beunruhigt zu meiner Arbeit am Pflaster zurück. Wie sollte ausgerechnet ich mich über die Eingeborenen erhaben fühlen, da ich selbst doch auch mit solchen Gedanken gespielt hatte?

Der freundliche Leser wird fragen, weshalb ich nicht über mein Abenteuer gesprochen habe. Nun, das ist ganz einfach: Ich wollte nicht ausgelacht werden. Emersons Lachen hätte sicherlich durch das ganze Tal gedröhnt, hätte ich ihm erzählt, daß ich seine kostbare Mumie auf einem nächtlichen Spaziergang ertappt hatte. Und doch meinte ich, darüber sprechen zu sollen, und so plagte ich mich den ganzen Tag über mit Eitelkeit und Vernunft herum.

Als wir uns abends auf dem Sims trafen, sah ich sofort, daß die anderen auch keinen guten Tag hinter sich hatten. Walter beklagte sich, nichts sei vorangegangen, der Tag sei eine glatte Verschwendung gewesen.

Wir gingen alle sehr früh zu Bett; Emerson brauchte seinen Schlaf, wenn er am folgenden Tag die Ausgrabungen wiederaufnehmen wollte, und für mich war die vergangene Nacht auch sehr kurz gewesen.

Aber ich schlief schlecht, und als ich gegen Morgen einmal aus einem schweren Traum aufwachte, sah ich eine weiße Gestalt unter der Tür stehen, und ich tat einen leisen Schrei.

Aber es war Evelyn, und sie huschte schnell zu meinem Bett. »Amelia, ich hörte einen langen, gräßlichen Seufzer, es war unheimlich. Ich wollte dich nicht aufwecken. Aber ich mußte wissen, wer solche Seufzer ausstieß, weil sie nicht aufhörten. Und als ich zur Tür ging und den Vorhang aufhob ... Amelia, du wirst mich auslachen und mir nicht glauben, was ich sah.«

»Was war es, Evelyn? Sag es mir doch.«

»Eine blasse Gestalt ohne Gesicht, Amelia! Sie hatte nur ein flaches, blasses Oval ohne Augen, und die Gliedmaßen standen starr weg ...«

»Genug davon!« rief ich ungeduldig. »Du scheinst ..., du hast ..., das muß eine Mumie gewesen sein.«

Evelyn starrte mich ungläubig an. »Dann mußt du ... das Ding selbst gesehen haben. Wann? Und wie?«

»Ich sah das Ding vergangene Nacht, und am Morgen fand ich vor unserer Grabkammer Bandagenstücke. Und in der Nacht war auf geheimnisvolle Art unsere Mumie verschwunden. Ich sagte davon nichts, weil es mir selbst zu lächerlich erschien.«

»Lächerlich, Amelia? Was sollen wir jetzt tun?«

»Natürlich müssen wir darüber sprechen, aber erst am Morgen. Da ist es noch früh genug für meine Demütigung.«

Aber der Morgen brachte schon wieder eine neue Sensation.

Ich stand früh auf, und Emerson, ebenfalls ein Frühaufsteher, lief schon ungeduldig neben dem Kochzelt auf und ab. Ich versagte mir jeden Kommentar zu seiner offensichtlichen Entschlossenheit, die Arbeit wiederaufzunehmen, und wenig später saßen wir beim Frühstück. Da explodierte Emerson.

»Wo sind denn die Männer? Seit einer Stunde sollten sie dasein!«

Walter sah auf seine Uhr. »Seit einer halben. Sie scheinen sich verspätet zu haben.«

»Siehst du etwas in Richtung Dorf?« knurrte Emerson. »Walter, da stimmt was nicht. Hol mir mal Abdullah her.«

In seinem Zelt war er nicht, doch wenig später kam er durch den Sand herangestapft, nachdem er offensichtlich vergebens seinen Trupp im Dorf gesucht hatte. Er breitete seine Hände aus und sagte: »Sie wollen nicht kommen.«

»Ist denn heute ein Feiertag der Mohammedaner?« fragte Evelyn.

»Nein, nein, so etwas würde Abdullah nicht übersehen«, antwortete Emerson. »Ich dachte eher, sie wollten mehr Geld. Setz dich, Abdullah, und erzähl mir, was du weißt.«

Abdullah hockte sich auf den Boden und berichtete. Als er ins Dorf gekommen sei, habe er alle Hütten verlassen vorgefunden. Er sei zum Bürgermeister, dem Vater von Mohammed, gegangen, und der habe ihm erklärt, die Männer würden nicht kommen, überhaupt nicht mehr. Von Mohammed, der später dazukam, erfuhr er dann, der Grund dafür sei die Mumie, die früher ein prinzlicher Priester-Zauberer gewesen sei, ein Diener des großen Gottes Amon, den Pharao Khuenaten von seinem geistigen Thron gestürzt hatte. Amon habe die häretische Stadt verflucht. Da die Mumie ans Tageslicht gebracht worden sei, habe sie in ihrem Zorn das Dorf besucht, alle Schläfer durch ihr Seufzen aufgeweckt und verängstigt. Die Dorfbewohner hätten die Warnung angenommen und seien gegangen, um die unheilige Stätte dem trostlosen Sand zu überlassen, denn jeder, der noch in der verfluchten Stadt arbeite, werde von Amons Zorn geschlagen.

Emerson hatte aufmerksam zugehört. Als Abdullah geendet hatte, fragte er: »Glaubst du selbst daran, Abdullah?«

»Nein.« Es klang nicht sehr überzeugend.

»Ich auch nicht. Amon-Ra ist ein toter Gott und hat seine Macht vor vielen hundert Jahren verloren. Die Moscheen deines Gottes stehen zwischen den Tempeln und rufen die

Gläubigen zum Gebet. Ich nehme an, du glaubst an deinen Gott und daran, daß er dich vor bösen Geistern und Dämonen beschützt.«

Ich mußte Emerson sehr bewundern, denn er hatte den richtigen Ton getroffen. Abdullah sah ihn respektvoll an. »Aber der Herr sagt nicht, was aus der Mumie wurde?« fragte er vorsichtig.

»Die wurde gestohlen von einem, der hier Unruhe stiften will. Seinen Namen will ich nicht nennen, aber du weißt doch selbst, daß Mohammed ärgerlich war, weil ich dich zum Vormann machte und nicht ihn. Sein Vater hat ihn schlecht erzogen, und die Männer des Dorfes verachten ihn.«

»Aber sie fürchten ihn auch«, bemerkte Abdullah und stand auf. »Wir sind einer Meinung, Herr. Aber was sollen wir tun?«

»Ich werde mit dem Bürgermeister sprechen. Abdullah, geh und iß. Du hast deine Sache gut gemacht. Ich bin zufrieden und dankbar.«

Sehr behaglich fühlte sich der Vormann nicht. Evelyn schaute mich an, und ich nickte. Jetzt mußte ich meine Geschichte erzählen, und ich räusperte mich ausführlich.

»Er hat sich das nicht eingebildet, und die Dorfbewohner haben die Mumie ganz sicher gesehen. Evelyn und ich sahen solch eine Gestalt hier im Lager.«

»Ich dachte mir doch, daß Sie was verschweigen. Na, gut, Peabody, packen Sie aus. Wir hören.«

Ich erzählte also. Zu meinem Staunen kam mir ausgerechnet von Emerson Hilfe. Walter war sprachlos.

»Das beweist doch nur, daß unser Schurke, den wir ja zu kennen glauben, sich die Mühe machte, in einem Lumpengewand herumzugehen und die Leute zu erschrecken. Überrascht bin ich nicht, wenn ich auch nicht geglaubt hätte, daß Mohammed so viel Fantasie und Energie aufbrächte.«

Zusammen mit Walter machte er sich dann auf den Weg ins Dorf. Natürlich kam ich – unaufgefordert – mit, und Evelyn blieb zurück unter Michaels und Abdullahs Schutz.

Im Dorf herrschten eine brütende Hitze und ein unheilvolles Schweigen. Emerson mußte eine ganze Weile kräftig an die Tür der Hütte des Bürgermeisters trommeln, ehe durch einen schmalen Spalt eine lange, gebogene Nase geschoben wurde. Emerson drückte so gegen die Tür, daß der alte Mann ein wenig zurücktaumelte; er fing ihn auf und setzte ihn behutsam auf den Boden.

Es stank fürchterlich in der Hütte, denn Hühner, Ziegen und Menschen drängten sich in einem kleinen, halbdunklen Raum zusammen. Wir wurden nicht zum Sitzen eingeladen, hätten auch keinen Platz gehabt, denn die Hühner belegten einen langen, verdächtig aussehenden Diwan mit Beschlag.

Emerson unterhielt sich arabisch mit den Leuten; verstehen konnte ich kaum etwas, doch aus den Mienen und Gesten ließ sich einiges entnehmen. Der Bürgermeister, ein verhutzelter, knochiger Bursche, benahm sich nicht frech, eher verängstigt.

Allmählich verzogen sich die Menschen, während die Hühner und Ziegen blieben. Nach einer Weile schlüpfte jemand durch einen Hintereingang herein, und ich erkannte Mohammed, der sofort das freundlich geführte Gespräch übernahm und frech wurde. Schließlich schaute er mich an und sagte in englischer Sprache: »Mumie mag nicht Fremde, sollen gehen. Aber nicht Frauen gehen. Mumie mag englische Frauen.«

Der arme alte Vater kreischte verängstigt, als Emerson seinem unverschämten Sohn an die Kehle ging. Walter beruhigte ihn dann wieder. »Komm, komm«, redete er seinem Bruder zu. »Hier können wir doch nichts tun.«

Wir verließen schnellstens die Hütte und waren froh, als wir die zwar heiße, aber immerhin saubere Wüstenluft atmen konnten. Trotz des Mißerfolges richtete Emerson aber sofort seine Schritte in das nächste Dorf. »Wenn die Männer von Haggi Qandil nicht arbeiten wollen, so tun es sicher die von el Till und al Amarnah«, meinte er entschlossen.

Walter versuchte ihm das auszureden. »Radcliffe, du kannst nicht heute den ganzen Tag durch die Wüste laufen. Außerdem hat Mohammed garantiert seine Geschichte schon in den Nachbardörfern verbreiten lassen. Du wirst dort ebensowenig Erfolg haben wie in Haggi Qandil.«

Emerson ging schon sehr langsam, aber das Kinn hatte er aggressiv vorgestreckt. Ich beschloß also, der Sache ein Ende zu machen, ehe es ihn in den Sand streckte.

»Walter, lassen Sie ihn«, sagte ich. »Er ist zu stur, als daß er auf vernünftige Argumente hören würde. Wir müssen mit Abdullah und Michael Kriegsrat halten und haben auch sonst noch einiges zu tun. Eigentlich könnten wir damit ja warten, bis Ihr Bruder vor Schwäche ohnmächtig wird, denn dann kann er uns nicht im Weg stehen. Es ist einfacher, ihn zum Lager zu schleppen, als mit ihm zu streiten.«

Emerson hielt sich aber noch immer auf den Beinen, als wir ins Lager kamen, doch Walter zog sich mit ihm sofort zu einer restaurativen Behandlung in die Grabkammer zurück. Danach versammelten wir uns zum Kriegsrat.

Michael, der Christ und Fremde, war im Dorf nicht willkommen und verbrachte daher die Nächte auf dem Boot. Nun hörte er zum erstenmal von den Vorgängen hier und lauschte aufmerksam unseren Erzählungen. Danach fragte ich ihn, welche Vorschläge er dazu habe.

»Verlassen Sie diesen Ort sofort«, riet er uns. »Ich bin vor Dämonen geschützt.« Er berührte dazu sein Kreuz, das er um den Hals trug. »Hier gibt es viele schlechte Menschen. Das

Boot wartet. Wir gehen alle, auch die Gentlemen. Das hier ist kein guter Ort.«

Abdullah nickte nachdrücklich. Er war zwar islamischen Glaubens, aber die Mohammedaner sind ebenso abergläubisch wie die Christen.

»Diesen Vorschlag wollte ich auch machen«, sagte ich, und Michael war auf meine Zustimmung sehr stolz. »Gentlemen, Sie müssen einsehen, daß Sie hier jetzt nichts mehr tun können. Ich hielte es für besser, wenn wir uns Arbeiter aus anderen Landesteilen besorgten, die nicht Mohammeds Einfluß unterliegen, und wenn die Dorfbewohner feststellen, daß die Arbeit ohne Zwischenfall weitergeht, dann werden sie selbst einsehen, daß ihre Fluchlegenden reiner Unsinn sind.«

Walter schien sehr beeindruckt zu sein und schaute seinen Bruder an. Ich tat es auch, aber er hatte sein Kinn wieder so angriffslustig vorgeschoben, daß ich ihm am liebsten meine Faust daraufgesetzt hätte.

»Wir könnten doch auch an einer anderen Stelle arbeiten«, schlug Evelyn vor. »Es gibt genug Grabungsmöglichkeiten. Warum warten wir nicht, bis sich hier die Aufsässigkeit gelegt hat?«

»Oh, das ist sehr gut, sehr gut. Wir gehen. Arbeiten in Sakkarah, Luxor. Ich kenne Gräber im Tal der Könige«, antwortete Abdullah begeistert. »Königsgräber, die noch nicht geöffnet sind. Wir gehen nach Theben, dort ist mein Haus. Ich habe viele Freunde, die gern arbeiten.«

»Hm. Das wäre ja sehr schön, Abdullah«, meinte Emerson nachdenklich. »Aber du weißt doch, daß ich eine Regierungserlaubnis zum Graben brauche. Maspero wird sie mir sicher nicht geben, weil er hofft, dort selbst etwas zu finden. Und auch das Geld... Walter, was meinst du dazu?«

Walter hatte unterdessen Evelyn bewundert und erschrak,

als sein Bruder ihn ansprach. »Oh, natürlich. Ich werde alles tun, was du vorschlägst, Radcliffe. Aber eines würde ich dringend empfehlen. Egal, ob wir gehen oder bleiben – die Damen müssen hier weg, am besten noch heute. Ich halte es hier zwar nicht für gefährlich, aber es ist unerfreulich, und sie haben uns schon zuviel von ihrer kostbaren Zeit geopfert.«

Das fand ich unendlich rührend von dem jungen Mann. Ja, er war ein echter Brite, der das geliebte Mädchen außer Gefahr wissen wollte, und trotzdem erwies er sich seinem Bruder gegenüber loyal. Evelyn sah mich beschwörend an. Das hieß, daß sie sich meiner Entscheidung fügen würde, aber ... Nun, ich hatte nicht die Absicht, mich wegschicken zu lassen.

»Der Vorschlag ist zwar gut gemeint, doch ich kann ihn nicht annehmen«, erklärte ich bestimmt. »Entweder wir gehen alle, oder wir bleiben alle.«

Emerson holte so tief Atem, daß es ihm fast die Hemdknöpfe absprengte; sie hingen sowieso recht locker. Bei Gelegenheit mußte ich sie annähen.

»Ah, Miß Peabody, meine liebe Miß Peabody, wie kommen Sie eigentlich dazu, sich in meine Angelegenheiten zu mischen?« murrte er. »Ich bin ein geduldiger Mann und beklage mich kaum einmal. Ehe Sie kamen, war mein Leben friedlich und ruhig, und jetzt benehmen Sie sich, als seien Sie der Expeditionsleiter. Walter hat recht. Die Frauen müssen weg. Peabody, keine Widerrede! Ich hätte Sie längst verschnüren und auf Ihr Boot bringen lassen sollen. Michael und Abdullah werden das gerne besorgen.«

»Nein, nein. Michael würde Ihnen auf gar keinen Fall gehorchen«, erwiderte ich. »Natürlich wäre ihm lieber, ich wäre von hier weg, aber er hält sich treu an meine Wünsche. Emerson, wir wollen nicht streiten. Mir paßt es nicht, die

Arbeit hier aufzugeben, und es wäre lächerlich, wenn der britische Löwe mit dem Schwanz zwischen den Beinen ...«

»Du lieber Gott!« ächzte Emerson.

»Also, hier können Sie keine Arbeiter bekommen«, fuhr ich fort, »außer meine Leute... Nein, das geht. Ich schlage vor, wir machen heute alle gemeinsam das Pflaster fertig, Evelyn ihre Skizzen, und abends unterhalten wir uns dann weiter. Wir müssen diese falsche Mumie unbedingt fangen.«

»Ach, Miß Amelia, Sie sind wunderbar!« rief Walter und klatschte in die Hände. »Wir vier ...«

»Sechs«, berichtigte ich. »Wir sechs genügen; wir brauchen die Bootsmannschaft nicht. Ich schlage vor, einer von uns bewacht das Dorf. Mohammed muß ja einmal in seiner Verkleidung herausschlüpfen, und da er uns unter allen Umständen vertreiben will, wird er wohl heute nacht kommen. Wir anderen liegen auf der Lauer. Hat jemand eine Schußwaffe?«

»Nein, die sind gefährlich, und wir haben sie nie gebraucht«, brummte Emerson.

»Dann müssen wir Keulen verwenden.«

»Ich ertrage das nicht mehr«, murmelte Emerson, stand auf und ging weg. Ich sah, wie seine Schultern zuckten. Er mußte also noch sehr schwach sein.

»Schlafen Sie gut!« rief ich ihm nach. »Wir müssen heute abend frisch sein.« Er gab ein eigenartiges Geräusch von sich, und ich wandte mich Walter zu, der noch immer seinem Bruder nachstarrte. »Er muß schrecklich erschöpft sein, Walter. Wenn Sie vielleicht ...«

»Nein, nicht nötig«, antwortete er.

»Aber was ist dann ...«

Walter schüttelte den Kopf. »Das ist doch unmöglich ... Wenn ich es nicht besser wüßte, würde ich sagen, er habe schallend gelacht.«

Der Rest des Tages verlief nach meinem Plan. Evelyn bekam die Skizze des Pflasters fertig, und sie war sehr hübsch. Besonders die Pastellfarben kamen gut zur Geltung. Ich legte den Rest der Schutzschicht auf. Als wir ins Lager zurückkehrten, war das Abendessen schon fast fertig. Wir waren eine kleine, friedliche und einige Gesellschaft.

Walter und Abdullah sollten das Dorf, besonders die Hütte des Bürgermeisters bewachen. Vor Mitternacht erwarteten wir nichts, aber man konnte ja nie wissen. Sobald Mohammed das Haus verließ, sollten die beiden ihm folgen. Emerson war der Meinung, daß der Bürgermeister selbst mit der Sache nichts zu tun hatte. Die beiden Bewacher sollten aber erst dazwischentreten, wenn Mohammed in seiner Verkleidung zu uns unterwegs war. Einer sollte ihn dann festhalten, der andere uns verständigen, so daß wir alle gemeinsam den Missetäter in sein Dorf schleppen und ihn entlarven konnten.

Evelyn sollte, bewacht von Michael, in ihre Grabkammer gehen, während Emerson und ich in der seinen Wache halten wollten. So war Evelyn doppelt bewacht, denn an uns konnte niemand vorbeikommen.

Als es dunkel wurde, schlüpften Walter und Abdullah weg, und Michael nahm mit einer Keule seine Wache auf. Ich zog ein passendes Kleid an und ging den Sims entlang zu Emersons Grab. Er saß auf einer Kiste und schrieb beim Schein einer Öllampe. Er schaute auf und meinte, als Zigeunerin hätte ich mich ja nicht gerade zu kostümieren brauchen. Ich erklärte ihm, dunkle Kleidung sei vorteilhafter, und ein Schal um den Kopf schütze mein Haar; der Schmutz verdecke dagegen die helle Haut meines Gesichtes und meiner Hände. Er seufzte ein wenig resigniert und meinte dazu, nun brauche er wahrlich nicht zu fürchten, daß jemand auf den Gedanken käme, er habe mich aus amourösen Gründen in seine Gemächer eingeladen. Ich maß ihn nur mit einem hoheitsvollen Blick und ließ mich in einer Ecke nieder.

Die folgenden Stunden zogen sich endlos in die Länge. Emerson schrieb weiter, als sei ich gar nicht vorhanden. Ich hatte Muße, ihn zu beobachten. Sein dichtes, schwarzes Haar bedurfte eines Schnittes, denn die Nackenlocken wuchsen ihm über den Hemdkragen. Seine Rückenmuskeln unter dem dünnen Hemd bewegten sich geschmeidig. Nach einer Weile wurde es mir langweilig, und ich holte mir ein Buch über die Pyramiden von Gizeh, das von einem gewissen Mr. Petrie geschrieben war. Emerson hatte diesen jungen Gelehrten schon wiederholt erwähnt, wenn auch nicht gerade lobend, denn das tat er nie. Mich fesselte allerdings dieses Buch ungeheuer.

Endlich legte Emerson die Feder weg und erhob sich, gähnte und streckte sich. Dann blies er die Lampe aus. Als mein Auge sich etwas an die Dunkelheit gewöhnt hatte, kroch ich zum Eingang. Emerson wisperte mir etwas zu, so daß ich wußte, wo er war. Ich nahm meinen Platz an der anderen Türseite ein. Ich hätte mich ja gerne ein wenig im Flüsterton unterhalten, doch Emerson gab mir gar keine Antwort.

Die Schönheit der Nacht war unbeschreiblich. Noch nie hatte ich so große und klare Sterne gesehen; sie schimmerten wie die Juwelen eines Pharaos. Die kühle Luft war außerdem sehr erfrischend, und die Stille wurde nur ab und zu vom Heulen eines Schakals unterbrochen.

Ich gebe zu, daß ich ein wenig döste, als mich ein Geräusch plötzlich hellwach machte. Emerson konnte von seiner Türseite aus zum Simsende und zum Kochzelt schauen, während ich auf Evelyns Grab sehen konnte. Nichts war zu sehen, aber Emerson streckte die Hand aus, und ich trat neben ihn.

Dann stand das Ding plötzlich da, bewegungslos und blaß, aber nicht am Sims, sondern am unteren Hang. Der Mond schien hell, und wir konnten uns nicht irren. Ich sah sogar das Muster der gewickelten Bandagen auf der Brust. Der Kopf war ganz mit Stoff umwickelt. Da drehte das Ding den Kopf. Emersons Hand legte sich auf meinen Mund; er hatte richtig erraten, daß ich beinahe gestöhnt hätte. Und die Mumie schien – nein, die konnte gar nichts gehört haben, wenn sich auch ihr Kopf in unsere Richtung drehte.

In einer drohenden Gebärde hob sie den rechten Arm. Emerson ließ mich abrupt los und tat einen Satz auf den Sims hinaus. Ich folgte ihm auf den Fersen. Ich rutschte mit den losgetretenen Kieseln, und Emerson stolperte und flog der Länge nach hin.

Die Mumie war in voller Flucht. Ich wußte, daß ich sie nicht erreichen konnte und – ganz ehrlich – ich hatte auch keine Lust, es zu tun. Ich lief zu Emerson und half ihm auf. Michael rief mir vom Sims aus etwas zu, und ich befahl ihm, bei Evelyn zu bleiben, die Mumie sei schon davongelaufen und nicht mehr einzuholen.

Warum, fragte Emerson, als wir wenig später wieder im Grab saßen und das Ereignis durchsprachen, warum glaubte ich, dieses Ding wolle mehr als uns nur ein bißchen ängstigen?

Nun, ich wußte ja auch nicht mehr als er. Fest stand nur, daß es Mohammed gelungen sein mußte, Walter und Abdullah an der Nase herumzuführen, wenn die Mumie ungehindert bis zu uns gelangen konnte.

»Sollten wir nicht nach ihnen suchen?« fragte Evelyn. »Es könnte ihnen doch etwas zugestoßen sein.«

»Nein, nicht zwei Männern. Nein, Miß Evelyn, Walter ist absolut sicher. Vielleicht warten die beiden noch immer beim Dorf auf Mohammed und sehen ihn, wenn er zurückkommt. Wir würden nur sinn- und zwecklos in der Dunkelheit herumwandern, wollten wir die beiden jetzt suchen.«

Es war merkwürdig – Emerson hatte Evelyn mit dem Vornamen angesprochen. Nun ja, die Merkwürdigkeit der Situation hatte das Eis der Formalität gebrochen. Ich hatte Walter ja auch schon öfter mit seinem Taufnamen angesprochen. Ich mochte den jungen Mann, und mir war, als hätte ich ihn schon lange gekannt.

Bei Emerson war es ein bißchen anders. Er war manchmal so frech und ungeduldig zu mir, daß ich keine Lust zu freundschaftlicheren Beziehungen hatte.

Es war schon Morgen, als die beiden Wächter aus dem Dorf zurückkehrten, und beide schworen, niemand habe während der Nacht das Dorf verlassen. Walter hatte persönlich von einem unbequemen Sitz in der Astgabel eines Baumes aus die Hütte des Bürgermeisters beobachtet. Mohammed konnte also nicht Mumie gespielt haben.

7. Kapitel

Niemand von uns versuchte mit Walter und Abdullah deshalb zu streiten. Niemand hielt ihnen auch vor, Mohammed habe sie übertölpelt. Plötzlich sprang Emerson auf und lief weg. Ich wußte sofort, wohin er wollte und was er dort finden würde. Ich folgte ihm langsam, und als ich ihn einholte, stand er neben dem Holzgerüst, welches das gemalte Pflaster geschützt hatte. Die Malerei war verschwunden, teilweise herausgebrochen, teilweise völlig vernichtet. Also hatte ich ganz umsonst soviel und so angestrengt gearbeitet. Doch das war nicht mein erster Gedanke. Mich traf es viel tiefer, daß so viel Schönheit so sinnlos zerstört worden war. Instinktiv griff ich nach Emersons Hand, und er nahm die meine. So standen wir eine Weile mit ineinandergelegten Händen da, bis es ihm zu Bewußtsein kam; dann warf er meine Hand förmlich weg. Er sah sehr bekümmert und noch viel hagerer aus als sonst.

»Unsere Mumie ist sehr boshaft«, sagte ich.

»Peabody, ist Ihnen nicht auch schon der Gedanke gekommen, daß dieser ganze elende Plan für den beschränkten Geist Mohammeds viel zu raffiniert ist?«

»Vielleicht unterschätzen Sie seine Intelligenz?«

»Nein, das glaube ich nicht. Sein Motiv ist mir auch unklar. Warum sollte er sich einer kleinen Rache wegen so viel Mühe machen? Wir verschaffen seinem Dorf doch

Arbeit und Geld, und diesen Verdienst brauchen sie dringend.«

»Aber wenn Walter sagt, Mohammed habe das Dorf nicht verlassen ...«

»Das glaube ich nicht. Wer sollte sonst die Mumie sein?«

»Sie meinen also, wir müßten nach jemand Ausschau halten, der hinter Mohammed steht? Aber wer könnte das sein?«

»Das ist schwer zu sagen. Vielleicht ein reicher Amateur-Archäologe ...«

»Das ist doch lächerlich!« fuhr ich auf. Und damit war für den Moment unsere Unterhaltung beendet. Emerson warf mir einen gehässigen Blick zu und kehrte zum Lager zurück.

Wäre Emerson nicht so stur gewesen, ich glaube, wir hätten Amarna doch verlassen, aber Evelyns Takt half uns über die nächsten Stunden weg. Sie bestand darauf, wir sollten alle ein paar Stunden schlafen, ehe wir weiter über die ganze Sache diskutierten. Ich bezweifelte allerdings, daß ein paar Stunden Schlaf Emerson friedlich und einsichtiger stimmen könnten.

Abdullah stand Wache, während wir schliefen, und er weckte uns mit einem Schrei. Ich taumelte, geblendet von der gleißenden Sonne, vor die Tür und sah eine Prozession vom Fluß her nahen. Der Anführer saß auf einem Esel, war aber noch nicht zu erkennen.

»Aha, da kommt Verstärkung«, bemerkte ich, als Evelyn neben mich trat. »Ich bin ja neugierig, was Lord Ellesmere zu unserem kleinen Geheimnis meint.«

»Lucas!« rief Evelyn.

Walter hatte unsere Unterhaltung gehört und warf Evelyn einen forschenden Blick zu. Dann sah er, die Stirn gerunzelt, dem Neuankömmling entgegen. Lucas hatte uns schon gesehen und winkte heftig. Seine weißen Zähne blitzten im jetzt tiefgebräunten Gesicht. Walter sah immer finsterer drein.

»So, Sie kennen also diesen gräßlichen Kerl«, sagte Emerson. »Hätte ich mir ja denken können, daß er ein Freund von Ihnen ist, Peabody.«

»Diese Gegend, Emerson, ist nicht Ihr Privatbesitz«, entgegnete ich hochmütig. »Eigentlich erstaunlich, daß wir nicht mehr Besucher hatten.«

Emerson nickte, und ich gab ihm nun die Erklärung, auf die er wohl Anspruch hatte: »Lord Ellesmere ist Evelyns entfernter Verwandter. Wir trafen ihn kurz vor unserer Abreise in Kairo, und er sagte, er wolle die gleiche Reise machen. Wir rechneten damit, ihn in Luxor zu treffen. Er muß dann wohl die vor Anker liegende Philae gesehen und sich nach unserem Verbleib erkundigt haben.«

Ich war mit mir selbst recht zufrieden, denn ich dachte nicht daran, Evelyns Beziehung zu dem verstorbenen Lord Ellesmere beziehungsweise zu Lucas zu erörtern. Übrigens hatten beide Emersons kein Interesse an Skandalen, wenn es dabei nicht um altägyptische Pharaonen ging, und deshalb war anzunehmen, daß sie von Evelyns früheren Eskapaden nichts gehört hatten.

Evelyn war, wie ich sah, sehr blaß geworden, als sie die Annäherung ihres Vetters beobachtete, und Walter musterte sie erstaunt und bekümmert. In diesem Moment kam mir eine Erkenntnis. Ich wollte Walter für Evelyn; sie paßten ideal zueinander; er war ehrenhaft und liebenswert und würde sie gut behandeln. Wenn ich sie aufgeben mußte, dann wußte ich sie bei dem guten und zärtlichen Walter gut aufgehoben. Also sollte Evelyn ihren Walter bekommen, obwohl ich wußte, daß es nicht ganz einfach sein würde.

»Wollen Sie Ihrem Verwandten nicht entgegengehen und ihn begrüßen?« fragte Walter.

Evelyn erschrak. »Ja, natürlich«, antwortete sie ohne jede Begeisterung.

»Bleib hier«, sagte ich. »Michael soll Tee bringen. Ich gehe hinab.«

Lucas fiel mir mit einem Freudenschrei um den Hals, und weil mir das gar nicht behagte, mußte ich ihm einen ordentlichen Stoß versetzen, der mir einen vorwurfsvollen Blick von ihm einbrachte.

»Eine solche Warnung war nicht nötig, Miß Amelia«, hielt er mir vor. »Aber was tun Sie hier? Wer sind Ihre Freunde und warum ...«

Natürlich gab es Erklärungen und die gegenseitige Vorstellung, aber als ich dann die Geschichte von der Mumie erzählte, hörte Lucas schweigend zu. Schließlich grinste er, und zum Schluß liefen ihm Lachtränen über das Gesicht.

»Das ist ja großartig! Oh, wie ich mich freue, diese wandelnde Mumie zu sehen! Ein solches Glück hätte ich wirklich nicht erwartet!«

»Es ist keineswegs sicher, ob Sie das Vergnügen einer solchen Begegnung haben werden, Lord Ellesmere«, sagte Walter. »Und warum sollten wir Sie mit unseren Problemen belasten? Wenn Sie die Damen in Sicherheit ...«

»Sie werden mich doch nicht um ein solches Erlebnis bringen wollen«, protestierte Lucas.

»Nun, Lord Ellesmere, wenn Sie sich unserer Gruppe anschließen wollen, müssen Sie schon mich um Erlaubnis fragen«, warf da Emerson ein. »Ich werde Sie ja kaum daran hindern können, hier irgendwo ein Zelt für sich selbst aufzustellen.« Das war für Emerson eine beachtliche Rede, und Lucas wickelte ihn dann auch geradezu in seinen Charme ein. Emerson musterte ihn mit der Begeisterung, die ein alter, brummiger Hund einem verspielten jungen Terrier entgegenbringt, und schließlich erklärte er sich sogar bereit, Lucas einige der Gräber zu zeigen. »Besonders die Reliefs sind interessant«, bemerkte er. »Die alten Königsgräber wurden ja von diesen Halunken ausgeplündert, denn die Dorfbewohner verschleppen alles, was sie irgendwie zu Geld machen können.«

»An Königsgräbern bin ich im Moment sowieso nicht übermäßig interessiert, und dorthin ist es ja auch ziemlich weit, wie ich höre«, erklärte Lucas.

»Ihre Stiefel würden sicher darunter leiden«, bestätigte Emerson. »Aber über Amarna scheinen Sie einiges zu wissen, denn das königliche Grab hier steht nicht auf der Liste der Attraktionen für Touristen.«

»Oh, ich bin an allem interessiert, was Ägypten betrifft, und ich habe auch schon eine recht ordentliche Antiquitätensammlung. Ich will nämlich im Ellesmere Castle eine ägyptische Galerie einrichten.«

»Schon wieder eine Amateurkollektion, zusammengeramscht von einem Dummkopf«, fuhr Emerson auf.

»Da scheine ich ja einen empfindlichen Punkt getroffen zu haben«, meinte Lucas und lächelte Evelyn an.

Evelyn erwiderte das Lächeln nicht. »Mr. Emerson hat völlig recht, Lucas«, erwiderte sie. »Nur geschulte Archäologen sollten Ausgrabungen machen dürfen, denn die vielen zerbrechlichen und zerbrochenen Dinge können nur von geschulten Händen pfleglich behandelt werden. Es wäre besser, die Touristen würden nicht von Händlern kaufen, weil dadurch nur noch mehr Schaden angerichtet wird.«

»Du lieber Gott, ich ahnte ja nicht, daß du so begeistert bist! Aber genau das brauche ich für meine künftige Ägyptensammlung – einen Fachmann, der die Kollektion pflegt und katalogisiert. Dann wird mich Mr. Emerson vielleicht auch nicht mehr verachten.«

»Verachten wird er Sie immer«, warf ich ein. »Und wenn

Sie das nicht wollen, dann übergeben Sie Ihre Antiquitäten dem Britischen Museum, wo sie besser aufgehoben sind.«

»Nein, das werde ich bestimmt nicht tun«, widersprach er lachend. »Eher wird Mr. Emerson mir meinen Papyrus vorlesen. Er ist ziemlich gut. Natürlich krümelt er schon, und er ist mit diesem komischen Gekrakel bedeckt. Als ich ihn aufrollte...«

Emerson stöhnte. »Sie haben ihn aufgerollt?«

»Nur einen Teil, dann brach er ja auseinander. Deshalb dachte ich... Aber Mr. Emerson, Sie sind ja leichenblaß! Habe ich etwas Falsches gemacht?«

»Ein Mord wäre auch nicht schlimmer«, hielt ihm Emerson vor. »Sie haben wohl keine Ahnung davon, daß die Zahl alter Manuskripte beschränkt ist.«

»Nun ja, wenn Sie so großen Wert darauf legen, sollen Sie den Papyrus haben. Vielleicht kann ich mir damit die Zulassung zu Ihrer reizenden Gruppe erkaufen. Könnte ich mich jetzt hier umschauen? Ich möchte ein Grab für mich selbst aussuchen, wenn ich schon die Nacht über hier bleibe.«

Ich hatte mir inzwischen den Kopf zerbrochen, weshalb Emerson für kurze Zeit Lucas gegenüber fast liebenswürdig gewesen war. Nun fand ich zwei Gründe. Der erste war der, daß für jeden Ausgräber ein wohlhabender Patron ein ungeheurer Vorteil ist, und der zweite Grund konnte der sein, daß er Walter, seinen Bruder und getreuen Helfer, nicht gerne an Evelyn verlor, und so war es ihm angenehm, daß Lucas seine Base zu verehren schien. Diese beiden Vermutungen bestätigten sich dann auch.

Lucas fand das ganze Lager großartig und bestürmte Emerson mit Fragen, schüttelte den Kopf über Mohammeds Gemeinheit und den Aberglauben der Touristen und Dorfbewohner, drückte dem erstaunten Abdullah die Hand – und äußerte Zweifel über Michael.

»Sind Sie sicher, daß Sie ihm trauen können?« fragte er mich leise, als wir am Kochzelt vorbeikamen, wo Michael einen einfachen Imbiß vorbereitete. Er verrichtete alle Arbeiten, seit die Dorfbewohner uns im Stich gelassen hatten.

»Ich vertraue ihm uneingeschränkt«, antwortete Evelyn. »Amelia hat das Leben seines Kindes gerettet, und er würde für sie sterben.«

»Dann ist darüber nichts mehr zu sagen«, erwiderte er, redete aber dann doch noch eine ganze Menge; Michael sei ja ein Einheimischer und abergläubisch, und wie könne er seine unsterbliche Seele einem Dämon aussetzen?

»Lord Ellesmere, ich würde mir an Ihrer Stelle darüber keine Gedanken machen«, riet ihm Emerson kurz und trocken. Darauf schwieg Lucas dann auch.

Lucas wollte natürlich das größte Grab beziehen, das eines Mannes namens Mahu, der Polizeichef der Stadt gewesen war, doch man hätte Tage gebraucht, es zu säubern. So mußte er sich mit einem kleineren Grab zufriedengeben. Er schickte einen Diener zum Boot mit einer langen Liste von Gegenständen, die er in den nächsten zwei Tagen dringend brauchen würde.

Nach dem Mittagessen nahm mich Emerson beiseite. »Kommen Sie mit, Peabody«, forderte er mich auf. »Sie wollten doch ein Königsgrab sehen, und jetzt hätten wir gerade Zeit.«

»Wird Walter mitkommen?«

»Nein, Walter soll hierbleiben. Jemand muß doch aufpassen. Abdullah soll auf den Lord achtgeben, damit er sich kein Bein bricht oder vom Esel fällt. Aber beeilen Sie sich, sonst gehe ich allein.«

Drei Meilen weit marschierten wir durch ein wahrscheinlich seit Jahrtausenden ausgetrocknetes Tal, in dem kein Grashalm wuchs. Man fühlte sich als Eindringling in einer fremden Welt. Schließlich kamen dann die Fragen, mit denen ich gerechnet hatte. Emerson wollte einiges über Lucas erfahren, vor allem über dessen Vermögen und sein Interesse an Evelyn. Mir waren diese Fragen zuwider, und ich wich ihnen damit aus, daß ich einen Streit heraufbeschwor, was bei Emerson sehr leicht ging. Wir marschierten also schweigend weiter.

Endlich erreichten wir einen ziemlich abgelegenen Platz in den Klippen; man hatte geglaubt, das Grab sei damit sicherer vor Räubern, doch die königliche Mumie war schon vor Jahrhunderten verschwunden.

Natürlich war Emerson nicht so voll atemloser Ehrfurcht wie ich, als wir, mit brennenden Kerzen ausgerüstet, endlich den ersten Gang betraten, der zur Grabkammer führte. Der Hauptkorridor wies eine tiefe Grube auf, und so mußten wir noch einmal umkehren und einen anderen Weg nehmen. Wir kamen durch drei kleine Räume mit halbverfallenen Reliefs, die den Tod und das Begräbnis einer königlichen Prinzessin darstellten, einer von Khuenatens Töchtern. Sie war jung gestorben und sah auf der Darstellung sehr pathetisch aus. Der Kummer der Eltern war eigenartig rührend. Fast hörte man ihre Seufzer ...

Und was ich in diesem Moment hörte, war, wie ich meinte, auch ein Seufzen oder Stöhnen, und dann krachten Steine herab. Mich überlief eine Gänsehaut, und ich ließ die Kerze fallen. Das, was ich dann sagte, war nicht sehr damenhaft, und deshalb wiederhole ich es hier nicht.

Emerson bediente sich einer noch viel kräftigeren Sprache, als er auf dem steinübersäten Boden herumkroch, um meine Kerze zu finden. Dann schaute er mich prüfend an. »Peabody, Sie sind zwar eine Frau, aber keine Närrin«, sagte er. »Sie wissen, was dieses Geräusch zu bedeuten haben könnte. Sie werden doch nicht schreien oder ohnmächtig werden?«

Ich warf ihm einen Blick zu, der ihn eigentlich zum Verwelken hätte bringen müssen, und verließ schweigend die Grabkammer. Emerson folgte mir. Allerdings hatte ich für die Reliefs nicht mehr viel Sinn, denn ich konnte mir vorstellen, was uns am Eingang erwartete.

Wir gruben lange, sehr lange, bis wir einiges von dem gestürzten Gestein weggeschafft hatten. Eine Kerze war schon niedergebrannt, und die zweite war auch schon sehr klein. Endlich hörten wir von draußen ein Geräusch, dann sogar Worte, arabische Worte – und Abdullahs Stimme. Er wollte wissen, ob wir drinnen seien.

»Natürlich sind wir hier«, schrie Emerson erbost. »Du Sohn eines blinden, krummbeinigen Esels, wo sollten wir sonst sein?«

Dieser Frage folgte ein schauerliches Freudengeheul. Ihm folgte eine andere Stimme. »Nur Mut, Miß Amelia! Lucas ist am Werk!«

Obwohl ich nun, da ich dies schreibe, allein bin, zögere ich, die Gedanken, die mich da überfielen, zu Papier zu bringen. Emerson war kein Schwächling, doch als er seine Brust an die meine drückte, ahnte ich seine Stärke, und ich dachte ... und erwartete ... Nun, warum soll ich's nicht zugeben? Ich dachte also, er umarme mich, weil die Freude über die unerwartete Rettung seinen Geist verdunkelt habe.

Bald wurde mir jedoch klar, wie absurd das war. Ein fürchterliches Rattern folgte, große Steine und Felsbrocken kollerten herab und krachten an die Wände, und wer weiß, was mir passiert wäre, hätte Emerson mich nicht mit seinem Körper geschützt. Ich war ganz außer Atem, als er mich losließ, er aber auch. Wir pumpten uns mit der heißen, sauberen Luft von draußen voll, doch nach der Dunkelheit blendete uns die Sonne.

Da sah ich, daß Emerson an der Wand lehnte und sein Arm

in einem sonderbaren Winkel vom Körper wegstand. Dicker Schweiß lief ihm über das verstaubte Gesicht. Abdullah und Lucas kletterten über die Felsen herauf.

»Du verdammter Narr«, sagte er zu Abdullah.

»Oh, Herr, du bist ja verletzt«, stellte Abdullah fest.

»Mir fehlen die Worte... Ein erfahrener Vormann und anschieben wie eine Ramme... du Vollidiot...«

»Ich sagte ihm, er soll langsam tun, aber mein Arabisch ist eben sehr dürftig«, warf Lucas ein, und seine schuldbewußte Miene bestätigte mir, daß wohl er an dem Unglück schuld sein müsse.

»Ist Ihr Arm gebrochen?« fragte ich Emerson.

»Nein, ausgerenkt.« Er biß die Zähne zusammen. »Ich muß zurück. Walter weiß, wie...«

»So weit können Sie nicht laufen.«

»Kann ich, wenn ich muß«, widersprach er, aber seine Knie wurden weich.

»Sie müssen ja gar nicht«, erklärte ich ihm. »Ich weiß, wie unser Arzt zu Hause das macht. Wenn Sie also... Spaß wird es Ihnen keinen machen.«

»Ihnen auch nicht«, erwiderte er.

Ich ziehe es vor, die Prozedur nicht zu beschreiben, wir waren wirklich alle froh, als sie vorüber war. Zum Glück hatte Abdullah Wasser mitgebracht, und wir konnten unseren Durst löschen. Ich opferte einen meiner Unterröcke und band Emersons Arm an seinen Körper, um ihn ruhigzustellen. Leider machte er dazu wieder ein paar ganz ungehörige Bemerkungen.

Der Rückweg war lang und mühsam, aber Lucas erzählte uns, wie er uns zufällig gefunden habe. Der Besitzer seines Esels hatte ihn und das Tier im Stich gelassen, als er zum Lager ritt, und jetzt wollte er den Esel zurückhaben. »Ich bot ihm an, das elende Tier zu kaufen, damit es Evelyn zur Verfügung habe, aber plötzlich sah ich mich einer heulenden Horde von Dorfbewohnern gegenüber. Was sollte ich da machen, wenn man mich daran hinderte, den Esel zu kaufen? Auf dem Rückweg zum Lager traf ich Abdullah, und er sagte mir, Sie seien zum Königsgrab gegangen. Nach meinem Abenteuer machte ich mir Sorgen um Sie. Glücklicherweise, möchte ich sagen.«

»Dann haben Sie also den Steinschlag nicht gesehen?« fragte Emerson.

»Nein.«

»Aber das war kein Zufall«, knurrte er. »Warum ist das gerade da passiert, als wir im Grab waren?«

»Wir hatten dabei doch einiges Glück«, machte ich geltend, aber Emerson brummte dazu nur etwas.

Wir waren noch etwa eine Meile vom Lager entfernt, als uns Walter und Evelyn entgegenkamen. Sie hatten sich wegen unserer langen Abwesenheit Sorgen gemacht, und als wir ihm von unserem Pech erzählten, meinte er nachdenklich, das sei Wasser auf die Mühlen der abergläubischen Dorfbewohner.

»Und wissen werden sie's«, sagte ich, »einer weiß es ganz bestimmt.«

»Dann glauben Sie also, daß es kein Unfall war?« rief Lucas. Er schien die ganze Sache als Abenteuer zu betrachten, und darüber ärgerte ich mich.

»Jedenfalls bleiben wir in Zukunft im Lager«, sagte ich kurz. »Vielleicht war nicht beabsichtigt, uns ernstlichen Schaden zuzufügen, aber ...«

»Das kann man nie wissen«, unterbrach mich Walter. »Ebensogut hätte ein Stein meinen Bruder am Kopf treffen können.«

»Verletzt wurde Ihr Bruder ja, als wir befreit wurden, nicht vorher«, berichtete ich. »Der Steinschlag konnte kaum inszeniert worden sein, um uns zu ermorden. Sie hätten ja nach uns gesucht, wenn wir zu lange nicht gekommen wären. Ich glaube, es war ein Unfall.«

»Und wenn Peabody so sagt, dann ist das so gut wie das Wort des Propheten«, bemerkte Emerson dazu.

Den Rest des Weges legten wir schweigend zurück.

Mir fiel dann auf, daß Evelyn sehr blaß und bedrückt war. »Hat Lucas dich geärgert?« fragte ich sie, als wir allein waren.

»Er hat mich gefragt, ob ich ihn heirate«, antwortete sie. »Aber du kennst ja meine Gefühle. Den Mann, den ich liebe, kann ich nicht heiraten, und einen anderen will ich nicht.«

»Da irrst du aber«, erwiderte ich bestimmt. »Walter liebt dich, und das kannst du nicht leugnen. Du bist ungerecht, wenn du ihm keine Chance gibst.«

»Damit er meine Schande erfährt? Nun, Amelia, falls er mich je fragen sollte – dann erfährt er alles.«

»Klar, das mußt du tun. Jedenfalls ist es besser, er hört die Geschichte von dir als von anderer Seite. Er ist ein feiner Bursche, Evelyn. Ich mag ihn. Er würde niemals ...«

»Er ist ein Mann«, unterbrach sie mich voll so überlegener Weisheit, daß ich gelacht hätte, wäre die Sache nicht so ernst gewesen. »Und welcher Mann könnte einer Frau einen solchen Fehltritt verzeihen?«

»Ah, bah!« rief ich.

»Wenn ich ihm etwas zu bieten hätte... ein Vermögen...«

»Was? Du glaubst, wegen dieses Fehltrittes würde er dich verachten, dich aber akzeptieren, wenn du ihm ein Vermögen brächtest?«

»Amelia, du sprichst, als seist du hundert Jahre alt, und dabei ist Walter nur ein paar Jahre jünger als du; und du bist auch noch nicht alt. Außerdem wirst du immer jünger, immer attraktiver.«

»Komm, komm, Evelyn, jetzt übertreibst du. Ich ruiniere meine Kleider, meine Haut ist sonnenverbrannt, meine Hände sind zerschunden. Vergiß mich und laß uns von dir sprechen. Wenn du nur auf mich hören wolltest...«

»In diesen Dingen kann ich nur meinem eigenen Gewissen folgen.«

»Aber das ist schrecklich! Du liebst doch dieses Leben. Du siehst zart aus, hast aber einen eisernen Willen. Du könntest für Walter die beste nur denkbare Gefährtin sein.«

»Du liebst dieses Leben, Amelia. Und du wärst die beste nur denkbare Archäologin.«

»Hm. Ganz unrecht hast du da nicht. Schade, daß ich kein Mann bin. Emerson würde mich als Kollegen akzeptieren. Welch herrliche Zeit hätten wir! Arbeit und Streit in schöner Abwechslung. Emerson würde mir recht geben. Schade, daß ich eine Frau bin.«

»Das glaube ich nicht, Amelia«, meinte sie lächelnd.

»Du könntest doch Lucas' Angebot annehmen. Das heißt, sein Geld«, drängte ich. »Moralisch gehört sowieso die Hälfte des Vermögens deines Großvaters dir. Und wenn du glaubst, Walter würde...«

»Nein, das wäre nicht ehrlich. Nein, Amelia. Ich kann Lucas nicht heiraten, und deshalb will ich auch keinen Penny von ihm. Willst du mich denn unbedingt loshaben? Ich habe mich so darauf gefreut, mit dir alt zu werden, Wolle abzuwickeln, Katzen zu haben und einen Garten zu pflegen und... Aber, Amelia, warum weinst du? Nein, du darfst doch nicht weinen!«

Sie legte die Arme um mich, und wir weinten gemeinsam. Ich wußte gar nicht, weshalb ich weinte, aber irgendwie war es tröstlich. Also leistete ich mir den Luxus eines Gefühls.

»Ich liebe dich doch, Amelia«, schluchzte Evelyn. »Du bist mir wie eine liebe Schwester. Deine Güte, dein Humor, deine himmlische Geduld ...«

»Geduld, sagst du? Meine liebe Evelyn, Geduld habe ich keine, und mein Temperament ist teuflisch, und störrisch bin ich wie ein Muli. Aber weine nicht mehr, Liebes. Gott wird es schon recht machen für dich und mich. Es paßt mir ja manchmal gar nicht, was er über mich bestimmt, aber was immer auch geschieht, ich will nicht ruhen, bis du den Mann bekommst, den du verdienst. Hier, nimm das Taschentuch und trockne deine Augen. Aber dann gibst du's mir zurück, ich brauche es auch.«

»Willst du mich behalten, damit ich Wolle abwickeln, Garten pflegen und Katzen haben kann, wenn du verheiratet bist?« fragte sie.

»Das ist die allerdümmste Frage, meine Liebe, die du je gestellt hast«, antwortete ich. »Und wir haben allerhand dummes Zeug geredet.«

8. Kapitel

Wir hatten frische Kleider an, als wir aus dem Grab kamen. Die Männer waren schon versammelt. Lucas hatte sich viele Sachen bringen lassen, als wolle er mitten in der Wüste einen Laden einrichten. Der Tisch war mit Blumen, Silberzeug und Kristall geschmückt. Emerson betrachtete mit einer Mischung aus Unverständnis und Abscheu die elegante Aufmachung. Und Lucas trug einen teuren, makellosen Anzug.

Er benahm sich, als sei er unser Gastgeber, auch dazu sagte Emerson nichts, sondern musterte nur seine mitgenommenen Stiefel. Seine Schulter mußte ihm noch schmerzen, sonst hätte er sicher einige bissige Bemerkungen gemacht.

Lucas servierte Sherry. »Halten Sie ein alkoholisches Getränk bei dieser Hitze nicht für unangebracht?« fragte ich. »Wir müssen heute abend doch frisch sein.«

»Oh, ein Schluck Whisky oder dergleichen schärft immer meine Sinne«, erwiderte Lucas, »und ich kann eine Menge vertragen.«

»Das meint jeder Trinker«, bemerkte Walter anzüglich.

»Du mußt ja deine ganze Dahabije mit Luxus vollgestopft haben«, warf Evelyn ein. »Dieser Luxus ist zwar schön, doch wir sind ihn hier nicht gewöhnt.«

»Wenn es nach mir gegangen wäre, hätte mein Boot noch ganz andere Dinge mitgebracht, Evelyn. Deine Kisten sind in

Kairo angekommen. Ich wollte sie mitbringen, aber dieser alte Bär Baring hat sie mir nicht ausgehändigt.«

»Nein, wirklich?« sagte ich. »Er war mit meinem Vater befreundet.«

»Das weiß ich. Die Kisten waren auch an Sie adressiert, weil der Konsul in Rom keine andere Adresse für Evelyn hatte. Baring bewacht sie wie ein Kettenhund. Ich erklärte ihm meine Beziehung zu Evelyn, doch er ließ sich nicht erweichen.«

»Vielleicht ist Ihr Ruf Ihnen vorausgeeilt«, bemerkte ich milde. Leider war es unmöglich, Lucas zu beleidigen, denn er lachte und erklärte, er sei mit einem jungen Verwandten Barings auf der Universität gewesen, und der habe wohl etwas zuviel erzählt.

»Aber«, wandte er sich an Evelyn, »eines Tages wirst du sowieso bekommen, was dir zusteht, und ich werde dich überreden, es anzunehmen. Doch alle Schätze der Pharaonen könnten dir nicht das geben, was du verdienst.«

Der arme Walter war eifersüchtig, Evelyn verlegen, nur Emerson schien ungerührt zu sein. »Peabody, ich würde vorschlagen, daß Sie uns sagen, was wir heute für unsere abendliche Unterhaltung zu tun haben«, forderte er mich auf.

»Darüber habe ich noch nicht nachgedacht«, antwortete ich. »Evelyn sollte, meine ich, die kleine Prinzessin aus dem königlichen Grab kopieren. Das wäre wundervoll. Nein, nicht unbedingt heute«, schnitt ich Lucas' Einwand ab. »Irgendwann. Sie scheinen gar nicht zu ahnen, welch große Künstlerin in Evelyn steckt. Sie hat das jetzt vernichtete Pflaster kopiert.«

Lucas wollte die Kopien unbedingt sehen und lobte sie über alle Maßen, und nun überreichte er Emerson auch das versprochene Pergament. Er hatte es zwischen zwei Glasscheiben legen lassen und in einem flachen, geschnitzten

Holzbehälter aufgehoben. Für diese Umsicht sprach ihm Emerson sogar ein widerwilliges Lob aus.

Es schien ein ziemlich gut erhaltenes Exemplar zu sein, war altersbraun und krümelte an den Kanten. Die schwarze Schrift hob sich sehr gut von dem Braun ab. Manche Worte waren in roter Tusche geschrieben, die jedoch zu einem fahlen Rostbraun verblaßt war. Natürlich konnte ich nichts von der Schrift entziffern, doch ein paar Vögel ließen sich klar erkennen.

»Walter, kannst du das lesen?« wollte Emerson wissen.

»Sie werden doch nicht behaupten wollen, daß Master Walter dieses Gekritzel lesen kann?« fragte Lucas erstaunt.

»Master Walter«, erklärte Emerson trocken, »ist einer der besten Kenner alter Sprachen der ganzen Welt. Ich verstehe ein bißchen was davon, aber ich bin in erster Linie Ausgräber. Walter ist Philologe. Nun, Walter?«

»Übertreib nicht, Radcliffe«, warnte Walter. »Diesen Papyrus muß ich Frank Griffith zeigen. Er ist jetzt bei Petrie in Naucratis. Ein paar Zeilen kann ich jedenfalls lesen. In dieser Schrift wurden Dokumente geschrieben, weil die Hieroglyphen für ein vielbeschäftigtes Königreich viel zu mühsam waren. Das hier sind also die vereinfachten Hieroglyphen. Dieses Wort hier bedeutet zum Beispiel ›Schwester‹, doch es wurde auch für ›Zärtlichkeit‹ gebraucht.«

»Ja, ein Liebhaber hat seine Liebste als ›Schwester‹ angesprochen«, bekräftigte Emerson. »Sie ihn als ›Bruder‹. Und das hier scheint ein Gedicht zu sein.«

»Großartig!« rief Lucas. »Können Sie's lesen?«

»Ein paar Zeilen ... Sie hätten das Pergament nicht aufrollen sollen, denn dadurch wurde es ernstlich beschädigt. Hier, das heißt so:

Ich gehe mit dir hinab zum Wasser

und kehre zu dir zurück mit einem roten Fisch,
der schön ist auf meiner Hand.

Dann sind die Liebenden am Fluß oder an einem Teich. Dort lassen sie sich vom kühlen Wasser umschmeicheln... Und hier geht es lesbar weiter:

Die geliebte Schwester weilt auf der anderen Seite,
und breites Wasser trennt uns.
Ein Krokodil wartet auf der Sandbank.
Doch ich gehe ins Wasser und schreite auf den Wellen.
Mein Herz ist tapfer in den Fluten,
denn ihre Liebe macht mich stark.«

Ich weiß nicht, was mich mehr beeindruckte, die anmutige Zartheit des Gedichtes oder das Können des bescheidenen jungen Mannes. »Wie schön ist es doch, zu wissen, daß solche Gefühle so alt sind wie die Menschheit!« rief ich begeistert.

»Ich finde es ausgesprochen verrückt«, warf Lucas ein. »Ein junger Mann, der ins Wasser springt, das von Krokodilen wimmelt, verdient es nicht besser, als daß er aufgefressen wird.«

»Das Krokodil ist ein Symbol für die Gefahren, die ein wahrer Liebender für eine Geliebte auf sich nimmt«, erklärte ich ihm ziemlich ungehalten und erhielt dafür Walters Beifall und Lächeln.

»Es ist ein Risiko, die alten Ägypter enträtseln zu wollen, Peabody«, bemerkte Emerson brummig. »Wahrscheinlich hat der junge Mann mit den Krokodilen nur geprahlt, denn kein vernünftiger Bursche würde sich freiwillig in eine solche Gefahr begeben.«

Ich wollte etwas darauf sagen, aber Evelyn begann schrecklich zu husten.

Inzwischen war es auch schon fast Abend geworden, und es gab dann einen der prächtigsten Sonnenuntergänge, die wir je erlebt hatten. Breite blutrote und purpurfarbene Bänder waren von durchsichtig blauen, gold- und kupferfarbenen durchzogen, und diese Farben glichen eindeutig denen von alten ägyptischen Keramiken. Aber diese Pracht hatte etwas Drohendes an sich. Plötzlich stand Michael neben mir, den ich den ganzen Tag über nicht gesehen hatte. Er müsse unbedingt mit mir sprechen, erklärte er.

»Aber erst nach dem Essen«, bestimmte Lucas. »Michael, du wirst nicht gebraucht. Meine Diener tragen die Mahlzeit auf. Miß Peabody wird später mit dir sprechen.«

»Lucas, das geht wirklich nicht«, protestierte ich, als Michael außer Hörweite war. »Ich lasse es nicht zu, daß Sie meinen Diener kränken.«

»Ah, wenigstens ist das Eis gebrochen, und Sie sprechen mich mit meinem Vornamen an!« Lucas lachte breit. »Miß Amelia, darauf müssen wir trinken.«

»Ich will nicht, wir haben schon zuviel getrunken. Und wegen Michael...«

»So viel Lärm um einen windigen Diener«, meinte Lucas verächtlich. »Ich glaube, ich weiß, weshalb er mit Ihnen reden will, und an Ihrer Stelle wäre es mir gar nicht eilig, es zu hören. Er will nämlich gehen, weil er ein Feigling ist. Natürlich gibt er bessere Gründe an als Feigheit. Er ist ja schließlich auch ein Eingeborener, und die sind überall gleich. Sie sind ebenso abergläubisch wie habgierig.«

»Bisher hatte ich immer den Eindruck«, widersprach ihm Emerson, »daß es weniger die Unwissenden waren, die sich vom Geld verführen ließen.«

»Und ich kann nicht glauben, daß mein treuer Michael mich verlassen will, und deshalb werde ich dann auch mit ihm sprechen«, erklärte ich bestimmt.

Zu meinem Bedauern muß ich zugeben, daß Lucas recht behielt. Michael war nirgends zu finden, doch daß er tatsächlich verschwunden war, stellten wir erst fest, als wir unsere Vorbereitungen für die Nacht trafen. Die Diener von Lucas waren längst gegangen, und so konnte ich sie nicht nach Michael fragen. Natürlich machte Lucas sehr abfällige Bemerkungen über ihn. Schließlich drängte er, wir sollten unsere Pläne machen.

»Nun, dann lassen Sie hören, was Sie zu sagen haben«, forderte ihn Emerson auf.

Ich konnte mir gar nicht vorstellen, weshalb Emerson Lucas' Vorschlägen so aufgeschlossen begegnen wollte, denn ich wußte, wie wenig er von ihm hielt. Lucas war schließlich viel jünger und auch recht unerfahren.

»Na, schön.« Lucas blies sich sichtlich auf. »Ich sehe keine Notwendigkeit, das Dorf zu bewachen. Wenn Ihr Schurke Sie verjagen will, dann kommt er hierher, und hier müssen wir auch unsere Kräfte konzentrieren, ohne jedoch etwas davon sehen zu lassen. Sie haben ihn ja schon einmal verscheucht. Er kam ja, wenn man Miß Amelias Aussagen Glauben schenkt, bis zum Eingang ihrer Wohnung ...«

»Und da war er auch!« fuhr ich auf.

»Sicher, gewiß ... Ich wollte ja auch nicht ... Und als Evelyn ihn in der folgenden Nacht sah, kam er vielleicht nur bis zum unteren Hang. Zum Sims kam er sowieso nie. Er scheint gewußt oder mindestens geahnt zu haben, daß Sie auf ihn warten.«

Ich spürte Walters wachsenden Zorn über Lucas' Überheblichkeit und war daher gar nicht erstaunt, daß er, nur mühsam beherrscht, einwarf: »Sie möchten also unterstellen, Lord Ellesmere, daß dieses elende Wesen Abdullah und mich sah. Ich versichere Ihnen ...«

»Nein, mein Lieber, ich möchte nur sagen, daß Ihr Freund Mohammed vorher gewarnt worden war!« Emersons Protestschrei überhörte er großzügig und fuhr fort: »Ja, Michael, er muß mit den Dorfbewohnern zusammenarbeiten. Ganz gewiß haben sie ihm einen Beuteanteil versprochen.«

»Beuteanteil?« rief Evelyn außerordentlich empört. »Die sind ja so arm, daß sie nicht einmal ihre Kinder kleiden können.«

»Ich sehe schon, es wurde nicht völlig durchdacht«, erwiderte Lucas überlegen. »Ich habe ja einigen Abstand von den Dingen, die in den letzten Tagen hier passiert sind. Ich fragte mich nämlich nach den Motiven dieser Menschen. Bosheit ist keine ausreichende Erklärung, denn sie brauchen das Geld, das ihnen bezahlt wird. Aber diese Fellachen haben seit Jahrhunderten die Gräber ausgeraubt, und ihre Funde füllen die Läden in Kairo und Luxor. Ihr Archäologen beklagt euch, daß euch die Einheimischen bei jedem Grab eine Nasenlänge voraus sind. Ich nehme daher an, daß die Dorfbewohner kürzlich ein Grab mit vielversprechendem Inhalt entdeckten, sonst würde ihnen nicht soviel daran liegen, Sie wegzutreiben, bevor Sie es finden können.«

Natürlich hatte ich darüber auch schon nachgedacht, den Gedanken aber wieder verworfen. »Das hieße ja«, gab ich zu bedenken, »daß die Dorfbewohner mit Mohammed unter einer Decke steckten. Wenn Sie jedoch den zitternden alten Bürgermeister gesehen hätten ...«

»Damen sind immer zu vertrauensselig, und die Dorfbewohner sind Lügner und Schurken«, unterbrach mich Lucas.

»Wenn ein solches Grab existierte, könnte mich nur ein Erdbeben vertreiben«, erklärte Emerson.

»Natürlich«, pflichtete ihm Lucas bei. »Um so mehr Grund, die Mumie zu fangen, ehe sie ernstlichen Schaden anrichten kann.«

»Das Problem ist noch lange nicht gelöst, wenn wir die Mumie fangen«, gab Walter zu bedenken. »Sie sagten doch selbst, das ganze Dorf wisse, daß die Mumie nur ein Schreckgespenst ist. Selbst wenn wir sie fangen, ändert das nichts an der Absicht, uns zu vertreiben.«

»Aber wir haben eine Geisel, den Sohn des Bürgermeisters. Er muß uns zu dem Grab führen, und dann bitten wir in Kairo um Verstärkung. Und wir können die Bootsmannschaften zur Bewachung des Grabes abstellen, wenn wir erst den Fluch als unwirksam entlarvt haben. Sie halten die Dorfbewohner sowieso für Wilde. Gemeinsam ist ihnen nur die Angst vor den Toten.«

»Ich glaube niemals, daß Michael der Verräter ist«, sagte ich, »aber wenn, dann wird er das Dorf vor unseren Plänen für diese Nacht warnen. Die Mumie wird also sehr vorsichtig sein.«

»Welch scharfen Geist Sie doch haben!« rief Lucas voll Bewunderung. »Das ist richtig, aber es muß ja so aussehen, als seien wir nicht im geringsten mißtrauisch, so daß wir die Mumie um so sicherer in die Hand bekommen. Nun, ich scheine zum Beispiel etwas mehr getrunken zu haben, als gut ist, aber ich will den Anschein erwecken, fest zu schlafen. Hätten Sie, Gentlemen, das nur auch getan! Es wäre viel überzeugender gewesen. Haben Sie Vorschläge?«

Es wurden einige gemacht und verworfen, so der von Emerson, er wolle eine ganze Flasche Wein austrinken und dann anscheinend schlafend und betrunken im Sand liegen. Und Evelyn erbot sich, nach Mitternacht zu einem Spaziergang aufzubrechen, doch dagegen protestierten wir alle – bis auf Lucas.

»Warum nicht?« meinte er. »Gefahr besteht doch keine. Der Schurke will nur einen von uns allein haben, um einen dummen Streich zu spielen.«

»Halten Sie das etwa für einen dummen Streich?« rief Emerson empört und deutete auf seine verletzte Schulter.

»Sie sind total verrückt. Und du, Walter, hältst überhaupt den Mund, wenn du nicht ruhig sprechen kannst.«

»Wie kann man darüber ruhig sprechen?« fuhr Walter auf. »Ich weiß noch genau, was Mohammed, dieses Schwein, sagte, als wir im Dorf waren.«

»Lucas weiß das doch nicht, Walter«, versuchte ihn Evelyn zu beruhigen. »Ich weiß es, denn ich hörte Amelia und Mr. Emerson darüber sprechen. Mein Vorschlag erscheint unter diesen Umständen sicher vernünftiger.«

Lucas wollte nun wissen, worüber gesprochen wurde, und ich sah keinen Grund, es ihm zu verheimlichen. Aber ich füg-te am Schluß hinzu: »Evelyn, es ist reine Eitelkeit, wenn du annimmst, daß die Mumie nur an dir interessiert ist. Mohammed sah mich an, als er sprach, und ich finde es daher nur vernünftig, wenn ich dich auf diesem Spaziergang begleite. Die Mumie hat also die Auswahl zwischen etwas Knusprigem und einer reiferen Dame.«

Davon wollte jedoch Emerson nichts wissen.

»Aber weshalb?« wandte ich ein. »Glauben Sie wirklich, ich sei für eine Mumie nicht mehr anziehend genug? Da muß ich aber schon sehr bitten, mich nicht zu beleidigen.«

»Sie sind eine Närrin, Peabody«, fuhr mich Emerson wütend an. »Und wenn Sie glauben, ich würde etwas so Blödes, Kindisches, Verrücktes ...«

Es wurde dann etwa so gemacht, wie ich es vorschlug. Wir diskutierten den Plan ausführlich. Wir, das waren Evelyn, Lucas und ich, denn Emerson knurrte nur, und Walter schwieg bockig. Er nahm Evelyns Verhalten als Beweis dafür, daß zwischen ihr und Lucas volles Einvernehmen herrschte, und ich ließ ihn in dem Glauben, um eventuellen Spionen einen Streit zu demonstrieren und sie so in die Irre zu führen.

Schließlich zog Lucas sogar eine Pistole. »Ich werde mich

immer in Evelyns Nähe halten«, flüsterte er. »Unser bandagierter Freund wird Respekt vor diesem Ding haben, und wenn nicht, werde ich nicht zögern, die Waffe auch zu gebrauchen.«

»Und was ist mit mir?« fragte ich.

Emerson konnte die Gelegenheit nicht ungenutzt vorübergehen lassen. »Gott beschütze jeden, der sich mit Ihnen anlegt, Peabody«, erklärte er bitter. »Wir sollten dem Ding, um ihm die gleiche Chance zu geben, auch eine Pistole geben.« Damit ging er, und Walter folgte ihm. Lucas rieb sich die Hände. Er schien das Abenteuer gar nicht mehr erwarten zu können. Ich ging dann auch, obwohl ich Evelyn nicht gerne mit ihm allein ließ. Sie hatte mir nämlich vorgeschlagen, meinen ganzen Plan noch einmal zu überdenken.

Es war dann eine recht einseitige Auseinandersetzung, die ich damit beendete, daß ich mein Bettzeug nahm und in Michaels Zelt umzog. Dort konnte ich kein Licht machen, denn es war kein richtiges englisches Zelt, sondern nicht viel mehr als eine dünne Plane, die mir nicht einmal erlaubte, aufrecht zu stehen.

Ich mochte noch immer nicht daran glauben, daß Michael mich verlassen haben sollte, und beschloß, das Zelt zu durchsuchen in der Hoffnung, irgendeinen Hinweis zu finden. Michaels geringe Besitztümer waren nicht mehr da, doch ich fand im Sand begraben einen metallenen Gegenstand, den ich im Mondlicht als sein Kreuz erkannte. Ein Stück der Kette war daran, also war sie wohl abgerissen worden.

Dieses Kreuz war Michaels einziges Wertstück und ein Amulett gegen alles Böse; also hätte er es niemals freiwillig zurückgelassen. Und die Kette mußte während eines Kampfes abgerissen worden sein. Ich suchte nach weiteren Beweisen, fand aber nichts mehr.

Die Zeit verging sehr schnell, weil ich mich so in diese

mysteriöse Sache vertieft hatte. Da hörte ich von draußen ein Geräusch. Ich legte mich platt auf den Boden, hob eine Zeltkante an und spähte hinaus.

Nichts war zu sehen, nicht einmal die Eingänge zu den Gräbern. Das war also ungünstig, denn ich wollte ja Evelyn beistehen können, falls sie von der Mumie angegriffen wurde; wenn ich ehrlich war, so glaubte ich nicht, daß sie hinter mir her war. Ich kroch also aus dem Zelt zum Ende eines niederen Felsrückens und schaute mich vorsichtig um.

Fast hätte ich aufgeschrien, denn nur ein paar Schritte entfernt sah ich das Ding, direkt hinter dem Felsrücken. Wir behaupten alle, nicht abergläubisch zu sein, da wir einem aufgeklärten Zeitalter entstammen, aber tief innen wimmerte ich doch. Es war auch ein schrecklicher Anblick.

In diesen Breiten läßt die klare, trockene Luft jeden Umriß deutlich hervortreten, doch das Mondlicht kann auch trügen. Helle Gegenstände nehmen eine bläßlich grüne Farbe an, die an Knollenblätterpilze erinnert, und so sah auch die Mumie aus, die aus sich heraus ein wenig zu leuchten schien. Die bandagierten Hände glichen den Stummeln von Leprakranken, und sie waren wie zur Anrufung eines Gottes erhoben. Sie hatte mir den Rücken zugewandt; der Kopf war leicht nach rückwärts geneigt, als schauten die augenlosen Höhlen zum Sims.

Evelyn mußte nun gleich das Grab verlassen und dem Sims folgen. Vier starke Männer lagen in der Nähe auf Lauer. Und da tauchte auch schon ihr Licht unter dem Eingang der Grabkammer auf. Sie schaute zu den Sternen hinauf, und ich wußte, daß sie nun ihren ganzen Mut zusammennahm. Sie konnte die Mumie nicht sehen, denn in dem Augenblick, da sie aus der Kammer trat, war das Ding am Fuß der Klippe hinter einem Felsen verschwunden.

Ich habe vorher erwähnt, daß vier starke Männer warteten, doch dessen konnte ich nicht so völlig sicher sein. Wenn Emerson auch über mich immer schnieft, so bin ich doch keine dumme Person, denn ich hatte mir bereits etwas überlegt, das auch meinen intelligenteren Lesern schon eingefallen sein mußte. Mein Gehirn arbeitete also fieberhaft.

Walter hatte fest und steif behauptet, Mohammed habe das Dorf nicht verlassen, als uns die Mumie besuchte. Und ich mußte, wenn auch ungern, Emerson darin beipflichten, daß ein solches Komplott von dem Ägypter kaum zu erwarten sei. Mohammed war für solche Überlegungen viel zu wenig intelligent, sie entsprachen eher europäisch-romantischen Vorstellungen.

Wenn also Mohammed nicht die Mumie war, wer dann? Ein bestimmter Name hatte sich in meinem Kopf eingenistet, denn dahinter steckte nicht nur eine fruchtbare, wenn auch oberflächliche Intelligenz, sondern auch ein bizarrer Sinn für Humor.

Die größte Frage war dabei die nach dem Motiv. Warum sollte Lucas, Lord Ellesmere, seine Base auf so absurde Art erschrecken wollen? Oder wollte er mir Angst einjagen? Ich konnte mir nur vorstellen, daß Lucas Evelyn so zu ängstigen versuchte, daß sie bei ihm Schutz suchte und Ägypten verließ. Er war aber nicht gescheit genug, zu erkennen, daß ein solcher Plan nicht gelingen konnte.

Ich hielt also Lucas für den Schurken, und ich wollte auch, daß er's war: ein gefährliches Krokodil, das dem Liebsten seiner Geliebten auflauerte, um selbst ihr Herz zu gewinnen. Der Instinkt einer Frau, finde ich, liegt immer richtiger als die Logik. Deshalb wartete ich ja auch so gespannt, ob Lucas zu Evelyns Rettung herbeieilen würde.

Evelyn folgte dem Pfad, der sie aus der Sicherheit wegführte, und ich bangte ehrlich um sie. Sie spielte die Gleichmütige. Als sie an Walters und seines Bruders Quartier vorüberging, warf sie nur schnell einen Blick auf den Eingang; dann straffte sie die Schultern und lief weiter.

Endlich hatte sie den Sand erreicht. Ginge sie hier weiter, so käme sie viel zu nahe an der Mumie vorüber. Vielleicht hatten die Männer noch gar nichts gesehen, und die Absichten dieser Kreatur kannte ich ja auch nicht.

Evelyn ging auf den Steinblock zu, hinter dem die Mumie versteckt lag. Doch sie war nicht mehr da! Während ich Evelyn mit den Augen verfolgt hatte, mußte sie davongehuscht sein. Wo war sie jetzt? Und wo waren unsere mutigen Verteidiger? In der tiefen Stille hörte ich mein Herz heftig pochen.

Dann bemerkte ich am Fuß des Pfades eine Bewegung, direkt zwischen Evelyn und dem Sims. Sie konnte sich also nicht in die Sicherheit zurückziehen. Die Spannung war unerträglich, und ich erhob mich langsam. In diesem Moment trat die Mumie in offenes Gelände heraus und stieß ein tiefes, stöhnendes Knurren aus, das Evelyn herumwirbeln ließ.

Drei Schritte war sie von dem Monster entfernt, mehr nicht. Evelyn griff sich an die Kehle und schwankte. Ich sprang auf, trat leider auf den Saum meines Kleides und lag der Länge nach auf der Nase. Und so sah ich, wie die Mumie sich Evelyn näherte. Sie schien vor Angst gelähmt zu sein. Ich wäre in einem solchen Fall längst davongerannt, und ich schäme mich nicht, das zuzugeben.

Da schrie ich. Evelyn stand noch immer wie versteinert da, und das Ding kam ihr immer näher. Und in diesem Moment kam die Rettung. Walter rannte in großen Sprüngen vom Grab her, warf sich vom Felsrand des Simses und fiel den Sandhang hinab. Gleichzeitig verließ Lucas seine Deckung hinter einem Steinhaufen. Ich war unbeschreiblich erleichtert. Er schrie und zog seine Pistole.

Die Mumie blieb stehen, wandte den Kopf von einer Seite

zur anderen und schien zu überlegen, was jetzt zu tun sei. Ich versuchte meine Röcke zu raffen, um zu Evelyn zu rennen, doch ein Schrei von Lucas hielt mich auf. Er wollte nicht, daß ich in die Schußlinie geriete. Aber Lucas wollte nur drohen und nicht schießen. Ich bewunderte ihn wegen seiner Ruhe.

Langsam trat Lucas vor, der augenlose Kopf folgte seiner Bewegung. Die Kreatur tat einen gräßlichen, jammernden Schrei. Das war zuviel für Evelyn. Sie sank zusammen. Die Mumie stöhnte heftig und humpelte auf sie zu.

Ich war überzeugt, daß unter den Bandagen der Mumie nicht Mohammed stecken konnte. Diese Leute hatten einen heiligen Respekt vor Schußwaffen, und als ich das dachte, schoß Lucas. Der Donner hallte durch die Nachtstille.

Die Mumie zuckte zurück, eine verbundene Hand legte sich auf die Brust. Ich hielt den Atem an. Nein, sie fiel nicht! Sie jammerte und knurrte nur, bewegte sich aber weiter vorwärts. Lucas schoß noch einmal, diesmal aus einer Entfernung von etwa zwanzig Schritten. Wieder legte sich eine verbundene Hand auf die Stelle, wo die Kugel getroffen haben mußte, aber das Ungeheuer bewegte sich noch immer weiter vorwärts.

Auf Lucas' blassem Gesicht standen dicke Schweißtropfen, sein offener Mund klaffte wie eine Wunde. Er fummelte in seiner Jackentasche. Offensichtlich mußte er seine Waffe nachladen.

Walter ließ sich weiter auf den steinigen Boden hinabfallen; er löste einen ziemlichen Steinrutsch aus, doch sein Gleichgewicht verlor er nicht. Er erreichte den ebenen Boden und rannte weiter.

Lucas brüllte etwas, doch ich verstand es nicht, weil die rumpelnden Steine solchen Lärm machten. Endlich hob er wieder die Pistole. Ich schrie, doch es war zu spät. Walter konnte seinen Schwung nicht abbremsen und warf sich in dem Moment auf das Ungeheuer, als Lucas schoß. Und diesmal fand die Kugel ein verletzliches Ziel. Walter stand still wie ein Stock, dann drehte er langsam den Kopf Lucas zu. Seine Miene drückte Verblüffung aus. Dann gaben seine Knie nach, und er fiel auf dem Sand in sich zusammen.

Lucas stand wie versteinert da; die Pistole hing in seiner schlaffen Hand, und sein Gesicht war eine Maske des Entsetzens. Dann tat die Mumie etwas, das mir das Blut in den Adern gefrieren ließ – sie lachte, sie heulte vor Vergnügen, daß ich glaubte, die ganze Hölle sei losgelassen. Danach zog sie sich, noch immer lachend, zurück, und keiner der entsetzten Zuschauer vermochte es zu verhindern. Das Ding war schon längst um einen Felsen herum verschwunden, als ich noch immer das teuflische Gelächter hörte.

9. Kapitel

Emerson war schon vor mir bei Walter. Er riß seinem Bruder das blutige Hemd auf und schaute zu Lucas, der inzwischen ebenfalls herangekommen war.

»In den Rücken geschossen«, stellte Emerson mit einer Stimme fest, wie ich sie an ihm noch nie gehört hatte. »Lord Ellesmere, Ihre Jagdkollegen in England würden das schärfstens mißbilligen.«

»Mein Gott«, stotterte Lucas. »Das... wollte ich nicht. Ich warnte ihn doch. Um Himmels willen, Mr. Emerson, sagen Sie doch, er ist... nicht...«

»Nein, er ist nicht tot. Glauben Sie, ich würde mit Ihnen diskutieren, wenn Sie ihn erschossen hätten?«

Nun gaben meine Knie nach, und ich ließ mich in den warmen Sand fallen. »Gott sei Dank«, stöhnte ich.

Emerson warf mir einen mißbilligenden Blick zu. »Peabody, reißen Sie sich zusammen. Sie sollten sich besser um das andere Opfer kümmern. Ich nehme an, sie ist nur ohnmächtig. Walter ist nicht schwer verletzt. Die Wunde liegt hoch und ist sauber. Zum Glück hat seine Lordschaft nur eine Waffe kleinen Kalibers benützt.«

Lucas atmete auf. »Ich weiß, daß Sie mich nicht mögen, Mr. Emerson«, sagte er demütig, und das stand ihm recht gut. »Aber es ist wirklich eine Erleichterung, das zu hören.«

»Hm. Nun, ich will Ihnen glauben. Gehen Sie, und helfen Sie Amelia bei Evelyn.«

Evelyn war sehr schwach, aber sie machte sich nur Sorgen um Walter. Als sein Bruder ihn zum Bett trug, bestand sie darauf, mir dabei zu helfen, seine Wunde zu reinigen und zu verbinden. Ich war sehr froh, daß Emerson recht gehabt hatte. Die Kugel hatte nur eine fleischige Stelle der rechten Schulter durchschlagen und keinen Knochen getroffen. Selbstverständlich war Evelyn mehr Hindernis als Hilfe, aber ich konnte sie einfach nicht wegschicken. Walter kam bald wieder zu sich und bedankte sich dann bei mir mit einem mühsamen Lächeln. Sein erster Blick hatte jedoch Evelyn gegolten.

Emerson hatte seit einiger Zeit die Gewohnheit angenommen, eine gräßliche Pfeife zu rauchen. Er war still in einer Ecke gesessen und hatte zugesehen, als wir Walter versorgten. Nun stand er auf und streckte sich. »Die Abendunterhaltung ist vorüber, und ich schlage vor, wir verschlafen den Rest der Nacht«, sagte er.

»Wie können Sie schlafen?« hielt ich ihm vor. »Ich habe so viele Fragen ...«

»Peabody, ich glaube, Walter ist noch nicht in der Verfassung, Ihre Unterhaltung zu genießen. Da gehört schon ein sehr starker Mann her, der ...«

»Radcliffe, das genügt jetzt«, unterbrach ihn Walter, und dazu lächelte er mich bezaubernd an. »Miß Amelia hat recht. Wir haben sehr viel zu diskutieren.«

»Das glaube ich auch«, meldete sich Lucas. »Darf ich eine Erfrischungsrunde vorschlagen? Ein wenig Whisky könnte Walters Schmerzen ...«

»Nein, kein Alkohol«, wehrte ich ab. »Bei einer solchen Wunde!«

»Aber vielleicht für die Damen«, schlug Walter vor. »Sie haben einen großen Schock erlitten.«

Also bekamen wir Brandy. »Und wie lautet Ihre erste Frage?« begann Emerson, nachdem er einmal an seinem Glas genippt hatte.

»Erstens, was ist mit Abdullah geschehen?«

»Du lieber Gott, den habe ich völlig vergessen!« rief Lucas. »Wo ist er denn überhaupt?«

»Abdullah wird der Mumie folgen«, erklärte Emerson. »Ich habe ihm das aufgetragen, aber ich denke, er wird bald zurückkommen. Ah, da ist er schon!«

Abdullah hatte einen Posten in Lagernähe bezogen und die Schüsse gehört. So hatte er die Mumie gesehen, als sie uns verließ. Daß sie es so eilig hatte, erstaunte ihn. »Die rannte wie ein leichtfüßiger junger Mann«, erzählte er. Er mußte sich zwar gefürchtet haben, sich mit der Mumie anzulegen, aber so viel Mut brachte er auf, ihr in sicherer Entfernung zu folgen.

»Sie ist in den Wald gegangen, zum Grab. Ich bin nicht mitgekommen. Ich dachte, ich komme besser hierher, weil ich sicher gebraucht werde.«

»Nun, das kann man Abdullah nicht verdenken«, bemerkte ich. »Sicher hat dieser Schurke, wer immer es auch war, dort sein scheußliches Kostüm versteckt und ging später zum Dorf.«

»Ich glaube, wir sollten die Diskussion beenden, Walter braucht Ruhe«, warf Evelyn leise ein, und da mußte ich ihr recht geben. Ich scheuchte also alle auf, vor allem Lucas, der sehr zerknirscht war und Walter versicherte, es sei nicht seine Absicht gewesen, ihn zu verletzen. »Und wenn Sie sagen, Mr. Emerson, daß ich mich unglaublich ungeschickt benommen habe, so muß ich das zugeben. Als ich das entsetzliche Ding kommen sah ...« Er nahm die Pistole aus der Tasche. »Die werde ich niemals mehr benützen. Eine Kugel ist noch übrig ...« Er sprang auf, streckte die Hand aus und hatte den Finger am Abzug.

»Sie Narr«, knurrte Emerson um seinen Pfeifenstiel herum, als er Lucas' Handgelenk mit eisernem Griff packte. »Hier in diesem Gewölbe würde uns ein Schuß ertauben lassen, und dann ein Querschläger dazu ... Nein, Lord Ellesmere, die Waffe nehme ich in Verwahrung, und Sie gehen jetzt sofort zu Bett.«

Er fügte sich ohne Widerspruch, so daß er mir fast leid tat, weil er wie ein armer Sünder davonschlich. Evelyn und ich zogen uns in unsere Kammer zurück. Als sie eingeschlafen war, kehrte ich zum Sims zurück und entdeckte zu meinem Staunen, daß Emerson wieder eine Pfeife rauchte und seine Füße über den Felsrand baumeln ließ.

»Setzen Sie sich, Peabody«, forderte er mich auf. »Ich denke, wir kommen weiter, wenn wir beide uns in aller Ruhe unterhalten.«

Ich setzte mich. »Heute haben Sie mich schon einmal Amelia genannt«, hielt ich ihm vor.

»Nein, wirklich? Da war ich aber sicher geistig verwirrt.«

»Kein Wunder bei dem, was Ihrem Bruder zustieß. Aber es war nicht nur Lucas' Schuld. Walter ist direkt in die Schußlinie hineingelaufen.«

»Seine Lordschaft hatte schon zweimal ergebnislos geschossen und hätte vernünftiger sein können. Und holen Sie sich einen Schal. Sie frieren.«

»Ich friere nicht, ich habe Angst. Emerson, ist denn niemand bereit, auszusprechen, was wir alle sahen? Ich beobachtete, wie die Kugeln diese Mumie trafen! Haben Sie denn nichts gesehen?«

»Ich sah, daß das Ungetüm die Hände oder Tatzen oder was immer auf die Brust legte«, gab Emerson zu. »Aber, Peabody, seit wann glauben Sie an Gespenster? Ich könnte mir schon denken, weshalb die Kugeln nicht trafen. Solche Waffen sind nämlich außerordentlich ungenau, selbst in der Hand eines Experten, und der Lord ist gewiß keiner. Vielleicht hat die Mumie es nur gespielt, getroffen worden zu sein, um die Sache geheimnisvoller zu machen.«

»Das wäre möglich«, gab ich zu. »Stünde ich in den Sandalen der Mumie, würde ich mich aber nicht auf Lucas' Geschicklichkeit verlassen. Und Ihre andere Erklärung?«

»Eine Art Rüstung. Sie haben doch sicher schon in Büchern gelesen, daß fromme Männer, die ihre Bibel in der Brusttasche bei sich tragen, durch sie vor mancher verirrten Kugel – oder auch vor einer gezielten – gerettet wurden. Genügen würde da auch schon ein altes Lederwams, wie es früher die englischen Infanteristen trugen. Eine Kugel so kleinen Kalibers ist relativ leicht aufzuhalten.«

»Ja, zugegeben. Diese Bandagen könnten schon eine solche Wirkung haben. Aber würde Mohammed sich so etwas ausdenken können?«

»Sollen wir nicht besser die Idee aufgeben, daß Mohammed dahintersteckt? Er war es nämlich bestimmt nicht.«

»Woher wissen Sie das so genau?«

»Einen Augenblick lang stand Walter nahe genug neben der Mumie, so daß ich einen guten Größenvergleich anstellen konnte. Diese Mumie war gleich groß oder etwas größer als Walter, und Mohammed und die anderen Dorfbewohner sind kleine Leute. Das kommt von der schlechten Ernährung.«

»Wie können Sie so ruhig über die schlechte Ernährung der Leute reden, wenn Ihr Bruder verletzt ist?«

»Ach, wissen Sie, allmählich macht mir die Sache fast irgendwie Spaß. Vielleicht hat mich Lord Ellesmere mit seinen sportlichen Instinkten angesteckt. Ein guter Engländer muß ja immer kühl bis ans Herz hinan bleiben, sogar dann, wenn er schon im Kochkessel der Kannibalen schmort. Aber

Sie dürfen überzeugt sein, daß ich den finden will und werde, der Walter verletzt hat oder dafür verantwortlich ist.«

Ich hatte den Eindruck, daß ich froh sein dürfe, diese Person nicht zu sein, doch ich ging lieber auf ein anderes Thema über. »Sie haben also Ihre Bandage abgelegt«, stellte ich fest.

»Peabody, Sie sind heute wirklich brillant. Ich kann es mir nicht leisten, wehleidig zu sein. Die Dinge treiben einem Höhepunkt entgegen.«

»Was sollen wir dann tun?«

»Das fragen Sie, Peabody? Sie müssen wohl Fieber haben.«

»Ihre Manieren lassen sehr zu wünschen übrig!«

Er hob abwehrend die Hand. »Machen wir doch lieber einen Spaziergang«, schlug er vor. »Sie wollen Miß Evelyn doch sicher nicht aufwecken. Wissen Sie, es scheint Ihnen unmöglich zu sein, eine vernünftige Unterhaltung zu führen, ohne Ihre Stimme zu erheben.«

Er half mir nicht sehr zart auf die Beine und stellte mich auf die Füße. Eine Weile gingen wir schweigend nebeneinander her. Selbst Emerson ließ sich von der Schönheit der Nacht anrühren.

Das weiche Mondlicht lag auf der trostlosen Öde, die einstmals die glänzende Hauptstadt eines Pharaos gewesen war. Ich stellte mir die Paläste in ihren Gärten vor, die weißen Mauern der Tempel, die herrlichen, bunt bemalten Reliefs, die im Wind flatternden Fahnen, die breiten, baumgesäumten Straßen, in denen fröhliche Menschen ihren Geschäften oder ihrem Vergnügen nachgingen. Und das war alles verschwunden, zu Staub zerfallen oder im Sand begraben.

»Nun?« fragte ich, als ich mich mit Gewalt aus meiner melancholischen Stimmung riß. »Ich warte atemlos vor Spannung auf Ihren Vorschlag.«

»Was würden Sie dazu sagen, daß wir morgen das Lager abbrechen?«

»Wir? Aufgeben? Niemals!«

»Das habe ich erwartet. Sie wollen also Miß Evelyn riskieren?«

»Sie meinen, die Mumie habe es auf sie abgesehen?«

»Nun, die Absichten dieses ehrenwerten Ungetüms kenne ich selbstverständlich nicht«, meinte er pedantisch. »Aber mir scheint, interessiert ist die Mumie an ihr und nicht an Ihrem Charme, Peabody. Das Ding muß gewußt haben, daß Sie in diesem Zelt waren. Was hatten Sie dort zu suchen?«

»Ich wollte herausfinden, was mit Michael geschehen ist. Und da habe ich das hier gefunden.« Ich zeigte ihm das Kreuz mit der abgerissenen Kette.

»Dumm von dem Angreifer, einen solchen Beweis zurückzulassen.«

»Glauben Sie, er wurde entführt?«

»Ich halte es für möglich.«

»Und Sie tun nichts? Ein treuer Helfer und verläßlicher Freund...«

»Was soll ich denn tun? Hatten wir denn bisher überhaupt Zeit, darüber nachzudenken? Und außerdem meine ich, Michael passiert nichts.«

»Ich wollte, ich hätte Ihre Zuversicht. Nun, wir können natürlich nicht ins Dorf gehen und seine Herausgabe fordern. Wie schade, daß wir die Mumie nicht festhalten konnten, etwa als Geisel oder so.«

»Wir könnten noch viel mehr erreichen, wenn wir die Mumie hätten, aber mir scheint, die Sterne sind gegen uns. Doch wir wollen unsere Zeit nicht mit unnützem Selbstmitleid vergeuden. Ich sorge mich um Miß Evelyn.«

»Ich etwa nicht? Ich muß sie wegbringen, am besten zur

Dahabije. Dort kann sie von der ganzen Mannschaft bewacht werden.«

»Unser mumifizierter Freund würde sie sicher auch dort finden.«

Das traf mich wie ein Guß kalten Wassers. »Er wird es nicht wagen! Wenn es sein Ziel ist, daß Sie das Lager verlassen...«

»Wie soll ich wissen, was sich eine lebendig gewordene Mumie als Ziel gesetzt hat? Aber glauben Sie, Walter würde Miß Evelyn hierlassen, wenn er glaubt, daß ihr hier Gefahr droht?«

»Aha, dann haben Sie das also auch bemerkt.«

»Bin ich denn blind oder aus Stein? Die beiden sind einander doch nicht gleichgültig.«

»Und das mißbilligen Sie, nicht wahr?«

»Warum denn, Peabody? Wissen Sie, ich brauche Geld für meine Grabungen. Für einen edlen Zweck, wohlgemerkt, für die Erhaltung wertvollster Kulturschätze, die der ganzen Menschheit dienen sollen. Und Walter könnte sich gut verheiraten. Er ist ein gutaussehender junger Mann. Glauben Sie, ich würde es gutheißen, daß er sich an ein armes Mädchen hängt? Und Miß Evelyn ist doch arm, nicht wahr?«

Er hatte seine Pfeife ausgeklopft und in die Tasche gesteckt, und während er das in einem sehr sarkastischen Ton vorbrachte, glaubte ich einen Geruch nach versengtem Stoff wahrzunehmen. »Sie ist arm«, erwiderte ich nur.

»Sehen Sie. Wie schade! Aber, selbst wenn sie für Walter zu arm ist, so ist sie doch für die Mumie zu schade. Ich schlage vor, wir testen unsere Theorie und lassen sie morgen auf dem Boot schlafen, dann sehen wir schon, was geschieht. Peabody, Sie müssen sich was ausdenken, damit sie auch dort bleibt. Freiwillig verläßt sie Walter nicht. Ich würde eine

Expedition zum Boot vorschlagen, um ein paar nötige Sachen zu holen. Abdullah kann bei Walter bleiben.«

»Warum kann er nicht mitkommen? Das Boot wäre viel besser für ihn.«

»Wir sollten ihn, glaube ich, nicht transportieren. Walter wird übrigens nur für ein paar Tagesstunden allein sein, denn ich kehre sofort wieder zurück, nachdem ich Sie beim Boot abgeliefert habe. Sie müssen krank spielen oder sich sonst etwas ausdenken, damit Evelyn über Nacht dort bleibt. Natürlich müssen Sie aufpassen. Ich kann mich auch irren, und dann kommt die Mumie nicht. Wenn sie kommt, sind aber Sie für Miß Evelyns Sicherheit verantwortlich. Wollen Sie diese Verantwortung übernehmen?«

»Selbstverständlich.«

»Dann nehmen Sie das hier.« Zu meiner Verblüffung gab er mir Lucas' Pistole. Ich wehrte mich, sie zu nehmen, weil ich mit Feuerwaffen nicht umgehen könne. »Ah, dann haben Sie also doch eine Schwäche!« sagte er.

Nun stieg eindeutig ein kleines Rauchwölkchen aus der Tasche auf, in der er seine Pfeife verstaut hatte. Aber davon erwähnte ich noch immer nichts. »Ich komme auch ohne Waffe zurecht«, erwiderte ich. »Und ich bin mit Ihrem Plan einverstanden. Sie brauchen keine Angst zu haben, daß ich meine Rolle nicht richtig spiele. Gute Nacht, Emerson.«

Ich beobachtete ihn eine Weile und genoß die Lage, weil er ein so merkwürdiges Gesicht machte. »Übrigens«, fügte ich hinzu, »Ihre Tasche brennt. Ich dachte mir zwar, daß Sie Ihre Pfeife nicht ordentlich ausgeklopft haben, doch ich weiß ja, daß Sie nicht gerne einen Rat annehmen. Noch einmal: Gute Nacht, Emerson.«

Ich sah noch, daß er wie ein Derwisch herumtanzte und mit beiden Händen auf seine Tasche schlug.

Zu meiner unbeschreiblichen Erleichterung ging es Walter

am nächsten Morgen besser. Trotzdem kamen wir überein, Walter nicht zur Dahabije mitzunehmen. Es war nicht leicht, Evelyn zum Mitkommen zu überreden, doch schließlich gab sie nach, weil sie glaubte, wir würden sofort wieder zurückkehren. Wir machten uns also auf den Weg. Als ich mich umschaute, hockte Abdullah mit hochgezogenen Knien am Sims, und auf den Knien lag der Kopf mit dem Turban.

Der Weg war anstrengend, und ich atmete erleichtert auf, als ich endlich die schlaffen Segel der *Philae* erblickte. Sie schaukelte sanft auf dem Wasser. Daneben lag die *Cleopatra,* Lucas' Boot. Es war kleiner als das unsere und lange nicht so schmuck. Seine Leute waren ebenso schmutzig und ungepflegt wie ihr Schiff, vor allem aber mürrisch und gleichgültig. Unsere Mannschaft dagegen begrüßte uns voll ehrlicher Begeisterung.

Ich verstand zwar die Worte nicht, aber Emerson fragte unseren Reis auf arabisch nach Michael, doch der Reis wußte nichts von ihm. Er behauptete es wenigstens, denn ich hatte das Gefühl, er sei vielleicht nicht ganz aufrichtig. Vielleicht hielt er sogar einen beschämten, geflüchteten Michael versteckt, weil er die Spukgeschichten der Dorfbewohner gehört und geglaubt hatte. Offensichtlich wurde Emerson von ähnlichen Zweifeln geplagt. Er erfuhr aber nur, daß man Michael nicht gesehen habe.

Nun, auch Emersons zornige Ungeduld nützte nichts, denn wenn ein Ägypter nicht reden will, kann ihn nicht einmal ein Großinquisitor dazu bringen. Evelyn war inzwischen nach unten gegangen, um die aufgeschriebenen Sachen zu packen, und Lucas war auf seinem eigenen Boot. Ich stand mit Emerson auf dem Oberdeck.

»Ich muß jetzt wieder zurück«, murmelte er. »Peabody, es stimmt absolut gar nichts. Die Bootsbesatzung hat mit den Dorfbewohnern geredet. Ein Mann ist schon davongelaufen, und Hassan fürchtet, die anderen nicht mehr ganz unter Kontrolle zu haben. Zugeben darf er das natürlich nicht.«

»Ich hatte gleich das Gefühl, daß etwas nicht stimmte. Sie sollten aber wirklich zu Walter zurückkehren. Gehen Sie. Ich werde schon tun, was zu tun ist. Sie können sich darauf verlassen.«

»Die Situation ist unerträglich«, stellte er erbost fest, und der Schweiß rann ihm in dicken Tropfen über das Gesicht. »Amelia, schwören Sie mir, daß Sie genau das tun, was ich gesagt habe, daß Sie kein Risiko eingehen und sich nicht verraten.«

»Ich sagte Ihnen doch schon, daß Sie sich darauf verlassen können. Oder verstehen Sie kein Englisch?«

»Guter Gott! Sie begreifen nichts. Da sind Sie weit und breit die einzige Frau, der ich …«

Vom anderen Deckende näherte sich Lucas, die Hände in den Taschen, die Lippen zum Pfeifen gespitzt.

Emerson warf mir noch einen durchbohrenden Blick zu, drehte sich wortlos um und kletterte die Leiter zum Unterdeck hinab. Ich folgte ihm, weil ich Lucas jetzt nicht ertragen konnte, doch er war schon verschwunden. Dafür stieß ich dann im Gang, an dem die Kabinen lagen, mit Evelyn zusammen, denn ich hatte nicht aufgepaßt, weil mir auch zum Pfeifen zumute war.

»Amelia, ich habe Emerson gerade gesehen, er hat sich ohne uns auf den Rückweg gemacht!« rief Evelyn bestürzt. »Bitte, halt ihn auf, ich muß doch zurück zum Lager!« Evelyn versuchte an mir vorbeizukommen, doch ich hielt sie auf und lehnte mich schwer gegen sie.

»Ach, mir ist so schrecklich elend«, klagte ich. »Vielleicht sollte ich mich hinlegen.«

Evelyn half mir fürsorglich, wie erwartet, in meine Kabine und öffnete mir das Kleid; ich tat sehr schwach, ob Evelyn mir nun glaubte oder nicht. Sie hielt mir das Riechsalz so nahe unter die Nase, daß ich einen Niesanfall bekam. »Halt, halt!« stöhnte ich. »Mir fliegt sonst der Kopf weg!«

»Aber jetzt geht es dir schon wieder besser«, stellte Evelyn fest. »Das war deine alte Stimme. Kann ich dich einen Moment allein lassen? Ich will nur Mr. Emerson nachlaufen und ihm sagen, er solle doch warten.«

Ich ließ mich stöhnend auf das Kissen zurückfallen. »Evelyn, ich kann nicht gehen... Ich muß hierbleiben... Wenn du meinst..., du mußt gehen, dann geh nur... Ich will dich nicht... aufhalten.«

Ich kam mir wie ein Judas vor, als ich Evelyn durch halbgeschlossene Lider beobachtete. Fast wurde ich schwach, aber ich konnte Emerson nicht so grausam enttäuschen, nachdem er, dieser arrogante Weiberfeind, mir gesagt hatte, ich sei weit und breit die einzige Frau, der er... Ich mußte mich jetzt zwischen Evelyn und Emerson oder zwischen Evelyn und meinen eigenen Grundsätzen entscheiden; ich mußte also Evelyn betrügen – zu ihrem eigenen Besten.

Es war eine schwere Prüfung für mich, ihren Kampf zu beobachten. Sie rang die Hände, bis die Knöchel weiß hervortraten, und ihre Stimme war voll Resignation. »Natürlich bleibe ich bei dir, Amelia. Eine ruhige Nacht wird dir guttun.«

»Ganz gewiß«, murmelte ich, und dabei hatte das arme Mädchen keine Ahnung, welche Nacht ich erwartete.

Ich hätte im Bett bleiben und alle Nahrung verweigern sollen, doch allmählich wurde ich von einem wütenden Hunger geplagt. Als die Dämmerung anbrach, fühlte ich mich sicher, denn nicht einmal Evelyn würde den Rückweg bei Nacht zurücklegen wollen. Ich sagte, mir gehe es besser, und ein wenig Nahrung würde mir sicher nicht schaden. Ich mußte mich beherrschen, daß ich nicht die herrlichen Sachen, mit denen der Koch sich selbst übertroffen hatte, gierig in mich hineinschaufelte.

Lucas hatte ein paar Flaschen Champagner mitgebracht. Er war im Abendanzug, der ihm ausgezeichnet stand, zumal er sehr tief gebräunt war. Wir speisten auf dem Oberdeck, und der Sternenhimmel über uns war schöner als jedes Palastdach. Mich überkam ein Gefühl der Unwirklichkeit. Die vergangene Woche schien es gar nicht gegeben zu haben. Das Boot schwankte leicht, die Wellchen klatschten an die Bootswand, die Männer unten sangen leise ihre wehmütigen Melodien oder unterhielten sich gedämpften Tones; es roch nach Fluß, nach Nachtwind, Kohlenofen und Wüste. Der Zauber des Abends nahm mich ganz und gar gefangen.

Lucas trank wieder einmal zuviel, wenn er, und das muß ich zugeben, auch ganz deutlich sprach und keine fahrigen Bewegungen machte. Nur seine Augen glänzten immer greller, je mehr er trank, und seine Reden wurden immer fantastischer. Einmal kündigte er an, er werde sofort zum Lager zurückkehren, um die Mumie nicht zu versäumen, und im nächsten Augenblick lachte er schallend über diese Geschichte, über die Brüder Emerson und ihr schäbiges Leben, über die Widersinnigkeit, nur nach zerbrochenen Scherben im Sand graben zu wollen, und dann kündigte er an, daß er selbst nach Luxor und dem glorreichen Theben weiterreisen wollte.

Evelyn saß da wie eine blasse Statue. Sie hatte keine Abendrobe angezogen, sondern trug ihren Morgenrock, dessen blaßrosa Seide mit winzigen Rosenknospen bestickt war.

»Ich will ja deine Kleider nicht kritisieren, Base«, sagte Lucas plötzlich. »Aber du solltest das tragen, was deiner Schönheit und Stellung entspricht. Seit Kairo habe ich nicht ein Kleid an dir gesehen, das richtig zu dir gepaßt hätte. Schade, daß ich deine Kisten nicht mitbringen konnte.«

»Es wäre auch unnötig gewesen, Lucas«, antwortete Evelyn. »Es wird mir keinen Spaß machen, sie auszupacken. Die eleganten Kleider will ich nie wieder tragen. Sie würden mich schmerzlich an die Güte meines Großvaters erinnern.«

»Dann verbrennen wir sie ungeöffnet, sobald wir wieder in Kairo sind«, schlug Lucas großzügig vor. »Ich werde dir Kleider kaufen, die deiner würdig und mit denen keine schmerzlichen Erinnerungen verbunden sind.«

»Ich habe die Kleider, die meiner Stellung entsprechen«, erklärte sie nachdrücklich. »Und die Vergangenheit läßt sich nicht auslöschen, Lucas. Von einigen Dingen kann ich mich nicht trennen, und ich will sie aufbewahren, damit sie mich an glückliche Zeiten erinnern. Ich habe für so vieles dankbar zu sein, daß ich mich nicht an meine Fehler und Irrtümer verlieren darf.«

»Das war gut gesagt, Evelyn«, lobte ich sie. »Aber was geht unten vor? Die Männer machen solchen Lärm.«

Ich hatte recht, wenn ich auch das Thema nur wechselte, um Evelyn von trüben Gedanken abzubringen. Die Männer lachten und sangen laut.

»Oh, ich habe ihnen Whisky gestiftet«, verriet Lucas. »Sie vergaßen ganz gern, daß ihr Prophet den Alkohol verboten hat. Und ein Gläschen kann ja gar nicht schaden.«

»Aber Sie haben jetzt genug«, stellte ich fest und nahm ihm die Flasche weg. »Vergessen Sie bitte nicht, daß unsere Freunde im Lager in Gefahr sind. Wenn wir nachts ein Signal bekommen ...«

»Ihr Freund Emerson würde auch dann nicht um Hilfe rufen, wenn man ihn bei lebendigem Leib braten würde«, stellte er fest. »Warum ängstigen Sie Evelyn?«

»Ich habe keine Angst«, erklärte sie, »aber Amelia hat recht. Bitte, Lucas, hör zu trinken auf.«

»Dein Wunsch sei mir Befehl.« Aber Lucas hatte leider

schon viel mehr getrunken, als er eigentlich vertragen konnte.

Evelyn sagte, sie sei müde, schlug aber vor, ich solle auch zu Bett gehen, um meine Stärke wieder zurückzugewinnen. Ich hatte ganz vergessen, daß ich leidend war, aber ich ließ sofort den Reis kommen, weil ich fürchtete, Evelyn könne nicht schlafen, wenn die Leute so laut seien. Er verstand nur wenig Englisch, doch schließlich hatte ich ihn soweit, daß er begriff. Wenig später war Ruhe.

Als ich mich zum Gehen anschickte, sagte Lucas zu mir: »Entschuldigen Sie meine schlechten Manieren, Miß Amelia. Ich bin nicht so betrunken, wie es den Anschein hatte. Ich schlafe in einer der Kabinen unten, damit ich zur Hand bin, falls ich gebraucht werde.«

»Ich glaube nicht, daß wir Sie brauchen«, antwortete ich ihm. Er ahnte ja nichts von meiner Unterhaltung mit Emerson in der Nacht vorher, und ich hatte auch kein besonderes Vertrauen zu ihm, doch er schien zu den gleichen Schlüssen gekommen zu sein wie wir.

Wir gingen die enge Treppe zu den Kabinen hinab; da bat mich Lucas, einen Moment zu warten, er müsse mir etwas zeigen. Er betrat eine Kabine und kam mit einem langen Gegenstand zurück. Ich schaute genau hin und erschrak.

»Nein, keine Angst, Miß Amelia, diese Flinte hier ist nicht geladen, doch das wissen nur Sie und ich. Vielleicht hatte die Mumie allen Grund, eine Pistole mit kleinem Kaliber nicht zu fürchten, aber das Ding hier schaut so gefährlich aus, als könne es einen ausgewachsenen Elefanten umlegen. Jedenfalls gibt es aber eine ausgezeichnete Keule ab.«

»Ich halte es für eine verrückte Idee«, fuhr ich ihn an. »Wenn Sie aber unbedingt damit ... Gute Nacht, Lucas.« Ich ließ ihn waffenschwingend und mit einem blöden Grinsen im Gesicht stehen.

Sonst bewohnten Evelyn und ich getrennte Kabinen, aber nun wollte ich sie unter keinen Umständen allein lassen und gab vor, wieder einen Schwächeanfall erlitten zu haben. Sie half mir ins Bett und blieb auch, da sie ehrlich um mich besorgt war, in meiner Kabine. Sie schlief bald ein.

Ich lag wach. Ich hatte nur ein Glas Wein getrunken, das sonst überhaupt keine Wirkung auf mich hat, aber jetzt mußte ich gewaltsam gegen den Schlaf ankämpfen. Ich klatschte mir im Badezimmer nebenan Wasser ins Gesicht, kniff mich am ganzen Körper und tat alles, um mich wach zu halten.

Endlich fühlte ich mich ein bißchen wacher und ging zum Fenster. Das war kein kleines Bullauge wie auf normalen Schiffen, sondern eine richtige breite Öffnung mit einem Vorhang, der das Licht ausschloß, aber die Luft ungehindert durchließ. Es öffnete sich auf das untere Deck und konnte vom Boden aus leicht erreicht werden. Wenn also Gefahr drohte, mußte sie aus dieser Richtung kommen. Unsere Tür war sicher versperrt und verriegelt. Selbstverständlich wäre auch das Fenster zu schließen gewesen, doch dann hätten wir bald unter Hitze und Luftmangel gelitten, und außerdem hätte ich Lärm gemacht und Evelyn aufgeweckt.

Von meinem Platz aus konnte ich das Deck überschauen. Der Mond schien so hell, daß ich sogar die Nägel im Holz erkennen konnte. Nichts bewegte sich, nur das Mondlicht tanzte in den silbrigen Wellchen. Ich weiß nicht, wie lange ich dastand. Ich mußte wohl ein wenig gedöst haben, doch plötzlich bemerkte ich eine Bewegung, die von rechts kam. Schlagartig war ich hellwach. In dieser Richtung lag Lucas' Kabine.

Ich hielt mich im Schatten und sah bald einen blassen, nun schon recht vertrauten Umriß. Ich weiß nicht, warum, aber diesmal fühlte ich nicht die abergläubische, lähmende Angst wie bei den früheren Besuchen; vielleicht deshalb, weil ich in vertrauter Umgebung war; oder der Eindruck schwächt sich durch die Wiederholung ab. Wirklich, die Mumie wurde allmählich lächerlich. Ihr Repertoire war doch sehr begrenzt! Warum fiel ihr gar nichts Neues ein, warum lief sie immer nur mit wedelnden Armen herum?

Ich war entschlossen, die Mumie im Alleingang zu fangen und vergaß völlig Emersons Warnungen. Um Hilfe rufen wollte ich nicht, weil ich sonst die Mannschaft aufgeweckt hätte; genützt hätten mir die Männer trotzdem nichts, weil sie vom ungewohnten Alkohol sicher schwer schliefen, was ich auch von Lucas annahm. Nein, ich wollte erst warten, was die Mumie vorhatte. Wenn sie versuchte, unsere Kabine durch das Fenster zu betreten, dann hatte ich sie ja. Neben mir stand ein großer, mit Wasser gefüllter irdener Krug, der sicher eine schmerzhafte Beule hinterließ, wo er traf.

Die Mumie trat ins volle Mondlicht und kam immer näher. Sie war sehr groß, viel größer, als ich sie in Erinnerung hatte. Ob da der irdene Krug genügte? Ich hatte ganz vergessen, daß ja der Kopf dick umwickelt war. Ich war zwar ziemlich stark; wenn aber die Kreatur ein kräftiger Mann war, so konnte der mich in einem Handgemenge sehr wohl besiegen und brauchte dazu kein mit übernatürlichen Kräften begabtes Monster zu sein. Sollte ich …

»Lucas! Lucas!« schrie ich. »Zu Hilfe! Lucas! Zu Hilfe!«

Es war sehr dramatisch.

Die Mumie blieb stehen, als sei sie überrascht, meine Stimme zu hören. Evelyn murmelte im Schlaf. Dann tat es einen lauten Krach und einen dumpfen Schlag, und Lucas sprang vom Fenster der nächsten Kabine auf das Deck.

Er war angezogen, hatte die Hemdärmel aufgerollt und den Kragen offen, so daß kräftige Arme und eine behaarte Brust sichtbar waren. In grimmiger Entschlossenheit umklammerte seine rechte Hand die Flinte. Das wäre der richtige Anblick für ein romantisches Mädchen gewesen.

»Halt!« rief er, »keinen Schritt weiter, oder ich schieße! Verdammt noch mal, ob dieses Monster wohl Englisch versteht? Wie absurd!«

»Das ist doch ganz egal, packen Sie's lieber!« schrie ich ihm zu.

Der Kopf schwang in meine Richtung. Ich schwöre, ich sah Augen blitzen unter der Dunkelheit einer verhüllten Stirn. Das Ding hob die Arme und gab wieder den jammernden, knurrigen Schrei von sich, den ich schon kannte.

»Evelyn, bleib, wo du bist, Lucas und ich haben die Situation unter Kontrolle«, rief ich Evelyn zu. »Lucas, schlagen Sie das Ding auf den Kopf! So schlagen Sie doch zu, sonst tu ich's selbst!«

Ich begann durch das Fenster zu klettern, aber da hielt mich Evelyn von rückwärts her fest. Lucas grinste breit; nicht lange, denn das Monster holte mit einem Arm aus und schien etwas zu werfen, doch nichts verließ die bandagierte Hand. Aber Lucas taumelte, die Flinte entfiel seiner Hand, und Lucas stürzte, das Gesicht voran, darauf.

Da begann die Mumie so gräßlich zu lachen, daß mir das Blut in den Adern zu gerinnen drohte. Und sie näherte sich langsam unserem Fenster.

Endlich hörte ich von links her Stimmen, denn die Männer waren erwacht. Das hörte die Mumie, hob einen Armstummel und schüttelte ihn drohend den sich nähernden Männern entgegen. Die sahen nun zwar das Monster, aber die Mumie tat ein paar akrobatische Sprünge und war verschwunden.

Ich befahl Evelyn, sie solle sich niederlegen, denn ich müsse zu Lucas gehen. Sie selbst sei jetzt in Sicherheit. Meine umfangreichen Nachtgewänder hinderten mich sehr, als ich durch das Fenster kletterte, aber meine Würde war mir im

Moment völlig gleichgültig. Lucas lag noch immer bewegungslos da. Mühsam drehte ich ihn um, denn er war ein schwerer Mann, der bald fett sein würde. Verletzt schien er nicht zu sein, und sein Puls fühlte sich kräftig an, nur sein Atem pfiff, und sein Körper zuckte krampfhaft.

Langsam kamen ein paar Männer herbei, dann endlich erschien der Reis persönlich. Sie trugen Lucas in seine Kabine, legten ihn auf das Bett und rannten davon. Nur Hassan blieb. Wie sehr bedauerte ich jetzt, statt Latein, Griechisch und Hebräisch nicht Arabisch gelernt zu haben! Der Reis schien sich zu schämen, weil er und seine ganze Mannschaft zu fest geschlafen hatten, doch der Schlaf sei wie ein Zauber gewesen, völlig unnatürlich. Ich entließ Hassan, nachdem ich angeordnet hatte, daß ein Mann Wache stehen müsse. Um Lucas mußte ich mich eben selbst kümmern. Für mich war es deprimierend, daß ich mich nicht mehr auf meine Mannschaft, nicht einmal auf den Kapitän verlassen konnte. Was die Erzählungen von der Mumie noch nicht geschadet hatten, das hatte dieser nächtliche Vorfall besorgt.

Lucas war noch immer bewußtlos, und nichts half, was ich auch tat. Ich rieb ihm Gesicht, Hände und Brust mit nassen Tüchern ab, legte seine Füße hoch – nichts holte ihn ins Bewußtsein zurück.

Inzwischen war Evelyn in die Kabine gekommen und schien sich große Sorgen zu machen. »Nein, nein«, redete ich ihr zu, »tot ist er nicht, und ganz sicher besteht auch keine Gefahr, daß er sterben könnte, aber ich weiß nicht, weshalb er nicht aufwacht.«

»Oh, ich ertrage es nicht«, flüsterte Evelyn. »Er ist mein Freund und Vetter, und ich mag ihn sehr gern, und seine Tapferkeit nötigt mir Bewunderung ab. Warum bringe ich Unglück über alle, die mich lieben? Erst Walter, dann Lucas. Muß ich dich auch verlassen, Amelia?«

»Unsinn«, fuhr ich sie an. »Bring mir lieber Riechsalz, das müßte Lucas wieder zu sich bringen.« Und richtig, kaum hatte Evelyn es gebracht und ich es ihm unter die Nase gehalten, als er Evelyns Namen flüsterte.

Sie kniete sofort neben seinem Bett. »Lucas, sprich zu mir, ich höre.«

»Evelyn ... so weit weg ... Wo bist du ... Laß mich nicht im Dunkeln allein. Ohne dich ... bin ich verloren ... Nimm meine Hand, Evelyn, und halte mich fest.«

»Ja, ja, Lucas. Ich bin ja da.«

So und ähnlich ging es eine ganze Weile weiter, und mir wurde es schon langweilig. Also schob ich die vor Mitleid fast zerfließende Evelyn ein wenig weg und sagte: »So, jetzt kommt er wieder zu sich. Was ist dir lieber – willst du ihm versprechen, ihn zu heiraten, oder soll ich es weiter mit Riechsalz probieren?«

Evelyn wurde rot, Lucas schlug die Augen auf und flüsterte verzückt: »Evelyn!«

»Wie geht es dir, Lucas? Wir hatten solche Angst um dich!«

»Bißchen schwach noch. Aber es war deine Stimme, Liebling, die mich zurückbrachte. Du hast mir das Leben gerettet. Fortan gehört es dir.«

Evelyn schüttelte den Kopf und entzog ihm ihre Hand.

»Das genügt jetzt«, sagte ich barsch. »An Ihren Träumen bin ich nicht sehr interessiert, Lucas, ich will nur wissen, was geschehen ist. Ich sah, daß Sie taumelten und stürzten, aber ich konnte nicht feststellen, daß die Kreatur tatsächlich etwas geworfen hat.«

»Mich hat auch nichts getroffen«, antwortete Lucas. »Wenigstens nicht körperlich. Oder haben Sie eine Wunde oder Beule gefunden?«

»Nein«, antwortete ich. Evelyn sah seine nackte Brust, errötete und zog sich zurück. »Was fühlten Sie eigentlich?«

»Das kann ich nicht beschreiben ... Es war wie ein Blitzstrahl von großer Kraft, dann kam die Schwäche, schließlich die Ohnmacht. Ich wußte, daß ich fiel, doch den Aufschlag spürte ich nicht mehr.«

»Ah, wunderbar«, bemerkte ich sarkastisch. »Jetzt haben wir also eine Mumie, die Blitze schmeißt. Emerson wird sich riesig darüber freuen.«

»Emersons Meinung ist mir ... egal«, fauchte Lucas.

Das war kein Ausdruck für einen Lord.

Der Rest der Nacht verlief ruhig. Ich schlief gut, Evelyn vermutlich gar nicht. Als ich aufwachte, stand sie am Fenster und schaute in das erste Morgenrot hinaus. Sie hatte einen dunkelblauen Sergerock und dazu eine Bluse angezogen.

»Ich gehe zum Lager«, erklärte sie. »Du brauchst nicht mitzukommen, Amelia, denn ich bin bald wieder hier. Ich will Mr. Emerson überreden, seinen Bruder herzubringen, und wir segeln dann sofort nach Luxor ab. Wenn sie nicht kommen wollen – ich denke, wir sollten dann trotzdem weiterreisen. Ich weiß zwar, daß dich ... die Archäologie sehr interessiert, und du wirst lieber bleiben wollen. Lucas wird aber mitkommen, wenn ich ihn darum bitte. Ich werde dann allein reisen, wenn du noch bleiben willst.«

Sie tat mir furchtbar leid, weil sie sich jetzt vor die Wahl gestellt fühlte – Lucas oder Walter. Ich mußte also sehr vorsichtig mit ihr sein.

»Aber ohne Frühstück wirst du doch nicht gehen wollen«, erwiderte ich und schwang die Beine aus dem Bett. »Mitten in der Wüste vor Hunger ohnmächtig werden – nein, nein, das wäre unangenehm.«

Evelyn erklärte sich also bereit, am Frühstück teilzunehmen. Der junge Habib, unser Diener, lächelte jetzt nicht mehr, und das sonst so fröhliche Geplapper vom unteren

Deck war auch nicht zu vernehmen. Unsere ganze Mannschaft schien völlig verstört zu sein.

Lucas kam, als wir unseren Tee tranken. Ihm gehe es ausgezeichnet, erklärte er, als ich ihn fragte. Evelyn erzählte ihm sofort, was sie vorhatte, und er zog mißbilligend die Brauen hoch, aber ich versetzte ihm unter dem Tisch einen warnenden Tritt ans Schienbein, den er verstand.

»Ich sagte dir ja, Evelyn, dein Wunsch sei mir Befehl, und wenn du abreisen willst, sollst du das auch tun. Eine kleine Einschränkung habe ich jedoch zu machen. Du kannst mich um mein Leben bitten, nicht aber um meine Ehre als Mann und Engländer. Du kannst nicht verlangen, daß ich meine Freunde im Stich lasse. Nein, sag jetzt nichts. Ich befehle eurer Mannschaft, euch sofort sicher nach Luxor zu bringen, aber ich bleibe. Ich würde mich selbst verachten, würde ich jetzt fliehen.«

»Und ich reise nur ab, wenn die Emersons mitkommen«, erklärte ich. »Übrigens, Lucas, mit meiner Mannschaft verhandle ich selbst. Der Ihren können Sie befehlen, was Sie wollen.«

»Hm«, brummte er und ging, dies zu tun.

Evelyn ließ den Kopf hängen, und ich rief nach Reis Hassan, um einen neuen Versuch zu machen, die Sprachbarriere zu durchbrechen. Er sagte immer nur »gehen« und deutete flußaufwärts.

»Emerson?« fragte ich und deutete zum Lager.

Er nickte heftig. »Heute«, sagte er, und das wiederholte er mehrmals. Die Araber benützen viel häufiger das Wort ›morgen‹, es liegt ihnen viel besser. Deshalb sagte ich es auch.

Hassans Gesicht zog sich in die Länge, dann zuckte er resigniert die Achseln. »Morgen«, wiederholte er.

10. Kapitel

Kurz nach dem Frühstück machten wir uns auf den Weg. Der Sand glühte blaßgolden, die Sonne schien schon grell. Wir unterhielten uns kaum. Ich machte mir Sorgen um Evelyn. Wie sollte ich sie von ihren seltsamen Ängsten befreien?

Die erste Person, die uns entgegenkam, war Walter. Er trug den verletzten Arm in der Schlinge, schien sich aber sonst wohl zu fühlen. Ich freute mich sehr darüber. Er gab zwar zuerst mir die Hand, schaute dabei jedoch Evelyn an.

»Ich bin sehr erleichtert, Sie zu sehen«, sagte er, »und ich war sehr böse auf Radcliffe, als er mir sagte, daß Sie gegangen seien.«

»Um uns brauchten Sie sich keine Sorgen zu machen«, erwiderte ich. »Wir waren um Sie besorgt. Wo ist Ihr Bruder?«

»Raten Sie«, meinte er lächelnd.

»Wahrscheinlich hat er in meiner Abwesenheit die Grabungen wiederaufgenommen. Hat er denn gar kein Gewissen? Hat er etwas gefunden? Etwa neue Malereien?«

»Miß Amelia, woher wissen Sie das?« rief Walter erstaunt.

»Ich kenne Ihren Bruder doch. Er ist zu jeder Dummheit fähig, wenn es um Altertümer geht. Wo ist er? Ich habe mit ihm zu reden.«

»Das Pflaster ist nicht weit von dem zerstörten entfernt. Aber ...«

»Keine Widerrede!« unterbrach ich ihn. »Ihr kehrt jetzt alle ins Lager zurück, und ich hole Emerson.«

Ich hatte mich in einen richtigen Zorn hineingesteigert, als ich ihn fand. Er kauerte fast unsichtbar auf dem Boden, und fast wäre ich über ihn gestolpert. Er war so in seine Arbeit vertieft, daß er mich nicht hörte, und ich versetzte ihm daher mit meinem Sonnenschirm einen ziemlich kräftigen Schlag auf die Schulter.

»Oh, Sie sind's, Peabody«, sagte er. »Wer sonst würde einen Mann zur Begrüßung über den Kopf schlagen?«

Ich hockte mich neben ihn auf die Fersen. Daran hatte ich mich gewöhnt, und meine Knie protestierten längst nicht mehr dagegen. Er hatte ein Stück von etwa drei Fuß im Quadrat gesäubert. Auf dem blauen Grund, der Wasser bedeutet, schwammen drei herrlich geformte Lotosblüten mit grünen Blättern.

»Aha, Sie wollten also nur in Ruhe arbeiten. Sie sind doch der größte Egoist, den die Welt je gesehen hat! Und welche Zeitverschwendung, den Sand mit bloßen Händen wegzuschaufeln! Auf die Art legen Sie niemals das ganze Pflaster frei.« Da er nicht antwortete, fuhr ich fort:

»Sind Sie denn gar nicht neugierig? Wollen Sie nicht wissen, was vergangene Nacht geschehen ist?«

»Weiß ich doch«, antwortete er. »Ich war in aller Morgenfrühe beim Boot und habe mit Hassan gesprochen.«

Er sah sehr müde aus, das stimmte, aber ich brauchte eine Weile, um mich von meiner Verblüffung zu erholen. »Und was halten Sie davon?« fragte ich.

»Es ging genau, wie ich vermutete. Die Mumie erschien und wurde von Ihnen ...«

»Von Lucas.«

»Seine Lordschaft schien nicht besonders nützlich gewesen zu sein, denn sein Kollaps hat die Mannschaft zur Panik getrieben. Selbst Reis Hassan, der gewiß kein Feigling ist, hat jetzt Angst. Hat der Lord sich wenigstens von seinem Angstanfall erholt?«

»Ich weiß wirklich nicht, was mit ihm war und warum er ohnmächtig wurde. Aber ein Feigling ist er nicht.«

Emerson zuckte die Achseln und räumte weiter Sand weg.

»Sind Sie denn ganz von Sinnen?« fuhr ich ihn an. »Ein Pflaster haben Sie schon vernichtet, und wenn Sie das hier freilegen, geschieht es wieder so. Die einzige Sicherheit liegt darin, daß es keiner sieht.«

»Dieses Pflaster ist nicht meine größte Sorge. Besser, wir verlieren dieses Mosaik als Miß Evelyn.«

»Das kann ich Ihnen nun wirklich nicht recht glauben«, erwiderte ich.

»Es ist wahr, auch wenn Sie von mir die denkbar schlechteste Meinung haben.« Das klang so bitter, daß ich mich getroffen fühlte.

»Ich habe doch gar keine schlechte Meinung von Ihnen«, murmelte ich. Es muß ein urkomisches Bild gewesen sein, das wir boten. Er hockte auf den Fersen und beugte sich vorwärts, um mir ins Gesicht zu schauen. Er glich in dieser Haltung eher einem Orang-Utan als einem Menschen, und ich mußte mit meinen um mich gebauschten Röcken auch recht merkwürdig ausgesehen haben. Es war mir aber unwichtig, denn ich sah nur seine intensiven blauen Augen, die wie Saphire funkelten und meine Augen nicht losließen. Da mußte ich den Blick senken, und ich glaube, ich wurde flammend rot. »Hallo, Radcliffe!« hörte ich in diesem Augenblick Walter rufen, der auf uns zukam. »Was meinst du, was...« Er schaute von einem zum anderen. »Was ist denn? Habe ich... gestört?«

»Nein, hast du nicht«, knurrte Emerson. »Was ist, Walter? Du bist so aufgeregt.«

»Kein Wunder, und du wirst auch aufgeregt sein, wenn du hörst, was letzte Nacht geschehen ist.«

»Das weiß ich doch.«

»Dann hat es dir also Miß Amelia erzählt. Radcliffe, es muß etwas geschehen! Das ist doch entsetzlich. Du mußt die Damen überreden, noch heute abzureisen. Komm mit ins Lager. Ich habe keinen Erfolg bei Miß Evelyn und auch nicht bei Lord Ellesmere.«

»Na, gut«, brummte Emerson, und wir machten uns auf den Weg. Walter hörte nicht auf, über sein Entsetzen zu sprechen, bis ihn sein Bruder unterbrach. »Walter, hör doch endlich auf mit deinem Geplapper. Was erreichen wir damit, wenn wir Miß Evelyn wegschicken? Ist die Mumie etwas Übernatürliches, was ihr Narren alle zu glauben scheint, dann kann sie ihr folgen, wohin sie auch geht. Und sie kann ihr auch folgen, wenn sie nichts Übernatürliches ist. Da dir an ihrer Sicherheit mehr liegt als an unserer Arbeit hier, sollten wir vielleicht besser daran denken, die Motive dieser Kreatur zu erforschen, um ihnen wirksam begegnen zu können.«

Walter sah ziemlich geknickt drein, und ich versuchte ihn aufzuheitern. »Ich bin überzeugt, daß die Mumie Evelyn nichts Böses will. Sie und Lucas, Sie beide wurden angegriffen, aber nicht Evelyn.« – »Ah«, sagte Emerson und sah mich lange und nachdenklich an. »Peabody, ich versichere Ihnen, das ist mir nicht entgangen.«

Walter war besorgt, ich wütend, und so legten wir den Weg schweigend zurück. Evelyn und Lucas warteten schon auf uns, und wir setzten uns zu einer Diskussion zusammen, die uns anfangs auch nicht weiterbrachte. Das war mein Fehler; sonst fällt es mir nicht schwer, selbst zu einem Entschluß zu kommen und andere von dessen Richtigkeit zu überzeugen, aber diesmal gelang es mir nicht.

Am sichersten wäre es gewesen, wenn wir gepackt und das Lager aufgegeben hätten. Das kam für Emerson nicht in Betracht, und ich gab ihm insgeheim darin recht. Ich konnte aber auch die Emersons nicht im Stich lassen und unsere Vergnügungsreise fortsetzen, denn die beiden Brüder waren nicht besonders gesund. Wie sollten sie Hilfe herbeiholen, wenn die Dorfbewohner vom passiven Widerstand zur offenen Feindseligkeit übergingen? In Amarna gab es schon in ruhigen Zeiten kaum Touristen.

Ich konnte natürlich auch auf der Dahabije bleiben und Evelyn mit Lucas nach Kairo zurückschicken, damit sie Hilfe holten. Ich konnte die beiden aber nicht gut allein reisen lassen, und Evelyn würde sich sowieso weigern, mich zu verlassen. Und Emerson würde wie ein Schakal heulen, wenn man ihn in seinem männlichen Stolz verletzte, das heißt, in Kairo für ihn um Hilfe bat.

Nun, ich nahm das Risiko auf mich, diesen Vorschlag zu machen. Alle protestierten außerordentlich heftig, nur der eine nicht, von dem ich es ganz bestimmt erwartet hatte – Emerson. Er kniff die Lippen zusammen und schwieg düster.

Lucas sah wieder ein Ziel in Reichweite. »Ich kann nur dann reisen, wenn ... Also unter ganz bestimmten Voraussetzungen, um Evelyns Ruf nicht zu schädigen«, erklärte er nachdrücklich. Evelyn wurde rot und schaute weg. Seine Absicht war nur allzu klar. Wenn sie als offizielles Brautpaar reisten mit dem Ziel, nach ihrer Ankunft sofort zu heiraten, so war das zwar auch unschicklich, aber die englische Kolonie in Kairo wäre nicht schockiert.

Walter begriff natürlich auch sofort und zog ein langes Gesicht. Emerson stopfte seine Pfeife und paffte dicke Wolken. Dabei musterte er uns mit bösen Blicken.

»Das ist alles absurd!« rief ich und sprang auf. »Der Tag vergeht, und ich bin erschöpft.«

»Natürlich, Amelia«, antwortete Evelyn sofort. »Du mußt ausruhen.«

Emerson nahm die Pfeife aus dem Mund. »Wirklich, Peabody, das sieht Ihnen gar nicht gleich, so unentschlossen zu sein. Ihr benehmt euch alle wie Kinder, die vor einem Schatten davonlaufen.«

»Schatten! War es etwa ein Schatten, der mit Felsen nach Ihnen warf? Oder der Walter verwundete?«

»Bei mir war es ein Steinschlag, und bei Walter ein... unglücklicher Zufall«, erwiderte Emerson und schaute Lucas bedeutungsvoll an. »Kommen Sie, Peabody, und benutzen Sie Ihren Kopf. Bis jetzt liegt kein Beweis dafür vor, daß die unglücklichen Vorkommnisse reiner Bosheit entsprangen, und die Ohnmacht von Lord Ellesmere in der vergangenen Nacht – nun, das Fleisch ist schwach, man ist müde, erregt, hat ein bißchen zuviel Wein...«

Lucas wurde rot vor Zorn. »Das ist nicht wahr!« rief er.

»Nun, dann müssen wir an übernatürliche Kräfte der Mumie glauben«, antwortete Emerson trocken. »Damit bin ich aber nicht einverstanden. Ich suche nach einer vernünftigen Erklärung, und wenn mir niemand ein Motiv nennen kann... Nun, Lord Ellesmere meinte, die Dorfbewohner wollen uns vertreiben, weil sie eine wertvolle Entdeckung gemacht haben. Ich lasse mich nicht vertreiben. So einfach ist das.«

Die Logik dieses Mannes beeindruckte mich sehr, und trotzdem fühlte ich noch immer einiges Unbehagen. »Was schlagen Sie dann vor?« fragte ich.

»Wir gehen zum Angriff über. Bisher haben wir uns nur verteidigt, und das wollen unsere Gegner ja. Wenn die Dorfbewohner ein Grab finden können, dann können wir das auch. Morgen beginnen wir mit der Suche und werden uns dazu der Hilfe Ihrer Bootsmannschaften versichern. Das wird nicht einfach sein, weil die Dorfbewohner sie beschwatzten, daß auf uns ein Fluch liege. Mit Schmeichelei, gutem Zureden und ein wenig Bestechung bringen wir sie schon auf unsere Seite. Wir brauchen Männer zur Bewachung der Damen und für eine ausführliche Suchaktion. Nun, ist der Plan in Ordnung?«

Ich hatte nichts zu sagen und fand den Plan gut, doch zugegeben hätte ich es nicht. Die anderen waren beeindruckt, Evelyn sogar deutlich erleichtert. »Dann besteht also keine Gefahr für uns?« fragte sie.

»Nein, meine Liebe«, antwortete Emerson. »Wenn es Ihnen recht ist, verbringen wir diese Nacht eben in einem Raum, doch ich meine, das ist gar nicht nötig. In Ordnung? Peabody, gehen Sie zu Bett, Sie brauchen unbedingt Ruhe. Seit zehn Minuten haben Sie keine sarkastische Bemerkung mehr gemacht. Also müssen Sie außerordentlich erschöpft sein.«

In meinem Kopf herrschte große Verwirrung, und das erlaube ich diesem Körperteil sonst niemals. Ich war körperlich und seelisch richtiggehend ausgepumpt, so daß ich in einen von wilden Träumen zerrissenen unruhigen Schlaf fiel. Lichtstrahlen und tiefste Dunkelheit wechselten einander ab. Und es war dann auch ein Lichtstrahl, der mich aufweckte. Die Sonne ging eben unter; mein Laken und meine Haare waren schweißfeucht, und ich mußte mich aus den Tiefen des Schlafes emporkämpfen. Und dann hörte ich die Stimme: »Nicht bewegen, um alles in der Welt nicht bewegen!«

Am Fuß meines Feldbettes lag ein dickes, braunes Seil. Das bewegte sich plötzlich. Ein flacher Kopf hob sich, und zwei kleine, starrende, funkelnde Kreise ließen mich nicht los.

Es war eine Schlange. Ich wagte mich nicht zu rühren.

Emerson stand unter der Türöffnung und ließ den Reptilienkopf nicht aus den Augen, der sich nun wiegend vor- und rückwärts schaukelte. Seine Hand bewegte sich unendlich langsam zur Tasche. Ich war vor Entsetzen gelähmt, wollte schreien, wagte es jedoch nicht. Ein Nebel schien sich über meine Augen und mein Gehirn zu legen.

Dann sah ich, wie Emersons Arm sich schnell bewegte, es gab einen Blitz, einen rollenden Donner, und ich glaubte, der Himmel falle über mir ein. Von da an wußte ich nichts mehr.

Ich war nicht lange bewußtlos; als ich aufwachte, konnte ich mich jedoch an nichts erinnern. In meinen Ohren dröhnte es noch, mein Kopf schwamm, aber irgendwie fühlte ich mich so behaglich wie ein Kind im Arm der Mutter. Dann berührte etwas mein Gesicht, meine Lippen, die geschlossenen Augen, meine Wangen; es war wie ein Fingerdruck, nur wärmer und weicher, und diese Berührung hatte eine unglaubliche Wirkung auf mich. Ich öffnete die Augen nicht, ich schloß sie noch fester, weil ich zu träumen glaubte. Ähnliche Empfindungen hatte ich bisher ausschließlich in Träumen erlebt. Warum sollte ich sie für eine Wirklichkeit aufgeben, die nicht, sogar bei weitem nicht, so vergnüglich war? Dann überlegte ich mir: Vielleicht hat mich doch die Schlange gebissen; ich bin vergiftet und im Delirium...

Schreie und rennende Füße brachen dann den Zauber. Ich wurde zurückgelegt, geschüttelt, dann sogar ein paarmal – wie würdelos! – kräftig auf die Wangen geschlagen. Ich machte die Augen auf. Emersons Gesicht, die Maske eines Nachtmahrs, hing über mir, daneben erkannte ich Evelyns weißes Gesicht. Sie schob Emerson weg und umklammerte mich.

»Oh, Amelia, meine allerliebste Amelia, wir hörten den Schuß. Was ist geschehen? Bist du verwundet? Oder stirbst du?«

»Sie ist weder verwundet, noch liegt sie im Sterben, sie ist nur damenhaft in Ohnmacht gefallen«, erklärte Emerson, und darüber mußte ich mich schon wieder ärgern. »Peabody, zum erstenmal habe ich erlebt, daß Sie sich wie eine richtige Dame benehmen. Das muß ich in meinem Tagebuch eigens vermerken.«

Mir fiel leider keine beißende Antwort ein – ausnahmsweise. Ich funkelte ihn nur an. Dann tat Walter einen Schrei und hob die Schlange hoch.

»Radcliffe«, stöhnte er, »das ist ja eine Haubenkobra, eine der giftigsten Schlangen in Ägypten. Hast du geschossen? Bist du sicher, daß sie nicht vor dem Schuß gebissen hat?«

Evelyn untersuchte sofort meine Beine nach einer Schlangenbißwunde, doch ich schob sie weg. Mir ging es gut, denn Emersons Grobheit hatte meinen kämpferischen Instinkt wieder geweckt. »Mach doch kein Theater, Evelyn«, fauchte ich sie an. »Dieses Biest hat viel zu lange überlegt, ob es mich beißen soll oder nicht, und da hatte Emerson Zeit genug, zu schießen. In der gleichen Zeit hätte ich zehn Schlangen erschossen.«

»Bei Schlangen«, erklärte Walter, »muß man sich sehr behutsam bewegen, sonst beißen sie blitzschnell. Hu, mich schüttelt es vor Entsetzen. Zum Glück hattest du eine Waffe, Radcliffe.«

»Wahrscheinlich die meine«, bemerkte Lucas vom Eingang her.

»Es war ja noch eine Kugel drinnen«, antwortete Emerson.

»Sie hatten unverschämtes Glück. Wie leicht hätten Sie Miß Amelia treffen können.«

»Selbst dieses Risiko mußte man in diesem Fall in Kauf nehmen«, sagte Walter.

»Gott segne Sie und Ihre sichere Hand, Mr. Emerson!« rief

Evelyn. »Sie haben Amelias Leben gerettet. Wie kann ich Ihnen das je danken?«

Emersons hoheitsvolles Gehabe fiel plötzlich von ihm ab, und er lächelte merkwürdig. »Ich werde Sie bei Gelegenheit daran erinnern, Miß Evelyn.«

Die Schlange wurde dann beseitigt, Evelyn und ich bekamen Tee, die Herren etwas Geistvolleres. Nur Lucas schien sehr ruhig zu sein. Er fragte, wie die Schlange in die Grabkammer gekommen sein könnte. Er vermutete, sie habe sich in einer Ecke zum Schlafen zusammengerollt und sei erst auf das Bett gekrochen, als ich schlief, weil Schlangen ja immer die Wärme suchen. Aber ich wollte dann wirklich nichts mehr davon hören und schlug vor, wir sollten uns entscheiden, was wir weiter tun wollten.

»Ich habe mich entschieden«, sagte Evelyn laut und deutlich. »Ich werde Lord Ellesmeres Heiratsantrag annehmen, und wir beide verlassen das Lager. Morgen früh segeln wir nach Kairo.«

Wir waren alle wie vom Blitz getroffen, das heißt Emerson, Walter und ich. Dann sprang Walter auf, tat einen Schrei und wurde dunkelrot. Auch Lucas stand auf, und seine triumphierende Miene machte mich wütend.

»Ich bin natürlich der glücklichste Mann der Welt«, antwortete er ihr. »Allerdings wäre es mir lieber gewesen, du hättest meinen Antrag nicht so in aller Öffentlichkeit angenommen. Wenn du aber ...« Ehe wir's uns versahen, hatte er Evelyns Hand gepackt und sie an sich gezogen, um sie zu küssen. Walter schlug seine Hand weg, er atmete schwer. Wie Feinde standen die beiden jungen Männer einander gegenüber.

Lucas kniff die Augen zusammen. Jetzt schlug sein heißes Blut durch. »Was? Das wagen Sie? Emerson, dafür werden Sie mir noch Rede und Antwort stehen.«

Evelyn trat zwischen die beiden. »Lucas, Walter, schämt euch! Ich habe gesagt, was ich tun muß und tun werde, und nichts kann mich umstimmen.«

»Evelyn, das können Sie nicht tun!« rief Walter beschwörend. »Sie lieben ihn doch gar nicht. Sie wollen sich nur opfern, weil Sie glauben, Sie seien die Ursache...«

Es war eine furchtbare Auseinandersetzung. Walter beschwor sie, Emerson meldete seine Vernunftgründe an, ich redete ihr zu wie einem kranken Kind, und Lucas – nun ja, Lucas war überzeugt, daß Evelyn ihm schon so gut wie sicher war. Schließlich sagte ich, nachdem alle ihre Meinung geäußert hatten, auch die meine.

»Emerson ist zwar ein schrecklicher Dickkopf, aber er hat recht. Wir kennen das Motiv dieses ganzen Theaters nicht, und überstürzte Handlungen könnten sich sehr schlimm auswirken. Du könntest unbewußt genau das tun, was der unbekannte Gegner von dir will.«

Wäre ich nicht eine Frau gewesen, so hätte Lucas mich jetzt verprügelt, das weiß ich; aber ich hatte Evelyn soweit, daß sie noch einmal darüber nachdenken wollte. Dazu mußte sie allein sein. Sie ging den Sims entlang und stieg den Hügel hinab. Sie sah so verloren aus und tat mir unbeschreiblich leid.

Lucas sprang auf, um ihr zu folgen, die Brüder Emerson versuchten ihn zurückzuhalten, ein böses Wort gab das andere – es war schrecklich. Schließlich lief ihr Lucas doch nach, um sein Süppchen an dem noch glimmenden Feuer gar zu kochen, aber ich sah dann, daß Evelyn den Kopf schüttelte.

Emerson sparte nicht mit sarkastischen Bemerkungen, wofür ich ihn scharf tadelte. Ich hatte plötzlich alles gründlich satt, selbst Evelyn und ihr morbides Märtyrertum, Lucas und seine Arroganz, Walters hündisches Leiden und am allermeisten Emerson. Er hatte ja gewonnen, weil er seinen Bruder behielt, und mit sadistischem Vergnügen drehte er das Messer in dessen Herzenswunde herum, indem er Walter versicherte, Evelyn heirate Lucas nur des Reichtums und des Titels wegen. Da wurde ich aber endgültig böse.

»Hören Sie endlich damit auf!« schrie ich ihn an. »Lieber sähe ich Evelyn in einem Kloster als in einer Ehe mit diesem Elenden! Sie liebt ihn ja gar nicht. Sie liebt einen anderen, und den wollte sie retten durch eine Heirat mit Lucas. Vielleicht hat sie recht, denn der Mann, den sie liebt, ist ein elender Schwächling, der nicht einmal den Mut aufbringt, sich ihr zu erklären.«

Walter griff nach meiner Hand. »Sie meinen ...? Glauben Sie wirklich, ich könnte ..., ich dürfte ...«

»Selbstverständlich, Sie junger Narr!« Ich versetzte ihm einen solchen Stoß, daß er taumelte. »Sie liebt doch Sie. Warum, das kann ich mir nicht vorstellen, aber es ist so. Jetzt laufen Sie. Halten Sie sie auf!«

Walter warf mir noch einen Blick zu, dann stürmte er davon. Und ich – nun, ich mußte mich Emerson stellen und meine Handlungsweise rechtfertigen.

Er wiegte sich in seinem Stuhl vor und zurück und ließ sich von einem lautlosen Gelächter durchschütteln. »Meine liebe Peabody, Sie erstaunen mich!« stöhnte er schließlich. »Ist es denn möglich, daß Sie insgeheim eine Romantikerin sind?«

Ich wandte diesem unmöglichen Menschen den Rücken zu und beobachtete das, was unten vorging. »Ich gehe auch hinunter«, verkündete ich. »Vielleicht war ich vorher doch ein bißchen voreilig ...«

»Es könnte zweckmäßig sein«, gab Emerson zu. »Dem edlen Lord ist durchaus zuzutrauen, daß er einen Verwundeten schlägt, und mit einem Arm ist ihm Walter nicht gewachsen. Oh, verdammt! Ich habe zu lange gewartet.«

Er hatte recht, denn Lucas schlug auf Walter ein. Emerson rannte den Pfad entlang wie eine Bergziege, und ich folgte, wenn auch langsam. Evelyn versuchte, sich zwischen die beiden Männer zu werfen, doch Lucas schüttelte sie ab. Walter war nicht gestürzt und kehrte in den Kampf zurück, und ich konnte meine ehrliche Freude nicht unterdrücken, als er Lucas' Kinn mit einem soliden Haken traf. Lucas fiel um wie ein angesägter Baum. Ich raffte meine Röcke und rannte. Als ich ankam, stand Lucas gerade langsam und ziemlich benommen auf.

Äußerlich schien er unversehrt zu sein, doch von der Würde eines Lords war wenig mehr vorhanden. »Zwei gegen einen?« schrie er. »Das ist unsportlich!«

»Sie müssen von unsportlichem Verhalten reden!« schrie ich zurück. »Sie haben einen verwundeten Mann geschlagen!«

»Er hat mir Namen gesagt, die ich mir nicht gefallen lasse!«

»Der Namen wegen entschuldige ich mich«, erklärte Walter, »aber wenn Sie, Miß Amelia, gehört hätten, was er von Miß Evelyn sagte ...«

»Das ist wahr«, erklärte Evelyn, und alle schauten sie an.

Sie trat einen Schritt zurück, als wolle sie ausdrücken, daß sie keine Unterstützung wünsche. »Nein, Amelia«, sagte sie leise und sehr bestimmt, »ich hatte die Hoffnung, dies vermeiden zu können, aber nun kann ich nicht mehr schweigen, weil Lucas es ausgesprochen hat. Ja, ich habe meine Unschuld an einen nichtswürdigen Menschen verloren, aber ich gab sie aus freiem Willen auf. Ich verließ einen alten Mann, der mich von Herzen liebte. Nur Amelias gütiges Herz hat mich davor bewahrt, mein Leben wegzuwerfen. Und jetzt bin ich dir Dank schuldig dafür, daß du mich vor einer unbesonnenen Handlung bewahrt hast. Ich kann Lucas' nobles Angebot, mich zu heiraten, nicht annehmen. Es wäre keine feine Art, seine Güte zu vergelten. Ich werde niemals heiraten, sondern mein Leben guten Werken weihen.«

Armes Ding! Sie wollte noch mehr sagen, doch ihre Gefühle waren stärker als sie, und ihre Stimme brach in einem Seufzer. Und dabei schaute sie immer Walter an, nur Walter.

Er schien eine tödliche Wunde empfangen zu haben und wußte es nur noch nicht, daß er jetzt umfallen sollte. Emersons Gesicht war ausdruckslos wie der Fels hinter ihm. Aber nun wurde Walter plötzlich lebendig, und er fiel vor Evelyn auf die Knie.

»Sie sind das edelste Mädchen der Welt, das mutigste und schönste!« rief er. »Aber mein liebes, mein süßestes Mädchen, halten Sie so wenig von mir, daß Sie glauben, ich könnte Ihre tragische Geschichte nicht verstehen?« fragte er voll zärtlichen Vorwurfes. »Sie hätten mir doch vertrauen dürfen ...«

Sie schaute ihn ungläubig an, dann seufzte sie, schloß die Augen und ließ ihren goldenen Kopf an seine Brust fallen. Walter drückte Evelyn fest an sich, und ich wischte mir die Tränen nicht ab, die mir über die Wangen liefen.

»Gott sei Dank, das wäre also erledigt«, meinte Emerson erleichtert. »Lange genug hat's gedauert. Komm, Walter, küß deine Braut, dann kehren wir ins Lager zurück. Ich bin halb verhungert und will essen.«

»Niemand wird Sie je der Sentimentalität beschuldigen«, hielt ich ihm zornig vor. »Wollen Sie etwa behaupten, daß Sie bereit sind, Ihren Bruder an ein armes Mädchen wegzuwerfen?«

»Nicht nur arm, nein, sogar ruiniert«, erwiderte Emerson fröhlich. »Aber wieso eigentlich ruiniert? Sie scheint in jeder

Beziehung noch wie neu zu sein. Eine tüchtige Künstlerin ist eine wertvolle Ergänzung unserer Mannschaft. Ein Gehalt kann ich ihr allerdings nicht bezahlen. Stellen Sie sich doch vor, was ich damit spare!«

Ich erschrak, als ich Lucas' Stimme hinter mir hörte. »Emerson, das können Sie doch nicht auch noch unterstützen. Das meinen Sie doch gar nicht so.«

»Oh, Eure Lordschaft scheinen meinen Charakter mißzuverstehen«, erwiderte Emerson samtglatt. »Wer bin ich, daß ich mich wahrer Liebe in den Weg stellen dürfte? Ich denke, das ist ganz ausgezeichnet für uns alle. Meinen Sie das nicht auch?«

»Vielleicht haben Sie recht«, antwortete Lucas nach einigem Zögern, und ich mußte ihn dafür bewundern. »Vielleicht war es so bestimmt.«

»Sehen Sie, jetzt benehmen Sie sich wie ein wahrer britischer Edelmann«, lobte ihn Emerson. »Wollen Sie Kohlen auf die Häupter der Verlobten sammeln, indem Sie uns helfen, einen Toast auf sie auszubringen? Komm, Walter, wach auf! Walter! Walterchen!«

Wie in Ekstase lief er gehorsam hinter seinem Bruder drein, und Evelyn konnte ihren verzückten Blick nicht von Walter lösen.

»Na, so edel bin ich auch wieder nicht«, meinte Lucas und lächelte dazu. »Entschuldige mich, Evelyn. Ich möchte ein bißchen allein sein.«

»Gott sei Dank«, sagte ich aus tiefstem Herzen, als er verschwunden war.

11. Kapitel

Später machte ich mir doch Sorgen um ihn. Walter und Evelyn waren in ihr Glück versunken, so daß Emerson und ich die ganze Unterhaltung allein bestreiten mußten.

»Peabody«, sagte Emerson schließlich, »ich glaube, von dem Lord haben wir zum letztenmal etwas gesehen. Hoffentlich. Allerdings meine ich, auch die Mumie war zum letztenmal da. Nein, Gefahr besteht keine mehr.«

»Unsinn«, erwiderte ich gereizt. »Lucas kann die Mumie gar nicht gewesen sein. Ich habe die beiden wiederholt zusammen gesehen.«

»Nun, vielleicht irre ich mich« – sein Ton bestritt diese Möglichkeit ganz entschieden –, »und es gibt wirklich ein Grab in den Hügeln, das die Dorfbewohner plündern wollen. Aber, Peabody, dieser Plan stammt nicht von einem Ägypter. Nur ein Europäer oder ein Engländer, höchstens noch ein Amerikaner könnte sich so etwas ausgedacht haben, denn die haben ihre skrupellosen Sammler. Und es gibt genug gewissenlose Kollegen, die alles tun würden, um ein solches Grab zu finden. Ich habe die Konzession in Amarna, die mir nicht einmal Maspero wegnehmen könnte. Nicht, daß Maspero ...«

»Das ist eine absurde Idee!«

»Und die Alternative? Ich habe keine Feinde.«

»Ha!«

»Nun, ein paar Individuen mögen mich kritisieren. Ja, ein paar. Vielleicht sogar mehrere. Aber es sind professionelle, keine persönlichen Feinde. Walter hat überhaupt keine Feinde. Sein Charakter ist viel zu gut dafür. Sind Sie sicher, daß Sie nicht von sitzengelassenen Liebhabern verfolgt werden?«

Diese Frage konnte ich keiner Antwort würdigen.

»Dann muß es wohl Miß Evelyn sein, die zu solchen Aktivitäten herausfordert. Dann dürften die Ereignisse des heutigen Abends die Frage geklärt haben. Der Lord ist verschwunden ...«

Ich erkannte den Schritt von Lucas, der sich uns näherte.

»Lucas, ich bin sehr erleichtert, Sie zu sehen, denn ich machte mir Sorgen«, erklärte ich ihm voll ungewohnter Herzlichkeit.

»Ach, wie freundlich von Ihnen«, antwortete er und spähte in den Schatten, wo Evelyn und Walter saßen, die ihn nicht zu sehen schienen. »Ich hatte das Bedürfnis, allein zu sein und zu laufen, und das habe ich getan. Sie glaubten doch hoffentlich nicht, daß ich Sie verlassen würde?«

»Nein, ganz gewiß nicht«, versicherte ich ihm.

»Morgen werde ich meinen Kummer in Arbeit ertränken, und für heute habe ich eine Flasche Wein mitgebracht, wie Emerson es vorschlug, um einen Toast auf meine Kusine auszubringen.«

Ich weiß nicht, weshalb es für mich eine Genugtuung war, daß Lucas sich wie ein Gentleman benahm, denn ich hatte ihn noch nie gemocht. Er brachte Gläser und öffnete die Flasche. »Ich kann es nicht wagen, Evelyn zu bitten. Wollen Sie das tun? Ich schäme mich nämlich meines Benehmens. Nun, ich war schon immer sehr leidenschaftlich.«

Ich rief also Evelyn, und sie kam und zog Walter mit sich. Ich muß zugeben, Lucas benahm sich großartig, als er den

Toast ausbrachte. Auch Emerson nippte an seinem Glas, doch er zog eine Grimasse dabei, auch als noch ein Toast auf Walter folgte.

»Ich werde es nie vergessen, daß ich Ihnen mein Glück verdanke«, sagte da Walter zu mir. »Ich hoffe, daß ich mich dessen würdig erweise und Ihren Erwartungen entspreche. Und ich hoffe auch, daß Sie oft bei uns sind, um sich davon zu überzeugen, daß ich Evelyn glücklich mache.«

»Vielleicht nütze ich diese Einladung aus«, erwiderte ich lachend, und Emerson schaute dazu ergeben drein, obwohl er dann wieder vor sich hin brütete.

Lucas machte dann den Vorschlag, daß die drei Männer Wache halten sollten, um den Spuk endgültig zu vertreiben, und Emerson pflichtete ihm bei.

Man vereinbarte, daß Lucas die ersten drei Stunden übernehmen sollte, Emerson die folgenden drei, Walter den Rest der Nacht. Ich schleppte Evelyn in unsere Schlafkammer, und sie schlief auch fast sofort ein. Ich war ungeheuer müde, konnte jedoch nicht schlafen, fand aber auch den Grund für meine Unrast nicht. Ganz gewiß ging es jedoch nicht um die Mumienerscheinung, denn die machte mir keine großen Sorgen mehr. Es war eine andere Unruhe, und dabei hätte ich mich doch freuen sollen, weil ich der lieben Evelyn zu ihrem Glück verholfen hatte.

Da kam Lucas an meine Tür. »Miß Amelia!« rief er leise. »Ich höre, daß Sie wach sind. Darf ich Sie zu einem Glas Wein einladen? Ich finde heute einfach keine Ruhe.«

»Es ist aber unklug, Lucas, wenn Sie noch einmal Wein trinken«, wandte ich ein. Die Nacht war kühl, und ich zog meinen Schlafrock enger um mich.

»Nun, ich bin nicht aus Eisen, und ich wollte mich nur für das stählen, was getan werden muß. Kommen Sie, leisten Sie mir Gesellschaft.«

»Und ich werde wohl nicht eingeladen?« meldete sich Emerson. »Oder störe ich etwa eine persönliche Unterhaltung?«

»Seien Sie nicht so dumm«, erwiderte ich, doch meine Worte gingen in einem großen Gähnen unter. »Ach, bin ich müde. Ich möchte nur wissen, weshalb ich trotzdem nicht schlafen kann«, sagte er.

»Ich kann es auch nicht«, meinte Emerson. »Übrigens, ich übernehme jetzt die Wache. Mir macht es nichts aus. Manchmal schlafe ich ganze Nächte überhaupt nicht. Komisch, jetzt habe ich das Gefühl, als sollte ich niemals wieder schlafen.«

Da wußte ich, daß etwas ganz und gar nicht stimmte, und Emerson wußte es auch. Was er sagte, war eine Lüge. Sein schwarzes Haar war nämlich naß, denn er hatte Wasser über den Kopf geschüttet. Um sich wach zu halten?

»Schon gut«, meinte Lucas ziemlich verdrossen. »Wenn ich schon zu nichts nütze bin, kann ich die Flasche auch allein austrinken. Gute Nacht also. Ich schlafe unten im Zelt, und Sie, mein ritterlicher Freund Emerson, können mich ja mit einem Schrei wecken, falls etwas Unerwartetes geschieht.«

Dann wurde ich plötzlich an der Schulter gerüttelt. »He, Peabody, aufwachen! Verdammt noch mal, haben Sie denn nicht begriffen, daß wir unter Drogen gesetzt wurden?«

»Drogen?« wiederholte ich verständnislos.

»Ja, Drogen. Seit über einer Stunde kämpfe ich gegen den Schlaf. Haben Sie ein Mittel, das die Wirkung von Laudanum aufhebt?«

Ich dachte nach. »Riechsalz. Es ist ziemlich stark.« »Hm. Immer noch besser als gar nichts. Holen Sie's, aber schnell!«

Evelyn schlief viel zu fest, und ich konnte sie nicht aufwekken. Ich hielt mir das Riechsalz unter die Nase und spürte, wie es mich belebte. Dann eilte ich zu Emerson zurück, der mich anschielte und am Felsen lehnte. Ich drückte ihm das Fläschchen in die Hand.

»Und jetzt sagen Sie mir, was Sie fürchten«, drängte ich.

»Ich habe allerhand Unfug gedacht«, knurrte er. »Mir fehlt ein Schlüssel zu der ganzen Geschichte, und ich vermute, den haben Sie, Peabody.«

Er schaute mich an, erst verständnislos, dann entgeistert. Mir stellten sich die Nackenhaare auf. Ich konnte nämlich bis zum Ende des Pfades schauen, und dort bewegte sich etwas. Ich hörte ein leises Stöhnen.

Ich wußte aber, daß dieses Stöhnen nicht von der Mumie kam, denn es klang viel menschlicher und drückte Schmerz aus. Ich sprang auf, aber Emerson war noch schneller als ich, und wir rannten den Pfad entlang. Ich hielt den Atem an, als Emerson ein Stück weiter in die Dunkelheit ging, um dem Stöhnen zu folgen. Als ich um die nächste Felsecke bog, sah ich ihn am Boden knien neben einem liegenden Mann, den ich kannte und – Gott möge mir verzeihen – fast vergessen hatte. Es war unser verschwundener Diener Michael.

»Guter Gott!« rief ich. »Ist er tot?«

»Nein, aber ich fürchte ...«

Michael trug das verblichene, blau-weiß gestreifte Gewand vom Tag seines Verschwindens, doch jetzt war es zerrissen und schmutzig. Ich tastete nach dem Puls und fand ein verschwollenes und blutiges Gelenk.

»Jemand hat ihn gefangengehalten, das sind Spuren von Stricken«, sagte Emerson. »Wir müssen ihn sofort versorgen. Er ist sehr schwach.« Emerson nahm ihn auf die Arme und trug ihn hinauf zum Grab.

Ehe wir um die Felsecke bogen, ertönte der gräßliche, schrille Angstschrei einer Frau. Und da stand auch die Mumie. Der blinde, bandagierte Kopf war uns zugewandt, und in den Stummelarmen hatte sie Evelyn. Kein Wunder, daß sie in eine tiefe Ohnmacht gefallen war.

Emerson war mit dem ohnmächtigen Michael vor mir und versperrte mir den Weg. Mir sollte dieses Monster nicht entkommen! Aber ich fühlte mich wie in Treibsand gefangen, denn jede Bewegung kostete mich eine unbeschreibliche Anstrengung. Doch dann passierte praktisch alles auf einmal.

Lucas kam aus dem Zelt und behauptete, Evelyns Schrei habe ihn geweckt. Er bewegte sich eigentlich erstaunlich flink, und deshalb stieß er mit uns zusammen. Emerson fand am Felsen Halt, doch ich wurde umgerissen. Die Mumie erkannte ihren Vorteil, beugte die Knie und sprang vom Sims. Fast hätte ich erwartet, daß das Ding Flügel bekäme und davonflöge. Aber es rannte, für eine Mumie sogar erstaunlich schnell.

»Laßt sie nicht entkommen!« schrie ich. Das heißt, ich glaubte es geschrien zu haben, doch Emerson versicherte mir, ich hätte nur Unverständliches gegurgelt. Mir wickelten sich die Röcke um die Beine, und so mußte ich mich auf Lucas verlassen.

»Ich werde Evelyn retten!« rief er und rannte davon.

Walter war eben aus seiner Schlafkammer gekommen. Auch er schien schwer geschlafen zu haben, doch in einer Mischung aus Wut und Entsetzen rannte er hinter Lucas drein. Ich versuchte ihm zu folgen, doch Emerson versetzte mir einen Tritt gegen das Schienbein, weil er keine Hand frei hatte.

»Peabody, behalten wenigstens Sie klaren Kopf«, stöhnte er. »Kommen Sie mit, Sie müssen bei Michael bleiben.«

Der Rat war ausgezeichnet, wenn auch nicht leicht auszuführen. Jedenfalls war es so, daß ich die Mumie bestimmt nicht fangen konnte, wenn es den jungen Männern nicht gelang. Ich rannte also hinter Emerson drein, der schließlich den armen Michael erstaunlich behutsam auf sein Bett legte. Er verlor keine Zeit und wandte sich sofort wieder der Tür zu. Ich griff nach der Lampe, um sie anzuzünden. Da hörte ich von draußen, unmittelbar neben der Tür, einen Schuß, dann ein Stöhnen, und gleichzeitig sah ich, wie Emersons hohe Gestalt in sich zusammensackte.

12. Kapitel

Ich ließ dic Lampe fallen, vergaß meinen verletzten Diener, sogar Evelyn, und rannte dorthin, wo ich Emerson hatte stürzen sehen.

Dann griff eine Hand nach meinem Fußknöchel, und ich fiel auf Emerson. Er stöhnte vor Schmerz. Meine Hand fand sein Gesicht und ertastete eine klebrige Flüssigkeit. »Mein Gott, Emerson, Sie sind verwundet!« rief ich.

»Vielleicht hören Sie endlich auf, mich zu kitzeln«, erwiderte er gereizt. »Lassen Sie mich los, Peabody. Mich hat doch nur ein Stein getroffen.«

»Oh, aber der Schuß galt Ihnen. Was wollen Sie da draußen? Kommen Sie doch herein.«

Er kroch zum Eingang. »Das war ein Warnschuß. Solange wir nicht hinausgehen, sind wir in Sicherheit. Bitte, reichen Sie mir Walters Hemd, es liegt auf dem Bett. Und meinen Spazierstock, bitte. Danke. Und jetzt ...«

Ein zweiter Schuß belohnte seine Demonstration, als er das Hemd über den Stock legte und nach draußen schob. Emerson holte es zurück. »Er ist zwischen den Felsen«, sagte er leise.

»Er? Wer?«

»Sie sind ja noch dümmer als ein Dorfesel. Wer? Sie müssen doch allmählich wissen, wer es ist. Ich wußte es schon seit einiger Zeit, nur das Motiv war mir unklar. Was, zum Teufel, treibt den Burschen an, sich auf diese Weise eine Frau zu suchen? Daß er so verrückt ist, hätte ich nicht gedacht.«

»Oh, ein Motiv gibt es natürlich«, antwortete ich. »Allmählich sehe ich klarer... Nein, das ist unmöglich! Anfangs verdächtigte ich auch Lucas, doch er war nicht da, sondern kam erst zu uns, nachdem die Mumie zum erstenmal erschienen war. Und er wußte auch nicht, daß wir hier...«

»Peabody, geben Sie Michael Wasser. Ich fürchte, sehr viel mehr können wir für ihn nicht tun, und Ihre Medikamente sind in Ihrer Kammer.«

Es war sehr wenig, was ich für Michael tun konnte. Er atmete noch, aber recht viel mehr ließ sich nicht von ihm sagen. Ich kroch zum Eingang und legte mich platt neben Emerson, der hinausspähte.

»Peabody«, flüsterte er, »eigentlich schade, daß wir einander immer nur angefaucht haben. Wir hätten sonst nämlich diese unglückselige Geschichte verhindern können. Wissen Sie, mir war seit ein paar Tagen klar, daß der edle Lord log. Reis Hassan hat nämlich mit dem Reis der *Cleopatra* gesprochen, und da habe ich einiges erfahren. Seine Lordschaft hat seine Mannschaft fürstlich bezahlt, und so segelte er am Tag nach Ihrer Abreise hinter Ihnen her. Als Sie hier landeten, legte er in Minieh an.

Der Lord hat sich ein Subjekt gekauft, das ebenso übel ist wie er, und dieser Bursche spielt die Rolle der Mumie. Wer dieser Mann ist, weiß ich nicht, das weiß niemand. Ich glaubte, er hätte Mohammed bestochen, um seine Hilfe zu finden. Sein Kostüm und seine Rolle waren vermutlich schon in Kairo gründlich geprobt, und ich nehme an, Lord Ellesmere kam einige Zeit früher in Kairo an, als er Sie glauben ließ. Haben Sie eine Idee, wer dieser Komplize sein könnte?«

»Nein, nicht die geringste. Aber Emerson, wie sollten die

beiden wissen, wo sie die Sache inszenieren sollten? Wir hatten doch gar nicht geplant, hier zu halten.«

»Dann lügt Reis Hassan. Er sagte mir, alles sei schon in Kairo geplant gewesen. Man wollte Sie auch davon abbringen...«

»Ah, ich habe einmal erwähnt, daß ich vielleicht Amarna besuchen würde, neben anderen Orten selbstverständlich. Aber woher wußte das Lucas?«

»Vielleicht von Michael. Hatte er denn Gelegenheit, mit ihm zu sprechen?«

»Natürlich. Ich selbst bat Michael, ihm zu helfen, einen Dragoman zu finden. Guter Gott, war ich eine Närrin!«

»Sie hatten keinen Grund zum Mißtrauen, auch Michael nicht. Der Lord war doch Evelyns Verwandter. Erst später, als die Sache hier ziemlich ernst wurde, machte sich Michael Gedanken über seine harmlose Indiskretion. Er ist intelligent und Ihnen treu ergeben. Am Tag seines Verschwindens versuchte er mit Ihnen allein zu sprechen. Einer von Lucas' Männern hörte das, und man schlug ihn nieder und hielt ihn in einer der Höhlen in den Klippen gefangen. Als wir nicht genug von dem Wein tranken, den Lucas mit Laudanum versetzt hatte, trug der Lord Michael hierher, um uns abzulenken, damit er zu Evelyn gelangen konnte.

Fantasie hat der Bursche, das muß ich zugeben, und er kann jede sich bietende Gelegenheit ausnützen. Leider taugt er sonst absolut nichts. Ich bin überzeugt, er und sein sauberer Komplice hatten noch allerhand Zwischenfälle vorbereitet, wenn sie auch vielleicht keinen Mord geplant hatten. Trotzdem scheinen sie auch den in Kauf genommen zu haben. Ich ließ mich auch täuschen. Als Sie am Nachmittag angegriffen wurden, war mir klar, daß Evelyn das Objekt der uns zuteil gewordenen Aufmerksamkeiten war, doch ich glaubte, sobald die Verlobung mit Walter perfekt sei, würde der Lord seine idiotischen und gefährlichen Spiele aufgeben.«

Emerson schob wieder den Stock mit dem Hemd hinaus, und ein Schuß belohnte ihn auch diesmal. »Der Kerl ist noch da. Ich bin neugierig, wie lange er aushält. Vermutlich ist er sogar überzeugt, daß er ungeschoren davonkommt. Sollen wir unsere Haut retten, Peabody, und sitzen bleiben?«

»Während Evelyn in den Klauen dieses Monsters ist? Emerson, das wollen Sie sicher auch nicht. Und Walter ...«

»Ja, um Walter mache ich mir auch Sorgen. Im Moment können wir aber nichts tun. Erst müssen wir wissen, was hinter der Sache steckt. Der Lord hat ein viel stärkeres Motiv als enttäuschte Liebe. Peabody, denken Sie nach. Wenn Sie je Ihr Gehirn anstrengen wollten, dann ist jetzt der richtige Zeitpunkt dafür.«

»Ich glaube, ich ahne die Wahrheit ... Aber wenn ich recht habe, dann haben wir beide uns wie Narren benommen. Also hören Sie, ich erzähle Ihnen kurz Evelyns Geschichte.«

Das tat ich. Er lauschte aufmerksam. Nur seine Augen bewegten sich.

»Ja, da ist hier irgendwo der Schlüssel«, sagte er schließlich. »Wenn es um sehr viel Geld geht, kann es leicht zu Gewalttaten kommen. Ist es möglich, daß der Lord über den Tod des alten Herrn die Unwahrheit sagte? Wenn er noch lebt und Evelyn als seine Erbin ...«

»Nein, er ist tot. Ein Bekannter von mir in Kairo wußte es sicher.«

»Peabody, wie das zugeht, ist mir nicht klar, aber Evelyn muß irgendwie Kontrolle über das Vermögen haben, nach dem der Lord so gierig ist. Er hat ihr eine leidenschaftliche Liebe vorgespielt, um sie zur Frau zu bekommen. Aber heutzutage kann ein englisches Mädchen zu keiner Heirat gezwungen werden, und aus freiem Willen heiratet Evelyn ihn ganz gewiß nicht. Nein, es ist nicht die Dame, die begehrt wird, sondern ihr Geld. Wüßten wir nur ...«

»Ich glaube, das weiß ich. Als Lord Ellesmere starb, ließ er Evelyn ihre ganzen Besitztümer zusenden, die er vorher selbst zusammengepackt hatte. Lucas erzählte mir, er habe das ganze Schloß unter Kontrolle gehabt, ehe der alte Herr starb, und Lucas hätte es sicher zu verhindern gewußt, daß die Anwälte zu dem Sterbenden kamen, um ein neues Testament aufzusetzen. Er kann aber trotzdem eines geschrieben haben, ich glaube, man nennt es ein Nottestament. Und der alte Herr sah nur eine Möglichkeit, es sicher in Evelyns Hände gelangen zu lassen – wenn er es zwischen ihren Sachen verpackte. So hoffte er wohl, Lucas' Verdacht zu umgehen.«

»Bei Gott, Peabody, Sie haben den Nagel auf den Kopf getroffen!«

»Ja, das meine ich auch. Lucas tat alles, um zu erreichen, daß Evelyn die Kisten ungeöffnet verbrennen ließe, und er hat auch versucht, sie bei Baring, wo sie gelagert sind, herauszuholen. Baring war ein Freund ihres Vaters und kennt Lucas' schlechten Ruf; also hatte er nicht die geringste Aussicht, die Kisten zu bekommen. Wenn er sie nämlich erhalten hätte ...«

»... wäre Evelyn jetzt in größter Gefahr. Er muß wohl annehmen, daß ein Nottestament vorliegt; deshalb hat er Evelyn ja auch so bedrängt. Als ihr Ehemann hätte er auf jeden Fall volle Kontrolle über ihr Eigentum, und dann hätte er auch ihre Kisten herausbekommen. Zum Glück scheiterten dank Ihrer Bemühungen seine Heiratspläne. Wie kamen Sie eigentlich darauf?«

»Nun ja, es war ziemlich an den Haaren herbeigezogen, doch ich wußte, daß nur ein unverschämter, amoralischer Mann sich etwas so Verrücktes ausdenken konnte. So kam ich auf die Antwort zu diesen Fragen. Und jetzt will ich hier heraus und Evelyn suchen. Wehe, er hat ihr etwas angetan. Dann bringe ich ihn nämlich um.«

»Da pflichte ich Ihnen bei, aber wir wollen uns doch einen sicheren Weg überlegen ... Abdullah traue ich nicht ganz, denn er ist zu arm. Reis Hassan gehört zu den wenigen ehrlichen Menschen hier; leider ist er abergläubisch. Also können wir nicht unbedingt darauf zählen, daß er kommt. Wir müssen uns also selbst etwas ausdenken.«

»Aber was?«

»Wenn ich Ihnen ein Signal gebe, werfen Sie Steinchen nach unten. Ich krieche in die andere Richtung, um ihn in die Irre zu führen. Vielleicht verschießt er dann seine sämtlichen Patronen in die kollernden Steine, und das höre ich ja. Wissen Sie, den Ehrgeiz hatte ich noch nie, ein Held zu sein. Wir müssen aber sehr bald und sehr umsichtig handeln.«

Emerson drehte mich um, so daß sein Gesicht über dem meinen war.

»Peabody, es ist nicht gewiß, daß wir die Nacht überleben. Ich möchte nicht weggehen, ohne ... Oh, verdammt noch mal, ich tu's einfach!« Und da küßte er mich voll auf den Mund.

Ich war so verblüfft, daß ich erst wie gelähmt war. Nun ja, es war nicht der erste Kuß, denn verschiedene Verehrer, die Papas Vermögen begehrt hatten ... Ich will ehrlich sein, die hatte ich dazu ermutigt, aber solche Küsserei fand ich entsetzlich langweilig. Nun machte ich die Erfahrung, daß man aus früheren Erlebnissen keine voreiligen Schlüsse ziehen soll.

Ich muß dann wohl die Augen geschlossen haben, und so sah ich Emerson nicht davonhuschen. Ich kam dann wieder von einer Kugel zu mir, die über meinem Kopf in den Stein schlug, so daß die Splitter auf mich herabregneten. Ich griff mir eine Handvoll Kiesel und warf sie nach unten. Sie machten viel Lärm, doch Emerson machte noch viel mehr Krach. Ich warf also alles nach unten, was mir in die Finger kam – Stiefel, Bücher, Flaschen, Konservendosen, den Spiegel und Rasierzeug. Was Lucas darüber dachte, ahnte ich nicht, doch er muß wohl geglaubt haben, wir seien irrsinnig geworden. Besonders der Spiegel machte einen unheimlichen Lärm, als er zerschellte.

Diese Aktion hatte den gewünschten Erfolg. Lucas verlor die Nerven und gab auf die Stiefel, die Spiegelscherben und Erbsendosen einen Schuß nach dem anderen ab. Dann folgte eine Pause. Jetzt mußte er wohl nachladen. Und Emerson dürfte inzwischen unten angekommen sein.

Das war er, denn von unten hörte ich Kampfgetümmel. Ich sprang auf, um ihm Beistand zu leisten und Lucas, so dies möglich wäre, ordentlich mit den Fäusten zu bearbeiten. Als ich unten anlangte, sah ich, daß Emerson sich offensichtlich mit zwei Gegnern herumschlug. Der eine war der vermißte Abdullah. Im Verlauf des Kampfes lag Emerson einmal auf dem Rücken, und Lucas legte seine Flinte auf ihn an.

Ich war noch ein Stück entfernt und schrie aus Leibeskräften, da ich nichts anderes tun konnte. Da sprang Abdullah plötzlich auf und entwand Lucas die Flinte. Der Schurke hatte schon den Finger am Abzug gehabt, doch nun ging der Schuß harmlos in die Luft. Dann sprang Emerson auf und packte den Lord an der Kehle; er schüttelte ihn, bis er wie ein Lumpenbündel in seiner Faust hing.

»Umbringen können wir den Kerl noch nicht«, keuchte er. »Erst muß er uns erzählen, was wir wissen wollen ... Abdullah, du mußt dich entscheiden, auf welcher Seite du stehen willst. Ich bin bereit, alles zu vergessen, wenn du jetzt mithilfst.«

»Ich wußte doch gar nichts«, murmelte Abdullah. »Er sagte, er will nur die Frau, und sie gehört ihm. Was ist schon eine Frau, daß man solchen Lärm um sie macht?«

»Das ist Moslem-Philosophie, mein Freund. Aber siehst du, er log. Und wäre es nach ihm gegangen, dann hätte er dich ebenso umgebracht wie uns alle, weil er keine Zeugen brauchen konnte. Und jetzt...« Er schüttelte Lucas heftig, »du elender Schurke, sprich! Wohin hast du sie bringen lassen? Und behaupte nur ja nicht, du wüßtest es nicht. Dann erwürge ich dich nämlich jetzt sofort. Also, heraus mit der Sprache!« Sein Ton war fast freundlich, doch der trog natürlich. Er meinte es ernst, und Lucas ahnte es.

»Das Königsgrab«, ächzte er. »Das ist die Wahrheit. Lassen Sie mich jetzt los? Ich kann doch keinen Schaden mehr anrichten.«

Emerson warf ihn auf den Boden. »Aber Sie beleidigen meine Intelligenz, Lord Ellesmere. Peabody, Sie müssen einen Unterrock opfern, aber schnell.«

Wir ließen Lucas gefesselt dort liegen, wo er lag, und dazu opferte ich nicht meinen Unterrock, sondern meinen Morgenrock. Ah, war ich froh, als mir die Stoffmengen nicht mehr um die Beine wallten! Ich nahm mir vor, mir als nächstes Hosen schneidern zu lassen.

Abdullah blieb zu Lucas' Bewachung zurück, denn er hatte erklärt, er habe nicht auf Lucas' Seite gestanden, sondern nur versucht, die beiden Engländer zu trennen. Nun, das war glaubhaft.

Wir rannten los. Ich hatte zu dem Zweck mein Nachthemd ein Stück aufgerissen und die Rockteile mit Stoffstreifen um meine Beine festgebunden, damit ich beweglicher war. Auch so ließ mir Emerson kaum Zeit, richtig Atem zu holen, und an Reden war gar nicht zu denken. Nun, ich hätte es auch nicht getan, denn seine kühne Tat – der Kuß – beschäftigte mich über alle Maßen. Er hätte dafür ja wirklich eine passendere Zeit wählen können, obwohl – nun ja, auch die war mir recht.

Auf allen vieren krochen wir schließlich zum Grabeingang empor. Zum Glück hatte die verrückte Mumie dort nicht Wache bezogen, weil sie ja auf Lucas' Sieg vertraute. Als ich ins Dunkel spähte, sah ich einen winzigen Lichtschimmer. Er mußte ziemlich weit weg sein.

Ich hatte Angst um Evelyn und um Walter und wäre am liebsten hineingestürmt, doch Emerson, dessen Sorge um nichts geringer, dessen Vorsicht jedoch größer war als die meine, hielt mich zurück. Wir schlichen also lautlos weiter und folgten einem langen, ziemlich steilen Korridor.

Zum Glück gab es einige Dinge, die Lärm machten, da wir ihn doch nicht ganz vermeiden konnten. Es gab nämlich sehr viele Fledermäuse, die umherflogen.

Das Licht wurde allmählich heller, und dann hörten wir auch seine Stimme. Es war die eines Mannes, und sie erschien mir ziemlich bekannt, doch Walter war es nicht, der sprach. Dann verstand ich auch die Worte. Wer konnte in einem ägyptischen Königsgrab so unbekümmert reden?

Emerson hielt mich am Eingang zu einer Seitenkammer auf, aus der das Licht fiel. Da kauerten wir eine Weile, bis mir die Wahrheit dämmerte. Welch eine Närrin ich doch gewesen war!

»... und jetzt siehst du, mein Herzblatt, daß dein Vetter Luigi und ich zwei ganz gescheite Burschen sind, nicht wahr? Du sagst, ich hätte Glück gehabt, deine Liebe zu gewinnen, doch es war mein Charme, auch mein schönes Gesicht, und dein alter Großvater hat dich von allen Männern ferngehalten. Wenn dein Großvater gescheit gewesen wäre, hätte er Luigi reich gemacht, und Luigi hätte ein neues Testament geschrieben. Er kann fein schreiben! Ja, das weiß ich, weil er viele Schecks geschrieben hat, ehe sie ihn fingen. Er ist fast so gerissen wie ich. Dann haben sie ihn nach England geschickt. Der alte Großvater hat dann ein neues Testament gemacht, in einer Kiste versteckt und sie weggeschickt. Ich habe in Kairo dein Zimmer durchsucht, aber die Kiste war nicht da. Also war ein anderer Plan notwendig. Warum sollte ich nicht als Mumie gehen? Ich bin ein guter Schauspieler, und ich habe euch Angst eingejagt. Ich hab' Luigi von dem jungen Narren erzählt, den ich im Museum gesehen habe. Den hast du so angeschaut wie einmal mich, und ...«

Evelyn tat einen Schrei der Entrüstung, und ich war sehr froh, ihre Stimme zu hören. »Wäre er nicht verwundet und unter Drogen gesetzt worden, hättest du ihn nie..., nein, nein, er ist nicht tot! Der Held lebt!«

»Aber warum machst du ein solches Geschrei? Bald seid ihr beide tot, wie Aida und Radames in der herrlichen Oper von Verdi, so romantisch. Luigi sagt, ich soll euch töten. Er will seine Hände nicht schmutzig machen. Ich lasse euch hier, weil ich auch ein Gentleman bin und keine schmutzigen Hände will. Eine Frau töte ich nicht, oder wenigstens nicht oft. Keine Frau, die ich in den Armen hielt...«

Das war zuviel für Emerson. Mit einem donnernden Gebrüll stürmte er in die Kammer, und ich folgte ihm auf den Fersen. Evelyn sah mich sofort. Sie rief »Amelia!« und brach vor Erleichterung und Freude zusammen.

Das arme Kind sah schrecklich aus; blaß, mit schmutzverschmiertem Gesicht und wirrem Haar, die Hände hinter dem Rücken gefesselt. Ich hob sie auf, während Emerson den elenden Alberto würgte. Ja, die Mumie, Lucas' Verbündeter, war Evelyns Verführer, ihr früherer Liebhaber Alberto, der seine Komplizenschaft mit seinen Prahlereien selbst enthüllt hatte. Ich mischte mich nicht ein, als dessen Gesicht purpur anlief und seine Arme schlaff herabhingen.

Emerson warf ihn schließlich auf den Boden und lief zu seinem Bruder, der an Händen und Füßen gebunden in einer Ecke lag. Er war bewußtlos und hatte eine tiefe Schramme an der Stirn. Evelyn kam wieder zu sich, als Emerson rief: »Er lebt! Er ist nicht schwer verletzt!« Daraufhin fiel sie wieder in Ohnmacht, und ich hatte alle Hände voll zu tun, sie wieder aufzuwecken. Mein Blick fiel auf das Mumienkostüm, das auf dem Boden lag. Jetzt erschien es mir absurd, daß er uns damit soviel Angst eingejagt hatte. Die Gesichtsmaske lag daneben.

13. Kapitel

Seit dieser Zeit sind zwei Jahre vergangen, zwei sehr aufregende Jahre. Maspero hatte seinen Posten aufgegeben, den jetzt M. Grebaut innehat, den Emerson aber noch mehr verachtet als Maspero. Und Emerson selbst...

Ich sitze, während ich dies schreibe, auf der Felsleiste über der geliebten Ebene von Amarna. Wenn ich meine Augen hebe, sehe ich geschäftige Gruppen von Arbeitern, die wie Ameisen über den Sand huschen, um die Ruinen von Khuenatens Stadt auszugraben. Einige herrliche Plastiken wurden bereits gefunden. Emerson ist unermüdlich, und Abdullah hat sich als sehr geschickter Vormann bewährt. Emerson sagt, es gebe kein besseres Mittel als eine kleine Erpressung, um die Fähigkeiten eines Mannes voll herauszuholen. Abdullah erwähnt die Ereignisse jenes Winters niemals.

Mir scheint, sie hätten sich erst gestern abgespielt. Mein ganzes Leben hatte ich noch nichts so Interessantes erlebt. Natürlich gab es manche Unbequemlichkeit, aber Abenteuer und Gefahr sind doch die wahre Würze des Lebens.

Wir mußten damals die Arbeit für ein paar Wochen unterbrechen, da wir zu Emersons Enttäuschung unsere Gefangenen nach Kairo bringen und den Behörden alles erklären mußten. Ich hätte am liebsten Alberto im Grab gelassen, doch dagegen protestierte Evelyn.

Bei Sonnenaufgang kehrten wir also zum Boot zurück, wo Emerson der versammelten Mannschaft eine feine Rede hielt. Er erklärte, der Fluch sei eine Lüge gewesen und die Mumie eine Fälschung. Zum Beweis dafür brachte er seinen zitternden Gefangenen herbei. Die Tatsache, daß ein Engländer wie ein gewöhnlicher Verbrecher gefesselt war, brachte sie ganz auf unsere Seite. Lucas' Mannschaft machte uns überhaupt keine Schwierigkeiten. Deren Treue war mit Geld erkauft und fand ein Ende, als der Geldstrom versiegte.

Wir genossen die Reise nach Kairo. Michael erholte sich ziemlich schnell, und darüber war ich sehr froh. Die Mannschaft überbot sich selbst an Zuvorkommenheit, der Koch zauberte die herrlichsten Gerichte für uns, und Reis Hassan gehorchte schon meinen unausgesprochenen Wünschen. Der Mond schien hell auf das Wasser, der Fluß war romantisch und friedlich – und Emerson sagte kein Wort.

Ich hatte damit gerechnet, daß er sein kühnes Benehmen irgendwie erklären, vielleicht eine Entschuldigung dafür finden würde, doch er schwieg und ging mir, so gut das möglich war, aus dem Weg. Erschien ich auf Deck, um den Mondschein zu bewundern, verschwand er in seine Kabine. Betrat ich den Salon, verließ er ihn gerade. Walter nützte mir gar nichts. Er hielt Händchen mit Evelyn und schaute ihr tief in die Augen. Evelyns Vermögen störte sein Glück nicht. War es möglich, daß Emerson ...

Nach zwei Tagen wurde mir das alles zu dumm. Wenn durch eine Verzögerungstaktik nichts gewonnen wird, dann ist Geduld keine Tugend. Also drängte ich Emerson geschickt eines Abends in eine Deckecke. Aus seiner Miene hätte man schließen können, ein Krokodil drohe ihn nun mit Haut, Haaren und Stiefeln zu verschlingen.

Vorher hatten wir zusammen diniert. Ich trug noch mein rotes Abendkleid, und mit meinem Haar hatte ich mir viel

Mühe gegeben. Wenn Evelyns Schmeicheleien keine Lüge waren und mein Spiegel die Wahrheit sagte, dann sah ich gut aus. Als ich mich Emerson näherte, war ich mir des angenehmen Raschelns meiner Röcke und Spitzenrüschen bewußt.

»Nein, Emerson, Sie entkommen mir nicht«, erklärte ich ihm, als er seitlich auszuweichen versuchte. »Ich sage jetzt meinen Spruch auf. Mir ist egal, ob Sie dabei sitzen oder stehen, ich rede besser im Stehen, weil ich da klarer denken kann.«

Er straffte die Schultern. »Gut, ich will stehen, da fühle ich mich sicherer. Fangen Sie an, Peabody. Ich weiß, daß ich Sie besser nicht unterbreche, wenn Sie in Fahrt sind.«

»Ich möchte Ihnen einen geschäftlichen Vorschlag machen«, begann ich. »Es ist ganz einfach. Ich habe nämlich ein kleines Vermögen. So reich wie Evelyn bin ich nicht, doch ich habe mehr, als ich brauche, außerdem keine Erben. Ich wollte mein Vermögen dem Britischen Museum vermachen, doch jetzt meine ich, daß ich es schon zu meinen Lebzeiten gut verwenden kann, zumal mir das auch persönlich Freude machen würde. Ich werde, ähnlich wie Miß Amelia B. Edwards, eine Gesellschaft zur Erforschung ägyptischer Altertümer gründen und Sie als archäologischen Fachmann anstellen. Nur eine Bedingung stelle ich...« Der Rest war schwieriger als alles Vorhergehende.

»Ja?« fragte Emerson. »Und wie lautet sie?«

Ich holte tief Atem. »Ich bestehe darauf, bei allen Ausgrabungen mitarbeiten zu dürfen. Warum sollen die Männer immer allen Spaß allein haben?«

»Spaß? Halten Sie die glühende Sonne und den Sand für einen Spaß? Und die Schlangen und Steinschläge? Peabody, was Sie als Vergnügen ansehen... Ich finde das außerordentlich merkwürdig.«

»Merkwürdig oder nicht – es ist meine Vorstellung von

Vergnügen. Warum führen Sie dieses Leben? Weil es Ihnen offensichtlich Spaß macht. Machen Sie keine großen Sprüche von Pflicht und so, ihr Männer habt immer hochtrabende Entschuldigungen für alles. Während ihr Berge erklettert und die Nilquellen erforscht, sollen wir Frauen zu Hause sitzen und Deckchen sticken. Ich kann nicht gut sticken, ich grabe lieber aus. Und wenn Sie wollen, werde ich Ihnen gerne meine Qualifikationen ...«

»Nein, nein, die kenne ich«, wehrte er ab. Seine Stimme klang sehr unsicher, und dann zerquetschte er mich fast in einer Umarmung.

»Aufhören, Emerson! Das war nicht einkalkuliert, und Sie verwirren mich. Ich will nicht ...«

»Wirklich nicht?« Erstaunlich zart nahm er mein Kinn in die Hand und drehte mein Gesicht dem seinen zu. Nun, und dann legte ich ihm meine Arme um den Hals.

»Du bist dir doch klar darüber, Peabody, daß ich deinen Heiratsantrag nur annehme, um an dein Geld zu kommen«, sagte er etwas später. »Denn du kannst nur dann an meinen Ausgrabungen teilnehmen, wenn du meine Frau bist, denn ganz Ägypten würde sich sonst aufregen, und ich verlöre meine Konzession. Das willst du doch nicht?«

»Natürlich nicht. Aber hör endlich auf, mich zu zerquetschen. Ich kann nicht mehr atmen.«

»Ist auch gar nicht nötig«, erklärte er ziemlich herzlos.

»Und ich«, sagte ich nach einiger Zeit, »nehme deinen Antrag nur an, um meine Ziele zu erreichen. Wie schade, daß ich nicht hundert Jahre später geboren wurde! Dann wäre ich nicht gezwungen, einen so lauten, arroganten, groben Burschen zu heiraten, nur um graben zu dürfen.«

Er drückte mich wieder so fest an sich, daß mir der Atem ausging. »Jetzt habe ich ein herrliches Mittel entdeckt, dich zum Schweigen zu bringen«, meinte er lachend. Aber dann wurde er ernst. »Trotzdem sollst du die Wahrheit hören. Peabody, ich bin ganz verrückt nach dir. Seit dem Tag, da du ins Grab kamst und anfingst, uns alle herumzukommandieren, warst du die einzige Frau für mich. Warum ging ich dir die letzten Tage so aus dem Weg? Weil ich versuchte, mir ein graues, eintöniges Leben ohne dich vorzustellen, ohne deine zornige Stimme und deine funkelnden Augen, deine herrliche Gestalt. Peabody, hat dir noch niemand gesagt, wie großartig du bist? Wenn du nämlich heute nicht gesprochen hättest, wäre mir nichts anderes übriggeblieben, als in Albertos Mumienkostüm zu steigen und dich in die Wüste zu entführen. Bis du jetzt zufrieden?«

Ich glaube, meine Antwort genügte ihm, denn er lachte schallend, als er wieder zu Atem kam. »Die Archäologie ist schon eine feine Sache, Peabody«, versicherte er mir. »Man kann ja nicht Tag und Nacht arbeiten. Wir werden viel Spaß haben!«

Emerson hatte, wie gewöhnlich, recht. Wir haben viel Spaß. Nächstes Jahr werden wir in Gizeh graben. Hier gibt es zwar noch viel zu tun, aber aus praktischen Gründen wollen wir näher bei Kairo sein. Dort will auch Petrie arbeiten, der zu den wenigen Archäologen gehört, die Emerson sehr hoch schätzt, obwohl sie erbittert miteinander streiten, wenn sie sich begegnen. Petrie ist ein sehr netter junger Mann, doch mit Tonscherben weiß er nichts anzufangen.

Der wahre Grund, in der Nähe von Kairo zu sein, ist ein anderer: Emerson ist überaus vorsichtig, doch ich fühle mich sehr wohl. Man behauptet, ein erstes Kind in meinem Alter sei keine einfache Sache. Emerson glaubt das, obwohl ich keine Bedenken habe. Ich habe dieses Kind sorgfältig geplant. Es paßt genau zwischen zwei Ausgrabungsperioden. Von Evelyn erwarten wir täglich die Nachricht, daß ihr zweites Kind zur Welt gekommen ist. Sie hat schon einen blonden

Jungen, ein reizendes Kind, das schon jetzt in Schlammpfützen und Sandbergen herumtummelt – sicher ein Erbe von den archäologischen Vorfahren. Ich bin seine Patin und werde als parteiisch gescholten, doch ich glaube nicht, daß ich die Schönheit, Intelligenz und den Charme des Jungen übertreibe.

Walter studiert derzeit in England Hieroglyphen und verspricht einer der größten Wissenschaftler auf diesem Gebiet zu werden. Seine Bibliothek auf Ellesmere Castle ist mit Büchern und Manuskripten gefüllt, und wenn wir die jüngeren Emersons im Sommer und Herbst dort besuchen, dann streiten die beiden Brüder über die Übersetzungen.

Und Lucas? Wir wissen nicht, wo er ist. Ohne das Geld kann er mit seinem Titel in England nichts anfangen. Ich wollte ja diesen Schuft so verfolgen lassen, wie es ihm gehört hätte, aber Baring riet mir ab. Er war uns eine große Hilfe, als wir mit unserer Bootsladung von Verbrechern in Kairo ankamen. Tatsächlich fand Evelyn unter Büchern und anderen Dingen in einer Kiste ihres Großvaters Nottestament, und es war der Beweis für Lucas' Schurkerei. Da er keine Gefahr mehr für Evelyn darstellte, ließen wir ihn auf Barings Rat hin laufen. Ich glaube, er lebt irgendwo auf dem Kontinent, und wenn er sich nicht zu Tode trinkt, wird ihn wohl einmal ein wütender Ehemann erschießen.

Alberto sehe ich jedesmal, wenn ich durch Kairo reise. Ich habe ihn einmal gewarnt, daß die ägyptischen Gefängnisse sehr ungemütlich und ungesund seien, und davor hat er große Angst.

Michael hat eben zum Mittagsimbiß geläutet, und Emerson kommt auf mich zu. Ich habe mit ihm ein Hühnchen zu rupfen, denn ich glaube nicht, daß er ein Relief am Kopf des häretischen Pharaos richtig gedeutet hat. Ich halte ihn für den jungen Tutenchamun, Khuenatens Schwiegersohn.

Noch etwas muß ich hier anfügen. Ich denke oft an den Tag in Rom, da ich ein ohnmächtiges Mädchen im Forum rettete. Wie seltsam sind doch die Wege des Schicksals! In meinen wildesten Träumen hätte ich nicht daran zu denken gewagt, daß diese einfache, selbstverständliche Tat mich mit einer lieben, schwesterlichen Freundin belohnen würde, mit einem Leben voll faszinierender Arbeit und …

Evelyn hatte recht. Mit dem richtigen Mann und unter den richtigen Umständen ist es eine großartige Sache!

DER FLUCH DES PHARAONENGRABES

Die Ereignisse, von denen ich nun berichten will, nahmen an einem Nachmittag im Dezember ihren Anfang, als ich Lady Harold Carrington und einige ihrer Freundinnen zum Tee eingeladen hatte.

Lassen Sie sich, werter Leser, von dieser einleitenden Bemerkung nicht in die Irre führen. Sie entspricht den Tatsachen (was bei meinen Bemerkungen stets der Fall ist). Aber wenn Sie jetzt eine Geschichte erwarten, die idyllische Szenen am heimischen Herd, aufgelockert durch ein wenig Klatsch aus dem Landadel, schildert, werden Sie eine herbe Enttäuschung erleben. Frieden und Harmonie sind meine Sache nicht, und es ist keineswegs meine Lieblingsbeschäftigung, Teepartys zu veranstalten. Ehrlich gesagt, würde ich mich lieber von einer Horde wilder, blutrünstiger Derwische durch die Wüste hetzen lassen. Ich würde es vorziehen, vor einem tollwütigen Hund auf einen Baum zu flüchten oder plötzlich vor einer Mumie zu stehen, die sich aus ihrem Grab erhebt. Lieber ließe ich mich mit Messern und Pistolen bedrohen, von Giftschlangen oder dem Fluch eines längst verstorbenen Königs.

Doch ehe man mir Übertreibung vorwirft, muß ich betonen, daß mir all diese Dinge – abgesehen von einem – bereits widerfahren sind. Allerdings merkte Emerson einmal an, im

Fall einer Begegnung mit einer Horde Derwische würden nur fünf Minuten meiner Nörgelei ausreichen, daß sogar der sanftmütigste von ihnen Mordgelüste gegen mich entwikkelt.

Emerson findet solche Bemerkungen witzig, und ich habe in fünf Jahren Ehe gelernt, daß man besser den Mund hält, wenn man den Humor seines Gatten nicht amüsant findet. Soll die Ehe gedeihen, ist es notwendig, sein Temperament ein wenig zu zügeln. Und ich muß zugeben, daß mir der Ehestand in vielerlei Hinsicht gefällt.

Während des besagten Nachmittagstees war ich unruhig, und das hatte auch mit Emerson zu tun. Das Wetter war abscheulich – trübes Nieseln mit gelegentlichen Graupelschauern. Deswegen hatte ich auf meinen gewohnten Spaziergang von siebeneinhalb Kilometern verzichten müssen. Allerdings waren die Hunde draußen gewesen und hatten sich im Schlamm gewälzt. Den Dreck verteilten sie auf dem Wohnzimmerteppich und auf Ramses ...

Doch auf das Thema Ramses werde ich an geeigneter Stelle noch zu sprechen kommen.

Obwohl wir schon seit fünf Jahren in Kent wohnten, hatte ich meine Nachbarinnen noch nie zum Tee eingeladen. Keine von ihnen ist in der Lage, ein vernünftiges Gespräch zu führen. Sie können keine Kamares-Vase von einer prähistorischen Töpferei unterscheiden und wissen nicht, wer Sethos der Erste war. Zu diesem Anlaß jedoch war ich gezwungen, die gesellschaftlichen Formen zu wahren, was ich für gewöhnlich verabscheue. Emerson hatte ein Auge auf ein Hügelgrab geworfen, das sich auf Sir Harolds Besitz befand, und so war es nötig, daß wir – wie er es elegant ausdrückte – Sir Harold »Honig um den Bart« schmierten, ehe wir ihn um die Erlaubnis baten, Ausgrabungen durchzuführen.

Daß Sir Harold Honig brauchte, war Emersons eigene

Schuld. Ich teile die Ansicht meines Gatten, daß es idiotisch ist, Füchse zu jagen, und ich mache es ihm auch nicht zum Vorwurf, daß er den Fuchs höchstpersönlich vom Feld eskortierte, als dieser kurz davor stand, gefangen oder zur Strecke gebracht zu werden, oder wie man das sonst sagt. Allerdings mache ich Emerson den Vorwurf, daß er Sir Harold aus dem Sattel gezerrt und ihn mit seiner eigenen Reitpeitsche verprügelt hat. Ein paar nachdrückliche Worte und die Entfernung des Fuchses hätten den gleichen Zweck erfüllt. Die Prügel waren überflüssig.

Ursprünglich hatte Sir Harold gedroht, Emerson anzuzeigen. Aber dann bildete er sich ein, das sei unsportlich, und sah davon ab. (Offensichtlich ist das Verfolgen eines einzigen Fuchses durch eine Horde Reiter und eine Meute Hunde nicht mit diesem Stigma belastet.) Mit körperlicher Gewalt gegen Emerson vorzugehen verbot sich aufgrund von Emersons Körpergröße und seines (nicht unverdienten) Rufs, ein Raufbold zu sein. Also mußte Sir Harold sich damit zufriedengeben, Emerson mit Nichtachtung zu strafen, wenn sie sich zufällig begegneten. Emerson fiel es nie auf, daß er mit Nichtachtung gestraft wurde, und so verlief alles friedlich, bis mein Gatte den Einfall hatte, Sir Harolds Hügelgrab auszuheben.

Es war ein recht hübsches Hügelgrab, soweit man das von einem Hügelgrab behaupten kann – etwa dreißig Meter lang und neun breit. Diese Denkmäler dienten den alten Wikingerkriegern als Begräbnisstätten, und Emerson hoffte, Grabgaben eines Häuptlings oder sogar Hinweise auf barbarische Opferriten zu finden. Da ich ein überaus ehrlicher Mensch bin, gebe ich offen zu, daß es teilweise meine eigene Versessenheit, in diesem Grab herumzuwühlen, war, die mich dazu brachte, höflich zu Lady Harold zu sein. Allerdings machte ich mir auch Sorgen um Emerson.

Er langweilte sich. Oh, wie er versuchte, es zu verbergen! Wie ich bereits gesagt habe und immer sagen werde, hat Emerson seine Fehler, doch Ungerechtigkeit gehört nicht dazu. Er gab mir nicht die Schuld an der Tragödie, die sein Leben ruiniert hatte.

Als ich ihn kennenlernte, führte er gerade archäologische Ausgrabungen in Ägypten durch. Manchen phantasielosen Menschen mag diese Beschäftigung als nicht besonders angenehm erscheinen. Krankheiten, eine unglaubliche Hitze, unzureichende oder fehlende sanitäre Einrichtungen und riesige Mengen Sand trüben bis zu einem gewissen Grad die Freude, die Schätze versunkener Zivilisationen zu entdecken. Allerdings liebte Emerson dieses Leben, und mir ging es genauso, nachdem wir uns ehelich, beruflich und finanziell zusammengeschlossen hatten. Selbst nach der Geburt unseres Sohnes gelang es uns, eine lange Saison in Sakkara zu verbringen. In diesem Frühling kehrten wir mit der festen Absicht nach England zurück, im folgenden Herbst wieder hinzufahren. Doch dann ereilte uns das Unglück in Gestalt unseres Sohnes »Ramses« Walter Peabody Emerson.

Das Kind war kaum drei Monate alt, als wir es den Winter über bei meiner lieben Freundin Evelyn ließen, die Emersons jüngeren Bruder Walter geheiratet hatte. Von ihrem Großvater, dem aufbrausenden Herzog von Chalfont, hatte Evelyn Schloß Chalfont und eine Menge Geld geerbt. Ihr Gatte – einer der wenigen Männer, deren Gegenwart ich länger als eine Stunde ertrage – war ein angesehener Ägyptologe. Anders als Emerson, der Ausgrabungen vorzieht, ist Walter Philologe und hat sich auf die Entzifferung der verschiedenen antiken ägyptischen Sprachen spezialisiert. Er hatte sich mit seiner hübschen Frau in deren Familiensitz ein glückliches Heim geschaffen und verbrachte seine Tage mit der Lektüre unleserlicher, zerbröckelnder Texte. Abends spielte er mit seiner ständig wachsenden Kinderschar.

Evelyn, die ein sehr liebes Mädchen ist, erklärte sich bereit, Ramses für den Winter zu übernehmen. Die Natur hatte soeben verhindert, daß sie zum vierten Mal Mutter wurde, also war ein neues Baby ganz nach ihrem Geschmack. Mit drei Monaten war Ramses ein recht angenehmer Zeitgenosse. Er hatte einen dunklen Haarschopf, große blaue Augen und eine Nase, die sogar damals schon versprach, sich von einem kindlichen Stupsnäschen in ein Charakterprofil zu verwandeln. Er schlief viel. (Wie Emerson später sagte, schonte er nur seine Kräfte.)

Es fiel mir schwerer als erwartet, das Kind zurückzulassen, doch schließlich war es noch nicht lange genug auf der Welt, um einen großen Eindruck auf mich gemacht zu haben, und ich freute mich besonders auf die Ausgrabung in Sakkara. Die Saison verlief sehr erfolgreich, und ich gebe offen zu, daß mir mein verlassenes Kind nur selten in den Sinn kam. Als wir uns dann im folgenden Frühling auf die Rückkehr nach England vorbereiteten, freute ich mich trotzdem ziemlich darauf, Ramses wiederzusehen, und ich glaubte, daß es Emerson genauso ging: Wir fuhren von Dover aus direkt nach Schloß Chalfont, ohne in London Station zu machen.

Wie gut erinnere ich mich an diesen Tag! Der April in England ist die schönste Jahreszeit! Endlich einmal regnete es nicht. Das ehrwürdige alte Schloß, an dessen Mauern sich wie grüne Farbtupfer wilder Wein und Efeu emporrankten, thronte inmitten eines ausgezeichnet gepflegten Parks wie eine würdevolle Matrone, die gerade ein Sonnenbad nimmt. Als unsere Kutsche hielt, flogen die Türen auf, und Evelyn kam mit ausgebreiteten Armen herausgelaufen. Walter folgte ihr: Er drückte seinem Bruder die Hand und zerquetschte mich fast in seiner brüderlichen Umarmung. Nachdem wir uns begrüßt hatten, sagte Evelyn: »Aber ihr wollt bestimmt den kleinen Walter sehen.«

»Wenn es keine Umstände macht«, antwortete ich.

Evelyn nahm lachend meine Hand. »Amelia, mich kannst du nicht hinters Licht führen. Ich kenne dich zu gut. Du kannst es doch kaum noch erwarten, dein Baby zu sehen.«

Schloß Chalfont ist ein großes Gebäude. Obwohl es von Grund auf modernisiert worden ist, sind die Wände alt und zwei Meter dick. Geräusche dringen nicht so leicht durch, aber als wir den oberen Flur im Südflügel entlanggingen, hörte ich auf einmal einen merkwürdigen Laut, eine Art Brüllen. Auch wenn es sehr gedämpft klang, vermittelte es doch einen Grad von Wildheit, daß ich mir die Frage nicht verkneifen konnte: »Evelyn, hast du dir einen Zoo angeschafft?«

»So könnte man es auch nennen«, antwortete Evelyn, wobei sie vor Lachen kaum Luft bekam.

Als wir weitergingen, steigerte sich die Intensität des Geräusches. Vor einer geschlossenen Tür blieben wir stehen. Evelyn öffnete sie, und das Geräusch drang uns mit geballter Macht entgegen. Ich wich tatsächlich einen Schritt zurück und trat meinem Gatten, der dicht hinter mir stand, kräftig auf den Fuß.

Es handelte sich um ein Kinderzimmer, das liebevoll mit all dem Komfort ausgestattet war, den man für Geld kaufen kann. Durch die hohen Fenster flutete Licht ins Zimmer; ein helles Feuer, das mit einem Kamingitter und einem Wandschirm geschützt war, milderte die Kälte der alten Steinmauern. In diesem Raum waren sie mit Holz vertäfelt und mit hübschen Bildern und bunten Stoffen geschmückt. Der Boden war mit einem dicken Teppich bedeckt, auf dem verschiedene Spielzeuge herumlagen. Vor dem Kamin saß der Inbegriff eines freundlichen, alten Kindermädchens zufrieden in einem Schaukelstuhl, Kappe und Schürze schneeweiß, das rosige Gesicht entspannt, die Hände mit einer Strickarbeit beschäftigt. An den Wänden standen in verschiedenen Abwehrhaltungen drei Kinder. Obwohl sie erheblich gewachsen waren, erkannte ich sie als Nachwuchs von Evelyn und Walter. In der Mitte des Zimmers saß kerzengerade auf dem Boden ein Baby.

Seine Gesichtszüge waren nicht zu erkennen. Man sah nur eine riesige Mundhöhle, die von schwarzem Haar umrahmt wurde. Allerdings hatte ich, was die Identität des Kindes betraf, keine Zweifel.

»Da ist er«, überbrüllte Evelyn das Geheul dieses Vulkans in Kindergestalt. »Schaut nur, wie er gewachsen ist!«

Emerson schnappte nach Luft. »Was zum Teufel ist denn los mit ihm?«

Das Kind, das – wie, kann ich mir nicht vorstellen – eine neue Stimme vernommen hatte, hörte auf zu kreischen. Das Geräusch brach so abrupt ab, daß mir noch die Ohren klingelten.

»Nichts«, antwortete Evelyn. »Er kriegt gerade Zähne und ist manchmal ein wenig schlecht gelaunt.«

»Schlecht gelaunt?« wiederholte Emerson ungläubig.

Ich betrat, gefolgt von den anderen, das Zimmer. Das Kind starrte uns an. Es saß mit ausgestreckten Beinen auf seinem Hinterteil, und mir fiel sofort seine Körperform auf, die genaugenommen rechteckig war. Wie ich beobachtet hatte, neigten die meisten Babys zur Zartheit. Doch dieses hier hatte breite Schultern, eine gerade Wirbelsäule, keinen sichtbaren Hals und ein Gesicht, dessen kantige Züge nicht einmal der Babyspeck verbergen konnte. Seine Augen waren nicht hell, wie man es bei den meisten Kindern sieht, sondern dunkel wie zwei Saphire. Berechnend, fast wie ein Erwachsener, blickte es mich an.

Inzwischen hatte sich Emerson vorsichtig von links genähert, als hätte er einen knurrenden Hund vor sich. Als das Kind plötzlich den Blick in Emersons Richtung wandte, blieb er stehen. Ein dümmlicher Ausdruck trat in sein Gesicht. »Kleiner«, säuselte er. »Wawa, Papas kleiner Wawa. Komm zum lieben Papa.«

»Du meine Güte, Emerson!« rief ich aus.

Die durchdringenden Augen des Babys richteten sich auf mich. »Ich bin deine Mutter, Walter«, sagte ich langsam und deutlich. »Deine Mama. Aber das kannst du ja wahrscheinlich noch nicht sagen.«

Ohne Vorwarnung kippte das Kind nach vorne. Emerson stieß einen Angstschrei aus, doch seine Besorgnis war überflüssig. Geschickt landete der Kleine auf allen vieren und krabbelte in halsbrecherischer Geschwindigkeit geradewegs auf mich zu. Vor meinen Füßen kam er zum Stehen, kauerte sich auf die Fersen und streckte die Arme aus.

»Mama«, sagte das Kind. Sein breiter Mund öffnete sich zu einem Lächeln, das Grübchen auf beiden Wangen zum Vorschein brachte und drei kleine, weiße Zähne sehen ließ. »Mama. Auf. Auf, auf, auf, auf.«

Die Stimme steigerte sich, und das letzte »Auf« ließ die Fensterscheiben klirren. Also bückte ich mich hastig und packte das kleine Geschöpf. Es schlang die Arme um meinen Hals und drückte sein Gesicht an meine Schulter. »Mama«, sagte es mit gedämpfter Stimme.

Aus irgendeinem Grund, wahrscheinlich, weil die Umarmung des Kindes so heftig war, brachte ich einige Zeit kein Wort heraus.

»Er ist ein Goldstück«, meinte Evelyn so stolz, als ob es ihr Kind wäre. »Die meisten Kinder sprechen nicht, ehe sie ein Jahr alt sind, aber dieser junge Mann hat schon einen gehörigen Wortschatz. Ich habe ihm jeden Tag eure Photos gezeigt.«

Emerson stand da und sah mich mit einem eigenartig niedergeschlagenen Ausdruck an. Das Kind lockerte seinen Würgegriff und riß sich – angesichts meiner späteren Erfahrungen kann ich das nur als kaltblütige Berechnung bezeichnen – von mir los. Dann sprang es durch die Luft auf meinen Mann zu.

»Papa«, sagte der Kleine.

Emerson fing ihn auf. Einen Moment lang sahen sie einander mit einem tatsächlich identischen, dümmlichen Grinsen an. Dann warf Emerson das Baby in die Luft. Es kreischte entzückt, also warf er es wieder hoch. Evelyn tadelte ihn, als der Kopf des Kindes vor lauter väterlichem Übermut die Decke streifte. Ich sagte nichts. Mit einem seltsamen Gefühl der Vorahnung wußte ich, daß ein Krieg begonnen hatte – eine lebenslange Schlacht, in der ich von vorneherein zum Scheitern verurteilt war.

Emerson gab dem Baby seinen Spitznamen. Er sagte, es ähnele wegen seines kriegerischen Auftretens und seiner Neigung zur Herrschsucht sehr einem ägyptischen Pharao, und zwar dem zweiten Träger dieses Namens, der entlang des Nils riesenhafte Statuen von sich hatte aufstellen lassen. Ich mußte zugeben, daß eine gewisse Ähnlichkeit bestand. Ganz sicherlich hatte das Kind nichts mit seinem Namenspatron, Emersons Bruder, gemein, der ein sanftmütiger, stiller Mensch ist.

Obwohl Walter und Evelyn uns drängten, bei ihnen zu wohnen, beschlossen wir, uns für den Sommer ein eigenes Haus zu mieten. Ganz offensichtlich hatten die Kinder von Emersons jüngerem Bruder eine Heidenangst vor ihrem Vetter. Sie konnten dem aufbrausenden Temperament und den leidenschaftlichen Liebesbekundungen, die bei Ramses häufig vorkamen, nichts entgegensetzen. Wie wir feststellten, war er hochintelligent. Seine körperlichen Fähigkeiten entsprachen seinen geistigen. Mit acht Monaten konnte er in einem erstaunlichen Tempo krabbeln. Als er mit zehn Monaten beschloß, laufen zu lernen, war er in den ersten Tagen ein wenig unsicher auf den Beinen; und einmal hatte er Abschürfungen an der Nasenspitze, der Stirn und am Kinn, denn Ramses machte keine halben Sachen – er fiel hin, stand auf und fiel wieder. Allerdings lernte er es bald, und danach war er nicht mehr zu halten, außer wenn ihn jemand in den Arm nahm. Inzwischen sprach er schon recht flüssig, abgesehen von der ärgerlichen Neigung zu lispeln, was ich auf die außergewöhnliche Größe seiner Schneidezähne zurückführte, die er von seinem Vater geerbt hatte. Außerdem hatte er aus derselben Quelle eine Eigenschaft übernommen, die ich nur schwer beschreiben kann, da es in der Sprache kein Wort gibt, das drastisch genug ist, um ihr Rechnung zu tragen. »Sturheit« trifft die tatsächlichen Verhältnisse bei weitem nicht.

Von Anfang an war Emerson von dem kleinen Geschöpf hingerissen. Er nahm das Kind mit auf lange Spaziergänge, las ihm stundenlang vor, nicht nur aus Peter Rabbit und anderen Kinderbüchern, sondern aus Ausgrabungsberichten und der Geschichte des alten Ägypten, die er gerade verfaßte. Mit anzusehen, wie Ramses mit vierzehn Monaten über einem Satz wie »In der ägyptischen Theologie wirkten Fetischismus, Totemismus und Synkretismus ineinander« nachgrübelte, war gleichzeitig beängstigend und komisch. Gelegentlich nickte das Kind dabei nachdenklich.

Nach einiger Zeit hörte ich auf, Ramses im Geiste als Neutrum zu bezeichnen. Seine Männlichkeit war nur zu offensichtlich. Als der Sommer zu Ende ging, begab ich mich eines Tages zum Immobilienmakler und teilte ihm mit, wir würden das Haus für ein weiteres Jahr behalten. Kurz danach sagte mir Emerson, er habe eine Dozentenstelle an der Universität von London angenommen.

Es bestand nie die Notwendigkeit, das Thema zu erörtern. Wir konnten einem kleinen Kind nicht die Verhältnisse eines Ausgrabungslagers zumuten, und Emerson würde es nicht ertragen, sich von dem Jungen zu trennen. Und meine Gefühle? Die zählten nicht weiter. Diese Entscheidung stellte die einzig vernünftige Lösung dar, und ich bin immer vernünftig.

Also vegetierten wir vier Jahre später immer noch in Kent dahin. Wir hatten beschlossen, das Haus zu kaufen. Es war ein hübsches, altes Haus im gregorianischen Stil und von einem schön bepflanzten – abgesehen von den Stellen, wo die Hunde und Ramses ihre Ausgrabungen machten – Garten umgeben. Die Hunde an Schnelligkeit zu übertreffen fiel mir nicht weiter schwer, aber es war ein ständiger Wettlauf, die Blumen schneller einzupflanzen, als Ramses sie wieder ausbuddelte. Ich glaube, daß viele Kinder gerne im Matsch spielen, aber Ramses' Besessenheit von Löchern im Boden war unübertrefflich. An allem war nur Emerson schuld. Er verwechselte die Liebe zum Dreck mit einer knospenden archäologischen Begabung und ermutigte das Kind.

Emerson gab nie zu, daß ihm das alte Leben fehlte. Mit seinen Vorlesungen und Veröffentlichungen war er sehr erfolgreich, aber hie und da entdeckte ich einen wehmütigen Klang in seiner Stimme, wenn er aus der *Times* oder der *Illustrated London News* über neue Ausgrabungen im Nahen Osten las. So tief waren wir gesunken – wir lasen die *ILN* beim Tee und stritten uns mit unseren Nachbarn wegen Kleinigkeiten. Wir, die wir in einer Höhle in den ägyptischen Hügeln gelagert und die Hauptstadt eines Pharao rekonstruiert hatten!

An diesem schicksalsträchtigen Nachmittag, dessen Bedeutung ich erst viel später begreifen sollte, schmückte ich mich zum Opfergang. Ich trug mein bestes, graues Seidenkleid. Emerson verabscheute dieses Gewand, weil ich seiner

Ansicht darin aussah wie eine würdige, englische Matrone – eine der schlimmsten Beleidigungen, die er auf Lager hatte. Ich beschloß, daß Lady Harold das Kleid, wenn es Emerson mißfiel, wahrscheinlich für angemessen halten würde. Ich ließ sogar zu, daß Smythe, meine Zofe, etwas mit meinem Haar anstellte. Diese lächerliche Person bemühte sich immer, etwas an meiner äußeren Erscheinung zu verändern. Aber ich erlaubte ihr nie, mehr als das absolut Nötige zu tun, weil ich weder die Zeit noch die Geduld für ausgedehnte Schönheitsprozeduren hatte. Smythe ergriff die Gelegenheit beim Schopfe. Wenn ich keine Zeitung zum Lesen gehabt hätte, während sie an meinem Haar zerrte und Nadeln in meinen Kopf rammte, hätte ich vor Langeweile geschrien.

Schließlich schimpfte sie: »Mit allem Respekt, Madam, aber ich kann das nicht richtig machen, solange Sie mit dieser Zeitung herumwedeln. Hätten Sie etwas dagegen, sie wegzulegen?«

Ich hatte etwas dagegen. Doch es wurde spät, und der Artikel, den ich gelesen hatte – davon an gegebener Stelle mehr – ließ mir die Aussicht auf diesen Nachmittag noch gräßlicher erscheinen. Also legte ich die *Times* weg und ergab mich gehorsam Smythes Folterqualen.

Als sie fertig war, sahen wir beide mein Spiegelbild mit einem Ausdruck an, der unsere jeweiligen Gefühle deutlich machte – Smythe strahlte triumphierend, und auf meinem Gesicht lag die Niedergeschlagenheit eines Menschen, der gelernt hat, sich würdevoll ins Unvermeidliche zu fügen.

Mein Korsett war zu eng, und meine neuen Schuhe drückten. Also ging ich ächzend nach unten, um das Wohnzimmer zu inspizieren.

Der Raum war so sauber und ordentlich, daß es mich deprimierte. Die Zeitungen, Bücher und Zeitschriften, die gewöhnlich überall herumlagen, waren weggeräumt worden. Emersons prähistorische Töpfereien hatte man vom Kaminsims und von der Etagère entfernt. Anstelle von Ramses' Spielsachen stand nun ein glänzendes, silbernes Teeservice auf dem Teewagen. Zwar verströmte das helle Feuer im Kamin ein warmes Licht, aber gegen die Niedergeschlagenheit, die mich erfüllte, konnte es wenig ausrichten. Für gewöhnlich gestatte ich es mir nicht, über Dinge zu trauern, die sich nicht ändern lassen, doch ich erinnerte mich an Dezembertage unter dem wolkenlos blauen Himmel und der strahlenden Sonne Ägyptens.

Noch während ich bedrückt dastand, die Zerstörung unseres fröhlich-chaotischen Heims betrauerte und den Gedanken an schönere Zeiten nachging, hörte ich das Geräusch von Wagenrädern auf dem Kies der Auffahrt. Die erste Besucherin war eingetroffen. Also raffte ich mein Büßergewand und machte mich daran, sie willkommen zu heißen.

Die Teeparty zu schildern wäre überflüssig, denn es handelte sich nicht um ein Ereignis, an das ich mich gern erinnere. Und glücklicherweise führten spätere Vorkommnisse dazu, daß Lady Harolds Ansichten darüber an Bedeutung verloren. Sie ist nicht der dümmste Mensch, dem ich jemals begegnet bin; dieser Titel gebührt eher ihrem Gatten. Allerdings vereinen sich in ihr Böswilligkeit und Dummheit in einem Grade, wie er mir bis zu diesem Zeitpunkt noch nicht untergekommen war.

Bemerkungen wie: »Meine Liebe, was für ein hübsches Kleid! Ich weiß noch, wie gut mir diese Mode gefallen hat, als sie vor zwei Jahren auf den Markt kam«, waren an mich verschwendet, denn mit Beleidigungen kann man mich nicht erschüttern. Was mich jedoch erschütterte, und das mit bemerkenswerter Heftigkeit, war, daß Lady Harold diese Einladung zum Tee als Geste der Entschuldigung und Kapitulation verstand. Diese Einschätzung zeigte sich in jedem herablassenden Wort, das sie von sich gab, und in jedem Ausdruck, der über ihr aufgedunsenes, derbes und gewöhnliches Gesicht huschte.

Zu meiner Überraschung stelle ich fest, daß ich wieder wütend werde. Wie idiotisch und was für eine Zeitverschwendung! Also will ich nicht weiter darüber sprechen – obwohl ich zugeben muß, daß ich eine unwürdige Genugtuung empfand, als ich Lady Harolds unverhohlenen Neid angesichts des ordentlich aufgeräumten Zimmers, des ausgezeichneten Essens und des Geschicks bemerkte, mit dem Butler, Diener und Mädchen uns bedienten. Rose, mein Mädchen, ist immer sehr tüchtig, doch bei dieser Gelegenheit wuchs sie über sich selbst hinaus. Ihre Schürze war so gestärkt, daß sie auch von selbst stehengeblieben wäre, die Bänder ihrer Haube knisterten fast, wenn sie sich bewegte. Mir war zu Ohren gekommen, daß Lady Harold wegen ihres Geizes und ihrer spitzen Zunge Schwierigkeiten hatte, Dienstboten zu halten. Roses jüngere Schwester war einmal bei ihr in Stellung gewesen ... für kurze Zeit.

Abgesehen von diesem kleinen Triumph, der nicht mein Verdienst war, verlief das Beisammensein unbeschreiblich zäh. Die anderen Damen, die ich eingeladen hatte, um meine wahren Motive zu verschleiern, waren alle Anhängerinnen von Lady Harold; sie hatten nichts Besseres zu tun, als bei jeder ihrer dümmlichen Bemerkungen zu kichern und zu nikken. Eine Stunde verging quälend langsam. Es wurde klar, daß meine Mission zum Scheitern verurteilt war; Lady Harold tat nichts, um mir entgegenzukommen. Allmählich fragte ich mich, was wohl geschehen würde, wenn ich einfach aufstand und hinausging. Doch dann kam es zu einer Unterbrechung, die mir die Verlegenheit ersparte.

Ich hatte Ramses liebevoll dazu überredet, daß er sich an diesem Nachmittag ruhig verhielt und im Kinderzimmer blieb. Das war mir mittels Bestechung gelungen, denn ich hatte ihm versprochen, am nächsten Tag mit ihm den Süßwarenladen im Dorf aufzusuchen. Ramses konnte gewaltige Mengen Süßigkeiten verschlingen, ohne daß sein Appetit oder sein Verdauungsapparat im mindesten in Mitleidenschaft gezogen worden wären. Unglücklicherweise aber war seine Lust auf Süßes nicht so stark wie die darauf, Neues zu erfahren oder sich im Schlamm zu wälzen – je nachdem. Während ich zusah, wie Lady Harold das letzte glasierte Törtchen verschlang, hörte ich aus der Vorhalle unterdrückte Schreie. Darauf folgte ein Krachen – meine liebste Ming-Vase, wie ich später herausfand. Dann flogen die Türen des Wohnzimmers auf und eine tropfende, mit Schlamm bespritzte kleine Vogelscheuche flitzte herein.

Es reicht nicht zu sagen, daß die Füße des Kindes matschige Abdrücke hinterließen. Nein, ein ungehemmter Strom flüssigen Drecks zeichnete seinen Weg nach. Dieser ergoß sich von seinem Körper, seinen Kleidern und dem besser nicht zu erwähnenden Gegenstand, den er in der Luft schwenkte. Schliddernd kam er vor mir zum Stehen und legte den Gegenstand auf meinem Schoß ab. Der Gestank, der ihm entstieg, zeigte seine Herkunft nur allzu deutlich: Ramses hatte einmal wieder im Komposthaufen gewühlt. Eigentlich habe ich meinen Sohn sehr gerne. Auch wenn ich nicht die überschwengliche Bewunderung an den Tag lege, die für seinen Vater typisch ist, kann ich dennoch sagen, daß ich für den Jungen eine gewisse Zuneigung empfinde. Doch in diesem Augenblick hätte ich das kleine Ungeheuer am liebsten am Kragen genommen und solange geschüttelt, bis es blau anlief.

Da mich die Gegenwart der anderen Damen an diesem natürlichen mütterlichen Impuls hinderte, sagte ich nur ruhig: »Ramses, nimm den Knochen von Mamas gutem Kleid und bring' ihn zurück auf den Komposthaufen.«

Ramses neigte den Kopf zur Seite und musterte mit nachdenklich gerunzelter Stirn den Knochen. »Ich glaube«, sagte er, »daf ift ein Oberfenkelknochen. Ein Oberfenkelknochen von einem Rhinoferof.«

»In England gibt es keine Rhinozerosse«, belehrte ich ihn.

»Ein aufgeftorbenef Rhinoferof«, beharrte Ramses.

Ein eigenartiger Keuchlaut aus Richtung der Tür sorgte dafür, daß ich mich rechtzeitig umdrehte. Ich sah, wie Wilkins die Hände vor den Mund preßte und sich plötzlich abwandte. Wilkins ist ein sehr würdiger Mann und eine Perle von einem Butler, doch ein- oder zweimal hatte ich schon beobachten können, daß sich hinter seinem gesetzten Äußeren die zarte Andeutung eines Sinns für Humor verbirgt. Bei dieser Gelegenheit konnte ich nicht umhin, mich seinem Amüsement anzuschließen.

»Dieses Wort ist nicht unpassend«, sagte ich, während ich mir mit den Fingern die Nase zuhielt. Gleichzeitig fragte ich mich, wie ich den Jungen entfernen sollte, ohne mein Wohnzimmer noch mehr zu verunstalten. Einen Diener zu rufen, damit dieser ihn hinausbrachte, kam nicht in Frage; Ramses war ein sehr bewegliches Kind und durch die Schlammschicht glitschig wie ein Frosch. Beim Versuch, dem Verfolger zu entkommen, würde er überall Spuren hinterlassen: auf dem Teppich, den Möbeln, den Wänden, den Kleidern der Damen ...

»Ein wunderschöner Knochen«, sagte ich, wobei ich mir nicht einmal Mühe gab, der Versuchung zu widerstehen. »Du mußt ihn waschen, ehe du ihn Papa zeigst. Aber vielleicht möchte ihn Lady Harold zuerst sehen.«

Mit einer ausladenden Handbewegung wies ich auf die Dame.

Wenn sie nicht so dumm gewesen wäre, hätte sie sich vielleicht etwas ausgedacht, um Ramses abzulenken. Wenn sie nicht so dick gewesen wäre, hätte sie ihm vielleicht ausweichen können. Doch wie die Dinge lagen, konnte sie nichts tun, als sich aufzublasen, zu kreischen und zu stottern. Ihre Versuche, das widerliche Ding loszuwerden (und es war sehr widerlich, muß ich zugeben), waren vergeblich. Es verlor sich in einer Falte ihres gewaltigen Rocks.

Ramses war sehr entrüstet über die geringe Wertschätzung, die sein Schatz erfuhr.

»Du fmeift ihn runter und ferbrichft ihn!« rief er aus. »Gib ihn mir furück!«

Bei seinen Bemühungen, den Knochen zurückzuholen, zog er noch eine meterlange Spur über Lady Harolds riesigen Schoß. Dann drückte er ihn an seine kleine Brust und warf Lady Harold einen verachtungsvollen Blick zu, ehe er sich aus dem Zimmer trollte.

Über die nun folgenden Ereignisse breite ich den Mantel des Schweigens. Selbst jetzt bereitet mir die Erinnerung ein unwürdiges Vergnügen, und es gehört sich nicht, sich solchen Gedanken hinzugeben.

Ich stand am Fenster und sah zu, wie die Kutschen eilends durch den Regen davonfuhren. Leise summte ich vor mich hin, während Rose sich um das Teegeschirr und die Schlammspuren kümmerte, die Ramses hinterlassen hatte.

»Am besten bringen Sie frischen Tee, Rose«, sagte ich. »Professor Emerson kommt gleich nach Hause.«

»Ja, Madam. Ich hoffe, Madam, daß Sie mit allem zufrieden waren.«

»O ja. Ich könnte nicht zufriedener sein.«

»Ich freue mich, das zu hören, Madam.«

»Dessen bin ich mir sicher. Aber Rose, geben Sie Master Ramses keine Belohnung.«

»Auf keinen Fall, Madam.« Rose machte ein entsetztes Gesicht.

Eigentlich wollte ich mich noch umziehen, ehe Emerson zurückkehrte, aber an diesem Abend kam er früher. Wie immer hatte er einen Stapel von Büchern und Papieren bei sich, die er in einem wilden Haufen aufs Sofa warf. Dann wandte er sich zum Feuer und rieb die Hände kräftig aneinander.

»Ein abscheuliches Wetter«, knurrte er. »Ein scheußlicher Tag. Warum hast du dieses gräßliche Kleid an?«

Emerson hat nie gelernt, sich vor der Tür die Füße abzutreten. Ich betrachtete die Abdrücke, die seine Stiefel auf dem soeben gereinigten Boden hinterlassen hatten. Dann sah ich ihn an, und der Tadel, der mir schon auf der Zunge gelegen hatte, erstarb mir auf den Lippen.

In den Jahren seit unserer Eheschließung hatte er sich körperlich nicht verändert. Sein Haar war ebenso dicht, schwarz und zerzaust wie immer, seine Schultern ebenso breit und seine Haltung ebenso gerade. Als ich ihn kennenlernte, trug er einen Bart. Nun war er auf meine Bitte hin glattrasiert, was ein gehöriges Zugeständnis darstellte, denn Emerson verabscheut das Grübchen auf seinem markanten Kinn von ganzem Herzen. Mir gefällt dieser kleine Schönheitsfehler; er ist das einzig Spielerische an seiner sonst so schroffen Physiognomie.

An diesem Tag waren sein Aussehen, sein Verhalten und auch seine Art zu sprechen wie immer, aber es lag etwas in seinen Augen... Ich kannte diesen Blick. Also sagte ich nichts über seine schmutzigen Stiefel.

»Ich hatte heute nachmittag Lady Harold eingeladen«, sagte ich als Antwort auf seine Frage. »Deshalb das Kleid. Hattest du einen schönen Tag?«

»Nein.«

»Ich auch nicht.«

»Geschieht dir recht«, meinte mein Mann. »Ich habe dich doch gewarnt. Wo zum Teufel steckt Rose? Ich will meinen Tee.«

Pünktlich erschien Rose mit dem Teetablett. Ich dachte traurig über die tragische Veränderung nach, die mit Emerson vorgegangen war. Wie jeder ganz normale Engländer verlangte er ärgerlich nach seinem Tee und jammerte über das Wetter. Sobald sich die Tür hinter dem Mädchen geschlossen hatte, kam Emerson zu mir und nahm mich in die Arme.

Nach einiger Zeit hielt er mich von sich weg und sah mich fragend an. Er rümpfte die Nase.

Ich wollte ihm schon die Ursache des Gestanks erklären, als er mit leiser, belegter Stimme sagte: »Du siehst trotz des schrecklichen Kleides heute abend besonders aufregend aus, Peabody. Möchtest du dich nicht umziehen? Ich komme mit dir nach oben, und ...«

»Was ist denn los mit dir?« wollte ich wissen, doch er ... Ganz gleich, was er tat, aber auf jeden Fall hinderte es ihn am Sprechen und erschwerte es mir, mich zusammenhängend auszudrücken. »Ich fühle mich ganz und gar nicht aufregend, und ich stinke wie ein verschimmelter Knochen. Ramses hat wieder einmal Ausgrabungen im Komposthaufen veranstaltet.«

»Hmmm«, sagte Emerson. »Meine geliebte Peabody ...«

Peabody ist mein Mädchenname. Als Emerson und ich uns kennenlernten, verstanden wir uns überhaupt nicht. Er gewöhnte sich an, mich wie einen Mann beim Familiennamen anzusprechen – zum Zeichen seines Ärgers. Inzwischen bedeutete das etwas völlig anderes und erinnerte uns an jene ersten Tage unserer Verliebtheit.

Freudig gab ich mich seiner Umarmung hin. Aber ich war

trotzdem traurig, weil ich den Grund für seinen Überschwang kannte. Der Geruch von Ramses' Knochen hatte ihn an die Anfänge unserer romantischen Liebesgeschichte in den unhygienischen Gräbern von El Amarna erinnert.

Ich wollte schon in seine Bitte einwilligen, daß wir uns in unser Zimmer zurückzogen. Aber wir hatten zu lange gewartet. Der allabendliche Ablauf war unverrückbar festgesetzt. Man ließ uns immer einen angemessenen Zeitraum, um allein zu sein, nachdem Emerson nach Hause zurückkehrte. Dann durfte Ramses hereinkommen, seinen Vater begrüßen und mit uns Tee trinken. An jenem Abend brannte der Junge darauf, den Knochen vorzuzeigen, und deswegen kam er vielleicht früher als sonst. Jedenfalls kam es mir zu früh vor, und selbst Emerson, der den Arm immer noch um meine Taille liegen hatte, begrüßte den Jungen nicht mit der üblichen Begeisterung.

Emerson nahm seinen Sohn samt Knochen auf den Schoß, und ich setzte mich auf das Sofa. Nachdem ich eine Tasse Tee für meinen Gatten eingeschenkt und meinem Sohn eine Handvoll Kekse verabreicht hatte, griff ich nach der Zeitung. Währenddessen stritten sich Emerson und Ramses über den Knochen. Es war ein Oberschenkelknochen – in diesen Dingen bewies Ramses eine fast unheimliche Zielsicherheit –, doch Emerson behauptete, er habe einst einem Pferd gehört. Ramses war da anderer Ansicht. Da ein Rhinozeros nicht in Frage kam, schwankte er zwischen einem Drachen und einer Giraffe.

Die Fortsetzung des Berichts, nach dem ich in der Zeitung suchte, stand nicht – wie die vorangegangenen Folgen – auf der ersten Seite. Ich glaube, am besten erzähle ich, was ich damals von dem Fall wußte, so als würde ich einen Roman beginnen; ich selbst hätte die Geschichte – wäre sie nicht auf den ehrwürdigen Seiten der *Times* erschienen – für eines der genialen Phantasiegebilde aus der Feder von Herrn Ebers oder Mr. Rider Haggard gehalten, nach deren Romanen ich eingestandenermaßen süchtig war. Üben Sie sich deshalb in Geduld, werter Leser, wenn wir mit einer nüchternen Wiedergabe von Tatsachen beginnen, und ich verspreche Ihnen, daß Sie zum angemessenen Zeitpunkt zu Ihrem Nervenkitzel kommen werden.

Sir Henry Baskerville (von den Norfolk-Baskervilles, nicht dem Devonshire-Zweig der Familie) hatte nach einer schweren Krankheit von seinem Arzt den Rat erhalten, einen Winter im gesundheitsfördernden Klima Ägyptens zu verbringen. Weder der ausgezeichnete Mediziner noch sein wohlhabender Patient hätten voraussehen können, welche weitreichenden Konsequenzen dieser Rat haben würde; denn als Sir Henry den ersten Blick auf die majestätischen Züge der Sphinx warf, erwachte in seiner Brust ein leidenschaftliches Interesse an ägyptischen Antiquitäten, das für den Rest seines Lebens sein Handeln bestimmen sollte.

Nach Ausgrabungen in Abydos und Denderah erhielt Sir Henry endlich die Genehmigung, an der wohl romantischsten Fundstätte in ganz Ägypten – dem Tal der Könige in Theben – Ausgrabungen vorzunehmen. Hier wurden die Gottkönige der Pharaonenzeit mit dem, ihrem hohen Stand angemessenen, Prunk und Pomp zur letzten Ruhe gebettet. Ihre Mumien lagen in goldenen Särgen und waren mit juwelenbesetzten Amuletten geschmückt. In ihren geheimen Gräbern, die tief in den Stein der Hügel von Theben gehauen waren, hofften sie dem schrecklichen Schicksal ihrer Vorfahren zu entgehen. Denn zur Zeit des ägyptischen Neuen Reiches waren die Pyramiden früherer Herrscher bereits aufgebrochen und ausgeraubt worden. Die königlichen Mumien wurden zerstört, ihre Schätze in alle Welt verstreut. So viel zur menschlichen Eitelkeit! Die mächtigen Pharaonen späterer Epochen waren nicht mehr gefeit gegen die Plünderung durch Grabräuber als ihre Vorfahren. Jedes Königsgrab, das im Tal der Könige gefunden wurde, war entweiht worden. Schätze, Juwelen und Mumien waren verschwunden. Bis zu jenem erstaunlichen Tag im Juli 1881 hatte man angenommen, daß die damaligen Grabräuber zerstört hatten, was sie nicht stehlen konnten. Doch dann führte eine moderne Räuberbande Emil Brugsch vom Museum in Kairo zu einem entfernten Tal in den Bergen von Theben. Die Diebe, Männer aus dem Dorf Gurneh, hatten entdeckt, was den Archäologen so lange entgangen war: die letzte Ruhestätte von Ägyptens mächtigsten Königen, Königinnen und deren Kindern, die in den Tagen des Niedergangs der Nation von treuen Priestern versteckt worden waren.

Doch es waren nicht alle Könige des Neuen Reiches im Versteck der Diebe gefunden worden, und man hatte noch nicht jedes Grab identifizieren können. Lord Baskerville glaubte, daß sich in den kahlen Felsen des Tals weitere Königsgräber verbargen – vielleicht sogar ein Grab, das niemals geplündert worden war. Eine Enttäuschung folgte auf die andere, doch er gab seine Suche nicht auf. Fest entschlossen, ihr sein Leben zu widmen, baute er sich ein Haus am westlichen Ufer, das teils als Winterquartier und teils als Unterkunft für seine Archäologen diente. An diesen wunderschönen Ort brachte er auch seine Braut, eine hübsche Frau, die seine Pflegerin gewesen war, als er sich bei seiner Rückkehr ins feuchte englische Frühlingsklima eine Lungenentzündung zugezogen hatte.

Über die Geschichte dieser romantischen Verlobung und Hochzeit, die an das Märchen vom Aschenputtel erinnerte – denn die neue Lady Baskerville war eine junge Frau ohne Vermögen und aus einfachen Verhältnissen –, war damals in allen Zeitungen berichtet worden. Die Sache ereignete sich, bevor ich anfing, mich für Ägypten zu interessieren, doch ich hatte selbstverständlich von Sir Henry gehört. Jeder Ägyptologe kannte seinen Namen. Emerson hatte nicht viel Gutes über ihn zu sagen, doch Emerson mäkelte an allen anderen Archäologen herum, ganz gleich, ob sie diese Tätigkeit von Berufs wegen oder als Steckenpferd ausübten. Als er Sir Henry vorwarf, dieser sei nur ein Amateur, tat er dem Gentleman furchtbar unrecht, denn der Lord versuchte nie, die Ausgrabungen selbst zu leiten, sondern stellte dafür immer einen ausgebildeten Archäologen an.

Im September dieses Jahres war Sir Henry wie immer nach Luxor gereist. Er wurde von Lady Baskerville und Mr. Alan Armadale, dem verantwortlichen Archäologen, begleitet. In dieser Saison wollten sie die Arbeiten in einem Gebiet im Zentrum des Tals neben den Gräbern von Ramses II. und Merenptah beginnen, das von Lepsius im Jahre 1844 entdeckt worden war. Sir Henry war der Ansicht, daß die Schutthaufen, die diese Expedition zurückgelassen hatte, vielleicht die geheimen Eingänge zu anderen Gräbern versperrten. Also beabsichtigte er, den Boden bis zum Fels hinab freizulegen, um sicherzugehen, daß auch nichts übersehen worden war. Und tatsächlich trafen die Männer schon nach knapp drei Tagen Arbeit mit dem Spaten auf die erste Stufe einer Treppe, die in den Stein gehauen war.

(Gähnen Sie schon, werter Leser? Wenn ja, liegt das wahrscheinlich daran, daß Sie nichts von Archäologie verstehen. In den Stein gehauene Stufen im Tal der Könige können nur eins bedeuten – den Eingang zu einem Grab.)

Die Treppe führte in steilem Winkel in den Felsen und war völlig mit Steinen und Schotter zugeschüttet worden. Am folgenden Nachmittag hatten die Männer sie freigelegt und entdeckten den oberen Teil eines Türstocks, der mit schweren

Steinplatten blockiert war. In den Mörtel waren die noch unverletzten Siegel der königlichen Totenstadt eingeprägt. Beachten Sie dieses Wort, werter Leser – ein ganz einfaches Wort, das doch von so großer Tragweite ist. Unverletzte Siegel bedeuten, daß das Grab seit dem Tag, an dem es die Priester des Begräbniskults feierlich geschlossen hatten, nicht geöffnet worden war.

Wie alle seine Freunde belegen konnten, war Sir Henry selbst für einen englischen Adeligen ein Mann von besonders phlegmatischem Temperament. Als einziges Zeichen der Erregung murmelte er nur: »potz Blitz«, und dabei strich er sich über den dünnen Bart. Die anderen waren nicht so unterkühlt. Bald erfuhr die Presse von dem Fund, und es wurden Berichte darüber veröffentlicht.

Sir Henry informierte die Antikenverwaltung von seinem Fund; als er zum zweitenmal die staubigen Stufen hinunterstieg, wurde er von einer illustren Schar von Archäologen und Beamten begleitet. Hastig hatte man einen Zaun errichtet, um die Schaulustigen, Journalisten und Einheimischen abzuhalten, von denen letztere malerisch in lange, flatternde Gewänder und weiße Turbane gekleidet waren. Ein Gesicht fiel besonders auf – das von Mohammed Abd er Rasul, einem der Entdecker des Verstecks der königlichen Mumien, der seinen Fund (und den seines Bruders) an die Behörden verraten hatte. Zur Belohnung hatte er einen Posten bei der Antikenverwaltung bekommen. Augenzeugen berichteten von dem abgrundtiefen Bedauern auf seinem Gesicht und den niedergeschlagenen Blicken der anderen Mitglieder seiner Familie. Die Ausländer hatten ihnen einen Fund unter der Nase weggeschnappt und sie so einer zukünftigen Einnahmequelle beraubt.

Obwohl Sir Henry sich von der Krankheit erholt hatte, die der ursprüngliche Grund für seine Ägyptenreise gewesen war, und sich (wie sein Arzt später berichten sollte) ausgezeichneter Gesundheit erfreute, war er nicht von beeindrukkendem Äußeren. Eine Photographie, die an diesem ereignisreichen Tag aufgenommen wurde, zeigt ihn als hochgewachsenen Mann mit gebeugten Schultern, dessen Haar ihm irgendwie vom Kopf gerutscht und etwas willkürlich an Kinn und Wangen hängengeblieben zu sein schien. Der Lord verfügte nicht über das geringste handwerkliche Geschick, und wer ihn besser kannte, trat unauffällig zurück, als er einen Meißel an der steinernen Barrikade ansetzte und mit dem Hammer ausholte. Der britische Konsul kannte ihn nicht. Der erste Gesteinssplitter traf den unglücklichen Herrn mitten auf die Nase. Entschuldigungen und Erste-Hilfe-Maßnahmen folgten. Dann schickte sich Sir Henry – diesmal inmitten eines großen, entvölkerten Platzes – an, noch einmal zuzuschlagen. Kaum hatte er den Hammer erhoben, als aus der Menge der zusehenden Ägypter ein langgezogenes, klagendes Heulen aufstieg.

Die Bedeutung des Schreis wurde von allen verstanden, die ihn gehört hatten: So betrauern die Anhänger Mohammeds ihre Toten.

Eine Pause entstand. Dann erhob sich wieder die Stimme. Sie rief (selbstverständlich in Übersetzung): »Schändung! Schändung! Der Fluch der Götter soll auf den fallen, der die ewige Ruhe des Königs stört!«

Erschreckt von dieser Drohung, verfehlte Sir Henry den Meißel und schlug sich auf den Daumen. Ein solches Mißgeschick trägt nicht eben dazu bei, die Laune zu heben, und man kann Sir Henry nachsehen, daß er die Geduld verlor. Mit ärgerlicher Stimme befahl er Armadale, der hinter ihm stand, den Unglücksboten zu ergreifen und ihm eine ordentliche Tracht Prügel zu verabreichen. Armadale war zwar willig, doch als er sich der Menge näherte, verstummte der Prophet klugerweise und war deshalb nicht mehr auszumachen, denn seine Freunde leugneten alle, etwas über seine Identität zu wissen.

Es war ein unwichtiges Ereignis, das alle – abgesehen von Sir Henry, dessen Daumen ziemlich beschädigt war – rasch vergaßen. Wenigstens gab ihm die Verletzung einen Vorwand, die Werkzeuge an jemanden zu übergeben, der sie erfolgversprechender einsetzen konnte. Mr. Alan Armadale, ein junger, kräftiger Mann, griff sich die Gerätschaften. Mit einigen geschickten Schlägen hatte er eine Öffnung gebrochen, die groß genug war, daß Tageslicht hineindringen konnte. Dann trat Armadale respektvoll zurück, um seinem Gönner die Ehre des ersten Blicks zu überlassen.

Für Sir Henry war es ein Tag voller Mißgeschicke. Er griff nach einer Kerze und fuhr aufgeregt mit dem Arm durch das klaffende Loch. Aber seine Faust traf mit solcher Wucht auf eine harte Oberfläche, daß er die Kerze fallen ließ und die Hand zurückzog, die erhebliche Abschürfungen davongetragen hatte.

Weitere Untersuchungen ergaben, daß der Raum hinter der Tür mit Gesteinsbrocken zugeschüttet worden war. Das war nicht überraschend, da die Ägypter häufig zu dieser Methode griffen, um Grabräuber abzuschrecken. Die Zuschauer zerstreuten sich enttäuscht und ließen Sir Henry mit der Aufgabe zurück, seine geschundenen Fingerknöchel zu verarzten und über eine langwierige und ermüdende Arbeit nachzudenken. Wenn dieses Grab nach den gleichen Plänen angelegt war wie die bereits bekannten, würde man einen Gang von unbestimmter Länge freiräumen müssen, ehe man die Grabkammer erreichte. In manchen dieser Gräber war der Gang mehr als dreißig Meter lang.

Trotzdem ließ die Tatsache, daß der Gang versperrt war, den Fund noch vielversprechender erscheinen. Die *Times* widmete dem Bericht eine volle Spalte auf Seite drei. Allerdings machte die nächste Meldung aus Luxor Schlagzeilen auf der Titelseite.

Sir Henry Baskerville war tot. Er hatte sich (abgesehen von seinem Daumen und seinen Fingerknöcheln) in bester Gesundheit schlafen gelegt. Am nächsten Morgen hatte man ihn stocksteif im Bett gefunden. Auf seinem Gesicht lag ein Ausdruck grauenhafter Todesangst, und auf seiner hohen Stirn war mit einer Substanz, die zuerst wie getrocknetes Blut aussah, mit ungeschickter Hand eine Kobra aufgemalt, das Symbol des göttlichen Pharaos.

Das »Blut« entpuppte sich als rote Farbe. Aber trotzdem erregte diese Nachricht großes Aufsehen, das sich noch steigerte, als eine medizinische Untersuchung die Ursache für Sir Henrys Tod nicht ermitteln konnte.

Fälle, in denen scheinbar gesunde Menschen dem plötzlichen Versagen lebenswichtiger Organe erliegen, sind nicht unbekannt. Und anders als in Kriminalromanen sind sie nicht immer auf die Verabreichung geheimnisvoller Gifte zurückzuführen. Wenn Sir Henry in seinem Bett in Baskerville Hall gestorben wäre, hätten die Ärzte ihre Bärte gezwirbelt und ihr Unwissen hinter bedeutungslosem medizinischem Fachchinesisch verborgen. Selbst unter diesen Umständen wäre die Geschichte (ebenso wie angeblich auch Sir Henry) eines natürlichen Todes gestorben, wenn sich nicht ein umtriebiger Reporter einer der weniger angesehenen Zeitungen an den Fluch des unbekannten Pharaos erinnert hätte. Der Artikel in der *Times* entsprach dem, was man von einer niveauvollen Zeitung erwartet, doch die anderen Blätter waren weniger zurückhaltend. In ihren Spalten wimmelte es von Anspielungen auf Rachegeister, geheimnisvolle alte Flüche und heidnische Riten. Doch sogar diese Sensation verblaßte, als sich zwei Tage später herausstellte, daß Mr. Alan

Armadale, Sir Henrys Assistent, verschwunden war – vom Erdboden verschluckt, wie der *Daily Yell* es ausdrückte.

Inzwischen riß ich Emerson jeden Abend, wenn er nach Hause kam, die Zeitung aus der Hand. Selbstverständlich glaubte ich nicht eine Minute lang an die absurden Geschichten über Flüche und Unheil aus übernatürlicher Quelle. Und als bekannt wurde, daß der junge Armadale verschwunden war, meinte ich, die Lösung des Rätsels gefunden zu haben.

»Armadale ist der Mörder!« rief ich Emerson zu, der gerade auf allen vieren mit Ramses »Pferdchen, lauf Galopp!« spielte.

Emerson stöhnte auf, als sich die Fersen seines Sohnes in seine Rippen bohrten. Nachdem er wieder Atem geschöpft hatte, meinte er ärgerlich: »Warum redest du so selbstverständlich von Mord? Es hat nie einen Mord gegeben. Baskerville ist an einem Herzanfall oder etwas Ähnlichem gestorben; er war schon immer recht schwächlich. Und Armadale spült seine Sorgen wahrscheinlich in irgendeinem Wirtshaus herunter. Er hat seine Stellung verloren und wird so spät im Jahr wahrscheinlich keinen neuen Auftraggeber finden.«

Auf diese lächerliche Äußerung gab ich keine Antwort. Die Zeit, so wußte ich, würde mir recht geben, und bis dahin sah ich keinen Sinn darin, meine Kraft an Streitereien mit Emerson zu verschwenden, der der starrsinnigste Mann ist, den ich kenne.

In der folgenden Woche erlitt einer der Herren, die bei der offiziellen Öffnung des Grabes dabei gewesen waren, einen schweren Fieberanfall, und ein Arbeiter in Karnak fiel von einem Pylon und brach sich das Genick. »Der Fluch ist immer noch wirksam«, verkündete der *Daily Yell.* »Wer wird der nächste sein?«

Nach dem Dahinscheiden des Mannes, der vom Pylon

gefallen war (wo er ein Ornament abmeißeln wollte, um es an einen der illegalen Antiquitätenhändler zu verkaufen), weigerten sich seine Kollegen, sich dem Grab zu nähern. Nach Sir Henrys Tod waren die Arbeiten zum Stillstand gekommen, und inzwischen bestand anscheinend keine Aussicht, sie wieder aufzunehmen.

Das war der Stand der Dinge am Nachmittag meiner verhängnisvollen Teeparty. In den letzten Tagen war es ruhig um den Fall Baskerville geworden, obwohl sich der *Daily Yell* die größte Mühe gab, die Geschichte am Leben zu erhalten, indem er jeden Niednagel und jeden angeschlagenen Zeh auf den Fluch zurückführte. Vom unglücklichen (oder schuldigen) Armadale gab es keine Spur. Sir Henry hatte man neben seine Vorfahren zur letzten Ruhe gebettet; und das Grab blieb verschlossen und verriegelt.

Ich muß zugeben, daß ich mir vor allem um das Grab Gedanken machte. Schlösser und Riegel waren zwar schön und gut, aber sie würden beide den Meisterdieben aus Gurneh nicht lange standhalten können. Die Entdeckung des Grabes hatte dem Berufsethos dieser Herren, die sich bei der Entdeckung der Gräber ihrer Ahnen mehr zutrauten als den ausländischen Archäologen, einen schweren Schlag versetzt. Im Laufe der Jahrhunderte hatten sie sich als wirklich außergewöhnlich geschickt in ihrem zweifelhaften Handwerk erwiesen. Ob der Grund dafür in der Übung oder im Erbgut liegt, vermag ich nicht zu sagen. Doch nun, da das Grab entdeckt worden war, würden sie sich bald an die Arbeit machen.

Also schlug ich, während Emerson mit Ramses zoologische Streitgespräche führte und Graupelschauer gegen die Fenster prasselten, die Zeitung auf. Seit der Fall Baskerville seinen Anfang genommen hatte, kaufte Emerson außer der *Times* auch noch den *Yell*, wobei er bemerkte, daß der Kontrast der beiden journalistischen Stilrichtungen eine faszinierende Studie der menschlichen Natur darstelle. Doch das war nur eine Ausrede. Der *Yell* war viel unterhaltsamer zu lesen. Deshalb wandte ich mich sofort dieser Zeitung zu und stellte anhand gewisser Knitterfalten fest, daß ich nicht die erste war, die sich diesen ganz bestimmten Artikel zu Gemüte führte. Er trug den Titel: »Lady Baskerville schwört, daß die Arbeiten weitergehen werden.«

Der Journalist – »Unser Korrespondent in Luxor« – schrieb mit bemerkenswertem Einfühlungsvermögen und vielen Adjektiven über die »zarten Lippen« der Dame, die »sich wie Amors Bogen schwingen und beim Sprechen gefühlvoll zittern« und ihr »rosiges Gesicht, auf dem die enge Bekanntschaft mit dem Leid ihre Spuren hinterlassen hat«.

»Pah«, sagte ich, nachdem ich einige Absätze gelesen hatte. »Was für ein Unsinn. Emerson, ich muß sagen, daß diese Lady Baskerville wie eine vollkommene Idiotin klingt. Hör dir das mal an: ›Ich kann mir kein passenderes Denkmal für meinen verlorenen Liebsten denken als die Fortführung der großen Sache, für die er sein Leben gegeben hat.‹ Verlorener Liebster, Ha!«

Emerson gab keine Antwort. Er kauerte mit Ramses zwischen den Knien auf dem Boden, blätterte in einem riesigen, bebilderten Zoologiebuch und versuchte den Jungen davon zu überzeugen, daß sein Knochen nicht von einem Zebra stammen konnte. Denn Ramses hatte sich von Giraffen auf ein etwas weniger exotisches Tier verlegt. Leider besteht zwischen einem Zebra und einem Pferd kein großer Unterschied, und die Abbildung, die Emerson fand, wies eine große Ähnlichkeit mit Ramses' Knochen auf. Das Kind stieß ein schadenfrohes Kichern aus und bemerkte: »Ich hatte recht, fiehft du? Ef ift ein Febra.«

»Iß noch einen Keks«, meinte sein Vater.

»Armadale wird immer noch vermißt«, fuhr ich fort. »Ich sagte doch, er ist der Mörder.«

»Pah«, entgegnete Emerson. »Irgendwann taucht er schon wieder auf. Es hat kein Mord stattgefunden.«

»Du glaubst doch nicht etwa, daß er sich schon seit zwei Wochen betrinkt?« widersprach ich.

»Ich kannte Männer, die sich über viel längere Zeiträume hinweg betrunken haben«, sagte Emerson.

»Wenn Armadale etwas zugestoßen ist, hätte man ihn oder seine sterblichen Überreste inzwischen gefunden. Die Umgebung von Theben ist durchgekämmt worden...«

»Es ist unmöglich, die Berge im Westen gründlich abzusuchen«, fuhr Emerson mich an. »Du weißt, wie es dort aussieht – schartige Felsvorsprünge, die von Hunderten von Flußbetten und Schluchten durchschnitten werden.«

»Dann glaubst du, daß er irgendwo da draußen ist?«

»Ja. Sicherlich wäre es ein tragischer Zufall, wenn ihm so kurz nach Sir Henrys Tod etwas zugestoßen sein sollte, die Zeitungen würden bestimmt ein neues Geheul anstimmen und etwas über Flüche faseln. Aber solche Zufälle passieren eben, besonders wenn ein Mann verwirrt...«

»Wahrscheinlich ist er inzwischen in Algerien«, sagte ich.

»Algerien! Warum dort, um Himmels willen?«

»Die Fremdenlegion. Es heißt, dort wimmelt es von Mördern und anderen Verbrechern, die versuchen, sich dem Gesetz zu entziehen.«

Emerson stand auf. Erfreut stellte ich fest, daß der melancholische Blick aus seinen Augen verschwunden war. Nun blitzten sie zornig. Außerdem bemerkte ich, daß er in den vier Jahren relativer Untätigkeit nichts von seiner Körperkraft und Energie verloren hatte. Um mit dem Jungen zu spielen, hatte er die Jacke und den gestärkten Kragen abgelegt, und wie er so zerzaust vor mir stand, erinnerte er mich unwiderstehlich an das ungepflegte Wesen, das damals mein Herz erobert hatte. Ich beschloß, daß wir noch Zeit hatten, ehe wir uns zum Essen umziehen mußten, wenn wir sofort nach oben gingen ...

»Es ist Zeit zum Schlafengehen, Ramses; das Kinderfräulein wartet schon«, sagte ich. »Du kannst ein Törtchen mitnehmen.«

Ramses bedachte mich mit einem langen, nachdenklichen Blick. Dann wandte er sich seinem Vater zu, der sehnsüchtig sagte: »Geh nur, mein Junge. Papa liest dir noch ein Kapitel aus seiner Geschichte Ägyptens vor, wenn du zugedeckt im Bettchen liegst.«

»In Ordnung«, meinte Ramses. Er nickte mir auf eine Art zu, die mich an die königliche Herablassung seines Namenspatrons erinnerte. »Kommft du Gutenacht fagen, Mama?«

»Das tue ich doch immer«, antwortete ich.

Nachdem er das Zimmer verlassen hatte, wobei er nicht nur das Törtchen, sondern auch das Zoologiebuch mitnahm, fing Emerson an, im Zimmer auf und ab zu laufen.

»Ich nehme an, du möchtest noch eine Tasse Tee«, sagte ich.

Was ich in Wirklichkeit annahm, war, daß er den Tee ablehnen würde, weil ich ihn vorgeschlagen hatte. Wie alle Männer ist Emerson sehr empfänglich für die simplen Formen der Manipulation. Doch statt dessen sagte er brummig: »Ich will einen Whiskey Soda.«

Emerson trinkt selten. Ich versuchte, meine Besorgnis zu verbergen. »Ist etwas nicht in Ordnung?« fragte ich.

»Nicht etwas. Alles. Du weißt es, Amelia.«

»Waren deine Studenten heute besonders schwer von Begriff?«

»Überhaupt nicht. Es wäre unmöglich für sie, noch vernagelter zu sein als sonst. Wahrscheinlich sind es die Zeitungsberichte über Luxor, die mich unruhig machen.«

»Ich verstehe.«

»Selbstverständlich verstehst du. Dir geht es doch genauso – du leidest sogar mehr als ich, denn ich kann mich wenigstens noch am Rande des Berufes bewegen, den wir beide lieben. Ich fühle mich wie ein Kind, das die Nase am Schaufenster eines Spielwarengeschäfts plattdrückt, aber du darfst nicht einmal am Laden vorbeigehen.«

Dieser Gefühlsausbruch war so pathetisch und unterschied sich derart von Emersons gewöhnlicher Art zu sprechen, daß ich mich nur mit Mühe zurückhalten konnte, ihn zu umarmen. Aber er wollte kein Mitleid. Er wollte eine Erlösung von seiner Langeweile, und die konnte ich ihm nicht bieten. Mit einiger Verbitterung sagte ich: »Und mir ist es nicht gelungen, dir wenigstens einen kleinen Ersatz für deine geliebten Ausgrabungen zu schaffen. Nach dem heutigen Tage wird Lady Harold uns mit der größten Genugtuung jede Bitte abschlagen. Es ist mein Fehler; ich habe die Geduld verloren.«

»Unsinn, Peabody«, knurrte Emerson. »Es ist unmöglich, jemanden, der so unbeschreiblich dumm ist wie diese Frau und ihr Ehemann, zu beeindrucken. Ich habe dir gesagt, du sollst es lassen.«

Diese anrührenden und großherzigen Worte ließen mir die Tränen in die Augen treten. Emerson, der meine Aufgewühltheit bemerkte, fügte hinzu: »Am besten suchen wir gemeinsam Trost im Alkohol. Im allgemeinen bin ich nicht dafür, meine Sorgen zu ertränken, doch der heutige Tag war für uns beide eine schwere Prüfung.«

Als ich das Glas entgegennahm, das er mir hinhielt, fiel mir ein, wie sehr dieser weitere Beweis meiner unweiblichen Gewohnheiten Lady Harold wohl schockiert hätte. Aber es ist nun einmal Tatsache, daß ich Sherry verabscheue und Whiskey Soda gerne trinke.

Emerson hob sein Glas. Seine Mundwinkel verzogen sich zu einem zynischen Lächeln. »Prost, Peabody. Wir werden es überstehen, wie wir auch andere Schwierigkeiten überstanden haben.«

»Ganz sicher. Prost, mein lieber Emerson.«

Feierlich, fast wie bei einer Zeremonie, nahmen wir einen Schluck.

»Noch ein oder zwei Jahre«, sagte ich. »Dann können wir vielleicht daran denken, Ramses mitzunehmen. Er ist erschreckend gesund. Manchmal habe ich das Gefühl, es wäre fast unlauterer Wettbewerb, unseren Sohn gegen die Flöhe und Moskitos Ägyptens antreten zu lassen.«

Doch dieser Versuch, die Dinge mit Humor zu nehmen, brachte mir kein Lächeln meines Mannes ein. Er schüttelte den Kopf. »Wir dürfen es nicht riskieren.«

»Nun, aber der Junge muß irgendwann in die Schule.«

»Ich sehe nicht ein, warum. Von uns bekommt er mehr Bildung, als er sich von diesen fegefeuerähnlichen Pesthöhlen, die sich höhere Bildungsanstalten schimpfen, nur erhoffen könnte. Du weißt, was ich von solchen Einrichtungen halte.«

»Aber es muß doch in diesem Land auch ein paar anständige Schulen geben.«

»Pah!« Emerson trank den Rest seines Whiskeys. »Genug von diesem deprimierenden Thema. Was hältst du davon, wenn wir nach oben gehen und ...«

Er streckte die Hand nach mir aus. Ich wollte sie schon ergreifen, als die Tür aufging und Wilkins erschien. Wenn man Emerson in einer romantischen Stimmung stört, reagiert er sehr ungehalten. Er drehte sich zu unserem Butler um und brüllte: »Verdammt, Wilkins, wie können Sie es wagen, einfach so hereinzuplatzen? Was ist denn?«

Keiner unserer Dienstboten läßt sich von Emerson einschüchtern. Diejenigen, die sein Gebrüll und seine Tobsuchtsanfälle in den ersten Wochen überstehen, lernen, daß er eigentlich ein sehr gutmütiger Mann ist. »Verzeihen Sie, Sir«, antwortete Wilkins ruhig. »Aber eine Dame möchte Sie und Mrs. Emerson sprechen.«

»Eine Dame?« Wie immer, wenn er verblüfft ist, befingerte Emerson das Grübchen an seinem Kinn. »Wer zum Teufel kann das sein?«

Ein verrückter Gedanke huschte mir durch den Kopf. War Lady Harold zurückgekehrt, um Rache zu nehmen? Stand sie etwa mit einem Korb voller fauler Eier oder einer Schüssel Schlamm bewaffnet in der Vorhalle? Aber das war absurd. Sie hatte zu wenig Phantasie, um sich so etwas auszudenken.

»Wo ist die Dame?« fragte ich.

»Sie wartet in der Vorhalle, Madam. Ich wollte sie in den kleinen Salon führen, aber ...«

Mit einem leichten Achselzucken und hochgezogenen Augenbrauen beendete Wilkins seinen Satz. Die Dame hatte sich also nicht in den Salon führen lassen. Das hieß, daß sie ein dringendes Anliegen hatte, und es machte auch meine Aussicht zunichte, rasch nach oben zu schlüpfen, um mich umzukleiden.

»Führen Sie sie bitte herein, Wilkins«, sagte ich.

Das Anliegen der Dame war sogar noch dringender, als ich erwartet hatte. Wilkins hatte kaum Zeit, ihr den Weg freizumachen, so rasch stand sie im Zimmer. Sie kam bereits auf uns zu, als er sie etwas verspätet vorstellte: »Lady Baskerville.«

Mir war, als hörte ich diese Worte übernatürlich laut. Diese unerwartete Besucherin zu sehen, gerade, als ich an sie gedacht und von ihr gesprochen hatte (und das nicht sehr freundlich), erweckte in mir das Gefühl, als sei die Gestalt, die nun vor uns stand, keine wirkliche Frau, sondern die Vision eines verwirrten Geistes.

Und ich muß gestehen, daß wohl die meisten Menschen sie für eine Vision gehalten hätten, eine Vision der Schönheit, die für ein Bild des Jammers Modell sitzt. Von der Haarkrone auf ihrem Kopf bis hinab zu ihren winzigen Schühchen war sie vollständig in Schwarz gekleidet. Wie sie es geschafft hatte, ohne auch nur einen Schmutzfleck durch dieses Schmuddelwetter zu kommen, weiß ich nicht, doch ihr schimmernder Rock aus Satin und ihre hauchdünnen Schleier waren makellos sauber. Eine Unmenge von Perlen aus schwarzem Bernstein bedeckte ihr Mieder und zog sich hinunter bis zu den Falten ihres weit ausladenden Rockes. Die Schleier berührten fast ihre Füße. Den Gesichtsschleier hatte sie zurückgeschlagen, so daß ihr bleiches, ovales Antlitz von hauchdünnen Rüschen und Falten umrahmt wurde. Sie hatte schwarze Augen; die Brauen waren steil nach oben gezogen, was ihr einen Ausdruck immerwährend unschuldigen Erstaunens verlieh. Die Wangen waren bleich, dafür hatte sie ein kräftiges Scharlachrot auf die Lippen aufgetragen. Die Wirkung war in höchstem Maße erschreckend; man wurde dabei unwillkürlich an die verderbten und liebreizenden Lamias und an die Vampire aus den Schauermärchen erinnert.

Ebenso unwillkürlich wurde man an sein eigenes schmutzbeflecktes, unvorteilhaftes Kleid erinnert und fragte sich, ob Whiskeydunst den Geruch eines verschimmelten Knochens überlagerte oder umgekehrt. Selbst ich, die ich nicht leicht einzuschüchtern bin, war in meiner Selbstsicherheit erschüttert. Ich stellte fest, daß ich versuchte, mein Glas, das noch halb voll war, hinter einem Sofakissen zu verstecken.

Obgleich der Augenblick der Verblüffung – Emerson stand wie ich vor Erstaunen wortlos da – endlos schien, dauerte es, glaube ich, nur ein oder zwei Sekunden, bis ich meine Fassung wiederfand. Ich erhob mich, begrüßte unsere Besucherin, schickte Wilkins hinaus und bot unserem Gast einen Stuhl und eine Tasse Tee an. Die Dame ließ sich auf dem Stuhl nieder, lehnte den Tee jedoch ab. Daraufhin sprach ich ihr mein Beileid wegen des schmerzlichen Verlustes aus, den sie vor kurzem erlitten hatte, und fügte hinzu, daß unser Berufsstand durch den Tod von Sir Henry eine große Einbuße erlitten habe.

Diese Äußerung riß, wie ich gehofft hatte, Emerson aus seiner Erstarrung; er bewies sogar ein Mindestmaß an Takt, anstatt eine unhöfliche Bemerkung über Sir Henrys Unfähigkeit als Ägyptologe fallenzulassen. Nach Emersons Ansicht konnte nichts, nicht einmal der Tod des Betreffenden, die miserablen wissenschaftlichen Leistungen eines Mannes entschuldigen.

Emerson war jedoch nicht so taktvoll, meinen Beileidsbekundungen beizupflichten oder selbst ein Wort der Anteilnahme zu äußern. »Äh ... hmmm«, meinte er. »Äußerst unglückselig. Tat mir leid, als ich das erfuhr. Was zum Teufel meinen Sie, ist wohl aus Armadale geworden?«

»Emerson«, fuhr ich dazwischen, »es ist jetzt wohl kaum der richtige Zeitpunkt, um ...«

»Ich bitte Sie, keine Entschuldigungen.« Die Dame erhob ihre grazile weiße Hand, die mit einem riesigen Trauerring aus geflochtenem Haar geschmückt war – Haar des verstorbenen Sir Henry vermutlich. Sie lächelte meinen Gemahl bezaubernd an. »Ich kenne Radcliffes gutes Herz viel zu genau, um mich von seinen schroffen Manieren täuschen zu lassen.«

»Radcliffe« hatte sie gesagt! Der Vorname meines Gatten gefällt mir ganz und gar nicht, und ich hatte den Eindruck, daß es ihm genauso ging. Anstatt aber Mißfallen zu bekunden, grinste er nur albern wie ein Schuljunge.

»Es war mir nicht bekannt, daß Sie meinen Mann bereits kennengelernt haben«, sagte ich und schaffte es dabei, mein Whiskeyglas hinter einer Schale voller Blütenblätter und Duftkräuter zu verstecken.

»O ja«, meinte Lady Baskerville, wobei Emerson sie immer noch dümmlich angrinste. »Wir haben uns seit Jahren nicht mehr gesehen; doch in früheren Zeiten, als wir noch jung waren und begierig – begierig auf Ägypten, meine ich – pflegten wir häufig Umgang miteinander. Ich war damals noch blutjung – zu jung, fürchte ich, aber mein lieber Henry hat mein Herz im Sturm erobert.«

Sie tupfte sich die Augen mit einem schwarzumrandeten Taschentuch.

»Aber, aber«, meinte Emerson, im gleichen Tonfall, mit dem er zuweilen mit Ramses spricht. »Sie dürfen sich nicht unterkriegen lassen. Die Zeit heilt alle Wunden.«

Das aus dem Munde eines Mannes, der wie ein Igel die Stacheln aufstellte, wenn man ihn zwang, am gesellschaftlichen

Leben teilzunehmen, und von dem man noch niemals eine Höflichkeitsfloskel gehört hatte! Immer näher ging er auf sie zu. Gleich würde er ihr die Schulter tätscheln.

»Wie wahr«, sagte ich. »Lady Baskerville, das Wetter ist unfreundlich, und Sie sind bestimmt sehr müde. Ich hoffe, Sie bleiben zum Abendessen. Es wird in Kürze serviert.«

»Das ist sehr freundlich von Ihnen.« Lady Baskerville ließ die Hand mit dem Taschentuch sinken, das völlig trocken zu sein schien, und lächelte mich an. »Doch ich würde nicht im Traum daran denken, mich Ihnen zuzumuten. Ich wohne zur Zeit bei Freunden ganz in der Nähe, und sie erwarten mich heute abend zurück. Genau gesagt, wäre ich nicht so unhöflich, überraschend und uneingeladen hereingeplatzt, hätte mich nicht eine dringende Angelegenheit zu Ihnen geführt. Ich bin in geschäftlicher Sache hier.«

»In der Tat«, sagte ich.

»In der Tat?« Aus Emersons Echo war ein Fragezeichen zu hören; doch ich hatte schon erraten, welcher Natur das Anliegen dieser Dame war. Emerson bezeichnet das immer als übereilte Schlußfolgerungen. Ich nenne es einfach Logik.

»Ja«, sagte Lady Baskerville. »Ich möchte gleich auf den Punkt kommen, um Sie nicht länger in ihrer häuslichen Ruhe zu stören. Ich vermute, aufgrund Ihrer Frage nach dem armen Alan, daß Sie über die Lage in Luxor au courant sind?«

»Wir haben sie mit Interesse verfolgt«, antwortete Emerson.

»Wir?« Mit einem Ausdruck von Verwunderung richtete die Dame ihre funkelnden schwarzen Augen auf mich. »Ach ja, ich meine gehört zu haben, daß Mrs. Emerson ebenfalls an Archäologie interessiert ist? Um so besser, dann werden Sie sich nicht bei diesem Thema langweilen.«

Ich griff zu meinem hinter der Schale mit den Blütenblättern versteckten Whiskeyglas. »Nein, Sie werden mich nicht langweilen«, sagte ich.

»Zu freundlich von Ihnen. Um Ihre Frage zu beantworten, Radcliffe: Vom armen Alan gibt es keinerlei Spur. Die Angelegenheit ist völlig rätselhaft, und alles tappt im dunkeln. Wenn ich nur daran denke, bin ich ganz verzweifelt.«

Erneut zog sie das zarte Taschentuch hervor. Emerson sagte undeutlich ein paar tröstende Worte. Ich schwieg und trank meinen Whiskey.

Schließlich fand Lady Baskerville die Sprache wieder. »Was das Rätsel, das sich um das Verschwinden von Alan rankt, anbelangt, bin ich machtlos; allerdings hoffe ich, etwas anderes bewirken zu können, das zwar verglichen mit dem Verlust eines Menschenlebens unwichtig scheint, aber für meinen armen verschiedenen Gatten von großer Bedeutung war. Das Grab, Radcliffe – das Grab!«

Mit gefalteten Händen und leicht geöffneten Lippen beugte sie sich vor. Ihr Busen bebte, und sie fixierte Emerson mit ihren großen schwarzen Augen; und Emerson starrte wie hypnotisiert zurück.

»Ja, in der Tat«, sagte ich. »Das Grab. Soweit wir wissen, Lady Baskerville, sind die Arbeiten eingestellt worden. Ihnen ist doch selbstverständlich klar, daß man es früher oder später ausrauben wird und sämtliche Anstrengungen Ihres Gatten dann vergebens gewesen sein werden.«

»Sehr richtig!« Die Dame wandte sich mir zu. »Wie sehr ich Ihren logischen, fast schon männlichen Verstand bewundere, Mrs. Emerson. Genau das versuchte ich zu sagen, in meinen einfachen, unbeholfenen Worten.«

»Das dachte ich mir«, erwiderte ich. »Was erwarten Sie nun von meinem Mann?«

Nach dieser Frage mußte Lady Baskerville endlich zum

Kern der Sache kommen. Wie lange sie dazu gebraucht hätte, wenn man sie weiter hätte drauflosreden lassen, weiß nur der Himmel.

»Nun, daß er die Leitung der Ausgrabung übernimmt«, sagte sie. »Sie muß fortgeführt werden, und zwar ohne Verzögerung. Ich glaube aufrichtig daran, daß mein geliebter Henry keine Ruhe in seinem Grab finden wird, solange diese Arbeit, vermutlich der Gipfelpunkt seiner glänzenden Karriere, gefährdet ist. Es wäre ein angemessenes Andenken an einen der hervorragendsten ...«

»Ja, Sie sagten das bereits in Ihrem Interview mit dem *Yell«*, unterbrach ich sie. »Doch warum sind Sie zu uns gekommen? Gibt es in Ägypten keinen Wissenschaftler, der die Aufgabe übernehmen könnte?«

»Als erstes habe ich aber an Sie gedacht«, stieß sie hervor. »Ich weiß, daß Radcliffe Henrys erste Wahl gewesen wäre, und er ist auch meine erste Wahl.«

Sie war mir nicht auf den Leim gegangen. Nichts hätte Emerson mehr erzürnt als das Geständnis, daß sie ihn als letzten Notnagel gewählt hatte. Und natürlich hatte sie völlig recht: Emerson *ist* der Beste.

»Nun, Emerson?« sagte ich. Ich gebe zu, daß mein Herz schneller schlug, während ich auf seine Antwort wartete. In meiner Brust lieferten sich die verschiedensten Gefühle einen Kampf. Wie ich zu Lady Baskerville stand, ist, wie ich meine, bereits hinlänglich klargeworden; der Gedanke, daß mein Mann den Rest des Winters in Gesellschaft dieser Dame verbringen sollte, erschien mir nicht sehr erfreulich. Doch da ich erst an diesem Abend seine Seelenqualen miterlebt hatte, durfte ich mich ihm nicht in den Weg stellen, wenn er sich dafür entschied.

Emerson stand da und starrte Lady Baskerville an, wobei ihm seine Empfindungen deutlich vom Gesicht abzulesen waren. Er sah aus wie ein Sträfling, der nach Jahren im Gefängnis plötzlich begnadigt werden soll. Mit einemmal ließ er die Schultern sinken.

»Es ist unmöglich«, sagte er.

»Aber warum?« fragte Lady Baskerville. »Im Testament meines lieben Gatten sind Gelder eigens für die Vollendung jedes Projektes vorgesehen, das bei seinem Hinscheiden in Arbeit sein sollte. Unsere Leute – mit Ausnahme von Alan – sind in Luxor und bereit weiterzumachen. Ich muß gestehen, daß die Arbeiter deutlichen Widerwillen gezeigt haben, zum Grab zurückzukehren; Sie wissen ja, es sind arme, abergläubische Geschöpfe ...«

»Das wäre kein Problem«, meinte Emerson mit einer wegwerfenden Handbewegung. »Nein, Lady Baskerville, die Schwierigkeit liegt nicht in Ägypten, sondern hier. Sie liegt hier. Wir haben ein kleines Kind. Wir könnten es nicht riskieren, es nach Luxor mitzunehmen.«

Eine Pause entstand. Lady Baskervilles Augenbrauen wanderten noch ein Stück nach oben; sie wandte sich mir zu, mit einem Blick, in dem die Frage geschrieben stand, die laut auszusprechen ihr ihre gute Erziehung verbot. Denn ein solcher Einwand war doch im Grunde genommen völlig nichtig. Die meisten Männer hätten, wenn sie eine Chance bekamen, wie sie sie Emerson offeriert hatte, ohne mit der Wimper zu zukken ein halbes Dutzend Kinder und die gleiche Anzahl von Ehefrauen im Stich gelassen und die Gelegenheit beim Schopf gepackt. Da dieser Gedanke Emerson offenbar noch nicht einmal in den Sinn gekommen war, fühlte ich mich zur nobelsten Geste meines Lebens genötigt.

»Kümmere dich nicht darum, Emerson«, sagte ich. Ich mußte kurz innehalten, um mich zu räuspern; doch dann legte ich in meine Stimme eine Festigkeit, auf die ich mir – wenn ich so sagen darf – sehr viel zugute hielt. »Ramses und ich werden hier sehr gut zurechtkommen. Wir werden dir jeden Tag schreiben ...«

»Schreiben!« Emerson wandte sich ruckartig zu mir um, seine blauen Augen blitzten, und auf seiner Stirn hatten sich Falten gebildet. Ein uneingeweihter Beobachter hätte ihn für aufgebracht gehalten. »Wovon redest du? Du weißt, ich würde niemals ohne dich fahren.«

»Aber ...« wollte ich einwenden, während mir das Herz bis zum Hals schlug.

»Red keinen Unsinn, Peabody. Das kommt überhaupt nicht in Frage.«

Hätte mir in diesem Augenblick nicht etwas anderes tiefe Genugtuung verschafft, wäre ein Blick auf Lady Baskervilles Gesicht Grund genug zur Freude gewesen. Emersons Antwort hatte sie völlig überrascht; und die Verwunderung, mit der sie mich musterte, um ein Zeichen jenes Zaubers zu entdecken, dessentwillen ein Mann mich nicht zurücklassen wollte, war vergnüglich anzusehen.

Als sie sich wieder gefaßt hatte, meinte sie zögernd: »Falls die Frage angemessener Unterbringung des Kindes ein Problem sein sollte ...«

»Nein, nein«, fuhr Emerson dazwischen. »Das ist nicht das Problem. Es tut mir leid, Lady Baskerville. Wie wäre es denn mit Petrie?«

»Dieser schreckliche Mensch?« Lady Baskerville schauderte. »Henry konnte ihn nicht ausstehen – so grob, so besserwisserisch, so vulgär.«

»Dann vielleicht Naville.«

»Henry hatte eine so schlechte Meinung von seinen Fähigkeiten. Außerdem glaube ich, daß er bei der Ägyptologischen Stiftung unter Vertrag steht.«

Emerson schlug noch einige weitere Namen vor. Keiner davon kam in Frage. Doch die Dame machte keinerlei

Anstalten zu gehen, und ich fragte mich, was sie nun wieder ausheckte. Ich wünschte, sie würde sich endlich zu einem Entschluß durchringen oder verschwinden; mir knurrte der Magen, da ich beim Tee keinen Appetit gehabt hatte.

Wieder einmal rettete mich mein anstrengendes, aber nützliches Kind vor einem unwillkommenen Gast. Unsere Gute-Nacht-Wünsche an Ramses waren ein unabänderliches Zeremoniell. Emerson las ihm etwas vor, und auch ich hatte meinen Teil beizutragen. Wir waren schon über der gewohnten Zeit, und Geduld gehört nicht zu den hervorragenden Tugenden von Ramses. Nachdem er, wie er meinte, lange genug auf uns gewartet hatte, machte er sich auf die Suche. Wie es ihm gelungen war, sich an seinem Kindermädchen und den übrigen Dienstboten vorbeizuschmuggeln, weiß ich nicht. Die Tür zum Salon wurde derart schwungvoll aufgestoßen, daß man eigentlich erwartet hätte, Herkules auf der Schwelle zu sehen. Trotzdem war der Anblick von Ramses in seinem kleinen weißen Nachthemd, mit lockigem Haar, das sich feucht um sein freudestrahlendes Gesicht ringelte, keine Enttäuschung. Er hatte wirklich etwas Engelhaftes an sich; ihm fehlten nur die Flügel, dann hätte er einem von Raphaels dunkelhäutigen Cherubinen geähnelt.

Er trug einen großen Aktenordner bei sich, den er mit beiden Armen gegen seine kleine Kinderbrust drückte. Es war das Manuskript der *Geschichte Ägyptens*. Mit der ihm eigenen zielstrebigen Entschlossenheit schenkte er der Besucherin nur einen kurzen Blick, bevor er zu seinem Vater marschierte.

»Du haft verfprochen, mir waf vorfulefen«, sagte er.

»Das hab' ich, das hab' ich.« Emerson nahm den Ordner entgegen. »Ich komme gleich, Ramses, geh jetzt wieder zu deinem Kindermädchen.«

»Nein«, erwiderte Ramses in aller Ruhe.

»Was für ein kleiner Engel«, meinte Lady Baskerville.

Ich wollte gerade diese Bezeichnung mit einer anderen, etwas treffenderen, kontern, als Ramses in süßlichem Ton sagte: »Und du bift eine hübfe Dame.«

Die Dame, die daraufhin lächelte und leicht errötete, konnte kaum wissen, daß dieses offensichtliche Kompliment nichts anderes war als eine simple Tatsachenfeststellung, die nichts über Ramses' Sympathie oder Antipathie verriet. Seine leicht gewölbte Lippe, als er sie ansah, und die Verwendung des Wortes »hübsch« anstatt »schön« (eine Unterscheidung, die Ramses sehr genau zu treffen verstand) deuteten eher darauf hin, daß er mit seinem feinen Gespür, das für ein Kind seines Alters so verblüffend ist und das er von mir geerbt hat, eine gewisse Abneigung gegen Lady Baskerville hegte. Falls man ein wenig nachhalf, würde er sie auch in aller Offenheit äußern.

Leider ergriff sein Vater das Wort, noch bevor ich ein passendes Stichwort geben konnte, und befahl ihm, zu seinem Kindermädchen zurückzukehren. Daraufhin entschloß sich Ramses mit der kaltblütigen Berechnung, die ein bestimmender Zug seines Wesens ist, sich der Besucherin zu seinem Zweck zu bedienen. Er lief schnell zu ihr hin, steckte sich einen Finger in den Mund (eine Angewohnheit, die ich ihm schon frühzeitig abgewöhnt habe) und starrte sie an.

»Fehr hübfe Dame. Ramfef bleibt bei dir.«

»Du schlimmer Heuchler«, sagte ich. »Ins Bett mit dir!«

»Er ist so entzückend«, murmelte Lady Baskerville. »Lieber kleiner Mann, die hübsche Dame muß jetzt gehen. Sie würde ja gerne bleiben, wenn sie könnte. Gib mir einen Kuß, bevor ich gehe.«

Sie machte keine Anstalten, ihn auf den Schoß zu nehmen, sondern beugte sich hinunter und bot ihm eine sanfte weiße Wange dar. Ramses, sichtlich verärgert über seinen fehlgeschlagenen Versuch, einen Aufschub vor dem Zubettgehen zu gewinnen, drückte ihr einen laut schmatzenden Kuß auf die Wange, wodurch dort, wo zuvor Perlenpuder die Haut geglättet hatte, nun ein feuchter Fleck zu sehen war.

»Ich gehe jetft«, verkündete Ramses, wobei man ihm den verletzten Stolz deutlich anmerkte. »Du kommft gleich, Papa. Du auch, Mama. Gib mir mein Buch.«

Ohne Widerspruch überließ Emerson ihm sein Manuskript; Ramses trippelte hinaus. Dann erhob sich auch Lady Baskerville.

»Ich muß ebenfalls aufbrechen«, meinte sie lächelnd. »Ich bitte aufrichtig um Verzeihung, daß ich Sie gestört habe.«

»Überhaupt nicht, überhaupt nicht«, erwiderte Emerson. »Es tut mir nur leid, daß ich Ihnen nicht helfen konnte.«

»Mir ebenfalls. Doch ich verstehe Sie jetzt. Nachdem ich Ihr entzückendes Kind gesehen und Ihre bezaubernde Gemahlin kennengelernt habe« – bei diesen Worten lächelte sie mich an, und ich lächelte zurück – »begreife ich, warum ein Mann solch angenehme häusliche Bindungen nicht wegen der Gefahren und Unbequemlichkeiten Ägyptens aufgeben möchte. Mein lieber Radcliffe, wie durch und durch häuslich Sie geworden sind! Wirklich ergötzlich! Sie sind ein richtiger Familienvater! Ich freue mich, daß Sie nach diesen abenteuerlichen Junggesellenjahren endlich Ihren Ruhepunkt gefunden haben. Ich bin Ihnen nicht im mindesten gram, daß Sie ablehnen. Natürlich glaubt niemand von uns an Verwünschungen oder ähnliche dumme Dinge, doch in Luxor ist sicherlich etwas Seltsames in Gange, und nur ein verwegener, kühner, freier Geist könnte es mit solchen Gefahren aufnehmen. Auf Wiedersehen, Radcliffe – Mrs. Emerson –, es war mir ein großes Vergnügen, Sie kennengelernt zu haben – nein, begleiten Sie mich bitte nicht hinaus, ich habe Sie schon genug belästigt.«

Erstaunlich, wie sich ihr Auftreten während dieser Ansprache verändert hatte. Die sanfte, leise Stimme hatte einen lebhaften und entschiedenen Ton angenommen. Sie holte kaum Atem, sondern schoß die scharf formulierten Sätze wie eine Salve heraus. Emerson war rot angelaufen; er versuchte etwas zu sagen, bekam dazu aber keine Gelegenheit. Die Dame rauschte aus dem Zimmer, wobei sich ihre schwarzen Schleier wie Gewitterwolken bauschten.

»Verdammt!« sagte Emerson und stampfte mit dem Fuß auf.

»Sie war ziemlich unverschämt«, stimmte ich ihm zu.

»Unverschämt? Ganz im Gegenteil, sie hat versucht, die unangenehmen Tatsachen so freundlich wie möglich beim Namen zu nennen. Ein richtiger Familienvater! Endlich den Ruhepunkt gefunden! Himmel noch mal!«

»Nun redest du daher wie ein richtiges Mannsbild«, stellte ich wütend fest.

»Das wundert mich aber! Ich bin ja gar kein Mann, ich bin ein domestizierter, verknöcherter alter Langweiler, ohne Mumm und Courage ...«

»Du reagierst genau so, wie sie gehofft hat!« rief ich aus. »Siehst du denn nicht, daß sie in ihrer Hinterhältigkeit jedes Wort genau überlegt hat? Das einzige, was sie nicht gesagt hat, war ...«

»Pantoffelheld. Richtig, ganz richtig. Sie war zu höflich, um das auszusprechen.«

»So, du meinst also, daß du unter dem Pantoffel stehst?«

»Bestimmt nicht«, erwiderte Emerson und bewies damit den grundlegenden Mangel an Logik, den das männliche Geschlecht bei einem Streit in aller Regel offenbart. »Nicht, daß du es nicht versuchen würdest ...«

»Und du versuchst, mich zu tyrannisieren. Wenn ich nicht so eine starke Persönlichkeit wäre ...«

Die Tür zum Salon öffnete sich. »Das Dinner ist serviert«, sagte Wilkins.

»Sagen Sie der Köchin, sie soll es eine Viertelstunde warm stellen«, antwortete ich. »Wir sollten zuerst Ramses ins Bett packen, Emerson.«

»Ja, ja. Ich lese ihm etwas vor, während du diese abscheuliche Kutte ausziehst. Ich weigere mich, mit einer Frau zu speisen, die wie eine englische Matrone aussieht und wie ein Komposthaufen riecht. Was fällt dir ein, zu sagen, ich würde dich tyrannisieren?«

»Ich sagte, du versuchst es. Weder dir noch irgendeinem anderen Mann wird das je gelingen.«

Wilkins trat einen Schritt zurück, als wir auf die Tür zuschritten.

»Danke, Wilkins«, sagte ich.

»Bitte, Madam.«

»Was den Vorwurf mit dem Pantoffelhelden angeht ...«

»Wie bitte, Madam?«

»Ich meinte Professor Emerson.«

»Ja, Madam.«

»Ich habe das Wort Pantoffelheld benutzt«, knurrte Emerson und ließ mir den Vortritt auf der Treppe. »Und genau dieses Wort habe ich auch gemeint.«

»Warum nimmst du dann nicht das Angebot der Dame an? Ich habe doch gesehen, wie begierig du darauf bist. Was für eine wundervolle Zeit ihr beiden haben könntet, Nacht für Nacht, unter dem sanften Mond Ägyptens ...«

»Ach, rede nicht so dummes Zeug, Amelia. Die arme Frau wird nicht nach Luxor zurückkehren; sie würde die Erinnerungen nicht ertragen können.«

»Ha!« Ich lachte verächtlich auf. »Die Naivität von euch Männern verblüfft mich immer wieder. Natürlich wird sie dorthin zurückkehren. Vor allem, wenn du dort bist.«

»Ich habe nicht die Absicht hinzufahren.«

»Niemand hält dich davon ab.«

Wir waren am oberen Ende der Treppe angelangt. Emerson wandte sich nach rechts, um zum Kinderzimmer hinaufzugehen. Ich drehte mich nach links, in Richtung unserer Zimmer.

»Du kommst aber bald hinauf, nicht?« wollte er wissen.

»In zehn Minuten.«

»Sehr gut, mein Schatz.«

Es dauerte keine zehn Minuten, mir das graue Kleid vom Leibe zu reißen und ein anderes anzuziehen. Als ich das Kinderschlafzimmer betrat, lag der Raum völlig im Dunkeln, abgesehen von einer Lampe, in deren Schein Emerson saß und vorlas. Ramses in seinem Kinderbettchen blickte mit gespannter Aufmerksamkeit hoch zur Decke. Es war eine hübsche Familienszene, wenn man nicht hörte, wovon die Rede war.

»... die anatomischen Einzelheiten der Verletzung, darunter ein großer Riß im Stirnbein, der Bruch eines Backenknochens und der Augenhöhle und ein Speerhieb, durch den der Warzenfortsatz zerschmettert und der oberste Halswirbel verletzt wurden, erlauben uns, die Umstände zu rekonstruieren, unter denen der König zu Tode kam.«

»Ah, die Mumie von Seqenenre«, sagte ich. »Seid ihr schon so weit?«

Das kleine Wesen in seinem Kinderbettchen sagte mit nachdenklicher Stimme: »Ich glaube, jemand hat ihn befeitigt.«

»Was?« fragte Emerson, der wohl das letzte Wort nicht verstanden hatte.

»Beseitigt«, erklärte ich. »Ich muß dem zustimmen, Ramses; ein Mann, dessen Schädel durch wiederholte Schläge zertrümmert wurde, starb gewiß keines natürlichen Todes.«

Sarkasmus läuft bei Ramses ins Leere. »Ich denke«, beharrte er, »daf ef ein Familienftreit war.«

»Völlig undenkbar«, mischte Emerson sich ein. »Auch Petrie hat diese absurde These vertreten; es ist unmöglich, weil ...«

»Genug«, sagte ich. »Es ist schon spät, und Ramses sollte schlafen. Die Köchin wird wütend sein, wenn wir nicht sofort nach unten kommen.«

Emerson beugte sich über das Kinderbettchen. »Gute Nacht, mein Junge.«

»Gute Nacht, Papa. Eine der Frauen auf dem Harem war ef, glaube ich.«

Ich packte Emerson beim Arm und schob ihn durch die Tür, bevor er diese interessante These weiterverfolgen konnte. Nachdem ich auch meinen Teil des abendlichen Rituals erfüllt hatte (dessen Beschreibung an dieser Stelle wenig Sinn hätte), folgte ich Emerson nach draußen.

»Wirklich«, sagte ich, als wir Arm in Arm den Korridor entlanggingen, »ich überlege, ob Ramses nicht zu frühreif ist. Weiß er denn, was ein Harem ist, frage ich mich? Und manche Leute würden wohl der Ansicht sein, daß ein solcher Katalog des Schreckens als Gutenachtgeschichte den Nerven eines Kindes nicht besonders zuträglich sein könnte.«

»Ramses hat Nerven aus Stahl. Sei versichert, er wird den Schlaf des Gerechten schlafen und bis zum Frühstück seine Theorie vollständig ausgearbeitet haben.«

»Evelyn würde sich freuen, ihn im Winter aufzunehmen.«

»Oh, dann sind wir also wieder bei diesem Punkt? Was für eine Rabenmutter bist du, daß du dir überlegst, dein Kind im Stich zu lassen?«

»Offenbar muß ich mich entscheiden, ob ich mein Kind oder meinen Mann im Stich lasse.«

»Falsch, völlig falsch. Keiner wird jemanden im Stich lassen.«

Wir nahmen am Tisch Platz. Unter den kritischen Blicken von Wilkins trug der Diener den ersten Gang auf.

»Ausgezeichnete Suppe«, meinte Emerson erfreut. »Würden Sie das bitte an die Köchin weiterleiten, Wilkins?«

Wilkins neigte den Kopf.

»Wir werden das jetzt ein für allemal klären«, sagte Emerson. »Ich möchte, daß du aufhörst, ständig zu quengeln.«

»Ich quengle nie.«

»Nein, weil ich das nicht zulasse. Merk dir eines, Amelia: Ich werde nicht nach Ägypten fahren. Ich habe das Angebot von Lady Baskerville abgelehnt und beabsichtige nicht, es mir anders zu überlegen. Ist das klar genug?«

»Du bist dabei, einen schweren Fehler zu begehen«, erwiderte ich. »Ich bin der Ansicht, du solltest fahren.«

»Ich kenne deine Ansicht sehr wohl. Du redest ja ständig davon. Warum kannst du mich nicht meine eigene Entscheidung treffen lassen?«

»Weil du dich irrst.«

Es ist nicht nötig, den Rest der Auseinandersetzung wiederzugeben. Sie zog sich das ganze Essen über hin, wobei Emerson sich von Zeit zu Zeit an Wilkins' oder an John, den Diener, wandte, damit dieser seinen Standpunkt unterstützte. Anfangs fühlte sich John, der erst ein paar Wochen bei uns war, deshalb recht unbehaglich. Nach und nach jedoch erwachte bei ihm das Interesse an der Erörterung, und er gab von sich aus Kommentare dazu ab, ohne auf Wilkins' mißbilligende Blicke und sein Stirnrunzeln zu achten, der schon lange genug wußte, wie man mit Emersons unkonventionellem Benehmen umzugehen hatte. Um die Gefühle des Butlers nicht über Gebühr zu strapazieren, sagte ich, daß wir den Kaffee gerne im Salon zu uns nehmen würden. Bevor John hinausging, meinte er noch ernsthaft: »Sie sollten besser hierbleiben, Sir. Die Eingeborenen dort sind komische Leute, und ich bin sicher, Sir, wir würden Sie alle vermissen, wenn Sie weggehen.«

Nachdem wir John hinausgeschickt hatten, war das Thema noch lange nicht erledigt, denn mit der mir eigenen Entschlossenheit hielt ich daran fest, obwohl Emerson versuchte, das Gespräch in eine andere Richtung zu lenken. Zuletzt schleuderte er mit einem Wutschrei seine Kaffeetasse in den offenen Kamin und stürmte aus dem Salon. Ich folgte ihm.

Als ich in unser Schlafzimmer kam, war Emerson gerade dabei, sich auszuziehen. Jackett, Krawatte und Kragen lagen unordentlich über diverse Möbelstücke verstreut, und als er sein Hemd ablegte, schossen die Knöpfe wie Projektile durchs ganze Zimmer.

»Du solltest dir wieder ein Dutzend neue Hemden kaufen, wenn du das nächste Mal in die Regent Street kommst«, sagte ich und zog schnell den Kopf ein, um nicht von einem vorbeischießenden Knopf getroffen zu werden. »Du wirst sie brauchen, wenn du ins Ausland gehst.«

Emerson drehte sich blitzschnell zu mir um. Für einen so stämmigen und breitschultrigen Mann ist er erstaunlich flink in seinen Bewegungen. Mit einem Sprung stand er vor mir. Er packte mich bei den Schultern und ...

Doch an dieser Stelle muß ich für einen kurzen Einschub unterbrechen. Es soll keine Entschuldigung werden – nein, wirklich nicht! Ich war schon immer der Ansicht, daß die heutzutage übliche heuchlerische Geziertheit, wenn es um die Liebe zwischen Mann und Frau geht, völlig absurd ist. Warum sollte ein Romancier, der vorgibt, »das wirkliche Leben« zu schildern, eine völlig achtbare und interessante Tätigkeit übergehen? Besonders verabscheuungswürdig sind meiner Ansicht die Umschreibungen, deren sich manche

Autoren bei diesem Thema bedienen. Das schlüpfrige Wortgeklingle des Französischen ist ebensowenig mein Fall wie die prätentiöse Ausschweifigkeit des Lateinischen. Die gute alte angelsächsische Sprache, der sich schon unsere Vorfahren bedienten, ist mir gut genug. Sollen die Scheinheiligen unter Ihnen, werte Leser, die folgenden Abschnitte doch überspringen. Trotz meiner Zurückhaltung in dieser Angelegenheit werden die Verständigeren unter Ihnen bereits begriffen haben, daß meine Gefühle für meinen Gatten, und seine für mich, sehr zärtlicher Natur sind. Und ich sehe keinen Grund, warum ich mich dessen schämen sollte.

Doch um wieder zum eigentlichen Geschehen zurückzukehren:

Emerson packte mich bei den Schultern und schüttelte mich kräftig.

»Herrgott noch mal«, brüllte er. »Ich bin der Herr in meinem eigenen Haus! Muß ich dir wieder einmal beibringen, wer hier die Entscheidungen trifft?«

»Ich dachte, wir treffen sie gemeinsam, nachdem wir die Probleme ruhig und höflich miteinander durchgesprochen haben.«

Durch Emersons Rüttelei hatte sich mein Haar gelöst, das füllig und kräftig ist und sich nicht so leicht bändigen läßt. Während er mich immer noch an der einen Schulter hielt, griff er mit seiner freien Hand in den schweren Haarknoten in meinem Nacken. Kämme und Haarnadeln flogen umher. Das Haar fiel mir wallend über die Schultern.

Ich weiß nicht mehr genau, was Emerson als nächstes sagte. Es war ein kurzer Kommentar. Dann küßte er mich. Ich war entschlossen, seinen Kuß nicht zu erwidern; doch Emersons Küsse sind sehr raffiniert. Es dauerte eine Zeit, bevor ich wieder sprechen konnte. Mein Ansinnen, das Dienstmädchen zu rufen, damit es mir aus dem Kleid helfe, stieß nicht auf Zustimmung. Statt dessen bot Emerson selbst seine Dienste an. Ich wandte ein, diese Methode des Entkleidens führe häufig dazu, daß das betreffende Kleidungsstück anschließend nicht mehr zu tragen sei. Als Antwort auf meine Äußerung folgte ein spöttisches Schnauben und ein heftiger Angriff auf Haken und Ösen.

So sehr ich auch für Offenheit in diesen Dingen plädiere, gibt es doch Bereiche, in denen jeder Mensch ein Recht auf seine Intimsphäre hat. Daher sehe ich mich gezwungen, mich eines drucktechnischen Euphemismus zu bedienen.

Gegen Mitternacht hörte der Schneeregen auf, und ein steifer Ostwind rüttelte an den vereisten Zweigen der Bäume vor unserem Fenster. Sie klirrten und knackten wie die Geister der Finsternis, während sie sich gegen diesen Angriff stemmten. Mein Kopf ruhte auf der Brust meines Gemahls; ich konnte den regelmäßigen Rhythmus seines Herzschlags vernehmen.

»Wann reisen wir ab?« bohrte ich sanft nach.

Emerson gähnte. »Am Samstag geht ein Schiff.«

»Gute Nacht, Emerson.«

»Gute Nacht, Peabody, mein Schatz.«

Werter Leser, glauben Sie an Zauberei – an die fliegenden Teppiche aus alten, orientalischen Legenden? Selbstverständlich nicht; aber vergessen Sie Ihre Zweifel für einen Augenblick und lassen Sie sich vom Zauber des geschriebenen Wortes Tausende von Kilometern durch den Raum und viele Stunden durch die Zeit entführen, an einen Ort, der sich so sehr vom nassen, kalten und trüben England unterscheidet, daß man meinen könnte, man befinde sich auf einem anderen Planeten.

Stellen Sie sich vor, Sie säßen mit mir auf der Terrasse des Hotel Shepheard in Kairo. Der Himmel ist von einem leuchtend porzellanenen Blau. Die Sonne bescheint mit ihren wohltuenden Strahlen ohne Unterschied reiche Kaufleute und zerlumpte Bettler, Imame mit Turban und europäische Touristen im Maßanzug – all die mannigfaltig verschiedenen Menschen, aus denen sich die geschäftige Menge, die vor uns die breite Promenade beschreitet, zusammensetzt. Ein Hochzeitszug kommt vorbei, angeführt von Musikern, aus deren Flöten und Trommeln mißtönende Festtagsklänge entsteigen. Die Braut wird durch einen rosafarbenen Seidenbaldachin, den vier ihrer männlichen Verwandten tragen, vor neugierigen Blicken geschützt. Das arme Mädchen. Sie geht wie ein Stück Ware von einem Eigentümer an den nächsten über, doch in diesem Augenblick wird selbst meine Entrüstung über die unsäglichste aller islamischen Sitten von meiner Freude besänftigt, hier zu sein. Ich bin von Grund auf zufrieden. In wenigen Augenblicken wird sich Emerson zu mir gesellen, und dann werden wir uns ins Museum begeben.

Nur ein Schatten fällt auf meine Zufriedenheit. Ist es die Sorge um meinen kleinen Sohn, der sich so fern der liebenden Obhut seiner Mutter befindet? Nein, werter Leser, weit gefehlt. Der Gedanke, daß mich von Ramses einige Tausend Kilometer trennen, ruft in mir ein Gefühl des tiefen Friedens hervor, wie ich es schon seit Jahren nicht mehr erlebt habe. Ich frage mich, warum es mir nicht schon früher eingefallen ist, Ferien von Ramses zu machen.

Ich weiß, er wird von seiner fürsorglichen Tante die gleiche zärtliche und aufopferungsvolle Pflege bekommen, mit der er auch zu Hause rechnen kann. Walter, der sehr amüsiert Ramses' erblühendes Interesse an der Archäologie beobachtet hat, hat versprochen, ihm die Hieroglyphen beizubringen. Ich verspürte wegen Evelyns Kindern, die nach Emersons Worten einen »langen und harten Winter« vor sich hatten, einen kleinen Anflug von schlechtem Gewissen. Doch schließlich würde diese Erfahrung ihren Charakter wahrscheinlich im positiven Sinne formen.

Selbstverständlich hatte es sich als unmöglich erwiesen, so schnell abzureisen, wie Emerson optimistischerweise geplant hatte. Zuerst einmal standen die Feiertage vor der Tür, und es wäre nicht angegangen, Ramses so kurz vor Weihnachten zu verlassen. Also verbrachten wir das Fest bei Walter und Evelyn, und als wir am zweiten Feiertag abreisten, wurde selbst Emersons Trauer angesichts des Abschieds von seinem Sohn durch eine Woche ausgelassenen Feierns und Völlerei gemildert. Alle Kinder, abgesehen von Ramses, hatten sich mindestens einmal übergeben müssen. Ramses hatte den Christbaum in Brand gesetzt und das Kinderfräulein mit seiner Sammlung von Stichen, die Mumien (manche davon im fortgeschrittenen Verfallsstadium) darstellten, zu Tode erschreckt, und ... Aber es würde ein ganzes Buch in Anspruch nehmen, Ramses' gesamtes Treiben zu schildern. Am Morgen unserer Abreise bot sein Kindergesicht einen schrecklichen Anblick, da ihn Evelyns Kätzchen gehörig zerkratzt hatte; er hatte dem Tierchen zeigen wollen, wie man Plumpudding mit der Pfote umrührt. Als die Küche von den entrüsteten Schreien der Köchin und dem Fauchen der Katze widerhallte, hatte Ramses erklärt, da jedes Mitglied des Haushalts das Recht habe, den Pudding umzurühren, was Glück im kommenden Jahr bedeute, müßten sich auch die Haustiere fairerweise an dieser Zeremonie beteiligen dürfen.

Ist es angesichts solcher Erinnerungen also weiter verwunderlich, daß ich voll Zufriedenheit einigen Monaten ohne Ramses' Gesellschaft entgegensah?

Wir hatten uns für die schnellste Reiseroute entschieden: mit dem Zug nach Marseille, per Dampfer nach Alexandria, und dann mit dem Zug nach Kairo. Bei unserer Ankunft war mein Mann zehn Jahre jünger geworden, und als wir uns durch das Gewimmel auf dem Bahnhof in Kairo kämpften, hatte er sich wieder in den alten Emerson verwandelt; er brüllte Anweisungen und Beschimpfungen in fließendem Arabisch. Seine Stimme dröhnte derart, daß sich die Menschen umwandten und uns mit weit aufgerissenen Augen anstarrten. Bald waren wir von alten Bekannten umringt, die uns lächelnd begrüßten. Wie lebendige Kohlköpfe hüpften weiße und grüne Turbane auf und nieder. Den rührendsten Willkommensgruß erwies uns ein alter Bettler, der sich zu Boden warf, Emersons schmutzigen Stiefel umklammerte und ausrief: »Oh Vater der Flüche, du bist zurückgekehrt! Jetzt kann ich in Frieden sterben!«

Emerson unterdrückte ein Lächeln. Sanft befreite er seinen Fuß und legte eine Handvoll Münzen auf den Turban des alten Mannes.

Ich hatte telegraphisch Zimmer im Shepheard bestellt, sobald wir Lady Baskervilles Angebot angenommen hatten, da das Hotel während des Winters immer voll besetzt ist. Das weitläufige alte Gebäude, in dem wir so oft übernachtet hatten, war einem modernen Prachtbau gewichen. Das beeindruckende Bauwerk war in italienischem Stil gehalten und verfügte sogar über eine eigene Elektrizitätsanlage – das erste Hotel im Orient, in dem es elektrisches Licht gab. Emerson brummte beim Anblick all dieses überflüssigen Luxus. Ich für meinen Teil habe nichts gegen Komfort einzuwenden, solange er mir nicht bei Wichtigerem in die Quere kommt.

Wir fanden Nachrichten von Freunden vor, die von Emersons Ankunft erfahren hatten. Außerdem erwartete uns ein Brief von Lady Baskerville, die einige Tage vor uns angekommen war. Sie begrüßte uns in Ägypten und drängte uns, so schnell wie möglich nach Luxor weiterzureisen. Auffällig war, daß ein Schreiben vom Direktor der Antikenverwaltung fehlte. Ich war nicht überrascht. Monsieur Grebaut und Emerson hatten nie viel Sympathie füreinander empfunden. Aber wir würden nicht umhinkommen, Grebaut aufzusuchen, und er wollte sichergehen, daß wir ihn wie gewöhnliche Touristen demütig um eine Audienz bitten mußten.

Emersons Kommentar dazu war in sehr bodenständigen Worten gehalten. Nachdem er sich wieder beruhigt hatte, meinte ich: »Wie dem auch sei, wir gehen am besten sofort zu ihm. Wenn er es darauf anlegt, kann er uns einige Schwierigkeiten machen.«

Dieser vernünftige Vorschlag rief einen weiteren Schwall von Verwünschungen hervor, in dessen Verlauf Emerson Grebaut einen zukünftigen Aufenthalt in einem sehr warmen und ungemütlichen Winkel des Universums vorhersagte. Weiterhin verkündete er, er selbst werde diesem Schurken lieber an besagtem Ort Gesellschaft leisten, als vor einem ungehobelten Bürohengst zu Kreuze zu kriechen. Deswegen vertagte ich das Thema für den Augenblick und stimmte Emersons Vorschlag zu, zuerst nach Aziyeh, einem Dorf in der Nähe von Kairo, zu fahren, wo er früher seine Arbeiter anzuwerben pflegte. Wenn wir wenigstens eine kleine Mannschaft, die nicht von dem örtlichen Aberglauben angesteckt war, mit nach Luxor nehmen würden, konnten wir sofort mit der Arbeit beginnen. Und nachdem der Erfolg ihre Ängste widerlegt hatte, würde es vielleicht möglich sein, weitere Leute anzuwerben.

Dieses Zugeständnis versetzte Emerson in bessere Laune. So konnte ich ihn auch davon überzeugen, im Speisesaal zu essen, anstatt eine einheimische Garküche auf dem Basar aufzusuchen. Emerson zieht diese Etablissements vor, und ich eigentlich auch; aber wir waren, wie ich ihm erklärte, lange Zeit fort gewesen, weshalb unsere Widerstandskräfte gegen die hiesigen Krankheiten wahrscheinlich nachgelassen hatten. Wir durften keine Erkrankung riskieren, denn das kleinste Unwohlsein würde als weiterer Beweis für den Fluch des Pharaos gedeutet werden.

Emerson war gezwungen, meinen Begründungen zuzustimmen. Brummend und fluchend warf er sich in sein Frackhemd und in seinen schwarzen Abendanzug. Ich band ihm die Krawatte und trat zurück, um ihn stolz zu bewundern, was man mir bitte nachsehen möge. Ich war weise genug, ihm nicht zu sagen, wie gut er aussah, doch das war tatsächlich der Fall; mit seiner kräftigen, aufrechten Gestalt, den breiten Schultern, dem dichten, schwarzen Haar und den blauen, leidenschaftlich blitzenden Augen war er das hervorragende Exemplar eines englischen Gentleman.

Außerdem hatte ich noch einen Grund, warum ich im Hotel speisen wollte. Das Shepheard ist der Treffpunkt der europäischen Kolonie, und ich hoffte, Bekannten zu begegnen, die uns das Neueste über die Expedition in Luxor berichten konnten.

Ich wurde auch nicht enttäuscht. Als wir den vergoldeten Speisesaal betraten, entdeckte ich zuerst Mr. Wilbour, den die Araber wegen seines prächtigen Bartes Abd er Dign nennen. Seine Manneszierde ist so weiß wie die reinste Watte, reicht hinunter bis mitten auf seine Weste und umrahmt sein Gesicht, das gleichzeitig Güte und hohe Intelligenz ausstrahlt. Schon seit vielen Jahren überwintert Wilbour in Ägypten. Böse Zungen behaupten, es habe in seiner Heimatstadt New York einen politischen Skandal gegeben, der ihn dazu zwinge, das Land seiner Väter zu meiden. Wir allerdings kannten ihn als begeisterten Anhänger der Ägyptologie und Gönner junger Archäologen. Als er uns erblickte, kam er sofort auf uns zu, begrüßte uns und lud uns an seinen Tisch ein, wo einige andere alte Freunde saßen.

Absichtlich setzte ich mich zwischen Emerson und den Reverend Mr. Sayce, denn im vergangenen Winter hatte zwischen den beiden ein hitziger Briefwechsel über einige keilförmige Schrifttafeln stattgefunden. Diese Vorsichtsmaßnahme erwies sich allerdings als nutzlos. Emerson lehnte sich über mich hinweg, stützte die Ellenbogen fest auf den Tisch und rief laut: »Wissen Sie, Sayce, daß die Leute in Berlin meine Datierung der Tafeln von Amarna bestätigt haben? Ich habe Ihnen doch gesagt, Sie liegen achthundert Jahre daneben.«

Die sanften Züge des Reverends verfinsterten sich, und Wilbour mischte sich hastig ein: »Da gab es eine recht amüsante Geschichte darüber, Emerson; haben Sie gehört, wie Budge es geschafft hat, Grebaut diese Tafeln abzuluchsen?«

Emerson verabscheute Mr. Budge vom Britischen Museum

fast ebenso wie Grebaut, aber an diesem Abend, da ihm der Affront des Direktors noch so frisch im Gedächtnis war, freute er sich über alles, was Grebaut zum Nachteil gereichte. Von seinem Angriff auf den Reverend abgelenkt, antwortete er, wir hätten zwar Gerüchte gehört, würden aber gern alles aus erster Hand erfahren.

»Die Angelegenheit war in jeder Hinsicht in höchstem Maße zu verurteilen«, sagte Wilbour kopfschüttelnd. »Grebaut hatte Budge bereits gewarnt, er werde ihn verhaften lassen, falls er weiterhin illegal Antiquitäten aufkaufen und außer Landes schaffen sollte. Doch Budge ließ sich davon nicht beeindrucken, fuhr geradewegs nach Luxor und kaufte nicht nur achtzig der berühmten Tafeln, sondern auch noch einige andere wertvolle Kunstgegenstände. Die Polizei wurde auf der Stelle tätig, aber Grebaut hatte vergessen, sie mit einem Durchsuchungsbefehl auszustatten. Deshalb konnten die Polizisten nur das Haus umstellen und darauf warten, daß unser allseits beliebter Direktor der Antikenverwaltung mit der notwendigen Genehmigung eintraf. In der Zwischenzeit dachten sie sich nichts dabei, ein ausgezeichnetes Reisgericht mit Lammfleisch vom Geschäftsführer des Hotel Luxor anzunehmen – neben dem Budges Haus zufällig gelegen war. Während die ehrbaren Gendarmen sich den Bauch vollschlugen, gruben die Hotelgärtner einen Tunnel bis zum Keller von Budges Haus und entfernten die Antiquitäten. Durch einen merkwürdigen Zufall war Grebauts Schiff etwa dreißig Kilometer vor Luxor auf Grund gelaufen, und er befand sich immer noch dort, während Budge sich mit seinen Einkäufen nach Kairo aufmachte und es den Polizisten überließ, ein leeres Haus zu bewachen.«

»Schockierend«, sagte ich.

»Budge ist ein Schurke«, meinte Emerson. »Und Grebaut ist ein Idiot.«

»Haben Sie unseren lieben Direktor schon gesprochen?« fragte Sayce.

Emerson gab knurrende Geräusche von sich. Sayce lächelte.

»Ich stimme völlig mit Ihnen überein. Aber wie dem auch sei. Sie werden ihn sehen müssen. Die Situation ist schon schlimm genug, ohne sich Grebauts Feindschaft zuzuziehen. Haben Sie keine Angst vor dem Fluch des Pharaos?«

»Pah«, sagte Emerson.

»Ganz richtig! Aber trotzdem, mein Lieber, werden Sie es nicht leicht haben, Arbeiter aufzutreiben.«

»Wir haben da unsere Methode«, sagte ich und trat dabei Emerson gegen das Schienbein, damit er diese Methode nicht genauer erläuterte. Nicht, daß wir etwas Unlauteres im Schilde führten; keineswegs. Ich hätte mich nie daran beteiligt, anderen Archäologen die Arbeiter auszuspannen. Wenn unsere Leute aus Aziyeh es vorzogen, uns zu begleiten, war das ihre Entscheidung. Ich sah einfach nur keinen Sinn darin, diese Möglichkeit zu erörtern, ehe wir nicht unsere Vorbereitungen getroffen hatten. Doch Mr. Wilbour mußte trotzdem etwas vermutet haben; als er mich ansah, stand ein belustigtes Glitzern in seinen Augen, aber er sagte nichts, sondern strich sich nur nachdenklich über den Bart.

»Was geht denn in Luxor so vor?« fragte ich. »Ich nehme an, der Fluch erfreut sich immer noch bester Gesundheit.«

»Aber ja doch«, antwortete Mr. Insinger, der holländische Archäologe. »Wunder und Omen im Überfluß. Hassan ibn Daouds zahme Ziege hat ein Geißlein mit zwei Köpfen geboren, und in den Hügeln von Gurneh gehen alte ägyptische Geister um.«

Beim Sprechen lachte er, aber Mr. Sayce schüttelte traurig den Kopf.

»Das ist heidnischer Aberglaube. Die armen, unwissenden Menschen!«

Eine solche Bemerkung konnte Emerson nicht durchgehen lassen. »Die gleiche Unwissenheit kann ich Ihnen in jedem beliebigen englischen Dorf unserer Tage vorführen«, fauchte er. »Und Sie werden den Islam doch wohl kaum als Heidentum bezeichnen, Sayce; er verehrt denselben Gott und dieselben Propheten wie Sie.«

Ehe der Reverend, der vor Wut rot angelaufen war, antworten konnte, sagte ich rasch: »Wie schade, daß Mr. Armadale noch vermißt wird. Sein Verschwinden gießt nur Öl ins Feuer.«

»Falls er gefunden würde, würde das die Lage kaum verbessern, befürchte ich«, meinte Mr. Wilbour. »Noch ein Todesfall nach dem Hinscheiden von Lord Baskerville...«

»Halten Sie ihn denn für tot?« fragte Emerson und warf mir einen schadenfrohen Blick zu.

»Er muß das Zeitliche gesegnet haben. Sonst wäre er inzwischen schon aufgetaucht«, antwortete Wilbour. »Ohne Zweifel ist er, als er verwirrt durch die Hügel wanderte, einem tödlichen Unfall erlegen. Ein Jammer; er war ein ausgezeichneter Archäologe.«

»Immerhin könnte die Angst die Gurnawis davon abhalten, das Grab aufzubrechen«, sagte ich.

»Das sollten Sie doch besser wissen, meine liebe Mrs. Emerson«, meinte Mr. Insinger. »Aber, wie dem auch sei, wenn Sie und Mr. Emerson die Sache in die Hand nehmen, müssen wir uns um das Grab keine Sorgen machen.«

An diesem Abend wurde nichts Wichtiges mehr gesagt; man äußerte nur Vermutungen darüber, welch wundersame Schätze das Grab wohl enthalten würde. Deswegen verabschiedeten wir uns gleich nach der Mahlzeit von unseren Freunden.

Es war noch früh, und in der Hotelhalle wimmelte es von Menschen. Als wir uns der Treppe näherten, schoß je mand aus der Menge auf uns zu und packte mich am Arm.

»Mr. und Mrs. Emerson, nehme ich an. Gewiß, und ich habe mich auf einen Schwatz mit Ihnen gefreut. Möchten Sie mir nicht die Ehre erweisen, mir bei einem Kaffee oder einem Glas Brandy Gesellschaft zu leisten?«

So selbstbewußt war sein Tonfall, so sicher sein Auftreten, daß ich zweimal hinsehen mußte, bis ich erkannte, daß der Mann mir völlig fremd war. Seine knabenhafte Gestalt und sein offenes Lächeln ließen ihn auf den ersten Blick zu jung für die Zigarre erscheinen, die er in einem kecken Winkel im Mund stecken hatte. Das leuchtend rote Haar und die großzügige Portion Sommersprossen auf seiner Stupsnase vervollständigten das Bild eines draufgängerischen, jungen Iren, denn sein Akzent wies unverkennbar auf seine Herkunft aus diesem Land hin. Als er bemerkte, wie ich seine Zigarre anstarrte, warf er sie sofort in einen nahegelegenen Abfallbehälter.

»Entschuldigen Sie, Madam. Vor lauter Freude, Sie zu sehen, habe ich meine Manieren vergessen.«

»Wer zum Teufel sind Sie?« wollte Emerson wissen.

Das Lächeln des jungen Mannes wurde breiter. »Kevin O'Connell vom *Daily Yell*, zu Ihren Diensten. Mrs. Emerson, wie fühlen Sie sich, wenn Sie miterleben, wie sich Ihr Mann tapfer dem Fluch des Pharaos entgegenstellt? Haben Sie versucht, ihn davon abzubringen, oder ...«

Ich erwischte den Arm meines Mannes mit beiden Händen, und es gelang mir, den Schlag, der auf Mr. O'Connells vorspringendes Kinn gezielt gewesen war, abzulenken.

»Um Himmels willen, Emerson – er ist nur halb so groß wie du!«

Diese Ermahnung hatte, wie ich erwartet hatte, die Wirkung, die einem Appell an die Vernunft, an die Regeln des guten Tons oder an die christliche Nächstenliebe verwehrt geblieben wäre. Emerson senkte den Arm, und seine Wangen röteten sich – allerdings, wie ich befürchte, wegen des aufsteigenden Zorns und nicht aus Gründen des Schamgefühls. Er ergriff meine Hand und eilte raschen Schrittes die Treppe hinauf. Mr. O'Connell trottete hinter uns her und sprudelte dabei Fragen hervor.

»Haben Sie eine Vermutung, was aus Mr. Armadale geworden sein könnte? Mrs. Emerson, werden Sie sich aktiv an den Ausgrabungen beteiligen? Mr. Emerson, waren Sie schon früher mit Mrs. Baskerville bekannt? Haben Sie diesen gefährlichen Auftrag vielleicht aus alter Freundschaft übernommen?«

Es ist unmöglich, seinen Tonfall zu beschreiben, als er das Wort »Freundschaft« aussprach, oder den Klang zu schildern, den er diesem harmlosen Wort verlieh. Ich spürte, wie mein Gesicht vor Zorn brannte. Emerson stieß ein gedämpftes Brüllen aus. Sein Fuß schoß vor, und Mr. O'Connell fiel mit einem erschreckten Aufschrei die Treppe hinab.

Als wir auf dem Treppenabsatz angekommen waren, blickte ich mich um und sah zu meiner Erleichterung, daß Mr. O'Connell keine ernsthaften Verletzungen davongetragen hatte. Er war schon wieder auf den Beinen und, umgeben von einer neugierigen Menschenmenge, damit beschäftigt, sich den Hosenboden abzuklopfen. Unsere Blicke trafen sich, und er besaß die Unverschämtheit, mir zuzuzwinkern.

Noch ehe ich die Tür unseres Zimmers geschlossen hatte, hatte Emerson schon Jacke und Krawatte abgelegt und die Hälfte seiner Hemdknöpfe geöffnet.

»Häng sie auf«, sagte ich, als er sich anschickte, seine Jacke über einen Stuhl zu werfen. »Das ist jetzt schon das dritte Hemd, das du seit unserer Abreise ruiniert hast. Lernst du denn nie ...«

Doch ich brachte diese Gardinenpredigt nie zu Ende. Emerson hatte meinen Befehl befolgt und die Türen des Kleiderschranks aufgerissen. Es gab einen Blitz und einen dumpfen Knall; Emerson sprang zurück, wobei er den Arm in einem unnatürlichen Winkel von sich streckte. Ein leuchtend roter Streifen erschien plötzlich auf seinem Hemdsärmel. Scharlachrote Tropfen fielen zu Boden und bespritzten das Heft des Dolchs, der aufrecht zwischen Emersons Füßen steckte und immer noch von der Wucht des Aufpralls zitterte.

Emerson umklammerte seinen Unterarm. Der Blutfluß wurde langsamer und hörte schließlich auf. Da machte mich ein Schmerz in der Brust darauf aufmerksam, daß ich die Luft angehalten hatte. Ich atmete aus.

»Das Hemd war sowieso ruiniert«, sagte ich. »Ich bitte dich, halt deinen Arm fest, daß du deine guten Hosen nicht vollblutest.«

Ich habe es mir zur Regel gemacht, stets die Ruhe zu bewahren. Trotzdem durchquerte ich das Zimmer mit einiger Geschwindigkeit und griff mir im Vorbeigehen noch ein Handtuch vom Waschtisch. Wie immer hatte ich Verbandsmaterial und Medikamente mitgebracht; in kurzer Zeit hatte ich die Wunde, die glücklicherweise nicht tief war, gereinigt und verbunden. Ich schlug nicht einmal vor, einen Arzt zu holen, da ich mir sicher war, daß Emerson in dieser Hinsicht meine Ansicht teilte. Wenn es durchgesickert wäre, daß der neue Leiter der Ausgrabungen in Luxor einen Unfall gehabt hatte, hätte das verheerende Folgen haben können.

Als ich fertig war, lehnte ich mich gegen den Diwan und konnte einen Seufzer nicht unterdrücken. Emerson sah mich ernst an. Dann lächelte er leicht.

»Du bist ein bißchen blaß, Peabody. Ich hoffe doch, daß

wir jetzt keinen typisch weiblichen Nervenzusammenbruch bekommen.«

»Ich verstehe nicht, was an dieser Situation witzig sein soll.«

»Du überraschst mich. Ich für meinen Teil amüsiere mich über den lächerlichen Dilettantismus dieser Sache. So weit ich sehen kann, hat man das Messer einfach ins oberste Schrankfach gelegt, das etwas wackelig auf Holzleisten ruht. Als ich kräftig den Schrank aufgerissen habe, ist es herausgefallen. Es war reiner Zufall, daß es mich getroffen hat, anstatt harmlos zu Boden zu stürzen. Außerdem konnte sich der Unbekannte nicht sicher sein, daß ich derjenige sein würde, der ...« Als ihm die Tragweite seiner Worte dämmerte, wurde er wütend. »Mein Gott, Peabody, du hättest dich ernsthaft verletzen können, wenn du diesen Schrank aufgemacht hättest!«

»Ich dachte, du hättest den Schluß gezogen, daß es nicht darum ging, jemanden ernsthaft zu verletzen«, erinnerte ich ihn. »Bitte jetzt keinen typisch männlichen Nervenzusammenbruch, Emerson. Das Ganze war nur als Warnung gedacht.«

»Oder als weitere Demonstration, wie wirksam der Fluch des Pharaos ist. Das kommt mir wahrscheinlicher vor. Niemand, der uns kennt, würde glauben, daß wir uns von einem so kindischen Trick ins Bockshorn jagen lassen. Wenn der Vorfall nicht öffentlich bekannt wird, war die Mühe vergebens.«

Unsere Blicke trafen sich. Ich nickte. »Du denkst an Mr. O'Connell. Würde er wirklich so weit gehen, um eine Geschichte zu bekommen?«

»Diese Kerle schrecken vor nichts zurück«, sagte Emerson mit finsterer Überzeugung.

Tatsächlich mußte er es am besten wissen, denn er hatte

während seiner aktiven Karriere die Hauptrolle in einigen Sensationsberichten gespielt. »Er gibt immer etwas her, Mrs. Emerson«, hatte ein Reporter mir erklärt, »wenn er herumbrüllt und Leute verprügelt.«

In dieser Aussage lag viel Wahres, und Emersons Auftritt an diesem Abend würde unzweifelhaft ausgezeichneten Stoff für einen Bericht hergeben. Ich konnte die Schlagzeilen schon sehen: »Berühmter Archäologe greift einen unserer Reporter an! Emerson reagiert auf Fragen nach einem intimen Verhältnis mit der Witwe des Verstorbenen mit blinder Wut!«

Kein Wunder, daß Mr. O'Connell ein so zufriedenes Gesicht gemacht hatte, nachdem er die Treppe hinuntergestoßen worden war. Seiner Meinung nach waren ein paar blaue Flecken bestimmt ein geringer Preis für eine gute Geschichte. Jetzt erinnerte ich mich wieder an seinen Namen. Er war der erste gewesen, der die Sache mit dem Fluch in Umlauf gebracht – oder besser: erfunden – hatte.

An Mr. O'Connells Skrupellosigkeit gab es nichts zu deuten. Gewiß hätte er keine Schwierigkeiten gehabt, sich Zutritt zu unserem Zimmer zu verschaffen. Die Schlösser waren nicht sonderlich solide und die Dienstboten empfänglich für Bestechung. Aber durfte man ihm auch einen Streich zutrauen, bei dem jemand verletzt werden konnte, und sei es auch noch so leicht? Ich konnte mir das nur schwer vorstellen. Vielleicht war er vorwitzig, unhöflich und skrupellos, aber ich bin eine ausgezeichnete Menschenkennerin. In seinem sommersprossigen Gesicht hatte ich keine Spur von Bösartigkeit entdecken können.

Wir untersuchten das Messer, fanden aber nichts: Es handelte sich um ein übliches Modell, die Art, wie man sie in jedem Basar kaufen kann. Die Dienstboten zu befragen war sinnlos. Wie Emerson sagte, war es besser, wenn so wenige wie möglich davon erfuhren. Also zogen wir uns ins Bett zurück, das einen Betthimmel aus feinmaschigem, weißem Moskitonetz hatte. In der nun folgenden Stunde konnte ich mich überzeugen, daß Emersons Wunde keinen Anlaß zur Besorgnis gab. Sie schien ihn nicht im mindesten zu behindern.

Am nächsten Morgen brachen wir früh nach Aziyeh auf. Obwohl wir unser Kommen nicht angekündigt hatten, war uns die Nachricht von unserer Ankunft auf den geheimnisvollen und unsichtbaren Wegen der Verständigung, wie einfache Menschen sie haben, vorausgeeilt. Als unsere Kutsche also auf dem staubigen Dorfplatz hielt, hatten sich die meisten Einwohner versammelt, um uns zu begrüßen. Ein schneeweißer Turban über einem bekannten, bärtigen Gesicht überragte alle. Abdullah war früher unser Vorarbeiter gewesen. Inzwischen war sein Bart fast so weiß wie sein Turban, doch seine riesige Gestalt wirkte so kräftig wie eh und je, und in seinem Gesicht kämpfte ein Willkommenslächeln mit dem Ausdruck patriarchaler Würde. Er schob sich durch die Menge, um uns die Hand zu schütteln.

Wir wurden ins Haus des Sheikhs gebeten, wo sich die Hälfte der männlichen Bevölkerung in dem kleinen Wohnraum drängte. Dort saßen wir dann, tranken gesüßten schwarzen Tee und tauschten Komplimente aus, während die Temperatur stetig stieg. Auf lange Phasen höflichen Schweigens folgten wiederholte Ausrufe wie »Möge Gott dich beschützen« oder »Wir fühlen uns geehrt«. Solche Zeremonien können stundenlang dauern, aber unsere Zuhörer kannten Emerson gut. Also wechselten sie nur belustigte Blicke, als er schon nach zwanzig Minuten auf den Grund unseres Besuchs zu sprechen kam.

»Ich fahre nach Luxor, um die Arbeit des verstorbenen Lords fortzuführen. Wer kommt mit mir?«

Diese Frage löste leise Ausrufe und gut vorgespielte überraschte Blicke aus. Daß die Überraschung nicht echt war, bezweifelte ich nicht; Abdullah war nicht das einzig bekannte Gesicht im Raum; viele andere unserer Männer waren auch da. Die Arbeiter, die Emerson ausgebildet hatte, waren sehr gefragt, und mir war klar, daß viele der Leute andere Stellungen verlassen hatten, um zu uns zu kommen. Offenbar hatten sie mit dieser Bitte schon gerechnet und wahrscheinlich bereits beschlossen, was sie tun würden.

Allerdings widerstrebt es der Natur der Ägypter, in irgend etwas ohne ausgedehnte Debatte und Erörterung einzuwilligen. Nach einer kurzen Pause erhob sich Abdullah, wobei sein Turban die Decke streifte.

»Wir wissen, daß Emerson unser Freund ist«, sagte er. »Aber warum nimmt er nicht die Männer, die in Luxor für den guten Lord gearbeitet haben?«

»Ich ziehe es vor, mit meinen Freunden zu arbeiten«, erwiderte Emerson. »Mit Männern, denen ich auch im Fall von Gefahr und Schwierigkeiten trauen kann.«

»Ja.« Abdullah strich sich über den Bart. »Emerson spricht von Gefahr. Es ist bekannt, daß er niemals lügt. Wird er uns verraten, welche Gefahr er meint?«

»Skorpione, Schlangen, Erdrutsche«, antwortete Emerson wie aus der Pistole geschossen. »Die gleichen Gefahren, denen wir Männer uns immer gemeinsam gestellt haben.«

»Und die Toten, die nicht sterben können und unter dem Mond umherwandeln?«

Mit einer so direkten Frage hatte ich nicht gerechnet. Auch Emerson traf sie unvorbereitet. Er antwortete nicht sofort. Jeder Mann im Raum hatte den Blick geradewegs auf Emerson gerichtet.

Schließlich sagte er ruhig: »Abdullah, du vor allem mußt wissen, daß es so etwas nicht gibt. Hast du die Mumie vergessen, die gar keine Mumie war, sondern ein böser Mensch?«

»Ich erinnere mich gut daran, Emerson, aber wer will behaupten, daß es so etwas nicht gibt? Es heißt, der Lord, der gestorben ist, hätte den Schlaf des Pharaos gestört. Es heißt...«

»Nur Narren verbreiten solche Geschichten«, unterbrach Emerson. »Hat Gott den Gläubigen nicht Schutz gegen böse Geister versprochen? Ich muß die Arbeit fortführen und brauche wirkliche Männer, die mit mir kommen, keine Narren und Feiglinge.«

Als wir das Dorf verließen, hatten wir unsere Mannschaft beisammen. Allerdings hatten wir, dank Abdullahs religiös motivierter Zweifel, in einen Lohn einwilligen müssen, der den üblichen erheblich überstieg. Aberglauben hat also auch einen praktischen Nutzen.

Am folgenden Morgen saß ich, wie ich beschrieben habe, auf der Terrasse des Shepheard und ließ die Ereignisse der vergangenen beiden Tage Revue passieren. Sie werden verstehen, werter Leser, warum eine einzige kleine Wolke einen Schatten auf meine Freude warf. Die Wunde auf Emersons Arm verheilte zwar gut, aber der Vorfall hatte Zweifel angeregt, die sich nicht so leicht aus der Welt schaffen ließen. Ich war davon ausgegangen, daß es sich bei Lord Baskervilles Tod und dem Verschwinden seines Assistenten um Bestandteile einer Tragödie handelte, die nicht mit anderen Ereignissen in Zusammenhang standen. Den sogenannten Fluch hatte ich als Erfindung eines umtriebigen Journalisten abgetan. Doch das merkwürdige Auftauchen des Messers im Kleiderschrank deutete auf eine andere und weitaus besorgniserregendere Möglichkeit hin.

Es ist töricht, über Dinge nachzugrübeln, auf die man keinen Einfluß hat. Also schob ich das Problem für den Augenblick beiseite und erfreute mich an der sich ständig verändernden Szenerie, die sich meinem Blick bot, bis Emerson endlich erschien. Schon früher am Tag hatte ich einen Boten zu Monsieur Grebaut geschickt und ihm mitteilen lassen, daß wir ihn an diesem Vormittag aufsuchen wollten.

Seit unserem letzten Aufenthalt in Ägypten war das Museum von den überfüllten Räumen im Boulac in den Palast von Gizeh umgezogen. Das Ergebnis waren zwar bessere Platzverhältnisse, mehr aber auch nicht; das bröckelnde und überladene Dekor des Palastes eignete sich nur schlecht für Ausstellungszwecke, und die Antiquitäten befanden sich in einem beklagenswerten Zustand. Das steigerte Emersons ohnehin schlechte Laune noch. Bis wir das Büro erreicht hatten, war er vor Zorn hochrot im Gesicht, und als uns ein herablassender Sekretär mitteilte, wir müßten an einem anderen Tag wiederkommen, da der Direktor zu beschäftigt sei, um uns zu empfangen, stieß Emerson den jungen Mann grob beiseite und warf sich gegen die Tür des Büros.

Ich war nicht überrascht, daß sie nicht nachgab, denn ich hatte gehört, wie sich innen der Schlüssel im Schloß drehte. Doch Schlösser können Emerson nicht hindern, wenn er voranzuschreiten wünscht; ein zweiter, etwas kräftigerer Angriff ließ die Tür auffliegen. Mit einem tröstenden Lächeln in Richtung des verängstigten Sekretärs folgte ich meinem ungestümen Gatten in Grebauts Heiligtum.

Das Zimmer war bis zum Platzen mit offenen Kisten voller Antiquitäten zugestapelt, die alle darauf warteten, geprüft und klassifiziert zu werden. Töpfe aus gebranntem Ton, Holzsplitter von Möbelstücken und Särgen, Alabasterkrüge, Grabfigürchen und Dutzende weiterer Gegenstände quollen aus den Packkisten auf Tische und Schreibtische.

Emerson stieß einen Schrei der Entrüstung aus. »Das ist ja

schlimmer als zur Zeit Masperos! Verflucht sei dieser Schurke! Wo steckt er? Dem werde ich den Marsch blasen!«

Beim Anblick von Antiquitäten ist Emerson blind für alles andere. Er bemerkte nicht die Spitzen eines Paars ziemlich großer schwarzer Stiefel, die unter einem Wandbehang, der eine Seite des Raums bedeckte, hervorlugten.

»Sieht aus, als sei er fortgegangen«, bemerkte ich und beobachtete dabei die Stiefel. »Ich frage mich, ob sich hinter diesem Wandbehang eine Tür befindet.«

Die polierten Stiefelspitzen wichen zurück, bis nur noch wenige Zentimeter zu sehen waren. Ich vermutete, daß Grebaut sich an eine Wand oder ein geschlossenes Fenster gepreßt hatte und nun nicht weiter zurückweichen konnte. Er ist ein ziemlich beleibter Mann.

»Ich beabsichtige nicht, diesen Schweinehund zu suchen«, verkündete Emerson laut. »Ich werde ihm eine Nachricht hinterlassen.« Er fing an, in dem Wirrwarr auf dem Schreibtisch des Direktors herumzuwühlen. Grebauts Papiere und seine Korrespondenz flogen umher.

»Beruhige dich, Emerson«, sagte ich. »Monsieur Grebaut wird über das Durcheinander auf seinem Schreibtisch nicht erbaut sein.«

»Ich kann es nicht schlimmer machen, als es sowieso schon ist.« Mit beiden Händen schleuderte Emerson Papiere beiseite. »Warte nur, bis ich diesem Schwachkopf gegenüberstehe! Er ist absolut inkompetent. Ich werde seinen Rücktritt fordern.«

»Wie gut, daß er nicht hier ist«, sagte ich und warf einen beiläufigen Blick auf den Wandbehang. »Du bist so aufbrausend, Emerson; in solchen Augenblicken bist du wirklich unberechenbar, und ich würde es sehr bedauern, wenn du dem armen Mann etwas antust.«

»Ich würde ihm gern etwas antun. Am liebsten würde ich

ihm beide Arme brechen. Ein Mann, der einen solchen Schlendrian duldet...«

»Warum hinterläßt du nicht eine Nachricht beim Sekretär?« schlug ich vor. »Der hat bestimmt einen Stift und Papier auf seinem Schreibtisch. Hier findest du es nie.«

Mit einer letzten Handbewegung, die die restlichen Papiere zu Boden schweben ließ, polterte Emerson hinaus. Der Sekretär war geflohen. Emerson griff seinen Stift und kritzelte wütend etwas auf ein Blatt Papier. Ich stand in der offenen Tür und blickte immer wieder von Emerson zu den Stiefeln. Dann sagte ich laut: »Du könntest vorschlagen, daß Monsieur Grebaut die Genehmigung, die du brauchst, um die Expedition zu leiten, in unser Hotel schickt. Damit ersparst du dir einen Weg.«

»Ein guter Einfall«, grunzte Emerson. »Wenn ich noch einmal hierherkommen muß, ermorde ich diesen Esel.«

Sanft schloß ich die Tür zu Grebauts Büro.

Wir brachen auf. Drei Stunden später lieferte ein Bote die Genehmigung in unserem Hotelzimmer ab.

Bei meinem ersten Aufenthalt in Ägypten war ich mit einem Hausboot gereist. Die Eleganz und den Reiz dieser Art der Fortbewegung kann jemand, der noch nie in ihren Genuß gekommen ist, nur schwer ermessen. Mein Boot war mit jedem nur denkbaren Komfort ausgestattet, darunter ein Flügel im Salon und eine Freiluftterrasse auf dem Oberdeck. Wie viele glückliche Stunden habe ich dort unter den geblähten Segeln verbracht, Tee getrunken und den Liedern der Matrosen gelauscht, während links und rechts am Ufer das herrliche Panorama Ägyptens an mir vorbeiglitt – Dörfer und Tempel, Palmen, Kamele und heilige Einsiedler, die gefährlich schwankend auf Holzpfeilern thronten. Wie gern denke ich an diese Fahrt zurück, die in der Verlobung mit meinem zukünftigen Gemahl gegipfelt hatte! Wie gern hätte ich dieses großartige Erlebnis wiederholt!

Leider hatten wir diesmal für so etwas keine Zeit. Die Eisenbahnstrecke war nach Süden bis nach Assiût erweitert worden, und da der Zug mit Abstand das schnellste Verkehrsmittel war, mußten wir uns elf Stunden lang in Hitze und Staub durchrütteln lassen. Für die restliche Strecke nahmen wir ab Assiût einen Dampfer. Zwar war es nicht so unkomfortabel wie die Bahnfahrt, aber trotzdem kein Vergleich mit meinem geliebten Hausboot.

Im Morgengrauen des Tages, an dem wir in Luxor anlegen sollten, stand ich an Deck, lehnte mich an die Reling und gaffte wie einer dieser dummen Touristen von Cooks Gruppenreisen. Die Baracken und Hütten, die so lange den Tempel von Luxor verunziert hatten, waren beseitigt worden; hellrosa schimmerten seine Säulen und Pfeiler im Morgenlicht, als unser Boot in den Hafen glitt.

Hier herrschte lautes und geschäftiges Treiben. Von überallher stürzten sich Träger und Fremdenführer auf die von Bord gehenden Passagiere. Die Dragomane der Hotels von Luxor priesen lauthals die Vorzüge ihrer jeweiligen Gasthäuser und versuchten, die verwirrten Touristen in die bereitstehenden Kutschen zu lotsen. Wir wurden nicht belästigt.

Emerson ging los, um unser Gepäck zu holen und unsere Arbeiter zusammenzutrommeln, die auf demselben Boot gekommen waren. Ich stützte mich auf meinen Sonnenschirm, beobachtete selbstzufrieden das Treiben um mich herum und atmete in tiefen Zügen die milde Luft ein. Plötzlich berührte eine Hand meinen Arm, und als ich mich umdrehte, begegnete ich dem forschenden Blick eines kräftigen jungen Mannes mit goldgefaßter Brille und dem mächtigsten Schnurrbart, den ich je gesehen hatte. Die Bartenden waren wie die Hörner einer Bergziege nach oben gezwirbelt.

Er knallte die Hacken zusammen, vollführte in straffer Haltung mit dem Oberkörper eine Verbeugung und sagte: »Frau Professor Emerson? Karl von Bork, Epigraphiker der vom Unglück verfolgten Baskerville-Expedition. Ich begrüße Sie in Luxor. Lady Baskerville hat mich geschickt. Wo ist der Professor? Lange habe ich darauf gewartet, die Ehre zu haben, ihn begrüßen zu dürfen. Der Bruder des so berühmten Walter Emerson ...«

Diese wahre Springflut von einer Begrüßungsrede war um

so bemerkenswerter, als das Gesicht des jungen Mannes während der ganzen Zeit völlig ausdruckslos blieb. Nur seine Lippen und der riesige Schnurrbart darüber bewegten sich. Wie ich später erfahren sollte, sprach Karl von Bork nur selten, doch wenn er einmal zu sprechen begann, war es praktisch unmöglich, ihn zu unterbrechen, es sei denn mittels der Methode, deren ich mich in diesem Fall bediente.

»Guten Tag«, sagte ich mit so lauter Stimme, daß seine letzten Worte übertönt wurden. »Ich freue mich, Sie kennenzulernen. Mein Gatte ist gerade ... Wo steckt er nur? Ah, Emerson, darf ich dir Herrn von Bork vorstellen?«

Emerson schüttelte dem jungen Mann die Hand. »Der Epigraphiker? Gut. Ich vermute, Sie haben ein Boot bereitstehen – von ausreichender Größe. Ich habe nämlich aus Kairo zwanzig Männer mitgebracht.«

Von Bork verbeugte sich erneut. »Eine ausgezeichnete Idee, Herr Professor. Ein Geniestreich! Aber ich hätte auch nichts anderes erwartet vom Bruder des berühmten ...«

Ich unterbrach seinen Wortschwall wie schon beim erstenmal; und wir stellten fest, daß Herr von Bork, wenn er nicht redete, so tatkräftig war, daß er selbst meinen anspruchsvollen Mann zufriedenstellte. Die Feluke, die er gemietet hatte, war so geräumig, daß wir alle Platz fanden. Unsere Leute versammelten sich am Bug, musterten hochmütig die Matrosen. Die großen Segel blähten sich, der Bug neigte sich und wandte sich vom Ufer fort. Wir ließen die antiken Tempel und modernen Gebäude von Luxor hinter uns und fuhren hinaus in den breiten Lauf des Nils.

Ich hatte das Gefühl, daß hinter dieser Fahrt nach Westen ein tieferer Sinn lag. Eben jenen Weg hatten die Bewohner Thebens viele Generationen lang zurückgelegt, wenn sie, nachdem die Widrigkeiten des Lebens hinter ihnen lagen, die Segel setzten, um ihre letzte Reise gen Himmel anzutreten.

Seit Jahrtausenden zerlöcherten die Gräber von Adeligen, Pharaonen und einfachen Bauern wie Bienenwaben die schroffen Felshänge im Westen, die nun golden in der Morgensonne leuchteten. Als wir am Ufer entlangfuhren, konnten wir allmählich die zerfallenen Überreste des einst so prächtigen Totentempels erkennen; die geschwungene weiße Säulenreihe von Deir el Bahri, die bedrohlich wirkenden Wände des Ramsesseums, und – die Ebene überragend – jene Kolossalstatuen, die allein von dem herrlichen Tempel Amenhotep des Dritten übriggeblieben sind. Doch die Wunder, die wir nicht sehen konnten – die verborgenen, in den Fels gemeißelten Ruhestätten der Toten –, gaben der Vorstellungskraft weitaus mehr Nahrung. Als ich meine Blicke schweifen ließ, wollte mir vor Freude schier das Herz zerspringen, und die vergangenen vier Jahre in England kamen mir vor wie ein schrecklicher Traum.

Von Borks Stimme riß mich aus meiner friedlichen Betrachtung dieses riesigen Friedhofs. Ich hoffte, der junge Mann würde aufhören, Emerson als Bruder des berühmten Walter zu bezeichnen. Emerson hat den größten Respekt vor Walters Fähigkeiten. Allerdings hätte man ihm kaum übelnehmen können, wenn er es sich verbeten hätte, lediglich als Anhängsel seines Bruders betrachtet zu werden. Von Borks Spezialgebiet war die Erforschung der alten Sprache, weshalb seine Bewunderung für Walters Leistungen auf diesem Gebiet nicht weiter überraschend war.

Doch von Bork erzählte Emerson nur die letzten Neuigkeiten. »Ich habe, auf Anordnung von Lady Baskerville, am Eingang des Grabes eine schwere Stahltür anbringen lassen. Im Tal gibt es zwei Wächter, sie unterstehen einem Unterinspekteur des Amtes für Kulturdenkmäler ...«

»Nutzlos!« rief Emerson aus. »Viele der Wächter sind entweder mit den Grabräubern von Gurneh verwandt oder so erbärmlich abergläubisch, daß sie nach Einbruch der Dunkelheit ihre Hütten nicht mehr verlassen. Sie hätten das Grab selbst bewachen sollen, von Bork.«

»Sie haben recht, Herr Professor«, murmelte der junge Deutsche betroffen. »Aber es war schwierig; nur Milverton und ich sind zurückgeblieben, und er ist an einem Fieber erkrankt. Er ...«

»Mr. Milverton ist der Photograph?« fragte ich.

»Ganz richtig, Frau Professor. Zur Mannschaft der Expedition gehörten die fähigsten Leute; jetzt, da Sie und der Professor angekommen sind, fehlt uns lediglich noch ein Zeichner. Mr. Armadale hatte diese Aufgabe übernommen, und ich weiß nicht ...«

»Das ist aber ein schwerer Mangel«, unterbrach ihn Emerson. »Woher sollen wir einen Zeichner nehmen? Wenn Evelyn nur nicht ihre vielversprechende Karriere aufgegeben hätte. Sie hatte eine sehr gute Hand dafür. Sie hätte es vielleicht noch zu etwas gebracht.«

Angesichts dessen, daß Evelyn eine der wohlhabendsten Frauen von ganz England war, sich als Mutter hingebungsvoll um ihre drei reizenden Kinder kümmerte und von ihrem Gatten, der sie auf Händen trug, abgöttisch geliebt wurde, konnte ich nicht recht erkennen, daß sie etwas Wichtiges aufgegeben hatte. Ich wußte jedoch, daß es keinen Zweck hatte, Emerson das klarmachen zu wollen. Deshalb beließ ich es bei der Bemerkung: »Sie hat versprochen, uns wieder zu begleiten, wenn die Kinder erst einmal zur Schule gehen.«

»Ja, aber wann wird das sein? Am laufenden Band setzt sie diese Geschöpfe in die Welt, und ein Ende ist nicht abzusehen. Ich habe meinen Bruder und seine Frau wirklich gern, aber diese ewige Serie von Evelyns und Walters in Miniaturausgabe ist allmählich ein wenig übertrieben. Die menschliche Rasse ...«

Als die menschliche Rasse ins Spiel kam, hörte ich nicht mehr zu. Emerson ist durchaus in der Lage, stundenlang auf diesem Thema herumzureiten.

»Wenn ich einen Vorschlag machen dürfte«, wandte von Bork zögerlich ein.

Ich blickte ihn verwundert an. Dieser verhaltene Tonfall paßte so gar nicht zu seiner ansonsten so selbstbewußten Art zu sprechen, und obgleich seine Miene unbewegt blieb, hatten sich seine sonnengebräunten Wangen ein wenig gerötet.

»Ja, sicher«, meinte Emerson, der so verblüfft war wie ich.

Von Bork räusperte sich verlegen. »Es gibt da eine junge Dame – eine Engländerin – in Luxor, die eine versierte Malerin ist. Notfalls könnte man sie vielleicht überreden ...«

Emerson machte ein langes Gesicht; ich konnte es ihm nachfühlen. Ich teilte seine Meinung über junge Damen, die sich zur Kunst berufen fühlen.

»Dafür ist es wohl noch zu früh«, sagte ich taktvoll. »Wenn wir etwas entdeckt haben, das es wert ist, gezeichnet zu werden, können wir über einen Maler nachdenken. Aber ich danke Ihnen für Ihren Vorschlag, Herr von Bork. Ich würde Sie lieber Karl nennen. Das ist einfacher und klingt freundlicher. Ich hoffe, Sie haben nichts dagegen.«

Bis er mit seiner Versicherung, daß er nichts dagegen habe, ans Ende gelangt war, hatten wir am Westufer angelegt.

Dank Karls Tatkraft und Emersons Flüchen saßen wir bald darauf auf dem Rücken von drei Eseln und waren zum Aufbruch bereit. Abdullah, der sich um den Transport des Gepäcks und der Männer kümmern sollte, ließen wir zurück; wir ritten durch die Felder, die jetzt vom Getreide grün waren. Das Tempo eines Esels ist über alle Maßen gemächlich, so daß wir uns während des Ritts unterhalten konnten;

und als wir uns der Stelle näherten, wo der durch die jährlichen Überschwemmungen herangetragene fruchtbare schwarze Boden aufhört und in roten Wüstensand übergeht, sagte Emerson plötzlich: »Wir werden über Gurneh reiten.«

Karl, der seine Aufgabe, uns in Empfang zu nehmen und für unseren Transport zu sorgen, ohne Mißgeschick erfüllt hatte, war inzwischen entspannter; ich merkte es daran, daß er – wenn er ruhig war – nicht so geschraubt sprach wie sonst.

»Das ist nicht der direkte Weg«, wandte er ein. »Ich dachte, Sie und Mrs. Emerson würden gerne etwas ausruhen und sich frisch machen, nach ...«

»Ich habe meine Gründe dafür«, erwiderte Emerson.

»Aber natürlich! Wie der Herr Professor wünscht.«

Unsere Esel stapften hinaus in die Wüste. Die Beschaffenheit des Bodens änderte sich dort so plötzlich, daß die Tiere mit den Vorderhufen bereits im heißen Sand steckten, während sie mit der Hinterhand noch auf dem fruchtbaren Land standen. Das Dorf Gurneh liegt mehrere hundert Meter jenseits des kultivierten Bodens, am steinigen Fuß der Berge. Die Hütten aus sonnengetrockneten Ziegeln sind vor dem Hintergrund der hellbraunen Hügelkette kaum zu erkennen. Die Dorfbewohner haben handfeste wirtschaftliche Gründe hierzubleiben, da sie an Ort und Stelle ihren Lebensunterhalt verdienen. Zwischen den Hütten und unter deren Böden liegen die antiken Grabstätten, deren Schätze die Einkommensquelle der Dorfbewohner bilden. In den Hügeln hinter dem Dorf, nur eine halbe Stunde Fußmarsch entfernt, liegen die engen Täler, wo die Könige und Königinnen des Reiches begraben sind.

Noch bevor wir das Dorf sehen konnten, hörten wir bereits das Lärmen der Kinder, Hundegebell und das Mekkern von Ziegen. Aus einer Senke in der Wüste ragte die Kuppel der alten Dorfmoschee hervor, und eine Reihe von antiken Säulen lag halb verdeckt zwischen Palmen und Maulbeerbäumen. Emerson hielt geradewegs darauf zu, und kurz darauf begriff ich, warum er diese Route einschlug. Dort befand sich nämlich eine kostbare Wasserquelle, neben der ein geborstener Sarkophag als Viehtränke diente. Ein Dorfbrunnen ist stets ein Ort geschäftigen Treibens, wo die Frauen ihre Krüge füllen und die Männer das Vieh tränken. Als wir näherkamen, verstummten die Menschen und hielten mitten in ihrer Tätigkeit inne. Krüge lagen zum Schöpfen bereit in den Armen der Frauen, und die Männer hörten auf, zu rauchen und zu palavern; alle starrten unserer kleinen Karawane entgegen.

Schallend rief Emerson ihnen in arabisch einen Gruß entgegen. Er blieb nicht stehen und wartete auch keine Antwort ab. So würdevoll, wie es auf einem jungen Esel möglich ist, ritt er, mit Karl und mir im Schlepptau, weiter. Wir hatten den Brunnen kaum hinter uns gelassen, als hinter uns Geräusche darauf hinwiesen, daß alle wieder zu ihrer Beschäftigung zurückgekehrt waren.

Unsere geduldigen Tiere trotteten durch den Sand, und ich ließ Emerson ein paar Schritte voranreiten. An der stolzen Haltung seiner Schultern konnte ich erkennen, daß er sich in der Rolle des heldenhaften Heerführers sah, der seine Truppen anführt; und ich hatte keinen Grund, ihm klarzumachen, daß kein Mann auf dem Rücken eines Esels beeindruckend aussieht – besonders dann nicht, wenn seine Beine so lang sind, daß er sie in einem Winkel von fünfundvierzig Grad von sich strecken muß, damit sie nicht am Boden schleifen. (Emerson ist nicht außergewöhnlich groß, nur die Esel sind ungewöhnlich klein.)

»Wozu war das gut?« fragte Karl mit leiser Stimme, als wir nebeneinander herritten. »Ich verstand es nicht. Den Professor zu fragen wage ich nicht; aber Sie, seine Begleiterin und...«

»Ich habe überhaupt nichts dagegen, es Ihnen zu erklären«, erwiderte ich. »Emerson hat diesem Diebespack den Fehdehandschuh hingeworfen. Er hat ihnen zu verstehen gegeben: Ich bin hier, und ich habe keine Angst vor euch. Ihr wißt, wer ich bin; wer sich mit mir anlegt, tut es auf eigene Gefahr. Er hat das gut gemacht, Karl; es war einer von Emersons besseren Auftritten, wenn ich so sagen darf.«

Im Gegensatz zu Karl hatte ich mir nicht die Mühe gemacht, leise zu sprechen. Emersons Schultern zuckten ärgerlich, aber er drehte sich nicht um. Nach einer Weile passierten wir einen felsigen Ausläufer und sahen die geschwungene Talmulde vor uns, in deren Schutz die Tempelruinen von Deir el Bahri liegen; ganz in der Nähe befand sich das Haus.

Die meisten Leser, glaube ich, sind mit dem Erscheinungsbild des inzwischen berühmten Hauses der Baskerville-Expedition vertraut, nachdem Photographien und Zeichnungen davon in zahlreichen Zeitschriften erschienen sind. Ich selbst hatte nie die Gelegenheit gehabt, das Gebäude in Augenschein zu nehmen, da es sich bei unserem letzten Besuch in Luxor noch im Bau befand, und obwohl ich Bilder und Baupläne davon kannte, war es doch beeindruckend, es zum erstenmal zu sehen. Wie die meisten Häuser im Orient war es um einen Innenhof herum erbaut; die Räume lagen auf allen vier Seiten. Durch ein breites Tor in der Mitte einer der Mauern gelangte der Besucher in den Innenhof, zu dem hin sich die Zimmer öffneten. Das Gebäude bestand aus gewöhnlichen Lehmziegeln, ordentlich verputzt und weiß getüncht. Allerdings war es riesengroß und zeugte von Lord Baskervilles Leidenschaft für altägyptische Ornamente. Das Tor und die Fenster hatten hölzerne Stürze, die mit ägyptischen

Motiven in kräftigen Farben bemalt waren. Entlang einer der Seiten des Gebäudes zog sich eine Reihe von Säulen mit vergoldeten Kapitellen in Lotusblütenform. Sie bildeten eine angenehm schattige Loggia, wo Orangen- und Zitronenbäume in irdenen Töpfen wuchsen und sich grüne Weinreben um die Säulen rankten. Daneben spendete ein Brunnen den Palmen und Feigenbäumen Wasser; im gleißenden Sonnenlicht erinnerten uns die weißen Wände und archaischen Verzierungen daran, wie die antiken Paläste einst ausgesehen haben mußten, bevor die Zeit sie in Trümmerhaufen verwandelte.

Mein Mann hat keinen Sinn für Architektur, sofern sie nicht dreitausend Jahre alt ist. »Zum Teufel!« rief er. »Was für eine entsetzliche Geldverschwendung!«

Wir ließen unsere Tiere Schrittgeschwindigkeit gehen, damit wir den ersten Blick auf unser neues Zuhause besser genießen konnten. Mein Esel jedoch mißverstand dies und blieb stehen. Ich lehnte Karls Angebot, das Tier mit dem Stock anzutreiben, ab – ich halte nichts davon, Tiere zu schlagen – und redete dem Esel streng ins Gewissen. Das Tier sah mich erstaunt an und trottete dann weiter. Ich nahm mir vor, den Esel und auch die anderen, die Lord Baskerville gemietet hatte, eingehend zu untersuchen, sobald ich Zeit dafür fand. Diese armen Geschöpfe wurden miserabel behandelt und litten oft an wundgeriebenen Stellen durch den Sattel und Entzündungen aufgrund mangelnder Sauberkeit. So etwas hatte ich bei meinen früheren Expeditionen niemals geduldet, und ich wollte es auch diesmal nicht zulassen.

Als wir näherkamen, öffnete sich das hölzerne Tor, und wir ritten direkt in den Innenhof. Wie in einem Kloster zog sich ein von Säulen gestützter und mit roten Ziegeln gedeckter Wandelgang über drei Seiten hin. Sämtliche Zimmer öffneten sich zu diesem nach außen offenen Korridor, und auf meine Bitte hin machte Karl mit uns eine kurze Besichtigungstour. Beeindruckt stellte ich fest, wie durchdacht die Architektur dieses Gebäudes war; hätte ich es nicht besser gewußt, dann hätte ich vermutet, daß der Plan von einer Frau stammte. Für Personal und Besucher stand eine Reihe von kleinen, aber bequemen Schlafzimmern bereit. Größere Räume und auch das kleine Zimmer, das als Bad diente, waren Lord und Lady Baskerville vorbehalten gewesen. Karl teilte uns mit, daß das Zimmer seiner Lordschaft nun das unsere sei, und ich war mit diesem Arrangement völlig zufrieden. Ein Teil des Raums war als Arbeitszimmer eingerichtet und mit einem langen Tisch und einer Reihe von Bücherborden möbliert, die eine ägyptologische Bibliothek enthielten.

Heute haben solche Unterkünfte keinen Seltenheitswert mehr; oft setzt sich eine Ausgrabungsmannschaft aus vielen Personen zusammen. In jener Zeit aber bestand eine Expedition meist nur aus einem überlasteten Forscher, der die Arbeiter beaufsichtigen, die Aufzeichnungen und Buchführung eigenhändig auf dem laufenden halten, sein Essen selbst kochen und seine Strümpfe selbst waschen mußte – wenn er überhaupt welche trug. Und angesichts dessen war Lord Baskervilles Haus so etwas wie das siebte Weltwunder. In einem Flügel lagen nur das große Eßzimmer und ein geräumiger Salon oder Gemeinschaftsraum, die sich zur säulenverzierten Loggia hin öffneten. Möbliert war dieser Raum mit einer merkwürdigen Mischung aus alten und modernen Stücken. Gewebte Matten bedeckten den Boden, und hauchdünne weiße Vorhänge vor den hohen Verandatüren verhinderten das Eindringen von Insekten. Die Stühle und Sofas waren mit königsblauem Plüsch bezogen; die Rahmen der Bilder und Spiegel waren kunstvoll geschnitzt und vergoldet. Es gab sogar ein Grammophon mit einer umfangreichen Sammlung von Opernmusik, die der verstorbene Sir Henry besonders geschätzt hatte.

Bei unserem Eintreten erhob sich ein Mann von dem Sofa, auf dem er geruht hatte. Aufgrund seiner Blässe und seines schwankenden Gangs, als er auf uns zukam, war es unnötig, daß Karl uns miteinander bekanntmachte; es handelte sich um den kränkelnden Mr. Milverton. Ich führte ihn gleich wieder zum Sofa zurück und legte ihm die Hand auf die Stirn.

»Ihr Fieber ist abgeklungen«, sagte ich. »Aber Sie leiden immer noch an Entkräftung, die Ihre Krankheit verursacht hat, und hätten Ihr Bett nicht verlassen sollen.«

»Um Himmels willen, Amelia, beherrsche dich«, brummte Emerson. »Ich hatte gehofft, daß du auf dieser Expedition nicht wieder dem Wahn verfällst, eine ausgebildete Ärztin zu sein.«

Ich wußte genau, warum er so schlecht gelaunt war. Mr. Milverton war ein äußerst gutaussehender junger Mann. Das scheue Lächeln auf seinem Gesicht, als er von mir zu meinem Mann hinübersah, zeigte, daß er ebenmäßige weiße Zähne und schöngeschwungene Lippen hatte. Seine goldenen Locken fielen ihm unordentlich in die hohe weiße Stirn. Doch sein gutes Aussehen hatte nichts Weibisches an sich, und seine Konstitution war durch die Krankheit nicht ernstlich angegriffen worden; seine Brust und die Schultern waren so breit wie die eines jungen Athleten.

»Sie sind überaus freundlich, Mrs. Emerson«, sagte er. »Ich versichere Ihnen, ich bin schon wieder auf dem Damm, und ich habe mich schon darauf gefreut, Sie und Ihren berühmten Gatten kennenzulernen.«

»Hmmm«, meinte Emerson in einem etwas freundlicheren Ton. »Sehr gut. Morgen früh fangen wir an ...«

»Mr. Milverton sollte sich die nächsten Tage nicht der Mittagssonne aussetzen«, sagte ich.

»Ich möchte dich nochmals daran erinnern«, erwiderte Emerson, »daß du keine Ärztin bist.«

»Und ich möchte dich daran erinnern, wie es dir damals ergangen ist, als du meinen medizinischen Rat in den Wind geschlagen hast.«

Ein außergewöhnlich finsterer Ausdruck erschien auf Emersons Gesicht. Er drehte mir kurzerhand den Rücken zu. »Und wo ist Lady Baskerville?« fragte er Karl. »Eine fabelhafte Frau!«

»Das ist sie wirklich«, antwortete Karl. »Und ich habe für Sie, Herr Professor, eine wichtige Nachricht von dieser äußerst bemerkenswerten Dame. Sie hält sich im Hotel Luxor auf. Es wäre, wie Sie verstehen werden, für sie nicht schicklich, ohne Begleitung einer anderen Dame mit Ihnen unter einem Dach zu wohnen, jetzt, da ihr verehrter Gemahl...«

»Ja, ja«, meinte Emerson ungeduldig. »Wie lautet die Nachricht?«

»Sie möchte, daß Sie – und natürlich auch Mrs. Emerson – heute im Hotel mit ihr zu Abend speisen.«

»Vorzüglich, vorzüglich«, rief Emerson begeistert. »Wie ich mich auf dieses Treffen freue!«

Unnötig zu sagen, daß mich Emersons durchsichtiger Versuch, mich dadurch zu ärgern, daß er mir Bewunderung für Lady Baskerville vorspielte, sehr amüsierte. Ruhig bemerkte ich: »Wenn wir heute im Hotel speisen, solltest du lieber deine Sachen auspacken, Emerson. Deine Abendgarderobe wird ziemlich zerknittert sein. Sie, Mr. Milverton, müssen schleunigst zurück ins Bett. Ich werde gleich nach Ihnen sehen und dafür sorgen, daß Sie alles haben, was Sie brauchen. Als erstes werde ich die Küche inspizieren und mit dem Koch sprechen. Karl, Sie sollten mich mit der Dienerschaft bekanntmachen. Hatten Sie Schwierigkeiten, geeignete Leute zu finden?«

Ich nahm Karl mit festem Griff beim Arm und verließ mit

ihm den Raum, bevor Emerson Gelegenheit zu einer Antwort hatte.

Die Küche befand sich in einem eigenen Gebäude hinter dem Haupthaus; in einem heißen Klima eine sehr sinnvolle Einrichtung. Als wir näherkamen, verrieten mir verschiedene köstliche Gerüche, daß gerade das Mittagessen zubereitet wurde. Karl erzählte mir, die meisten Bediensteten seien geblieben. Offenbar sahen sie keine Gefahr darin, für Ausländer zu arbeiten, solange sie sich nicht selbst aktiv an der Entweihung des Grabes beteiligten.

Ich freute mich, in Ahmed, dem Küchenchef, der früher im Shepheard's gearbeitet hatte, einen alten Bekannten zu treffen. Er schien sich genauso zu freuen, mich wiederzusehen. Nachdem wir Höflichkeiten ausgetauscht und uns gegenseitig nach dem Gesundheitszustand unserer Familien erkundigt hatten, verabschiedete ich mich, froh darüber, daß ich wenigstens in diesem Bereich nicht ständig ein Auge auf alles haben mußte.

In unserem Zimmer war Emerson damit beschäftigt, seine Bücher und Aufzeichnungen durchzusehen. Die Koffer mit den Kleidern standen noch ungeöffnet herum. Der junge Diener, dessen Aufgabe es gewesen wäre, die Sachen auszupakken, hockte auf dem Boden und unterhielt sich angeregt mit Emerson.

»Mohammed hat mir die wichtigsten Neuigkeiten erzählt«, sagte Emerson fröhlich. »Er ist der Sohn von Ahmed, dem Küchenchef – du erinnerst dich ...«

»Ja, ich habe eben mit Ahmed gesprochen. Das Essen wird in Kürze serviert.« Während ich das sagte, zog ich aus Emersons Tasche die Schlüssel; er sortierte weiterhin seine Papiere. Ich reichte Mohammed die Schlüssel; er war ein schlankes Bürschchen mit leuchtenden Augen und von der grazilen Schönheit, die diese jungen Kerle oft haben. Mit meiner Hilfe erfüllte er seine Aufgabe und zog sich danach zurück. Erfreut stellte ich fest, daß er den Wasserkrug gefüllt und Handtücher bereitgelegt hatte.

»Endlich allein«, meinte ich spaßhaft und begann, mein Kleid aufzuknöpfen. »Wie erfrischend das Wasser aussieht! Nach der letzten Nacht muß ich mich dringend waschen und umziehen.«

Ich hängte mein Kleid in den Schrank und wollte mich gerade umdrehen, als Emerson plötzlich von hinten die Arme um mich legte und mich eng an sich drückte.

»Die letzte Nacht war sicherlich unbefriedigend«, murmelte er (oder zumindest meinte er zu murmeln; Emerson bekommt bei dieser Tonlage bestenfalls ein knurrendes Dröhnen zustande, das für das Ohr äußerst schmerzhaft ist). »Die harten, äußerst schmalen Kojen und das Schlingern des Schiffs ...«

»Nein, Emerson, dafür haben wir jetzt keine Zeit«, sagte ich und versuchte, mich zu befreien. »Wir haben eine Menge zu erledigen. Hast du für unsere Leute alles vorbereitet?«

»Ja, ja, dafür habe ich schon gesorgt. Peabody, habe ich dir schon jemals gesagt, daß ich sie bewundere, die Form deiner ...«

»Das hast du.« Ich nahm seine Hand von der betreffenden Körperstelle, obgleich mir das, wie ich zugeben muß, einiges an Willenskraft abverlangte. »Dafür ist jetzt keine Zeit. Ich würde gern heute nachmittag ins Tal hinübergehen und einen Blick auf das Grab werfen.«

Ich empfinde es nicht als herabwürdigend, wenn ich zugebe, daß die Aussicht auf eine archäologische Untersuchung das einzige ist, was Emerson von der Beschäftigung abhalten kann, die er in diesem Augenblick im Sinn hatte.

»Hmmm, ja«, meinte er gedankenvoll. »Aber du weißt, daß es dort heiß sein wird wie an der Pforte zum Hades.«

»Um so besser; wenigstens treiben sich dann keine Touristen von Cook herum, und wir haben ein bißchen Ruhe. Wir müssen gleich nach dem Essen losgehen, wenn wir heute abend mit Lady Baskerville dinieren wollen.«

So wurde es vereinbart, und zum erstenmal seit vielen Jahren legten wir wieder unsere Arbeitskleidung an. Ein Schauer durchlief mich, als ich meinen geliebten Emerson in den Kleidern sah, in denen er einst mein Herz erobert hatte. (Ich meine das natürlich nur bildlich; sein damaliges Arbeitsgewand hatte sich schon lange in Wohlgefallen aufgelöst.) Die hochgerollten Ärmel entblößten seine muskulösen Arme, der offene Kragen ließ seinen kräftigen gebräunten Hals sehen. Es kostete mich Mühe, meine Gefühle unter Kontrolle zu bringen und mit ihm zum Speisezimmer hinunterzugehen.

Karl wartete bereits auf uns. Ich war nicht überrascht, daß er pünktlich zum Essen erschienen war; sein Leibesumfang wies darauf hin, daß er gewiß nicht an Appetitmangel litt. Leichtes Erstaunen zeichnete sich auf seinem Gesicht ab, als er mich sah.

Anfangs hatte ich mich bei meinen Aufenthalten in Ägypten noch der Anstandsregel unterworfen, die Frauen zum Tragen bodenlanger, unbequemer Röcke zwang. Diese Kleidungsstücke sind zum Klettern, Laufen und für jegliche aktive Beteiligung an archäologischen Ausgrabungen völlig ungeeignet. Ich hatte deshalb diese Röcke zunächst mit Knickerbockers vertauscht, später trug ich eine Art Pumphose. Bei meinem letzten Aufenthalt in Ägypten schließlich hatte ich mir ein Kostüm anfertigen lassen, das meiner Meinung nach Zweckmäßigkeit und weibliche Sittsamkeit miteinander verbindet. In einem Land, in dem es vor Schlangen und Skorpionen wimmelt, sind feste Stiefel eine unabdingbare Notwendigkeit. Die meinen reichten bis zu den Knien; als Beinkleider dienten mir weit geschnittene Reithosen, die im

Stiefelschaft steckten, damit sie nicht zufällig verrutschten. Über der Hose trug ich eine knielange Tunika mit Schlitzen auf beiden Seiten. Dieser Aufzug wurde durch einen breitkrempigen Hut und einen derben Gürtel ergänzt, an dem sich Haken für Messer, Pistole und andere Utensilien befanden.

Ein oder zwei Jahre später kam ein ähnliches Kostüm als Jagdkleidung in Mode, und obgleich mir für meine Kreation nie eine Würdigung zuteil wurde, bin ich sicher, daß es meiner Kleidung nachempfunden war.

Als Karl von unseren Plänen für diesen Nachmittag erfuhr, erbot er sich, uns zu begleiten. Doch wir lehnten ab, weil wir bei dieser ersten Besichtigung allein sein wollten. Durch eine Felsspalte in den Klippen führt eine Art Kutschpfad in das Tal, in dem die toten Könige Ägyptens begraben liegen; allerdings schlugen wir den direkteren Weg ein, der hinter Deir el Bahri über das Hochplateau führt. Als wir aus dem schattigen Gehölz und den Gärten heraustraten, brannte die Sonne auf uns nieder; aber das tat meiner guten Stimmung keinen Abbruch, denn ich dachte an das naßkalte Wetter und den langweiligen Alltag, den wir hinter uns gelassen hatten.

Über eine felsige, steile Anhöhe gelangten wir auf das Plateau. Dort hielten wir einen Augenblick inne, um zu verschnaufen und die Aussicht zu genießen. Vor uns erstreckte sich eine kahle Steinwüste; hinter uns breitete sich in der Tiefe das ungeheure Niltal aus wie ein Gemälde von Meisterhand. Der Tempel der Königin Hatasu, den Maspero entdeckt hatte, sah aus wie ein Kinderspielzeug. Jenseits der Wüste zogen sich die Felder wie ein smaragdgrünes Band am Flußufer entlang. Die Sicht war so klar, daß wir die winzigen Konturen der Pfeiler und Säulen der östlichen Tempel erkennen konnten. Im Süden erhob sich der pyramidenförmige Gipfel, den man als Göttin des Westens bezeichnet und der über die antiken Grabstätten wacht.

Emerson begann zu summen. Er hat eine ganz entsetzliche Singstimme und trifft keinen Ton richtig, aber ich erhob keinen Einwand, selbst dann nicht, als in seinem Gebrummel allmählich Wörter auszumachen waren.

... bekannt bin ich wie 'n bunter Hund
in jedem Kaffeehaus.
Die Mädel schrei 'n aus einem Mund,
»Charlie, gib einen aus!«

Ich stimmte mit ein:

Champagner Charlie nennt man mich.
Kein Kind von Traurigkeit.
Drum Freund, prost, die Gläser hoch!
Auf eine schöne Zeit.

Emerson nahm mich bei der Hand. In perfekter Harmonie der Seelen (wenn auch nicht der Stimmen) gingen wir weiter; und ich hatte nicht das Gefühl, daß wir mit unserem Lied diesen heiligen Ort entweihten.

Schließlich endete unser Spaziergang an einer Felsenkante, von wo aus wir in ein Tal hinabsehen konnten. Die Felswände und der kahle Boden waren vom selben eintönigen Graubraun, das im gleißenden Sonnenlicht die Farbe eines blassen, ungenießbaren Puddings annahm. Nur ein paar kleine Schattenflecken, die in der höherwandernden Sonne immer mehr zusammenschrumpften, unterbrachen diese Monotonie – abgesehen von den rechteckigen schwarzen Öffnungen, die dem Tal der Könige seinen Namen gegeben haben.

Befriedigt stellte ich fest, daß sich meine Hoffnung auf relative Ungestörtheit erfüllt hatte. Die Touristen waren in ihre Hotels zurückgekehrt, und das einzige, was sich bewegte, waren formlose Bündel von Lumpen, unter denen die ägyptischen Führer und Wächter schliefen, die im Tal arbeiteten. Doch nein! Mit Bedauern revidierte ich meinen ersten Eindruck, als ich einer Gestalt gewahr wurde. Wegen der großen Entfernung konnte ich nur undeutliche Umrisse erkennen, und zwar die einer großen männlichen Person in europäischer Kleidung. Der Mann schien in die Betrachtung der umliegenden Felsen versunken zu sein.

Wir hatten zwar noch nie zuvor das Grab besucht, doch ich zweifelte nicht, daß Emerson einen präzisen Lageplan davon hätte zeichnen können. Auch mir wäre das gelungen. Wie hypnotisiert wandten sich unsere Blicke in die richtige Richtung.

Es lag unter uns auf der gegenüberliegenden Seite des Tals. Die steilen, fast senkrecht abfallenden Felswände rahmten es wie eine Theaterkulisse ein. Am Fuß der Felsen zog sich ein langgestreckter Hügel aus Steinen und Geröll hin, auf dem sich die Schutthaufen früherer Ausgrabungen türmten und einige neuere Hütten und Lagergebäude standen. Ein dreieckiger Einschnitt im Geröll bildete den Zugang zum Grab von Ramses VI. Unter diesem und links davon sah ich das schwere Eisentor, von dem Karl gesprochen hatte. Zwei staubige Bündel – die wachsamen Aufpasser, die Grebaut zu Grabwächtern ernannt hatte – lagen neben dem Tor.

Emerson drückte meine Hand fester. »Denk' bloß daran«, sagte er sanft, »welche Wunder unter diesen nackten Felsen noch versteckt liegen! Die Gräber von Thutmosis dem Großen, von Amenhotep dem Zweiten und von Königin Hatasu... Vielleicht auch noch ein ähnliches Versteck von Königsmumien wie das, das 1881 entdeckt wurde. Welcher von ihnen wartet wohl darauf, von uns ausgegraben zu werden?«

Ich teilte zwar seine Empfindungen, aber er zerquetschte mir fast die Hand. Ich wies ihn darauf hin. Mit einem tiefen Seufzer fand Emerson wieder in die Wirklichkeit zurück. Gemeinsam kletterten wir den Pfad hinunter, der zum Grund des Tals führt.

Die schlafenden Wächter rührten sich nicht einmal, als wir vor ihnen standen. Emerson stupste eines der Bündel mit den Zehenspitzen an. Es erzitterte; dann konnte man inmitten der Lumpen ein feindselig blickendes schwarzes Auge erkennen, und schließlich ergoß sich aus einem nicht sichtbaren Mund ein Schwall von ordinären arabischen Flüchen über uns. Emerson erwiderte etwas im gleichen Ton. Das Bündel sprang auf die Füße, so daß sich die Lumpen teilten, und eines der bösartigsten Gesichter erschien, ein Gesicht durchfurcht von Schrammen und Narben. Ein Auge war milchig, blind und leer. Das andere funkelte Emerson zornig an.

»Ah«, sagte mein Gatte in arabisch. »du bist es, Habib. Und ich dachte, die Polizei hätte dich ein für allemal aus dem Verkehr gezogen. Welcher Dummkopf hat dir eine Aufgabe anvertraut, die eines ehrbaren Mannes bedürfte?«

Es heißt, die Augen seien der Spiegel der Seele. Jedenfalls gab Habibs funktionstüchtiges Auge für einen kurzen Moment die Heftigkeit seiner wahren Gefühle zu erkennen. Doch nur für einen Augenblick; dann verfiel er in hündische Unterwürfigkeit, murmelte eine Begrüßung, Entschuldigungen, Erklärungen – und Beteuerungen, er habe seinem üblen Leben abgeschworen und das Vertrauen des Amtes für Antikenverwaltung gewonnen.

Emerson war unbeeindruckt. »Allah allein vermag in dein Herz zu sehen, Habib; ich verfüge nicht über sein allwissendes Auge, doch ich habe da meine Zweifel. Ich werde mir jetzt das Grab ansehen. Geh mir aus dem Weg.«

Inzwischen hatte sich auch der zweite Wächter erhoben und verbeugte sich in einem fort. Er hatte ein nicht ganz so schurkisches Gesicht wie Habib, was vielleicht daran lag, daß er jünger war.

»Leider, edler Herr, habe ich keinen Schlüssel«, sagte Habib.

»Aber ich habe einen.« Emerson zog ihn hervor.

Das Tor war über die Breite des Eingangs im Stein verankert. Es hatte starke Streben und ein massives Schloß; doch ich wußte, daß dies für Männer, die dafür bekannt waren, daß sie das dickste Felsgestein durchbohren, um die Toten ausrauben zu können, kein dauerhaftes Hindernis darstellen würde. Als das Gitter aufschwang, standen wir vor dem versiegelten Eingang, an dem Lord Baskerville am letzten Tag seines Lebens gescheitert war. Seither hatte niemand etwas angerührt. Das kleine Loch, das Armadale geschlagen hatte, klaffte noch immer als einzige Öffnung in der Steinwand.

Emerson zündete eine Kerze an und hielt sie an die Öffnung, und als wir beide gleichzeitig hindurchsehen wollten, stießen wir in unserem Übereifer mit den Köpfen zusammen. Ich wußte, was mich erwartete, und doch dämpfte es meine Begeisterung, einen Haufen Steinschutt zu erblicken, der alles verbarg, was hinter ihm lag.

»So weit, so gut«, meinte Emerson. »Seit Baskervilles Tod hat niemand versucht, hier einzudringen. Offen gesagt habe ich erwartet, daß unsere Freunde aus Gurneh schon viel früher Anstrengungen unternommen hätten einzubrechen.«

»Daß sie es nicht getan haben, läßt mich vermuten, daß wir eine langwierige Arbeit vor uns haben«, erwiderte ich. »Vielleicht warten sie darauf, daß wir erst einmal den Zugang freischaufeln, damit sie ohne Anstrengung an die Grabkammer herankommen.«

»Du könntest recht haben. Aber ich hoffe, daß du dich irrst, was den Umfang der notwendigen Aushubarbeiten angeht; in der Regel liegt der Schutt nur bis zum Treppenschacht.«

»Belzoni schreibt, daß er 1844 beim Betreten des Seti-Grabes über Berge von Schutt gestiegen sei«, erinnerte ich ihn.

»Das kann man kaum miteinander vergleichen. Jenes

Grab wurde ausgeraubt und später für weitere Bestattungen benutzt. Das Geröll, von dem Belzoni schreibt ...«

Wir waren mitten in einer angenehm anregenden archäologischen Diskussion, als wir plötzlich unterbrochen wurden. »Hallo, Sie da unten«, rief eine laute, fröhliche Stimme. »Darf ich hinunterkommen, oder kommen Sie herauf?«

Als ich mich umwandte, erblickte ich eine Gestalt, die sich von der Öffnung am oberen Ende der Treppe abhob. Es war der große Mann, der mir zuvor bereits aufgefallen war, doch ich konnte ihn erst deutlich erkennen, nachdem wir die Stufen hinaufgestiegen waren. Emerson hatte, ohne zu zögern, geantwortet, daß wir hinaufkommen würden. Er war nicht erpicht darauf, daß sich ein Fremder seinem neuen Spielzeug näherte.

Die Gestalt entpuppte sich als ein sehr großgewachsener, sehr magerer Gentleman mit einem hageren, humorvollen Gesicht. Sein Haar war von jener unbestimmbaren Farbe, die sowohl blond als auch grau sein kann. Sein Akzent verriet sofort seine Herkunft, und als wir die Treppe erklommen hatten, verfiel er in die überschwengliche Redeweise, die Amerikanern so eigen ist.

»Ja, wen haben wir denn da? Ich kann Ihnen gar nicht sagen, was für eine Freude es mir ist! Wer Sie sind, ist ja wohl sonnenklar. Aber zuerst muß ich mich Ihnen vorstellen: Cyrus Vandergelt, New York, USA – zu Ihren Diensten, Ma'am, und natürlich auch Ihnen, Professor Emerson.«

Wie jeder, der mit Ägyptologie vertraut ist, erinnerte auch ich mich wieder an den Namen. Mr. Vandergelt war das amerikanische Pendant zu Lord Baskerville – ein begeisterter Amateur und wohlhabender Förderer der Archäologie.

»Ich habe schon gehört, daß Sie in Luxor sind«, meinte Emerson ohne eine Spur von Begeisterung, wobei er die Hand, die Mr. Vandergelt ihm entgegenhielt, schüttelte.

»Aber ich rechnete nicht damit, Ihnen so bald zu begegnen.«

»Sie fragen sich vielleicht, was ich hier zu dieser unchristlichen Stunde tue«, erwiderte Vandergelt mit leisem Lachen. »Nun, Herrschaften, ich bin genauso wie Sie – wir sind vom gleichen Schlag. So ein bißchen Hitze kann mich nicht von meinem Vorhaben abbringen.«

»Und das wäre?« fragte ich.

»Selbstverständlich Sie zu treffen. Ich habe mir schon gedacht, daß Sie gleich nach Ihrer Ankunft hier herauskommen werden. Und, Ma'am, wenn ich das sagen darf, Ihr Anblick ist jede Anstrengung wert. Ich bin – daraus mache ich keinen Hehl, nein, ich bin sogar ausgesprochen stolz darauf – ein glühender Verehrer der Damenwelt und ein Connaisseur, im ehrbarsten Sinne, wohlgemerkt, der weiblichen Schönheit.«

Es war unmöglich, an diesen Worten Anstoß zu nehmen, denn sie offenbarten die unverwüstlich gute Laune der Menschen jenseits des Atlantiks und ließen auf einen ausgezeichneten Geschmack schließen. Also lächelte ich.

»Ich kenne Ihren Ruf, Vandergelt«, sagte Emerson, »und ich weiß, warum Sie hier sind. Sie wollen mir mein Grab abspenstig machen.«

Mr. Vandergelt grinste übers ganze Gesicht. »Das würde ich gerne, wenn ich es könnte. Und nicht nur das Grab, sondern auch Sie und Mrs. Emerson, damit Sie es für mich ausgraben. Aber« – und dabei wurde er ziemlich ernst – »Lady Baskervilles Herz hängt nun einmal daran, mit dieser Sache ihrem lieben Verblichenen ein Denkmal zu setzen, und ich gehöre nicht zu der Sorte Männer, die sich einer Dame in den Weg stellen; besonders dann nicht, wenn sie hierbei von solch rührenden Empfindungen geleitet wird. Nein, Sir, Cyrus Vandergelt ist kein Mann, der mit schmutzigen Tricks arbeitet. Ich möchte Ihnen nur helfen. Falls Sie meine Hilfe benötigen sollten, können Sie auf mich zählen.«

Während er sprach, richtete er sich zu seiner vollen Größe auf – er war gut über einsachtzig – und erhob die Hand, als wollte er einen Eid ablegen. Es war ein beeindruckender Anblick; man meinte fast, das Sternenbanner im Wind flattern zu sehen und die bewegenden Klänge des »O Beautiful America« zu hören.

»Sie wollen damit sagen«, gab Emerson scharf zurück, »daß Sie gern mit von der Partie sind, wenn es ums Amüsement geht.«

»Ha, ha«, meinte Vandergelt fröhlich. Er versetzte Emerson einen freundschaftlichen Klaps auf den Rücken. »Ich sagte ja, wir sind vom gleichen Schlag, nicht wahr? Einem ausgefuchsten Kerl wie Ihnen kann man so leicht nichts vormachen. Selbstverständlich hätte ich nichts dagegen. Wenn Sie mich nicht mitmachen lassen, werde ich ständig unter irgendeinem Vorwand hier auftauchen und Sie damit zur Verzweiflung treiben. Nein, einmal ernsthaft, Kinder, Sie werden noch jede Hilfe brauchen, die Sie bekommen können. Diese Gauner aus Gurneh werden wie die Hornissen über Sie herfallen, und der hiesige Imam hetzt mit seinem Theater die Gemeinde auf. Wenn ich auch sonst nichts tun kann, so kann ich wenigstens bei der Bewachung des Grabes und beim Schutz der Damen helfen. Aber warum stehen wir hier in der prallen Sonne herum und palavern? Meine Kutsche wartet am anderen Ende des Tals; ich fahre Sie nach Hause, und wir können auf dem Weg noch etwas plaudern.«

Wir lehnten dieses Angebot ab, und Mr. Vandergelt verabschiedete sich, nicht ohne zu bemerken: »So einfach werden Sie mich nicht los. Heute abend speisen Sie doch mit Lady Baskerville? Ich auch. Bis dann also.«

Ich rechnete schon mit einer Tirade von Emerson über die Manieren und Absichten von Mr. Vandergelt, doch ganz entgegen seiner Art äußerte er sich nicht. Nachdem wir das, was man sehen konnte, noch einmal überprüft hatten, rüsteten wir zum Aufbruch; da bemerkte ich, daß Habib verschwunden war. Der zweite Wächter sprudelte eine wirre Erklärung hervor, doch Emerson unterbrach ihn.

»Ich hatte sowieso die Absicht, ihn zu entlassen«, meinte er an mich gerichtet, allerdings in arabisch, damit jeder mögliche Zuhörer ihn verstehen konnte. »Zum Glück sind wir den los.«

Als wir die Felsen hinaufkletterten, wurden die Schatten allmählich länger, und ich drängte Emerson, der vor mir war, sich zu beeilen. Ich wollte genug Zeit haben, um mich auf die Verabredung vorzubereiten. Wir waren fast oben angelangt, als ich ein Geräusch vernahm. Ich packte Emerson an den Fußgelenken und riß ihn nach unten. Der Felsbrocken, den ich an der Kante hatte wippen sehen, verfehlte ihn um weniger als dreißig Zentimeter; beim Aufprall stob ein Hagel von Felssplittern in alle Richtungen.

Langsam erhob sich Emerson. »Ich wünschte, Peabody, du wärst ein bißchen weniger schroff in deinen Methoden«, meinte er und wischte sich mit dem Ärmel das Blut, das von seiner Nase tropfte. »Ein ruhiges ›Paß auf, da oben!‹ oder ein Ziehen an meinem Hemdzipfel hätte sich als ebenso wirksam, dafür aber weniger schmerzhaft erwiesen.«

Natürlich war diese Bemerkung lächerlich; ich hatte jedoch keine Zeit, darauf zu antworten, denn als sich Emerson mit einem raschen Blick vergewissert hatte, daß ich unverletzt war, drehte er sich sofort um, kletterte mit erheblicher Geschwindigkeit weiter und verschwand schließlich jenseits der Felskante. Ich folgte ihm. Als ich oben angekommen war, konnte ich ihn nirgendwo entdecken, deshalb setzte ich mich auf einen Felsen, um auf ihn zu warten und – um ehrlich zu sein – meine Nerven zu beruhigen.

Die Theorie, die ich in Kairo für kurze Zeit erwogen hatte, schien sich nun zu bestätigen. Irgend jemand war entschlossen, Emerson an der Fortsetzung von Lord Baskervilles Werk zu hindern. Ob der Tod des Lords Teil dieses Plans war oder ob der unbekannte Schurke einen tragischen Unfall für seine Zwecke genutzt hatte, konnte ich damals nicht ermitteln, doch ich war mir sicher, daß dies nicht der letzte Anschlag auf meinen Mann gewesen war. Wie froh war ich, daß ich der scheinbar selbstsüchtigen Eingebung gefolgt war, ihn zu begleiten. Der angebliche Konflikt zwischen meinen Pflichten als Ehefrau und meinen Pflichten als Mutter war in Wirklichkeit niemals ein Konflikt gewesen. Ramses war in Sicherheit und glücklich; Emerson hingegen schwebte in tödlicher Gefahr, und mein Platz war an seiner Seite.

Während ich noch meinen Gedanken nachhing, sah ich Emerson hinter einem Gesteinshaufen hervorkommen, der ein wenig abseits des Pfades lag. Sein Gesicht war blutverschmiert, und seine Augen funkelten vor Zorn. Er bot einen furchterregenden Anblick.

»Er hat sich aus dem Staub gemacht, oder?« fragte ich.

»Spurlos verschwunden. Ich hätte dich nicht allein gelassen«, fügte er entschuldigend hinzu, »wenn ich nicht sicher gewesen wäre, daß der Schurke in dem Moment, als der Felsen herunterfiel, geflüchtet ist.«

»Unsinn. Der Anschlag galt dir, nicht mir – obgleich dieser Verbrecher sich wenig darum zu scheren scheint, wen er in Gefahr bringt. Das Messer ...«

»Ich glaube nicht, daß die beiden Vorfälle miteinander zusammenhängen, Amelia. Die Hände, die diesen Felsbrokken losgerollt haben, sind bestimmt die schmutzigen Hände von Habib.«

Es sprach einiges für die Richtigkeit dieser Vermutung. »Doch warum haßt er dich so?« fragte ich. »Ich habe mitbekommen, daß es zwischen euch nicht zum besten steht, aber ein Mordversuch ...«

»Ich bin dafür verantwortlich, daß er wegen des Verbrechens, von dem ich gesprochen habe, verhaftet wurde.« Emerson nahm das Taschentuch, das ich ihm reichte, und versuchte, sein Gesicht zu säubern, während wir weitermarschierten.

»Was hat er verbrochen? Antike Schätze geraubt?«

»Das natürlich auch. Die meisten Männer in Gurneh sind an Schiebereien mit Antiquitäten beteiligt. Doch die Tat, für die ich ihn vor Gericht brachte, war ganz anderer und sehr betrüblicher Art. Habib hatte eine Tochter. Sie hieß Aziza. Als sie noch ein kleines Mädchen war, arbeitete sie für mich als Trägerin. Aus ihr wurde eine ungewöhnlich hübsche junge Frau, schlank und zierlich wie eine Gazelle, mit großen dunklen Augen, bei deren Anblick das Herz jedes Mannes dahinschmolz.«

Die Geschichte, die Emerson mir erzählte, würde wirklich das härteste Herz zum Schmelzen bringen – selbst das eines Mannes. Dank ihrer Schönheit wurde das Mädchen zu einem wertvollen Gut, und ihr Vater hoffte, sie an einen wohlhabenden Landbesitzer verkaufen zu können. Leider zog aber ihre Schönheit noch andere Bewunderer an. Als ihre Schande ruchbar wurde, wollte der reiche und widerwärtige Käufer nichts mehr von ihr wissen, und ihr Vater, der über den Verlust des Geldes erzürnt war, beschloß, die nunmehr wertlose Ware zu zerstören. Solche Dinge geschehen weit häufiger, als die britischen Behörden zugeben wollen; im Namen der »Familienehre« hat schon manch eine bedauernswerte Frau durch die Hand dessen, der eigentlich ihr Beschützer hätte sein sollen, ein schreckliches Schicksal erlitten. Doch in diesem Fall gelang es dem Mädchen, ihrem Mörder zu entkommen, bevor dieser seine verwerfliche Tat vollenden konnte. Zerschlagen und blutend stolperte sie zu Emersons Zelt, der immer freundlich zu ihr gewesen war.

»Ihre beiden Arme waren gebrochen«, sagte Emerson mit leiser, kalter Stimme, die ganz anders klang als gewöhnlich. »Als ihr Vater mit einem Prügel auf sie einschlug, hatte sie versucht, ihren Kopf zu schützen. Wie es ihr gelungen war, ihm zu entkommen und in ihrem Zustand diese weite Strecke zu laufen, kann ich mir nicht vorstellen. Als sie bei mir war, brach sie zusammen. Ich versorgte sie, so gut es ging, und rannte los, um Hilfe zu holen. In der kurzen Zeit meiner Abwesenheit kam Habib, der dicht hinter ihr gewesen sein muß, in mein Zelt und schlug ihr mit einem einzigen Schlag den Schädel ein.

Als ich zurückkam, sah ich gerade noch, wie er flüchtete. Ein Blick genügte, um zu wissen, daß ich für die arme Aziza nichts mehr tun konnte. Deshalb rannte ich ihm nach. Ich verprügelte ihn ordentlich, bevor ich ihn der Polizei übergab. Er kam mit einem sehr viel milderen Urteil davon, als er verdient hatte, weil die einheimischen Richter sein Motiv natürlich völlig verständlich fanden. Wenn ich dem Scheich nicht mit verschiedenen unangenehmen Dingen gedroht hätte, hätte er Habib wahrscheinlich freigelassen.«

Ich drückte ihm mitfühlend den Arm. Ich verstand, warum er bisher diese Geschichte nicht erzählt hatte; selbst jetzt noch berührte ihn die Erinnerung daran tief. Nur wenige kennen die sanftere Seite von Emersons Charakter, doch Menschen, die in Schwierigkeiten stecken, erahnen instinktiv sein wirkliches Wesen und wenden sich an ihn, wie dieses unglückliche Mädchen.

Nach einem Augenblick nachdenklichen Schweigens schüttelte er sich und sagte in seinem gewöhnlichen, sorglosen Ton: »Also Vorsicht vor Mr. Vandergelt, Amelia. Er hat nicht übertrieben, als er sagte, er sei ein Bewunderer des schönen Geschlechts, und sollte ich jemals erfahren, daß du seinen Avancen nachgegeben hast, werde ich dich windelweich prügeln.«

»Keine Sorge, ich werde achtgeben, daß du mich nicht erwischst. Aber Emerson, wir werden es schwer haben, diesen Fall aufzuklären, wenn wir dich dabei als Köder benutzen. Es gibt zu viele Leute in Ägypten, die dir nach dem Leben trachten.«

Während des großartigen Sonnenuntergangs wirkte das reflektierende Wasser wie ein purpurn und golden schimmernder Schal. Wir setzten die Segel, um zu unserer Verabredung mit Lady Baskerville zum Ostufer hinüberzufahren. Emerson schmollte, da ich darauf bestanden hatte, für den Weg vom Haus zur Anlegestelle eine Kutsche zu nehmen. Niemand außer Emerson wäre auf den Gedanken gekommen, in voller Abendgarderobe durch die Felder zu wandern. Er hatte tatsächlich erwartet, daß ich meine roten Satinröcke und Spitzensäume durch den Schmutz schleifte. Aber Emerson ist unvergleichlich. Wenn er sich so unvernünftig verhält, muß man streng mit ihm sein.

Allerdings besserte sich seine Laune, als wir an Bord gingen. Die kühle Abendbrise streichelte unsere Gesichter, die Feluke glitt sanft über das Wasser, und vor uns breitete sich das prächtige Panorama von Luxor aus – die grünen Palmen und Gärten, die Statuen, Säulen und Türme der Tempel von Theben. Eine Kutsche erwartete uns und trug uns rasch durch die Straßen zum Hotel Luxor, wo Lady Baskerville Quartier genommen hatte.

Als wir die Hotelhalle betraten, kam die Dame auf uns zu, um uns zu begrüßen. Obwohl sie Schwarz trug, erschien mir das Kleid nicht besonders passend für eine Frau, die erst kürzlich zur trauernden Witwe geworden war. Das schreckliche Gesäßpolster, das mir in der Vergangenheit soviel Unbequemlichkeit verursacht hatte, war offenbar nicht mehr modern. Lady Baskervilles Gewand entsprach der neuesten Mode und wies hinten nur einige kleine Volants auf. Die Schichten schwarzen Netzgewebes, die den Rock bildeten, waren so aufgeplustert, die Puffärmel an ihren Schultern so übertrieben, daß ihre Taille lächerlich schmal wirkte. Sie war eng geschnürt und zeigte unanständig viel nackte Schulter und Hals. Auch die wachsbleichen Blüten, die ihr aufgestecktes Haar krönten, wirkten mehr als deplaziert.

Lady Baskerville reichte mir ihre Fingerspitzen und umfaßte erfreut Emersons Hand. Dann wandte sie sich um, um uns ihren Begleiter vorzustellen.

»Wir haben uns bereits kennengelernt«, sagte Cyrus Vandergelt und lächelte auf uns hinunter. »Wie schön, Sie wiederzusehen. Mrs. Emerson, darf ich sagen, daß Ihr Kleid wirklich hübsch ist. Rot steht Ihnen.«

»Gehen wir essen«, meinte Lady Baskerville mit einem leichten Stirnrunzeln.

»Ich dachte, Miss Mary und ihr Bekannter wollten uns Gesellschaft leisten«, sagte Vandergelt.

»Mary sagte, sie würde kommen, falls es ihr möglich ist. Aber Sie kennen doch ihre Mutter.«

»Das kann man sagen!« Vandergelt drehte die Augen himmelwärts. »Sind Sie Madame Berengeria schon begegnet, Mrs. Emerson?«

Ich antwortete, daß ich noch nicht das Vergnügen gehabt hätte. Vandergelt fuhr fort: »Sie behauptet, sie sei hier, um die alte ägyptische Religion zu studieren, aber meiner Meinung nach weiß sie es zu schätzen, daß das Leben hier billig ist. Ich sage ja nur ungern Böses über das schöne Geschlecht, doch Madame Berengeria ist eine schreckliche Frau.«

»Aber Cyrus, Sie dürfen nicht so hart sein«, bemerkte Lady Baskerville, die mit einem leicht befriedigten Lächeln gelauscht hatte. Es gefiel ihr, wenn man über andere Frauen schlecht redete, ebenso wie sie es verabscheute, wenn man ihnen Komplimente machte. »Die Arme kann nichts dafür«, sagte sie an Emerson gewandt. »Meiner Ansicht nach ist bei ihr im Oberstübchen etwas nicht in Ordnung. Wir alle mögen Mary sehr, also erdulden wir ihre Mutter; aber das arme Kind muß diese alte ... das unglückliche Geschöpf Tag und Nacht bedienen und kann sich nur selten freimachen.«

Unruhig trat Emerson von einem Fuß auf den anderen und schob einen Finger unter seinen Kragen, wie er es immer tut, wenn er sich langweilt. Lady Baskerville, die – wie jede verheiratete Frau – diese Zeichen richtig deutete, wandte sich dem Speisesaal zu, als Mr. Vandergelt einen unterdrückten Aufschrei ausstieß.

»Du heiliger Strohsack!« (Wenigstens glaube ich, daß der Satz so lautete.) »Wie zum Teufel – schauen Sie, wen wir da haben. Sie haben sie doch nicht etwa eingeladen?«

»Ganz bestimmt nicht.« Lady Baskervilles Tonfall klang auffällig spitz, als ihr Blick auf die Person fiel, die Vandergelt zu seiner Bemerkung veranlaßt hatte. »Doch das würde sie nicht daran hindern, hier aufzukreuzen. Diese Frau hat Manieren wie ein Bauer.«

Auf uns zu kam ein merkwürdiges Zwiegespann. Eine der beiden war eine junge Dame, die züchtig in eine etwas altmodische Abendrobe aus blaßgelbem Voile gekleidet war. Unter normalen Umständen hätte ihre ungewöhnliche exotische Schönheit großen Eindruck gemacht: Ihre Haut war olivfarben, die Augen dunkel mit langen Wimpern, die Gesichtszüge waren zart und die Gestalt zierlich. Sie ähnelte so sehr den adeligen ägyptischen Damen auf den Grabgemälden, daß ihr neuzeitliches Kleid an ihr so fremd wirkte wie ein Reitkostüm an einer antiken Statue Dianas. Durchscheinende Leinengewänder, Kragen aus Türkisen und rotem Karneol und goldene Armbänder und Fußkettchen hätten besser zu ihr gepaßt.

Mit alldem und noch viel mehr war allerdings ihre Begleiterin geschmückt, deren auffälliges Äußeres den Blick vom hübschen Gesicht des Mädchens ablenkte. Sie war sehr hochgewachsen, überragte ihre Tochter um einige Zentimeter und war auch entsprechend beleibt. Ihr Leinengewand war schmutziggrau. Bei dem perlenbesetzten Kragen, mit dem sie vergeblich versuchte, ihre gewaltige Büste zu bedekken, handelte es sich um eine billige Imitation eines Schmuckstücks, wie es die Pharaonen und ihre Damen getragen hatten. An den sehr großen Füßen hatte sie dünne Sandalen, und um die kaum zu bestimmende Stelle, an der sich ihre Taille befinden mußte, war eine bunt bestickte Schärpe geknotet. Ihr Haar war zu einer riesigen schwarzen Hochfrisur aufgetürmt, auf der ein bizarrer Kopfschmuck aus Federn, Blumen und billigen Kupferanhängern thronte.

Ich zwickte Emerson. »Wenn du nur eines der Worte von dir gibst, die dir gerade im Kopf umgehen ...« zischte ich, wobei ich die Drohung offenließ.

»Ich schweige, wenn du es auch tust«, erwiderte Emerson. Seine Schultern bebten, und seine Stimme zitterte.

»Und bemüh dich, nicht zu lachen«, fügte ich hinzu.

Ein unterdrücktes Keuchen war die einzige Antwort.

Madame Berengeria rauschte auf uns zu, wobei ihre Tochter, die ihr auf dem Fuß folgte, hinter ihr verschwand. Die nähere Betrachtung bestätigte mir meine Vermutung – das unnatürlich schwarze Haar war eine Perücke, wie sie im Altertum getragen wurde. Der Gegensatz zwischen diesem abscheulichen Ding, das offenbar aus Pferdehaar gefertigt war, und Miss Marys weichen, schimmernden Locken hätte mich wohl amüsiert, wenn es nicht so abstoßend gewesen wäre.

»Ich bin gekommen«, verkündete Madame Berengeria dramatisch. »Die Botschaften waren günstig. Mir wurde die Kraft verliehen, eine Begegnung bar jeder spirituellen Stärkung zu ertragen.«

»Wie nett.« Lady Baskerville zeigte ihre langen, weißen Zähne, als dürste sie danach, sie ihrem Gegenüber in den Hals zu schlagen. »Mary, mein Kind, ich freue mich, Sie zu sehen. Lassen Sie mich Ihnen Professor und Mrs. Emerson vorstellen.«

Das Mädchen lächelte schüchtern. Sie hatte sehr angenehme, altmodische Manieren, die sie sicherlich nicht von ihrer Mutter gelernt hatte. Emerson betrachtete das Mädchen mit einer Mischung aus Mitleid und Bewunderung; seine Belustigung war vergessen, und ich fragte mich, ob ihr schönes Gesicht, das so ägyptisch wirkte, ihn an die ermordete Aziza erinnerte.

Ohne darauf zu warten, daß sie vorgestellt wurde, drängte sich Madame Berengeria nach vorne. Sie schnappte sich Emersons Hand und hielt sie mit widerwärtiger Vertraulichkeit zwischen den ihren. Ihre Finger waren mit Henna befleckt und ziemlich schmutzig.

»Wir haben keine formelle Vorstellung nötig, Professor«, dröhnte sie so laut, daß alle Umstehenden, die sich nicht schon bei ihrem Eintreten gewandt hatten, aufmerksam wurden.

»Oder darf ich Sie Set-nakhte nennen?«

»Ich sehe nicht ein, warum, zum Teufel, Sie das sollten«, gab Emerson erstaunt zurück.

»Sie erinnern sich nicht.« Sie war fast so groß wie Emerson und war ihm so nahe gerückt, daß sein Haar flatterte, als sie einen inbrünstigen Seufzer ausstieß. »Es ist nicht allen von uns gegeben, uns an unser früheres Leben zu erinnern«, fuhr sie fort. »Aber ich hoffte ... Ich war einmal Ta-weseret, die Königin, und Sie waren mein Liebhaber.«

»Du meine Güte«, entfuhr es Emerson. Er versuchte, seine Hand freizubekommen, aber die Dame ließ nicht locker. Ihr Griff mußte stark wie der eines Mannes gewesen sein, denn Emersons Finger verfärbten sich weiß, als sie fester zupackte.

»Gemeinsam haben wir im alten Waset regiert«, sprach Madame Berengeria verzückt weiter. »Das war, nachdem wir meinen gräßlichen Ehemann, Ramses, ermordet hatten.«

Diese Ungenauigkeit lenkte Emerson ab. »Aber«, widersprach er, »Ramses war nicht der Ehemann von Ta-weseret, und es ist überhaupt nicht erwiesen, daß Set-nakhte ...«

»Ermordet!« schrie Madame Berengeria auf, und Emerson fuhr zurück. »Ermordet! Wir haben für diese Sünde in einem früheren Leben gebüßt, doch die Macht unserer Leidenschaft ... Ah, Set-nakhte, wie konntest du das vergessen?«

Während Emerson die selbsternannte Liebe seines Lebens betrachtete, trug er einen Ausdruck auf dem Gesicht, an den ich mich lange mit Freude erinnern werde. Trotzdem fing die Frau allmählich an, mir auf die Nerven zu gehen, und als mein Gatte einen kläglichen, hilfesuchenden Blick in meine Richtung warf, beschloß ich einzuschreiten.

Ich trage immer einen Sonnenschirm, der mir in vieler Hinsicht sehr nützlich ist. Mein Arbeitssonnenschirm besteht aus dickem, schwarzem Baumwollsatin und hat einen Griff aus Stahl. Selbstverständlich paßte der, den ich an diesem Abend bei mir hatte, zu meinem Kleid und war für formelle Anlässe außergewöhnlich gut geeignet. Ich ließ ihn kräftig auf Madame Berengerias Handgelenk niedersausen. Sie stieß einen Schrei aus und gab Emerson frei.

»Du meine Güte, wie unvorsichtig von mir«, sagte ich.

Zum erstenmal sah mich die Dame an.

Mit dem schwarzen Kajal um ihre Augen sah sie aus, als hätte sie jemand ordentlich verprügelt. Die Augen selbst waren außergewöhnlich. Die Iris wies einen nicht genau auszumachenden Farbton zwischen Blau und Grau auf und war so blaß, daß sie ins Schmutzigweiß des Augapfels überging. Die Pupillen waren ungewöhnlich erweitert. Jedenfalls ein unglaublich unangenehmes Augenpaar, und die geballte Bösartigkeit und Listigkeit, mit der es mich betrachtete, machte mir zwei Dinge zur Gewißheit: Erstens hatte ich mir eine Feindin geschaffen, und zweitens beruhte Madames Überspanntheit in nicht unbeträchtlichem Maße auf Berechnung.

Lady Baskerville nahm Mr. Vandergelts Arm; ich griff mir meinen armen Emerson, der mit aufgerissenem Mund dastand, und überließ es Madame und ihrer unglücklichen Tochter, auf dem Weg zum Speisesaal das Ende der Prozession zu bilden. Ein Tisch war für uns vorbereitet worden, und dort ergab sich die nächste Schwierigkeit, deren Ursache, wie zu erwarten war, Madame Berengeria darstellte.

»Es gibt nur sechs Plätze«, rief sie aus und setzte sich sofort auf den nächstbesten Stuhl. »Hat Mary Ihnen nicht gesagt, Lady Baskerville, daß mein junger Verehrer auch mit uns speisen wird?«

Zitternd vor Wut ließ Lady Baskerville den Maitre d'hotel kommen und wies ihn an, ein weiteres Gedeck aufzulegen. Unter Nichtachtung der Regeln plazierte ich Emerson entschlossen zwischen mich und unsere Gastgeberin, was Mr. Vandergelt zu Madame Berengerias Tischherrn machte. Ihr Auftauchen hatte alle Arrangements von Grund auf über den Haufen geworfen, da nun eine ungleiche Anzahl von Damen und Herren am Tisch saß. Der leere Stuhl, der für Madame

Berengerias »Verehrer« vorgesehen war, stand zufällig zwischen mir und Miss Mary. So beschäftigt war ich mit anderen Angelegenheiten, daß mir nicht einfiel, mich zu fragen, wer dieser Mann wohl sein mochte. Also traf es mich völlig überraschend, als ein wohlbekanntes sommersprossiges Gesicht, umrahmt von einem ebenfalls wohlbekannten flammend roten Haarschopf, erschien.

»Ich entschuldige mich von ganzem Herzen für die Verspätung, Lady Baskerville«, sagte Mr. O'Connell und verbeugte sich. »Es ließ sich nicht vermeiden, das versichere ich Ihnen. Welche Freude, so viele alte Freunde zu sehen! Ist das mein Platz? Bestimmt ist er das, und ich könnte mir keinen besseren wünschen.«

Beim Sprechen ließ er sich elegant auf den freien Stuhl sinken und bedachte die Tischgesellschaft mit einem allumfassenden freundlichen Lächeln.

Ich trat Emerson kräftig auf den Fuß, um ihn von einer überstürzten Bemerkung abzuhalten.

»Ich habe nicht erwartet, Ihnen hier zu begegnen, Mr. O'Connell«, sagte ich. »Ich hoffe doch, Sie haben sich von Ihrem bedauerlichen Unfall erholt.«

»Unfall?« rief Mary aus und riß ihre sanften, dunklen Augen auf. »Mr. O'Connell, das haben Sie mir ja noch gar nicht erzählt...«

»Es war nichts weiter«, versicherte ihr O'Connell. »Ich habe ungeschickterweise das Gleichgewicht verloren und bin ein paar Stufen hinuntergefallen.« Er sah mich belustigt an. »Es ist wirklich freundlich von Ihnen, Mrs. Emerson, daß Sie sich an einen so unbedeutenden Unfall erinnern.«

»Ich bin erleichtert zu hören, daß Sie ihn als unbedeutend betrachten«, meinte ich, wobei ich den Druck auf Emersons Fuß ein wenig verstärkte.

Mr. O'Connell sah mich an, als könnte er kein Wässerlein

trüben. »Was mich angeht, selbstverständlich. Ich hoffe nur, daß mein Chefredakteur genauso denkt.«

»Ich verstehe«, sagte ich.

Kellner kamen mit Bouillon-Tassen herbeigeeilt, und die Mahlzeit begann. Die Konversation nahm ebenfalls ihren Anfang, und jeder wandte sich seinem Tischgenossen zu. Dank Madame wurde diese angenehme gesellschaftliche Konvention durch die Anwesenheit einer zusätzlichen Person durcheinandergebracht, weshalb ich mich ohne Gesprächspartner fand. Es störte mich nicht; während ich meine Suppe zu mir nahm, konnte ich zu meiner Erbauung und Unterhaltung nacheinander die verschiedenen Gespräche belauschen.

Die beiden jungen Leute schienen sich gut zu verstehen. Vermutlich fühlte Mr. O'Connell leidenschaftlicher; sein Blick wandte sich nie vom Gesicht des Mädchens ab, und seine Stimme nahm den weichen, zärtlichen Tonfall an, der für die Iren so typisch ist. Obwohl Mary seine Bewunderung genoß, war ich mir nicht sicher, ob sie wirklich ernsthafte Zuneigung für ihn empfand. Außerdem sah ich, daß Madame Berengeria, auch wenn sie Mr. Vandergelt mit einer Beschreibung ihrer Romanze mit Set-nakhte unterhielt, die jungen Leute aufmerksam beobachtete. Es dauerte nicht lange, bis sie sich unvermittelt umwandte und O'Connell mitten in einem Kompliment unterbrach. Der so erlöste Vandergelt zog, als sich unsere Blicke trafen, eine Grimasse und beteiligte sich dann an dem Gespräch zwischen Emerson und Lady Baskerville.

Emerson hatte das Thema jetzt – trotz Lady Baskervilles Seufzern, ihrem Wimpernklappern und ihren wiederholten Dankbarkeitsbezeugungen, wie galant er doch einer armen, einsamen Witwe zur Hilfe geeilt sei – auf die Archäologie gelenkt. Völlig ungerührt von ihren Andeutungen fuhr Emerson fort, seine Pläne zur Aushebung des Grabes zu erläutern.

Glauben Sie nicht, werter Leser, daß ich das, was inzwischen mein hauptsächliches Anliegen geworden war, aus den Augen verloren hätte. Den Mörder Lord Baskervilles zu entdecken war nicht länger eine Angelegenheit von rein abstraktem Interesse. Möglicherweise war Mr. O'Connell für Emersons Unfall in Kairo verantwortlich (obwohl ich das bezweifelte); auch konnte der finstere Habib den Felsbrocken, der Emerson an eben diesem Tag so knapp verfehlt hatte, ins Rollen gebracht haben. Möglicherweise, sage ich, denn ich war mir sicher, daß zwei Unfälle innerhalb eines so kurzen Zeitraums eine tiefere und unheimlichere Bedeutung hatten. Derjenige, der Baskerville ermordet hatte, hatte es nun auf das Leben meines Mannes abgesehen, und je schneller ich seine Identität ermittelte, desto früher würde Emerson in Sicherheit sein.

Natürlich konnte es sich auch um eine Frau handeln. Um ehrlich zu sein, hatte ich, als ich um den Tisch herumblickte, noch nie eine Ansammlung von so verdächtig wirkenden Menschen gesehen.

Diese Lady Baskerville war fähig, einen Mord zu begehen, das bezweifelte ich keinesfalls. Allerdings wußte ich damals noch nicht, warum sie ihren Mann hätte umbringen sollen. Doch ich war überzeugt, daß eine kurze Untersuchung ein Motiv zutage fördern und auch erklären würde, wie sie die beiden Angriffe auf Emerson zustande gebracht hatte.

Was Mr. Vandergelt betraf, müßte ich ihn, so liebenswürdig er auch erscheinen mochte, als Verdächtigen in Erwägung ziehen. Wir alle wissen, wie skrupellos diese amerikanischen Millionäre ihre Rivalen zerstören, während sie den Gipfel der Macht erklimmen. Vandergelt hatte es auf Lord Baskervilles Grab abgesehen. Einige mögen das als unzureichendes Mordmotiv betrachten, aber ich wußte zu gut, was im Kopf eines Archäologen vorgeht, um diesen Gesichtspunkt zu vernachlässigen.

Als ob sie meinen fragenden Blick bemerkt hätte, sah Madame Berengeria von dem Lammbraten auf, den sie sich gerade in den Mund stopfte. Wieder leuchtete in ihren blassen Augen der Haß auf. Überflüssig, sich zu fragen, ob sie in der Lage war, einen Mord zu begehen! Ganz sicherlich war sie verrückt, und Verrückte sind unberechenbar. Vielleicht hatte sie auch Lord Baskerville als lang verlorenen Liebsten begrüßt und ihn umgebracht, als er sie, wie es jeder normale Mann tun mußte, zurückwies.

Madame Berengeria fuhr fort, ihr Essen hinunterzuschlingen, und ich wandte meine Aufmerksamkeit ihrer Tochter zu, die schweigend Mr. O'Connells leisen Bemerkungen lauschte. Sie lächelte zwar, aber es war ein trauriges Lächeln; im grellen Licht des Speisesaals waren der schäbige Zustand ihres Kleides und die Müdigkeitsfalten in ihrem jungen Gesicht deutlich sichtbar. Sofort strich ich sie von meiner Liste der Verdächtigen. Daß sie ihre Mutter noch nicht umgebracht hatte, bewies, daß sie zu gewaltsamen Handlungen nicht fähig war.

Mr. O'Connell? Zweifelsohne gehörte er auf meine Liste. Er verstand sich gut mit allen drei Damen, was einen hinterlistigen und scheinheiligen Charakter verriet. Marys Zuneigung zu gewinnen war nicht schwer; das Mädchen würde auf jeden ansprechen, der sich ihr gegenüber freundlich und liebevoll zeigte. Zu seiner Schande hatte O'Connell sich aus reiner Verlogenheit und Doppelzüngigkeit (denn niemand konnte diese Frau ehrlich bewundern oder auch nur ertragen) mit ihrer Mutter eingelassen. Diese Hinterlistigkeit hatte ihn wahrscheinlich auch bei Lady Baskerville beliebt gemacht. Er hatte über sie in den ekelerregendsten sentimentalen Worten geschrieben, und sie war eitel genug, sich von solch hohlen Schmeicheleien einwickeln zu lassen. Kurz und gut, er war kein Mensch, dem man vertrauen konnte.

Selbstverständlich war die Liste der Verdächtigen mit den Anwesenden noch nicht erschöpft. Der verschwundene Armadale stand ganz oben, und auch Karl von Bork und Milverton konnten Motive haben, von denen ich noch nichts wußte. Ich bezweifelte nicht, daß die Antwort leicht zu finden sein würde, wenn ich mich ernsthaft mit dem Problem befaßte; und, um die Wahrheit zu sagen, war mir die Aussicht auf ein wenig Detektivarbeit gar nicht unangenehm.

Mit solchen unterhaltsamen Spekulationen verging die Mahlzeit, und wir machten uns daran, in den Salon umzuziehen. Madame Berengeria hatte alles verschlungen, was sie in die Finger bekommen konnte, und ihr rundes Gesicht glänzte fettig. Wahrscheinlich hatten die Gäste nach einem Gelage im alten Ägypten so ausgesehen, wenn das Horn aus parfümiertem Fett oben auf ihren Perücken schmolz und ihnen das Gesicht hinabrann. Außerdem hatte sie große Mengen Wein getrunken. Als wir vom Tisch aufstanden, packte sie ihre Tochter beim Arm und lehnte sich schwer auf sie. Marys Knie gaben unter ihrem Gewicht nach. Prompt eilte Mr. O'Connell ihr zur Hilfe, oder – besser gesagt – er versuchte es, denn als er Madames anderen Arm ergriff, riß sie sich los.

»Mary hilft mir schon«, nuschelte sie. »Liebe Tochter... hilf deiner Mutter... eine gute Tochter verläßt ihre Mutter nie...«

Mary erbleichte. Während sie ihre Mutter stützte, sagte sie leise: »Würden Sie uns vielleicht eine Kutsche rufen, Mr. O'Connell? Es ist wohl besser, wenn wir gehen. Mutter, du fühlst dich nicht wohl.«

»Ich habe mich noch nie besser gefühlt«, verkündete

Madame Berengeria. »Ich brauche Kaffee. Muß mich mit meinem alten Liebhaber unterhalten ... Amenhotep ... ich nannte ihn den Großartigen ... und das war er auch ... du erinnerst dich doch noch an deine süße, kleine Königin, nicht wahr, Amen?«

Sie ließ den Arm ihrer Tochter los und stürzte sich auf Emerson.

Doch diesmal hatte sie meinen Mann unterschätzt. Vorhin war er überrascht worden; nun schritt er zur Tat, und Emerson läßt sich selten – oder genauer: niemals – auch nur im entferntesten durch den Gedanken an gesellschaftliche Formen vom Handeln abhalten. Er packte die Dame mit eisernem Griff, schob sie im Marschschritt vor sich her zur Tür und rief: »Eine Kutsche bitte! Madame Berengerias Kutsche, wenn Sie so gut sein wollen!«

Der Hotelportier eilte ihm zur Hilfe. Als Mary ihnen nachblickte, nahm O'Connell sie bei der Hand.

»Können Sie nicht bleiben? Ich hatte noch keine Gelegenheit, mit Ihnen zu sprechen ...«

»Sie wissen doch, daß das nicht möglich ist. Gute Nacht allerseits. Lady Baskerville, vielen Dank ... und Entschuldigung ...«

Schlank und anmutig in ihrem schäbigen Kleid folgte sie gesenkten Hauptes den Hotelpagen, die ihre Mutter zur Tür hinausschleppten.

In Mr. O'Connells Gesicht konnte man deutlich sein Bedauern und seine liebevolle Besorgnis lesen. Allmählich gefiel mir der junge Mann, doch dann schüttelte er sich kurz und sagte: »Nun, Mrs. Emerson, haben Sie Ihre Meinung über das Interview geändert? Ihre Gedanken bei Ihrer Ankunft in Luxor würden die Leser enorm interessieren.«

Die Veränderung, die in seinem Gesicht vor sich gegangen war, war außergewöhnlich. Seine Augen funkelten bösartig, der Mund hatte sich zu einem schmallippigen, halbmondförmigen Grinsen verzogen. Dieser Ausdruck, den ich sein Journalistengesicht nannte, erinnerte mich an die Gnome und bösen Elfen, von denen es auf der Grünen Insel nur so wimmeln soll.

Da ich nicht beabsichtigte, diesen Vorschlag mit einer Antwort zu würdigen, ignorierte ich ihn. Glücklicherweise hatte Emerson die Frage nicht gehört. Er stützte sich auf die Rükkenlehne von Lady Baskervilles Stuhl und erläuterte seine Pläne für den nächsten Tag. »Und«, fügte er mit einem Blick auf mich hinzu, »da wir bei Morgengrauen aufstehen müssen, brechen wir jetzt besser auf, nicht wahr, Amelia?«

Prompt erhob ich mich. Zu meiner Überraschung folgte mir Lady Baskerville.

»Ich habe gepackt und bin bereit. Würden Sie bitte den Pagen rufen, Radcliffe?« Als sie meine Überraschung sah, lächelte sie mich süßlich an. »Hatte ich Ihnen nicht gesagt, daß ich vorhabe, mit Ihnen zu kommen, Mrs. Emerson? Nun, da Sie hier sind, brauche ich keinen Skandal zu befürchten, wenn ich in mein altes Haus zurückkehre, mit dem mich so viele liebe Erinnerungen verbinden.«

Ich brauche nicht zu erwähnen, daß meine Antwort höflich war.

Ich hatte befürchtet, daß die Anwesenheit von Lady Baskerville im Nebenzimmer Emerson etwas hemmen würde. Das tat es auch anfangs. Er warf einen ärgerlichen Blick auf die geschlossene Tür, die ich umgehend verriegelt hatte, und murmelte: »Verdammt, Amelia, das wird mir ganz schön auf die Nerven gehen. Ich kann ja kein Wort sagen, ohne Angst haben zu müssen, daß mich jemand hört.« Doch mit der Zeit war er so in seine Beschäftigung versunken, daß alle Hemmung von ihm wich und Ablenkungen von außen vergessen waren. Mein eigener Beitrag dazu war nicht unbeträchtlich.

Ich lag friedlich in den Armen meines Mannes und schlummerte ein. Doch in dieser Nacht war uns kein ungestörter Schlaf vergönnt. Kaum hatte ich die Augen geschlossen, als ich von einem entsetzlichen Schrei aus dem Schlaf gerissen wurde.

Ich bilde mir etwas darauf ein, daß ich sofort hellwach und bereit bin, alles Notwendige zu tun, wenn man mich jäh aus dem Schlaf reißt. Also erhob ich mich und schickte mich an, aus dem Bett zu springen. Unglücklicherweise hatte ich mich noch nicht wieder völlig an die Vorrichtungen gewöhnt, die in diesem Klima zum Schlafen nötig waren. Und so stürzte ich kopfüber ins Moskitonetz, das das Bett umhüllte. Bei meinen Versuchen, mich zu befreien, verwickelte ich mich nur noch tiefer in den Stoff. Die Schreie dauerten an. Inzwischen hatten sich ängstliche Rufe von irgendwoher im Haus dazugesellt.

»Hilf mir, Emerson«, rief ich ärgerlich. »Ich habe mich im Moskitonetz verfangen. Warum erhebst du dich nicht?«

»Weil du«, antwortete eine schwache Stimme aus dem Bett, »mir beim Aufstehen auf den Bauch getreten bist. Ich habe eben erst wieder Luft bekommen.«

»Dann nütze sie gefälligst für Taten, nicht für Worte. Befreie mich.«

Emerson gehorchte. Es wäre überflüssig, die Bemerkungen, die er währenddessen von sich gab, zu wiederholen. Nachdem er mich befreit hatte, rannte er zur Tür. Als seine Gestalt den Streifen Mondlicht aus dem offenen Fenster kreuzte, stieß ich einen Schrei aus.

»Emerson, deine Hosen – deinen Morgenmantel – irgend etwas ...«

Mit einem üblen Fluch riß Emerson das erstbeste Kleidungsstück an sich, das ihm in die Finger kam. Es entpuppte sich als dasjenige, das ich vor dem Schlafengehen abgelegt hatte, ein Nachthemd aus dünnem weißem Leinen mit weißen Spitzensäumen. Er warf es mir mit einem noch übleren Fluch zu und fing an, seine Kleider zu suchen. Bis wir den Hof erreicht hatten, waren die Schreie verstummt. Jedoch hatte sich die allgemeine Aufregung nicht gelegt. Alle Mitglieder der Expedition umringten einen Diener, der auf dem Boden saß, seinen Kopf mit den Armen bedeckte und stöhnend hin und her schaukelte. Ich erkannte Hassan, einen von Lord Baskervilles Männern, der als Nachtwächter angestellt war.

»Was ist geschehen?« fragte ich den Nächstbesten. Zufällig handelte es sich um Karl, der mit verschränkten Armen dastand. Er war vollständig bekleidet. Nachdem er sich in seiner steifen, deutschen Art verbeugt hatte, antwortete er ruhig: »Dieser Tor behauptet, einen Geist gesehen zu haben. Sie wissen ja, wie abergläubisch diese Leute sind; und zur Zeit...«

»Lächerlich«, sagte ich ziemlich enttäuscht. Ich hatte schon gehofft, diese Störung sei von Lord Baskervilles Mörder hervorgerufen worden, der zum Tatort zurückgekehrt war.

Emerson packte Hassan beim Genick und zerrte ihn vom Boden hoch. »Genug!« brüllte er. »Bist du ein Mann oder ein sabberndes Kleinkind? Sprich! Welcher Anblick hat unseren tapferen Nachtwächter in diesen Zustand versetzt?«

Emersons Methoden sind zwar unkonventionell, aber für gewöhnlich erfolgreich. Hassans Schluchzer erstarben. Er fing an, mit den Beinen zu strampeln, und Emerson ließ ihn herunter, bis seine staubigen, nackten Fußsohlen den glattgestampften Boden des Hofes berührten.

»Oh, Vater der Flüche«, stieß er hervor. »Wirst du deinen Diener beschützen?«

»Gewiß, gewiß. Sprich.«

»Es war ein Efreet, ein böser Geist«, flüsterte Hassan und rollte die Augen. »Der Geist desjenigen, der das Gesicht einer Frau und das Herz eines Mannes hat.«

»Armadale!« rief Mr. Milverton aus.

Er stand neben Lady Baskerville, die mit ihren zarten, weißen Händen seinen Ärmel umklammerte. Aber es war schwer zu sagen, welcher von beiden wen stützte, denn er war ebenso blaß wie sie. Hassan nickte heftig, oder wenigstens versuchte er es; Emerson hielt ihn immer noch am Genick gepackt.

»Die Hand des Vaters der Flüche erschwert mir das Sprechen«, beklagte er sich.

»Oh, tut mir leid.« Emerson ließ ihn los.

Hassan rieb sich den mageren Hals. Er hatte sich von seinem Schrecken erholt, und ein listiges Glitzern trat in seine Augen. Allmählich schien es ihm zu gefallen, im Mittelpunkt zu stehen.

»Ich habe ihn deutlich im Mondlicht gesehen, als ich meine Runde machte«, sagte er. »Die Gestalt desjenigen mit dem Gesicht...«

»Ja, ja«, unterbrach ihn Emerson. »Was tat er?«

»Er schlich durch die Schatten wie eine Schlange, ein Skorpion oder ein böser Geist! Er trug ein langes Leichenhemd aus Leinen, und sein Gesicht war mager und eingefallen, mit durchdringenden Augen und...«

»Hör auf damit!« brüllte Emerson. Hassan schwieg und blickte sich mit großen Augen um, als ob er die Wirkung seiner Gespenstergeschichte auf sein Publikum überprüfen wollte.

»Der abergläubische Wicht hat geträumt«, sagte Emerson zu Lady Baskerville. »Gehen Sie wieder zu Bett. Ich kümmere mich darum, daß er...«

Wie viele der Männer verstand Hassan mehr Englisch, als er sprach. »Nein!« rief er aus. »Es war kein Traum; ich schwöre es. Ich habe in den Hügeln die Schakale heulen hören, ich habe gesehen, wie die Grashalme unter seinen Füßen einknickten. Er ging zu einem der Fenster, Vater der Flüche – zu einem der Fenster hier.«

Er wies auf die Seite des Hauses, wo alle unsere Zimmer lagen.

Karl stieß ein Grunzen aus. Lady Baskervilles Gesicht nahm eine graue Färbung an. Aber Milvertons Reaktion fiel am dramatischsten aus. Mit einem seltsamen, leisen Seufzer knickte er in den Knien ein und stürzte besinnungslos zu Boden.

»Es hat nichts zu bedeuten«, sagte ich einige Zeit später, als Emerson und ich uns wieder anschickten, zu Bett zu gehen. »Ich habe dir gesagt, daß der junge Mann noch nicht wieder völlig auf dem Damm ist. Der Schrecken und die Aufregung waren zu viel für ihn.«

Emerson stand auf einem Stuhl und versuchte, das Moskitonetz wieder anzubringen. Ärgerlich hatte er meinen Vorschlag zurückgewiesen, einen der Diener zu rufen, damit dieser das übernahm.

»Du überraschst mich, Amelia«, knurrte er. »Ich war mir sicher, daß du diesen Ohnmachtsanfall als Schuldgeständnis werten würdest.«

»Rede keinen Unsinn. Armadale ist der Mörder; das behaupte ich schon die ganze Zeit. Jetzt wissen wir, daß er noch lebt und sich hier in der Gegend herumtreibt.«

»Wir wissen nichts dergleichen. Hassan wäre durchaus in der Lage, sich den Geist von Ramses einzubilden; von allen zwölf Ramsessen gleichzeitig. Vergiß das Ganze und komm ins Bett.«

Er kletterte vom Stuhl herunter. Zu meinem Erstaunen stellte ich fest, daß er es geschafft hatte, das Netz anzubringen. Emerson überrascht mich immer wieder.

Trotz unserer turbulenten Nacht waren wir bereits vor Tagesanbruch auf den Beinen. Es war ein herrlicher Morgen. Diese Luft einzuatmen war, wie kühlen Weißwein zu trinken. Als sich die Sonne majestätisch über den Horizont erhob, leuchteten im Westen die Felsen in rosigem Rot. Lerchen begrüßten mit ihrem Gesang die Morgendämmerung, und alles sah aus wie frisch gewaschen – ein äußerst trügerischer Eindruck, wie ich hinzufügen möchte, da die Reinlichkeit nicht zu den hervorragenden Wesensmerkmalen der Bewohner Oberägyptens zählt.

Bei Sonnenaufgang ritten wir durch wogende Gerstenfelder und blühende Gemüsepflanzungen über die Ebene. Wir mußten etliche Gerätschaften mitnehmen, deshalb wählten wir diesen und nicht den kürzeren Weg, der schwieriger war und über die Felshänge führte. Zerlumpt, aber in fröhlicher Stimmung, folgten uns wie eine Prozession die uns treuergebenen Männer aus Aziyeh. Ich fühlte mich wie der General einer kleinen Armee; um meinem überschäumenden Gefühl ein Ventil zu verschaffen, wandte ich mich im Sattel um, hob meinen Arm und rief »Huzzah!«, worauf unsere Truppe mit einem Schrei der Begeisterung und Emerson mit einem wütend hervorgestoßenen: »Mach' dich doch nicht lächerlich, Amelia« antwortete.

Abdullah marschierte an der Spitze seiner Männer; sein kraftvoller Gang und sein scharfgeschnittenes, gebräuntes Gesicht straften sein Alter Lügen. Uns begegneten Frauen in langen braunen Galabiyas mit nackten Kindern im Arm, Esel, die fast unter ihrer Reisiglast verschwanden, hochmütig dreinblickende Kamele mit ihren Treibern, Bauern mit Rechen und Hacken auf dem Weg zu ihren Feldern. Abdullah, der eine schöne Stimme hat, hob zu einem Lied an. Die übrigen Männer fielen ein, und ich hörte, daß ihr Gesang einen trotzigen Ton hatte. Die Passanten tuschelten miteinander und stießen sich gegenseitig an. Obwohl nichts auf Feindseligkeit hindeutete, war ich froh, als wir das fruchtbare Land hinter uns hatten und zu der engen Öffnung in den Felswänden kamen. Wind und Wasser hatten die hochaufragenden Felsen, die diesen Eingang bewachen, so geformt, daß sie auf merkwürdige Weise an steinerne Wächter erinnern, obgleich der bloße Gedanke, daß es an diesem wüsten Ort einmal Wasser gegeben haben soll, schwer vorstellbar ist. Die blassen Kalksteinwände und der kreidige Boden sind so leblos wie die Eiswüsten des Nordens.

Nachdem wir im eigentlichen Tal angelangt waren, sahen wir, daß sich in der Nähe unseres Grabes eine große Menschenmenge versammelt hatte. Mein Blick blieb an einem Mann hängen, der durch seine ungewöhnliche Größe und durch seinen schweren *Farageeyeh* auffiel, das Übergewand, das hauptsächlich von Gelehrten getragen wird. Sein borstiger schwarzer Bart bauschte sich um das Gesicht; mit verschränkten Armen stand er abseits von den anderen. Die Leute, die sich anrempelten und schubsten, hielten respektvoll Abstand zu ihm. Sein grüner Turban gab ihn als Nachfahre des Propheten zu erkennen; seine strenge Miene und die stechenden, tiefliegenden Augen verrieten, daß es sich um eine starke und machtgebietende Persönlichkeit handelte.

»Das ist der hiesige heilige Mann«, sagte Karl. »Ich glaube, ich muß Sie warnen, Herr Professor, daß er ein Gegner ...«

»Unnötig«, gab Emerson zurück. »Seien Sie still und bleiben Sie mir aus dem Weg.«

Er stieg ab und wandte sich dem Imam zu. Eine Weile starrten sich die beiden schweigend an. Ich muß gestehen, daß ich selten zwei eindrucksvollere Männer gesehen habe. Es war, als stünden sie sich nicht als Einzelpersonen gegenüber, sondern als Symbole zweier Lebensweisen: Vergangenheit und Zukunft, alter Aberglaube und neuer Rationalismus.

Doch ich schweife ab.

Feierlich erhob der Imam die Hand. Seine vom Bart verdeckten Lippen teilten sich.

Bevor er noch ein Wort sprechen konnte, sagte Emerson laut: »*Sabâhkum bilkheir,* Heiliger Mann. Seid Ihr gekommen, um das Werk zu segnen? *Marhaba* – willkommen.«

Emerson behauptet – und damit hat er vielleicht recht –, alle religiösen Führer seien im Grunde ihres Herzens Schauspieler. Dieser Mann reagierte wie jeder erfahrene Mime, wenn man ihm die Schau stiehlt: Er zügelte den Zorn, der in seinen Augen aufloderte, und antwortete wie aus der Pistole geschossen: »Ich bringe keinen Segen, sondern eine Warnung. Wollt Ihr Gefahr laufen, den Fluch des Allmächtigen auf Euch zu lenken? Wollt Ihr die Toten entehren?«

»Ich bin gekommen, um die Toten zu retten, nicht, um ihre Gräber zu entweihen«, erwiderte Emerson. »Jahrhundertelang haben die Männer aus Gurneh ihre bemitleidenswerten Gebeine im Sand verstreut. Was die Flüche betrifft, so fürchte ich weder Efreets noch Dämonen, denn der Gott, zu dem wir beide beten, hat uns Schutz vor allem Bösen zugesagt. Ich erflehe Seinen Segen für unser Werk der Rettung! *Allâhu akhbar; lâ ilâha illa 'llâh*!« Er riß sich den Hut vom Kopf, wandte sich gen Mekka und hob beide Hände in

Gesichtshöhe, wie es für das Rezitieren des *takbir* vorgeschrieben ist.

Ich konnte nur mit Mühe ein »Bravo!« unterdrücken. Ein Murmeln lief durch die Menge der Zuschauer. Emerson verharrte genau lang genug in seiner theatralischen Pose. Er stülpte sich den Hut auf den Kopf, noch ehe seinem überraschten Widersacher eine passende Antwort einfiel, und sagte energisch: »Nun denn, Heiliger Mann, Ihr werdet mich entschuldigen, wenn ich mich jetzt an die Arbeit mache.«

Ohne weitere Umschweife schickte er sich an, die Stufen hinabzusteigen. Der Imam, der mit der Würde, die ihm sein Amt gebot, seine Niederlage anerkannte, machte auf den Absätzen kehrt und entfernte sich, gefolgt von einem Teil des Publikums. Die übrigen hockten sich auf den Boden, um uns bei der Arbeit zuzusehen – zweifellos in der Hoffnung, eine wie auch immer geartete Katastrophe mitzuerleben.

Als ich Emerson gerade nachgehen wollte, entdeckte ich, daß die nunmehr zerstreute Menge den Blick auf eine Gestalt freigab, die sich bislang zwischen den Leuten verborgen hatte. Mr. O'Connells feuerrotes Haar war unter einem übermäßig großen Sonnenhut versteckt. Er kritzelte eifrig etwas in sein Notizbuch. Er bemerkte, daß ich ihn ansah, blickte hoch und zog seinen Hut.

»Den allerschönsten guten Morgen, Mrs. Emerson. Ich hoffe, Sie sind nach dieser turbulenten Nacht nicht müde?«

»Wie haben Sie davon erfahren?« wollte ich wissen. »Und was die ... das heißt, was haben Sie überhaupt hier zu suchen?«

»Nun, dies ist ein öffentlicher Platz, denke ich. Die Öffnung des Grabes ist eine wichtige Nachricht. Ihr Gatte hat mir bereits eine erstklassige Schlagzeile geliefert. Was für ein Schauspieler!«

Er hatte meine erste Frage nicht beantwortet. Offenbar verfügte er innerhalb unseres Haushalts über Informationsquellen, die er nicht preisgeben wollte. Was den zweiten Punkt betraf, hatte er völlig recht: Zwar konnten wir ihn daran hindern, das Grab zu betreten, aber nicht daran, uns zu beobachten. Während ich ihn noch wütend anstarrte, zog er in aller Seelenruhe einen Klappstuhl hervor, entfaltete ihn und ließ sich darauf nieder. Dann hielt er einen Bleistift über sein Notizbuch und blickte mich erwartungsvoll an.

Ich hatte plötzlich Mitgefühl mit dem Imam. Genau wie ihm fehlten auch mir die Worte. Daher folgte ich dem Beispiel des Heiligen Mannes und zog mich so würdevoll wie möglich zurück.

Als ich die Stufen hinabstieg, stellte ich fest, daß Emerson das Eisentor geöffnet hatte und sich mit den Wächtern unterhielt – nicht mit dem unansehnlichen Habib und dessen Freund, sondern mit zweien unserer eigenen Männer. Da ich nicht gewußt hatte, daß Emerson diese Wachablösung veranlaßt hatte, sprach ich ihn darauf an.

»Du mußt mich für einen Narren halten, wenn du meinst, ich würde darauf verzichten, eine solch grundlegende Vorsichtsmaßnahme zu treffen«, erwiderte Emerson. »Trotzdem bin ich mir ganz und gar nicht sicher, daß diese Vorkehrungen ausreichen werden. Ist der Gang erst einmal freigeräumt, wird es möglicherweise nötig sein, daß einer von uns die Nacht hier verbringt. Wenn Milverton wieder hergestellt ist, sind wir zu dritt ...«

»Zu viert«, verbesserte ich ihn und nahm meinen Sonnenschirm fest in den Griff.

Die Männer murrten ein wenig, als ihnen klar wurde, daß sie die Körbe mit dem Schutt selbst würden hinaufschleppen müssen. Diese niedrige Arbeit wurde gewöhnlich von Kindern erledigt, doch Emerson hatte beschlossen, die Dorfbewohner nicht um Hilfe zu bitten. Wenn sie erst einmal sahen, daß die Arbeit ohne Zwischenfälle voranschritt, würden sie von allein zu uns kommen. Zumindest hatten wir damit gerechnet; doch Ereignisse wie unser »Geist« letzte Nacht würden der Sache nicht gerade zuträglich sein. Wenn wir nur diesen mysteriösen Armadale zu fassen bekommen hätten!

Als die Männer sahen, daß Karl, Emerson und ich uns auf die Arbeit stürzten, hörten sie auf zu jammern. Abdullah war regelrecht entsetzt, als ich den ersten Korb mit Steinen hochhob und ihn hinaustragen wollte.

»Anscheinend hast du meine Gewohnheiten vergessen, Abdullah«, sagte ich. »Du hast mich doch bereits schwerere Arbeiten verrichten sehen.«

Der alte Mann lächelte. »Zumindest habe ich dein Temperament nicht vergessen, Sitt Hakim. Es wäre ein kühnerer Mann als Abdullah nötig, um dich von deinem Vorhaben abzuhalten.«

»Einen solchen Mann gibt es nicht«, entgegnete ich. Seine Bemerkung freute mich, denn sie enthielt sowohl ein taktvolles Kompliment als auch eine einfache Feststellung von Tatsachen. Dann fragte ich meinen Gatten, wo er den Schutthaufen anzulegen wünschte, da ich die Ehre hatte, den ersten Korb auszuleeren.

Emerson lugte über den Rand der Stufen und kratzte sich nachdenklich am Kinn. »Dort«, sagte er und zeigte nach Südwesten auf einen Flecken nahe des Eingangs zum Grab von Ramses IV. »In dem Bereich gibt es sicherlich nichts von Interesse; die Ruinen sind bloß die Überreste von antiken Arbeiterhütten.«

Beim Hin- und Herschleppen des Korbs machten mich anfangs das unentwegte Starren und das ständige Lächeln von Mr. O'Connell ein wenig befangen, denn ich wußte, daß er zur Freude seiner Leser ein sprachliches Portrait von mir zeichnete. Nach und nach jedoch vergaß ich ihn unter der Mühe der Arbeit. Der Schutthaufen wuchs, wie mir schien, quälend langsam. Da ich nicht ins Grab hinabstieg, sondern den schon beladenen Korb von dem Mann in Empfang nahm, der ihn gefüllt hatte, konnte ich nicht feststellen, welche Fortschritte wir gemacht hatten, und ich empfand das als sehr entmutigend.

Allmählich entwickelte ich auch eine gehörige Achtung vor den armen Kindern, die als Korbträger arbeiteten. Wie sie es schafften, fröhlich hin- und herzulaufen, dabei zu singen und Späße zu machen, wußte ich nicht; der Schweiß floß mir in Strömen, und ich verspürte Schmerzen in verschiedenen Teilen meiner Anatomie. Im Laufe des Vormittags versammelten sich immer mehr Touristen, und es wurde notwendig, zusätzlich zu dem Zaun um das eigentliche Grab entlang des Pfades zwischen dem Eingang und dem Schutthaufen Seile zu spannen. Die Unverschämteren unter den Touristen ignorierten diese Absperrung einfach, so daß ich ständig irgendwelche gaffenden Idioten zur Seite schieben mußte. Halb blind von Sonne, Staub und Schweiß achtete ich auf diese Gestalten nur soweit, als notwendig war, um sie aus dem Weg zu stoßen. Als ich also genau in der Mitte des Pfades auf ein sehr aufwendig geschneidertes hellgraues Ausgehkleid mit schwarzem Spitzenbesatz stieß, versetzte ich diesem im Vorbeieilen einen leichten Schubs mit dem Ellbogen. Ein Kreischen, auf das der Aufschrei einer Männerstimme folgte, ließ mich innehalten. Nachdem ich mir mit dem Ärmel über die Stirn gewischt hatte, um klarer sehen zu können, erkannte ich Lady Baskerville. Zweifellos war ihr Korsett schuld daran, daß sie die Taille nicht bewegen konnte; ihr ganzer Körper war – steif wie ein Baumstamm – nach hinten gekippt, wobei sie mit den Absätzen den Boden berührte und an den Schultern von Mr. Vandergelt gehalten wurde. Unter ihrem blumengeschmückten Hut, der ihr ins Gesicht gerutscht war, funkelte sie mich an.

»Guten Morgen, Mrs. Emerson«, sagte Mr. Vandergelt. »Ich hoffe doch, Sie verzeihen mir, wenn ich nicht den Hut ziehe.«

»Aber sicher. Guten Morgen, Lady Baskerville; ich habe Sie nicht gesehen. Entschuldigen Sie mich, ich muß diesen Korb leeren.«

Als ich zurückkam, stand Lady Baskerville wieder aufrecht und rückte ihren Hut zurecht. Der Anblick meiner zerzausten, staubigen und schweißgebadeten Erscheinung gab ihr das innere Gleichgewicht zurück. Sie schenkte mir ein mitleidiges Lächeln.

»Meine liebe Mrs. Emerson, ich hätte nie erwartet, Sie mit niedrigen Arbeiten beschäftigt zu sehen.«

»Das läßt sich nicht vermeiden«, antwortete ich kurz angebunden. »Wir könnten ein paar Arbeiter mehr gebrauchen.« Ich musterte sie von Kopf bis Fuß und sah, wie ihre Miene vor Entrüstung starr wurde, bevor ich hinzufügte: »Ich hoffe, Mr. Milverton geht es besser?«

»Wie ich hörte, haben Sie ihn heute bereits gesehen«, erwiderte Lady Baskerville, die hinter mir herlief, denn natürlich unterbrach ich meine Arbeit nicht länger als absolut notwendig.

»Ja, ich sagte ihm, er soll heute im Haus bleiben.«

Ich wollte gerade weitersprechen, als ein Schrei aus dem Grab drang. Sofort ließ ich meinen Korb fallen und rannte los. Auch die Schaulustigen begriffen, was es mit diesem Schrei auf sich hatte; sie drängten sich so dicht um den Eingang, daß ich mich erst durch sie hindurchkämpfen mußte, um an die Treppe zu gelangen, und nur Emersons wütende Gebärden verhinderten, daß einige von ihnen mir folgten.

Die Männer arbeiteten nahe genug am Eingang, so daß

keine künstliche Beleuchtung vonnöten war, doch durch den plötzlichen Wechsel aus dem strahlenden Sonnenlicht in die Düsternis konnte ich zunächst kaum etwas erkennen. Dann aber sah ich, was die Aufregung verursacht hatte. An einer der Wände, die nunmehr ein Stück weit freigelegt waren, war ein Teil eines Gemäldes zu sehen. In Überlebensgröße zeigte es den Oberkörper einer männlichen Figur, die eine Hand zum Segen erhob. Die Farben waren noch genauso kräftig wie an jenem weit zurückliegenden Tag, als der Künstler sie aufgetragen hatte: das Rotbraun der Haut, das Korallenrot, Grün und Azurblau des perlenverzierten Kragens und das Gold der hohen Federn, die das schwarze Haar krönten.

»Amon«, rief ich, als ich die Insignien dieses Gottes erkannte. »Emerson, wie großartig!«

»Die Ausführung ist genauso kunstvoll wie im Grab von Sethos des Ersten«, sagte Emerson. »Wir müssen vorsichtig weitermachen, um das Gemälde nicht zu beschädigen.«

Vandergelt war die Treppe zu uns hinabgestiegen. »Sie räumen diesen ganzen Schutt weg? Warum graben Sie denn nicht einen Tunnel hindurch, um die Grabkammer schneller zu erreichen?«

»Weil ich nicht daran interessiert bin, den Journalisten eine Sensation zu liefern oder es den Gurnawis zu erleichtern, das Grab auszurauben.«

»Da muß ich Ihnen recht geben«, sagte Vandergelt lächelnd. »So gern ich bleiben möchte, Professor – ich denke, es ist besser, wenn ich Lady Baskerville nach Hause bringe.«

Wir arbeiteten bis zum frühen Abend weiter. Als wir aufhörten, war der Gang mehrere Meter weit freigeräumt und zwei phantastische Gemälde waren zutage gefördert worden, eines an jeder Wand. Sie waren Teil einer ganzen Prozession von Göttern. Neben Amon waren auch Osiris, Mut und

Isis erschienen. Man konnte Inschriften erkennen, die Karl eifrig kopierte, doch zu unserer Enttäuschung war der Name des Grabbesitzers nicht aufgetaucht.

Nachdem wir das Eisentor und die Tür des kleinen Schuppens, in dem wir unsere Geräte aufbewahrten, abgeschlossen hatten, machten wir uns auf den Weg zurück nach Baskerville House. Es wurde schon dunkel, als wir Richtung Osten gingen; doch hinter uns, im Westen, durchzogen die letzten trüben Strahlen des Sonnenuntergangs den Himmel wie blutige Striemen.

Emerson spottet gern über unnötigen Luxus; doch ich stellte fest, daß er keine Skrupel hatte, sich der Annehmlichkeiten des gemütlichen kleinen Badezimmers neben unserem Schlafgemach zu bedienen. Während ich mich wusch, hörte ich, wie die Diener die großen irdenen Krüge nachfüllten; das kühle Wasser war, wie ich sagen muß, nach einem Tag in Sonne und Staub sehr wohltuend. Emerson war nach mir an der Reihe; und ich mußte lächeln, als er ein Lied anstimmte. Es handelte, glaube ich, von einem jungen Mann am Trapez.

Der Tee wurde gerade – später als sonst – vorbereitet, als wir den eleganten Salon betraten. Die Fenster zur weinbewachsenen Loggia standen offen, und der Duft von Jasmin durchdrang den Raum.

Wir waren die ersten, doch kaum hatte ich Platz genommen, erschienen Karl und Mr. Milverton, und kurz darauf gesellte sich Mr. Vandergelt zu uns; er spazierte so selbstverständlich wie ein alter Freund zur Terrassentür herein.

»Ich bin eingeladen«, versicherte er mir und beugte sich zu einem Handkuß herab. »Doch ich muß gestehen, daß ich auf jeden Fall gekommen wäre, denn ich brenne darauf, zu erfahren, was Sie heute gefunden haben. Wo ist Lady Baskerville?«

Kaum hatte er diese Frage gestellt, als die Lady hereinschwebte. Sie war in Rüschen und Spitzen gehüllt und trug einen Zweig süß duftenden weißen Jasmins in der Hand. Nach einer (wie ich wohl kaum hinzufügen muß) höflichen Erörterung der Frage, wer von uns den Tee einschenken sollte, füllte ich die Tassen. Dann ließ Emerson sich dazu herab, einen kurzen aber prägnanten Vortrag über die Entdeckungen des heutigen Tages zu halten.

Er begann, großzügig wie er ist, mit dem Hinweis auf meinen eigenen, nicht unbeträchtlichen Beitrag. Die letzten Stunden des Nachmittags hatte ich damit verbracht, den Schutt, den wir aus dem Gang geräumt hatten, durchzusieben. Nur wenige Archäologen belasten sich mit dieser Aufgabe, wenn sie auf der Suche nach größeren Zielen sind, doch Emerson hat stets darauf bestanden, jeden Quadratzentimeter des Schutts zu untersuchen, und in diesem Fall waren unsere Anstrengungen auch belohnt worden. Mit einigem Stolz präsentierte ich meine Funde, die auf einem Tablett ausgebreitet lagen: einen Haufen Tonscherben (gewöhnliche, polierte Ware), eine Handvoll Knochen (von Nagetieren) und ein Kupfermesser.

Lady Baskerville stieß ein Lachen aus.

»Meine arme, liebe Mrs. Emerson: die ganze Mühe für eine Handvoll Kehricht!«

Mr. Vandergelt strich sich über den Spitzbart. »Da bin ich mir nicht so sicher, Ma'am. Das sieht zwar nach nicht viel aus, doch ich will verdammt sein, wenn dahinter nicht etwas steckt – etwas nicht sehr Erfreuliches. Nicht wahr, Professor?«

Emerson nickte brummend. Er schätzt es nicht, wenn jemand seinen brillanten Schlußfolgerungen zuvorkommt. »Sie sind sehr scharfsinnig, Vandergelt. Diese Tonscherben stammen von einem Krug, der parfümiertes Öl enthielt. Ich fürchte sehr, Lady Baskerville, daß wir nicht die ersten sind, die die Ruhe des Pharaos stören.«

»Ich verstehe nicht.« Lady Baskerville wandte sich mit einer kurzen, hübschen Geste der Verwirrung zu Emerson um.

»Aber das liegt doch auf der Hand«, rief Karl. »Solche Behälter mit parfümiertem Öl wurden zusammen mit dem Toten begraben, damit er sie in der nächsten Welt verwenden konnte, ebenso wie Nahrungsmittel, Kleidung, Möbel und was man sonst noch brauchte. Wir wissen das aus den Grabreliefs und aus Papyrusschriften, die ...«

»Wie dem auch sei«, unterbrach ihn Emerson, »was Karl sagen will, Lady Baskerville, ist, daß solche Scherben im äußeren Gang nur gefunden werden können, wenn ein Dieb einen der Krüge beim Hinaustragen fallen gelassen hat.«

»Vielleicht fiel er beim Hineintragen zu Boden«, meinte Milverton unbekümmert. »Meine Diener zerbrechen ständig etwas.«

»In diesem Fall wären die Scherben des Krugs aufgefegt worden«, sagte Emerson. »Nein; ich bin mir fast sicher, daß das Grab nach der Bestattung betreten wurde. Die unterschiedliche Beschaffenheit des Schutts läßt darauf schließen, daß ein Tunnel hindurchgegraben worden ist.«

»Der danach wieder aufgefüllt wurde«, ergänzte Vandergelt. Er drohte Emerson schelmisch mit dem Finger. »Aber, Professor, Sie versuchen, uns alle in Aufregung zu versetzen. Doch mir machen Sie nichts vor. Man hätte den Tunnel, den die Diebe gegraben haben, nicht wieder aufgefüllt und die Grabsiegel nicht wieder angebracht, wenn das Grab leer gewesen wäre.«

»Dann meinen Sie also, daß dort noch Schätze zu heben sind?« fragte Lady Baskerville.

»Selbst wenn wir nicht mehr finden würden als gemalte

Reliefs der Qualität, wie wir sie bisher entdeckt haben, wäre das Grab ein Schatz«, erwiderte Emerson. »Doch in der Tat, Vandergelt hat wieder recht.« Er warf dem Amerikaner einen finsteren Blick zu. »Ich glaube, es besteht die Möglichkeit, daß die Diebe nicht bis zur Grabkammer vorgestoßen sind.«

Lady Baskerville gab einen Aufschrei des Entzückens von sich. Ich wandte mich Milverton zu, der neben mir saß und seine Belustigung kaum verbergen konnte.

»Warum lächeln Sie, Mr. Milverton?«

»Ich gestehe, Mrs. Emerson, daß mich dieser ganze Wirbel um ein paar Tonscherben irgendwie erstaunt.«

»Das klingt aus dem Munde eines Archäologen aber ein wenig seltsam.«

»Ich bin kein Archäologe, sondern Photograph, und das ist mein erster Ausflug in die Welt der Ägyptologie.« Er wandte den Blick ab und vermied es auch weiterhin, mich anzusehen, als er rasch weitersprach. »Ehrlich gesagt, habe ich bereits vor dem tragischen Tod von Lord Baskerville Zweifel gehegt, ob ich hier überhaupt von Nutzen bin. Nun, da er tot ist, glaube ich nicht ... das heißt, ich meine, es wäre besser für mich ...«

»Wie?« Lady Baskerville hatte alles mitgehört, obwohl Milvertons Stimme kaum lauter gewesen war als ein Flüstern. »Was reden Sie da, Mr. Milverton? Sie werden doch nicht mit dem Gedanken spielen, uns zu verlassen?«

Der unglückliche junge Mann errötete in allen Schattierungen des Sonnenuntergangs. »Ich sagte nur eben zu Mrs. Emerson, daß ich nicht glaube, hier von Nutzen sein zu können. Mein Gesundheitszustand ...«

»Unsinn!« rief Lady Baskerville aus. »Dr. Dubois hat mir versichert, daß Sie sich prächtig erholen und daß es besser für Sie ist, hier zu wohnen als allein in einem Hotel. Sie dürfen nicht davonlaufen.«

»Wir brauchen Sie«, pflichtete Emerson bei. »Wir sind viel zu wenige, Milverton, das wissen Sie doch.«

»Aber ich habe keine Erfahrung...«

»Vielleicht nicht in der Archäologie. Doch was wir brauchen, sind Wächter und Aufseher. Außerdem, das garantiere ich Ihnen, werden Ihre besonderen Kenntnisse benötigt, sobald Sie mit uns ins Tal können.«

Unter dem durchdringenden Blick meines Gatten wand sich der junge Mann wie ein Pennäler, der von einem gestrengen Schulmeister examiniert wird. Dieser Vergleich drängte sich geradezu auf; Milverton war das Abbild eines jungen englischen Gentleman der besten Art, und aus seinem frischen, unschuldigen Gesicht war kaum etwas als Verlegenheit abzulesen. Ich schmeichle mir jedoch, hinter die Fassade blicken zu können. Milvertons Verhalten war in höchstem Maße verdächtig.

Karl rettete ihn davor, eine Antwort geben zu müssen, denn er hatte eifrig die tönernen Bruchstücke in der Hoffnung untersucht, Schriftzeichen darauf zu entdecken. Nun blickte der junge Deutsche auf und sagte: »Entschuldigen Sie, Herr Professor, haben Sie meinen Vorschlag wegen eines Zeichners überdacht? Nachdem nun die Gemälde entdeckt worden sind...«

»Durchaus, durchaus«, sagte Emerson. »Ein Zeichner wäre sicherlich von Nutzen.«

»Vor allem«, ergänzte Vandergelt, »da es so heftigen Widerstand gegen Ihre Arbeit gibt. Ich würde es den hiesigen Radaubrüdern zutrauen, daß sie die Gemälde aus reiner Bosheit zerstören.«

»Dazu müßten sie erst einmal an sie herankommen«, meinte Emerson entschlossen.

»Ich bin sicher, daß Ihre Wächter vertrauenswürdig sind. Trotzdem...«

»Sie brauchen sich über diesen Punkt nicht den Kopf zu zerbrechen. Ich werde dem Mädchen eine Chance geben.«

Nachdem sich die Aufmerksamkeit der anderen von ihm abgewandt hatte, hatte Milverton sich wieder beruhigt. Nun setzte er sich mit einem Ruck auf.

»Sprechen Sie etwa von Miss Mary? Das können Sie nicht ernst meinen. Karl, wie können Sie vorschlagen ...«

»Aber sie ist doch eine gute Zeichnerin«, erwiderte Karl.

»Zugegeben. Aber es kommt nicht in Frage, sie einem Risiko auszusetzen.«

Karl lief dunkelrot an. »Risiko? Was heißt das? Was haben Sie gesagt? Niemals würde ich ... Entschuldigen Sie, ich vergaß mich; aber daß ich sie gefährden ...«

»Unsinn, Unsinn!« rief Emerson, der anscheinend beschlossen hatte, den jungen Deutschen niemals einen Satz zu Ende sprechen zu lassen. »Was meinen Sie damit, Milverton?«

Milverton erhob sich. Trotz der schweren Zweifel, die sein sonderbares Verhalten bei mir geweckt hatte, konnte ich nicht umhin, ihn in diesem Augenblick zu bewundern: Bleich wie ein Leintuch, mit einem Funkeln in seinen schönen blauen Augen, seine männliche Gestalt aufrecht, gebot er mit einer dramatischen Geste dem lärmenden Durcheinander Einhalt.

»Wie können Sie alle denn so blind sein? Natürlich besteht ein Risiko. Lord Baskervilles mysteriöser Tod, das Verschwinden von Armadale, die Drohungen der Dorfbewohner ... Bin ich denn der einzige unter Ihnen, der die Wahrheit erkennt? Dann soll es eben so sein! Und seien Sie versichert, daß ich mich vor meiner Pflicht als Engländer und als Gentleman nicht drücken werde! Niemals werde ich Miss Mary im Stich lassen – oder Sie, Lady Baskerville – oder Sie, Mrs. Emerson ...«

Ich bemerkte, daß ihm das großartige Pathos seiner Rede verlorenging; deshalb erhob ich mich und nahm ihn beim Arm.

»Sie sind zu erregt, Mr. Milverton. Ich vermute, Sie sind noch nicht völlig genesen. Was Sie brauchen, ist ein gutes Essen und eine ruhige Nacht. Wenn Sie erst einmal wieder ganz gesund sind, werden diese Ängste Sie nicht mehr quälen.«

Der junge Mann blickte mich mit traurigen Augen an, seine empfindsamen Lippen bebten, und ich fühlte mich genötigt hinzuzufügen: »Sie müssen wissen, daß die Einheimischen mich ›Sitt Hakim‹ nennen, die Ärztin; ich versichere Ihnen, daß ich weiß, was das Beste für Sie ist. Ihre Mutter würde Ihnen denselben Rat geben.«

»Nun, das ist sehr vernünftig!« rief Vandergelt energisch aus. »Sie sollten auf die Lady hören, junger Mann. Sie kennt sich aus.«

Mr. Milverton beugte sich der Überlegenheit einer stärkeren Persönlichkeit (ich meine damit natürlich meine eigene), nickte kleinlaut und sagte kein Wort mehr.

Für den Rest des Abends blieb Karl stumm und blickte verdrossen vor sich hin; aus den wütenden Blicken, mit denen er den anderen jungen Mann bedachte, war zu erkennen, daß er Milvertons Vorwurf nicht vergessen hatte. Auch Lady Baskerville schien erschüttert. Nach dem Abendessen, als Mr. Vandergelt zum Hotel zurückkehren wollte, drängte er sie, mit ihm zu kommen. Lachend lehnte sie ab; doch meiner Meinung nach klang dieses Lachen gezwungen.

Vandergelt verabschiedete sich und nahm einen Brief mit auf den Weg, den er Mary überbringen wollte, und wir übrigen zogen uns in den Salon zurück. Ich erlaubte Lady Baskerville, den Kaffee auszuschenken, weil ich der Ansicht war, daß diese hausfrauliche und angenehme Beschäftigung ihre

Nerven beruhigen würde. Das wäre zweifellos auch der Fall gewesen, hätten die übrigen mit mir an einem Strang gezogen und sich normal verhalten. Doch Karl schmollte, Emerson blickte undurchdringlich und schwieg, was bei ihm auf nachdenkliche Stimmung hinweist, und Milverton war so nervös, daß er kaum stillsitzen konnte. Mit großer Erleichterung hörte ich Emerson verkünden, wir alle müßten früh zu Bett gehen, da wir morgen einen schweren Tag vor uns hätten.

Lady Baskerville begleitete uns auf unserem Weg über den Hof. Mir fiel auf, daß sie sich stets in unserer Nähe aufhielt, und ich fragte mich, ob sie wohl Angst davor hatte, mit einem der beiden jungen Männer allein zu sein. Hatte in Milvertons Rede eine versteckte Drohung gelegen? Hatte Karls Zornesausbruch in ihr den Verdacht geweckt, daß er einer Gewalttat fähig wäre?

Milverton war nur wenige Schritte hinter uns. Erleichtert stellte ich fest, daß er den Salon verließ. Die Hände in den Taschen und mit gesenktem Kopf schlenderte er noch langsam im Hof herum, als wir bereits die Türen zu unseren jeweiligen Zimmern erreicht hatten. Das Gemach von Lady Baskerville lag neben dem unseren; wir hielten kurz inne, um ihr höflich gute Nacht zu wünschen. Kaum hatte sie jedoch ihr Gemach betreten, als ein entsetzlicher Aufschrei über ihre Lippen kam und sie mit ausgestreckten Armen zurücktaumelte, als würde sie einen Angreifer abwehren.

Ich war als erste bei ihr und stützte ihre schwankende Gestalt, während Emerson eine Laterne ergriff und in den Raum stürmte, um den Grund für die Aufregung herauszufinden. Wie gewöhnlich legte Lady Baskerville wenig Wert auf meine Aufmerksamkeiten. Sie riß sich von mir los und warf sich Milverton in die Arme, der an ihre Seite geeilt war.

»Helfen Sie mir, Charles, helfen Sie mir!« schrie sie. »Retten Sie mich … vor …«

Mir juckte es in den Fingern, sie zu ohrfeigen, ich konnte es aber nicht, weil sie ihr Gesicht an Milvertons Schulter vergraben hatte. Im gleichen Augenblick vernahm ich ein unpassendes Geräusch. Es war das herzhafte Lachen meines Mannes.

»Komm herein und sieh dir das an, Amelia«, rief er.

Ich schob Lady Baskerville und Milverton beiseite und trat ins Zimmer.

Es war recht geräumig und mit weiblichem Feingefühl ausgestattet. Den Boden bedeckten weiche Matten; die Vasen waren aus feinem Porzellan. Unter dem Fenster stand ein Toilettentisch mit Lampen aus Kristall und polierten Spiegeln. Emerson stand dort und hielt die Laterne empor.

In der Mitte der Tischplatte, umgeben von kleinen Töpfen und Behältern, die Lady Baskervilles Schminkutensilien enthielten, hatte sich eine riesige gestreifte Katze breitgemacht. In Gestalt und Haltung ähnelte sie verblüffend den Katzenstatuen, die uns in großer Zahl aus dem alten Ägypten überliefert worden sind, und die Farbe ihres Fells war wie die auf den Gemälden – eine fleckige, bräunliche und rehfarbene Zeichnung. Der Dreifachspiegel hinter dem Tier vervielfältigte seine Gestalt, so daß es aussah, als säße uns nicht eine, sondern eine ganze Horde altägyptischer Katzen gegenüber. Obgleich ich ansonsten wenig Verständnis für Frauen mit hysterischen Anfällen habe, konnte ich Lady Baskervilles Ängste in gewisser Weise nachempfinden. Der Schein der Laterne ließ die Augen des Tieres wie zwei große Goldstücke aufleuchten, und ich meinte fast, sie starrten mich kalt und allwissend an.

Emerson ist wenig empfänglich für feinere Nuancen. Er streckte seine Hand aus und kraulte die Nachfahrin von Bastet, der Katzengöttin, unter ihrem vorgereckten Kinn.

»Nettes Kätzchen«, meinte er lächelnd. »Wem gehört das

Tier wohl? Sie ist keine Streunerin; sieh nur, wie gepflegt und wohlgenährt sie ist.«

»Aber das ist doch Armadales Katze!« rief Milverton aus. Er trat ins Zimmer, wobei er immer noch Lady Baskerville stützte. Die Katze schloß die Augen und drehte ihren Kopf so, daß Emersons Finger die Stelle hinter ihren Ohren kraulen konnten. Da ihre funkelnden Augen nun nicht mehr zu sehen waren und ihr Schnurren im Zimmer widerhallte, wirkte sie nicht mehr so unheimlich. Jetzt konnte ich mir überhaupt nicht mehr vorstellen, warum Lady Baskerville so einen Wirbel veranstaltet hatte, zumal ihr die Katze ja persönlich bekannt war.

»Ich frage mich, wo sie wohl die ganze Zeit gesteckt haben mag«, meinte Milverton. »Seit Armadales Verschwinden habe ich sie nicht mehr gesehen. Sie war so etwas wie ein Hausmaskottchen, und wir alle mochten sie.«

»Ich habe sie nie gemocht!« rief Lady Baskerville aus. »Dieses schreckliche, schleichende Biest, das immer tote Mäuse und Insekten auf mein Bett gelegt hat...«

»Das ist das Wesen einer Katze«, erwiderte ich und betrachtete das Tier mit größerer Zuneigung. Ich hatte Katzen nie besonders gemocht. Hunde entsprechen, wie ich glaube, eher der englischen Wesensart. Allmählich ahnte ich, daß Katzen über eine ausgezeichnete Menschenkenntnis verfügen, und das bestätigte sich, als das Tier sich herumrollte und Emersons Hand mit beiden Pfoten umklammerte.

»Richtig.« Milverton rückte Lady Baskerville einen Stuhl zurecht. »Ich erinnere mich, wie seine Lordschaft das erklärt hat. Die alten Ägypter hielten sich Katzen als Haustiere, weil diese Nagetiere jagen – eine nützliche Eigenschaft in einer Agrargesellschaft. Wenn Bastet Ihnen die Mäuse brachte, Lady Baskerville, war das ein besonderer Gunstbeweis.«

»Igitt.« Lady Baskerville fächelte sich mit einem Taschentuch Luft zu. »Schaffen Sie das scheußliche Tier hier raus. Und sorgen Sie dafür, Mr. Milverton, daß es hier keine weiteren Gunstbeweise hinterläßt. Wo ist mein Dienstmädchen? Falls sie hier gewesen wäre, hätte sie die Pflicht gehabt...«

Die Tür ging auf, und eine ängstliche Ägypterin mittleren Alters erschien.

»Da bist du ja, Atiyah«, sagte Lady Baskerville zornig. »Warum warst du nicht hier? Was fällt dir ein, die Katze hereinzulassen?«

An dem verwirrten Blick der Frau erkannte ich, daß sie nur sehr wenig Englisch verstand. Allerdings war der Zorn ihrer Herrin nur zu gut aus ihrem Tonfall herauszuhören; Atiyah begann, in arabisch zu stammeln, und erklärte, die Katze sei durch das Fenster hereingekommen. Es sei ihr nicht gelungen, sie zu verscheuchen. Lady Baskerville schimpfte weiter in englisch auf sie ein, und Atiyah fuhr fort, in arabisch zu jammern, bis Emerson diesem Schauspiel ein Ende bereitete, indem er die Katze auf den Arm hob und zur Tür marschierte.

»Ziehen Sie die Vorhänge zu und gehen Sie ins Bett, Lady Baskerville. Komm jetzt, Amelia. Gehen Sie auf Ihr Zimmer, Mr. Milverton. So etwas Lächerliches«, fügte er noch hinzu und schritt hinaus. Die Katze warf uns über seine Schulter hinweg einen Blick zu.

In unserem Zimmer setzte Emerson das Tier auf den Boden. Sofort sprang es aufs Bett und fing an, sich zu putzen. Ich näherte mich ihr ein wenig zögerlich – nicht aus Angst, sondern weil mir Katzen nicht besonders vertraut waren. Als ich meine Hand ausstreckte, rollte sie sich herum und fing an zu schnurren.

»Interessant«, sagte Emerson. »Diese Haltung zeigt, daß sie sich dir unterwirft, Amelia; indem sie dir ihren weichen und empfindlichen Bauch darbietet, sagt sie, daß sie dir vertraut. Sie ist außergewöhnlich zahm. Ich bin überrascht, daß sie es geschafft hat, sich so lange allein durchzuschlagen.«

Diesen Gesichtspunkt der Angelegenheit hatte ich noch nicht bedacht. Während ich der Katze den Bauch kraulte (ein erstaunlich angenehmes Gefühl, wie ich zugeben muß), dachte ich darüber nach.

»Emerson«, rief ich. »Sie muß bei Armadale gewesen sein! Glaubst du, sie könnte uns zu ihm führen?«

»Du hast keine Ahnung vom Wesen einer Katze«, erwiderte Emerson und knöpfte sich das Hemd auf.

Wie zur Bestätigung seiner Worte klammerte sich die Katze mit allen vier Beinen an meinen Arm und grub ihre Zähne in meine Hand. Ich starrte sie verblüfft an.

»Laß mich sofort los«, sagte ich streng. »Das mag für dich vielleicht eine Zärtlichkeit sein, aber ich schätze es nicht.«

Die Katze gehorchte umgehend und leckte mir wie zur Entschuldigung die Finger. Dann streckte sie sich. Sie reckte ihren Körper auf überaus erstaunliche Weise, als habe sie Muskeln aus Gummi. Mit einigen behenden Sprüngen hüpfte sie durchs Fenster und verschwand in der Nacht.

Ich untersuchte meine Hand. Die Zähne der Katze hatten auf meiner Haut Spuren, aber keine blutenden Wunden hinterlassen.

»Eine merkwürdige Art, Zuneigung zu zeigen«, stellte ich fest. »Doch sie scheint ein äußerst intelligentes Geschöpf zu sein. Sollen wir nicht losgehen und sie suchen?«

»Katzen sind Nachttiere«, erwiderte Emerson. »Verfall jetzt nicht wieder in einen Begeisterungstaumel, Amelia, so wie du es immer machst, wenn etwas Neues deine lebhafte Phantasie beflügelt. Laß die Katze das tun, was Katzen nachts eben so treiben – eine Beschäftigung, der wir, wie ich hinzufügen möchte, vielleicht nacheifern sollten.«

Das unterließen wir allerdings. Erschöpft von den Strapazen des Tages, wurden wir rasch von einem Schlaf übermannt, der so tief war, daß kein Geräusch von draußen unsere Ruhe stören konnte. Doch in einer der dunklen Stunden vor der Morgendämmerung, nicht weit von unserem offenen Fenster entfernt, begegnete Hassan, der Wächter, dem schakalköpfigen Gott der Totenstädte und begab sich auf seine letzte Reise gen Westen.

Leider hatten wir keine Möglichkeit, diesen neuesten Beweis für den »Fluch des Pharaos« zu vertuschen. Hassans Leiche wurde von einem der anderen Diener entdeckt, dessen Wehgeschrei uns aus dem Schlaf riß. Emerson, der ohne große Förmlichkeiten den Weg durch unser Schlafzimmerfenster nahm, war als erster am Ort des Geschehens. Ich brauche wohl nicht zu betonen, daß ich ihm auf den Fersen folgte. Wir kamen gerade noch rechtzeitig, um den Entdecker der Leiche mit fliegenden Hemdschößen im Gehölz verschwinden zu sehen. Weil wir seine Flucht dem Schrecken zuschrieben, den einfache Menschen angesichts eines Toten empfinden, unternahm Emerson nichts, um ihn zurückzurufen. Er kniete nieder und drehte das staubige Baumwollbündel auf den Rücken.

Die leeren starren Augen und das aschgraue Gesicht blickten mich fast anklagend an. Ich hatte Hassan nicht gerade für eine einnehmende Persönlichkeit gehalten; dennoch erfaßten mich Mitleid und Empörung, und ich schwor auf der Stelle, daß sein Mörder nicht ungestraft davonkommen würde.

Das sagte ich auch zu Emerson. Während er noch mit der reglosen Gestalt beschäftigt war, die er sorgfältig untersuchte, meinte er bissig: »Jetzt fängst du schon wieder an, Amelia, du ziehst voreilige Schlüsse. Wie kommst du darauf, daß der Mann ermordet wurde?«

»Wie kommst du darauf, daß es nicht so war?«

»Ich weiß nicht, wie zum Teufel er umgekommen ist.« Emerson erhob sich wieder und schlug geistesabwesend nach einem Schwarm kleiner Insekten, die ihn belästigten. »Er hat eine Beule am Hinterkopf, aber die hat bestimmt nicht den Tod verursacht. Im übrigen hat er nicht einmal eine Schramme. Dafür aber jede Menge Flöhe... Teufel noch mal, ich komme noch zu spät zur Arbeit.«

Das Leben in Ägypten verläuft langsam, und der Tod gehört zum Alltag. Normalerweise hätten sich die Behörden Zeit gelassen, auf eine Meldung wie der unseren zu reagieren. Doch unser Fall war etwas anderes. Hätte ich eines Beweises bedurft, wie leidenschaftlich ganz Luxor an unseren Angelegenheiten Anteil nahm, so hätte ich ihn an der Schnelligkeit ersehen können, mit der die Polizei am Schauplatz erschien.

Emerson hatte sich, auf meinen Vorschlag hin, bereits auf den Weg ins Tal gemacht. Ich hatte ihm erklärt, es sei unnötig, daß wir beide der Arbeit fernblieben. Er könne dem, was ich über die Sache wüßte, sowieso nichts hinzufügen; und da dies seinen eigenen Neigungen entgegenkam, erhob er keinen Einwand. Ich sah keine Veranlassung, ihm den eigentlichen Grund zu verraten, warum ich ihn aus dem Weg haben wollte. Es war vorauszusehen, daß die Presse bald über unser Haus herfallen würde, und meiner Ansicht nach würden wir auch ohne die Beteiligung meines Gatten ausreichend für eine journalistische Sensation sorgen.

Schließlich wurde der Leichnam des armen Hassan abtransportiert. Vorher gab es eine ausführliche Debatte darüber, wie über ihn verfügt werden sollte. Der Constable wollte ihn seiner Familie übergeben, während ich darauf bestand, eine Obduktion durchführen zu lassen. Ich setzte mich natürlich durch, doch die Männer schüttelten den Kopf. Sie erachteten eine solche Untersuchung als überflüssig. Hassan war von einem Efreet, vom Geist eines Pharaos, getötet worden. Warum also nach anderen Todesursachen suchen?

So sehr ich auch darauf brannte, mich sofort auf den Weg zu machen, fühlte ich mich doch verpflichtet, mich nach dem Befinden der armen Lady Baskerville zu erkundigen. Sie lag im Bett und wurde von ihrem ägyptischen Dienstmädchen umsorgt. Die dunklen Ringe unter den Augen und die bleichen Wangen wiesen darauf hin, daß sie immer noch litt.

»Wann ist dieser Schrecken endlich zu Ende?« wollte sie händeringend wissen.

»Da habe ich ehrlich gesagt auch keine Ahnung«, antwortete ich. »Kann ich noch etwas für Sie tun, Lady Baskerville, ehe ich gehe?«

»Nein. Nein, ich werde versuchen, etwas zu schlafen. Ich habe so entsetzlich geträumt.«

Ich brach auf, ehe sie mir von ihren Träumen erzählen konnte. Es war so angenehm, die Arbeitskleidung anzuziehen und in die frische Morgenluft hinauszutreten.

Trotzdem wurde ich auf meinem Marsch von finsteren Vorahnungen geplagt, denn ich wußte, daß sogar unsere treuen Arbeiter vielleicht die Werkzeuge fallen lassen und sich weigern würden, das fluchbeladene Grab zu betreten, wenn Hassans Tod erst einmal bekannt wurde. Emerson war nicht der Mann, der es still hinnehmen würde, wenn man seine Befehle mißachtete. Er würde es nicht zulassen – die Männer würden sich gegen ihn wenden, ihn angreifen ... Meine von Liebe beflügelte Phantasie gaukelte mir ein schreckliches Bild vor. Ich konnte das Lebensblut meines Mannes in den weißen Sand rinnen und die Männer bei der Flucht über seine niedergestreckte Gestalt trampeln sehen. Die letzten Meter zur Klippe, die über dem Tal hing, legte ich im Laufschritt zurück.

Mit einem Blick erkannte ich, daß die ausgemalte Tragödie sich nicht abgespielt hatte, obwohl die Nachricht vom neuesten Unglücksfall offensichtlich schon in aller Munde war. Die Menschenmenge vom Vortag hatte sich verzehnfacht. Unter den Zuschauern sah ich drei unserer Männer, die den Zaun zum Arbeitsbereich verstärkten. Sie hatten sich also nicht aufgelehnt; sie waren uns treu geblieben. Tränen der Erleichterung traten in meine Augen. Ich wischte sie energisch fort und stieg hinunter.

Wieder einmal erwies sich mein Sonnenschirm als nützlich. Indem ich ihn den Leuten in der Menge in den Rücken stieß, bahnte ich mir einen Weg zu den Stufen. Einer der Korbträger kam gerade heraus. Ich begrüßte ihn überschwenglich. Er murmelte etwas und wich meinem Blick aus. Wieder meldete sich die Vorahnung. Doch noch ehe diese hysterische Ausmaße annehmen konnte, hörte ich das langersehnte Geräusch – Emersons Stimme, die gerade einen üblen, arabischen Fluch brüllte.

Wie ein seltsames Echo folgte darauf das sanfte Lachen eines Mädchens. Als ich in die Dunkelheit hinunterblinzelte, entdeckte ich Miss Mary, die auf einem Hocker am Fuße der Treppe kauerte. Sie muß sehr unbequem gesessen haben, denn sie hatte sich an die Wand gedrückt, um den Korbträgern einen Weg freizuhalten. Aber sie wirkte recht fröhlich; sie begrüßte mich mit einem schüchternen Lächeln und sagte leise: »Sicherlich ahnt der Professor nicht, daß ich ziemlich fließend Arabisch spreche. Bitte, sagen Sie ihm nichts; er braucht ein Ventil für seine Gefühle.«

Ich bezweifelte nicht, daß sie ihre verkrümmte Sitzhaltung in dieser Hitze als angenehme Abwechslung empfand, denn jede Tätigkeit, die ihre Mutter nicht einschloß, mußte ihr himmlisch vorkommen. Trotzdem erschien mir ihre Fröhlichkeit unter den gegebenen Umständen unangebracht. Ich wollte schon einen freundlichen Tadel äußern, als ihr hübsches Gesicht ernst wurde und sie weitersprach: »Es tut mir leid, daß Sie heute morgen ein so erschütterndes Erlebnis hatten. Ich habe es erst erfahren, als ich hier ankam. Aber ich versichere Ihnen, Mrs. Emerson, daß ich so gut helfen will, wie ich nur irgend kann.«

Diese Worte überzeugten mich, daß ich mich in meiner anfänglichen Einschätzung des Mädchens nicht geirrt hatte. Ihre Fröhlichkeit war einfach nur der Versuch, sich nach alter britischer Sitte nicht unterkriegen zu lassen. Also antwortete ich freundlich: »Sie müssen mich Amelia nennen, schließlich werden wir zusammenarbeiten. Ich hoffe, für eine lange Zeit.«

Sie wollte schon etwas erwidern, als Emerson herausgestürmt kam und mir befahl, mich an die Arbeit zu machen. Ich nahm ihn beiseite. »Emerson«, sagte ich leise, »es ist Zeit, daß wir etwas gegen dieses Gefasel über den Fluch unternehmen, anstatt es einfach zu ignorieren. So können wir nur verlieren. Jeder Vorfall wird als neues Zeichen einer feindseligen übernatürlichen Macht gedeutet werden, wenn ...«

»Um Himmels willen, Amelia, halt jetzt keinen Vortrag«, fauchte Emerson. »Ich verstehe, worauf du hinauswillst; also mach einen konkreten Vorschlag, falls du einen hast.«

»Genau das wollte ich gerade tun, als du mich so unhöflich unterbrochen hast«, erwiderte ich gereizt. »Offenbar hat der Vorfall von gestern nacht die Männer verstört. Gönn ihnen ein oder zwei Tage Abstand vom Grab; schick sie auf die Suche nach Armadale. Wenn wir ihn finden und beweisen können, daß er für Lord Baskervilles Tod verantwortlich ist…«

»Wie zum Teufel können wir hoffen, ihn zu finden, wenn wochenlange Suche zu nichts geführt hat?«

»Aber wir wissen, daß er vor weniger als zwölf Stunden hier war, gewissermaßen vor unserer Türschwelle! Hassan hat ihn selbst gesehen, nicht seinen Geist. Armadale muß letzte Nacht zurückgekehrt sein und Hassan umgebracht haben, damit man ihn nicht entdeckt. Oder vielleicht hat Hassan versucht, ihn zu erpressen…«

»Mein Gott, Amelia, kannst du nicht versuchen, deine blühende Phantasie ein wenig zu zügeln? Ich gebe zu, daß das, was du sagst, möglich ist. Es ist mir – selbstverständlich als eine Erklärung unter vielen – auch schon eingefallen…«

»Bis zu diesem Augenblick hast du überhaupt nicht daran gedacht«, meinte ich entrüstet. »Du willst nur die Lorbeeren für meine…«

»Warum sollte ich den Wunsch haben, die Lorbeeren für so eine verrückte, an den Haaren herbeigezogene…«

»Sprich bitte etwas leiser.«

»Ich spreche niemals laut!« brüllte Emerson. Ein gespenstisches Echo hallte aus den Tiefen des Grabes zurück, als ob der Geist des Königs sich dagegen wehrte, aufgeweckt zu werden.

»Dann wirst du meinen Vorschlag nicht annehmen?«

Emersons Stimme senkte sich zu einem dumpfen Grollen. »Ich bin hierher gekommen, um Ausgrabungen durchzuführen, Amelia, nicht um Sherlock Holmes zu spielen; eine Rolle, für die du dich, worauf ich dich hinweisen muß, ebensowenig eignest wie ich. Falls du mir helfen willst, mach dich an die Arbeit. Wenn nicht, geh wieder nach Hause und trink Tee mit Lady Baskerville.«

Mit diesen Worten stürmte er zurück ins Grab. Als ich mich umwandte, entdeckte ich Mary. Sie hatte die Augen ängstlich aufgerissen. Ich lächelte sie an.

»Kümmern Sie sich nicht um den Professor, Mary. Er bellt zwar, aber er beißt nicht.«

»Oh, das weiß ich. Ich...« Das Mädchen erhob eine zitternde Hand, um sich eine Haarlocke aus der Stirn zu streichen. »Ich fürchte mich überhaupt nicht vor dem Professor.«

»Sie fürchten sich doch hoffentlich nicht vor mir?« meinte ich lachend.

»Oh, nein«, antwortete Mary rasch.

»Das möchte ich auch nicht hoffen. Ich bin niemals aufbrausend – obwohl Emerson manchmal sogar die Geduld eines Heiligen auf die Probe stellen würde. Das ist einer der kleinen Nachteile an der Ehe, meine Liebe, wie Sie sicherlich noch herausfinden werden.«

»Das ist äußerst unwahrscheinlich«, erwiderte Mary bitter. Noch ehe ich dieses interessante Thema weiter verfolgen konnte, sprach sie weiter. »Ich habe ihr Gespräch unfreiwillig mitangehört, Mrs. Emerson. Glauben Sie wirklich, daß der arme Alan noch lebt?«

»Welch andere Erklärung könnte es geben?«

»Ich weiß nicht. Ich kann das Rätsel nicht lösen, aber ich bin sicher, daß Alan Lord Baskerville niemals etwas angetan hätte. Er war so ein sanfter Mensch.«

»Kannten Sie ihn gut?«

Mary errötete und schlug die Augen nieder. »Er... er hat mir die Ehre erwiesen, um meine Hand anzuhalten.«

»Mein liebes Kind.« Voller Mitleid legte ich ihr die Hand auf die Schulter. »Ich wußte nicht, daß Sie mit Mr. Armadale verlobt sind. Sonst hätte ich nie so schlecht von ihm gesprochen.«

»Nein, nein, wir waren nicht verlobt. Ich sah mich gezwungen, ihm mitzuteilen, daß sich seine Hoffnungen nie erfüllen würden.«

»Liebten Sie ihn nicht?«

Das Mädchen warf mir einen verwunderten Blick zu, in dem sich Überraschung und Belustigung mit einer Schicksalsergebenheit mischten, die man von einer Person in so zartem Alter eigentlich nicht erwartet. »Wann geht es schon um Liebe, Mrs. Emerson?«

»Sie ist die einzig mögliche Grundlage für eine Ehe – oder zumindest sollte sie das sein!« rief ich aus.

Immer noch sah Mary mich überrascht an. »Glauben Sie das wirklich! Oh, verzeihen Sie, ich wollte nicht ...«

»Warum? Da gibt es nichts zu verzeihen, meine Liebe. Ich lasse gern die Jugend an den Vorzügen meines Alters und meiner Erfahrung teilhaben. Und auch wenn ich Gefahr laufe, überheblich zu wirken, betrachte ich meine Ehe als bestes Beispiel dafür, wie eine solche Beziehung aussieht und aussehen sollte. Meine Gefühle für Emerson und seine für mich sind zu tief, als daß wir sie verbergen könnten. Ich habe unfaßbares Glück gehabt. Und er ist der Ansicht, daß es ihm ebenso ergangen ist. Zumindest bin ich sicher, daß er das sagen würde, wenn er jemals über solche Angelegenheiten spräche.«

Mary wurde von einem plötzlichen Hustenanfall geschüttelt. Heldenhaft bemühte sie sich, ihn niederzukämpfen, und bedeckte dabei das Gesicht mit den Händen. Ich versetzte ihr einen kräftigen Klaps auf den Rücken und meinte: »Sie sollten besser eine Zeitlang hinaufgehen, wo es nicht so staubig ist.«

»Nein, danke; mit mir ist schon alles wieder in Ordnung. Ich hatte ... nur einen Frosch im Hals, Mrs. Emerson ...«

»Amelia, ich bestehe darauf.«

»Sie sind so nett zu mir. Ich würde, wenn ich darf, gern noch einmal auf Alan Armadale zu sprechen kommen.«

»Mit dem größten Vergnügen. Ich hoffe, ich bin nicht so engstirnig, daß ich nicht auch für andere Hypothesen offen wäre.«

»Ich kann Ihnen keinen Vorwurf daraus machen, daß Sie den armen Alan verdächtigen«, sagte Mary niedergeschlagen. »Sie sind nicht die erste. Doch wenn Sie ihn gekannt hätten, wüßten Sie, daß er sich nie eines so schrecklichen Verbrechens hätte schuldig machen können. Lord Baskerville war sein Auftraggeber, sein Gönner. Alan verehrte ihn.«

»Was ist dann Ihrer Ansicht nach aus Mr. Armadale geworden?«

»Ich befürchte, er ist bei einem Unfall zu Tode gekommen«, erklärte Mary. Ihre Stimme klang ernst, aber gefaßt. Das verschaffte mir Gewißheit, daß ihre Gefühle für den Vermißten zwar freundschaftlich, allerdings nicht zarter Natur gewesen waren. Sie fuhr fort: »Er war schon einige Wochen vor Lord Baskervilles Tod in seltsamer Stimmung. Einen Augenblick war er völlig ausgelassen, im nächsten niedergeschlagen und still. Ich fragte mich, ob meine Ablehnung seines Heiratsantrags ihm vielleicht so aufs Gemüt geschlagen ist...«

»Das ist ziemlich unwahrscheinlich«, unterbrach ich sie im Versuch, sie aufzuheitern.

»Glauben Sie mir, ich schätze meine Anziehungskraft nicht so hoch ein«, antworte Mary mit einem schüchternen Lächeln. »Anfangs hat er es gut aufgenommen. Es dauerte etwa eine Woche, bis er sich so merkwürdig verhielt. Und er hat seinen Antrag nicht wiederholt. Etwas war nicht in Ordnung mit ihm – ob körperlich oder seelisch kann ich nicht sagen. Selbstverständlich waren wir alle über Lord Baskervilles geheimnisvollen Tod erschüttert, aber Alans Reaktion ... Er benahm sich wie der Mann in dem Gedicht – vielleicht wissen Sie, welches ich meine –, voll Furcht, den Kopf zu wenden, um nicht vielleicht einen bösen Feind hinter sich zu sehen. Ich bin überzeugt, daß er den Verstand verloren hat und ins Gebirge gelaufen ist, wo ein vorzeitiger Tod ihn ereilte.«

»Hmmm«, meinte ich. »Das ist vorstellbar. Obwohl ich bezweifle, daß Sir Baskervilles Tod ihn so sehr mitgenommen hat. Seine Lordschaft gehörte, soweit ich glaube, nicht zu der Sorte Menschen, die von ihren Untergebenen abgöttisch geliebt werden.«

»Wirklich«, sagte Mary zögernd. »Ich würde lieber nicht ...«

»Ihre Diskretion macht Ihnen alle Ehre. Nil nisi bonum und so weiter; aber vergessen Sie nicht, Mary, wir untersuchen den Tod dieses armen Mannes, und dies ist nicht der Zeitpunkt ...«

»Dies ist nicht der Zeitpunkt für Klatsch!« schrie eine Stimme hinter mir. Mary fuhr hoch und ließ ihren Bleistift fallen. Als ich mich umwandte, sah ich Emerson in einer höchst streitlustigen Pose. Sein Gesicht war vor Hitze und Wut hochrot. »Du untersuchst überhaupt nichts«, fuhr er fort. »Begreif das endlich, Amelia, wenn du dazu in der Lage bist. Hör auf, meine Zeichnerin bei der Arbeit zu stören und geh an deinen Schutthaufen. Sonst werfe ich dich über die Schulter und schleppe dich zurück zum Haus.«

Ohne eine Antwort abzuwarten, verschwand er wieder im Inneren des Grabes.

»Männer sind solche Feiglinge«, sagte ich entrüstet. »Er wußte, daß ich noch etwas sagen wollte. Nun, ich werde mich später mit ihm befassen. Es würde einen schlechten Eindruck auf die Arbeiter machen, wenn ich ihm nachginge und ihn auf die Schwachstellen seiner Argumentation hinwiese.

Ich freue mich, daß wir diese kleine Unterhaltung geführt haben, Mary.«

Mit einem aufmunternden Klaps auf die Schulter überließ ich das Mädchen seiner Arbeit. Nicht, daß ich mich von Emersons Wutanfall hätte einschüchtern lassen – nein, keineswegs. Ich wollte nur noch einmal darüber nachdenken, was sie mir erzählt hatte. Sie hatte meinen Gedanken reichlich Nahrung gegeben. Besonders erstaunte mich ihre Schilderung von Armadales seltsamem Verhalten vor Lord Baskervilles Tod. Was sie allerdings nicht sah, da sie den jungen Mann mochte, war, daß diese Vorkommnisse nur die Theorie untermauerten, Armadale habe seinen Gönner umgebracht. Ich hatte bei Armadale kein Motiv für die Tat finden können; doch ein Verrückter braucht – wie wir aus unseren Beobachtungen kriminellen Verhaltens wissen – kein Motiv.

Als wir an diesem Abend müde, verschwitzt und erschöpft zum Haus zurückkehrten, erfuhren wir sehr zu unserem Mißvergnügen, daß Lady Baskerville uns sofort zu sehen wünschte. Emerson antwortete mit einem einzigen, heftigen Wort und polterte zu unserem Zimmer. Ich blieb einen Moment zurück, um die Überbringerin der Botschaft zu trösten, die vor Angst ganz grün im Gesicht geworden war.

Atiyah, Lady Baskervilles Zofe, stammte aus Kairo, war Koptin und deswegen bei den moslemischen Dienstboten nicht sehr beliebt. Sie war eine schüchterne, scheue Frau von unbestimmbarem Alter – wie die meisten Ägypterinnen, wenn sie die kurze Blüte der Jugend überschritten haben – und verbrachte die meiste Zeit in Lady Baskervilles Gemach, wo sie ihren Pflichten nachging, oder in ihrem kleinen Zimmer im Dienstbotenflügel. Lady Baskerville tadelte sie ständig. Nachdem ich einmal eine solche Gardinenpredigt mitangehört hatte, fragte ich sie, warum sie keine englische Zofe einstellte, da Atiyah ja offenbar so unfähig sei. Die Lady erwiderte pikiert, Lord Baskerville habe es vorgezogen, die Kosten niedrig zu halten. Das paßte zu dem, was ich von der seltsamen Mischung aus beruflich bedingter Großzügigkeit und persönlichem Geiz seiner Lordschaft gehört hatte. Beispielsweise hatte er sich in Ägypten nie einen Diener gehalten. Allerdings vermutete ich, der wirkliche Grund lag darin, daß Lady Baskerville eine unabhängige Engländerin nie so hätte unterdrücken und herunterputzen können wie diese bescheidene Einheimische. Deswegen gab ich mir Mühe, freundlich mit der Frau zu sprechen, die eine Kette aus geschnitzten Holzperlen – meiner Meinung nach ein Rosenkranz – durch die Finger gleiten ließ.

»Sag Lady Baskerville, wir werden sie aufsuchen, sobald wir uns umgezogen haben, Atiyah.« Atiyah sah mich nur ausdrucklos an und befingerte ihre Kette. »Es gibt keinen Grund, sich zu fürchten«, fügte ich deshalb hinzu.

Diese tröstenden Worte hatten genau die gegenteilige Wirkung, als von mir beabsichtigt. Atiyah fuhr zusammen und fing an zu sprechen. Ihre Stimme war so leise und ihre Worte so wirr, daß ich sie – sanft, natürlich – schütteln mußte, ehe ich verstand, was sie sagte. Dann schickte ich sie mit ein paar aufmunternden Worten fort und machte mich eilig auf die Suche nach Emerson.

Er hatte bereits gebadet und zog gerade seine Stiefel an. »Beeil dich«, sagte er. »Ich will meinen Tee.«

»Ich versichere dir, ich will ihn auch, Emerson. Ich habe nur gerade ein sehr interessantes Gespräch mit Atiyah geführt. Sie hat erzählt, sie habe letzte Nacht, etwa um die Zeit, zu der Hassan ermordet wurde, die Gestalt einer Frau gesehen, die in ein wallendes weißes Gewand und einen Schleier gehüllt durch den Palmenhain huschte. Die Arme ist völlig verängstigt. Ich mußte ...«

Emerson hatte mitten beim Anziehen des zweiten Stiefels innegehalten. Jetzt warf er ihn durchs Zimmer. Er traf eine Porzellanvase, die zu Boden fiel und in tausend Scherben zerbrach. Gleichzeitig mit dem Krachen ertönte Emersons Gebrüll. Ich verschweige seinen Kommentar, der mit der Bitte schloß, ihn mit weiteren Beispielen des hiesigen Aberglaubens zu verschonen. Dieses Thema sei ihm hinlänglich bekannt.

Während er sprach, begann ich, mich zu waschen. Als ihm endlich die Luft ausging, sagte ich ruhig: »Ich versichere dir, Emerson, daß diese Frau unzählige Einzelheiten erwähnt hat, die sie sich unmöglich ausgedacht haben kann. Sie hat etwas gesehen, daran gibt es keinen Zweifel. Ist dir noch nicht eingefallen, daß nicht weit von hier eine Dame lebt, die die Gewohnheit hat, ägyptische Kleidung zu tragen?«

Emersons hochrotes Gesicht entspannte sich. Er stieß ein schnaubendes Lachen aus. »›Huschen‹ ist wohl kaum das Wort, das ich im Zusammenhang mit Madame Berengerias Gang benützen würde.«

»Es war auch nicht das Wort, das Atiyah benutzt hat. Ich habe mir lediglich einige dichterische Freiheiten genommen. Hilf mir mit diesen Knöpfen, Emerson, wir sind spät dran.«

Ich rechnete damit, daß wir uns noch mehr verspäten würden, denn der Vorgang des Zuknöpfens weckt in der Regel Emersons leidenschaftliche Instinkte. Doch diesmal tat er einfach, worum er gebeten wurde, ehe er seinen Stiefel nahm und seine Toilette beendete. Ich muß zugeben – da ich beschlossen habe, in diesen Angelegenheiten offen zu sein –, daß ich ein wenig eingeschnappt war.

Als wir im Wohnzimmer ankamen, lief Lady Baskerville auf und ab und war offensichtlich über unsere Verspätung verärgert. Also versuchte ich – wie es meine Art ist – die Wogen zu glätten.

»Hoffentlich haben wir Sie nicht warten lassen, Lady Baskerville. Wenn Sie sich die Zeit genommen hätten, darüber nachzudenken, wäre Ihnen sicherlich klargewesen, daß wir nach unserer harten Arbeit Zeit brauchen, um uns ein wenig frisch zu machen.«

Meine anmutige Entschuldigung wurde mit einem finsteren Blick quittiert, doch als die Dame sich an Emerson wandte, war sie der Charme in Person. Mr. Milverton und Karl waren ebenfalls anwesend. Letzterer trug immer noch seine zerknitterte Arbeitskleidung. Im Gegensatz dazu wirkte Mr. Cyrus Vandergelt in seinem schneeweißen Leinenanzug wie das Sinnbild eines elegant gekleideten Gentleman. An seiner Krawatte funkelte ein kirschgroßer Diamant.

»Hier bin ich wieder«, meinte er fröhlich, während er meine Hand ergriff. »Hoffentlich haben Sie mein wettergegerbtes, altes Gesicht noch nicht satt, Mrs. Emerson.«

»Nicht im geringsten«, erwiderte ich.

»Schön, das zu hören. Um die Wahrheit zu sagen, habe ich Lady Baskerville so lange bedrängt, bis sie mich eingeladen hat. Glauben Sie, Sie können sie dazu überreden, einem armen, heimatlosen Yankee ein Bett anzubieten?«

Seine Augen blitzten, und die Falten auf seinen Wangen wurden tiefer wie immer, wenn er sich amüsierte. Doch ich hatte den Eindruck, daß sich hinter diesem scheinbar scherzhaften Vorschlag etwas Ernstes verbarg.

»Hinter Ihrem scheinbar scherzhaften Vorschlag verbirgt sich etwas Ernstes«, sagte ich also. »Worauf wollen Sie hinaus?«

»Bemerkenswert scharfsinnig!« rief Mr. Vandergelt aus. »Wie immer, Mrs. Emerson, haben Sie hundertprozentig recht. Es macht mich nicht sehr glücklich, wie sich die Dinge entwickeln. Sie haben noch nicht viel Zeit in Luxor verbracht, aber glauben Sie mir, in der Stadt summt es wie in einem Bienenkorb. Heute nachmittag ist jemand in Madame Berengerias Zimmer eingebrochen, während sie ihren Mittagsschlaf hielt, und hat sich mit ihren Juwelen davongemacht ...«

»Das kann kein großer Verlust gewesen sein«, meinte Lady Baskerville leise.

»Vielleicht nicht, aber die arme Frau ist zu Tode erschrokken, als sie aufwachte und das Zimmer verwüstet vorfand. Als die Dienstboten zu schreien anfingen, befand ich mich zufällig gerade im Hotel. Die arme kleine Miss Mary hat schwere Zeiten vor sich, wenn sie nach Hause kommt. Madame tobte und redete von undankbaren Töchtern, die ihre Mütter verlassen, und so weiter.« Mr. Vandergelt zog ein Taschentuch hervor und wischte sich die Stirn ab, während er dieses anstrengende Gespräch noch einmal durchlebte. »Ich weiß ebensogut wie Sie, daß Diebstähle häufig vorkommen«, fuhr er fort. »Allerdings kann ich mich an keinen Dieb erinnern, der so kühn gewesen wäre; es ist ein Anzeichen dafür, daß sich die Stimmung allmählich gegen uns Ausländer wendet, besonders gegen diejenigen, die etwas mit dieser Expedition zu tun haben. Ich schlage vor, daß ich hier einziehe, um die Damen zu schützen, falls es Ärger geben sollte. Denn dazu wird es früher oder später kommen.«

»Hmmm«, meinte Emerson. »Ich versichere Ihnen, Vandergelt, daß ich durchaus in der Lage bin, nicht nur Amelia und Lady Baskerville, sondern jede beliebige Anzahl hilfloser weiblicher Geschöpfe zu beschützen.«

Ich machte den Mund auf, und mir lag schon eine entrüstete Bemerkung auf der Zunge, doch ich kam nicht dazu, sie zu äußern. Zunehmend verärgert sprach Emerson weiter. »Verdammt, Vandergelt, hier gibt es drei gesunde Männer, nicht zu vergessen meine Leute aus Aziyeh, die absolut zuverlässig sind und Amelia und mich bis zum letzten Blutstropfen verteidigen würden. Was beabsichtigen Sie?«

»Der Professor hat recht«, stimmte Karl zu. »Wir können die Damen verteidigen. Solange ich hier bin, besteht keine Gefahr für sie.«

Mr. Milverton pflichtete ihm leise bei. Mir allerdings erschien das Nuscheln und das besorgte Gesicht des jungen Mannes alles andere als ermutigend. Doch Karl sah aus wie der männliche Heldenmut in Person, als er sich erhob. Seine muskulöse Gestalt (und auch sein Schnurrbart) zitterte vor Gefühlsbewegung, und seine goldgerahmten Brillengläser funkelten. Er fügte hinzu: »Ich wünschte nur, meine Damen und Herren, daß Miss Mary hier sein könnte. Es ist nicht richtig, daß sie mit ihrer alten und sonderbaren Mutter in Luxor allein ist.«

»Wir können Sie nicht bitten, herzukommen, wenn wir nicht auch ihre Mutter einladen«, erwiderte Mr. Vandergelt.

Eine kurze Pause entstand, in der jeder über diesen Einfall nachdachte. Karl brach als erster das Schweigen. »Wenn es denn sein muß ...«

»Auf keinen Fall!« rief Lady Baskerville aus. »Ich werde die Anwesenheit dieser Frau nicht dulden. Aber wenn Sie sich uns gern anschließen möchten, Cyrus, sind Sie immer willkommen. Nicht, daß ich an eine tatsächliche Gefahr glaube ...«

»Warten Sie, bis die Leute in der Stadt von der weißen Frau erfahren«, warf ich bedrückt ein.

Lady Baskerville stieß einen Schrei aus und sah mich dann mit loderndem Blick an. »Haben Sie ...« Sie hielt einen Moment inne und fuhr dann fort »... ein Gespräch mit meiner törichten Atiyah geführt?«

Ich hatte den sicheren Eindruck, daß sie ursprünglich

etwas anderes hatte sagen wollen. »Sie erwähnte, sie habe letzte Nacht, etwa um die Zeit, zu der Hassan getötet wurde, eine weiß gewandete Gestalt gesehen«, antwortete ich. »Sicherlich kann das auch ein Hirngespinst gewesen sein.«

»Was denn sonst?« wollte Lady Baskerville wissen. »Die Frau ist hoffnungslos abergläubisch.«

»Das macht keinen Unterschied.« Vandergelt schüttelte den Kopf. »Genau solches Gerede können Sie hier am allerwenigsten gebrauchen.«

»Lächerlich!« rief Lady Baskerville zornig aus. Sie ging zum Fenster hinüber. Wie immer in der Wüste war rasch die Dunkelheit hereingebrochen; die Abendbrise bauschte die dünnen Vorhänge und trug den süßen, aufdringlichen Geruch von Jasminblüten ins Zimmer. Lady Baskerville hielt mit einer Hand den Vorhang zurück und blickte in die Nacht hinaus, wobei sie uns den Rücken zukehrte. Ich muß zugeben, daß sie mit ihrem locker geschlungenen, schwarzen Gewand ein hübsches Bild abgab.

Das Gespräch ging weiter. Emerson konnte sich kaum weigern, Vandergelt zu beherbergen, wenn die Dame des Hauses ihn eingeladen hatte. Allerdings gab er sich keine Mühe, mit seinem Mißvergnügen hinter dem Berg zu halten. Vandergelt nahm das völlig gelassen, aber ich hatte das Gefühl, daß ihm Emersons Unbehagen Vergnügen bereitete und daß er dieses auf verschiedene, hinterlistige Weise noch zu steigern versuchte.

Plötzlich stieß Lady Baskerville einen spitzen Schrei aus und trat vom Fenster zurück. Aber die Warnung kam zu spät. Schnell wie eine abgefeuerte Kugel (allerdings von erheblich größeren Ausmaßen) kam ein Wurfgeschoß durchs Fenster geflogen, sauste quer durchs Zimmer und landete krachend auf dem Teetisch. Porzellanscherben flogen in alle Richtungen. Doch noch ehe es sein endgültiges Ziel erreichte, erfüllte es seinen Zweck. Mit einem lauten (und ich muß leider sagen, vulgären) Ausruf griff Emerson sich an den Kopf, taumelte und fiel der Länge nach zu Boden. Der Aufprall seines Körpers ließ mehrere zerbrechliche kleine Gegenstände von den Regalen fallen, so daß der Sturz des Kolosses (wenn ich mir so einen bildlichen Vergleich erlauben darf) von einer Symphonie splitternden Glases begleitet wurde.

Wie ein Mann (was in meinem Fall nicht wörtlich zu nehmen ist) stürzten wir an Emersons Seite. Die einzige Ausnahme war Lady Baskerville, die wie Lots Weib angewurzelt stehenblieb. Ich muß nicht besonders betonen, daß ich meinen Gatten zuerst erreichte; doch noch ehe ich ihn an meine Brust drücken konnte, setzte er sich auf. Eine Hand hielt er gegen die Schläfe gepreßt. Zwischen seinen Fingern, die bereits entsetzlich mit seinem Blut verschmiert waren, sickerte ein purpurner Strom seine gebräunte Wange hinab.

»Verdammt«, sagte er, und er hätte zweifellos noch mehr gesagt. Aber er wurde vom Schwindel überkommen, verdrehte die Augen, der Kopf sank in den Nacken, und er wäre wahrscheinlich wieder gestürzt, wenn ich nicht die Arme um ihn geschlungen und sein Haupt an meine Brust gebettet hätte.

»Wie oft habe ich dir gesagt, daß du dich nach einem Schlag auf den Kopf nicht bewegen sollst?« fragte ich.

»Hoffentlich hatten Sie nicht schon häufiger Gelegenheit, ihm diesen Rat zu erteilen«, meinte Mr. Vandergelt. Er zog sein Taschentuch hervor.

Glauben Sie mir, werter Leser, ich verwechselte seine kühle Vernunft nicht mit Gleichgültigkeit. Wie ich selbst hatte er beobachtet, daß das Wurfgeschoß im Vorbeifliegen Emersons Schädel nur gestreift hatte. Ich bewundere einen Mann von solchem Temperament. Also schenkte ich ihm ein rasches, wohlwollendes Lächeln, ehe ich das Taschentuch entgegennahm und es auf Emersons Kopf zur Anwendung brachte. Der starrsinnige Mensch fing an zu zappeln und versuchte, sich zu erheben.

»Lieg still«, sagte ich streng, »oder ich bitte Mr. Milverton, sich auf deine Beine zu setzen.«

Mr. Milverton warf mir einen entsetzten Blick zu. Glücklicherweise erwies sich die von mir vorgeschlagene Maßnahme als überflüssig. Emerson entspannte sich, und es war mir möglich, seinen Kopf auf meinen Schoß zu legen. In diesem Augenblick, als sich die Lage wieder beruhigte, sorgte Lady Baskerville für neue Aufregung.

»Die Frau in Weiß!« kreischte sie. »Ich habe sie gesehen ... dort drüben ...«

Mr. Vandergelt erreichte Lady Baskerville gerade noch rechtzeitig, um sie aufzufangen, als sie in Ohnmacht fiel. Wenn ich eine böse Frau gewesen wäre, hätte ich vermutet, daß sie ihren Zusammenbruch lange genug hinauszögerte, damit er auch die Zeit dazu hatte.

»Ich hole einen Arzt!« rief Milverton.

»Das ist nicht nötig«, antwortete ich, während ich das Taschentuch auf die Platzwunde an Emersons Schläfe preßte. »Die Wunde ist nicht tief. Es besteht die Möglichkeit einer leichten Gehirnerschütterung, aber damit komme ich zurecht.«

Emersons Augen öffneten sich. »Amelia«, krächzte er, »erinnere mich daran, wenn ich mich ein wenig kräftiger fühle, dir zu sagen, was ich von deiner ...«

Ich bedeckte seine Lippen mit meinen Händen. »Ich weiß, mein Liebling«, sagte ich beruhigend. »Du brauchst mir nicht zu danken.«

Da ich nun, was Emersons Zustand betraf, beruhigt war, konnte ich meine Aufmerksamkeit Lady Baskerville zuwenden, die sehr anmutig in Mr. Vandergelts Arm hing. Ihre

Augen waren geschlossen; ihr langes, schwarzes Haar hatte sich gelöst und ergoß sich wie ein dunkler, schimmernder Wasserfall fast bis hinunter auf den Boden. Zum erstenmal, seit wir uns begegnet waren, sah Mr. Vandergelt ein wenig verstört aus, obwohl er die reglose Gestalt der Lady mannhaft an seine Brust drückte.

»Legen Sie sie auf die Couch«, sagte ich. »Sie ist nur ohnmächtig.«

»Mrs. Emerson, sehen Sie sich das an«, rief Karl.

In seiner ausgestreckten Hand lag das Wurfgeschoß, das so viel Schaden angerichtet hatte. Zuerst hielt ich es für einen roh behauenen Stein mit einem Durchmesser von etwa zwanzig Zentimetern. Ein Schauer lief mir über den Rücken, als ich mir vorstellte, was möglicherweise geschehen wäre, wenn dieser sein Ziel genau getroffen hätte. Dann drehte Karl den Stein herum, und mein Blick fiel auf das Relief. Es stellte ein menschliches Gesicht dar.

Die Augen lagen tief in den Höhlen, das Kinn war unnatürlich lang, die Lippen verzogen sich zu einem merkwürdig geheimnisvollen Lächeln. Reste blauer Farbe zeigten den helmförmigen Kopfschmuck – die Kriegskrone eines ägyptischen Pharaos. Ich hatte dieses seltsame Gesicht schon öfter gesehen. Genauer gesagt, war es mir so bekannt wie das eines alten Freundes.

»Khuenaton!« rief ich aus.

In meiner Aufregung hatte ich vergessen, daß dieses Wort – wie viele andere archäologische Termini – Emerson selbst aus einem tiefen Koma erweckt hätte, um wieviel eher erst aus einer leichten Benommenheit nach einem Schlag auf den Kopf. Er schüttelte meine Hand ab, die ich geistesabwesend immer noch auf seinen Lippen liegen hatte, setzte sich auf und riß Karl den gemeißelten Kopf aus der Hand.

»Das ist falsch, Amelia«, sagte er. »Du weißt, daß Walter

die Ansicht vertritt, man sollte diesen Namen Echnaton lesen, nicht Khuenaton.«

»Für mich wird er immer Khuenaton bleiben«, antwortete ich und warf ihm einen bedeutungsvollen Blick zu, als ich mich an unsere erste Begegnung in der zerfallenen Stadt dieses ketzerischen Pharaos erinnerte.

Mein liebevoller Hinweis war an Emerson verschwendet. Er fuhr fort, den Gegenstand zu betrachten, der ihm beinahe den Schädel zerschmettert hatte.

»Erstaunlich«, murmelte er. »Es ist ein Original – keine Kopie. Woher, zum Teufel ...«

»Jetzt ist nicht der richtige Zeitpunkt für archäologische Erörterungen«, sagte ich streng. »Du mußt sofort ins Bett, Emerson, und was Lady Baskerville betrifft ...«

»Bett? So ein Unsinn.« Emerson stand mit Karls Unterstützung auf. Benommen sah er sich im Zimmer um, bis sein Blick an Lady Baskervilles regloser Gestalt hängenblieb. »Was hat sie?« fragte er.

Wie auf ein Stichwort schlug Lady Baskerville die Augen auf.

»Die Frau in Weiß!« schrie sie.

Vandergelt ließ sich neben der Couch auf die Knie sinken und nahm ihre Hand. »Sie sind in Sicherheit, meine Liebe. Keine Angst. Was haben Sie gesehen?«

»Ganz offensichtlich eine Frau in Weiß«, sagte ich, ehe die Dame antworten konnte. »Wer war es, Lady Baskerville? Hat sie den Stein geworfen?«

»Ich weiß es nicht.« Lady Baskerville strich sich mit der Hand über die Stirn. »Ich habe sie nur ganz kurz gesehen – eine verschwommene, weiße Gestalt mit einem goldenen Schimmer auf Armen und Stirn. Dann kam etwas auf mich zu, und ich wich unwillkürlich zurück. Oh! Oh, Radcliffe, sie sind ja ganz voll Blut! Wie schrecklich!«

»Mir geht es gut«, antwortete Emerson. Er kümmerte sich nicht um die blutroten Flecken, die sein Gesicht entstellten. »Wo zum Teufel kann der Bursche diesen gemeißelten Kopf gefunden haben?«

So hätte es noch ewig weitergehen können – Emerson, der über die Herkunft des Kopfes spekulierte, und Lady Baskerville, die wie eine Todesfee über das Blut jammerte –, wenn nicht jemand eingeschritten wäre. Zu meiner Überraschung war es Mr. Milverton. Mit ihm war eine erstaunliche Verwandlung vorgegangen. Sein Schritt federte, seine Wangen waren rosig und sein Tonfall fest, aber respektvoll.

»Verzeihen Sie, Professor, aber wir brauchen wirklich eine Pause, um uns auszuruhen und nachzudenken. Sie haben einen ziemlichen Schlag auf den Kopf abbekommen, und wir dürfen nicht riskieren, daß Ihnen etwas zustößt. Auch Lady Baskerville sollte sich ausruhen. Sie hat einen schrecklichen Schock erlitten. Wenn Sie mir gestatten.«

Mit einem verschwörerischen Lächeln in meine Richtung nahm er Emersons Arm. Mein Gatte ließ es zu, daß man ihn aus dem Zimmer führte. Immer noch brütete er über dem mörderischen kleinen Kopf, den er in beiden Händen hielt.

Lady Baskerville, die sich schwach auf Mr. Vandergelts Arm stützte, folgte ihm. Nachdem Mr. Milverton Emerson zu unserem Zimmer begleitet hatte, nahm er mich beiseite.

»Ich gehe und räume das Wohnzimmer auf«, sagte er. »Wir wollen doch nicht, daß die Dienstboten davon erfahren.«

»Ich befürchte, dazu ist es schon zu spät«, antwortete ich. »Aber es war ein guter Einfall, Mr. Milverton, vielen Dank.«

Leise pfeifend ging der junge Mann hinaus. Ich sah meinen Gatten an, der wie hypnotisiert die eigenartig geschnittenen Augen des ketzerischen Pharaos betrachtete. Doch während ich Emersons Wunde versorgte und dem Allmächtigen für seine wundersame Verschonung dankte, fiel mir ein, daß es für Mr. Milvertons plötzliche Hochstimmung eine Erklärung gab. Man konnte ihn nicht verdächtigen, das mörderische Wurfgeschoß geschleudert zu haben. War er erleichtert, weil ein anderer – sein Komplize vielleicht – den Verdacht von ihm gelenkt hatte?

Als ich versuchte, meinen verwundeten Gemahl zu Bett zu bringen, mußte ich feststellen, daß er entschlossen war, nach draußen zu gehen. »Ich muß mit den Männern sprechen«, beharrte er. »Sie werden von diesem jüngsten Zwischenfall gehört haben, da kannst du sicher sein, und wenn ich nicht völlig aufrichtig zu ihnen bin ...«

»Ich kann dich verstehen«, sagte ich kühl. »Aber wenigstens könntest du dir ein anderes Hemd anziehen, bitte. Dieses hier ist nicht mehr zu gebrauchen. Ich habe dir doch geraten, vor unserer Abreise aus England noch ein Dutzend zu bestellen. Du bist der destruktivste Mensch ...«

Bei diesen Worten verließ Emerson überstürzt das Zimmer. Natürlich ging ich hinter ihm her.

Die Männer waren in einem Gebäude untergebracht, das ursprünglich als Lagerschuppen gedacht war. Es befand sich ein Stück von unserem Haus entfernt, und wir hatten es mit allem nötigen Komfort ausstatten lassen. Als wir dort ankamen, sah ich, daß Emerson recht gehabt hatte. Die Männer hatten tatsächlich die Neuigkeiten erfahren und erörterten sie gerade.

Sie starrten Emerson an, als sei er ein Gespenst. Dann erhob sich Abdullah, der beim Feuer gesessen hatte, zu seiner vollen, beeindruckenden Körpergröße.

»Du lebst also«, sagte er, doch die unterdrückte Gefühlsregung, die in seinen Augen aufglomm, strafte seinen ruhigen Ton Lügen. »Wir hatten gehört...«

»Lügen«, sagte Emerson. »Ein Feind hat einen Stein nach mir geworfen. Aber er hat mich nur gestreift.«

Er strich sich die dichten Locken aus der Stirn und zeigte die häßliche Wunde. Im roten Schein des Feuers, das seine kräftige Gestalt beleuchtete, sahen die Blutflecken auf seinem Hemd schwarz aus. Er stand reglos da, die Hand zur Stirn erhoben, und sein Blick war so stolz und ruhig wie der einer Pharaonenskulptur. Die Schatten ließen die Kerbe in seinem Kinn noch tiefer und seine festen Lippen wie schwarz umrandet erscheinen.

Nachdem er ihnen Zeit gelassen hatte, ihn gründlich zu mustern, senkte er die Hand, so daß ihm die schwarzen Locken wieder in die Stirn fielen.

»Die Geister der Toten werfen nicht mit Steinen«, sagte er. »Welcher Mann in Gurneh haßt mich so sehr, daß er mich tot sehen möchte?«

Bei diesen Worten nickten die Männer und wechselten vielsagende Blicke. Es war Abdullah, der mit einem heiteren Blick auf seinem strengen, bärtigen Gesicht antwortete.

»Emerson, es gibt viele Männer in Gurneh und anderswo, die dich so hassen. Der Schuldige haßt den Richter, und das getadelte Kind grollt dem gestrengen Vater.«

»Ihr seid weder schuldige Männer noch Kinder«, erwiderte Emerson. »Ihr seid meine Freunde. Ich bin sofort zu euch gekommen, um zu berichten, was vorgefallen ist. *Allah yimmessikum bilkheir.*«

Wäre ich wirklich der Ansicht gewesen, daß Emerson im Bett hätte bleiben sollen, hätte ich natürlich auf die eine oder andere Weise dafür gesorgt, daß er auch wirklich dort blieb.

Allerdings verfügte er über die denkbar robusteste Gesundheit. Am nächsten Morgen sprang er behende aus dem Bett. Er verschmähte meine Hilfe und klebte sich – jedem Versuch, seine Verletzung zu verbergen, zum Hohn – ein riesiges Stück Heftpflaster auf die Stirn.

Meine Geduld mit ihm war am Ende. Die archaische Szene, die sich zwischen ihm und unseren Männern abgespielt hatte, hatte in mir die entsprechenden archaischen Gefühle wachgerufen; doch als ich selbige gegenüber Emerson zum Ausdruck brachte, erwiderte er, er habe Kopfschmerzen. Das war sicherlich eine akzeptable Entschuldigung, doch ich war trotzdem verärgert.

Natürlich ließ ich mir meine Gefühle mit der mir eigenen Würde nicht anmerken, und als wir uns auf den Weg ins Tal machten, verbesserte sich meine Stimmung. Es war einer jener herrlichen Morgen, wie sie in Oberägypten typisch sind. Die aufgehende Sonne erhob sich majestätisch über den östlichen Bergen, und ihre goldenen Strahlen schienen uns mit liebevollen Armen zu umfangen, so wie die Arme des Gottes Aton den göttlichen König, seinen Sohn, umfingen.

Doch an diesem Tag, der so vielversprechend begonnen hatte, folgte ein Unglück auf das andere. Kaum waren wir am Grab angekommen, stand schon der Imam vor uns. Er fuchtelte drohend mit einem langen Stab und ließ eine leidenschaftliche Tirade gegen uns los, in deren Verlauf er uns mit Tod und Verdammnis drohte und dramatisch auf Emersons verpflasterte Stirn deutete, den jüngsten Beweis dafür, daß der Fluch des Pharaos immer noch wirksam sei.

Emerson mag das abstreiten, doch ich bin überzeugt, daß er derartige Auseinandersetzungen genießt. Mit verschränkten Armen hörte er höflich und gelangweilt zu. Einmal gähnte er sogar. Anstatt den Mann zu unterbrechen, ließ er ihn endlos weiterreden, und schließlich geschah das Unvermeidliche. Als der Imam anfing, sich zu wiederholen und sich das erhoffte Wortgefecht zu einem Monolog entwickelte, zeigten auch die Zuhörer allmählich Anzeichen von Langeweile. Schließlich fielen dem Imam keine Verwünschungen mehr ein, was selbst dem größten Fanatiker irgendwann einmal passieren muß. Nachdem er aufgehört hatte, sich zu ereifern, wartete Emerson noch ein Weilchen ab. Dann sagte er höflich: »War das alles? Heiliger Mann, ich danke Euch für Euer Interesse«, schritt respektvoll an dem aufgebrachten Geistlichen vorbei und stieg ins Grab hinab.

Eine knappe Stunde später kam es zu einer weiteren Störung. Ich hörte aus dem Grab wütendes Geschrei und ging deshalb los, um nachzusehen, was vorgefallen war. Karl und Mr. Milverton standen sich in Kampfhaltung gegenüber. Milverton hatte die Beine gespreizt und die Fäuste erhoben. Karl versuchte, sich aus dem Griff von Emerson, der ihn festhielt, zu befreien und verlangte, losgelassen zu werden, damit er eine nicht näher erläuterte Strafmaßnahme durchführen könne. Eine anschwellende Beule an Karls Kinn zeigte, daß der Kampf nicht allein mit Worten geführt worden war.

»Er hat Miss Mary beleidigt!« schrie Milverton, wobei er in Boxerhaltung verharrte.

Karl erwiderte aufgebracht: Nicht er habe die Dame beleidigt, sondern Milverton. Als er sich dagegen verwahrt habe, habe Milverton ihn geschlagen.

Milvertons sonst eher blasses Gesicht lief rot an, und die Prügelei wäre wohl weitergegangen, hätte Emerson nicht den einen jungen Mann mit eisernem Griff am Oberarm festgehalten und dem anderen die Luft abgeschnürt, indem er ihn am Kragen packte.

»Wie lächerlich!« Mary, die stumm danebengestanden hatte, trat nun vor. Ihre Wangen waren gerötet, und ihre

Augen funkelten. Sie sah erstaunlich hübsch aus; und einen Augenblick lang hörten die Männer, einschließlich meines Gatten, auf zu streiten und starrten sie hingerissen an.

»Niemand hat mich beleidigt«, verkündete sie. »Ich schätze Ihre Bemühungen, mich zu verteidigen. Doch Sie benehmen sich sehr kindisch, und ich bestehe darauf, daß Sie sich die Hand reichen und sich wie gute Kameraden wieder vertragen.«

Diese Worte – bei denen sie unter ihren dichten schwarzen Wimpern Karl und Milverton gleichermaßen verführerisch ansah – bewirkten zwar nicht, daß die beiden sich wieder vertrugen, doch sie zwangen sie zu einer Geste der Versöhnung. Mit frostiger Miene reichten sie einander die Fingerspitzen. Mary lächelte. Emerson hob verzweifelt die Hände, und ich kehrte zu meinem Schutthaufen zurück.

Am frühen Nachmittag kam Emerson zu mir herauf.

»Wie läuft's denn so?« fragte er freundlich und fächelte sich dabei mit seinem Hut zu.

Wir unterhielten uns leise über dieses und jenes, als Emerson plötzlich seinen Blick von mir abwandte. Auf seinem Gesicht vollzog sich eine solch schreckliche Veränderung, daß ich mich bestürzt umdrehte.

Eine bizarre Prozession war im Anmarsch. Die Vorhut bildeten sechs Männer, die auf ihren gebeugten Schultern zwei lange Balken trugen. Darauf ruhte ein kastenförmiges Gebilde, das auf allen Seiten mit Vorhängen verhüllt war. Der Aufbau schwankte bedenklich, da die Träger unter ihrer offensichtlich beträchtlichen Last nur mit größter Mühe vorankamen. Eine Menge von Einheimischen mit Turbanen und langen Gewändern folgte der Erscheinung auf den Fersen.

Unter großer Anstrengung steuerte die Prozession genau auf die Stelle zu, wo wir mit weit aufgerissenen Augen standen. Da sah ich, daß ein Mann in europäischer Kleidung hinter der Sänfte ging. Zwar hatte er sich den Hut in die Stirn gezogen, doch ein paar Locken seines roten Haars lugten hervor und verrieten seine Identität, die er wohl gerne verheimlicht hätte.

Die keuchenden und schwitzenden Träger hielten an und setzten die Tragebalken ab. Leider taten sie das nicht gleichzeitig, so daß die Sänfte kippte und eine korpulente Gestalt hinausrollte, liegenblieb und vor Schmerzen und Schreck laute Schreie ausstieß. Ich hatte bereits vermutet, wer der Passagier in diesem merkwürdigen Fortbewegungsmittel war. Niemand sonst in Luxor hätte versucht, auf solche Art zu reisen.

Madame Berengeria trug ihr Leinengewand, eine plumpe Imitation der exquisiten plissierten Roben, die adelige Damen zur Zeit der Pharaonen zu tragen pflegten. Durch ihren Sturz war dieses Gewand in Unordnung geraten und enthüllte eine wirklich erschreckende Masse fetten, blassen Fleisches. Ihre schwarze Perücke, die von einer Wolke kleiner Insekten umschwirrt wurde, war ihr über die Augen gerutscht.

Emerson stand, die Hände in die Hüften gestemmt, da und starrte auf die sich krümmende Gestalt der Dame. »Los, helfen Sie ihr schon hoch, O'Connell«, sagte er. »Und wenn Sie einen häßlichen Auftritt verhindern wollen, hieven Sie sie wieder in dieses lächerliche Ding und bringen Sie sie weg.«

»Mr. O'Connell hat nicht das Bedürfnis, Auftritte zu verhindern«, sagte ich. »Er führt sie herbei.«

Mein bissiger Kommentar bewirkte, daß der junge Mann seine Fassung wiederfand. Er lächelte und schob sich lässig den Hut in den Nacken.

»Wie unfreundlich, Mrs. Emerson. Könnte mir vielleicht jemand von Ihnen behilflich sein? Ehrlich gesagt, schaffe ich es nicht allein.«

Die Träger hatten sich keuchend und schimpfend auf den Boden gesetzt. Es war klar, daß wir von ihnen keine Hilfe erwarten konnten. Als ich sah, daß Emerson nicht die Absicht hatte, die am Boden liegende Gestalt anzurühren – und das konnte ich ihm wirklich nicht zum Vorwurf machen –, half ich Mr. O'Connell bei dem Versuch, Madame Berengeria auf die Beine zu stellen. Es gelang uns auch, obgleich ich mir dabei wahrscheinlich mehrere Rückenmuskeln zerrte.

Angelockt vom Tumult, kamen auch die anderen aus dem Grab heraufgestiegen. Ich hörte klar und deutlich, wie Mary ein Wort von sich gab, das ich von einem wohlerzogenen englischen Mädchen niemals erwartet hätte.

»Mutter, was um Himmels willen machst du denn hier? Du hättest nicht kommen sollen. Die Sonne – die Anstrengung ...«

»Man hat mich gerufen!« Madame Berengeria wischte die Hand ihrer Tochter von sich, die diese ihr auf die Schulter gelegt hatte. »Man hat mir befohlen zu kommen. Die Warnung muß weitergegeben werden. Mein Kind, verlasse diesen Ort!«

»Verdammt«, sagte Emerson. »Halt ihr den Mund zu, Amelia, schnell.«

Natürlich tat ich nichts dergleichen. Der Schaden war nicht mehr abzuwenden. Die gaffenden Touristen, die Einheimischen, die der Sänfte gefolgt waren – alle hörten aufmerksam zu. Madame warf sich in Positur und sprach weiter:

»Es kam über mich, als ich vor dem Schrein des Amon und Serapis, dem Herrn der Unterwelt, meditierte. Gefahr! Verderben! Es war meine Pflicht zu kommen, koste es, was es wolle, um die zu warnen, die das Grab entweihen. Das Herz einer Mutter verlieh einer sterbenden Frau die Kraft, ihrem Kind zu Hilfe zu eilen ...«

»Mutter!« Mary stampfte mit dem Fuß auf. So könnte die göttliche Kleopatra ausgesehen haben, als sie sich Cäsar widersetzte – falls man sich Kleopatra in Hemdbluse und saloppem Rock vorstellen kann, mit Tränen der Verlegenheit in den Augen.

Madame Berengeria hielt inne, doch nur, weil alles gesagt war, was sie hatte loswerden wollen. Um ihren bösen kleinen Mund spielte ein selbstzufriedenes Grinsen.

»Es tut mir leid, Mutter«, sagte Mary. »Ich möchte nicht ungezogen sein, aber ...«

»Ich vergebe dir«, erwiderte Madame.

»Aber du darfst nicht so reden. Du mußt sofort nach Hause gehen.«

Einer der Träger verstand Englisch. Er ließ einen Aufschrei los und redete in arabisch erregt auf Mary ein. Obgleich seine Tirade mit Flüchen und Klagen gespickt war, war der Kernpunkt sehr einfach. Er habe Rückenschmerzen, seine Freunde hätten Rückenschmerzen; sie könnten die Dame keinen Schritt weiter tragen.

Emerson löste mittels Drohungen und Bestechung das Problem. Nachdem sie den Preis hoch genug getrieben hatten, stellten die Männer auf einmal fest, daß ihre Rückenschmerzen plötzlich verflogen waren. Ohne Umschweife packten wir Madame Berengeria in die Sänfte, wobei wir sie daran hindern mußten, Emerson zu umarmen, den sie liebevoll als Ramses den Großen, ihren Liebhaber und Gatten, titulierte. Mit einem mitleiderregenden Stöhnen machten sich die Männer daran, die Sänfte hochzustemmen. Da erschien zwischen den Vorhängen noch einmal der zerzauste Kopf von Madame. Sie streckte einen Arm heraus und versetzte dem nächstbesten Träger einen Schubs.

»Zum Haus von Lord Baskerville«, sagte sie.

»Nein, Mutter!« rief Mary aus. »Lady Baskerville will

nicht... Es wäre unhöflich, sie aufzusuchen, ohne eingeladen zu sein.«

»Ein Liebesdienst bedarf keiner Einladung«, lautete die Antwort. »Ich gehe, den Mantel meines Schutzes über dieses Haus des Blutes zu breiten. Durch Gebet und Meditation werde ich die Gefahr bannen.« Dann, mit einem plötzlichen Wechsel in ihrem pathetischen Ton, fügte sie hinzu: »Ich habe auch deine Sachen mitgebracht, Mary. Du brauchst heute abend nicht mehr nach Luxor zurückzukehren.«

»Du meinst... du meinst, du willst dort bleiben?« Mary rang nach Luft. »Mutter, du kannst doch nicht...«

»Ich habe nicht die Absicht, eine weitere Nacht in jenem Haus zu verbringen, wo ich gestern in meinem Bett fast ermordet wurde.«

»Warum bannen Sie die Gefahr nicht durch Gebet und Meditation?« wollte ich wissen.

Madame Berengeria funkelte mich böse an. »Sie sind nicht die Herrin in Baskerville House. Lady Baskerville selbst soll mich abweisen, wenn sie es kann.« Erneut versetzte sie dem Träger einen Schubs. »Geht – jetzt – Baskerville House.«

»Ist ja auch gleichgültig«, sagte ich leise zu Emerson. »Wenn sie tatsächlich dort einzieht, können wir ein Auge auf sie haben.«

»Was für eine entsetzliche Vorstellung«, meinte Emerson. »Wirklich, Amelia, ich glaube nicht, daß Lady Baskerville...«

»Dann halte sie auf. Ich weiß nicht, wie du das anstellen willst, es sei denn, du fesselst und knebelst sie. Doch wenn du diesen Wunsch verspüren solltest...«

»Ach was!« Emerson verschränkte die Arme. »Ich halte mich aus der ganzen Angelegenheit raus.«

Mary, die vor Scham fast in den Boden versank, hatte es ebenfalls aufgegeben, zu widersprechen. Als Madame Berengeria begriff, daß sie gewonnen hatte, verzog sich ihr Gesicht zu einem verkniffenen krötengleichen Grinsen. Die Prozession machte sich wieder auf den Weg; Mr. O'Connell blieb zurück und stand herum wie ein begossener Pudel.

Emerson platzte fast vor Wut, als er sich zu dem jungen Mann umwandte, doch noch ehe er etwas sagen konnte, kam Mary ihm zuvor.

»Was haben Sie sich dabei gedacht, Kevin? Wie konnten Sie sie auch noch dazu ermutigen?«

»Ach, meine Liebe, ich habe ja alles versucht, sie davon abzuhalten, das ist die Wahrheit. Was hätte ich denn sonst tun sollen, als mitzukommen, um sie zu schützen, falls sie in Schwierigkeiten gerät? Sie glauben mir doch, Mary?«

Er versuchte, sie bei der Hand zu nehmen. Sie verweigerte sie ihm mit einer Geste unbeschreiblicher Verachtung. Tränen des Kummers glänzten in ihren Augen. Sie drehte sich rasch um und ging zum Grab zurück.

In Mr. O'Connells sommersprossigem Gesicht war Enttäuschung zu lesen. Karl und Milverton hatten einen selbstzufriedenen Ausdruck im Gesicht. Gleichzeitig machten sie kehrt und folgten Mary.

O'Connell sah mich an. Er zuckte mit den Schultern und versuchte zu lächeln. »Verschonen Sie mich mit Ihren Kommentaren, Mrs. Emerson. Ich werde bald wieder in ihrer Gunst stehen, keine Sorge.«

»Wenn auch nur ein Wort über diesen Vorfall in den Zeitungen erscheint ...«, begann ich.

»Aber was kann ich denn tun?« O'Connell riß die kobaltblauen Augen auf. »Jeder Journalist in Luxor wird bis heute abend von der Sache erfahren haben, wenn sie es nicht schon jetzt wissen. Ich würde meinen Posten verlieren, wenn ich meine persönlichen Gefühle über die Pflicht gegenüber meinen Lesern stellen würde.«

»Sie sollten sich besser aus dem Staub machen«, sagte ich, als ich bemerkte, daß Emerson wie ein Stier vor dem Angriff anfing, mit dem Fuß zu scharren, und knurrende Geräusche von sich gab. Mr. O'Connell grinste mich breit an. Mit Hilfe von Mr. Vandergelt schaffte ich es, meinen Gatten zu entfernen; und nachdem Emerson eine Weile gegrübelt hatte, meinte er bedrückt: »Vandergelt, ich glaube, ich muß Ihr Angebot doch noch annehmen – nicht, um die Damen zu beschützen, sondern um *mich* vor *ihnen* in Sicherheit zu bringen.«

»Ich fühle mich sehr geschmeichelt«, sagte der Amerikaner prompt.

Ich kehrte wieder zu meinem Schutthaufen zurück und sah, daß Mr. O'Connell verschwunden war. Während ich mich wieder der eintönigen Aufgabe widmete, den Schutt durchzusieben, überdachte ich eine Idee, die mir während des Gesprächs mit dem jungen Journalisten gekommen war. Es war klar, daß er für den Preis einer guten Geschichte auch gerne Prügel in Kauf nehmen würde, und früher oder später würde Emerson, wenn man ihn entsprechend reizte, ihm diesen Gefallen tun. Wenn wir uns seiner Neugier schon nicht entziehen konnten, konnten wir sie auch zu unserem eigenen Vorteil nutzen, indem wir ihm die Exklusivrechte an unserer Geschichte anboten. Dann hätten wir gleichzeitig unter Kontrolle, was er schrieb. Um diese privilegierte Stellung zu behalten, würde er gezwungen sein, sich unseren Wünschen zu fügen und davon abzulassen, meinen leicht erregbaren Gatten zu ärgern.

Je länger ich über diesen Plan nachdachte, um so brillanter erschien er mir. Ich war versucht, auf der Stelle Emerson davon zu erzählen; da aber seine erste Reaktion auf meine Vorschläge in aller Regel entschieden ablehnend ausfällt, beschloß ich, noch zu warten, bis er die schlechte Laune wegen der jüngsten Begegnung mit Madame Berengeria überwunden hatte.

Später am Nachmittag kam es zu einem besorgniserregenden Vorfall. Ein Teil der freigelegten Decke des Grabgangs stürzte ein und verfehlte einen der Männer nur um Haaresbreite. Das donnernde Geräusch und die Staubwolke, die aus dem Treppenschacht aufstieg, sorgte für Aufregung unter den Schaulustigen; ich lief rasch zum Ort des Geschehens. Durch den aufgewirbelten Staub hindurch erkannte ich – schemenhaft wie ein Dämon in einer Pantomime – Emerson, der sich mit dem Ärmel das Gesicht abwischte und herzhaft fluchte.

»Beim Weitergraben werden wir die Decke abstützen müssen«, erklärte er. »Ich wußte, daß der Fels brüchig ist, aber ich hoffte, daß sich das ändern würde, je weiter wir vorankämen. Leider scheint das Gegenteil der Fall zu sein. Abdullah, schick Daoud und seinen Bruder zum Haus, damit sie Holz und einen Sack Nägel holen. Hol's der Teufel, das wird die Arbeit noch mehr verlangsamen.«

»Es ist aber notwendig«, sagte ich. »Ein schwerer Unfall zu diesem Zeitpunkt würde die Männer davon überzeugen, daß wir mit einem Fluch belegt sind.«

»Danke für deine zartfühlende Besorgnis«, knurrte Emerson. »Was machst du überhaupt hier unten? Geh zurück an deine Arbeit.«

Offensichtlich war die Zeit noch nicht reif, um über meine Pläne mit Mr. O'Connell zu diskutieren.

Erst bei Einbruch der Nacht ließ Emerson die erschöpften Männer nach Hause gehen. Müde machte sich unser Trüppchen auf den steinigen Rückweg. Ich hatte Mary zu überreden versucht, auf einem Esel den längeren Weg zu reiten, doch sie bestand darauf, uns zu begleiten, und natürlich trotteten die beiden jungen Männer wie Schafe hinter ihr her.

Vandergelt war schon früher aufgebrochen; er wollte sein Gepäck aus dem Hotel holen und danach zum Haus kommen.

Ich war immer noch begeistert von meiner Idee, Mr. O'Connell anzuwerben, doch ich war weise genug, Emerson gegenüber nichts zu erwähnen. Die Hände in den Taschen vergraben und gesenkten Hauptes trottete er mißmutig schweigend dahin. Zusätzlich zu allem übrigen Unglück an diesem Tag war in den letzten Arbeitsstunden etwas entdeckt worden, was nichts Gutes verhieß. Die Männer hatten den Gang auf einer Länge von fast zehn Metern freigeräumt und waren schließlich auf die Abbildung eines Mitglieds der königlichen Familie gestoßen, vermutlich der Besitzer des Grabes; doch leider war der Kopf der Figur böswillig verstümmelt worden, und der königliche Name in der Inschrift darüber war auf ähnliche Weise unkenntlich gemacht. Dieser Beweis, daß das Grab geschändet worden war, schlug uns allen auf die Stimmung. Würden wir, nachdem wir Berge von Stein beiseite geräumt hatten, nur einen leeren Sarkophag vorfinden?

Diese Befürchtung allein hätte schon genügt, das Schweigen und die Niedergeschlagenheit meines Gatten zu rechtfertigen. Und die Aussicht auf eine Begegnung mit Madame Berengeria und Lady Baskerville, deren Laune zweifellos unerfreulich sein würde, bedrückte ihn zusätzlich.

Falls Mary sich wegen der peinlichen Szene, die ihr mit Sicherheit bevorstand, Sorgen machte, ließ sie sich das nicht anmerken. Sie hatte die Plackerei an diesem langen Tag viel besser durchgestanden, als ich das aufgrund ihrer zierlichen Gestalt von ihr erwartet hatte. Sie und die jungen Männer gingen vor uns her, denn Emerson hatte es nicht eilig, und ich hörte, wie sie fröhlich plauderte und sogar lachte. Ich beobachtete, daß sie sich bei Karl untergehakt hatte und die meiste Zeit mit ihm sprach. Milverton, der an ihrer anderen Seite ging, versuchte erfolglos, ihre Aufmerksamkeit auf sich zu ziehen. Nach einer Weile blieb Milverton stehen und ließ die anderen vorangehen. Als Emerson und ich ihn eingeholt hatten, fiel mir auf, daß er der schlanken Gestalt des Mädchens mit einem gequälten Blick hinterhersah.

Emerson trottete weiter, ohne den untröstlichen jungen Mann auch nur eines Blickes zu würdigen, doch ich hielt es nicht für richtig, solch deutliche Zeichen seelischer Aufwühlung zu mißachten. Deshalb ließ ich meinen Mann vorausgehen und bat Milverton, wobei ich seinen Arm nahm, mir behilflich zu sein. Ich habe keine Skrupel, fälschlicherweise den Eindruck weiblicher Schwäche zu erwecken, wenn die Situation es erfordert.

Milverton verhielt sich wie ein Gentleman. Eine Weile gingen wir schweigend nebeneinander her, doch dann suchte sein gekränktes Herz, wie ich es erwartet hatte, Erleichterung in einem Gespräch.

»Was findet sie nur an ihm?« platzte er heraus. »Er ist unansehnlich, pedantisch und mittellos!«

Ich war versucht, über diesen vernichtenden Katalog von Unzulänglichkeiten zu lachen. Statt dessen jedoch seufzte ich und schüttelte den Kopf.

»Ich fürchte, sie ist ein herzloses, kokettes Mädchen, Mr. Milverton.«

»Ich bin da leider nicht Ihrer Meinung«, erwiderte Mr. Milverton aufgeregt. »Sie ist ein Engel.«

»Sie ist sicherlich so schön wie ein Engel«, stimmte ich freundlich zu.

»Ja, das ist sie, das ist sie! Sie erinnert mich an diese ägyptische Königin, wissen Sie nicht! – Ich habe den Namen vergessen ...«

»Nefertiti?«

»Ja, so heißt sie. Und ihre Gestalt ... Sehen Sie nur, wie anmutig sie geht.«

Ich konnte nicht viel erkennen, denn die Dämmerung war bereits weit fortgeschritten, und als mir auffiel, wie sich das Halbdunkel auf die Landschaft senkte, beschlich mich erneut Unruhe. Bei Tageslicht war der Weg schon schwierig genug; in der Dunkelheit würde der Abstieg durch die Felsen nicht einfach werden. Außerdem bot die Nacht Feinden eine gute Tarnung. Ich hoffte nur, daß Emersons Starrsinn uns nicht einen Unfall oder Schlimmeres bescheren würde. Ich klammerte mich noch fester an Milvertons Arm und beschleunigte meinen Schritt. Wir waren weit hinter die anderen zurückgefallen, und Emersons Gestalt war nur noch schemenhaft vor dem Hintergrund der aufgehenden Sterne zu erkennen.

Milverton hörte nicht auf, Mary abwechselnd überschwenglich zu preisen und zu tadeln. Ich bezwang meine Besorgnis und versuchte, ihn zu einer vernünftigeren Betrachtungsweise zu bewegen.

»Vielleicht zweifelt sie an Ihren Absichten, Mr. Milverton. Sie sind, wie ich vermute, doch die eines ehrenwerten Gentleman?«

»Sie verletzen mich unsäglich, Mrs. Emerson«, stieß der junge Mann hervor. »Meine Gefühle sind so tief, so lauter ...«

»Warum legen Sie sie dann nicht der Frau gegenüber offen, an die sie sich richten? Haben Sie um ihre Hand angehalten?«

Milverton seufzte. »Wie könnte ich denn? Was hätte ich ihr denn zu bieten, in meiner Lage ...«

Er hielt inne und rang nach Atem.

Ich glaube, daß mir selbst für einen Augenblick der Atem stockte, als mir die Bedeutung dieser verräterischen Pause dämmerte. Hätte er seinen Satz mit jenem Wort beendet oder ihn in bedrücktem Schweigen und Ungewißheit ausklingen lassen, wäre ich wohl davon ausgegangen, daß er auf seine untergeordnete Position, seine Jugend und seinen Mangel an finanzieller Sicherheit anspielte. Mit meinen detektivischen Instinkten – Folge natürlicher Begabung wie auch meiner gewiß nicht unbeträchtlichen Erfahrung – folgerte ich jedoch sofort, was es mit diesem Seufzer in Wirklichkeit für eine Bewandtnis hatte. Im tröstlichen Schutz der Dunkelheit und unter dem beruhigenden Einfluß weiblicher Anteilnahme hatte seine Wachsamkeit nachgelassen. Er stand kurz davor, ein Geständnis abzulegen!

Der detektivische Instinkt drängt, wenn er voll erwacht, unbarmherzig alle zarteren Gefühle in den Hintergrund. Obgleich es mir unangenehm ist, muß ich zugeben, daß meine folgenden Worte nicht von Anteilnahme, sondern von Arglist bestimmt waren. Ich war entschlossen, seinen Schutzwall zu durchbrechen und ihm ein Geständnis zu entlocken.

»Ihre Lage ist schwierig«, sagte ich. »Doch ich weiß, daß Mary zu Ihnen halten wird, wenn sie Sie liebt. Jede richtige Frau würde das tun.«

»Würde sie das? Würden Sie das?« Noch bevor ich antworten konnte, wandte er sich mir zu und packte mich bei den Schultern.

Ich gestehe, daß ein leichter Argwohn meinen detektivischen Eifer dämpfte. Inzwischen war es völlig dunkel, und Milvertons hochgewachsene Gestalt ragte vor mir auf wie ein gespenstisches Geschöpf der Nacht. Ich spürte seinen heißen Atem auf meinem Gesicht und fühlte, wie sich seine Finger schmerzhaft in mein Fleisch gruben. Mir kam der Gedanke, daß ich möglicherweise einem kleinen Trugschluß erlegen war.

Noch ehe ich mich hinreißen ließ, etwas so Dummes zu tun wie um Hilfe zu rufen oder mit meinem Sonnenschirm auf Mr. Milverton einzuschlagen, erhellte ein silbriges Licht die Dunkelheit; der Mond, nahezu voll gerundet, erhob sich über den Klippen. Ich hatte vergessen, daß dieses Ereignis zwangsläufig eintreten mußte, denn in Luxor ist der Himmel fast nie bewölkt. In diesen südlichen Gefilden ist das Licht des Mondes so klar und rein, daß man bei seinem Schein ein Buch lesen könnte; doch wer würde schon seinen Blick auf ein lebloses Blatt Papier heften, wenn eine zauberhafte Landschaft aus Schatten und Silber vor einem liegt? Mondschein im alten Theben! Oft schon und aus gutem Grund ist das Stoff für literarische Meisterwerke gewesen!

Meine unbeholfene Feder, geleitet von einem Verstand, der mehr für kühle Vernunft als für Poesie empfänglich ist, (doch dürfen Sie nicht glauben, die Poesie ließe ihn gänzlich unberührt) ... meine unbeholfene Feder, wollte ich sagen, wird nicht versuchen, sich mit den Ergüssen begnadeterer Autoren zu messen. Um deshalb wieder zur Sache zu kommen: Dank des Lichts konnte ich Mr. Milverton, der mich aus nächster Nähe anstarrte, ins Gesicht blicken. Gehörig erleichtert stellte ich fest, daß auf seinen schönen Zügen ein ängstlicher und bekümmerter Ausdruck lag, jedoch keine Spur von Wahnsinn, wie ich befürchtet hatte.

Eben dieses Licht erlaubte es ihm, mein Gesicht zu sehen, das wohl mein Unbehagen verriet. Sogleich ließ er von mir ab.

»Vergeben Sie mir. Ich ... ich bin nicht ganz bei mir, Mrs. Emerson, wirklich, ich bin nicht ganz bei mir. Ich glaube, in diesen letzten Wochen muß ich mich wie ein Verrückter aufgeführt haben. So kann es nicht weitergehen. Ich muß reden. Darf ich Ihnen mein Herz ausschütten? Kann ich Ihnen vertrauen?«

»Das können Sie!« rief ich.

Der junge Mann holte tief Luft, richtete sich zu voller Größe auf und reckte die Schultern. Er hob an zu sprechen.

Just in diesem Augenblick hallte ein langgezogener Schrei durch die Steinwüste. Eine Sekunde lang glaubte ich schon, Mr. Milverton hätte aufgeheult wie ein Werwolf. Doch er war ebenso verblüfft wie ich; und auf einmal begriff ich, daß die besonderen akustischen Gegebenheiten in diesem Gelände einen Laut zu uns hinübergetragen hatten, dessen Quelle in einiger Entfernung lag, so daß der Eindruck entstand, er komme ganz aus der Nähe. Der Mond war inzwischen ganz aufgegangen, und als ich mich nach dem Ursprung dieses unheimlichen Schreis umblickte, bot sich mir ein beängstigender Anblick.

Quer über die Ebene kam Emerson herangestürmt, wobei er im Sprung über Felsbrocken und Gesteinsspalten setzte. Seine rasende Gestalt, die eine silbrig glänzende Staubwolke hinter sich aufwirbelte, und seine schauerlichen Schreie hätten in Verbindung mit der nebligen Aura, die ihn umgab, ein abergläubisches Herz in Angst und Schrecken versetzt. Er jagte zwar in unsere Richtung, doch kam er dabei immer weiter von unserem Pfad ab. Also schwenkte ich meinen Sonnenschirm und lief ihm entgegen, wobei ich einen Weg nahm, der den seinen kreuzen mußte.

Es gelang mir, ihn abzufangen, denn ich hatte den Schnittpunkt unserer beider Wege richtig berechnet. Da ich ihn nur zu gut kannte, versuchte ich gar nicht erst, ihn durch eine Berührung oder mit sanftem Griff aufzuhalten. Statt dessen warf ich mich mit meinem ganzen Körpergewicht gegen ihn, so daß wir beide zu Boden stürzten. Wie ich geplant hatte, lag Emerson unter mir.

Nachdem er wieder zu Atem gekommen war, hallte die in Mondlicht getauchte Landschaft erneut von seinem Gebrüll wider, das nun jedoch gänzlich irdisch klang und fast ausschließlich mir galt. Ich machte es mir auf einem Stein bequem und wartete, bis er sich wieder beruhigt hatte.

»Das ist zuviel«, meinte er und setzte sich auf. »Nicht nur, daß jeder Nörgler und religiöser Eiferer in Luxor es auf mich abgesehen hat, nun wendet sich auch noch meine eigene Frau gegen mich. Ich habe jemanden verfolgt, Amelia – ich war ihm ganz nah auf den Fersen! Ich hätte den Schurken erwischt, wenn du dich nicht eingemischt hättest.«

»Ich versichere dir, das hättest du nicht«, sagte ich. »Außer dir war niemand zu sehen. Zweifellos hat er sich zwischen die Felsen verkrochen, während du schreiend herumgerast bist. Wer war es?«

»Habib vermutlich«, erwiderte Emerson. »Ich habe bloß flüchtig einen Turban und ein flatterndes Gewand gesehen. Hol's der Teufel, Amelia, ich hätte fast...«

»Und ich wäre beinahe zu Mr. Milvertons Beichtmutter geworden«, sagte ich mit gehöriger Erbitterung in der Stimme. »Er war kurz davor, mir das Verbrechen zu gestehen. Ich wünschte nur, du würdest endlich lernen, diesen jugendlichen Überschwang im Zaum zu halten, der dich dazu verleitet, erst zu handeln und dann erst...«

»Das schlägt doch dem Faß den Boden aus!« schrie Emerson. »Überschwang ist noch viel zu freundlich für den unausrottbaren Dünkel, der dich glauben läßt, du...«

Bevor er diese beleidigende Bemerkung zu Ende führen konnte, stießen unsere Begleiter zu uns. Aufgeregte Fragen und Erklärungen folgten. Dann machten wir uns wieder auf den Weg, wobei Emerson widerstrebend einräumte, daß es sinnlos sei, die Verfolgung eines Menschen fortzusetzen, der schon längst verschwunden war. Er setzte sich an die Spitze unseres Zugs, wobei er sich die Hüfte rieb und demonstrativ hinkte.

Erneut fand ich mich an Mr. Milvertons Seite. Als er mir den Arm bot, sah ich, daß er nur mühsam ein Lächeln unterdrücken konnte.

»Ich habe wider Willen einen Teil Ihrer Unterhaltung mit angehört«, begann er.

Ich versuchte, mich zu erinnern, was ich gesagt hatte. Mir fiel ein, daß ich von einem Geständnis gesprochen hatte. Doch aus Milvertons weiteren Worten ging, wie ich erleichtert feststellte, hervor, daß er diesen Teil des Gesprächs nicht gehört hatte.

»Ich möchte ja nicht unverschämt sein, Mrs. Emerson, doch das Verhältnis zwischen Ihnen und dem Professor fasziniert mich. War es wirklich notwendig, ihn zu Boden zu stoßen?«

»Natürlich. Nichts außer körperlicher Gewalt kann Emerson bremsen, wenn er in Wut gerät, und wenn ich ihn nicht aufgehalten hätte, wäre er solange weitergerannt, bis er über einen Felsabhang gestürzt oder mit dem Fuß in einer Spalte steckengeblieben wäre.«

»Ich verstehe. Er schien Ihre Besorgnis um seine Sicherheit nicht – äh – zu schätzen.«

»Ach, das ist so seine Art«, sagte ich. Emerson, der immer noch unbeholfen und nicht sehr überzeugend humpelte, war nicht weit vor uns, doch es fiel mir nicht ein, deswegen leiser zu sprechen. »Wie alle Engländer hat er Hemmungen, in der Öffentlichkeit seine wahren Empfindungen zu zeigen. Privat jedoch, versichere ich Ihnen, ist er der zärtlichste und liebevollste ...«

Das war zuviel für Emerson; er drehte sich um und rief: »Beeilt euch, ihr beiden. Warum trödelt ihr so herum?«

Reichlich verärgert gab ich endgültig die Hoffnung auf, daß Milverton mich noch einmal ins Vertrauen ziehen würde. Als wir den kurvigen und gefährlichen Weg hinabstiegen, ergab sich keine Gelegenheit zu einem privaten Gespräch. Wir waren nur noch ein kurzes Stück vom Haus entfernt und konnten die Lichter bereits hinter den Palmen sehen, als Mr. Vandergelt zu uns stieß, der sich, beunruhigt über unsere Verspätung, auf die Suche nach uns begeben hatte.

Als wir den Hof betraten, ergriff Milverton meine Hand.

»Haben Sie es wirklich ernst gemeint?« flüsterte er. »Sie haben mir versichert...«

Ein Flämmchen flackerte aus der ersterbenden Glut der Hoffnung auf.

»Jedes Wort war ernst gemeint«, flüsterte auch ich. »Vertrauen Sie mir.«

»Amelia, was tuschelst du da?« fragte Emerson gereizt. »Beeil' dich gefälligst.«

Ich nahm meinen Sonnenschirm fest in den Griff, und es gelang mir, ihn nicht damit zu schlagen.

»Ich komme schon«, erwiderte ich. »Geh du nur voraus.«

Wir waren fast schon an der Tür, da hörte ich, wie jemand mir zuflüsterte: »Um Mitternacht; in der Loggia.«

Sobald wir im Haus waren, stürmte Emerson wie von wilden Furien gehetzt in Richtung unseres Zimmers, und wirklich, der entfernte Klang einer durchdringenden Stimme, die Madame Berengeria gehören konnte, war ein verständlicher Grund für seine Flucht. Als ich unser Gemach betrat, fing er an, zu stöhnen und zu zucken. Er zeigte mir einen großen Flecken aufgeschürfter, blutunterlaufener Haut und warf mir vor, daran schuld zu sein.

Ich schenkte diesem kindischen Schauspiel keinerlei Aufmerksamkeit.

»Emerson«, rief ich ungeduldig, »du wirst nie erraten, was passiert ist. Trotz deiner dummen Einmischung...« An dieser Stelle begann er, mir Vorhaltungen zu machen. Ich aber erhob die Stimme und fuhr fort: »Ich habe Mr. Milvertons Vertrauen gewonnen. Er wird gestehen!«

»Schön, brüll doch noch ein bißchen lauter«, sagte Emerson. »Es gibt ein paar Leute im Haus, die es noch nicht gehört haben.«

Die Rüge war berechtigt, doch unfein formuliert. Ich senkte meine Stimme zu einem Flüstern. »Er ist völlig verstört, Emerson. Ich bin sicher, es war kein vorsätzlicher Mord. Zweifellos hatte er keine andere Wahl.«

»Hmmm.« Emerson stellte sich auf eine Matte, zog sein Hemd aus und begann, sich mit einem Schwamm abzuwaschen. »Was genau hat er gesagt?«

»Du nimmst das so gelassen auf«, rief ich. Ich nahm ihm den Schwamm aus der Hand und wusch ihm Sand und Staub vom Rücken. »Er hatte nicht die Gelegenheit, mir Einzelheiten zu erzählen. Das kommt später. Ich werde mich mit ihm um Mitternacht treffen, in ...«

»Du hast wohl den Verstand verloren«, sagte Emerson. Seine Stimme war nun ruhiger, und als ich mit dem Schwamm rhythmisch über seine harten Rückenmuskeln strich, gab er vor Wonne ein albernes leises Schnurren von sich. »Glaubst du wirklich, meine liebe Peabody, daß ich dich losgehen lasse, damit du dich mitten in der Nacht mit einem Mörder triffst?«

»Ich habe alles genau geplant«, erwiderte ich und nahm statt des Schwamms ein Handtuch. »Du wirst dich in der Nähe verstecken.«

»Nein, das werde ich nicht«, sagte Emerson. Er nahm das Handtuch und trocknete sich hastig ab. »Ich verbringe die Nacht am Grab, und du wirst dich in diesem Zimmer einschließen und drin bleiben.«

»Was sagst du da?«

»Wir sind jetzt schon fast bis ans Ende des Gangs vorgedrungen. Noch ein oder zwei Tage, und er ist freigeräumt. Ein paar entschlossene Diebe können, wenn sie flink arbeiten, in wenigen Stunden einen Tunnel hindurch graben.«

Ich fragte nicht, woher er wußte, daß das Ende des Gangs in Reichweite war. Beruflich gesehen ist Emerson der größte Archäologe dieses Jahrhunderts – und vielleicht sogar aller Zeiten. Nur im Hinblick auf die alltäglichen Aspekte des Lebens legt er das übliche Maß männlicher Inkompetenz an den Tag.

»Aber unsere Männer halten doch Wache, oder etwa nicht?« fragte ich.

»Zwei Männer, die mittlerweile so verängstigt sind, daß sie sich vor dem Heulen eines Schakals verkriechen würden. Außerdem könnten zwei Männer einer Überzahl von Gegnern nicht standhalten. Die Gurnawis haben schon früher Archäologen angegriffen.«

»Also willst du dich ihnen selbst als Opfer anbieten?«

»Sie werden es nicht wagen, einen Engländer anzugreifen«, erwiderte Emerson triumphierend.

»Ha!« entgegnete ich. »Ich kenne den wahren Grund, warum du dich davonmachen willst. Du fürchtest dich vor Madame Berengeria.«

»Lächerlich.« Emerson lachte gekünstelt. »Wir wollen uns nicht streiten, Peabody. Warum ziehst du nicht dieses staubige Kostüm aus? Es muß dir ja heiß und unbequem sein.«

Ich wich behende zurück, als er die Hände nach mir ausstreckte. »Diese Methode funktioniert nicht, Emerson. Und zieh dir doch etwas über. Wenn du meinst, der Anblick deines, wie ich zugebe, muskulösen und wohlgeformten Körpers könnte mich von meiner selbstverständlichen Pflicht abbringen ...«

Dieses Mal war es nicht Emerson, der mich unterbrach,

obgleich er sich mir unverkennbar in dieser Absicht näherte. Ein Klopfen an der Tür bewirkte, daß er hastig nach seiner Hose griff; eine Stimme verkündete, Lady Baskerville wünsche uns zu sehen.

Während ich mich wusch und umzog, hatten sich die anderen schon im Salon versammelt. Die Atmosphäre dort erinnerte weniger an eine gesellschaftliche Zusammenkunft als an einen Kriegsrat. Erfreut stellte ich fest, daß Madame Berengeria wieder in einen Zustand der Benommenheit versunken war, und der starke Brandydunst, der um sie schwebte, überraschte mich nicht im geringsten. Schläfrig lächelte sie Emerson zu, war aber ansonsten nicht fähig, zu sprechen oder sich zu bewegen.

Da ihn der Zusammenbruch von Madame von seiner größten Sorge befreit hatte, trug Emerson seine Absichten und Pläne so entschieden vor wie gewöhnlich. Lady Baskerville stieß einen Klagelaut aus.

»Nein, Radcliffe, Sie dürfen sich nicht in Gefahr begeben. Lieber soll das ganze Grab verwüstet werden, als daß Ihnen auch nur ein Haar gekrümmt wird.«

Diese idiotische Äußerung, die mir einen scharfen Tadel eingetragen hätte, zauberte einen verzückten Ausdruck auf Emersons Gesicht. Er tätschelte die weiße Hand, die sich an seinen Ärmel klammerte.

»Es besteht nicht die geringste Gefahr, das versichere ich Ihnen.«

»Da haben Sie vermutlich recht«, meinte Vandergelt, dem diese Zurschaustellung von Besorgnis durch die Dame gar nicht gefallen hatte. »Wie dem auch sei, ich glaube, ich werde einfach mit Ihnen kommen, Professor. Zwei Pistolen sind besser als eine, und ein Mann fühlt sich sicherer, wenn ihm ein Kumpel den Rücken deckt.«

Doch bei diesen Worten schrie Lady Baskerville noch

ängstlicher auf. Ob sie sie denn der Gnade dieser gespenstischen Gestalt ausliefern wollten, die bereits einen Mann getötet und einen Mordanschlag auf Emerson verübt hatte? Vandergelt, an den sie sich nunmehr klammerte, schien für ihr Laienspiel ebenso empfänglich zu sein wie mein Gatte.

»Sie hat recht, denke ich«, sagte er in besorgtem Ton. »Wir können die Damen nicht ohne Schutz zurücklassen.«

Daraufhin erklärten sowohl Milverton als auch Karl ihre Bereitschaft, zu Diensten zu sein. Schließlich wurde entschieden, daß Karl Emerson bei der Bewachung des Grabes unterstützen sollte. Emerson brannte so sehr darauf, endlich aufzubrechen, daß er nicht einmal zu Abend essen wollte. Also wurde ein Picknickkorb zurechtgemacht, und die beiden Männer bereiteten sich auf den Abmarsch vor. Obwohl Emerson sich bemühte, mir aus dem Weg zu gehen, gelang es mir, ihn für einen Augenblick beiseite zu nehmen.

»Emerson, es ist unbedingt notwendig, daß ich mit Mr. Milverton spreche, solange ihn das schlechte Gewissen plagt. Vielleicht beschließt er schon morgen, alles eiskalt abzuleugnen.«

»Amelia, es besteht nicht das geringste Anzeichen dafür, daß Milverton ein Geständnis ablegen will. Entweder ist diese Zusammenkunft eine Falle – und falls das zutrifft, wäre es unendlich dumm von dir, hineinzutappen –, oder es handelt sich, was ich eher vermute, um ein Gespinst deiner blühenden Phantasie. Jedenfalls verbiete ich dir, heute nacht das Haus zu verlassen.«

Sein ernster, ruhiger Tonfall beeindruckte mich nachhaltig. Dennoch hätte ich etwas entgegnet, wenn er mich nicht plötzlich in die Arme geschlossen und mich fest an sich gedrückt hätte, ohne auf Mary zu achten, die auf dem Weg zu ihrem Zimmer den Hof überquerte.

»Tu nur einmal in deinem Leben, was ich dir sage, Peabody! Wenn dir irgend etwas geschieht, bringe ich dich um!«

Nach einer leidenschaftlichen Umarmung, die mir einen Augenblick lang den Atem raubte, ging er. Kurz darauf hörte ich, wie er Karl zurief, er solle sich beeilen.

Ich lehnte mich an die Mauer, hielt mir die gequetschten Rippen und versuchte, die Gefühle in den Griff zu bekommen, die sein zärtlicher Abschied in mir aufgewühlt hatte. Eine Hand berührte mich sanft an der Schulter. Mary stand neben mir.

»Machen Sie sich um ihn keine Sorgen, Mrs. Emerson. Karl wird auf ihn achten; er verehrt den Professor sehr.«

»Ich mache mir überhaupt keine Sorgen, danke.« Unauffällig führte ich mir mein Taschentuch ans Gesicht. »Himmel, wie ich schwitze. Es ist sehr heiß hier.«

Das Mädchen legte den Arm um meine Schulter. »Es ist tatsächlich sehr warm«, stimmte sie zu. »Kommen Sie, gehen wir wieder in den Salon.«

Der Abend war einer der unangenehmsten, die ich je erlebt habe. Lady Baskerville konzentrierte ihren unleugbaren Charme auf Mr. Vandergelt. Milverton schwieg trübsinnig vor sich hin und wich meinen Blicken aus. Man hatte zwar Madame Berengeria auf ihr Zimmer geführt, doch ihre Anwesenheit hier im Haus schien wie ein gewaltiger, bedrohlicher Schatten über uns zu schweben. Doch vor allem war es ein Gedanke, der jedes Wort trübte und mir jeden Bissen im Mund vergällte – der Gedanke, daß Emerson am Grab Wache hielt, ungeschützt den Unholden ausgeliefert, die es bekanntlich auf sein Leben abgesehen hatten. Selbst wenn es keine weiteren Feinde gegeben hätte – und ich war mir sicher, daß es welche gab –, so hatte allein schon der bösartig gesinnte Habib ein zweifaches Motiv für einen Überfall, nämlich Geldgier und Rache.

Die Tischgesellschaft ging schon bald auseinander. Es war erst zehn Uhr, als ich mich zu Bett legte und das Moskitonetz befestigte. Der Gedanke, daß mein Gatte in Gefahr schwebte, hatte mich so zermürbt, daß ich fast schon bereit gewesen wäre, mich seiner letzten Anordnung zu fügen. Doch ich konnte einfach nicht einschlafen. Ich beobachtete den geheimnisvollen Weg, den das Mondlicht auf den Fußboden zeichnete, und nach einer Weile lockte es mich wie eine Straße, die in fremde, unbekannte Gefilde führt. Ich mußte ihr ganz einfach folgen.

Ich stand auf. Vorsichtig öffnete ich die Tür.

Die träumerische Stille der Nacht wurde nur vom Schwirren nächtlicher Insekten und vom traurigen Heulen der Schakale in den weit entfernten Hügeln gestört. Das ganze Haus lag in Schlaf versunken. Ich wartete und spähte hinaus; nach einiger Zeit sah ich, wie die dunkle Gestalt eines Mannes leise über den Hof ging. Nach Hassans Tod hatte Emerson einen unserer eigenen Männer zum Wachestehen abkommandiert.

Da ich nicht beabsichtigt hatte, diesen Weg zu nehmen, war ich nicht im geringsten entmutigt, schloß leise die Tür und kleidete mich an. Ich spähte noch einmal hinaus, um sicherzugehen, daß alles ruhig war und der Wächter sich noch im Hof befand. Dann trat ich ans Fenster.

Ich hatte ein Knie bereits auf der Fensterbank und wollte gerade den zweiten Fuß nachziehen, als plötzlich eine dunkle Gestalt vor mir aufragte und eine vertraute Stimme in arabisch flüsterte: »Hat die Sitt einen Wunsch? Ihr Diener wird es ihr bringen.«

Hätte ich mich nicht an der Fensterbank festgehalten, wäre ich rückwärts hinabgefallen. Ich faßte mich wieder und kletterte ganz hinauf.

»Die Sitt möchte aus dem Fenster steigen, Abdullah«,

erwiderte ich. »Reich mir die Hand oder geh mir aus dem Weg.«

Die große Gestalt des Vorarbeiters rührte sich nicht. »Efreets und Schurken spuken in der Dunkelheit«, sagte er. »Die Sitt sollte besser wieder zu Bett gehen.«

Ich sah, daß sich eine Diskussion nicht vermeiden ließ, setzte mich deshalb und ließ die Beine baumeln. »Warum bist du nicht mit Emerson gegangen, um ihn zu beschützen?«

»Emerson ließ mich hier, um den Schatz zu bewachen, der ihm mehr wert ist als das Gold des Pharaos.«

Ich bezweifelte, daß Emerson diese Worte gewählt hatte – obgleich er sich auf arabisch reichlich blumig ausdrückte. Meine Gewissensbisse deswegen, weil ich seiner Anordnung nicht gefolgt war, waren völlig verflogen. Er hatte mir nicht getraut!

»Hilf mir hinunter«, sagte ich und streckte die Hände aus.

Abdullah stöhnte auf. »Sitt Hakim, bitte laß das. Emerson wird meinen Kopf auf eine Stange pflanzen, wenn dir ein Schaden zustößt.«

»Wie kann mir ein Schaden zustoßen, wenn du mich beschützt? Ich werde nicht weit weg gehen, Abdullah. Ich möchte, daß du mir folgst, dich dabei aber nicht sehen läßt, und dich dann hinter einem Busch oder Baum versteckst, wenn ich die Loggia erreicht habe.«

Ich ließ mich auf den Boden hinab. Abdullah schüttelte verzweifelt den Kopf, aber er wußte, daß der Versuch, mich aufzuhalten, keinen Sinn hatte. Als ich durch das Gebüsch schlich, wobei ich die vom Mondlicht erhellten Stellen zu vermeiden suchte, wußte ich, daß er mir folgte, obgleich ich keinerlei Geräusch vernahm. Denn trotz seiner Größe konnte sich Abdullah wie ein körperloser Geist bewegen, wenn es nötig war.

Ich bog um die Ecke des Hauses und sah die Loggia vor mir. Die helle Farbe der Pfeiler sah in dem unheimlichen Licht seltsam verändert aus. Das Innere lag in tiefem Schatten. Ich erkannte die Umrisse der weißen Korbstühle und Tische, entdeckte aber nirgends eine menschliche Gestalt. Ich hielt inne und sagte ganz leise: »Warte hier, Abdullah. Mach keinen Lärm und misch dich nicht ein, es sei denn, ich rufe um Hilfe.«

Ich schlich weiter. Auch wenn Emerson mir oft mangelnde Vorsicht vorwirft, war mir doch sehr wohl klar, daß ich nicht einfach drauflosgehen durfte. Ich wollte im Schutze eines Pfeilers erst einmal die Lage sondieren, bevor ich mich zeigte.

Emersons Behauptung, dieses mitternächtliche Rendezvous sei ein reines Hirngespinst, war natürlich lächerlich. Durch kühle Überlegung kam ich jedoch zu dem Schluß, daß ich nicht absolut sicher sein konnte, ob Milverton beabsichtigte, den Mord an Lord Baskerville zu gestehen. Vielleicht wollte er mir bloß irgendwelche, weniger interessante Informationen mitteilen oder sich – welch unangenehmer Gedanke – meiner Anteilnahme, während er über Mary sprach, versichern. Junge Männer leiden gewöhnlich an der Wahnvorstellung, die ganze Welt sei an ihren Liebesaffären interessiert.

Ein Schaudern durchfuhr mich, als ich am anderen Ende der Loggia die rotglühende Spitze einer Zigarre entdeckte. Ich trat aus meinem Versteck und schlich vorsichtig in diese Richtung.

»Mrs. Emerson!« Milverton erhob sich und drückte die Zigarre aus. »Sie sind also doch gekommen. Gott segne Sie.«

»Sie müssen Augen wie eine Katze haben«, sagte ich verdrossen, weil es mir nicht gelungen war, mich ihm unbemerkt zu nähern.

Wir unterhielten uns im Flüsterton. »Mein Gehör ist außergewöhnlich gut ausgeprägt«, erwiderte er. »Ich hörte Ihr Kommen.«

Ich setzte mich. Milverton folgte meinem Beispiel und wählte den Stuhl neben mir. Die kühle Brise rüttelte an den Weinreben, die sich wie grüne Arme um die Pfeiler rankten.

Eine Weile sprach keiner von uns ein Wort. Ich fürchtete, in dieser delikaten Situation das Falsche zu sagen, und schwieg deshalb.

Milverton rang mit seinen Ängsten und seinem Schuldgefühl. Zumindest hoffte ich, daß er aus diesem Grund schwieg und nicht deshalb, weil er über die schnellstmögliche Weise, mich zu beseitigen, nachdachte. Wenn er mich an der Gurgel packte, konnte ich nicht Abdullah zu Hilfe rufen. Ich wünschte, ich hätte meinen Sonnenschirm dabeigehabt.

Milvertons erste Bemerkung war nicht dazu angetan, meine Befürchtungen zu zerstreuen. »Sie sind eine couragierte Frau, Mrs. Emerson«, sagte er in bedrohlichem Ton. »Allein hierher zu kommen, mitten in der Nacht, nach einem mysteriösen Todesfall und einer Serie merkwürdiger Vorfälle.«

»Das war ziemlich dumm von mir«, gab ich zu. »Ich fürchte, daß übersteigertes Selbstvertrauen einer meiner Fehler ist. Emerson macht mir das häufig zum Vorwurf.«

»Ich hatte nicht die Absicht, etwas so Beleidigendes anzudeuten«, stieß Milverton hervor. »Ich würde eher meinen, daß Ihre Entscheidung auf einer profunden Kenntnis der menschlichen Natur beruht und auf weiblicher Anteilnahme.«

»Nun, wenn Sie es so nennen ...«

»Und Sie haben recht«, fuhr Milverton fort. »Sie haben meinen Charakter richtig beurteilt. Ich bin schwach und dumm, aber nicht verschlagen, Mrs. Emerson. Von mir droht

Ihnen keine Gefahr. Ich bin nicht fähig, eine Frau zu verletzen – oder genau gesagt, irgend jemanden zu verletzen. Und Ihr Vertrauen zu mir hat Sie in meiner Wertschätzung sehr gehoben. Ich würde mein Leben geben, um Sie zu schützen.«

»Hoffen wir, daß sich diese Notwendigkeit nicht ergibt«, sagte ich. Obgleich ich mich wieder sicher fühlte, verspürte ich eine gewisse Lustlosigkeit. Diese Worte klangen nicht wie der Auftakt zu einem Mordgeständnis. »Doch«, fuhr ich fort, »ich weiß Ihr Angebot zu schätzen, Mr. Milverton. Es ist bereits sehr spät. Darf ich Sie bitten, mir zu sagen ... was ist es, was Sie mir mitteilen wollten?«

Der Mann neben mir, von dem in der Dunkelheit nur eine vage Kontur zu erkennen war, gab einen merkwürdigen unterdrückten Ton von sich, der vielleicht ein Lachen war. »Sie haben den Kernpunkt meines Geständnisses berührt, Mrs. Emerson. Sie haben mich mit einem Namen angesprochen, der nicht mein eigener ist.«

»Wer sind Sie dann?« fragte ich überrascht.

»Ich bin Lord Baskerville«, lautete seine verblüffende Antwort.

Mein erster Gedanke war, daß Milverton den Verstand verloren hatte. Schuldgefühle und Reue – nehmen zuweilen die seltsamsten Formen an; da der junge Mann sich diese verabscheuungswürdige Tat nicht eingestehen wollte, hatte sein Gewissen ihm vorgegaukelt, daß Lord Baskerville noch lebte – und daß er Lord Baskerville sei.

»Ich freue mich, Ihre Bekanntschaft zu machen«, sagte ich. »Offenbar waren die Berichte über Ihren Tod stark übertrieben.«

»Bitte scherzen Sie nicht«, stöhnte Milverton.

»Ich habe nicht gescherzt.«

»Aber ... Oh, ich verstehe.« Wieder war das unterdrückte Lachen zu hören, das eher einem gequälten Aufschrei glich. »Ich kann es Ihnen nicht zum Vorwurf machen, wenn Sie mich für verrückt halten, Mrs. Emerson. Aber ich bin es nicht – noch nicht –, obwohl ich manchmal kurz davorstehe. Lassen Sie mich erklären.«

»Ich bitte darum«, sagte ich mit Nachdruck.

»Ich nenne mich Lord Baskerville, da ich nun diesen Titel trage. Ich bin der Neffe des verstorbenen Lords und somit sein Erbe.«

Ich brauchte einige Sekunden, um diese Nachricht und ihre finstere Bedeutung zu erfassen.

»Warum, um Himmels willen, laufen Sie dann mit einem falschen Namen herum?« fragte ich. »Kannte Lord Baskerville – der verstorbene Lord Baskerville – Ihre wahre Identität? Bei Gott, junger Mann, ist Ihnen denn nicht klar, daß Sie sich in höchstem Maße verdächtig machen?«

»Selbstverständlich. Seit dem Tod meines Onkels war ich so aufgewühlt, daß ich wirklich glaube, das Fieber, das ich mir eingefangen habe, ist dadurch noch schlimmer geworden. Ehrlich gesagt, hätte ich mich ansonsten schon längst aus dem Staub gemacht.«

»Aber Mr. Milverton... Wie soll ich Sie denn jetzt anreden?«

»Ich heiße Arthur. Ich würde mich geehrt fühlen, wenn Sie mich so nennen.«

»Also, Arthur – es ist wohl besser, daß Sie nicht davonlaufen konnten. Das wäre einem Schuldgeständnis gleichgekommen. Und Sie behaupten, wenn ich Sie richtig verstehe, daß Sie nichts mit dem Tod Ihres Onkels zu tun haben.«

»Bei meiner Ehre als britischer Edelmann«, flüsterte er angespannt.

Es fiel mir schwer, diesen eindrucksvollen Schwur in Zweifel zu ziehen, aber ich hatte immer noch meine Vorbehalte. »Erzählen Sie«, forderte ich ihn auf.

»Mein Vater war der jüngere Bruder des verstorbenen Lords«, fing Arthur an. »Als junger Bursche zog er sich wegen einer jugendlichen Torheit die Mißbilligung seines strengen Erzeugers zu. Soweit ich weiß, war der alte Herr ein Despot, der sich zur Zeit des Puritanismus wohler gefühlt hätte als in unserem Jahrhundert. Ganz im Einklang mit dem Alten Testament schlug er ohne Umschweife die rechte Hand ab, die sein Mißvergnügen hervorgerufen hatte, und setzte den mißratenen Sohn vor die Tür. Mein armer Vater wurde mit einem kleinen monatlichen Wechsel nach Afrika geschickt und seinem Schicksal überlassen.«

»Hat sein Bruder sich denn nicht für ihn eingesetzt?«

Arthur zögerte einen Augenblick. »Ich will nichts vor Ihnen verheimlichen, Mrs. Emerson. Der verstorbene Lord Baskerville war mit dem grausamen Verhalten seines Vaters völlig einverstanden. Er erbte den Titel nur ein Jahr nach der Verbannung seines Bruders. Eine seiner ersten Handlungen war, meinem Vater zu schreiben, es sei reine Zeitverschwendung, ihn um Hilfe zu bitten, da ihn persönliche Überzeugung und Achtung als Sohn dazu zwängen, seinen Bruder zu verstoßen, wie es schon ihr gemeinsamer Vater getan habe.«

»Wie gefühllos«, meinte ich.

»Meine ganze Kindheit habe ich zu hören bekommen, was für ein Schurke er sei«, sagte Arthur.

Ein Schauer lief mir über den Rücken, als ich dieses folgenschwere Geständnis hörte. Ahnte der junge Mann denn nicht, daß er mit jedem Wort sein eigenes Grab schaufelte? Glaubte er, ich würde, was seine Identität betraf, Stillschweigen bewahren? Oder vertraute er auf andere Mittel und Wege, um sich vor Entdeckung zu schützen?

Arthur erzählte weiter: »Jede Nacht hörte ich, wie mein Vater ihn verfluchte, wenn er... nun, ich möchte nichts beschönigen... wenn er zuviel getrunken hatte. Das geschah, was ich bedauerlicherweise zugeben muß, mit den Jahren immer häufiger. Trotzdem war mein Vater, wenn er er selbst war, ein sehr liebenswerter Mann. Durch seine anziehende Art eroberte er das Herz meiner Mutter, der Tochter eines Gentleman aus Nairobi. Trotz des Widerspruchs ihrer Eltern heirateten sie. Meine Mutter verfügte über ein eigenes kleines Vermögen, und davon lebten wir. Sie liebte ihn über alles, das weiß ich genau. Niemals hörte ich eine Klage oder einen Vorwurf über ihre Lippen kommen. Doch vor sechs Monaten, nachdem Vater den unvermeidlichen Folgen seines Lasters erlegen war, überzeugte mich meine Mutter, daß mein Haß gegen meinen Onkel ungerechtfertigt sein könnte. Sie tat das, denken Sie daran, ohne meinen Vater nur im geringsten zu tadeln ...«

»Was vermutlich keine leichte Aufgabe war«, unterbrach ich. Inzwischen hatte ich mir ein klares Bild von Arthurs Vater gemacht und fühlte großes Mitleid mit seiner Mutter.

Arthur achtete nicht auf meinen Einwurf und fuhr fort: »Außerdem wies sie mich darauf hin, daß Lord Baskerville keine Kinder hatte, ich also sein Erbe war. Er hatte keine Anstalten unternommen, mit mir in Verbindung zu treten, obwohl sie ihn pflichtgemäß vom Tod seines Bruders in Kenntnis gesetzt hatte. Doch rechtfertigten, wie sie sagte, seine Nachlässigkeit und Ungerechtigkeit kein schlechtes Benehmen meinerseits. Ich schuldete es mir selbst und meiner Familie, mich dem Mann vorzustellen, den ich irgendwann beerben würde. Sie überzeugte mich; doch ich verriet ihr nie, daß ihr das gelungen war, denn ich hatte schon selbst einen närrischen Plan gefaßt. Als ich Kenia verließ, sagte ich ihr nur, daß ich beabsichtigte, in der weiten Welt mein Glück mit der Photographie zu versuchen, die schon seit meiner Jugend mein Steckenpferd gewesen war. Sicherlich hat sie von dem Geheimnis gelesen, das den Tod meines Onkels umgibt, doch sie hat keine Ahnung, daß der Charles Milverton aus der Zeitung ihr mißratener Sohn ist.«

»Aber sie muß vor lauter Sorge um Sie schier außer sich sein!« rief ich aus. »Sie weiß ja nicht, wo Sie sind.«

»Sie glaubt, ich sei auf dem Wege nach Amerika«, beichtete der junge Mann leise. »Ich sagte ihr, ich würde ihr meine Adresse schicken, wenn ich mich erst einmal häuslich niedergelassen hätte.«

Ich konnte nur seufzend den Kopf schütteln. Allerdings war es sinnlos, Arthur dazu zu drängen, sich sofort mit seiner Mutter in Verbindung zu setzen; die Wahrheit würde viel schmerzlicher sein als die Ungewißheit, in der sie im Augenblick schweben mußte, obwohl ich, was Arthurs Zukunft betraf, die schrecklichsten Vorahnungen hatte. Aber es bestand immer noch die Möglichkeit – und sei sie auch noch so abwegig –, daß ich mich irrte.

»Mein Plan war, mich meinem Onkel als Fremder vorzustellen und sein Wohlwollen und Vertrauen zu gewinnen, ehe ich meine wahre Identität preisgab«, erzählte Arthur. »Sie brauchen nichts dazu zu sagen, Mrs. Emerson. Es war ein naiver Einfall, der in einen Kitschroman gehört. Ich schwöre Ihnen, ich hatte keine andere Absicht, als mich durch harte Arbeit und Aufopferung zu beweisen. Selbstverständlich kannte ich das Vorhaben meines Onkels, in Ägypten zu überwintern – wahrscheinlich hat der Großteil der englischsprechenden Erdbevölkerung davon gewußt. Also reiste ich nach Kairo und bewarb mich gleich nach seiner Ankunft um eine Stelle. Meine Empfehlungsschreiben ...«

»Gefälscht?« fragte ich.

»Ich konnte ihm unter diesen Umständen kaum echte Empfehlungen vorlegen, oder? Die, die ich verfaßte, waren sehr beeindruckend, das kann ich Ihnen versichern. Er stellte mich sofort an. Und das war der Stand der Dinge, als er starb. Er wußte nicht, wer ich bin, obwohl ...«

Er zögerte. Da ich sicher war, was er sagen wollte, beendete ich den Satz für ihn. »Sie glauben, er hatte eine Vermutung? Nun, das tut nichts mehr zur Sache. Mein lieber Arthur, Sie müssen den Behörden Ihr Herz ausschütten. Zugegebenermaßen macht Sie das in höchstem Maße des Mordes verdächtig ...«

»Aber es gibt keinen Beweis für einen Mord«, unterbrach

Arthur. »Die Polizei war davon überzeugt, daß seine Lordschaft eines natürlichen Todes gestorben ist.«

Damit hatte er recht; allerdings war es nicht unbedingt ein Zeichen für seine Unschuld, daß er mich so rasch auf diesen kleinen Denkfehler hingewiesen hatte. Trotzdem war es sinnlos zu fragen, wer Lord Baskerville ermordet hatte, solange ich nicht beweisen konnte, daß wirklich ein Mord stattgefunden hatte.

»Um so mehr Grund dafür, daß Sie die Wahrheit sagen«, beharrte ich. »Sie müssen sich offenbaren, um Ihr Erbe antreten zu können ...«

»Pssst« Arthur legte mir die Hand auf den Mund. Die Angst um meine eigene Sicherheit, die ich vor lauter Interesse an seiner Erzählung vergessen hatte, kam nun zurück; doch noch ehe ich Zeit hatte, mehr als einen Anflug von Beunruhigung zu empfinden, fuhr er flüsternd fort: »Da ist jemand im Gebüsch. Ich habe gesehen, daß sich etwas bewegt hat ...«

Ich nahm seine Hand von meinem Mund. »Das ist nur Abdullah. Ich war nicht so leichtsinnig, allein zu kommen. Aber er hat nicht mitgehört ...«

»Nein, nein.« Arthur erhob sich, und ich dachte schon, er würde ins Gebüsch stürmen. Doch gleich darauf entspannte er sich wieder. »Es ist weg. Aber es war nicht Abdullah, Mrs. Emerson. Die Gestalt war zierlicher und kleiner – bekleidet mit durchscheinenden, schneeweißen Gewändern.«

Ich hielt den Atem an. »Die Frau in Weiß«, keuchte ich.

Ehe wir uns trennten, bat ich Arthur um die Erlaubnis, Emerson seine Geschichte erzählen zu dürfen. Er stimmte zu, wahrscheinlich, weil ihm klar war, daß ich es mit oder ohne seine Billigung tun würde. Mein Vorschlag, er solle am nächsten Tag nach Luxor fahren, um seine wahre Identität zu gestehen, wurde abgelehnt, und nach einer kurzen Erörterung mußte ich zugeben, daß sein Einspruch berechtigt war. Die richtigen Adressaten für diese Nachricht waren selbstverständlich die britischen Behörden, und in Luxor gab es niemanden, dessen Rang hoch genug gewesen wäre, um sich mit einer solchen Angelegenheit zu befassen. Der Konsulatsvertreter war Italiener und beschäftigte sich hauptsächlich damit, Budge vom Britischen Museum mit gestohlenen Antiquitäten zu versorgen. Arthur versprach, er werde sich Emersons Entscheidung, welche Schritte er unternehmen solle, beugen, und ich versicherte, ihm zu helfen, wie ich nur konnte.

Es heißt, ein Geständnis ist wohltuend für die Seele. Ganz offensichtlich hatte ich Arthurs Seelenfrieden wiederhergestellt. Mit schwingendem Schritt ging er leise pfeifend davon.

Doch, ach, mein Herz war schwer, als ich mich aufmachte, um dem treuen Abdullah mitzuteilen, daß ich in Sicherheit sei. Ich mochte den jungen Mann – nicht weil er, wie Emerson behauptet, ein gutaussehendes Exemplar englischer Männlichkeit darstellte, sondern wegen seiner Freundlichkeit und seines angenehmen Wesens. Trotzdem machten gewisse Züge seines Charakters keinen allzu guten Eindruck auf mich, denn sie erinnerten mich an seine Beschreibung des charmanten Taugenichts', der sein Erzeuger gewesen war. Die Leichtfertigkeit, die er angesichts der gefälschten Empfehlungsschreiben an den Tag gelegt hatte, die unreife Torheit seines romantischen Plans, das Wohlwollen seines Onkels zu gewinnen, und auch andere Dinge, die er erzählt hatte, wiesen darauf hin, daß der gute Einfluß seiner Mutter die von der Vaterseite ererbte Oberflächlichkeit nicht hatte wettmachen können. Ich wünschte ihm alles Gute; aber ich befürchtete, seine durchaus glaubhafte Geschichte könnte nur ein Versuch gewesen sein, mich auf seine Seite zu ziehen, ehe die Wahrheit ans Licht kam.

Ich fand Abdullah (mehr oder weniger) verborgen hinter einer Palme. Als ich ihn nach der Erscheinung in Weiß befragte, bestritt er, eine solche gesehen zu haben. »Aber«, fügte er hinzu, »ich habe dich beobachtet, oder vielmehr die Finsternis, in die du verschwunden bist; nie habe ich meinen Blick abgewendet. Sitt Hakim, es ist nicht notwendig, Emerson etwas zu erzählen.«

»Sei doch nicht so ein Feigling, Abdullah«, antwortete ich. »Ich werde sagen, daß du dein Bestes getan hast, um mich zurückzuhalten.«

»Schlag mich bitte kräftig auf den Kopf, damit ich eine Beule habe, die ich ihm zeigen kann.«

Unter normalen Umständen hätte ich das für einen Scherz gehalten, doch obwohl Abdullah ziemlich viel Sinn für Humor hat, hätte er nie über so etwas gescherzt.

»Sei doch nicht lächerlich«, sagte ich.

Abdullah stöhnte.

Ich konnte es kaum erwarten, Emerson zu erzählen, daß ich den Mord an Lord Baskerville aufgeklärt hatte. Selbstverständlich gab es ein paar Kleinigkeiten, die noch offenstanden, aber ich war mir sicher, daß ich die Antwort bald finden würde, wenn ich mich ernsthaft der Angelegenheit widmete. Ich beabsichtigte, noch in dieser Nacht mit der Arbeit anzufangen, doch leider schlief ich ein, ehe ich zu irgendwelchen Ergebnissen kam.

Beim Aufwachen war mein erster Gedanke die erneute Sorge um Emerson. Aber meine Vernunft sagte mir, daß das ganze Haus schon auf den Beinen gewesen wäre, wenn es einen Zwischenfall gegeben hätte; die Liebe jedoch, die nie besonders anfällig für Logik ist, beschleunigte meine Vorbereitungen zum Aufbruch ins Tal.

Obwohl ich früh dran war, stand Cyrus Vandergelt schon

im Hof, als ich aus meinem Zimmer kam. Zum erstenmal sah ich ihn in Arbeitskleidung, anstatt in einem der schneeweißen Leinenanzüge. Seine Tweedjacke war ebenso gut geschnitten wie seine übliche Garderobe; sie hatte nur wenig Ähnlichkeit mit den schäbigen Kleidungsstücken, in die Emerson sich gewöhnlich hüllt. Auf dem Kopf hatte der Amerikaner einen militärisch wirkenden Sonnenhut mit einem rot-weiß-blauen Band. Diesen zog er bei meinem Anblick elegant und bot mir den Arm, um mich zum Frühstückstisch zu geleiten.

Lady Baskerville nahm diese Mahlzeit selten mit uns zusammen ein. Die Männer hatten über die Gründe für ihr erhöhtes Ruhebedürfnis schon die verschiedensten Vermutungen angestellt; doch selbstverständlich wußte ich, daß sie die Zeit mit ihrer Toilette zubrachte, denn die Perfektion ihrer Erscheinung war offensichtlich das Ergebnis stundenlanger Arbeit.

Stellen Sie sich also meine Überraschung vor, als wir die Dame bereits am Tisch sitzend vorfanden. An diesem Morgen hatte sie sich nicht die Zeit zum Schminken genommen, und deshalb sah sie so alt aus, wie sie wirklich war. Unter den Augen mit den geschwollenen Lidern lagen dunkle Ringe, und um ihren Mund hatten sich Sorgenfalten eingegraben. Vandergelt war so erschrocken von ihrem Anblick, daß er einen besorgten Ausruf von sich gab. Sie gestand, daß ihr keine ungestörte Nachtruhe vergönnt gewesen sei, und sie hätte das wohl noch weiter ausgeführt, wäre nicht Milverton – oder besser gesagt: Arthur Baskerville – unter Entschuldigungen, weil er verschlafen hatte, hereingestürmt.

Von allen Anwesenden schien der Schuldige allein einen erfrischenden, traumlosen Schlaf genossen zu haben. Das dankbare Lächeln, das er mir immer wieder zuwarf, versicherte mir, daß seine Niedergeschlagenheit verflogen war.

Das war ein weiteres Zeichen der Unreife, die mir bereits aufgefallen war; da er einer weiseren, älteren Person sein Herz ausgeschüttet hatte, fühlte er sich nun von jeglicher Verantwortung befreit.

»Wo ist Miss Mary?« fragte er. »Wir haben keine Zeit zu verlieren. Ich bin sicher, daß Mrs. Emerson darauf brennt, ihren Gatten zu sehen.«

»Wahrscheinlich versorgt sie ihre Mutter«, antwortete Lady Baskerville in dem scharfen Ton, den sie immer an den Tag legte, wenn sie von Madame Berengeria sprach. »Was haben Sie sich nur dabei gedacht, diese schreckliche Frau einzuladen? Aber da der Schaden nun nicht mehr abzuwenden ist, muß ich mich wohl damit abfinden. Allerdings weigere ich mich, allein mit ihr unter einem Dach zurückzubleiben.«

»Dann begleiten Sie uns doch«, schlug Vandergelt vor. »Wir richten Ihnen ein hübsches, schattiges Eckchen her.«

»Vielen Dank, mein Freund, aber ich bin zu müde. Nach dem, was ich letzte Nacht gesehen habe ...«

Vandergelt sprang auf das Stichwort an, gab seiner Besorgnis Ausdruck und wollte Einzelheiten wissen. Ich fasse die Antwort der Dame zusammen, um auf die Seufzer und theatralischen Übertreibungen verzichten zu können. Befreit von all diesen bedeutungslosen Ausschmückungen war sie ganz einfach: Da sie nicht habe schlafen können, sei sie ans Fenster gegangen und habe die sattsam bekannte weißgekleidete Gestalt durch die Bäume huschen sehen. Diese sei in Richtung der Felsen verschwunden.

Ich sah Arthur an und erkannte an seinem treuherzigen Gesicht, was er beabsichtigte. Der junge Narr war kurz davor, auszurufen, daß auch wir die Frau in Weiß gesehen hatten – und das hätte die ganze Geschichte unserer mitternächtlichen Unterredung ans Tageslicht gebracht. Es war nötig, ihn aufzuhalten, ehe er etwas sagen konnte. Ich trat unter dem Tisch nach ihm, aber in meiner Hast verfehlte ich mein Ziel und landete einen kräftigen Treffer gegen Mr. Vandergelts Wade. Allerdings erfüllte auch das seinen Zweck; sein Schmerzensschrei und die darauf folgenden Entschuldigungen gaben Arthur Zeit, sich wieder zu fassen.

Vandergelt flehte Lady Baskerville weiterhin an, uns zu begleiten, und als sie sich weigerte, erbot er sich, bei ihr zu bleiben.

»Mein lieber Cyrus«, sagte sie mit einem liebevollen Lächeln, »Sie können es doch kaum noch erwarten, zu Ihrem widerlichen, schmutzigen Grab zu kommen. Nicht um alles in der Welt würde ich Sie dieser Gelegenheit berauben.«

Daraus ergab sich eine ausgedehnte und törichte Erörterung; und schließlich wurde entschieden, daß Arthur bei den Damen bleiben sollte. Also machten Vandergelt und ich uns auf den Weg. In letzter Minute schloß sich Mary uns atemlos und voller Entschuldigungen an. Da mich die Verzögerung noch unruhiger gemacht hatte, schritt ich so schnell aus, daß selbst der langbeinige Amerikaner mir kaum folgen konnte.

»Himmel, Mrs. Amelia« (oder vielleicht war es auch etwas anderes – was man in Amerika eben so sagt). »Die arme kleine Miss Mary ist ja schon ganz aus der Puste, noch ehe sie mit der Arbeit angefangen hat. Wissen Sie, es gibt keinen Grund zur Sorge. Wenn irgendein Frühaufsteher den Professor in seinem Blut vorgefunden hätte, wüßten wir es schon.«

Obwohl diese Bemerkung wohl tröstend gemeint gewesen war, gefiel mir die Ausdrucksweise nicht besonders.

Nach der getrennt verbrachten Nacht hatte ich erwartet, daß Emerson mich mit ein wenig Begeisterung begrüßen würde. Doch statt dessen starrte er mich nur einen Moment lang ausdruckslos an, als könne er sich nicht an mich erinnern. Als er mich endlich wiedererkannte, runzelte er sofort die Stirn.

»Du kommst zu spät«, sagte er vorwurfsvoll. »Am besten machst du dich gleich an die Arbeit. Wir haben schon einen ziemlichen Vorsprung, und die Männer sind schon auf einige kleine Gegenstände im Geröll gestoßen.«

»Sind sie das?« meinte Vandergelt gedehnt und strich sich über den Bart. »Das sieht aber nicht sehr ergiebig aus, nicht wahr, Professor?«

»Ich sagte doch schon, daß bereits im Altertum Räuber in das Grab eingedrungen sind«, fauchte Emerson. »Das bedeutet nicht notwendigerweise...«

»Ich verstehe. Was halten Sie davon, mich einmal einen kleinen Blick auf Ihre bisherige Arbeit werfen zu lassen? Dann mache ich mich nützlich, Ehrenwort. Ich schleppe sogar Körbe, wenn Sie wollen.«

»Nun gut«, antwortete Emerson in seinem unfreundlichsten Tonfall. »Aber beeilen Sie sich.«

Niemand außer dem begeistertsten Anhänger der Archäologie hätte diese Besichtigung für der Mühe wert befunden, denn der Gang, von dem inzwischen etwa fünfzehn Meter freigelegt waren, war ein unglaublich unangenehmer Aufenthaltsort. Er führte steil abwärts in einen finsteren, stickigen Abgrund, der nur vom dämmrigen Licht der Laternen erhellt wurde. Die Luft stank nach jahrtausendealtem Moder und war so heiß, daß die Männer sich aller Kleidungsstücke entledigt hatten, die nicht nach den Regeln des Anstandes erforderlich waren. Jede Bewegung, und war sie auch noch so vorsichtig, wirbelte den feinen, weißen Staub der Kalksteinbrocken auf, mit denen der Gang verschüttet gewesen war. Dieses kristalline Pulver klebte an den schweißbedeckten Körpern der Männer, was ihnen ein außergewöhnlich unheimliches Aussehen verlieh. Die bleichen Gestalten, die sich im feuchten Dunst bewegten, sahen aus wie zum Leben erwachte Mumien, bereit, sich auf diejenigen zu stürzen, die ihre Ruhe gestört hatten.

Teilweise verdeckt von grob gezimmerten Gerüsten blickten die gemalten Götter feierlich in die Dunkelheit. Thoth mit dem Ibiskopf, der Schutzgott der Gelehrsamkeit, Maat, die Göttin der Wahrheit, Isis und ihr falkenköpfiger Sohn Horus. Doch etwas erregte meine Aufmerksamkeit und ließ mich die abscheuliche Hitze und die stickige Luft vergessen: der Geröllhaufen. Am Anfang hatte er den Gang völlig versperrt. Inzwischen war er auf knapp Schulterhöhe geschrumpft und ließ einen Zwischenraum bis zur Decke frei.

Nach einem kurzen Blick auf die Gemälde griff sich Vandergelt eine Laterne und ging direkt auf den Geröllhaufen zu. Ich stellte mich auf Zehenspitzen und blickte über seinen Arm hinweg, als er das Licht nach vorne über den Haufen hielt.

Von dort an bildete der Schutt einen steilen Abhang. In der Dunkelheit jenseits des Lichtkegels der Laterne erhob sich eine solide Masse – das Ende des Gangs wurde genau wie der Anfang von einer Steinmauer blockiert.

Noch ehe einer von uns etwas sagen konnte, machte Emerson eine herrische Handbewegung, und wir folgten ihm in den Vorraum am Fuße der Treppe. Während ich mir den Staub vom schweißnassen Gesicht wischte, sah ich meinen Mann vorwurfsvoll an.

»Das ist also der wahre Grund für deine Entscheidung, in der letzten Nacht hier zu wachen! Wie konntest du das tun, Emerson? Haben wir den Nervenkitzel einer neuen Entdekkung nicht immer miteinander geteilt? Deine Unehrlichkeit erschüttert mich!«

Verlegen strich sich Emerson übers Kinn. »Peabody, ich

schulde dir eine Erklärung. Ehrlich, ich wollte dich nicht ausschließen. Ich habe die Wahrheit gesagt; von nun an besteht ständig die Gefahr, daß das Grab ausgeraubt wird.«

»Und wann habe ich jemals vor der Aussicht auf Gefahr gekniffen?« wollte ich wissen. »Wann hast du dich jemals so erniedrigen müssen, die verachtenswerte Rolle meines Beschützers zu übernehmen?«

»Eigentlich ziemlich häufig«, erwiderte Emerson. »Nicht, daß ich damit oft erfolgreich gewesen wäre; aber, Peabody, deine Angewohnheit, dich Hals über Kopf in die schrecklichsten Gefahren zu stürzen...«

»Einen Moment mal«, unterbrach Vandergelt. Er hatte den Hut abgenommen und wischte sich methodisch den klebrigen Staub vom Gesicht. Offenbar war ihm nicht klar, daß dieser Staub, wenn er sich mit Schweiß mischt, die Beschaffenheit flüssigen Zements annimmt, der nun in seinen Spitzbart rann und von dessen Ende herabtropfte.

»Fangen Sie nicht wieder eine Ihrer Streitereien an«, fuhr er fort. »Ich habe nicht die Geduld, um abzuwarten, bis Sie sich geeinigt haben. Was zum Teufel ist da unten, Professor?«

»Das Ende des Gangs«, antwortete Emerson. »Und ein Brunnen oder ein Schacht. Ich konnte ihn nicht überqueren. Ich habe ein paar verrottete Holzstücke gefunden, die Überreste einer Brücke oder einer Abdeckung...«

»Von den Grabräubern zurückgelassen?« fragte Vandergelt, und seine blauen Augen blitzten.

»Möglicherweise. Sie hätten sich auf solche Hindernisse vorbereitet, die in den Gräbern dieser Epoche häufig anzutreffen sind. Falls sie aber eine Tür am gegenüberliegenden Ende gefunden haben, ist jetzt davon keine Spur mehr zu sehen – nur eine glatte Wand, auf deren Oberfläche die Gestalt von Anubis abgebildet ist.«

»Hmmm.« Vandergelt strich sich über den Spitzbart. Diese Bewegung löste eine Schlammlawine aus, die vorne an seinem einst sauberen Jackett hinunterrann. »Entweder liegt die Tür hinter dem Putz und dem Bild verborgen, oder die Wand ist eine Täuschung. Vielleicht befindet sich die Grabkammer woanders – auf dem Grunde des Schachts.«

»Genau. Wie Sie sehen, haben wir noch einige Stunden Arbeit vor uns. Wir müssen jeden Zentimeter des Bodens und der Decke sorgfältig untersuchen. Je näher wir an die Grabkammer kommen, desto höher ist die Wahrscheinlichkeit einer Falle.«

»Dann machen wir uns ans Werk!« rief ich aufgeregt.

»Eben das habe ich vorgeschlagen«, erwiderte Emerson.

Sein Tonfall war eindeutig sarkastisch, doch ich beschloß, das zu überhören, denn es gab Entschuldigungen für sein Verhalten. In meinem Kopf wirbelten die Gedanken durcheinander. Für den Augenblick hatte das Archäologenfieber das Detektivfieber abgelöst. Ich war schon an der Arbeit und siebte die erste Schuttportion durch, als mir einfiel, daß ich Emerson noch nichts von Arthurs Beichte erzählt hatte.

Doch ich sagte mir, daß kein Anlaß zur Eile bestand. Zweifellos würde Emerson darauf bestehen, das Tagespensum zu erledigen, ehe er zum Haus zurückkehrte. Und Arthur hatte versprochen, nichts zu unternehmen, bevor wir nicht Gelegenheit gehabt hatten, uns zu beraten. Erst in der Mittagspause vertraute ich mich Emerson an. Wir hatten uns unter das Zeltdach zurückgezogen, das aufgestellt worden war, um mich bei der Arbeit vor der Sonne zu schützen. Dort nahmen wir unser karges Mahl zu uns und ruhten uns ein wenig aus. Mary war unten und versuchte, die zuletzt entdeckten Gemälde zu kopieren. Sie konnte nur dann arbeiten, wenn die Männer eine Pause einlegten, denn die Staubwolken, die ihre Füße aufwirbelten, machten es unmöglich, etwas zu sehen, geschweige denn zu atmen. Man muß nicht hinzufügen, daß Karl sich in ihrer Nähe befand. Vandergelt hatte sein Essen hinuntergeschlungen und war sofort ins Grab zurückgekehrt, das ihn offenbar völlig in seinem Bann gefangenhielt. Emerson wäre ihm wohl gefolgt, wenn ich ihn nicht zurückgehalten hätte.

»Ich muß dir von meinem Gespräch mit Arthur letzte Nacht erzählen«, sagte ich.

Knurrend versuchte Emerson, seinen Ärmel aus meinem Griff zu befreien. Diese Aussage jedoch erweckte seine Aufmerksamkeit.

»Verdammt, Amelia, ich habe dir doch befohlen, unser Zimmer nicht zu verlassen. Ich hätte wissen sollen, daß Abdullah nicht Manns genug ist, um dich aufzuhalten. Warte nur, bis ich ihn in die Finger bekomme!«

»Es war nicht sein Fehler.«

»Dessen bin ich mir völlig bewußt.«

»Dann laß das Theater und hör mir zu. Ich versichere dir, die Geschichte wird dich interessieren. Arthur hat gestanden ...«

»Arthur? Du hast dich wohl schon mit dem Mörder angefreundet! Warte mal – ich dachte, er heißt Charles.«

»Ich nenne ihn Arthur, denn es wäre verwirrend, wenn ich seinen Familiennamen und seinen Titel benutzen würde. Er heißt nicht Milverton.«

Mit einer Leidensmiene ließ Emerson sich auf den Boden sinken, doch als ich am Höhepunkt meines Berichts angekommen war, hörte er auf, sich um einen gelangweilten Ausdruck zu bemühen.

»Du meine Güte!« rief er aus. »Wenn er die Wahrheit sagt ...«

»Dessen bin ich mir sicher. Er hätte keinen Grund zu lügen.«

»Nein – nicht, wenn man die Fakten nachprüfen kann. Begreift er denn nicht, in was für eine unangenehme Lage ihn das bringt?«

»Das tut er gewiß. Doch ich habe ihn überredet, reinen Tisch zu machen. Die Frage ist nur, wem er seine Geschichte erzählen soll.«

»Hmmm.« Emerson zog die Beine an und stützte die Unterarme auf die Knie, während er darüber nachdachte. »Er muß seine Identität beweisen, wenn er Anspruch auf den Titel und den Besitz erheben will. Wir sollten uns am besten direkt mit Kairo in Verbindung setzen. Dort wird man bestimmt überrascht sein.«

»Darüber, daß er hier ist, gewiß. Obwohl ich mir sicher bin, daß seine Existenz als Erbe den Leuten in der Verwaltung, die sich mit diesen Dingen beschäftigen, bekannt sein muß. Warum habe ich nicht selbst daran gedacht? Denn Lord Baskervilles Erbe kommt selbstverständlich zuerst als Verdächtiger in Frage.«

Emersons dichte Brauen zogen sich zusammen. »Das wäre so, wenn es sich bei Lord Baskervilles Tod um einen Mord handeln würde. Ich dachte, du seist zu dem Schluß gekommen, daß Armadale der Mörder ist.«

»Das war, ehe ich Milvertons – ich meine Arthurs – wahre Identität entdeckte«, erklärte ich geduldig. »Selbstverständlich leugnet er, seinen Onkel umgebracht zu haben ...«

»Ach, tut er das?«

»Du erwartest doch wohl kaum, daß er es zugibt.«

»Natürlich nicht; aber du, wenn ich mich recht entsinne. Wie dem auch sei, heute abend – oder morgen – unterhalte ich mich einmal mit dem jungen Narren, und dann werden wir sehen, welche Schritte wir am besten unternehmen. Und jetzt haben wir genügend Zeit verschwendet. An die Arbeit.«

»Ich finde, wir sollten in dieser Angelegenheit umgehend handeln«, sagte ich.

»Ich nicht. Das Grab duldet keinen Aufschub.«

Nachdem Mary ihre Kopien der Gemälde fertiggestellt hatte, kehrte sie zum Haus zurück. Wir anderen gingen wieder an die Arbeit. Im Laufe des Nachmittags wurde ich im Schutt immer häufiger fündig – irdene Scherben, Stücke blauer Fayence und viele Perlen, die aus der gleichen, glasähnlichen Substanz geformt waren. Die Perlen waren eine Plackerei, denn sie waren sehr klein, und ich mußte jeden Zentimeter Schutt durchsieben, damit ich keine übersah.

Die Sonne wanderte nach Westen, und ihre Strahlen drangen unter mein Zeltdach. Ich suchte immer noch nach Perlen, als ein Schatten auf meinen Korb fiel. Ich blickte hoch und sah Mr. O'Connell. Er zog elegant den Hut und kauerte sich dann neben mich.

»Es ist wirklich ein Jammer, mitanzusehen, wie eine schöne Frau sich mit solcher Arbeit die Hände und den Teint ruiniert«, sagte er freundlich.

»Verschwenden Sie Ihren irischen Charme nicht an mich«, meinte ich. »Allmählich empfinde ich Sie als schlechtes Omen, Mr. O'Connell. Immer wenn Sie auftauchen, geschieht ein Unglück.«

»Ach, seien Sie doch nicht so streng mit einem armen Burschen wie mir. Heute bin ich nicht so fröhlich wie sonst, Mrs. Emerson. Das ist die reine Wahrheit.«

Er seufzte. Da fiel mir mein Plan ein, diesen anmaßenden jungen Mann für unsere Sache einzuspannen, und ich milderte meinen scharfen Tonfall. »Also ist es Ihnen nicht gelungen, Ihren Platz in Miss Marys Herzen zurückzuerobern?«

»Sie sind eine scharfsinnige Frau, Mrs. E. Genau gesagt, ist sie immer noch wütend auf mich. Bei Gott, sie ist eine niedliche kleine Tyrannin.«

»Wie Sie wissen, hat sie noch weitere Verehrer. Und die lassen ihr wenig Zeit, einem unverschämten, rothaarigen Journalisten nachzutrauern.«

»Genau das befürchte ich«, erwiderte O'Connell bedrückt. »Ich komme gerade vom Haus. Miss Mary weigert sich sogar, mich zu empfangen. Sie ließ mir ausrichten, ich solle mich entfernen, oder sie würde mich von den Dienstboten hinauswerfen lassen. Ich bin mit meiner Weisheit am Ende, Mrs. E., und das ist die reine Wahrheit. Ich möchte einen Waffenstillstand. Ich akzeptiere alle vernünftigen Bedingungen, wenn Sie mir helfen, einen Frieden mit Mary auszuhandeln.«

Ich senkte den Kopf und gab vor, mit meiner Arbeit beschäftigt zu sein, um mein zufriedenes Lächeln zu verbergen. Ich war schon bereit gewesen, ihm einen Kompromiß anzubieten, und nun befand ich mich in der glücklichen Lage, die Bedingungen bestimmen zu können.

»Was schlagen Sie vor?« fragte ich.

O'Connell schien zu zögern; doch als er sprach, sprudelten die Worte so ohne Stocken aus ihm heraus, daß er sich seinen Plan ganz offensichtlich im vorhinein zurechtgelegt hatte.

»Ich bin ein sehr charmanter Bursche«, sagte er bescheiden. »Doch wenn ich das Mädchen nie zu Gesicht bekomme, nützt mir mein ganzer Charme nichts. Falls ich aber eingeladen würde, bei Ihnen zu wohnen ...«

»Ach, du meine Güte, ich weiß nicht, wie ich das zuwege bringen sollte«, sagte ich erschrocken.

»Mit Lady Baskerville gäbe es keine Schwierigkeiten. Sie hat eine sehr hohe Meinung von mir.«

»Oh, ich bezweifle nicht, daß Sie Lady Baskerville um den Finger wickeln können. Leider ist Emerson nicht so leicht zu beeinflussen.«

»Ich kann ihn überzeugen«, beharrte O'Connell.

»Wie?« fragte ich geradeheraus.

»Wenn ich zum Beispiel verspräche, ihm alle Berichte vorzulegen, ehe ich sie an meinen Chefredakteur schicke.«

»Würden Sie sich wirklich darauf einlassen?«

»Ich würde es hassen wie die Pest – entschuldigen Sie, Ma'am, meine Gefühle haben mich übermannt –, der Gedanke gefällt mir überhaupt nicht. Aber ich würde es tun, um mein Ziel zu erreichen.«

»Ach, die Liebe«, meinte ich spöttisch. »Wie wahr es doch ist, daß zarte Gefühle einen bösen Menschen läutern.«

»Sagen Sie lieber, daß sie das Gehirn eines klugen Menschen aufweichen«, antwortete O'Connell niedergeschlagen, und nach einem Augenblick verzogen sich seine Mundwinkel zu einem reumütigen Lächeln, völlig frei von dem Hohn, der so oft seine Züge verzerrte. »Sie haben auch recht viel Charme, Mrs. E. Ich glaube, sie sind ziemlich gefühlvoll, auch wenn Sie versuchen, das zu verbergen.«

»Unsinn«, sagte ich. »Und nun verschwinden Sie besser, ehe Emerson Sie entdeckt. Ich werde Ihren Vorschlag heute abend mit ihm besprechen.«

»Warum nicht jetzt? Ich brenne darauf, Mary endlich den Hof zu machen.«

»Fordern Sie Ihr Glück nicht heraus, Mr. O'Connell. Wenn Sie morgen um diese Zeit zur Ausgrabungsstelle kommen, habe ich vielleicht gute Nachrichten für Sie.«

»Ich wußte es!« rief O'Connell aus. »Ich wußte, eine Dame mit Ihrem Gesicht und Ihrer Figur kann nicht grausam zu einem Liebenden sein!« Er packte mich um die Taille und drückte mir einen Kuß auf die Wange. Sofort griff ich nach meinem Sonnenschirm und wollte schon nach ihm schlagen, doch er entwischte mir. Dann warf mir der unverschämte Lümmel ein Kußhändchen zu und schlenderte breit grinsend davon.

Allerdings entfernte er sich nicht weit; immer wenn ich von meiner Arbeit aufblickte, sah ich ihn unter den gaffenden Touristen. Trafen sich unsere Blicke, preßte er seufzend die Hand aufs Herz oder blinzelte und zog lächelnd den Hut. Obwohl ich es nicht zeigte, konnte ich nicht anders, als mich darüber zu amüsieren. Nach etwa einer Stunde hatte er wohl den Eindruck, seinem Anliegen ausreichend Nachdruck verliehen zu haben; er verschwand und ward nicht mehr gesehen.

Der glutrote Ball der Sonne stand tief im Westen, und die blaugrauen abendlichen Schatten fielen kühl auf den Boden, als das eintönige Ausleeren der Körbe abrupt endete, woraus ich schloß, daß etwas geschehen sein mußte. Ich blickte auf und sah die Männer aus dem Grab kommen. Emerson hat sie doch sicherlich noch nicht nach Hause geschickt, dachte ich; es wird ja erst in einer Stunde dunkel. Sofort ging ich, um nachzusehen.

Der Schutthaufen hatte sich erheblich verringert. Er bestand nun nicht mehr ausschließlich aus kleinen Steinen und Kieseln. Inzwischen war die Ecke eines massiven Steinquaders sichtbar geworden. Emerson und Vandergelt standen daneben und betrachteten etwas auf dem Boden.

»Komm her, Peabody«, sagte Emerson. »Was hältst du davon?«

Mit dem Finger zeigte er auf einen braunen, brüchigen Gegenstand, der ganz mit Kalkstaub bedeckt war. Vandergelt machte sich daran, diesen mit einer kleinen Bürste zu entfernen.

Aufgrund meiner Erfahrung in solchen Dingen wußte ich sofort, daß es sich bei dem seltsamen Gegenstand um einen mumifizierten, menschlichen Arm handelte – oder vielmehr die zerfallenen Überreste eines solchen, da der Großteil der Haut fehlte. Die blanken Knochen waren braun und brüchig vom Alter, die verbliebenen Hautfetzen zu einer harten, ledrigen Schicht verschrumpelt. Durch einen merkwürdigen Zufall waren die zarten Fingerknochen nicht beschädigt; sie waren ausgestreckt, als flehten sie verzweifelt um Luft – um Rettung –, um ihr Leben.

Diese Geste löste in mir ein eigenartiges Gefühl aus, obgleich mir klar war, daß es sich nur um eine zufällige Anordnung von Knochenmaterial handelte. Doch ein Archäologe hat kaltblütig zu sein, weshalb ich meine Empfindungen für mich behielt.

»Wo liegt der Rest von ihm?« wollte ich wissen.

»Unter dem Gesteinsquader«, antwortete Vandergelt. »Offenbar handelt es sich hier um einen Fall von ausgleichender Gerechtigkeit, Mrs. Amelia – einem Dieb, der im allerwörtlichsten Sinne auf frischer Tat erwischt wurde.«

Ich blickte hoch zur Decke. Die rechteckige Spalte in der Oberfläche bildete eine dunkle Öffnung. »Könnte es ein Unfall gewesen sein?« fragte ich.

»Kaum«, erwiderte Emerson. »Wie wir leider feststellen mußten, ist das Gestein hier gefährlich brüchig. Die symmetrische Form des Blocks beweist jedoch, daß er absichtlich aus dem Ganggestein herausgemeißelt und so befestigt wurde, daß er herunterfiel, sobald ein Dieb unwissentlich den Auslösemechanismus betätigte. Faszinierend! Wir haben schon viele solcher Vorrichtungen gesehen, Peabody, aber noch keine, die so gut funktionierte.«

»Sieht so aus, als sei der Brocken fast einen Meter dick«,

meinte Vandergelt. »Ich glaube, von dem armen Teufel ist nicht viel übriggeblieben.«

»Jedenfalls genug, um unsere Arbeiter aus der Fassung zu bringen«, entgegnete Emerson.

»Aber wieso denn?« fragte ich. »Sie haben doch schon Hunderte von Mumien und Skeletten ausgegraben.«

»Nicht unter diesen besonderen Umständen. Könnte es denn einen noch überzeugenderen Beweis dafür geben, daß er wirksam ist, dieser pharaonische Fluch?«

Sein letztes Wort hallte aus der Tiefe wider: »Fluch... Fluch...«, und noch einmal ein schwach geflüstertes »Fluch...«, bevor es schließlich verklang.

»He, lassen Sie den Quatsch, Professor«, sagte Vandergelt, dem unbehaglich zumute war. »Sie schaffen es noch, daß ich selbst anfange, über Dämonen nachzudenken. Was halten Sie davon, wenn wir uns für heute verdrücken? Es ist schon spät, und das Ding hier wird uns noch ziemlich zu schaffen machen.«

»Verdrücken? Sie meinen aufhören?« Emerson blickte ihn entgeistert an. »Nein, nein, ich muß herausfinden, was unter dem Quader liegt. Peabody, hol Karl und Abdullah.«

Ich fand Karl, wie er mit dem Rücken gegen den Zaun gelehnt sorgfältig eine Inschrift kopierte. Emersons dringlicher Aufforderung zum Trotz konnte ich nicht umhin, einen Augenblick lang stehenzubleiben und zu staunen, wie rasch seine Hand die komplizierten Formen der Hieroglyphen nachzeichnete: winzige Vögel und Tiere, Gestalten von Männern und Frauen, und die schwerer verständlichen Symbole, die an Blumen, architektonische Formen und so etwas erinnerten. Der junge Mann war so sehr in seine Arbeit vertieft, daß er mich nicht bemerkte, bis ich ihn an der Schulter berührte.

Mit Karls und Abdullahs Hilfe schafften wir es, den Quader hochzuhieven, obwohl das eine knifflige und gefährliche Prozedur war. Mit Hebeln und Keilen wurde er Zentimeter um Zentimeter hochgestemmt und schließlich zur Seite gekippt, so daß die Überreste des vor langer Zeit getöteten Diebes zum Vorschein kamen. Man konnte sich nur schwer vorstellen, daß dieses Häufchen brüchiger Knochen einst ein Mensch gewesen war. Auch der Schädel war völlig zertrümmert.

»Hol's der Teufel, jetzt brauchten wir unseren Photographen«, murmelte Emerson. »Peabody, geh zum Haus und ...«

»Seien Sie doch vernünftig, Professor«, meinte Vandergelt. »Das hat noch bis morgen Zeit. Sie wollen doch nicht, daß Ihre Frau nachts auf der Hochebene herumläuft?«

»Ist es schon Nacht?« fragte Emerson.

»Erlauben Sie, daß ich eine Skizze anfertige, Herr Professor?« fragte Karl. »Ich zeichne zwar nicht so schön und gekonnt wie Miss Mary, aber ...«

»Ja, ja, das ist eine gute Idee.« Emerson ging in die Hocke. Mit Hilfe einer kleinen Bürste begann er, die Staubschicht von den Knochen abzutragen.

»Ich weiß nicht, was Sie zu finden hoffen«, brummte Vandergelt, wobei er sich über die schweißnasse Stirn strich. »Dieser arme Bursche war ein Bauer; er hat sicher keine Wertgegenstände bei sich gehabt.«

Doch noch während er das sagte, war unter dem Staub, den Emerson mit seiner Bürste weggewischt hatte, ein Funkeln zu sehen. »Wachs«, sagte Emerson barsch. »Beeil dich, Peabody, ich brauche Wachs.«

Ich gehorchte ohne Umschweife – nicht dem herrischen Befehl eines tyrannischen Ehemannes, sondern dem dringlichen Bedürfnis eines Berufskollegen. Paraffin gehörte zu den Utensilien, die wir für gewöhnlich stets griffbereit hatten; es wurde benutzt, um zerbrochene Gegenstände solange zusammenzuhalten, bis ein dauerhaftes Klebemittel verwendet werden konnte. Über meiner kleinen Spirituslampe erhitzte ich eine beträchtliche Menge Wachs und lief dann schnell zum Grab zurück, wo Emerson inzwischen den Gegenstand gesäubert hatte, dessen erstes Funkeln andeutete, daß Gold im Spiel war.

Er riß mir die Pfanne aus der Hand, ohne sich darum zu scheren, daß sie heiß war, und ließ die Flüssigkeit langsam auf den Boden tröpfeln. Ich erkannte nur einige Farbtupfer – Blau, ein rötliches Orange und Kobalt –, bevor das aushärtende Wachs den Gegenstand umschloß.

Emerson verstaute das Ganze in einer Schachtel und ließ sich dann – mit seiner Beute in den Händen – dazu überreden, für heute die Arbeit zu beenden. Abdullah und Karl sollten als Wachen im Grab zurückbleiben.

Wir waren schon fast beim Haus angelangt, als Emerson sein langes Schweigen brach. »Kein Wort darüber, Vandergelt, auch nicht gegenüber Lady Baskerville.«

»Aber ...«

»Ich werde sie zur gegebenen Zeit und unter entsprechenden Vorsichtsmaßnahmen darüber informieren. Hol's der Teufel, Vandergelt, die meisten der Dienstboten haben in den Dörfern Verwandte. Wenn sie erfahren, daß wir Gold gefunden haben ...«

»Ich verstehe schon, Professor«, erwiderte der Amerikaner. »He – wohin gehen Sie denn?« Emerson hatte, anstatt auf dem Pfad zum Eingangstor zu bleiben, den Weg zur Rückseite des Hauses eingeschlagen.

»In unser Zimmer natürlich«, lautete die Antwort. »Sagen Sie Lady Baskerville, wir kommen, sobald wir gebadet und uns umgezogen haben.«

Wir ließen den Amerikaner stehen. Als wir durch unser

Fenster kletterten, dachte ich zufrieden daran, wie bequem dieser Eingang war – und weniger zufrieden daran, wie leicht Unbefugte sich auf diese Weise Zutritt verschaffen konnten.

Emerson zündete die Lampen an. »Verriegle die Tür, Peabody.«

Ich tat wie geheißen und zog auch die Vorhänge zu. Inzwischen räumte Emerson den Tisch frei und breitete ein sauberes weißes Taschentuch darauf aus. Er öffnete die Schachtel und legte den Inhalt vorsichtig auf das Tuch.

Seine Erfahrung in der Verwendung von Wachs als Bindemittel für Bruchstücke war nicht zu verkennen. Obgleich die Einzelteile zermalmt und verstreut waren, waren noch Spuren der Originalstruktur erhalten geblieben. Hätte Emerson sie einzeln aus dem Staub gepickt, wäre jegliche Hoffnung, das Objekt zu restaurieren, dahin gewesen.

Es handelte sich um einen Brustschmuck oder Anhänger in Form eines geflügelten Skarabäus. Das Mittelteil war aus einem Lapislazuli gefertigt, und dieser harte Stein war fast unbeschädigt geblieben. Die feingeformten Flügel hingegen, die aus einer dünnen Goldschicht mit kleinen Stücken Türkis und Karneol bestanden, waren so sehr zerstört, daß nur ein Experte – jemand wie ich also – ihre Form erahnen konnte. Der Skarabäus ruhte in einer Fassung aus Gold, die unter anderem mit zwei Kartuschen, die die Namen eines Pharaos trugen, verziert war. Diese winzigen Hieroglyphen waren nicht in das Gold geritzt, sondern als Intarsien gearbeitet, wobei man jede winzige Form aus einem Edelstein geschnitten hatte. Obwohl sie nun in unzählige Einzelteile zerbrochen waren, erkannte mein geübtes Auge sofort ein aus Lapislazuli geschnittenes »ench« und ein winziges Stück Türkis, das ein »u« oder »w« darstellte.

»Guter Gott«, sagte ich. »Ich bin überrascht, daß es nicht zu Staub zermahlen wurde.«

»Es lag unter dem Körper des Diebes«, erwiderte Emerson. »Seine Leiche hat das Schmuckstück vor dem Aufprall geschützt. Als der Leichnam zerfiel, senkte sich der Stein, wodurch das Gold zwar gepreßt wurde, aber nicht zersplitterte, was geschehen wäre, wenn der Quader direkt darauf gefallen wäre.«

Dank meiner geübten Vorstellungskraft fiel es mir nicht schwer, mir dieses antike Drama und seinen Ablauf auszumalen: Die Grabkammer, nur durch die rußige Flamme einer billigen tönernen Lampe erhellt, der Deckel des großen Steinsarkophags beiseitegeworfen und das gemeißelte Gesicht des Toten, das geheimnisvoll auf die verstohlenen Gestalten starrt, die hin und her eilen, ganze Händevoll Juwelen zusammenrafften und goldene Statuen und Schalen in die Säcke stopften, die sie zu diesem Zweck mitgebracht haben. Auch wenn diese Diebe aus dem antiken Gurneh sich nicht so leicht ins Bockshorn jagen ließen, konnten sie wohl doch nicht völlig frei von Angst gewesen sein, denn einer von ihnen hatte sich das Amulett des toten Königs um den Hals gelegt, so daß der Skarabäus über seinem heftig pochenden Herzen ruhte. Als er mit seiner Beute fliehen wollte, war er in die Falle geraten, deren Donnerhall sicherlich die Wächter der Totenstadt auf den Plan gerufen haben mußte. Die Priester, die den Schaden behoben, hatten den herabgestürzten Monolith als Warnung für zukünftige Diebe liegen gelassen; und wirklich hätte man, wie Emerson gesagt hatte, keinen besseren Beweis für den Zorn der Götter finden können.

Mit einem Seufzer kehrte ich in die Gegenwart und zu Emerson zurück, der den Gegenstand vorsichtig wieder in der Schachtel verstaute.

»Wenn wir bloß die Inschrift entziffern könnten«, sagte ich. »Das Amulett muß dem Besitzer unseres Grabes gehören.«

»Ach, das ist dir nicht gelungen?« Emerson grinste mich hämisch an.

»Meinst du denn...«

»Natürlich meine ich das. Deine weibliche Schwäche für Gold vernebelt dir den Verstand, Peabody. Benutz doch dein Hirn. Es sei denn, du willst, daß ich dir erkläre...«

»Das wird nicht nötig sein«, erwiderte ich und dachte hastig nach. »Aus der Tatsache, daß der Name und die Gestalt des Grabbesitzers ausgelöscht wurden, dürfen wir schließen, daß er einer der ketzerischen Pharaonen war – möglicherweise Echnaton selbst. Das heißt, falls der Bau des Grabes zu Anfang seiner Herrschaft begonnen wurde, bevor er Theben verließ und die Anbetung der alten Götter verbot. Die Fragmente der verbliebenen Hieroglyphen fügen sich jedoch nicht in seinen Namen. Es gibt nur einen Namen, der dazu paßt...« Ich zögerte und kramte rasch in meinem Gedächtnis. »Der Name von Tutenchamon«, sagte ich triumphierend.

»Hmmm«, machte Emerson.

»Wir wissen«, fuhr ich fort, »daß die Angehörigen des Königshauses...«

»Es reicht«, meinte Emerson grob. »Ich kenne mich auf diesem Gebiet besser aus als du, also halte mir keine Vorträge. Beeil dich bitte mit dem Umkleiden. Ich habe eine Menge zu erledigen, und ich möchte endlich damit anfangen.«

Normalerweise ist Emerson so frei von Kollegenneid, wie das ein Mann nur sein kann, doch gelegentlich reagiert er ungehalten, wenn sich herausstellt, daß ich ihm geistig überlegen bin. Also ließ ich ihn weiterschmollen, und während ich mich umkleidete, versuchte ich, mir ins Gedächtnis zu rufen, was ich über den Pharao Tutenchamon wußte.

Es war nicht viel über ihn bekannt. Er hatte eine der Töchter Echnatons geheiratet, war aber nach seiner Rückkehr nach Theben kein Anhänger des ketzerischen Glaubens seines Schwiegervaters geworden. Obwohl es stets ein unvergleichliches Erlebnis ist, ein Königsgrab zu entdecken, konnte ich nicht umhin, mir zu wünschen, daß wir jemand anderen gefunden hätten als diesen kurzlebigen König, der nicht lange regiert hatte. Einer der großen Amenhoteps oder Thutmosis' wäre viel aufregender gewesen.

Die übrige Gesellschaft wartete bereits auf uns im Salon. Ich glaube, Emerson hatte vor Freude über seine Entdeckung Madame Berengeria ganz vergessen. Als er der fülligen Gestalt der Dame gewahr wurde, die wie gewöhnlich in ein absonderliches Gewand gehüllt war, huschte ein leidender Ausdruck über sein Gesicht. Allerdings schenkten uns die anderen kaum Beachtung; selbst Madame lauschte offenen Mundes Vandergelts Worten, der auf dramatische Weise die Überreste des Diebes beschrieb. (Er ließ dabei kein Wort über das Gold fallen.)

»Armer Kerl«, sagte Mary sanft. »Der Gedanke, daß er dort Tausende von Jahren liegt, betrauert von Frau und Mutter und Kindern, vergessen von der Welt...«

»Er war ein Dieb und Verbrecher, der sein Schicksal verdient hat«, sagte Lady Baskerville.

»Seine verwunschene Seele windet sich im glutroten Höllenschlund des Amenti«, sprach Madame Berengeria mit Grabesstimme. »Ewige Strafe... Untergang und Zerstörung... Äh, da Sie darauf bestehen, Mr. Vandergelt, möchte ich gerne noch einen Schluck Sherry.«

Vandergelt erhob sich folgsam. Mary preßte die Lippen zusammen, aber sie sagte nichts. Zweifellos wußte sie nur zu gut, daß jeglicher Versuch, ihrer Mutter Mäßigung zu empfehlen, nur in einem heftigen Streit enden würde. Was mich betraf, sollte sich die Dame nur bis zur Bewußtlosigkeit betrinken – je schneller, desto besser.

Lady Baskerville bedachte Madame mit einem verächtlichen Blick aus ihren schwarzen Augen. Sie erhob sich, als sei sie zu ruhelos, um stillsitzen zu können, und schlenderte zum Fenster. Das war ihre Lieblingspositur; die weißgetünchten Wände brachten die Anmut ihrer schwarzgekleideten Gestalt besonders gut zur Geltung. »Sie meinen also, wir nähern uns dem Ziel, Professor?« fragte sie.

»Möglicherweise. Ich will morgen bei Tagesanbruch ins Tal zurückkehren. Von nun an ist die Hilfe unseres Photographen sehr wichtig. Milverton, ich möchte … Wo zum Teufel steckt er denn?«

Ich entsinne mich noch sehr genau des ahnungsvollen Schauders, der mir in diesem Augenblick über den Rücken lief. Emerson mag darüber spotten, doch ich wußte auf der Stelle, daß etwas Schreckliches geschehen war. Eigentlich hätte mir sofort auffallen müssen, daß der junge Mann nicht anwesend war. Die einzige Entschuldigung hierfür ist, daß das archäologische Fieber mich noch immer gepackt hielt.

»In seinem Zimmer, nehme ich an«, meinte Lady Baskerville beiläufig. »Heute nachmittag fiel mir auf, daß er fiebrig aussah, deshalb riet ich ihm, sich hinzulegen.«

Quer durch den Raum blickten Emerson und ich einander an. Aus seiner ernsten Miene las ich eine Besorgnis, die meiner eigenen entsprach. Eine Welle unserer Gedankenübertragung mußte Lady Baskerville gestreift haben. Sie erbleichte sichtlich und stieß hervor: »Radcliffe, warum schauen Sie so merkwürdig? Ist etwas nicht in Ordnung?«

»Keine Sorge«, erwiderte Emerson. »Ich will nur kurz nach dem jungen Mann sehen und ihn daran erinnern, daß wir warten. Die übrigen bleiben hier.«

Ich wußte, daß diese Anordnung nicht für mich galt. Emersons längere Beine verschafften ihm jedoch einen Vorsprung; er erreichte als erster die Tür zu Milvertons Zimmer. Ohne anzuklopfen, stieß er sie auf. Der Raum lag im Dunkeln, doch dank des sechsten Sinns, der uns vor der Anwesenheit eines anderen Menschen – oder dessen Abwesenheit – warnt, wußte ich sofort, daß niemand im Zimmer war.

»Er ist geflohen«, sagte ich. »Ich wußte, daß er ein schwacher Mensch ist. Ich hätte das vorhersehen müssen.«

»Warte einen Augenblick, Amelia, ehe du voreilige Schlüsse ziehst«, entgegnete Emerson, der ein Streichholz entfachte und die Lampe anzündete. »Er macht vielleicht nur einen Spaziergang oder ...« Doch im Schein der Lampe setzte der Anblick des Raums dieser und jeder anderen harmlosen Erklärung ein Ende.

Obgleich die Zimmer für die Angestellten nicht mit dem Luxus ausgestattet waren, der die Gemächer von Lord Baskerville und seiner Gemahlin auszeichnete, waren sie ausreichend komfortabel. Lord Baskerville hatte – wie ich meinte, völlig zu Recht – die Ansicht vertreten, daß Menschen mehr leisten, wenn sie nicht durch äußere Unbequemlichkeiten abgelenkt werden. Das Zimmer enthielt eine eiserne Bettstatt, einen Tisch und einen Stuhl, einen Kleiderschrank und eine Kommode und die üblichen Waschvorrichtungen, die schicklich hinter einem Wandschirm verborgen waren. Im Zimmer herrschte ein heilloses Durcheinander. Die Schranktüren standen offen, aus den Schubladen der Kommode quollen völlig durchwühlt die Kleidungsstücke. Im Unterschied dazu war das Bett mit fast militärischer Genauigkeit gemacht, die Zipfel der Decke waren umgeschlagen und die Borden hingen säuberlich bis zum Boden.

»Ich wußte es«, stöhnte ich. »Ich hatte dieses Gefühl ...«

»Sprich es nicht aus, Peabody!«

»... daß Verhängnis droht.«

»Ich habe dich doch gebeten, es nicht auszusprechen.«

»Doch vielleicht«, fuhr ich etwas fröhlicher fort, »vielleicht ist er ja gar nicht geflohen. Vielleicht ist diese Unordnung das Ergebnis einer hektischen Suche ...«

»Wonach denn, in Gottes Namen? Nein, nein, ich fürchte, deine ursprüngliche Idee ist richtig. Hol diesen jungen Schurken der Teufel, er hat eine lachhaft umfangreiche Garderobe, findest du nicht? Wir werden nie herausfinden, ob ein Stück davon fehlt. Ich frage mich ...«

Er hatte, während er das sagte, in den verstreuten Kleidungsstücken herumgewühlt. Nun stieß er mit dem Fuß den Wandschirm beiseite und untersuchte das Waschbecken. »Sein Rasierzeug liegt noch hier. Natürlich kann er auch noch ein zweites besitzen, oder er hat vor, sich Ersatz zu beschaffen. Ich gebe zu, daß es für den neuen Lord Baskerville allmählich schlecht aussieht.«

Ein schriller Aufschrei von der Tür her kündete das Erscheinen von Lady Baskerville an. Mit entsetzt aufgerissenen Augen stützte sie sich auf Vandergelts Arm.

»Wo ist Mr. Milverton?« kreischte sie. »Und was meinten Sie, Radcliffe, als sie sagten, daß ... daß ...«

»Wie Sie sehen, ist Milverton nicht hier«, erwiderte Emerson. »Doch er ist nicht ... das heißt, sein wirklicher Name ist Arthur Baskerville. Er ist der Neffe Ihres verstorbenen Gatten. Er versprach, das heute den Behörden mitzuteilen, doch es sieht so aus, als sei er ... Hier ... Achtung, Vandergelt ...«

Er sprang dem Amerikaner zu Hilfe. Denn als Lady Baskerville die Neuigkeit vernommen hatte, verlor sie umgehend die Besinnung, und zwar auf die denkbar anmutigste Art und Weise. Ich beobachtete mit hochmütigem Schweigen, wie die beiden Männer an der schlaffen Gestalt der Dame herumzerrten. Schließlich gewann Vandergelt die Oberhand und hob sie in seine Arme.

»Heiliger Strohsack, Professor, Taktgefühl gehört nicht gerade zu Ihren Stärken«, sagte er. »Stimmt denn das, was Sie über Milverton – meinetwegen Baskerville – sagten?«

»Natürlich«, erwiderte Emerson herablassend.

»Nun, das war ja ein Tag voller Überraschungen. Ich bringe jetzt die arme Dame in ihr Zimmer. Danach sollten wir vielleicht einen kleinen Kriegsrat abhalten und beratschlagen, was als nächstes zu tun ist.«

»Ich weiß, was als nächstes zu tun ist«, erwiderte Emerson. »Und genau das werde ich auch tun.«

Emerson schritt mit dem gestrengen Blick eines Richters zur Tür. Vandergelt verschwand mit seiner Last. Ich blieb zurück und sah mich noch einmal in dem Raum um, weil ich hoffte, einen bis dahin noch nicht entdeckten Hinweis zu finden. Obgleich Arthurs feige Flucht meinen Verdacht bestätigt hatte, verspürte ich kein Siegesgefühl, sondern nur Kummer und Betrübnis.

Doch – warum hätte er fliehen sollen? Noch heute morgen hatte er fröhlich gewirkt, wie befreit von seiner Angst. Was hatte in den dazwischenliegenden Stunden dazu geführt, daß er die Flucht ergriffen hatte?

Ich habe nie behauptet, über übernatürliche Kräfte zu verfügen. Aber bis zum heutigen Tage bin ich felsenfest davon überzeugt, daß ich einen kalten Windhauch verspürte, der mich erschauern ließ. Irgend etwas lag im argen, obwohl keiner meiner fünf Sinne mir mein Gefühl drohenden Unheils bestätigte. Wieder ließ ich meinen Blick durch das Zimmer streifen. Der Kleiderschrank stand offen, der Wandschirm war beiseite gestoßen. Aber es gab eine Stelle, an der wir nicht nachgesehen hatten. Ich fragte mich, warum ich nicht daran gedacht hatte, obgleich ich doch für gewöhnlich dort zuerst nachschaute. Ich kniete neben dem Bett nieder und hob die Überdecke an.

Emerson behauptet, ich hätte lauthals nach ihm gerufen. Daran erinnere ich mich nicht mehr, muß aber einräumen, daß er sofort zur Stelle war, nach Luft ringend, weil er so rasch herbeigerannt war.

»Peabody, mein Liebling, was ist los? Hast du dich verletzt?« Wie er mir später erzählte, hatte er nämlich angenommen, ich sei zusammengebrochen oder niedergeschlagen worden.

»Nein, nein, ich nicht – er ist verletzt. Er ist hier, unter dem Bett...«

Ich hob die Überdecke noch einmal hoch, die ich vor Schreck fallen gelassen hatte.

»Guter Gott!« rief Emerson. Er ergriff die schlaffe Hand, die mich als erstes auf Arthurs Anwesenheit hingewiesen hatte.

»Nicht!« schrie ich. »Er lebt noch, ist aber schwer verletzt. Wir dürfen ihn nicht bewegen, solange wir nicht die Art der Verletzung festgestellt haben. Meinst du, wir können das Bett anheben?«

In einer kritischen Situation handeln Emerson und ich wie ein eingespieltes Team. Er trat ans Kopfende des Bettes, ich ans Fußende. Vorsichtig hievten wir das Bett hoch und stellten es zur Seite.

Arthur Baskerville lag auf dem Rücken. Die Beine hatte er steif von sich gestreckt, die Arme fest an den Körper gepreßt; diese Lage war unnatürlich und erinnerte auf schreckliche Weise an die Pose, in der die Ägypter gewöhnlich ihre mumifizierten Toten aufbahrten. Ich fragte mich, ob meine erste Diagnose nicht zu optimistisch gewesen war, denn falls er atmete, war nichts davon zu bemerken. Es gab auch kein Anzeichen für eine Wunde.

Emerson ließ seine Hand unter den Kopf des jungen Mannes gleiten. »Das ist des Rätsels Lösung«, sagte er ruhig. »Er hat einen furchtbaren Schlag auf den Kopf bekommen. Ich fürchte, es ist ein Schädelbruch, Gott sei Dank hast du mich daran gehindert, ihn unter dem Bett hervorzuziehen.«

»Ich werde einen Arzt holen lassen«, sagte ich.

»Setz dich einen Augenblick, Liebes. Du bist weiß wie die Wand.«

»Mach dir um mich keine Sorgen. Schick gleich jemanden los, Emerson, womöglich zählt jede Minute.«

»Wirst du bei ihm bleiben?«

»Ich weiche nicht von seiner Seite.«

Emerson nickte. Seine starke, gebräunte Hand ruhte für einen Moment auf meiner Schulter – die Geste eines Kameraden und Freundes. Er brauchte nichts mehr zu sagen. Wieder einmal hatten wir den gleichen Gedanken. Wer auch immer Arthur Baskerville niedergeschlagen hatte, hatte vorgehabt, ihn zu ermorden. Diesmal war er (oder sie) noch gescheitert. Wir mußten dafür sorgen, daß er keine zweite Chance bekam.

Es war bereits nach Mitternacht, als Emerson und ich uns endlich in unser Zimmer zurückziehen konnten. Mit einem lauten Stöhnen ließ ich mich aufs Bett fallen.

»Was für eine Nacht!«

»Wirklich eine ereignisreiche Nacht«, stimmte Emerson zu. »Ich glaube, es war das erstemal, daß du zugegeben hast, vor einem Fall zu stehen, der deine Fähigkeiten übersteigt.«

Doch als er das sagte, setzte er sich neben mich und fing an, mein enges Kleid aufzuknöpfen, mit Händen, die so sanft waren, wie seine Stimme sarkastisch gewesen war. Ich räkelte mich genüßlich und erlaubte meinem Gatten, mir die Schuhe und Strümpfe auszuziehen. Als er mir ein feuchtes Handtuch brachte und mir das Gesicht abzuwischen begann, setzte ich mich auf und nahm es ihm aus der Hand.

»Armer Kerl, man sollte sich auch um dich kümmern«, sagte ich. »Nach einer schlaflosen Nacht auf einem steinigen Lager hast du den ganzen Tag in dieser Höllenglut gearbeitet. Leg dich hin und laß mich dich verwöhnen. Es geht mir schon wieder besser, wirklich. Es gibt keinen Grund, mich wie ein Kind zu umsorgen.«

»Aber es hat dir gefallen«, meinte Emerson lächelnd. Ich demonstrierte ihm kurz und spürbar meine Wertschätzung. »Das stimmt. Aber nun bist du an der Reihe. Leg dich ins Bett und versuch, ein paar Stunden zu schlafen. Ich weiß ja, daß du trotz allem bei Tagesanbruch wieder auf den Beinen bist.«

Emerson küßte die Hand, mit der ich ihm über die Stirn strich (wie ich bereits erwähnte, ist er im Privaten erstaunlich gefühlvoll), doch dann wandte er sich von mir ab und fing an, im Zimmer hin und her zu laufen.

»Ich bin zu aufgeregt, um schlafen zu können, Peabody. Du brauchst mich nicht zu bemuttern. Wie du weißt, kann ich, wenn nötig, tagelang ohne Schlaf auskommen.«

In seinem zerknitterten weißen Hemd, das vorne ganz offenstand, so daß man seine muskulöse Brust bewundern konnte, war er wieder der Mann, den ich damals in der verlassenen Wildnis angehimmelt hatte; eine Weile sah ich ihn zärtlich schweigend an. Zuweilen vergleiche ich Emersons Statur mit der eines Stiers, denn sein bulliger Schädel und die unverhältnismäßig breiten Schultern erinnern wirklich an die Gestalt dieses Tieres, so wie seine Temperamentsausbrüche an dessen Naturell. Doch er hat einen erstaunlich leichtfüßigen und behenden Gang; wenn er sich so wie jetzt bewegt, ähnelt er eher einer großen Katze, einem heranpirschenden Panther oder einem Tiger.

Auch ich war nicht in der Stimmung zu schlafen. Ich stopfte mir ein Kissen in den Rücken und setzte mich auf.

»Du hast für Arthur alles getan, was du konntest«, sagte ich zu ihm. »Der Arzt hat versprochen, die Nacht über hier zu bleiben, und ich bin mir sicher, daß auch Mary ihm nicht von der Seite weicht. Ihre Besorgnis war sehr anrührend. Es wäre richtig romantisch, wenn es nicht so traurig wäre. Dennoch bin ich zuversichtlicher als Dr. Dubois. Der junge Mann hat eine starke Konstitution. Ich glaube, er hat gute Chancen, wieder auf die Beine zu kommen.«

»Doch er wird – wenn überhaupt – tagelang nicht sprechen können«, entgegnete Emerson in einem Tonfall, der mir klarmachte, daß sowohl Romantik als auch Tragik an ihn verschwendet waren. »Die Sache wächst mir allmählich über den Kopf, Peabody. Wie soll ich mich bei all dem Unsinn auf mein Grab konzentrieren? Ich glaube, ich werde keine Ruhe bekommen, solange ich diese Angelegenheit nicht geklärt habe.«

Ich setzte mich, auf einmal hellwach, auf. »Also stimmst du meinem Vorschlag zu, den ich vor einiger Zeit gemacht habe, daß wir Armadale finden und ihn zwingen müssen, ein Geständnis abzulegen.«

»Sicherlich müssen wir etwas unternehmen«, meinte Emerson bedrückt. »Und ich gebe zu, daß – nachdem Milverton – Baskerville außer Gefecht gesetzt ist – Mr. Armadale als Hauptverdächtiger übrigbleibt. Hol den Kerl der Teufel! Ich war durchaus gewillt, ihn entwischen zu lassen, hätte er mich nur in Ruhe gelassen. Doch wenn er sich ständig in meine Arbeit einmischt, zwingt er mich, etwas zu unternehmen.«

»Was schlägst du vor?« fragte ich. Natürlich wußte ich sehr gut, was getan werden mußte, doch es erschien mir taktvoller, Emerson selbst darauf kommen zu lassen, mit Hilfe von gelegentlichen Fragen und Einwürfen meinerseits.

»Wahrscheinlich werden wir den Schuft suchen müssen. Es wird nötig sein, ein paar der Männer aus Gurneh dafür anzuheuern. Unsere Leute sind mit der Gegend hier nicht vertraut. Ich kenne einige dieser hinterlistigen Schurken recht gut. Und sie haben bei mir noch ein paar alte Schulden offen, deren Begleichung ich jetzt einfordern werde. Ich habe mir das für einen Notfall aufgehoben. Nun, glaube ich, ist dieser Notfall eingetreten.«

»Großartig«, sagte ich ehrlich begeistert. Emerson erstaunt mich immer wieder. Ich hatte nicht die leiseste Ahnung gehabt, daß er so skrupellos war oder daß er so enge Beziehungen mit den kriminellen Elementen von Luxor pflegte – denn mit den alten Schulden, von denen er gesprochen hatte, meinte er mit Sicherheit den Handel mit Fälschungen und gestohlenen Antiquitäten, der in diesem Landstrich gang und gäbe ist. Was er vorschlug, war kurz gesagt eine Form von Erpressung. Ich stimmte von ganzem Herzen zu.

»Ich werde den ganzen Vormittag brauchen, um das in die Wege zu leiten«, fuhr Emerson fort und wanderte wieder im Zimmer auf und ab. »Diese Leute sind so verflucht faul. Du mußt solange die Leitung der Ausgrabung übernehmen, Amelia.«

»Natürlich.«

»Tu nicht so gelangweilt. Du mußt mit äußerster Vorsicht zu Werke gehen und auf Steinschläge und Fallen aufpassen. Und falls du auf die Grabkammer stößt und sie ohne mich öffnest, werde ich mich von dir scheiden lassen.«

»Natürlich.«

Emerson blickte mich an. Sein finsterer Blick verwandelte sich in ein einfältiges Grinsen, das schließlich in ein herzliches Lachen überging. »Wir sind kein schlechtes Team, oder, Peabody? Übrigens, das Kostüm, das du trägst, ist ungewöhnlich kleidsam. Es erstaunt mich, daß die Damenwelt es noch nicht als Ausgehkleid entdeckt hat.«

»Ein Schlüpfer und darüber ein Bettjäckchen würden, selbst mit Spitzenbesatz, kaum ein passendes Ausgehkleid ergeben«, erwiderte ich. »Versuch jetzt nicht abzulenken, Emerson. Wir müssen noch eine ganze Menge besprechen.«

»Stimmt.« Emerson setzte sich ans Fußende des Bettes. Er nahm meine nackten Füße und preßte abwechselnd seine Lippen auf sie. Meine Versuche, mich zu befreien, waren vergebens. Und um ehrlich zu sein, ich gab mir auch keine sehr große Mühe.

Am nächsten Morgen war Arthurs Zustand unverändert. Er lag in einem tiefen Koma und atmete flach. Doch allein schon, daß er die Nacht überlebt hatte, gab Anlaß zur Hoffnung. Schließlich setzte ich dem Arzt solange zu, bis er das einräumte. Er war ein penibler, kleiner Franzose mit einem lächerlichen, gewichsten Schnurrbart und einem riesigen Bauch. Allerdings genoß er in Luxors europäischer Kolonie einen guten Ruf, und nachdem ich ihn einem Verhör unterzogen hatte, mußte ich zähneknirschend zugeben, daß er die Grundzüge seines Handwerks beherrschte. Wir, er und ich also, waren uns einig, daß ein chirurgischer Eingriff in diesem Stadium nicht notwendig sei. Die Schädeldecke drückte offenbar, obwohl sie einen Riß aufwies, nicht auf das Gehirn. Selbstverständlich war ich darüber erleichtert; jedoch wäre es sehr interessant gewesen, bei einer solchen Operation zu assistieren, die schon in verschiedenen alten Kulturen – einschließlich der ägyptischen – erfolgreich durchgeführt wurde.

Kurz gesagt, wir konnten nicht viel für Arthur tun, außer abzuwarten, bis die Natur ihren Lauf nahm. Da das nächste Krankenhaus in Kairo lag, wäre es schierer Leichtsinn gewesen, den Patienten zu verlegen.

Lady Baskerville erbot sich, den Kranken zu pflegen.

Eigentlich wäre es auch an ihr gewesen, die Verantwortung zu übernehmen, aber Mary war ebenso fest dazu entschlossen, den jungen Mann zu versorgen, woraus sich eine ziemlich hitzige Auseinandersetzung entwickelte. Lady Baskervilles Augen blitzten, und ihre Stimme nahm den heiseren Klang an, der bei ihr darauf hinwies, daß sie in Wut geriet. Als Emerson hinzugerufen wurde, um den Streit zu schlichten, verärgerte er beide Damen mit der Nachricht, daß er bereits um eine Pflegerin nachgesucht habe. Die Schwester, eine Nonne aus einem Krankenpflegeorden in Luxor, traf auch prompt ein; und obwohl ich nicht zur götzenähnlichen Verehrung des Papstes neige, hatte der Anblick der ruhigen, lächelnden Gestalt in ihren strengen schwarzen Gewändern eine erstaunlich beruhigende Wirkung.

Emerson und ich machten uns dann auf den Weg ins Tal, denn er hätte es nicht ertragen, seine Verhandlungen mit den Gurnawis in Angriff zu nehmen, ohne wenigstens einen Blick in sein geliebtes Grab geworfen zu haben. Ich hatte Schwierigkeiten, mit ihm Schritt zu halten. Er stürmte den Pfad entlang, als ob eine Verzögerung von nur einer Sekunde eine Katastrophe zur Folge gehabt hätte. Schließlich gelang es mir, ihn zu einem langsameren Tempo zu überreden, da ich ihm noch einige Fragen stellen wollte. Doch noch ehe ich sprechen konnte, brach es aus ihm heraus: »Zum Teufel, wir haben einfach zuwenig Leute! Mary ist heute wahrscheinlich zu nichts zu gebrauchen. Sie wird diesem jungen Nichtsnutz nicht von der Seite weichen.«

Das erschien mir als günstiger Zeitpunkt, den Vorschlag zur Sprache zu bringen, der Mr. O'Connell betraf. Emerson nahm ihn gelassener auf, als ich zu hoffen gewagt hatte.

»Falls dieser junge ... mir auch nur zu nahe kommt, kriegt er von mir einen Tritt in den Allerwertesten«, stellte er fest.

»Du mußt deine Einstellung ändern. Wir brauchen ihn.«

»Nein, das tun wir nicht.«

»Doch. Zunächst einmal haben wir Einfluß darauf, was er schreibt, wenn wir ihm die Exklusivrechte für die Berichte über unsere Arbeit geben. Zum zweiten wird die Anzahl gesunder Männer, die uns zur Verfügung stehen, zusehends kleiner. Selbstverständlich schließe ich mich in diese Kategorie ein...«

»Selbstverständlich«, stimmte Emerson zu.

»Aber trotzdem haben wir zuwenig Leute. Jemand sollte im Haus bei den Frauen bleiben. Die übrigen werden draußen an der Ausgrabungsstelle gebraucht. O'Connell hat zwar keine Ahnung von Ausgrabungen, aber er ist ein gescheiter junger Mann, und es würde mich sehr beruhigen, wenn ich wüßte, daß ein fähiger Mensch das Haus bewacht. Damit möchte ich nicht andeuten, daß Mary unfähig ist, aber mit ihrer Arbeit im Grab und ihren Verpflichtungen gegenüber ihrer Mutter hat sie sowieso schon alle Hände voll zu tun.«

»Richtig«, gab Emerson zu.

»Schön, daß du meiner Meinung bist. Immerhin könnte Armadale noch einmal zuschlagen. Vielleicht hältst du mich für überspannt, Emerson...«

»In der Tat, Amelia, in der Tat.«

»... aber ich mache mir Sorgen um Mary. Armadale hat ihr bereits einmal einen Heiratsantrag gemacht. Vielleicht trägt er sich immer noch mit einer verbrecherischen Leidenschaft. Was ist, wenn er beschließt, sie zu entführen?«

»Durch die Wüste mit seiner Karawane weißer Kamele?« fragte Emerson grinsend.

»Deine Leichtfertigkeit ist abscheulich.«

»Amelia, du mußt dir deine lächerliche Schwäche für junge Liebespaare abgewöhnen!« rief Emerson aus. »Falls Armadale wirklich schmollend in den Bergen herumsitzt, hat er sicherlich Wichtigeres im Kopf, als einem kleinen Mädchen den Hof zu machen. Aber deiner Bemerkung von vorhin kann ich nur beipflichten. Warum, glaubst du, habe ich eine Krankenschwester kommen lassen? Der Anschlag auf Milverton-Baskerville (verdammt seien die Leute, die mit falschen Namen herumlaufen) sollte ihn für immer zum Schweigen bringen. Der Angreifer könnte es ein zweites Mal versuchen.«

»Also bist du auch auf diesen Gedanken gekommen.«

»Selbstverständlich. Noch bin ich nicht senil.«

»Es ist nicht sehr nett von dir, die arme Nonne den Umtrieben eines Mörders auszusetzen.«

»Ich glaube nicht, daß Gefahr besteht, ehe Milverton nicht das Bewußtsein wiedererlangt – falls es jemals dazu kommt. Trotzdem hat dein Vorschlag hinsichtlich O'Connell etwas für sich, und ich bin bereit, darüber nachzudenken. Allerdings weigere ich mich, selbst mit dem Journalisten zu sprechen. Du wirst alles in die Wege leiten müssen.«

»Mit dem größten Vergnügen. Aber ich glaube, du bist ein wenig streng mit ihm.«

»Pah«, sagte Emerson. »Die Ägypter wußten schon, warum sie Set, die antike Entsprechung des Leibhaftigen, als Rothaarigen darstellten.«

Unsere Arbeiter hatten sich schon am Grab eingefunden. Sie alle und auch Abdullah und Karl umringten Feisal, den zweiten Vorarbeiter, der ihnen von dem Anschlag auf Arthur berichtete. Feisal war der beste Geschichtenerzähler in der Gruppe. Er widmete sich seiner Aufgabe mit großer Begeisterung, untermalt von wilden Gesten und Grimassen. Unsere beiden Wachen, die bislang selbstverständlich nichts von dem Vorfall gewußt hatten, vergaßen ihre würdevolle Zurückhaltung und lauschten gebannt wie die übrigen Männer. Araber lieben gut erzählte Geschichten und hören sich auch solche, die sie bereits auswendig kennen, immer wieder an, wenn sie von einem befähigten Geschichtenerzähler vorgetragen werden. Ich vermute, daß Feisal einige Ausschmükkungen aus eigener Produktion hinzugefügt hatte.

Emerson fuhr dazwischen, und die Gruppe – abgesehen von Abdullah und Karl – zerstreute sich hastig. Ersterer wandte sich an Emerson, wobei er sich erregt über den Bart strich. »Ist das wahr, Emerson? Dieser Lügner«, dabei vollführte er eine verächtliche Handbewegung in Richtung Feisal, der vorgab, nicht hinzuhören, »würde doch alles sagen, um im Mittelpunkt zu stehen.«

Emerson antwortete mit einer genauen Beschreibung der Ereignisse. Abdullahs weit aufgerissene Augen und die immer rascheren Bewegungen, mit denen er seinen Bart bearbeitete, wiesen darauf hin, daß die nackten Tatsachen für sich schon beunruhigend genug waren.

»Aber das ist ja schrecklich«, sagte Karl. »Ich muß sofort zum Haus. Miss Mary ist allein ...«

Ich versuchte, ihn zu beruhigen. Doch als ich Mr. O'Connell als künftigen Beschützer der Damen ins Spiel brachte, legten sich die Bedenken des jungen Deutschen keineswegs. Wahrscheinlich hätte er sich weiterhin ereifert, wenn Emerson das Gespräch nicht unterbrochen hätte.

»Mrs. Emerson führt heute das Kommando«, verkündete er. »Ich bin so schnell wie möglich zurück. In der Zwischenzeit werden ihr alle selbstverständlich genauso gehorchen wie mir.« Und mit einem sehnsuchtsvollen Blick hinab in die Tiefen des Grabes – einem Blick, wie ein Liebender ihn wahrscheinlich seiner Angebeteten zuwirft, ehe er sich von ihr verabschiedet, um in die Schlacht zu ziehen – schritt er davon; wie ich zu meiner Bestürzung feststellte, heftete sich eine kleine Prozession von Schaulustigen und Journalisten, die ihn alle mit Fragen bestürmten, an seine Fersen. Schließlich riß mein bedrängter Gatte einem überraschten Ägypter die Zügel eines Esels aus der Hand und trieb das Tier zum Galopp an. Der Menschentroß verschwand in einer Staubwolke; der erboste Besitzer des Tieres führte die Verfolgungsjagd an.

Vergeblich sah ich mich nach Mr. O'Connells feuerrotem Schopf um. Seine Abwesenheit überraschte mich, denn ich war mir sicher, daß er durch seine Quellen bereits von der Katastrophe gehört hatte und nun darauf brannte, an Marys Seite zu eilen. Das Rätsel löste sich bald, als ein zerlumptes Kind mir eine Nachricht überbrachte. Ich gab dem Boten ein Bakschisch und öffnete den Brief.

»Ich hoffe, es ist Ihnen gelungen, den Professor zu überzeugen«, fing das Schreiben unvermittelt an. »Wenn nicht, wird er mich eigenhändig und mittels körperlicher Gewalt hinauswerfen müssen. Ich habe mich zum Haus aufgemacht, um bei Mary zu sein.«

So sehr ich die Unverfrorenheit des jungen Mannes auch verurteilte, konnte ich doch nicht umhin, Achtung vor seiner Hingabe an das Mädchen, das er liebte, zu empfinden. Und es war eine gewisse Erleichterung, zu wissen, daß der gesunde Mann, den wir brauchten, schon auf Posten war. In dieser Hinsicht – wenn schon in keiner anderen – beruhigt, konnte ich meine Aufmerksamkeit nunmehr dem Grab zuwenden.

Die erste Aufgabe bestand darin, die Stelle zu photographieren, die wir am Vorabend entdeckt hatten. Ich hatte dafür gesorgt, daß Arthurs Kamera zum Grab gebracht wurde. Mit ein wenig Übung würde ich sie, dessen war ich mir völlig sicher, bedienen können. Unterstützt von Karl baute ich das Gerät auf. Mr. Vandergelt, der etwa zu dieser Zeit eintraf, ging mir ebenfalls zur Hand. Wir machten einige Aufnahmen. Dann wurden die Männer angewiesen, den restlichen Schutt zu entfernen. Schließlich mußte der massive Stein aus dem Gang beiseitegeschafft werden. Als er endlich draußen vor dem Eingang stand, rief das unter den Schaulustigen einigen Aufruhr und Gedrängel hervor. Zwei der Gaffer stürzten tatsächlich über den Rand der Grube die Treppe hinunter und mußten leicht verletzt geborgen werden, wobei sie uns mit rechtlichen Schritten drohten.

Nun war der Weg frei, um die restliche Aufschüttung abzutragen, doch als ich den Männern schon die Anordnung geben wollte, sich an die Arbeit zu machen, wies mich Abdullah darauf hin, daß es Zeit für die Mittagspause war. Ich hatte nichts dagegen, aufzuhören, denn ich machte mir zunehmend Sorgen um Emerson.

Glauben Sie nicht, werter Leser, daß ich nicht von Ängsten geplagt wurde, nur weil ich diesen bislang keinen Ausdruck verliehen habe. Es wäre eine lachhafte Untertreibung zu behaupten, daß mein Gatte bei der Zunft der Grabräuber in Gurneh unbeliebt war. Manche Archäologen arbeiten mit diesen Leuten zusammen, um als erste Zugriff auf die Antiquitäten zu haben, die sie sich unrechtmäßig aneignen. Doch für Emerson verlor ein Gegenstand, den man gewaltsam seiner Umgebung entriß, einiges von seinem historischen Wert. Außerdem kam es durch die unsachgemäße Behandlung oft zu Beschädigungen. Emerson beharrte darauf, daß Grabräuber keinen Grund zum Graben haben würden, wenn niemand ungesetzlich erworbene Antiquitäten kaufte. Deswegen war er aus wirtschaftlichen und persönlichen Gründen den Betreibern dieses Geschäfts nicht eben freundlich gesonnen – und ich habe, so glaube ich, bereits deutlich gemacht, daß Takt nicht eben seine stärkste Seite ist. Ich war mir der Gefahr, in die er sich begab, wenn er sich an die Gurnawis wandte, voll und ganz bewußt. Möglicherweise beschlossen sie ja, den Erpresser zu beseitigen, anstatt sich unter Druck setzen zu lassen.

Deswegen ergriff mich große Erleichterung, als ich eine wohlbekannte Gestalt schwungvoll auf mich zuschreiten sah. Er schob Touristen beiseite, wie man Mücken verscheucht. Die Journalisten folgten ihm in respektvollem Abstand. Ich beobachtete, daß der Mann von der *Times* hinkte, und hoffte inbrünstig, daß Emerson nicht für diese Verletzung verantwortlich war.

»Wo ist der Esel?« fragte ich.

»Wie geht die Arbeit voran?« fragte Emerson gleichzeitig.

Ich mußte seine Frage zuerst beantworten, da er meine sonst nie beantwortet hätte. Also schilderte ich ihm kurz zusammengefaßt die Arbeiten dieses Vormittags, während er sich neben mich setzte und eine Tasse Tee trank. Als er aufgrund eines belegten Brotes vorübergehend am Sprechen gehindert wurde, wiederholte ich meine Frage.

Emerson blickte verständnislos um sich. »Welcher Esel? Oh, der Esel! Ich nehme an, der Besitzer hat ihn sich zurückgeholt.«

»Was ist in Gurneh geschehen? War deine Mission erfolgreich?«

»Es müßte uns gelingen, heute das restliche Geröll wegzuschaffen«, sagte Emerson nachdenklich. »Verdammt, ich wußte, ich habe etwas vergessen. Bohlen, wir brauchen mehr ...«

»Emerson!«

»Es ist überflüssig, so zu schreien, Amelia. Ich sitze genau neben dir, falls dir das noch nicht aufgefallen sein sollte.«

»Was ist geschehen?«

»Was ist wo geschehen? Oh«, meinte Emerson, als ich nach meinem Sonnenschirm griff. »In Gurneh, meinst du. Selbstverständlich genau das, was ich geplant hatte. Ali Hassan Abd er Rasul – er ist ein Vetter von Mohammed – war zur

Mitarbeit bereit. Er und seine Freunde haben sich bereits auf die Suche nach Armadale gemacht.«

»Einfach so? Komm schon, Emerson, spare dir deinen überheblichen, selbstzufriedenen Gesichtsausdruck, du weißt, wie wütend mich das macht. Ich habe mich fast zu Tode gesorgt.«

»Dann hast du nicht richtig nachgedacht«, gab Emerson zurück und hielt mir seine Tasse zum Nachfüllen hin. »Ali Hassan und die anderen hatten allen Grund, zu tun, was ich von ihnen verlangte, ganz abgesehen von den – äh – privaten Angelegenheiten, die wir zu beiderseitiger Zufriedenheit geregelt haben. Ich habe dem, der Armadale findet, eine beträchtliche Belohnung versprochen. Außerdem gibt ihnen diese Suche einen Vorwand, das zu tun, womit sie sich ansonsten heimlich beschäftigen – in den Bergen herumzuschleichen und nach verborgenen Gräbern Ausschau zu halten.«

»Selbstverständlich habe ich auch schon daran gedacht.«

»Selbstverständlich.« Emerson lächelte mir zu. Er trank seinen Tee aus, ließ die Tasse fallen (mit Geschirr geht er fast ebenso schonungslos um wie mit Hemden) und erhob sich. »Zurück an die Arbeit. Wo stecken denn die anderen?«

»Karl schläft. Aber Emerson«, fügte ich hinzu, als sich seine Brauen finster zusammenzogen, »du kannst doch nicht erwarten, daß der junge Mann die ganze Nacht Wache hält und den ganzen Tag lang arbeitet. Vandergelt ist zum Mittagessen nach Hause gegangen. Er wollte nachsehen, ob alles in Ordnung ist und das Neueste über Arthurs Zustand erfahren.«

»Er wollte bequem zu Mittag essen und sich in Lady Baskervilles Lächeln sonnen«, fauchte Emerson. »Der Mann ist ein Dilettant. Ich habe den Verdacht, daß er mir das Grab wegschnappen will.«

»Das unterstellst du jedem«, erwiderte ich, sammelte die Scherben der zerbrochenen Tasse ein und packte das restliche Essen zusammen.

»Komm, Amelia, du hast schon genug Zeit verschwendet«, sagte Emerson. Dann rief er nach Abdullah und stürmte davon.

Ich war gerade dabei, meine Arbeit wieder aufzunehmen, als ich Vandergelt näherkommen sah. Er hatte die Gelegenheit genutzt, sich umzuziehen, und trug nun einen anderen, makellos geschneiderten Tweedanzug, von denen er unzählige zu besitzen schien. Auf meinen Sonnenschirm gestützt beobachtete ich, wie er auf mich zugeschritten kam, und fragte mich, wie alt er wohl in Wirklichkeit sein mochte. Trotz seines angegrauten Haars und des faltigen, wettergegerbten Gesichts hatte er den Gang eines jungen Mannes und bemerkenswert viel Kraft in Armen und Händen.

Als er mich erblickte, zog er höflich wie immer den Hut. »Zu meiner Freude kann ich berichten, daß alles in Ordnung ist«, sagte er.

»Meinen Sie damit, daß Lady Baskerville Madame Berengeria noch nicht umgebracht hat?«

Der Amerikaner sah mich fragend an und lächelte dann. »Der britische Humor! Um Ihnen die Wahrheit zu sagen, Mrs. Emerson, als ich ankam, gingen die beiden Damen gerade aufeinander los wie zwei Preisboxer. Ich mußte den Friedensstifter spielen, und ich rühme mich, daß ich meine Sache gut gemacht habe. Ich schlug vor, Madame solle die Götter Ägyptens anrufen und sie anflehen, das Leben des jungen Arthur zu schonen. Danach schnappte sie wie eine Schwalbe nach einer Mücke. Als ich ging, kauerte sie in der Mitte des Salons, murmelte vor sich hin und vollführte mystische Handbewegungen. Es war ein entsetzlicher Anblick.«

»Und Arthurs Zustand ist unverändert?« fragte ich.

»Ja. Aber er hält sich wacker. Sagen Sie, Mrs. Amelia, ich muß Sie etwas fragen – haben Sie diesem jungen Taugenichts, O'Connell, wirklich gesagt, daß er bei uns einziehen kann? Er hat sich mächtig ins Zeug gelegt, um Lady Baskerville Honig ums Maul zu schmieren, und als ich ihn fragte, was er hier wollte, sagte er mir, Sie hätten ihm die Erlaubnis gegeben.«

»Das wird Lady Baskerville gar nicht erfreuen. Ich versichere Ihnen, Mr. Vandergelt, ich wollte nicht über ihren Kopf hinweg handeln. Aber Emerson und ich dachten uns, daß unter diesen Umständen …«

»Ich verstehe. Und ich muß zugeben, daß es mich beruhigt, die Damen in seiner Obhut zu wissen. Er ist zwar ein Halunke, aber ich glaube, er würde bei einer Prügelei durchaus seinen Mann stehen.«

»Lassen Sie uns hoffen, daß es nicht dazu kommt«, sagte ich.

»Sicher … Gut, Ma'am, gehen wir an die Arbeit, bevor der Professor herauskommt und mich beschuldigt, daß ich Ihnen schöne Augen mache. Ich muß zugeben, daß ich mich zwischen meiner Verpflichtung gegenüber Lady Baskerville und meinem Interesse an dem Grab hin- und hergerissen fühle. Ich würde mich sehr ärgern, wenn ich die Öffnung der Grabkammer verpassen würde.«

Was diese letzte Hoffnung betraf, stand ihm eine Enttäuschung bevor, an diesem Tag zumindest. Am späten Nachmittag hatten die Männer das letzte Kalksteingeröll fortgeschafft, und der Gang lag leer vor uns. Dann zogen sie sich zurück, damit sich der Staub setzen konnte, und wir vier versammelten uns am Rand des Brunnens.

Emerson hatte eine Laterne in der Hand, deren staubverschleiertes Licht unheimliche Schatten auf die Gesichter der

Männer warf – Vandergelt, inzwischen nicht mehr so geschniegelt, doch nicht weniger aufgeregt als vor vier Stunden; Karl, an dessen tief in den Höhlen liegenden Augen und müdem Gesicht der Schlafmangel deutlich abzulesen war; Emerson, wach und energiegeladen wie immer. Ich war mir dessen bewußt, daß ich nicht gerade vorteilhaft aussah.

»Es ist nicht sehr weit«, stellte Vandergelt fest, nachdem er die Breite des Schachts abgeschätzt hatte. »Ich schätze, ich könnte drüberspringen.«

»Ich schätze, das werden Sie lassen«, meinte Emerson mit einem höhnischen Blick. »Über den Spalt kämen Sie vielleicht, aber wo würden Sie landen? Der Absatz ist weniger als dreißig Zentimeter breit, und dahinter befindet sich eine nackte Wand.«

Er ging zum Rand des Abgrunds, legte sich flach auf den Bauch, daß sein Kopf und seine Schultern ins Leere ragten, und ließ die Laterne hinab, so weit sein Arm reichte. Die kleine Flamme verfärbte sich blau. Die Luft in diesen Tiefen war immer noch schlecht, weil es keine Sauerstoffzufuhr gab, und unten im Schacht war es noch schlimmer. Obwohl ich sofort Emersons Beispiel gefolgt war, konnte ich nur wenige Einzelheiten erkennen. Ganz unten am Ende des Lichtkegels entdeckte ich ein fahles, unbestimmbares Schimmern – noch mehr der allgegenwärtigen Kalksteinsplitter, von denen wir bereits so viele Tonnen aus dem Grab entfernt hatten.

»Ja«, sagte Emerson, als ich dieser Beobachtung Ausdruck verlieh. »Der Schacht ist teilweise aufgeschüttet. Der obere Abschnitt wurde in der Hoffnung offengelassen, daß ein Grabräuber hineinstolpert und sich alle Knochen bricht.« Er erhob sich und beleuchtete die Wand auf der anderen Seite. Dort hob der schakalköpfige Führer der Toten unheilverkündend und würdevoll die Hand zum Gruß.

»Vor uns sehen wir – Amelia, meine Herren – die Möglichkeiten, die uns offenstehen«, erklärte Emerson. »Der weitere Verlauf des Gangs ist verborgen. Entweder liegt er hinter dieser Abbildung von Anubis auf dieser Wand oder weiter unten und zweigt in der Tiefe des Schachts ab. Ganz offensichtlich müssen wir jeder Möglichkeit nachgehen. Doch keines von beiden können wir heute nacht tun. Ich brauche eine gute Kopie von Anubis, ehe wir Bohlen hinunterbringen, um den Spalt zu überbrücken, und anfangen, an der Wand herumzuhacken. Um den Schacht zu untersuchen, brauchen wir Seile, und es wäre ratsam, wenn wir damit warten, bis die Luft ein wenig besser wird. Wir haben ja alle gesehen, daß sich die Flamme in der Lampe blau verfärbte.«

»Mist!« rief Mr. Vandergelt aus. »Hören Sie, Professor, ich werde mein Glück da unten sofort versuchen. Sie haben doch Seile hier, lassen Sie mich einfach hinunter, und ich ...«

»Aber nein, ein Jüngerer und Stärkerer muß hinab!« mischte sich Karl ein. »Herr Professor, lassen Sie mich ...«

»Ich selbst werde der erste sein, der dort hinuntersteigt«, sagte Emerson in einem Ton, der sich jede weitere Bemerkung verbat. »Und das wird morgen früh sein.« Er warf mir nachdrücklich einen Blick zu. Ich lächelte, doch ich schwieg. Es war klar, daß der Leichteste von uns den Abstieg unternehmen sollte, allerdings würde später noch genug Zeit sein, das zu erörtern.

Nach einer Weile räusperte sich Emerson. »Nun denn, wir sind uns also einig. Ich schlage vor, daß wir für heute aufhören und uns morgen in aller Früh ans Werk machen. Jetzt möchte ich unbedingt erfahren, wie es im Haus steht.«

»Und wer wird heute nacht Wache halten?« fragte Vandergelt.

»Peabody und ich.«

»Peabody? Wer ist ... oh, ich verstehe. Hören Sie, Professor, Sie würden mich doch nicht übers Ohr hauen? Es ist nicht fair, daß Sie und Mrs. Amelia schon heute nacht weiterarbeiten.«

»Darf ich Sie daran erinnern, daß ich der Leiter dieser Expedition bin?« sagte Emerson.

Wenn er diesen Ton anschlägt, ist es selten nötig, daß er sich wiederholt. Vandergelt, der über eine starke Persönlichkeit verfügte, erkannte die Überlegenheit seines Gegenübers an und schwieg.

Trotzdem klebte er den ganzen Heimweg lang an unseren Fersen, so daß es mir unmöglich war, ein privates Wort mit meinem Gatten zu wechseln, wie ich es eigentlich gehofft hatte. Als er mich zur Teilnehmerin an seiner Nachtwache auserkoren hatte, hatte mein Herz vor Freude einen Sprung gemacht, und die Entscheidung hatte meinen Verdacht bestätigt, daß er mehr vorhatte, als nur aufzupassen. Wem konnte er so vertrauen wie mir, seiner Lebensgefährtin und Mitarbeiterin? Sein Beschluß, früh mit der Arbeit aufzuhören, ergab sehr viel Sinn: Solange es hell war, gleichgültig ob die Sonne oder der Mond schien, war das Grab sicher. Die Schurken aus Gurneh wurden, wie andere finstere Geschöpfe der Nacht, nur bei Dunkelheit tätig. Wenn der Mond hinter den Hügeln verschwand, begann die Gefahr, und bis dahin würden wir das Geheimnis des Pharaos vielleicht schon entschlüsselt haben.

Obgleich mich dieser Gedanke in die allerhöchste archäologische Verzückung versetzte, dürfen Sie nicht glauben, daß ich deswegen meine Pflichten vernachlässigt hätte. Zuerst begab ich mich in das Zimmer, wo Arthur lag. Die schweigende, schwarzgewandete Gestalt der Nonne sah aus, als habe sie sich seit dem Vormittag nicht von der Stelle gerührt. Nur das leise Klappern des Rosenkranzes, der durch ihre Finger glitt, wies darauf hin, daß sie ein Wesen aus Fleisch und Blut und keine Statue war. Als ich sie nach dem Patienten befragte, sprach sie nicht, sondern schüttelte nur den Kopf, um anzuzeigen, daß keine Veränderung stattgefunden hatte.

Madame Berengeria war die nächste auf meiner Liste. Ich beschloß, daß es für alle angenehmer sein würde, wenn sie sicher im Bett verstaut war, ehe ich aufbrach. Ich nahm an, daß sie immer noch im Salon mit den Göttern konversierte, und als ich mich dorthin aufmachte, überlegte ich, wie ich dieses Ziel wohl am besten erreichen könnte. Ein völlig verachtenswerter und meiner unwürdiger Gedanke ging mir durch den Kopf. Kann ich es wagen, ihn zu offenbaren? Aber ich habe geschworen, absolut ehrlich zu sein, und so muß ich – auch auf die Gefahr hin, die Mißbilligung meiner Leser zu ernten – gestehen, daß ich daran dachte, Madames Schwäche für alkoholische Getränke auszunutzen und sie betrunken zu machen, bis sie das Bewußtsein verlor. Wer mich dafür verurteilt, sollte sich einmal in meine Lage versetzen. Jeder, der diese schreckliche Frau in Aktion erlebt hat, würde, das wage ich zu behaupten, diesem zugegebenermaßen tadelnswerten Plan offener gegenüberstehen.

Allerdings blieb mir die Notwendigkeit, tätig zu werden, erspart. Als ich das fragliche Zimmer erreichte, stellte ich fest, daß Madame Berengeria mir zuvorgekommen war. Ihr heiseres Schnarchen war bereits aus einiger Entfernung zu hören. Schon ehe ich sie wie ein wenig ansehnliches Bündel bar jeden Anstands auf dem Teppich liegen sah, wußte ich, was geschehen war. Neben ihrer rechten Hand befand sich eine leere Brandyflasche.

Lady Baskerville stand über sie gebeugt, und man wird mir sicherlich keine Böswilligkeit vorwerfen, wenn ich anmerke, daß die Dame eines ihrer zarten Schühchen in Vorbereitung auf einen Tritt erhoben hatte. Als sie mich sah, senkte sie hastig den Fuß.

»Skandalös!« rief sie mit blitzenden Augen aus. »Mrs. Emerson, ich bestehe darauf, daß Sie diese gräßliche Frau aus meinem Haus schaffen. Es war ein Akt äußerster Grausamkeit, sie hierherzubringen, solange sich meine Nerven in einem solchen Zustand befinden. Zerrüttet von Trauer...«

»Lassen Sie mich feststellen, Lady Baskerville, daß nicht ich diese Entscheidung getroffen habe«, unterbrach ich sie. »Ich stimme völlig mit Ihrem Standpunkt überein, doch wir können sie so auf keinen Fall zurück nach Luxor schicken. Wie ist sie überhaupt an den Brandy gekommen? Ich dachte, Sie schließen den Alkoholschrank ab?«

»Ja, aber wahrscheinlich hat sie sich irgendwie die Schlüssel besorgt. Säufer entwickeln eine erstaunliche Schläue, wenn es darum geht, ihrem Laster zu frönen. Aber, bei Gott, was ändert das schon?« Sie rang die Hände. »Ich sage Ihnen, ich werde noch verrückt!«

Durch ihr theatralisches Gehabe wurde mir klar, daß sie einen neuen Zuhörer haben mußte. Sie wußte ja, daß sie mich auf diese Weise nicht beeindrucken konnte. Also war ich nicht überrascht, als ich Vandergelt hereinkommen sah.

»Du heiliger Strohsack!« rief er mit einem entsetzten Blick auf das schnarchende Gebirge am Boden aus. »Wie lange liegt sie denn schon so da? Mein armes Kind!« Bei diesen Worten ergriff er die Hand, die Lady Baskerville ihm entgegenstreckte, und umschloß sie zärtlich mit der seinen.

»Wir müssen sie in ihr Zimmer bringen und sie einschließen«, sagte ich. »Sie nehmen ihren Kopf, Mr. Vandergelt. Lady Baskerville und ich nehmen...«

Die Dame stieß einen klagenden Schrei aus. »Das muß ein Scherz sein, Mrs. Emerson, das muß ein Scherz sein!«

»Mrs. Emerson scherzt niemals über solche Dinge«, meinte Vandergelt lächelnd. »Wenn Sie und ich uns weigern, wird sie es allein tun, indem sie diese Frau an den Füßen hinter sich herschleppt. Mrs. Emerson, ich schlage vor, wir rufen einen – oder zwei oder drei – Diener. Es ist sinnlos, den Zustand der Unglücklichen verschleiern oder ihren guten Ruf schützen zu wollen.«

So kam es auch, und ich machte mich danach in die Küche auf, um Ahmed mitzuteilen, daß Emerson und ich auswärts essen würden. Als ich, tief in Gedanken versunken, einherschritt, sah ich aus dem Augenwinkel etwas zwischen den Bäumen umherhuschen. Ein heller Stoffzipfel von einem blauen Zaaboot, wie die ägyptischen Männer sie tragen, blitzte auf und verschwand.

Wahrscheinlich war es einer unserer Leute gewesen. Allerdings hatte das Huschen etwas Verstohlenes an sich gehabt. Deswegen umfaßte ich meinen Sonnenschirm fest und machte mich an die Verfolgung.

Seit der Nacht mit dem armen Arthur auf der Loggia hatte ich beschlossen, ohne dieses nützliche Gerät nirgends mehr hinzugehen. Gewiß, ich hatte es damals nicht gebraucht, aber man konnte ja nie wissen, wann sich die Notwendigkeit einmal ergeben würde. Deswegen hatte ich den Sonnenschirm mittels der Haken, mit denen er ausgestattet war, an meinem Gürtel befestigt. Das erwies sich zwar gelegentlich als hinderlich, da der Stiel des Schirms zuweilen zwischen meine Beine rutschte und mich zum Stolpern brachte, aber es ist besser, sich die Knie aufzuschlagen, als im Falle eines Angriffs hilflos zu sein.

Leise schlich ich über das weiche Gras und suchte, wenn immer das möglich war, Deckung. Als ich hinter einem Dornenbusch hervorspähte, gewahrte ich einen Mann in einheimischer Kleidung hinter einem anderen Busch. Nachdem er sich gehetzt umgeblickt hatte, was mir verdeutlichte, daß er nichts Gutes im Schilde führte, glitt er wie eine Schlange über den Rasen und durch die Tür eines kleinen Gebäudes, eines der Schuppen aus Lehmziegeln, in denen Werkzeuge aufbewahrt wurden. Ich erhaschte einen kurzen Blick auf sein Gesicht, als er sich verstohlen umsah; es war das Gesicht eines Schurken. Eine blutrote Narbe verunstaltete seine Wange und verlor sich in seinem dichten, angegrauten Bart.

Für gewöhnlich war die Tür des Lagerschuppens mit einem Vorhängeschloß gesichert. Offenbar hatte der Mann einen Diebstahl oder Schlimmeres im Sinn. Ich wollte schon Alarm schlagen, als mir einfiel, daß ein Schrei den Verbrecher warnen und ihn zur Flucht verleiten würde. Also beschloß ich, ihn eigenhändig dingfest zu machen.

Ich warf mich auf den Bauch und robbte wie ein Indianer weiter. Ich erhob mich erst wieder, als ich die schützende Mauer erreicht hatte, an die ich mich drückte. Von drinnen hörte ich Stimmen und wunderte mich über die Kühnheit dieser Diebe. Es mußten mindestens zwei sein – es sei denn, der erste Übeltäter führte Selbstgespräche. Sie unterhielten sich auf arabisch, doch ich konnte nur hie und da ein Wort verstehen.

Ich holte tief Luft und stürmte in die Hütte, wobei ich mit meinem Sonnenschirm um mich schlug. Als der eiserne Stiel auf eine weiche Oberfläche traf, hörte ich ein Stöhnen. Hände ergriffen mich. Ich kämpfte und schlug wieder zu. Dann wurde mir der Sonnenschirm aus der Hand gerissen. Unbeirrt trat ich meinen Widersacher kräftig gegen das Schienbein und wollte schon um Hilfe schreien, als mir eine Stimme befahl, innezuhalten. Ich kannte diese Stimme.

»Was tust du hier?« fragte ich etwas außer Atem.

»Diese Frage könnte ich dir genausogut stellen«, erwiderte Emerson ebenso atemlos. »Aber warum fragen? Ich weiß ja, daß du allgegenwärtig bist. Das stört mich auch nicht, nur dein Ungestüm bereitet mir Kummer. Ich glaube, du hast mir das Bein zertrümmert.«

»Unsinn«, sagte ich und nahm meinen Sonnenschirm wieder an mich. »Wenn du so gütig sein würdest, mich von deinen Plänen in Kenntnis zu setzen, könnten solche ermüdenden Begegnungen zu unser beider Vorteil vielleicht vermieden werden. Wer ist der andere?«

»Darf ich dir Ali Hassan Abd er Rasul vorstellen«, sagte Emerson. Er beendete die Vorstellung auf arabisch und bezeichnete mich als seine gebildete Hauptfrau von hoher Geburt – was sehr schmeichelhaft gewesen wäre, hätte sein Tonfall dabei nicht so sarkastisch geklungen. Ali Hassan, den ich in der Ecke kauern sah, rollte die Augen, bis nur noch das Weiße zu sehen war, und machte eine äußerst beleidigende Bemerkung.

»Du Sohn eines einäugigen Kamels und Nachkomme einer toten Ziege«, sagte ich (oder so ähnlich; die original arabische Ausdrucksweise ist viel zu drastisch für europäische Ohren), »hüte deine eitrige Zunge vor Bemerkungen über Menschen, denen du nicht das Wasser reichen könntest.«

Emerson baute diese Äußerung in einiger Breite aus, und Ali Hassan wurde ganz kleinlaut. »Ich hatte vergessen, daß die verehrte Sitt unsere Sprache spricht«, stellte er fest. »Gib mir meine Belohnung, und ich gehe.«

»Belohnung!« rief ich aus. »Emerson, heißt das ...«

»Ja, meine verehrte Hauptfrau, das heißt es«, antwortete Emerson. »Ali Hassan hat mir durch einen seiner Diener die Botschaft zukommen lassen, mich hier mit ihm zu treffen. Warum er nicht zum Haus kommen wollte, weiß ich nicht, und, ehrlich gesagt, ist es mir auch gleichgültig. Aber er behauptet, Armadale gefunden zu haben. Selbstverständlich beabsichtige ich nicht, ihn zu bezahlen, ehe ich mir dessen nicht sicher bin.«

»Wo ist Armadale?«

»In einer Höhle in den Hügeln.«

Ich wartete darauf, daß er fortfuhr, aber er sagte nichts mehr; und als das Schweigen länger dauerte, durchfuhr mich ein ahnungsvolles Schaudern.

»Er ist tot.«

»Ja. Und«, sprach Emerson weiter, »laut Ali Hassan ist er schon vor geraumer Zeit gestorben.«

Die untergehende Sonne sandte einen langen rotgoldenen Strahl durch die Türöffnung und erhellte die düstere Ecke, in der Ali Hassan kauerte. Ich sah, daß Emerson mich mit spöttischer Miene betrachtete.

»Das wirft deine Theorien wohl über den Haufen, oder?« wollte er wissen.

»Das kann ich jetzt noch nicht sagen«, erwiderte ich. »›Eine geraume Zeit‹ ist eine recht ungenaue Angabe. Doch sollte sich herausstellen, daß Armadale bereits tot war, als der letzte Anschlag stattfand ... Nein, das würde mich wirklich nicht überraschen; die andere Theorie, die ich aufgestellt hatte ...«

»Hol's der Teufel, Amelia, besitzt du denn tatsächlich die bodenlose Frechheit, so zu tun ...« Emerson brach seinen Kommentar mitten im Satz ab. Nachdem er ein paarmal tief durchgeatmet hatte, fletschte er die Zähne. Das sollte offenbar als Lächeln gemeint sein, denn als er weitersprach, lag in seiner Stimme ein unerträglich süßlicher Ton. »Ich sage lieber nichts mehr, denn ich möchte nicht, daß Hassan glaubt, wir würden uns streiten.«

»Diese Araber verstehen nicht, wie wir Menschen aus dem Westen zärtliche Gefühle zum Ausdruck bringen«, stimmte ich ein wenig geistesabwesend zu. »Emerson, wir müssen sofort handeln. Wir stehen vor einem ungeheuren Dilemma.«

»Stimmt. Armadales Leiche muß hierhergebracht werden. Und jemand muß zum Grab. Im Augenblick ist es besonders gefährdet.«

»Es ist offenbar nötig, daß wir uns aufteilen. Soll ich Armadale holen oder das Grab bewachen?«

»Hol Armadale«, kam prompt die Antwort. »Obwohl ich dich nicht gerne darum bitte, Peabody.«

»Du überläßt mir die weniger gefährliche Aufgabe«, sagte ich und war sehr gerührt von dem Gesichtsausdruck, mit dem Emerson mich anblickte. Doch jetzt war nicht der richtige Zeitpunkt, um sentimental zu werden. Mit jeder Minute, die wir verstreichen ließen, sank die Sonne im Westen tiefer.

Ali Hassan erhob sich mit einem Stöhnen. »Ich gehe jetzt. Du gibst mir ...«

»Nicht bevor du uns zu Armadales Leiche geführt hast«, entgegnete Emerson. »Die Sitt wird dich begleiten.«

Die Habgier ließ Ali Hassans Augen aufleuchten. Er fing an, über sein fortgeschrittenes Alter zu jammern und über Erschöpfung zu klagen. Nach einigem Feilschen akzeptierte er Emersons Angebot von zusätzlich fünfzig Piastern dafür, daß er mich zu der Höhle führte. »Und«, fügte Emerson leise drohend hinzu, »du haftest mit deinem Leben für die Sicherheit der Sitt, Ali Hassan. Wenn sie auch nur eine Schramme abbekommt oder ihr auch nur ein Haar gekrümmt wird, reiße ich dir die Leber heraus. Du weißt, daß ich es ernst meine.«

Ali Hassan seufzte. »Ich weiß«, sagte er niedergeschlagen.

»Am besten brichst du gleich auf, Peabody«, sagte Emerson. »Nimm Abdullah mit und einen oder zwei zusätzliche Männer, und vielleicht Karl ...«

»Könnte nicht ich statt dessen mitkommen?« fragte eine Stimme.

Die Sonne ließ O'Connells Haare aufleuchten. Im Türrahmen war nur sein Kopf zu sehen, was den Eindruck erweckte, als wollte er beim leisesten Anzeichen von Feindseligkeit die Flucht ergreifen. Dennoch grinste er so breit und frech wie immer.

»Hmmm«, meinte Emerson. »Ich habe Sie bereits gesucht, Mr. O'Connell.«

»Ich dachte mir, es sei besser, Ihnen erst einmal aus dem Weg zu gehen«, erwiderte der Journalist. Emersons sanfter Tonfall hatte ihn beruhigt. Er trat, die Hände in den Hosentaschen, hinter der schützenden Wand hervor. »Ich habe zwangsläufig Ihr Gespräch mitangehört.«

»Grrr«, machte Emerson. (Ich versichere Ihnen, es besteht wirklich keine Möglichkeit, dieses Geräusch anders wiederzugeben.)

»Ehrenwort.« O'Connell riß erschrocken die blauen Augen auf. »Aber eigentlich ist es doch gar nicht schlecht, daß ich es mitbekommen habe, Professor. Sie wollen doch nicht, daß Mrs. E. ohne männlichen Schutz in den Hügeln herumläuft.«

»Ich benötige keinen Mann zu meinem Schutz«, sagte ich empört. »Und falls doch, wäre Abdullah hierzu mehr als geeignet.«

»Sicher doch, sicher. Sie könnten es selbst mit Cormac aufnehmen, Ma'am, das dürfen Sie mir glauben. Lassen Sie mich einfach mitkommen, weil ich es möchte und weil Sie eine nette Dame sind. Und ich schwöre bei den Göttern des alten Irland, daß ich Ihnen umgehend meine Geschichte zeige, sobald ich sie fertig habe.«

Emerson und ich blickten einander an.

»Und was ist mit Mary?« fragte ich. »Wollen Sie sie hier

lassen, in Gesellschaft von Karl? Wie Sie wissen, bewundert er sie sehr.«

»Sie spricht immer noch nicht mit mir«, gestand O'Connell. »Aber verstehen Sie denn nicht, das ist die Geschichte des Jahres! Neues Opfer des pharaonischen Fluchs! Unser Korrespondent vor Ort! Die couragierte Mrs. Emerson mit dem Sonnenschirm in der Hand!« Bei diesen Worten knurrte Emerson wieder. Ich gebe zu, daß ich es reichlich amüsant fand.

Nach einer Weile meinte Emerson mürrisch: »Nun gut. O'Connell, holen Sie Abdullah. Sagen Sie ihm, er soll die nötige Ausrüstung mitbringen – Seile, Laternen – und in zehn Minuten hier bei uns sein, mit zwei seiner besten Männer.«

O'Connell grinste wie ein Honigkuchenpferd und eilte davon. Ohne auf den gaffenden Ali Hassan zu achten, umarmte mich Emerson liebevoll.

»Hoffentlich werde ich keinen Grund haben, das zu bereuen«, flüsterte er. »Peabody, gib auf dich acht.«

»Du auch.« Ich erwiderte seine Umarmung. »Geh jetzt, Emerson, bevor die Dunkelheit uns noch mehr in Gefahr bringt.«

Es war natürlich unmöglich, eine solche Expedition innerhalb von zehn Minuten auf die Beine zu stellen. Doch nach kaum einer halben Stunde erschien Abdullah mit der gewünschten Ausrüstung. Wie üblich ähnelte sein Gesicht einer kupferfarbenen Maske, doch ich kannte ihn gut genug, um zu spüren, wie sehr er beunruhigt war, und das Verhalten der beiden Männer, die er zu unserer Begleitung ausgesucht hatte, war noch verräterischer. Sie wirkten wie Sträflinge, die zur Hinrichtung geführt werden.

»Wissen sie, wonach wir suchen?« fragte ich Abdullah im Flüsterton.

»Ich konnte den rothaarigen Mann nicht am Reden hindern«, erwiderte Abdullah mit einem feindseligen Blick auf O'Connell. »Sitt Hakim, ich fürchte...«

»Ich auch. Machen wir uns rasch auf den Weg, bevor sie anfangen, darüber nachzudenken, und noch mehr Angst bekommen.«

Wir machten uns auf den Weg. Ali Hassan trottete voran. Auch O'Connell schien bedrückt zu sein. Sein Blick wanderte ständig von einer Seite zur anderen, als wollte er sich für die Geschichte, die er zu schreiben gedachte, die Umgebung einprägen.

Ali Hassan führte uns direkt zu den Klippen hinter Deir el Bahri. Anstatt den Weg einzuschlagen, der zum Tal der Könige führte, wandte er sich nach Süden und begann kurz darauf, mit der Behendigkeit einer Ziege die zerklüfteten Felsen hinaufzuklettern. Ich wies O'Connells Angebot, mir behilflich zu sein, zurück. Dank meines Sonnenschirms und meiner guten Kondition fiel mir das Klettern wesentlich leichter als ihm, der schon bald beide Hände benutzen mußte. Abdullah war direkt hinter mir. Ich konnte hören, wie er murrte, und obgleich ich nicht verstand, was er sagte, ahnte ich, worüber er sich ärgerte. Ali Hassan schien mit Absicht den schwierigsten Weg einzuschlagen. Mindestens zweimal sah ich Aufstiege, die leichter waren als der, den er gewählt hatte.

Schließlich erreichten wir die Hochebene, und das Gehen wurde einfacher. Leider hatten wir keine Muße, den grandiosen Ausblick zu genießen. Das breite Flußbett wurde von der untergehenden Sonne dunkelrot gefärbt. Die Felshänge im Osten leuchteten sanft in Rosa und Lavendel. Darüber hatte der Himmel, an dem bereits einige Sterne wie Diamanten funkelten, eine kobaltblaue Farbe angenommen. Doch dieses Panorama lag in unserem Rücken. Ali Hassan ging Richtung Westen, wo die Sonne wie ein riesiges Auge aus feurigem Kupfer am Firmament schwebte. Nicht mehr lange, und sie würde untergehen, und die Dunkelheit würde wie eine Fledermaus mit schwarzen Schwingen über uns gleiten; denn in diesem Landstrich ist die Dämmerung nur kurz. Ich versuchte, mich zu erinnern, wann der Mond aufgehen würde. Dieser Teil des Plateaus war mir nicht vertraut: eine unbewohnte Wildnis aus nackten Felsen, durchzogen von unzähligen Rissen und Spalten. Dadurch würde nach Einbruch der Dunkelheit das Gehen gefährlich werden, trotz der Laternen, die wir mitgenommen hatten.

O'Connell litt Schmerzen, weil er sich beim Klettern ziemlich schlimm die Hand zerschnitten hatte. Da wir keine Zeit verlieren durften, hatte ich keinen Halt eingelegt, um ihn zu verarzten, sondern nur ein Taschentuch um seine Wunde gewickelt. Abdullah war nun ganz dicht hinter mir. Sein beschleunigter Atem verriet, wie aufgeregt er war. Er hatte reichlich Grund zur Besorgnis – die natürlichen Gefahren des Geländes, die Möglichkeit eines Hinterhalts und die Nervosität unserer eigenen Männer, die sich vor den Dämonen der Nacht und vor Efreets fürchteten.

Einige Schritte vor mir trottete Hassan, er sang – oder jammerte – vor sich hin. Nichts ließ darauf schließen, daß er die übernatürlichen Schrecken der Nacht fürchtete. Allerdings war von einem Mann, der dem finsteren Handwerk nachging, die Toten auszurauben, auch nicht zu erwarten, daß er für Aberglauben empfänglich war. Seine gute Laune jedoch hatte auf mich die genau gegenteilige Wirkung. Was immer Ali Hassan erfreuen mochte, würde sich für mich wahrscheinlich als unliebsame Überraschung entpuppen. Ich hatte den Verdacht, daß er uns absichtlich in die Irre führte, doch ohne Beweis konnte ich ihm das kaum vorhalten.

Mein Blick heftete sich auf das zerlumpte Gewand von Ali Hassan, wobei ich wachsam auf das erste Zeichen von Verrat achtete. Deshalb bemerkte ich das Tier erst, als es mein Fußgelenk streifte. Man denkt in dieser Gegend zuerst einmal an Schlangen. Automatisch machte ich einen schnellen Schritt zur Seite, stieß gegen Mr. O'Connell, so daß dieser das Gleichgewicht verlor und zu Boden stürzte. Ich griff zu meinem Sonnenschirm und wandte mich um, um mich der neuen Gefahr zu stellen.

Auf einem Felsbrocken in der Nähe thronte Bastet, die Katze. Sie war ebenso zur Seite gesprungen wie ich, und ihr entrüsteter Ausdruck zeigte deutlich, wie sehr ihr meine grobe Begrüßung mißfiel.

»Ich bitte um Verzeihung«, sagte ich. »Doch du bist selbst schuld daran. Du hättest dich vorher bemerkbar machen sollen. Ich hoffe, ich habe dir nicht weh getan.«

Die Katze starrte mich nur an. Doch Ali Hassan, der herbeigekommen war, um zu sehen, warum wir angehalten hatten, rief inbrünstig den Namen Allahs an.

»Sie spricht zu der Katze«, stieß er hervor. »Die Katze ist ein Dämon, ein Geist; und sie ist ihre Herrin.« Er wandte sich so schnell um, daß sich sein Gewand bauschte. Doch bevor er fliehen konnte, erwischte ich ihn mit dem gebogenen Griff meines Sonnenschirms am Hals.

»Wir haben dieses Spiel lange genug betrieben, Ali Hassan«, sagte ich. »Du hast uns im Kreis herumgeführt. Die Katze, in der der Geist der Göttin Sekhmet waltet, hat mir von deinem Verrat berichtet.«

»Das habe ich geahnt«, knurrte Abdullah und wollte Ali Hassan schon am Kragen packen. Ich bedeutete ihm, innezuhalten.

»Ali Hassan weiß, was Emerson mit ihm tun wird, wenn ich ihm davon berichte. Nun, Ali, führe uns direkt zu der Stelle, oder ich werde dafür sorgen, daß dich die Katzengöttin im Schlaf zerreißt.«

Ich ließ den Schurken los, und Abdullah ging voran, bereit, ihn zu ergreifen, falls er zu fliehen versuchte. Doch das war nicht nötig. Ali Hassan starrte angsterfüllt die Katze an, die von ihrem Felsen herabgesprungen war und nun neben mir stand, wobei sie drohend mit dem Schwanz wedelte.

»Sie war da, als ich den toten Mann fand«, murmelte er. »Ich hätte es damals wissen müssen. Ich hätte nicht versuchen sollen, sie mit einem Stein zu erschlagen. O Sekhmet, Göttin des Schreckens, vergib mir Übeltäter.«

»Sie wird dir vergeben, wenn ich sie darum bitte«, sagte ich drohend. »Führe uns, Hassan.«

»Warum auch nicht?« Ali hob schicksalsergeben die Schultern. »Sie kennt den Weg. Wenn ich ihn dir nicht zeige, wird sie es tun.«

Von nun an ging Abdullah neben Ali Hassan her, wobei er mit seiner großen Hand den Mann aus Gurneh fest am Arm gepackt hielt. Ali Hassan sang jetzt nicht mehr.

»Woher wußten Sie das?« fragte O'Connell anerkennend. »Ich hatte nicht den leisesten Verdacht.«

»Ich kenne den Charakter dieses Menschen und habe einfach auf Vermutung hin gehandelt. Und er war dumm genug, es zuzugeben.«

»Sie sind wirklich erstaunlich, Ma'am, das dürfen Sie mir glauben«, rief O'Connell aus.

Ich beantwortete dieses wohlverdiente Kompliment mit einem Lächeln. »Beeil dich, Ali Hassan«, rief ich. »Wenn die Dunkelheit hereinbricht, bevor wir die Höhle erreichen...«

Die Katze war verschwunden, fast so, als sei ihre Anwesenheit nun, da sie ihre Mission erfüllt hatte, nicht mehr nötig. Ali Hassan beschleunigte seinen Schritt. Ich war nicht überrascht, daß unser Weg jetzt nach Osten führte, in die Richtung, aus der wir gekommen waren. Der untere Rand der

Sonne war bereits am Horizont verschwunden. Ali Hassan verfiel in einen gar nicht mehr würdevollen Trab, der sein blaues Gewand flattern ließ. Unsere Schatten eilten uns als langgezogene graublaue Schemen voraus, wie die schützenden *kas* der alten Ägypter.

Obwohl die länger werdenden Schatten Hindernisse auf dem Pfad leichter erkennbar machten, war es nötig, scharf aufzupassen, um nicht hinzufallen. Ich wußte zwar, daß wir nach Osten gingen, doch weil ich achtgeben mußte, wohin ich trat, bemerkte ich erst, worauf wir zusteuerten, als Ali Hassan stehenblieb.

»Wir sind da, Sitt Hakim«, keuchte er. »Wir haben die Stelle noch vor Sonnenuntergang erreicht, ich habe getan, was du mir aufgetragen hast. Sag' diesem Mann, er möge seine Hand von mir nehmen, und versichere der göttlichen Sekhmet, daß ich ihren Befehl befolgt habe.«

Er hatte die Wahrheit gesagt. Eine letzte dünne Sichel feurigen Rots markierte die Stelle, wo die Sonne untergegangen war. Die Dämmerung brach rasch herein. Erst als ich mich umblickte, merkte ich, daß wir in der Nähe der Felsenkante waren, nur ein paar Hundert Meter nördlich der Stelle, wo wir aufgestiegen waren.

»Du Sohn einer tollwütigen Hündin«, fauchte Abdullah und schüttelte Ali Hassan, bis ihm die Zähne klapperten, »du hast uns im Kreis geführt. Es gibt hier keine Höhle. Was führst du im Schilde?«

»Sie ist hier«, sagte Ali Hassan mit Nachdruck. »Zuerst habe ich mich verlaufen; das kann schließlich jedem einmal passieren. Doch jetzt sind wir an der richtigen Stelle. Gebt mir mein Geld und laßt mich gehen.«

Natürlich schenkten wir dieser Forderung keinerlei Beachtung. Ich befahl den Männern, die Laternen anzuzünden. Nachdem dies geschehen war, konnte man in der Schwärze des sternenübersäten Himmels nur mehr ein schwaches Schimmern erkennen. Im Schein der Lampen hätte Ali Hassans bösartiges Gesicht auch einem der Nachtdämonen gehören können, deren unheilvolles Wirken er so verächtlich verspottete. Sein offenstehender Mund ähnelte einer finsteren Höhle, deren Eingang mit verfaulten Fangzähnen bestückt war.

Abdullah griff sich eine Laterne und ging voran, wobei er den sich sträubenden Grabräuber vor sich herstieß. Der Pfad führte die Klippen hinab. Er erwies sich als weniger gefährlich, als ich befürchtet hatte; doch in fast völliger Dunkelheit und mit einem unerfahrenen Begleiter war der Abstieg dennoch beschwerlich genug. Der arme Mr. O'Connell hatte seinen irischen Überschwang eingebüßt. Stöhnend und leise fluchend folgte er mir, und als das Licht auf die blutbefleckte Bandage an seiner Hand fiel, mußte ich seinen Mut bewundern, denn ich wußte, daß ihm die Verletzung beträchtliche Schmerzen bereiten mußte. Wir waren fast am Fuß der Klippen angelangt, als Ali Hassan sich zur Seite wandte und mit dem Finger auf etwas zeigte.

»Dort. Dort. Laß mich jetzt gehen.«

Trotz meines geschulten Auges hätte ich ohne die Hilfe des ausgestreckten Fingers die Öffnung niemals entdeckt. Die Klippen sind so von Rissen und Spalten durchfurcht, von denen jede ihren eigenen Schatten wirft, daß sich nur durch eine gründliche Suche feststellen läßt, welche zu einer Öffnung führt. Während Abdullah die Laterne – und Ali Hassan – hielt, erforschte ich die bezeichnete Felsspalte.

Sie war tief und sehr eng. Ich bin nur etwas über einsfünfzig groß und mußte mich dennoch bücken, um hineinzukommen. Hinter dem Eingang wurde die Öffnung breiter. Am Geruch der Luft konnte ich feststellen, daß eine Höhle vor mir lag. Doch es war stockfinster, und ich schäme mich nicht, zuzugestehen, daß ich nicht die Absicht hegte, mich ohne Licht voranzutasten. Ich rief Abdullah, mir die Laterne zu bringen. Beim Weitergehen hielt ich sie hoch.

Stellen Sie sich eine hohle Kugel von etwa sechs Metern Durchmesser vor. Schneiden Sie diese Kugel in zwei Teile und verschließen Sie die offene Fläche bis auf einen schmalen Schlitz als Eingang. Von dieser Größe und Form war der Raum, den ich nun vor mir sah, obgleich sein Inneres im Gegensatz zu einer Kugel, die ja glatt wäre, zerklüftet und mit Felsvorsprüngen übersät war. Doch diese Betrachtungen stellte ich erst später an. Zunächst fesselte nichts anderes meine Aufmerksamkeit als die Gestalt, die mir zu Füßen ausgestreckt auf dem Boden lag.

Er lag auf der Seite, die Knie angezogen und den Kopf zurückgebogen. Die Sehnen an seinem entblößten Hals sahen aus wie getrocknete Schnüre. Die eine Hand lag so nahe an meinem Schuh, daß ich fast auf sie getreten wäre. Meine eigene Hand war nicht so ruhig, wie ich mir gewünscht hätte. Das Zittern der Laterne, die ich hielt, ließ die Schatten schwanken, so daß die gekrümmten Finger nach meinem Fußgelenk zu greifen schienen.

Ich hatte Photographien von Armadale gesehen, doch wenn ich nicht gewußt hätte, daß dies seine Leiche sein mußte, hätte ich dieses gräßliche Gesicht nicht erkannt. Im Leben hatte der junge Mann eher jungenhaft als stattlich ausgesehen, mit einem langen, schmalen Gesicht und feingeschnittenen Zügen, die seinen arabischen Spitznamen erklärten. Er hatte versucht, dieses fast weibliche Aussehen unter einem Schnurrbart, wie Kavalleristen ihn tragen, zu verbergen. Dieser Gesichtsschmuck fehlte nunmehr. Eine dicke Locke braunen Haares verdeckte seine Augen, und ich kann nicht sagen, daß ich das bedauert hätte.

Während ich versuchte, das für mich untypische Zittern in

1den Griff zu bekommen, das mir durch den ganzen Körper lief, geschah etwas Unheimliches. Aus dem Schatten im rückwärtigen Teil der Höhle kam würdevollen Schrittes Bastet, die Katze, langsam angeschlichen und ließ sich mit aufgerichteten Ohren und gesträubten Schnurrhaaren neben dem Kopf des Leichnams nieder.

Abdullahs Schreie, die immer aufgeregter wurden, rissen mich schließlich aus der Erstarrung, die mich befallen hatte. Ich rief ihm eine beruhigende Antwort zu; und meine Stimme, glaube ich, klang gefaßt. Doch bevor ich meinen treuen Vorarbeiter oder den neugierigen jungen Reporter herbeizitierte, kniete ich vor dem bedauernswerten Toten nieder und führte eine kurze Untersuchung durch.

Der Schädel war unverletzt, und die sichtbaren Teile des Körpers zeigten keine Verwundung. Es war kein Blut zu sehen. Schließlich zwang ich mich, das trockene, tote Haar aus seiner Stirn zu streichen. Keine Verletzung verunzierte seine braungebrannte Haut. Doch in blättriger roter Farbe war die grobe Skizze einer Schlange aufgemalt – die Königskobra des Pharaos.

Was in der folgenden Stunde geschah, überspringe ich – nicht etwa deshalb, wie Sie mir glauben dürfen, weil die Erinnerung daran unerträglich wäre (ich hatte schon öfter Schlimmeres erlebt) –, sondern weil in so kurzer Zeit so vieles passierte, daß eine eingehende Beschreibung zuviel Zeit in Anspruch nähme.

Der Abtransport von Armadales Leiche war nicht schwierig, da wir nur fünfzehn Minuten vom Haus entfernt waren und unser tüchtiger Vorarbeiter Material mitgebracht hatte, aus dem man eine behelfsmäßige Trage bauen konnte. Die Schwierigkeit bestand darin, daß die Männer sich sträubten, den Toten zu berühren. Ich kannte die beiden gut und sah sie sogar als meine Freunde an. Noch nie zuvor hatte ich erlebt, daß sie Furcht zeigten. Doch nun bedurfte es meiner ganzen Überredungskunst, damit sie taten, was nötig war; und sobald sie den toten Körper in einem leeren Lagerraum abgelegt hatten, flohen die beiden Träger, als sei der Leibhaftige hinter ihnen her.

Ali Hassan grinste höhnisch, als er sie davonlaufen sah. »Sie werden nicht mehr in dem fluchbeladenen Grab arbeiten«, sagte er wie zu sich selbst. »Sie mögen zwar Narren sein, doch sie sind schlau genug, um die Toten zu fürchten.«

»Schade, daß dir dieses Gefühl fehlt«, sagte ich. »Hier ist dein Geld, Ali Hassan. Du hast es zwar nicht verdient, weil du uns so in die Irre geführt hast, doch ich halte stets mein Wort. Merke dir gut: Falls du versuchen solltest, ins Grab einzudringen oder unsere Arbeit zu stören, werde ich den Zorn Sekhmets auf dich lenken.«

Lautstark stieß Ali Hassan einen Schwall Beteuerungen aus und hörte erst auf, als Abdullah mit geballten Fäusten auf ihn zuging. Nachdem der Mann aus Gurneh verschwunden war, sagte Abdullah ernst: »Ich werde jetzt mit meinen Männern reden, Sitt. Der Schurke hat recht: Es wird schwer sein, sie wieder zur Arbeit im Grab zu bewegen, wenn die Neuigkeit sich erst einmal herumspricht.«

»Einen Augenblick noch, Abdullah«, sagte ich. »Ich verstehe deine Befürchtung und teile sie; doch ich brauche dich. Ich werde ins Tal gehen. Emerson muß gleich davon erfahren. Vielleicht hat Ali Hassan uns deshalb im Kreis herumgeführt, damit seine Freunde Zeit hatten, das Grab anzugreifen.«

»Ich werde mit Ihnen kommen«, sagte O'Connell.

»Spricht da der Journalist oder der Gentleman?« wollte ich wissen.

Der junge Mann errötete. »Ich hab's nicht anders verdient«, meinte er ungewöhnlich bescheiden. »Und ich gestehe, daß ich als Reporter darauf brenne, die Reaktion des Professors zu sehen, wenn Sie ihm die jüngsten Neuigkeiten mitteilen. Doch das ist nicht der Grund, weshalb ich Ihnen helfen möchte. Abdullah wird hier gebraucht.«

Im kalten Licht des Nachtgestirns wirkten die felsigen Klippen wie eine Mondlandschaft, in der schon vor Millionen von Jahren jegliches Leben erstorben ist. Zuerst sprachen wir nur wenig. Schließlich stieß O'Connell einen tiefen Seufzer aus.

»Schmerzt Ihre Hand?« fragte ich. »Bitte entschuldigen Sie, daß ich mich nicht um Ihre Verletzung gekümmert habe; die Sorge um meinen Mann läßt mir keine Ruhe.«

»Nein, die Verletzung, wie Sie das nennen, ist bloß ein Kratzer und stört mich nicht. Mich beunruhigen andere Dinge. Mrs. Emerson, die Vorgänge hier waren für mich bislang nur journalistisch von Interesse – vielleicht die größte Geschichte meines Lebens. Jetzt, da ich mit Ihnen allen Bekanntschaft geschlossen habe und mich einigen von Ihnen immer stärker verbunden fühle, hat sich mein Standpunkt geändert.«

»Darf ich daraus schließen, daß Sie uns nun voll und ganz unterstützen?«

»Das dürfen Sie! Ich wünschte nur, mehr tun zu können, um Sie zu entlasten. Wie ist der arme Kerl wohl ums Leben gekommen? Soweit ich feststellen konnte, hatte er keinerlei Verletzungen – ebensowenig wie Lord Baskerville.«

»Er könnte eines natürlichen Todes gestorben sein – verhungert und verdurstet«, sagte ich vorsichtig. Ich war versucht, O'Connells Beteuerungen Glauben zu schenken, doch er hatte mich schon zu oft getäuscht, als daß er mein volles

Vertrauen verdient hätte. »Ich darf Sie daran erinnern«, fuhr ich fort, »daß Sie versprochen haben, mir Ihre Berichte zu zeigen. Keine weiteren Spekulationen über einen Fluch, wenn ich bitten darf.«

»Ich fühle mich wie Dr. Frankenstein«, gab O'Connell mit einem kläglichen Lachen zu. »Ich habe ein Ungeheuer geschaffen, das zum Leben erwacht ist. Der Fluch war meine eigene Erfindung, und ich habe mir dabei ins Fäustchen gelacht. Ich selbst habe noch nie an solche Dinge geglaubt. Doch wie sollen wir erklären ...«

Er führte den Satz nicht zu Ende, weil plötzlich das heftige Krachen eines Schusses zu hören war.

Durch die Stille ringsum wurde das Geräusch davongetragen und hallte von allen Seiten wider, doch ich wußte sofort, woher es gekommen war. Allein schon die Logik hätte es mir gesagt, wenn mir meine Empfindungen als Ehegattin nicht die Sinne geschärft hätten. Ich rannte los. Weitere Schüsse folgten. Ich zog meinen Revolver aus dem Halfter, löste meinen Sonnenschirm vom Haken, damit ich nicht über ihn stolperte, und stürmte in einer Geschwindigkeit, die selbst bei Tageslicht gefährlich gewesen wäre, den Hang zum Tal hinab. Vielleicht war es gerade diese Hast, die mich vor einem Sturz bewahrte. Den Sonnenschirm in der Linken, den Revolver in der Rechten, rannte und feuerte ich gleichzeitig. Zumeist schoß ich einfach in die Luft, glaube ich, obgleich ich darauf keinen Eid schwören möchte; meine Absicht war, die Angreifer glauben zu lassen, es sei rasche Hilfe im Anmarsch.

Dann hörte ich keine Schüsse mehr. Was hatte die tödliche Stille zu bedeuten? Unseren Sieg? Daß die Räuber verwundet oder geflohen waren? Oder... Doch ich weigerte mich, etwas anderes in Betracht zu ziehen. Ich rannte immer schneller und sah schließlich den Haufen Kalksteinbrocken, den wir aus dem Grab geräumt hatten, bleich im Mondlicht liegen. Der Eingang war direkt vor mir. Nichts rührte sich.

Da erhob sich vor mir eine dunkle Gestalt. Ich zielte und drückte den Abzug.

Es machte »klick«, als der Hammer auf die leere Patronenkammer schlug. Emersons Stimme sagte: »Du hättest neu laden sollen, Peabody; die letzte Kugel hast du schon vor einer ganzen Weile verschossen.«

»Wie dem auch sei«, meinte ich atemlos, »es war reichlich tollkühn von dir, dich vor mich hinzustellen.«

»Ich versichere dir, ich habe es nur deshalb getan, weil ich die Schüsse mitgezählt habe. Ich kenne dein leichtsinniges Temperament zu gut.«

Ich war nicht in der Lage, darauf etwas zu erwidern. Denn als ich – mit Verspätung – begriff, was ich getan hatte, raubte mir dieser Gedanke den verbliebenen Atem. Ich wußte zwar, daß Emerson die Wahrheit gesagt hatte und er sich mir nicht gezeigt hätte, wenn er nicht sicher gewesen wäre, daß mein Revolver leergeschossen war, doch mich marterten Gewissensbisse. Emerson spürte das und legte seinen Arm um mich.

»Ist alles in Ordnung mit dir, Peabody?«

»Mich martern Gewissensbisse. In Zukunft muß ich wirklich versuchen, mit mehr Überlegung vorzugehen. Ich glaube, diese Situation hier zerrt an meinen Nerven. Für gewöhnlich würde ich nie so dumm handeln.«

»Hmmm«, meinte Emerson.

»Wirklich, mein lieber Emerson ...«

»Mach' dir nichts draus, meine liebe Peabody. Der Übermut, mit dem du dich Hals über Kopf in die Gefahr stürzt, ist ja gerade das, was mich an dir so angezogen hat. Doch hol's der Teufel, du bist doch nicht allein gekommen, oder?«

»Nein, Mr. O'Connell ist bei mir, oder er war es zumindest. Mr. O'Connell?«

»Kann man jetzt gefahrlos herauskommen?« hörte ich die Stimme des jungen Mannes.

»Sie hörten ja, daß ich sagte, ihr Revolver sei leergeschossen«, entgegnete Emerson.

»Mrs. Emersons schon, ja doch«, sagte O'Connell, der weiterhin unsichtbar blieb. »Doch wie steht es mit Ihrem eigenen, Professor?«

»Seien Sie kein Feigling, Mann! Die Gefahr ist vorüber. Ich habe ein paar Warnschüsse abgegeben, um die Schurken zu vertreiben. Doch«, fügte Emerson hinzu und lächelte mich an, »ich hätte nicht so leichtes Spiel gehabt, wäre Mrs. Emerson nicht mit dem Getöse einer ganzen Hundertschaft herbeigestürmt. Sie hat soviel Lärm gemacht wie ein volles Dutzend Männer.«

»Eben dies war meine Absicht«, sagte ich.

»Nun gut. Setzt euch, ihr beiden, und erzählt mir, was ihr gefunden habt.«

Also ließen wir uns auf der Decke nieder, die er vor dem Eingang zum Grab ausgebreitet hatte, und ich berichtete über die Ereignisse dieses Abends. Ein weniger nervenstarker Mann als Emerson hätte angesichts der schrecklichen Erlebnisse, die ich hatte durchmachen müssen, vor Entsetzen aufgeschrien – doch ein weniger nervenstarker Mann hätte auch niemals zugelassen, daß ich mich diesen Gefahren stellte. Als ich zu Ende erzählt hatte, nickte er einfach nur.

»Gut gemacht, Peabody. Ich bin mir sicher, daß es die Diebesbande von Ali Hassan war, die uns vorhin angegriffen hat. Hättest du seine List nicht durchschaut und ihn nicht zu mehr Eile angetrieben, wärst du nicht rechtzeitig hier gewesen, um mich zu retten.« Ich meinte, eine Spur Amüsement aus seinen letzten Worten herausgehört zu haben, und blickte ihn argwöhnisch an. Doch sein Gesicht war völlig ernst wie auch seine Stimme, als er fortfuhr: »Macht euch deshalb keine Sorgen. Wir haben sie abgeschreckt, zumindest für heute nacht. Mehr interessiert mich, was mit Armadale ist. Gibt es keine Anzeichen dafür, wie er zu Tode kam?«

»Nein«, antwortete ich.

»Aber auf seine Stirn war die scharlachrote Kobra gemalt«, sagte O'Connell.

Ich warf dem jungen Mann einen finsteren Blick zu. Bevor ich den anderen erlaubt hatte, die Höhle zu betreten, hatte ich Armadale sorgfältig das Haar wieder in die Stirn gestrichen und gehofft, daß dem Reporter dieses Unglückszeichen entgangen war.

»Also«, sagte Emerson, »müssen wir die Möglichkeit in Betracht ziehen, daß er ermordet wurde, auch wenn keine Anzeichen von Gewalt zu erkennen sind. Außerdem kann ich nicht glauben, daß sich die Leiche in weniger als drei oder vier Tagen so verändert hat, wie du es beschrieben hast. Wer also hat den jungen Arthur niedergeschlagen?«

»Madame Berengeria«, sagte ich.

»Was?« Diesmal warf Emerson mir einen finsteren Blick zu. »Amelia, das war eine rhetorische Frage. Du kannst doch unmöglich ...«

»Ich versichere dir, seit ich Armadale gefunden habe, habe ich über nichts anderes nachgedacht. Wer hatte ein Interesse an seinem Tod? Wer außer dieser Verrückten, die sich wie eine Klette an ihre Tochter hängt und diese nur sehr widerwillig einem Ehemann überlassen würde. Mr. Armadale hat Mary einen Heiratsantrag gemacht ...«

»Dieser Nichtsnutz!« rief Mr. O'Connell. »Besaß er wirklich die Frechheit, das zu wagen?«

»Er war nicht der einzige, der Miss Mary der Anbetung für würdig befand«, entgegnete ich. »Ist nicht Eifersucht ein Mordmotiv, Mr. O'Connell? Würden Sie die Sünde Kains auf sich laden, um die Frau zu gewinnen, die Sie lieben?«

Mr. O'Connell sprangen fast die Augen aus dem Kopf. Im Mondlicht verblaßten ringsum sämtliche Farben. Sein Gesicht war bleich wie das eines Toten – oder eines Schuldigen.

»Amelia«, zischte mein Gatte mit zusammengebissenen Zähnen, »bitte mäßige dich.«

»Ich habe noch gar nicht richtig angefangen«, rief ich empört. »Karl von Bork ist ebenfalls verdächtig. Auch er liebt Mary. Und man darf nicht vergessen, daß der zweite Mann, auf den ein Mordanschlag verübt wurde, ebenfalls ein Verehrer der jungen Dame ist. Für mich ist Madame Berengeria am meisten verdächtig. Sie ist geistig gestört, und nur ein Verrückter würde aus einem so nichtigen Grund einen Mord begehen.«

Emerson griff sich mit beiden Händen ins Haar und machte dabei den Eindruck, als versuche er, es sich mit den Wurzeln auszureißen. »Amelia, du redest im Kreis herum!«

»Einen Augenblick, Professor«, meinte O'Connell nachdenklich. »Ich glaube, Mrs. E. hat vielleicht etwas Wichtiges angesprochen. Der einzige Grund, weshalb mir erlaubt wurde, mit Mary Freundschaft zu schließen, war, weil ich vorgab, ihre Mutter zu bewundern. Die alte – äh – Hexe hat eine ganze Menge Männer verscheucht, das kann ich Ihnen sagen.«

»Aber deshalb gleich ein Mord!« rief Emerson. »Hol's der Teufel, Amelia, deine Theorie hat zu viele Löcher. Die alte – äh – Hexe hat weder die Figur noch die Ausdauer, durch die Hügel von Theben zu streifen und kräftige junge Männer niederzuschlagen.«

»Vielleicht hat sie Mörder gedungen«, sagte ich. »Ich gebe zu, daß meine Theorie nicht im einzelnen ausgearbeitet ist, aber ich hoffe, das wird sie bald sein. Es ist unsinnig, sie heute nacht weiter zu erörtern. Wir alle benötigen Ruhe.«

»Das sagst du jedesmal, wenn ich gerade eine Auseinandersetzung gewinne«, brummte Emerson.

Ich sah keinen Grund, diese kindische Bemerkung einer Antwort zu würdigen.

Sobald die ersten Lichtstrahlen am östlichen Himmel erschienen, waren wir auf den Beinen. Ich hatte gut geschlafen, obwohl ich selbstverständlich darauf bestanden hatte, mich an der Wache zu beteiligen. Emerson saß wie auf Kohlen. Er brannte darauf, das Grab in Angriff zu nehmen, aber die Anwesenheit der Journalisten hinderte ihn daran. Deshalb stimmte er widerwillig zu, besser zuerst zum Haus zurückzukehren und uns mit der jüngsten Katastrophe zu befassen, ehe wir uns wieder an die Arbeit machten. Wir ließen O'Connell als Wache zurück und versprachen, ihm eine Ablösung zu schicken. Das letzte, was wir sahen, als wir den Pfad hinaufstiegen, war sein Rotschopf, der in den Strahlen der aufgehenden Sonne leuchtete. Emerson hatte das Eisengitter verschlossen, damit O'Connell nicht in Versuchung geriet, sich während unserer Abwesenheit ins Grab hinabzuschleichen.

Trotz der schweren Aufgaben, die unser harrten, durchströmte mich ein freudiges Gefühl, als wir so Hand in Hand durch die frische Morgenluft wanderten und zusahen, wie sich der Himmel in der Pracht der erwachenden Sonne erhellte. Der große Gott Amon Ra hatte eine weitere nächtliche Reise durch die Gefahren der Dunkelheit überstanden und würde das auch weiter tun, noch lange nachdem wir, die wir den Sonnenaufgang dieses Tages beobachteten, längst zu Staub zerfallen waren. Ein Gedanke, der einem die eigene Begrenztheit vor Augen führt.

In solche poetischen und philosophischen Betrachtungen war ich also versunken, als Emerson meine gute Laune wie gewohnt mit einer taktlosen Bemerkung verdarb.

»Weißt du, Amelia, was du gestern nacht gesagt hast, war verdammter Unsinn.«

»Du sollst nicht fluchen.«

»Du treibst mich dazu. Außerdem war es unverantwortlich von dir, deinen Verdacht in Gegenwart eines der Hauptverdächtigen zu erörtern.«

»Ich habe das nur gesagt, um ihn ein wenig aufzurütteln. Ich verdächtige Mr. O'Connell nicht.«

»Wer ist es denn dann heute morgen? Lady Baskerville?«

Ich achtete nicht auf den Spott in seiner Stimme und antwortete ernsthaft: »Ich kann sie noch nicht von der Liste der Verdächtigen streichen, Emerson. Offenbar hast du vergessen, daß Lord Baskerville das erste Opfer war.«

»Offenbar habe ich vergessen? Ich?« Emerson geriet für einen Augenblick ins Stottern. »Du warst doch diejenige, die gestern nacht darauf bestanden hat, daß Eifersucht wegen Miss Mary das Motiv war.«

»Ich habe das als eine der Möglichkeiten dargestellt. Wir sehen uns hier einer Serie von Morden gegenüber, Emerson, die das tatsächliche Motiv verschleiern sollen. Zuerst müssen wir feststellen, wer ursprünglich aus dem Weg geräumt werden sollte, wenn du mir diese Ausdrucksweise verzeihst.«

»Ich wüßte nicht, was ich dagegen tun sollte. Auch wenn sie ein wenig herabwürdigend ist, nehme ich doch weniger Anstoß daran als an der Theorie, die du hier vertrittst. Willst du allen Ernstes behaupten, daß zwei der Mordanschläge – drei, wenn du Hassan mitzählst – nichts weiter als Täuschungsmanöver waren? Daß der Mörder willkürlich Menschen abschlachtet, um seine Spuren zu verwischen?«

»Was ist daran so lächerlich? Morde klärt man auf, indem man das Motiv ermittelt. Die Hauptverdächtigen sind diejenigen, die am meisten vom Tod des Opfers profitieren. Wir haben vier Opfer – denn gewiß zähle ich Hassan mit – und deswegen auch eine verwirrende Vielzahl an Motiven.«

»Hmmm«, sagte Emerson schon etwas freundlicher. Nachdenklich strich er sich übers Kinn. »Aber Lord Baskerville war der erste.«

»Und wenn er unter gewöhnlichen Umständen und ohne diesen Wirbel um einen Fluch gestorben wäre, wer wären dann die Hauptverdächtigen gewesen? Seine Erben natürlich – der junge Arthur und Lady Baskerville. Trotzdem war der Mord an Lord Baskerville, wenn ich richtig liege, nicht der, auf den es eigentlich ankam. Das wäre zu offensichtlich gewesen. Wahrscheinlicher ist, daß der Mörder den ersten Mord beging, um uns zu verwirren, und daß in Wirklichkeit Armadale oder Arthur aus dem Weg geräumt werden sollten.«

»Der Himmel beschütze uns, falls du einmal die Verbrecherlaufbahn einschlagen solltest«, sagte Emerson erschüttert. »Amelia, dieser Gedanke ist so übergeschnappt, daß er nicht einer gewissen verrückten Verlockung entbehrt. Er gefällt mir, aber er überzeugt mich nicht. Nein,« – als ich zu einer Antwort ansetzte – »obwohl ich dir beipflichte, daß das Motiv in den meisten Fällen von großer Wichtigkeit ist, wenn man ein Verbrechen aufklären will, bezweifle ich, daß uns dieser Ansatz hier weiterhilft. Es gibt zu viele Motive. Die, die du im Hinblick auf Lord Baskerville angesprochen hast, stellen nur zwei von vielen Möglichkeiten dar. Daß die Vorfälle erst nach der Entdeckung eines neuen Königsgrabes ihren Anfang nahmen, ist sicherlich von Bedeutung. Vielleicht hofften die einheimischen Grabräuber unter der Führung von Ali Hassan, Baskervilles Tod würde die Arbeiten lange genug verzögern, daß sie das Grab ausrauben könnten. Möglicherweise wurde der Imam von religiösem Eifer dazu getrieben, den Mann zu vernichten, der die Toten entweiht hat. Vandergelt scheint es auf Lord Baskervilles Frau und außerdem auf seine Ausgrabungsgenehmigung abgesehen zu haben. Und eine Überprüfung des Privatlebens seiner Lordschaft könnte noch ein halbes Dutzend weiterer Motive zutage fördern.«

»Wie wahr. Aber wie erklärst du Armadales Tod und den Überfall auf Arthur?«

»Armadale kann den Mord beobachtet und versucht haben, den Mörder zu erpressen.«

»Schwach«, sagte ich kopfschüttelnd. »Sehr schwach, Emerson. Warum hätte Armadale dann fortlaufen und sich so lang versteckt halten sollen?«

»Vielleicht hat er sich ja nicht versteckt gehalten. Vielleicht war er schon die ganze Zeit tot.«

»Ich glaube nicht, daß er schon seit über einem Monat tot ist.«

»Nun, das werden wir erst erfahren, nachdem der Arzt ihn untersucht hat. Lassen wir also die Vermutungen, bis wir mehr Tatsachen kennen.«

»Wenn wir die Tatsachen kennen, brauchen wir nicht mehr zu vermuten«, antwortete ich schnippisch. »Dann kennen wir auch die Wahrheit.«

»Da bin ich mir nicht so sicher«, sagte Emerson niedergeschlagen.

Ich hoffte, noch Zeit zum Waschen und Umziehen zu haben, ehe ich mich mit dem Aufruhr befaßte, den die Nachricht von Armadales Tod unzweifelhaft auslösen würde. Seit vierundzwanzig Stunden steckte ich inzwischen in den gleichen Sachen, denen man die anstrengenden Tätigkeiten, denen ich mich während dieser Zeit gewidmet hatte, deutlich ansah. Trotzdem wußte ich, sobald wir den Hof betraten, daß ich mir diesen Luxus bis auf weiteres wieder einmal verkneifen mußte. Zuerst fiel mir die unnatürliche Stille auf. Die Dienerschaft hätte schon längst auf den Beinen und an der Arbeit sein müssen. Dann sah ich Mary auf uns zueilen. Ihr Haar war zerzaust, und in ihren Augen standen Tränen. »Gott sei Dank, Sie sind da!« rief sie.

»Beruhigen Sie sich, meine Liebe«, sagte ich sanft. »Ist es Arthur? Ist er ...«

»Nein, dem Himmel sei Dank. Er scheint sich sogar ein wenig besser zu fühlen. Aber, ach Amelia, ansonsten ist alles so schrecklich ...«

Offenbar stand sie kurz vor dem Zusammenbruch, weshalb ich streng sagte: »Nun, meine Liebe, wir sind da, und Sie brauchen sich keine Sorgen mehr zu machen. Kommen Sie in den Salon und trinken Sie eine Tasse Tee, während Sie uns erzählen, was geschehen ist.«

Marys zitternde Lippen formten sich zu dem heldenhaften Versuch eines Lächelns. »Das ist ja eine der Schwierigkeiten. Es gibt keinen Tee – und kein Frühstück. Die Dienstboten verweigern die Arbeit. Einer von ihnen hat vor ein paar Stunden die Leiche des armen Alan entdeckt. Die Nachricht hat sich rasch herumgesprochen, und als ich in die Küche kam, um das Frühstück für die Klosterschwester zu bestellen, fand ich Ahmed vor, der seine Sachen packte. Ich hielt es für meine Pflicht, Lady Baskerville zu wecken, da sie ja seine Arbeitgeberin ist, und ...«

»Und Lady Baskerville hat prompt einen hysterischen Anfall bekommen«, beendete ich den Satz.

»Sie war außer sich«, erwiderte Mary taktvoll. »Mr. Vandergelt spricht gerade mit Ahmed und versucht, ihn zum Bleiben zu bewegen. Karl ist ins Dorf gegangen, um herauszufinden, ob er Aushilfskräfte einstellen kann ...«

»Schwachsinn!« rief Emerson. »Was bildet er sich ein, einfach loszurennen, ohne sich mit mir abzusprechen? Außerdem hätte er sich den Weg sparen können. Amelia, du gehst und – äh – überredest Ahmed, wieder auszupacken. Seine Entscheidung wird den anderen ein Beispiel sein. Ich hatte geplant, Karl loszuschicken, damit er O'Connell ablöst; jetzt muß ich Feisal oder Daoud hinbeordern. Ich gehe sie sofort suchen. Immer eins nach dem anderen.«

Er schickte sich an, davonzuschreiten, aber Mary streckte schüchtern die Hand aus. »Professor ...« fing sie an.

»Halten Sie mich nicht auf, mein Kind. Ich habe viel zu tun.«

»Aber, Sir – Ihre Männer verweigern ebenfalls die Arbeit.«

Diese Worte ließen Emerson mitten im Schritt innehalten. Sein Stiefel blieb etwa zehn Zentimeter über dem Boden stehen. Endlich senkte er ihn, sehr langsam, als würde er auf Glas gehen. Seine riesigen Hände ballten sich zu Fäusten, und er fletschte die Zähne. Mary schnappte nach Luft und drückte sich enger an mich.

»Jetzt beruhige dich, Emerson, sonst erleidest du eines Tages noch einen Schlaganfall«, sagte ich. »Damit haben wir gerechnet; es wäre schon vor Tagen geschehen, wenn deine charismatische Persönlichkeit die Männer nicht beeindruckt hätte.«

Emersons Mund klappte zu. »Mich beruhigen«, wiederholte er. »Mich beruhigen? Ich kann mir nicht vorstellen, was dich zu der Vermutung bringt, daß ich nicht ruhig bin. Ich hoffe, die Damen entschuldigen mich einen Moment. Ich werde mich ganz ruhig mit meinen Männern unterhalten und sie ganz ruhig darauf hinweisen, daß ich sie, wenn sie nicht auf der Stelle wieder an die Arbeit gehen, ganz ruhig einen nach dem anderen ungespitzt in den Boden schlagen werde.«

Mit diesen Worten machte er sich langsamen, würdevollen Schritts davon. Als ich sah, wie er die Tür zu unserem Zimmer öffnete, wollte ich ihm schon nachrufen; dann fiel mir ein, daß er den kürzesten Weg nahm: durch unser Zimmer und durchs Fenster. Ich hoffte nur, er würde meine Kosmetiksachen nicht zertrampeln oder auf die Katze treten, wie er so, ohne nach links und nach rechts zu sehen, seine Mission antrat.

»Es erstaunt mich wirklich, daß dem männlichen Geschlecht offenbar jeglicher Sinn für Logik abgeht«, sagte ich. »Am hellichten Tag besteht wenig Gefahr eines Übergriffs auf das Grab; Emerson hätte warten sollen, bis wir andere, dringendere Angelegenheiten geregelt haben. Aber das bleibt wie immer mir überlassen. Ich werde Ihnen in Kürze jemanden mit dem Frühstück schicken.«

»Aber«, fing Mary mit weit aufgerissenen Augen an. »Aber wie ...«

Ich fand Mr. Vandergelt in Ahmeds Gesellschaft vor. Der Koch kauerte, umgeben von den Bündeln, die seine irdische Habe einschließlich seiner wertvollen Kochtöpfe enthielten, auf dem Boden und starrte gedankenverloren zur Decke, während Vandergelt mit zwei Handvoll amerikanischer Dollarnoten vor seiner Nase herumwedelte.

Als ich die Küche wieder verließ, war Ahmed an der Arbeit. Allerdings ist das nicht ausschließlich mein Verdienst; Ahmeds übertriebene Gleichgültigkeit war ein verräterisches Anzeichen dafür gewesen, daß der Anblick des Geldes seine Wirkung auf ihn nicht verfehlte. Und das Gehalt, das er sich schließlich anzunehmen bereiterklärte, war in der Tat fürstlich. Doch ich rühme mich, daß meine leidenschaftlichen Appelle an seine Ehre, Treue und Freundschaft auch einen Einfluß gehabt hatten.

Gnädig wies ich die Komplimente zurück, mit denen Mr. Vandergelt mich überschüttete, und bat ihn, Lady Baskerville die gute Nachricht zu überbringen. Dann war es mir endlich möglich, mich meiner von der Arbeit beschmutzten Kleidungsstücke zu entledigen. Zu meiner Erleichterung waren die Wasserkrüge im Badezimmer gefüllt. So sehr ich meinen Aufenthalt im kühlen Wasser auch gern verlängert hätte, beeilte ich mich doch, so sehr ich konnte. Zwar war die akute Krise überwunden, doch ich war mir sicher, daß noch weitere Schwierigkeiten meiner harrten. Ich war halb angezogen, als Emerson durchs Fenster kletterte und, ohne mich eines Blickes zu würdigen, durchs Zimmer ins Bad stolzierte und die Tür zuknallte.

An seinem Gesicht erkannte ich, daß seine Mission gescheitert war. Obwohl ich mich danach sehnte, ihn zu trösten, konnte ich nicht warten – außerdem war er in diesem Augenblick sowieso nicht in der Stimmung, Beileidsbezeugungen entgegenzunehmen.

Zuerst begab ich mich ins Speisezimmer, wo ein Diener dampfende Platten auf der Anrichte arrangierte. Ich wies ihn an, ein Tablett vorzubereiten und mir in Arthurs Zimmer zu folgen. Als ich eintrat, erhob sich Mary mit einem überraschten Aufschrei von ihrem Stuhl.

»Haben Sie die Dienstboten zum Bleiben überredet?«

»Der Arbeitskampf ist beendet«, antwortete ich scherzhaft. »Guten Morgen, Schwester.«

Die Nonne nickte mir gütig zu. Ihr rundes, rosiges Gesicht sah so frisch aus, als ob sie acht Stunden lang geschlafen hätte, und ich entdeckte, obwohl sie in warme Gewänder gehüllt war, keinen einzigen Schweißtropfen auf ihrer Stirn. Während sie sich ihrem gut zubereiteten Frühstück widmete, untersuchte ich meinen Patienten.

Sofort erkannte ich, daß Marys Zuversicht begründet war. Das Gesicht des jungen Mannes war immer noch eingefallen, seine Augen fest geschlossen; allerdings war sein Puls bedeutend kräftiger geworden. »Aber er kann nicht weiter ohne Nahrung bleiben«, überlegte ich. »Vielleicht ein wenig Brühe. Ich werde Ahmed anweisen, ein Huhn zu kochen. Es gibt keine bessere Stärkung als Hühnersuppe.«

»Der Arzt hat Brandy empfohlen«, bemerkte Mary.

»Das ist das Allerschlechteste. Mary, gehen Sie in Ihr Zimmer und ruhen Sie sich aus. Sonst werden Sie auch noch krank, und was soll ich dann anfangen?«

Diese Begründung brachte den Widerspruch des Mädchens zum Verstummen. Nachdem sie mit einem letzten, sehnsuchtsvollen Blick auf das Gesicht ihres Liebsten das Zimmer verlassen hatte, setzte ich mich neben das Bett. »Schwester, ich muß offen mit Ihnen sprechen.«

Wieder nickte die Nonne und strahlte mich an. Aber sie sagte nichts.

»Sind Sie taub?« fragte ich in scharfem Ton. »Würden Sie mir bitte antworten?«

Die gute Frau runzelte die Stirn. »Quoi?« sagte sie.

»Du meine Güte«, seufzte ich. »Offenbar sprechen Sie nur Französisch. Sie werden uns eine große Hilfe sein, falls Arthur aufwacht und versucht, uns zu sagen, was geschehen ist. Aber gut, wir müssen das Beste daraus machen.«

Also erklärte ich die Situation so einfach wie möglich. Am überraschten Gesichtsausdruck der Nonne erkannte ich, daß sie ihren Patienten für das Opfer eines Unfalls gehalten hatte. Niemand hatte ihr gegenüber einen Mordversuch erwähnt, und ihr Erstaunen wurde von Bestürzung abgelöst, als ich sie darauf hinwies, daß der Mörder zurückkommen und einen zweiten Versuch wagen könnte.

»Alors«, schloß ich, »vous comprenez bien, ma soeur, daß der junge Mann nicht für einen Augenblick alleingelassen werden darf. Geben Sie auch auf sich selbst acht. Ich glaube nicht, daß Gefahr für Sie besteht, aber es ist möglich, daß der Schurke versucht, Ihnen ein Schlafmittel zu verabreichen, damit er Zugriff auf sein Opfer bekommt. Rühren Sie also keine Speise an, die ich Ihnen nicht eigenhändig bringe.«

»Ah mon Dieu!« rief die Schwester aus und griff nach ihrem Rosenkranz. »Mais quel contretemps!«

»Das hätte ich selbst nicht besser ausdrücken können. Aber Sie werden uns in dieser Notlage doch nicht im Stich lassen?«

Nach einem Augenblick des inneren Kampfes senkte die Nonne den Kopf. »Unser aller Schicksal liegt in der Hand Gottes«, stellte sie fest. »Ich werde beten.«

»Ein ausgezeichneter Einfall, auch wenn er seine Grenzen hat«, antwortete ich. »Aber ich schlage vor, daß Sie auch die Augen offenhalten. Keine Angst, Schwester, ich werde für Ihre Bewachung sorgen. Sie können dem Mann bedingungslos vertrauen.«

In dieser Mission begab ich mich durch mein Fenster zu dem Gebäude, in dem unsere Männer untergebracht waren. Einige von ihnen lagerten entspannt auf dem Rasen. Bei meinem Anblick verschwanden sie Hals über Kopf im Haus. Nur Abdullah blieb. Er lehnte an einem Baum und hatte eine Zigarette zwischen den Fingern.

»Ich bin deines Vertrauens unwürdig, Sitt«, murmelte er, als ich mich neben ihn setzte. »Ich habe dich im Stich gelassen.«

»Es war nicht dein Fehler, Abdullah; es sind außergewöhnliche Umstände. Ich verspreche dir, daß Emerson und ich diese Angelegenheit binnen kurzem bereinigt haben werden wie diese andere Geschichte damals, von der du weißt. Wir werden die Männer davon überzeugen, daß menschliche Bosheit die Urheberin dieser Tragödien ist. Ich bin hier, um euch um einen Gefallen zu bitten. Werden die Männer bei der Arbeit im Haus helfen? Ich brauche jemanden, der unter dem Fenster des kranken Mannes Wache steht und ihn und die heilige Frau in Schwarz beschützt.«

Abdullah versicherte mir, daß die Männer zur Beruhigung ihres schlechten Gewissens mit Freuden zu meinen Diensten stünden, solange sie nicht direkt mit dem verfluchten Grab in Berührung kämen, und schließlich konnte ich unter einem Dutzend Freiwilliger wählen. Ich entschied mich für Daoud, einen von Abdullahs vielen Neffen, und stellte ihn der Schwester vor. In dieser Hinsicht beruhigt, konnte ich mich endlich meinem Frühstück zuwenden.

Emerson saß schon am Tisch und machte sich gierig über seine Eier mit Speck her. Karl war zurückgekehrt und saß in größtmöglichem Abstand zu Emerson. Er aß mit schüchternen kleinen Bissen, und die Enden seines Schnurrbartes hingen traurig nach unten. Ich schloß, daß er Emersons scharfe Zunge zu spüren bekommen hatte, und hatte Mitleid mit ihm. Vandergelt, Gentleman wie immer, erhob sich und rückte mir einen Stuhl zurecht.

»Ein furchtbares Durcheinander«, sagte er. »Ich weiß nicht, wie lange es noch so weitergehen kann. Wie steht es heute um den Patienten, Mrs. Amelia?«

»Unverändert«, antwortete ich und nahm mir Tee und Toast. »Ich bezweifle, daß er jemals wieder sprechen wird, der Arme. Wo ist Lady Baskerville?«

Kaum hatte ich zu Ende gesprochen, als die Dame ins Zimmer rauschte. Sie war im Negligé – graue Chiffonrüschen, fließende Volants, das Haar wallte ihr über die Schultern. Als sie meinen erstaunten Blick bemerkte, hatte sie den Anstand, zu erröten.

»Verzeihen Sie mir meinen Aufzug. Mein dummes Mädchen ist davongelaufen, und ich fürchte mich zu sehr, um allein zu bleiben. Was sollen wir tun? Wir sind in einer entsetzlichen Lage.«

»Ganz und gar nicht«, antwortete ich. »Setzen Sie sich, Lady Baskerville, und frühstücken Sie. Nachdem Sie etwas gegessen haben, werden Sie sich besser fühlen.«

»Unmöglich!« Lady Baskerville lief auf und ab und rang die Hände. Mit einem Armvoll struppiger Blumen hätte ihr nicht mehr viel zu einer etwas gealterten Ophelia gefehlt. Karl und Vandergelt folgten ihr und versuchten, sie zu beruhigen. Endlich ließ sie es zu, daß man ihr auf einen Stuhl half.

»Ich kann keinen Bissen hinunterbringen«, verkündete sie. »Wie geht es dem armen Mr. Milverton – Lord Baskerville, wie ich ihn vermutlich jetzt nennen sollte? Ich kann es immer noch nicht begreifen. Vorhin habe ich versucht, ihn zu sehen, aber man hat mir recht übereifrig den Zutritt verwehrt. Mary hatte die Unverschämtheit, mir zu sagen, Radcliffe, daß das Ihre Anweisungen sind.«

»Ich befürchtete, es würde Sie betrüben«, antwortete er kühl. »Sorgen Sie sich nicht, es wird alles Menschenmögliche getan. Wenig genug, wie ich leider sagen muß. Pflichtest du mir nicht bei, Amelia?«

»Er liegt im Sterben«, sagte ich schonungslos. »Ich bezweifle, daß er jemals das Bewußtsein wiedererlangen wird.«

»Noch eine Tragödie!« Lady Baskerville rang die schmalen, weißen Hände, eine Geste, die die schlanke Schönheit dieser Gliedmaßen zur Schau stellte. »Ich kann es nicht mehr ertragen, Radcliffe. So sehr ich diese Entscheidung auch bedauere, muß ich mich dem Schicksal beugen. Die Expedition ist hiermit beendet. Ich möchte, daß das Grab heute verschlossen wird.«

Ich ließ meinen Löffel fallen. »Das können Sie nicht tun. Innerhalb einer Woche wird es völlig ausgeraubt sein.«

»Was kümmern mich Gräber und Räuber?« schrie Lady Baskerville. »Was sind antike Überreste, verglichen mit Menschenleben? Zwei Männer sind gestorben, einer ist dem Tode nah...«

»Drei Männer«, sagte Emerson ruhig. »Oder ist der Wachmann Hassan für Sie kein menschliches Wesen? Gewiß, er war nicht gerade ein Prachtexemplar, aber selbst wenn er das einzige Opfer gewesen wäre, würde ich mich trotzdem verpflichtet fühlen, seinen Mörder der Gerechtigkeit zuzuführen. Das beabsichtige ich zu tun, Lady Baskerville, und ich beabsichtige auch, die Ausgrabungsarbeiten zu beendigen.«

Lady Baskerville blieb der Mund offenstehen. »Das können Sie nicht tun, Radcliffe. Ich habe Sie angestellt, und ich kann...«

»Das glaube ich nicht«, antwortete Emerson. »Sie haben mich angefleht, den Auftrag zu übernehmen, und mir, wenn ich mich recht entsinne, gesagt, seine Lordschaft habe die nötigen Mittel zur Weiterführung der Arbeiten testamentarisch verfügt. Weiterhin habe ich Grebauts Genehmigung, die mich zum Leiter der Ausgrabungen macht. Oh, es könnte zu einem langwierigen, komplizierten Rechtsstreit kommen, nachdem alles gesagt und getan wurde. Aber« – und dabei funkelten seine Augen spitzbübisch – »ich streite mich gerne, ob vor Gericht oder anderswo.«

Lady Baskerville holte tief Luft. Ihre Brust schwoll zu einem besorgniserregenden Umfang an. Vandergelt sprang auf. »Verdammt, Emerson, wagen Sie es nicht, so mit dieser Dame zu sprechen!«

»Halten Sie sich raus, Vandergelt«, gab Emerson zurück. »Es geht Sie nichts an.«

»Den Teufel werde ich tun.« Vandergelt trat an Lady Baskervilles Seite. »Ich habe diese Dame gebeten, meine Frau zu werden, und Sie hat mir die Ehre erwiesen, meinen Antrag anzunehmen.«

»Ein bißchen plötzlich, nicht wahr?« fragte ich, während ich ein weiteres Stück Toast mit Marmelade bestrich (da ich den ganzen Tag und die ganze Nacht auf den Beinen gewesen war, hatte ich einen gehörigen Appetit entwickelt). »Nachdem Ihr Gatte erst vor weniger als einem Monat gestorben ist...«

»Selbstverständlich werden wir einen angemessenen Zeitraum warten, ehe wir unsere Verlobung bekanntgeben«, sagte Vandergelt schockiert. »Ich hätte es Ihnen nicht erzählt, wenn die Situation nicht so gefährlich wäre. Diese arme Frau braucht einen Beschützer, und Cyrus Vandergelt fühlt sich geehrt, diese Rolle übernehmen zu dürfen. Meine Liebe, ich glaube, du solltest diesen schrecklichen Ort verlassen und ins Hotel ziehen.«

»Dein Wunsch sei mir Befehl, Cyrus«, murmelte die Dame gehorsam. »Aber du mußt mich begleiten. Ich kann nicht fliehen und dich der Gefahr überlassen.«

»Richtig, Vandergelt, verlassen Sie das sinkende Schiff«, höhnte Emerson.

Ein verlegener Ausdruck huschte über das derbe Gesicht des Amerikaners. »Sie wissen doch, daß ich das nicht tun würde. Nein, Sir, Cyrus Vandergelt ist kein falscher Fuffziger.«

»Aber dafür ist Cyrus Vandergelt ein aufopferungsvoller Streiter für die Archäologie«, spöttelte Emerson. »Geben Sie's doch zu, Vandergelt; Sie können sich nicht von hier losreißen, ehe Sie nicht wissen, was hinter dieser Wand am Ende des Ganges liegt. Wofür entscheiden Sie sich also, für den Himmel voller Geigen oder für die Ägyptologie?«

Ich lächelte leise in mich hinein, denn dem Amerikaner stand die Qual der Entscheidung deutlich ins Gesicht geschrieben. Dieses Zögern warf kein gutes Licht auf die zukünftige Braut (obwohl ich zugeben muß, daß Emerson angesichts eines ähnlichen Dilemmas wahrscheinlich ebenfalls gezögert hätte).

Lady Baskerville sah die Anzeichen des Kampfes im Gesicht ihres Verlobten, doch sie kannte sich zu gut mit dem männlichen Geschlecht aus, um ihn zu einem Opfer wider Willen zu zwingen. »Wenn du so empfindest, Cyrus, mußt du selbstverständlich bleiben«, sagte sie. »Vergib mir, ich war aufgebracht. Jetzt fühle ich mich schon wieder besser.«

Sie tupfte sich mit einem zarten Taschentuch die Augen. Geistesabwesend tätschelte Vandergelt ihr die Schulter. Dann erhellte sich seine Miene.

»Ich habe es! Es ist gar nicht notwendig, eine solche Entscheidung zu treffen. In solchen Zeiten muß die Konvention den Notwendigkeiten weichen. Was sagst du dazu, Liebste – wirst du der Welt die Stirn bieten und sofort die Meine werden? Wir können in Luxor heiraten, und dann habe ich das Recht, Tag und Nacht an deiner Seite zu verbringen und – äh – das heißt, alle Zeit und an jedem Ort.«

»O Cyrus!« rief Lady Baskerville aus. »Es kommt so plötzlich. Ich sollte nicht ... allerdings ...«

»Herzlichen Glückwunsch«, sagte ich, da ich erkannte, daß sie im Begriff war nachzugeben. »Ich glaube, Sie werden uns verzeihen, wenn wir nicht bei der Zeremonie anwesend sind. Wahrscheinlich bin ich in diesem Augenblick gerade mit einer Mumie beschäftigt.«

Aus heiterem Himmel sprang Lady Baskerville auf und warf sich mir zu Füßen. »Seien Sie nicht so streng mit mir,

Mrs. Emerson! Kleingeister mögen mich vielleicht verurteilen. Aber ich hatte gehofft, daß Sie die erste sein würden, die mich versteht. Ich bin so allein! Werden Sie, eine Frau und Schwester, mich wegen einer altmodischen, sinnlosen Konvention verstoßen?«

Sie ergriff meine Hände, die immer noch den Toast hielten, und beugte ihr Haupt.

Entweder war diese Frau eine grandiose Schauspielerin oder sie litt tatsächlich. Nur ein Herz aus Granit hätte da kaltbleiben können.

»Aber, aber, Lady Baskerville. Sie dürfen sich nicht so gehenlassen«, sagte ich. »Sie beschmieren sich ja den Ärmel mit Marmelade.«

»Ich werde nicht aufstehen, ehe Sie nicht sagen, daß Sie meine Entscheidung verstehen und billigen«, erklang die gemurmelte Antwort aus meinem Schoß, wohin der Kopf der Dame gesunken war.

»Ich habe vollstes Verständnis für Sie. Bitte erheben Sie sich. Meinetwegen werde ich Ihre Brautjungfer oder Ihr Blumenmädchen sein oder Sie zum Altar führen; was immer Sie wollen. Wenn Sie nur aufstehen.«

Vandergelt schloß sich meinem Flehen an, und schließlich erklärte sich Lady Baskerville bereit, meine Hände und den zerbröckelnden Toast freizugeben. Während sie sich erhob, traf mein Blick den von Karl von Bork, der mit offenstehendem Mund die Szene beobachtete. »Diese Engländer!« murmelte er kopfschüttelnd. »Niemals werde ich sie verstehen!«

»Ich danke Ihnen«, seufzte Lady Baskerville. »Sie sind eine wirkliche Frau, Mrs. Emerson.«

»Sehr richtig«, fügte Vandergelt hinzu. »Sie sind ein famoser Kerl, Mrs. Amelia. Ich hätte diesen Heiratsantrag nicht gemacht, wenn die Situation nicht so verdammt verzweifelt wäre.«

Da flog die Tür auf, und Madame Berengeria kam hereingesegelt. Heute war sie in ein fadenscheiniges Baumwollgewand gehüllt, und ihre Perücke glänzte durch Abwesenheit. Ihr dünnes Haar, das ich zum erstenmal erblickte, war fast schlohweiß. Sie schwankte und suchte mit blutunterlaufenen Augen das Zimmer ab.

»In diesem Hause kann man ja verhungern«, sagte sie mit schwerer Zunge. »Unverschämte Dienstboten – ein schlampiger Haushalt –, wo ist das Essen? Ich verlange ... Ach, hier bist du!« Ihr Blick richtete sich auf meinen Gatten, der seinen Stuhl zurückschob und kerzengerade und fluchtbereit dasaß. »Thut – Thutmosis, mein Geliebter!«

Sie stürzte auf ihn zu. Emerson glitt geschickt von seinem Stuhl, Berengeria stolperte und stürzte mit dem Bauch voran über die Sitzfläche. Selbst ich, die ich ziemlich hartgesotten bin, verspürte den Drang, meinen Blick von diesem ekelerregenden Schauspiel abzuwenden.

»Um Gottes willen«, sagte Emerson.

Die Berengeria rutschte auf den Boden, rollte sich herum und setzte sich auf. »Wo ist er?« fragte sie und musterte dabei das Tischbein. »Wo ist er hingegangen? Thutmosis, mein Geliebter und Gatte ...«

»Ich glaube, ihr Mädchen ist mit den anderen Dienstboten davongelaufen«, meinte ich mutlos. »Am besten schaffen wir sie wieder in ihr Zimmer. Woher hat sie nur so früh am Morgen den Brandy?«

Das war eine rein rhetorische Frage, die niemand zu beantworten versuchte. Unter einiger Mühe hievten Karl und Vandergelt die Dame mit meiner Hilfe in eine aufrechte Stellung und schoben sie aus dem Zimmer. Ich schickte Karl los, Madames verschwundenes Mädchen zu suchen oder einen Ersatz aufzutreiben, und kehrte ins Speisezimmer zurück. Lady Baskerville war gegangen, und Emerson trank ungerührt seinen Tee und machte sich Notizen auf einem Schreibblock.

»Setz dich, Peabody«, sagte er. »Es ist Zeit, daß wir einen Kriegsrat abhalten.«

»Ist es dir also gelungen, die Männer dazu zu überreden, wieder an die Arbeit zu gehen? Du machst einen viel fröhlicheren Eindruck als vorhin, und ich bin sicher, daß der Grund für deine gute Laune nicht in Bewunderung für Madame Berengeria liegt.«

Emerson ging auf diese Stichelei nicht ein. »Es ist mir nicht gelungen«, antwortete er, »aber ich habe etwas ausgeheckt, was vielleicht zu dem erwünschten Ergebnis führen wird. Ich fahre hinüber nach Luxor. Ich wünschte, ich könnte dich bitten, mich zu begleiten, aber ich wage es nicht, das Haus zu verlassen, ohne daß wenigstens einer von uns es bewacht. Ich kann niemandem sonst trauen. Amelia, du darfst den jungen Baskerville nicht unbeaufsichtigt lassen.«

Ich berichtete ihm, was ich getan hatte, und er sah zufrieden aus. »Ausgezeichnet. Daoud ist zuverlässig. Aber ich hoffe, daß du ebenfalls ein wachsames Auge auf alles hast. Deine Aussage, der Zustand des jungen Mannes habe sich verschlechtert, war doch hoffentlich als Täuschungsmanöver gedacht.«

»Richtig. Tatsächlich macht er einen kräftigeren Eindruck.«

»Ausgezeichnet«, wiederholte Emerson. »Du mußt auf der Hut sein, Peabody. Trau keinem. Ich glaube, ich weiß, wer der Mörder ist, aber ...«

»Was?« rief ich aus. »Du weißt ...«

Emerson drückte mir seine riesige Hand auf den Mund. »Ich werde es selbst enthüllen, wenn der Zeitpunkt dazu gekommen ist«, knurrte er.

Ich bog seine Finger von meinen Lippen weg. »Das war

überflüssig«, sagte ich. »Ich war nur überrascht über deine Äußerung, nachdem du stets Desinteresse an der Angelegenheit bekundet hast. Tatsache ist, daß auch ich die Identität der fraglichen Person entdeckt habe.«

»Oh, hast du das wirklich?«

»Jawohl.«

Wir musterten einander argwöhnisch.

»Würde es dir etwas ausmachen, mich aufzuklären?« erkundigte sich Emerson.

»Ja. Ich glaube, ich weiß es. Aber wenn ich mich irre, wirst du es mir für den Rest meines Lebens unter die Nase reiben. Vielleicht klärst du mich zuerst auf.«

»Nein.«

»Ha! Du bist dir also auch nicht sicher.«

»Ich habe genug gesagt.«

Wieder blickten wir uns abschätzend an.

»Du hast keinen Beweis«, sagte ich.

»Das ist der Haken daran. Und du ...«

»Noch nicht. Ich hoffe, ihn noch zu bekommen.«

»Hmmm«, meinte Emerson. »Peabody, bitte unterlasse während meiner Abwesenheit jegliche unüberlegte Handlung. Ich wünschte, du könntest dich überwinden, dich mir anzuvertrauen.«

»Wirklich, Emerson, das würde ich, wenn ich irgendwelche handfesten Informationen hätte. Im Augenblick beruht mein Verdacht nur auf Intuition, und ich weiß, daß du dafür nur Spott übrig hast. Du hast mich schon oft genug deswegen verhöhnt. Ich verspreche dir, daß ich dir alles erzähle, sobald ich konkrete Beweise habe.«

»In Ordnung.«

»Du könntest mir diese Gefälligkeit eigentlich erwidern«, meinte ich spitz.

»Ich sage dir, was ich tun werde. Wir schreiben beide den

Namen der Person auf, die wir verdächtigen, und stecken das Blatt Papier in einen versiegelten Umschlag. Wenn alles vorbei ist, kann der Überlebende, falls es einen gibt, sehen, ob er recht hatte.«

Ich fand diesen Versuch eines Scherzes überhaupt nicht amüsant und verlieh dem auch Ausdruck. Wir taten es, wie Emerson vorgeschlagen hatte, und legten die versiegelten Umschläge in eine Tischschublade in unserem Zimmer.

Dann brach Emerson auf. Ich hatte gehofft, einige Minuten für mich zu haben, damit ich mir zu dem Fall ein paar Notizen machen und mir Wege überlegen konnte, um an die Beweise heranzukommen, von denen ich gesprochen hatte. Allerdings blieb mir die Zeit zum Nachdenken verwehrt, denn eine Pflicht folgte auf die nächste. Nachdem ich Karl ins Tal geschickt hatte, damit er Mr. O'Connell ablöste, führte ich ein Gespräch mit Dr. Dubois, der gekommen war, um nach Arthur zu sehen. Als ich Brühe zur Stärkung des Patienten vorschlug, erhielt ich eine eindeutig unhöfliche Antwort.

Dann führte ich den Arzt zu dem Gebäude, in das man Armadales Leiche gebracht hatte. Zufrieden stellte ich fest, daß man versucht hatte, der Ruhestätte des armen Kerls einen würdevollen Anstrich zu geben. Die Leiche war ordentlich in ein sauberes, weißes Bettlaken gehüllt worden, und auf der Brust der leblosen Gestalt ruhte ein Blumenstrauß. Ich ging davon aus, daß Mary ihn dorthin gelegt hatte, und bedauerte es, nicht dagewesen zu sein, um dem Mädchen bei dieser traurigen Pflicht Beistand zu leisten.

Allerdings war Dubois keine Hilfe. Seine Untersuchung war äußerst oberflächlich. Er kam zu dem Schluß, Armadale sei einem Sonnenstich erlegen – eine vollkommen lächerliche Diagnose, worauf ich ihn hinwies. Was den Zeitpunkt des Todes anging, äußerte er sich noch vager. Die klimatischen

Bedingungen, die so ausgezeichnete Mumien erzeugen, herrschten auch in der Höhle, wo man Armadale gefunden hatte, so daß die Leiche ausgetrocknet war, anstatt zu verwesen. Dubois verkündete, daß Armadale nicht weniger als zwei Tage und nicht länger als zwei Wochen tot sein konnte.

Dann wandte ich mich den Bedürfnissen der Lebenden zu. Zuerst bestellte ich bei Ahmed die Hühnerbrühe und eilte dann in mein Zimmer, um mich einer Aufgabe zu widmen, die ich schon zu lange hinausgeschoben hatte. Nur die Folge erschütternder Vorfälle, die all meine Aufmerksamkeit in Anspruch genommen hatten, hatte dazu geführt, daß ich dieser dringlichen Pflicht nicht nachgekommen war. Wenigstens konnte ich durch mein Warten Arthur Baskervilles leidgeprüfter Mutter bessere Nachrichten übermitteln. Als ich dasaß und versuchte, ein Schreiben aufzusetzen, das sowohl deutlich als auch tröstend war, fiel mir ein, daß ich weder Mrs. Baskervilles vollständigen Namen noch ihre Adresse kannte. Nach einigem Nachdenken beschloß ich, meine Botschaft an die Behörden in Nairobi zu schicken. Sicherlich würde man dort – nach all dem öffentlichen Trubel um Lord Baskervilles Tod – die Witwe seines Bruders ausfindig machen können.

Kaum hatte ich diese Aufgabe beendet, als ich in den Salon gerufen wurde. Ich sollte Lady Baskerville dabei helfen, der Polizei zu erklären, wie Armadales Leiche gefunden worden war. Nach großem Hin und Her und bürokratischer Umständlichkeit waren die notwendigen Formulare ausgefüllt. Armadale hatte keine lebenden Verwandten, abgesehen von entfernten Kusinen in Australien. Also wurde beschlossen, ihn auf dem kleinen europäischen Friedhof in Luxor zu bestatten, da eine Verzögerung in dieser Angelegenheit unhygienisch und überflüssig gewesen wäre; und als Lady Baskerville Anzeichen zeigte, wieder in Tränen auszubrechen, versicherte ich ihr, ich würde die nötigen Vorbereitungen treffen.

Es war schon später Nachmittag, als Emerson eintraf. Inzwischen ließ sogar meine eherne Konstitution allmählich nach, denn ich hatte – zusätzlich zu den Aufgaben, die ich geschildert habe – den Kranken besucht, ihm ein wenig Suppe eingeflößt, mit Mr. O'Connell nach seiner Rückkehr aus dem Tal ein Gespräch geführt, seine verwundete Hand verbunden und ihn ins Bett gesteckt. Außerdem hatte ich noch am Mittagstisch eine heftige Auseinandersetzung mit Madame Berengeria gehabt. Wie viele Säufer verfügte sie über die erstaunliche Fähigkeit, sich rasch zu erholen. Einige Stunden Schlaf hatten sie völlig wiederhergestellt, und als sie sich Zutritt zum Speisezimmer verschaffte, trug sie wieder ihr abscheuliches Kostüm. Das aufdringliche Parfüm, mit dem sie sich überschüttet hatte, konnte die unverkennbaren, an ihrem Geruch wahrzunehmenden Anzeichen ihres absoluten Desinteresses an den Grundzügen der Körperpflege nicht überdecken. Sie hatte von Armadales Tod erfahren, und ihre unheilvollen Vorhersagen kommender Unglücksfälle wurden nur dadurch unterbrochen, daß sie schmatzend und nuschelnd die Mahlzeit in sich hineinstopfte. Ich nahm Lady Baskerville ihren überstürzten Aufbruch von der Tafel nicht übel, doch ich fühlte mich verpflichtet, solange auszuharren, bis Madame sich bewußtlos gefressen hatte. Meine Aufforderung, sie möge sich wieder in ihr Zimmer zurückziehen, erweckte sie jedoch wieder zum Leben. Und sie war auch der Anlaß für den Streit, in dessen Verlauf Madame Berengeria eine Anzahl unangebrachter Bemerkungen ausstieß und ihrer Absicht Ausdruck verlieh, ihre Ansprüche auf ihren wiedergeborenen Liebsten, Thutmosis-Ramses-Amenothep, wieder geltend zu machen.

Als Emerson durch das Fenster in unser Zimmer kam, lag ich im Bett mit der Katze auf den Füßen. Er eilte an meine Seite und ließ dabei den Papierstapel fallen, den er im Arm trug.

»Peabody, meine Liebste!«

»Es ist alles in Ordnung«, versicherte ich ihm. »Ich bin nur ein bißchen müde, sonst nichts.«

Emerson setzte sich neben mich und wischte sich den Schweiß von der Stirn. »Du darfst mir nicht vorwerfen, daß ich mir Sorgen mache, meine Liebste. Ich kann mich nicht daran erinnern, dich jemals tagsüber im Bett gesehen zu haben – um dich auszuruhen, meine ich. Und«, fügte er mit einem belustigten Blick auf die schlafende Katze hinzu, »du siehst aus wie ein kleiner Kreuzfahrer auf einem Grabstein mit einem treuen Hund zu den Füßen. Was ist der Grund für diese ungewöhnliche Müdigkeit? Ist die Polizei hiergewesen?«

Ich gab ihm eine zusammenhängende, gut gegliederte Zusammenfassung der Ereignisse des Tages.

»Was für einen schrecklichen Tag du gehabt hast!« rief er aus. »Mein armes Mädchen, ich wünschte, ich hätte bei dir sein können.«

»Das wünschst du dir überhaupt nicht. Du bist erleichtert, den ganzen Wirbel verpaßt zu haben, insbesondere Madame.«

Emerson lächelte verlegen. »Ich gestehe, daß kein Lebewesen mich so aus der Fassung bringt wie Madame – abgesehen von dir, Liebling.«

»Mit jedem Tag wird sie widerwärtiger, Emerson. Sicher, die Wege der Vorsehung sind unergründlich, und ich würde im Traum nicht daran denken, ihr Walten in Zweifel zu ziehen, aber trotzdem muß ich mich immer wieder fragen, warum Madame Berengeria blüht und gedeiht, während gute, junge Männer wie Alan Armadale so grausam dem Leben entrissen werden. Es wäre ein Akt der Nächstenliebe, die Menschheit von ihr zu erlösen.«

»Aber, aber, Amelia, beruhige dich. Ich habe etwas für dich, das dein Gleichgewicht wiederherstellen wird; die erste Post von Zuhause.«

Als ich die Umschläge durchsah, traf ich auf einen mit einer bekannten Handschrift, und ein Gefühl, das ich solange aus nackter Notwendigkeit unterdrückt hatte, ließ sich nicht mehr beiseiteschieben. »Ein Brief von Ramses!« rief ich aus. »Warum hast du ihn nicht geöffnet? Er ist an uns beide adressiert.«

»Ich dachte, wir lesen ihn gemeinsam«, antwortete Emerson. Er streckte sich auf dem Bett aus, stützte den Kopf auf die Hände, und ich öffnete den Umschlag.

Ramses hatte im Alter von drei Jahren Schreiben gelernt und sich gar nicht erst mit der unbeholfenen Kunst der Druckbuchstaben abgegeben. Seine Handschrift wies, wenn sie auch noch nicht ausgebildet war, auf die Grundzüge seines Charakters hin; sie war groß, ausschweifend und mit stark betonten Satzzeichen. Am liebsten benutzte er schwarze Tinte und Federn mit breiter Spitze.

»›Liebste Mama, liebster Papa‹«, las ich. »›Ich vermisse Euch sehr.‹« Emerson gab einen erstickten Laut von sich und wandte den Kopf ab.

»Laß dich noch nicht vom Gefühl übermannen«, sagte ich und überflog die nächsten Zeilen. »Warte, bis du hörst, warum er uns vermißt. ›Das Kinderfräulein ist sehr grausam und gibt mir keine Süßigkeiten. Tante Evelyn würde es tun, aber sie fürchtet sich vor dem Kinderfräulein. Also war ich, seit Ihr fort seid, nicht mehr in einem Süßwarenladen, und ich finde, Ihr wart grausam und böhse (ich gebe Ramses' Orthographie genau wieder), weil Ihr mich zurückgelassen habt.

Onkel Walter hat mich gestern verhauen ...‹« Emerson fuhr auf. Die Katze, die durch seine heftige Bewegung aufgeschreckt worden war, ließ ein verärgertes Knurren ertönen. »Dieser Schweinehund! Wie kann er es wagen, Hand an Ramses zu legen! So etwas hätte ich ihm nie zugetraut.«

»Ich auch nicht«, sagte ich zufrieden. »Bitte laß mich fortfahren, Emerson. ›Onkel Walter hat mich gestern verhauen, nur weil ich ein paar Seiten aus seinem Leksikon gerissen habe. Ich habe sie gebraucht. Er haut sehr fest. Ich werde keine Seiten mehr aus seinem Leksikon reißen. Danach hat er mir beigebracht, wie man ›Mama und Papa, ich liebe Euch‹ in Hieroglyphen schreibt. Hier steht es. Euer Sohn Ramses.‹« Gemeinsam betrachteten Emerson und ich die unordentliche kleine Reihe von Bildzeichen. Die Zeichen verschwammen mir beim Ansehen ein wenig vor den Augen, aber – wie immer, wenn es um Ramses geht – dämpften Belustigung und Ärger meine Sentimentalität.

»Typisch Ramses«, sagte ich lächelnd. »›Lexikon‹ und ›böse‹ schreibt er falsch, aber bei ›Hieroglyphen‹ stimmt jeder Buchstabe.«

»Ich befürchte, du hast ein Ungeheuer an deinem Busen genährt«, pflichtete Emerson mir bei. Er fing an, die Katze unter dem Kinn zu kraulen. Das Tier, das nicht erfreut war, aufgeweckt zu werden, biß ihn prompt in die Hand.

»Ramses braucht Disziplin«, meinte ich.

»Oder einen Gegner, der ihm gewachsen ist«, schlug Emerson vor. Er entfernte die Zähne und Krallen der Katze von seiner Hand und betrachtete das Tier nachdenklich. »Ich hatte gerade eine Inspiration, Amelia.«

Ich fragte nicht nach, worin diese bestand, weil ich es lieber nicht wissen wollte. Statt dessen wandte ich mich der restlichen Post zu, die auch einen langen, liebevollen Brief von Evelyn enthielt. Sie versicherte mir, daß Ramses gesund und glücklich sei. Ganz die gute Tante, erwähnte sie den Vorfall mit dem Lexikon nicht einmal. Emerson öffnete seine eigene Post. Nach einer Weile überreichte er mir zwei Papiere, damit ich sie durchsah. Eines war ein Telegramm von Grebaut, in dem er Emerson die Ausgrabungsgenehmigung entzog und forderte, daß er die von ihm entlassenen Wachen wieder einstellte. Nachdem ich es gelesen hatte, knüllte Emerson es zusammen und warf es aus dem Fenster.

Das zweite war ein Zeitungsausschnitt, den uns Mr. Wilbour geschickt hatte. Die Geschichte, die von Kevin O'Connell stammte, beschrieb in leuchtenden Farben nicht nur, wie ein Reporter die Treppe im Hotel Shepheard hinuntergeworfen worden war, sondern auch das Messer im Kleiderschrank. Allerdings hatte Mr. O'Connells Informant ihm, was letzteren Vorfall betraf, nicht die Wahrheit gesagt. Das Messer, »eine juwelenverzierte Waffe, die eines Pharaos würdig gewesen wäre«, war angeblich mitten auf dem Nachttisch steckend vorgefunden worden.

»Wenn ich diesen jungen Mann in die Finger bekomme«, zischte ich.

»Wenigstens hat er sein Wort nicht gebrochen«, meinte Emerson erstaunlich nachsichtig. »Dieser Bericht wurde vor einigen Tagen geschrieben, bevor wir unsere Abmachung getroffen haben. Möchtest du den Namen im Umschlag ändern, Amelia?«

Es dauerte einen Augenblick, bis ich verstand, was er meinte. Als ich endlich dahinterkam, antwortete ich: »Ganz bestimmt nicht. Obwohl das hier eine Frage aufwirft, die ich noch nicht erklären kann. Was ist mit dir?«

»Meine Meinung ist unverändert.«

Ein leises Knurren der Katze warnte uns, daß jemand sich näherte. Kurz darauf klopfte es an der Tür. Ich öffnete und ließ Daoud herein.

»Die heilige Frau ruft euch«, sagte er. »Der Kranke ist wach und spricht.«

»Verdammt!« rief Emerson aus und drohte dem verblüfften Mann mit der Faust. »Senke deine Stimme, Daoud. Niemand darf davon erfahren. Und nun kehr zurück auf deinen Posten und halte den Mund.«

Daoud gehorchte, und wir stürzten zu Arthurs Zimmer.

Die Schwester und Mary beugten sich über den Kranken. Geschwächt wie er war, erforderte es trotzdem die Kraft beider Frauen, ihn am Aufsetzen zu hindern.

»Er darf den Kopf nicht bewegen!« rief ich in heller Aufregung.

Emerson ging zum Bett hinüber. Mit seinen riesigen gebräunten Händen, so stark und doch so sanft, umfaßte er das verletzte Körperteil, damit der Kranke es nicht bewegen konnte. Sofort hörte Arthur auf, sich zu sträuben. So groß ist Emersons magnetische Ausstrahlung, daß sie durch seine Finger in das verletzte Gehirn zu fließen schien. Arthur schlug die Augen auf.

»Er ist aufgewacht!« schrie Mary. »Wissen Sie, wer ich bin, Mr. ... ich meine, Lord Baskerville?«

Doch in den verschleierten blauen Augen glomm kein Funke des Erkennens auf. Wenn sie auf etwas gerichtet waren, dann auf irgend etwas oben in der Luft, das wir nicht sehen konnten.

Ich war schon immer der Ansicht, daß die verschiedenen Stadien der Bewußtlosigkeit, selbst ein tiefes Koma, nicht zwingend mit einer völligen Empfindungslosigkeit einhergehen müssen. Die Verständigung kann gestört sein, aber wer will behaupten, daß das Gehirn nicht arbeitet oder das Ohr nicht hört? Deshalb setzte ich mich neben das Bett und legte den Mund ans Ohr des Verwundeten.

»Arthur«, sagte ich. »Hier spricht Amelia Emerson. Sie

sind von einem noch unbekannten Angreifer niedergeschlagen worden. Keine Angst, ich gebe auf Sie acht. Aber wenn Sie mir möglicherweise ein oder zwei Fragen beantworten könnten ...«

»Wie, zum Teufel, kannst du das von ihm erwarten?« fragte Emerson in dem unterdrückten Knurren, das er für ein Flüstern hält. »Der arme Kerl muß sich die größte Mühe geben, weiterzuatmen. Kümmern Sie sich nicht um sie, Milverton – äh, Baskerville.«

Arthur achtete auf keine der beiden Ansprachen. Er fuhr einfach fort, gebannt ins Leere zu starren.

»Er scheint sich beruhigt zu haben«, sagte ich zu der Nonne in französisch. »Aber ich befürchte, daß sich das wiederholt. Sollten wir ihn ans Bett binden, was meinen Sie?«

Die Schwester antwortete, daß Dr. Dubois die Möglichkeit eines so heftigen Erwachens bereits vorhergesehen und ihr für diesen Fall ein Medikament hinterlassen habe. »Es hat mich überrascht«, fügte sie entschuldigend hinzu. »Es ist so plötzlich geschehen. Aber machen Sie sich keine Sorgen, Madame, ich komme schon mit ihm zurecht.«

Mary war auf einen Stuhl gesunken. Ihr Gesicht war weiß wie ... ich wollte eigentlich »Schnee« oder »Leintuch« oder einen anderen allgemein üblichen Vergleich benutzen, doch wenn ich genau sein will, muß ich sagen, daß ein dunkler Teint wie der ihre niemals eine aschgraue Färbung annehmen kann. Ihre Blässe hatte in Wirklichkeit den zarten Ton von Kaffee mit viel Milch; etwa zwei Drittel Milch und ein Drittel Kaffee.

Auf einmal fuhren wir alle zusammen, denn wir hörten eine seltsame Stimme. Es war die des jungen Arthur, aber ich erkannte sie nur, weil ich wußte, daß sie niemand anderem gehören konnte. Der leise, eintönige Klang ähnelte nicht im geringsten seiner normalen Sprechweise.

»Die Schöne ist gekommen... die Sanftheit ihrer Hände, der Liebreiz ihres Gesichts... Man jubelt, wenn man ihre Stimme hört...«

»Bei Gott!« rief Emerson aus.

»Pssst!« zischte ich.

»Sie bringt die Freude, seine Geliebte... sie trägt zwei Rasseln in ihren wunderschönen Händen...«

Wir warteten, bis mir vom Luftanhalten die Brust schmerzte, aber Arthur Baskerville sagte an diesem Tag nichts mehr. Seine dunkel angelaufenen Lider schlossen sich und bedeckten die starren Augen.

»Jetzt wird er schlafen«, meinte die Nonne. »Meinen Glückwunsch, Madame. Der junge Mann wird, glaube ich, überleben.«

Ihre Gelassenheit kam mir unmenschlich vor, bis mir einfiel, daß sie als einzige kein Wort verstanden hatte. Für sie hatte der Patient in seinem Delirium nur unzusammenhängende Silben gelallt.

Marys Reaktion war eher von Verwirrung als von der Ungläubigkeit geprägt, die Emerson und mich ergriffen hatte.

»Wovon hat er geredet?« wollte sie wissen.

»Fragen Sie nicht«, antwortete Emerson mit einem Stöhnen.

»Er hat phantasiert«, sagte ich. »Mary, ich muß Sie wieder bitten, in Ihr Zimmer zu gehen. Es ist lächerlich, daß Sie hier Stunde um Stunde sitzen. Rührend, aber lächerlich. Schlafen Sie ein wenig, gehen Sie spazieren oder unterhalten Sie sich mit der Katze.«

»Ich unterstütze diesen Vorschlag«, fügte Emerson hinzu. »Ruhen Sie sich etwas aus, Miss Mary. Vielleicht brauche ich Sie später noch.«

Wir begleiteten die junge Frau zu ihrem Zimmer und sahen

uns dann mit dem gleichen ungläubigen Gesichtsausdruck an.

»Du hast es gehört, Peabody«, meinte Emerson. »Wenigstens hoffe ich es; wenn nicht, habe ich eine akustische Halluzination erlebt.«

»Ich habe es gehört. Das waren doch die Titel von Nefertiti, oder?«

»In der Tat.«

»Solch zärtliche Worte ... ich bin davon überzeugt, Emerson, daß sie Komplimente von Khuenaton – entschuldige, Echnaton – an seine geliebte Frau waren.«

»Amelia, du hast die absolut unvergleichliche Gabe, vom Thema abzuweichen. Woher kannte dieser ungebildete junge Mann die Worte? Er hat uns doch selbst gesagt, daß er von Ägyptologie keine Ahnung hat.«

»Es muß eine logische Erklärung geben.«

»Selbstverständlich. Aber trotzdem – er klang ziemlich ähnlich wie Madame Berengeria. Wenn sie einen ihrer Anfälle hat. Findest du nicht? Obwohl sein Gefasel um einiges mehr auf Fakten beruhte als ihres.«

»Verdammt!« rief ich aus. »Er muß die Titel irgendwann von Lord Baskerville oder Armadale gehört haben. Es heißt, daß das Gehirn alles speichert, auch wenn man sich im Wachzustand an etwas nicht erinnern kann.«

»Wer behauptet das?«

»Das habe ich vergessen. Ich habe es irgendwo gelesen – eine dieser neumodischen medizinischen Theorien. So weit hergeholt es auch sein mag, es ergibt jedenfalls mehr Sinn als ...«

»Genau«, stimmte Emerson zu. »Aber abgesehen davon, Peabody, ist dir aufgefallen, daß das Gefasel des jungen Mannes ein Hinweis darauf sein kann, wer Lord Baskerville ermordet hat?«

»Selbstverständlich ist mir dieser Gesichtspunkt der Angelegenheit nicht entgangen.«

Emerson stieß ein brüllendes Gelächter aus und schloß mich in die Arme. »Du bist unverwüstlich, Peabody. Ich danke Gott für deine Kraft. Ich weiß nicht, was ich ohne dich tun würde. Ich würde mich fühlen wie ein Wagenlenker aus der Antike, der versucht, ein halbes Dutzend lebhafter Pferde gleichzeitig zu zügeln. Aber jetzt muß ich wieder weg.«

»Wohin?«

»Oh – hierhin und dorthin. Ich arrangiere gerade eine kleine Theateraufführung, meine Liebe – eine richtige ägyptische Fantasia. Heute abend ist es soweit.«

»Wirklich! Und wo soll die Vorstellung stattfinden?«

»Am Grab.«

»Und was soll ich tun? Ich verspreche nicht«, fügte ich hinzu, »daß ich es tun werde. Ich frage einfach nur.«

Kichernd rieb Emerson sich die Hände. »Ich verlasse mich auf dich, Peabody. Gib meine Absichten Lady Baskerville und Vandergelt bekannt. Wenn sie die Nacht im Hotel verbringen möchten, sollen sie das ruhig tun, aber nicht, ehe meine Vorstellung zu Ende ist. Ich will, daß alle kommen.«

»Auch Madame Berengeria?«

»Hmmm«, meinte Emerson. »Eigentlich ja. Sie könnte für das gewisse ›je ne sais quoi‹ sorgen.«

Besorgnis ergriff mich. Emerson spricht nie Französisch, außer er führt etwas im Schilde.

»Du führst doch etwas im Schilde«, sagte ich deshalb.

»Ganz richtig.«

»Und du erwartest von mir, daß ich brav ...«

»Du hast dich in deinem Leben noch nie brav in eine Sache gefügt. Du wirst mit mir zusammenarbeiten, genau wie ich es auch umgekehrt täte, denn wir sind eins. Wir kennen die

Gedanken des anderen. Ich bin mir sicher, daß du schon vermutest, was ich vorhabe.«

»Ja.«

»Und du wirst mir helfen?«

»Ja.«

»Ich brauche dir nicht zu sagen, was du tun sollst.«

»Ich ... Nein.«

»Dann à bientôt, Peabody, mein Liebling.«

Er umarmte mich so feurig, daß ich mich einen Augenblick lang auf eine Bank setzen mußte, um wieder zu Atem zu kommen.

Ehrlich gesagt, hatte ich nicht die geringste Ahnung, was er vorhatte.

Wenn Emerson sich in höchster gefühlsmäßiger Erregung befindet, kann er alle mitreißen. Wie hypnotisiert von seinem lodernden Blick und seiner eindringlichen Stimme hätte ich jedem seiner Vorschläge, einschließlich der Selbstaufopferung, zugestimmt. (Natürlich zeige ich ihm nie, daß er diese Wirkung auf mich hat; es hätte einen schlechten Einfluß auf seinen Charakter.) Als er fort war, konnte ich wieder ruhiger nachdenken, und dann kam mir das Fünkchen einer Idee.

Die meisten Männer sind in einer Krisensituation verhältnismäßig nützlich. Die Schwierigkeit liegt nur darin, sie davon zu überzeugen, daß sich die Lage kritisch zugespitzt hat. Da Emerson seinen Geschlechtsgenossen überlegen war, war er tatkräftiger als die meisten – allerdings auch schwerer zu überzeugen. Endlich hatte er zugegeben, daß ein Mörder irgendwo frei herumlief. Er hatte mir beigepflichtet, daß es unsere Aufgabe war, den Übeltäter zu enttarnen.

Aber worauf hatte es Emerson hauptsächlich abgesehen? Na, auf das Grab selbstverständlich. Lassen Sie mich offen sein. Emerson würde, ohne mit der Wimper zu zucken, den gesamten Erdball und dessen Bewohner (mit einigen Ausnahmen) den tiefsten Abgründen überantworten, um ein schäbiges Bruchstück der Geschichte vor der Vernichtung zu bewahren. Deswegen, so dachte ich mir, zielten seine Bemühungen des heutigen Abends wahrscheinlich darauf ab, sich seinen Herzenswunsch zu erfüllen: die Wiederaufnahme der Arbeiten am Grab.

Ich bin mir sicher, werter Leser, daß Sie meinen Gedankengang bis zu seinem logischen Ende nachvollziehen können. Vergessen Sie Emersons Liebe zum Theaterspielen nicht; denken Sie an die bedauerliche Anfälligkeit aller Menschen für den ungeheuerlichsten Aberglauben, strengen Sie Ihre Phantasie an – und ich bezweifle nicht, daß Sie ebenso ungeduldig wie ich Emersons Fantasia erwarten.

Als wir uns auf den Weg ins Tal machten, stand der Mond hoch am Himmel. Er leuchtete hell genug, um die Ebene in ein silbriges Licht zu tauchen, so daß alle Gegenstände dunkle Schatten auf die Straße warfen.

Ich hätte unsere Karawane lieber über den Höhenpfad an Deir el Bahri vorbeigeführt, doch ein solcher Fußmarsch hätte Lady Baskervilles Kräfte überstiegen, und Madame Berengeria war ebenfalls außerstande, sich ohne fremde Hilfe fortzubewegen. Als einzige der Damen war ich vernünftig gekleidet. Da ich nicht vorhersagen konnte, welche Folgen Emersons Vorstellung haben würde, hielt ich es für das beste, auf alles vorbereitet zu sein. Deshalb war meine Arbeitskleidung – einschließlich Messer, Revolver und Sonnenschirm – vollständig. Madame Berengeria war in ihr fadenscheiniges ägyptisches Gewand gehüllt, und Mary trug eines ihrer schäbigen Abendkleider. Das arme Kind besaß kein Kleid, das weniger als zwei Jahre alt war. Ich fragte mich, ob es sie beleidigen würde, wenn ich sie neu einkleidete, so gut das in Luxor möglich war. Selbstverständlich würde ich dabei taktvoll zu Werk gehen müssen.

Obwohl ich eigentlich nicht glaubte, daß Arthur an diesem Abend Gefahr drohte, da sich alle Verdächtigen unter meinem wachsamen Auge befanden, hatte ich Vorkehrungen getroffen. Ich hatte Daoud angewiesen, vor dem Fenster Wache zu stehen, und seinen Vetter Mohammed an der Tür postiert. Die beiden waren nicht eben erfreut, die Fantasia zu versäumen, doch ich versprach ihnen, sie dafür zu entschädigen. Außerdem verriet ich ihnen, wer Arthur in Wahrheit war. Ich war mir sicher, daß sie das bereits wußten, da sich solche Nachrichten immer rasch herumsprechen, aber sie genossen es, von mir ins Vertrauen gezogen zu werden. »Ja, wenn er reich ist, verwundert es nicht, daß jemand ihn umzubringen wünscht«, bemerkte Daoud mit einem weisen Nikken.

Es war viel leichter, alles mit meinen Getreuen zu vereinbaren, als die anderen von meinen Plänen zu überzeugen. Zuerst weigerte sich Lady Baskerville, an dem Ausflug teilzunehmen; es bedurfte all meiner Überredungskunst und der von Mr. Vandergelt, sie dazu zu bewegen. Der Amerikaner war höchst entzückt und bohrte ständig (wie er es ausdrückte), damit ich ihm einen Hinweis gab, was genau sich zutragen würde. Ich ließ mich von seiner Beharrlichkeit nicht erweichen, da ich für eine geheimnisvolle und angespannte Stimmung sorgen wollte (und auch deshalb, weil ich mir selbst nicht sicher war).

Da ich wußte, daß Emerson es schätzen würde, wenn ich meinerseits einige dramatische Details hinzufügte, setzte ich einige unserer Männer auf Esel und ließ sie mit brennenden Fackeln in der Hand die Prozession anführen. Falls sie irgendwelche abergläubischen Befürchtungen hegten, wurden diese von der Vorfreude vertrieben, denn Emerson hatte schon mit ihnen gesprochen und ihnen Wunder und Enthüllungen verheißen. Ich vermutete, daß Abdullah ahnte, was mein Gatte beabsichtigte, doch als ich ihn fragte, lächelte er nur und weigerte sich zu antworten.

Während die Kutschen über die verlassene Straße rollten,

wurden wir alle vom Zauber der Szenerie ergriffen. Und als wir in die schmale Spalte zwischen den Felsen einbogen, fühlte ich mich wie ein Eindringling, der sich rücksichtslos Zutritt zu einem Gebiet erzwingt, das von Rechts wegen den unzähligen Geistern der Vergangenheit gehört.

Vor dem Eingang zum Grab leuchtete ein riesiges Feuer. Emerson war auch da, und als er uns entgegenkam, um uns zu begrüßen, wußte ich nicht, ob ich lachen oder meinem Erstaunen Ausdruck verleihen sollte. Er trug ein langes, flatterndes, scharlachrotes Gewand und eine höchst merkwürdige Kappe mit einer Quaste. Die Kappe und die Ärmelausschnitte des Gewandes waren mit Pelz eingesäumt. Obwohl ich dieses Kleidungsstück noch nie zuvor gesehen hatte, befähigte mich der Umstand, daß ich in akademischen Kreisen zu Hause bin, zu der Schlußfolgerung, daß es sich um den Talar eines Doktors der Philosophie handelte; wahrscheinlich von irgendeiner unbekannten europäischen Universität. Offenbar war sie für einen viel größeren Mann geschneidert worden, denn als Emerson den Arm ausstreckte, um mir aus der Kutsche zu helfen, rutschten die langen Ärmel herunter und bedeckten seine Hand. Ich nahm an, er hatte diese erstaunliche Kreation in einem der Antiquitätenläden in Luxor erworben. Und obwohl seine Wirkung – auf mich wenigstens – eher erheiternd als furchteinflößend war, ließ Emersons selbstzufriedener Gesichtsausdruck erkennen, daß er sich in dieser Aufmachung außerordentlich gefiel. Er ließ den Ärmel zurückrutschen, nahm mich bei der Hand und führte mich zu einem der Stühle, die in einem Halbkreis vor dem Feuer angeordnet waren. Auf allen Seiten waren wir von einem Meer brauner Gesichter und Turbane umgeben. Unter den Gurnawis entdeckte ich zwei bekannte Gesichter. Eines war das des Imam; das andere das von Ali Hassan, der die Frechheit besessen hatte, sich in der ersten Reihe der Zuschauer zu postieren.

Die anderen nahmen Platz. Niemand sprach, obwohl Vandergelts Lippen verräterisch zuckten, als er zusah, wie Emerson in seinen schleppenden Gewändern umhereilte. Ich hatte schon befürchtet, Madame Berengeria würde der Versuchung nicht widerstehen können, sich in den Vordergrund zu drängen, doch sie setzte sich schweigend und verschränkte die Arme vor der Brust wie ein Pharao mit einem Zwillingszepter. Allmählich erstarben die Flammen, und im Dämmerlicht war Madames bizarre Aufmachung um einiges wirkungsvoller als im hell erleuchteten Hotel. Ich betrachtete ihre ernsten und unansehnlichen Gesichtszüge, und auf einmal wurde mir unbehaglich. Hatte ich diese Frau doch unterschätzt?

Mit einem lauten Räuspern rief Emerson uns zur Ruhe. Bei seinem Anblick wurde mein Herz von liebevollem Stolz ergriffen. Die Hände hatte er wie ein chinesischer Mandarin in die weiten Ärmel geschoben, die lächerliche Kappe thronte auf seinem dichten schwarzen Schopf. Emersons beeindruckende Gestalt verlieh sogar diesem albernen Kostüm einen würdigen Anstrich, und als er zu sprechen begann, war niemandem auch nur im geringsten zum Lachen zumute.

Er sprach Englisch und Arabisch und übersetzte Satz für Satz. Daß er sich dabei Zeit ließ, erhöhte eher noch die theatralische Wirkung, statt die Zuhörer ungeduldig zu machen. Er spottete über die Feigheit der Männer aus Gurneh und lobte den Mut und die Klugheit seiner eigenen Leute, wobei er ihren jüngsten Ausrutscher taktvoll verschwieg.

Dann erhob sich seine Stimme zu einem Schrei, der das Publikum auffahren ließ.

»Ich werde das nicht länger dulden! Ich bin der Vater der Flüche, der Mann, der sich noch vorwagt, wenn andere längst vor Furcht erschaudern; der Mann, der gegen die Dämonen kämpft. Ihr kennt mich, und ihr kennt meinen Namen! Spreche ich die Wahrheit?«

Er hielt inne. Leises Getuschel war die Antwort auf diese eigenartige Mischung aus altertümlichen Floskeln und moderner arabischer Angeberei. Emerson fuhr fort.

»Ich kenne eure Herzen! Ich weiß, wer die Übeltäter unter euch sind! Glaubt ihr, ihr könnt der Rache des Vaters der Flüche entrinnen? Nein! Meine Augen sehen in der Dunkelheit der Nacht, meine Ohren hören die Worte, die ihr denkt, aber nicht aussprecht!«

Rasch lief er auf und ab und vollführte geheimnisvolle Armbewegungen. Jedesmal, wenn seine Schritte ihn näher an die gebannt zusehende Menge brachten, wichen die in der ersten Reihe zurück. Plötzlich blieb er reglos stehen. Einen Arm hatte er erhoben; sein ausgestreckter Zeigefinger zitterte. Eine fast sichtbare Kraft strömte aus diesem emporgereckten Finger. Emerson stürzte nach vorne und warf sich in die Menge. Die blauen und weißen Gewänder wallten wie Wogen im Ozean. Als Emerson wieder aus dem Menschenmeer auftauchte, schleppte er einen Mann hinter sich her – einen Mann, dessen einziges Auge im Schein des Feuers wild funkelte.

»Hier ist er«, donnerte Emerson. »Mein Auge, das alles sieht, hat ihn entdeckt, als er versuchte, sich hinter Menschen zu verstecken, denen er nicht das Wasser reichen könnte.«

Die Felsen warfen seine Worte als grollendes Echo zurück. Dann wandte sich Emerson dem Mann zu, den er am Hals gepackt hielt.

»Habib ibn Mohammed«, sagte er. »Dreimal schon hast du versucht, mich zu töten. Schakal, Kindesmörder, Aasfresser – welcher Teufel hat dich geritten, daß du gewagt hast, mich zu bedrohen?«

Ich bezweifle, daß Habib eine Entgegnung hätte hervorbringen können, die dieser wortgewandten Frage würdig gewesen wäre, selbst wenn er die Möglichkeit zum Sprechen gehabt hätte. Emerson, der sich wieder dem Kreis der gebannten Zuschauer zuwandte, rief: »Brüder! Welche Strafe sieht der Koran, das Wort des Propheten, für einen Mörder vor?«

»Den Tod!« kam die Antwort, die von den Klippen widerhallte.

»Bring ihn fort«, sagte Emerson und stieß Habib in Feisals wartende Arme.

Ein Seufzer der reinsten Freude entrang sich Hunderten von Kehlen. Niemand genießt eine gute Theatervorführung mehr als ein Araber – erst vor einigen Jahren waren die Bewohner Luxors gebannt einer Inszenierung von Romeo und Julia (in Englisch) gefolgt, und das hier war noch viel unterhaltsamer. Noch ehe sie sich ihren Freunden zuwenden und die Aufführung lebhaft erörtern konnten, sprach Emerson weiter.

»Habib ist nicht der einzige Übeltäter unter uns«, rief er.

Hie und da waren wieder hastige Wellenbewegungen wahrzunehmen, als gewisse Zuschauer im Publikum eilig in die schützende Dunkelheit entschwanden. Emerson vollführte eine verächtliche Handbewegung.

»Die da sind viel kleinere Schakale als Habib; laßt sie laufen. Sie haben den Tod des englischen Lords und seines Freundes nicht verschuldet. Sie haben den Wächter Hassan nicht ermordet.«

Vandergelt rutschte unbehaglich auf seinem Stuhl hin und her. »Was hat er jetzt vor?« flüsterte er.« Diese Vorstellung war einfach großartig. Jetzt sollte er es gut sein lassen.«

Auch ich war ein wenig besorgt. Emerson neigt dazu, die Dinge zu übertreiben. Ich hoffte, daß er wußte, was er tat. Doch sein nächster Satz ließ mich das bezweifeln.

»Wurden sie vom Fluch des Pharaos hingemetzelt? Wenn ja...« Emerson hielt inne, und nicht ein Augenpaar in der ganzen Versammlung blinzelte oder wandte sich von seinem Gesicht ab. »Wenn ja, nehme ich diesen Fluch auf mich! Hier und jetzt fordere ich die Götter auf, mich niederzustrecken oder mir ihren Segen zu geben. O Anubis, du Hoher und Mächtiger, der du die Geheimnisse derer hütest, die in der Unterwelt wohnen; o Horus, Sohn des Osiris und der Isis; o Apet, Mutter des Feuers ...«

Er wandte sich dem Feuer zu, das zu einem Bett rotglühender Holzreste heruntergebrannt war. Dunkel zeichnete sich seine Gestalt vor der Glut ab. Mit emporgereckten Armen beschwor er die Götter des alten Ägyptens in einer wohlklingenden aber merkwürdig ausgesprochenen Version ihres Idioms. Auf einmal schoß aus dem ersterbenden Feuer eine regenbogenfarbene Flamme gen Himmel, in Blau, Grün und in einem geschmacklosen Lavendelton. Die Menge stöhnte auf, denn in dem unheimlichen Licht sahen sie auf der obersten Stufe des Eingangs zum Grab etwas, was vorhin ganz sicher noch nicht dagewesen war.

Dieses Etwas hatte die Gestalt einer riesigen schwarzen Katze mit funkelnden gelben Augen. Die flackernden Flammen, die sich an ihren kräftigen Flanken spiegelten, erweckten den Eindruck, als habe die entsetzliche Bestie schon die Muskeln gespannt, um auf ihr Opfer loszuspringen.

Die Katzenform bestand aus einer hohlen Hülle und war mit einer pechhaltigen Masse bestrichen. Einst – oder vielleicht immer noch – hatte sie die Mumie einer echten Katze enthalten. Wahrscheinlich hatte Emerson dieses Stück einem der Händler in Luxor abgekauft und unzweifelhaft ein hübsches Sümmchen dafür bezahlt. Viele der Zuschauer kannten sicherlich ebenso wie ich die Herkunft dieses Katzensarges. Doch sein scheinbar wundersames Auftauchen hatte die dramatische Wirkung, von der ein jeder Schauspieler träumt.

Emerson hob einen seltsamen, steifbeinigen Tanz an und

wedelte dabei mit den Armen. Vandergelt kicherte. »Das erinnert mich an einen alten Apachenhäuptling, den ich einmal kannte«, flüsterte er. »Er litt entsetzlich an Rheumatismus, aber er konnte den Regentanz nicht lassen.«

Glücklicherweise war das übrige Publikum weniger kritisch. Als ich Emersons Hand beobachtete, entdeckte ich die gleiche Bewegung, die der Zündung der bunten Flamme vorangegangen war. Diesmal erzeugte die Substanz, die er ins Feuer warf, eine riesige Wolke zitronengelben Rauchs. Sie muß Schwefel oder so etwas enthalten haben, denn sie roch außergewöhnlich übel, und die Zuschauer, die sich in ihrer Nähe befanden, fingen an zu husten und mit den Händen zu fuchteln.

Einige Sekunden lang war der Eingang zum Grab völlig in wallenden Rauch gehüllt. Nachdem er sich verzogen hatte, sahen wir, daß sich der Katzensarg in der Mitte geteilt hatte. Die Hälften waren zu beiden Seiten hinuntergefallen, und dazwischen saß, in der nämlichen Haltung, die die Form des Sarges vorschrieb, eine lebendige Katze. Sie trug ein juwelenbesetztes Halsband; die funkelnden Steine blitzten smaragdgrün und rubinrot im Schein der Flammen.

Bastet, die Katze, war äußerst ungehalten. Ich hatte Verständnis für ihre Empfindungen. Sie war mittels eines Käfigs, einer Schachtel oder einer Tasche – wie dem auch immer sein mochte – entführt und einer Wolke stinkenden Qualms ausgesetzt worden. Niesend rieb sie sich mit der Vorderpfote die Nase. Dann richteten sich ihre schimmernden, bernsteinfarbenen Augen auf Emerson.

Ich befürchtete schon das Schlimmste. Aber dann folgte der krönende Abschluß der Wunder dieser Nacht, der in den umliegenden Dörfern noch viele Jahre lang Stoff für Legenden abgeben sollte. Die Katze kam langsam auf Emerson zu – der sie als Sekhmet, Göttin des Krieges, des Todes und der

Zerstörung anrief. Sie erhob sich auf die Hinterbeine, klammerte sich mit den Krallen an seine Hosen und rieb ihren Kopf an seiner Hand.

Hoch riß Emerson die Arme empor. »Allah ist gnädig! Allah ist groß!« Wieder erhob sich eine gewaltige Rauchwolke aus dem Feuer, und die beeindruckende Anrufung der Götter endete in einem heftigen Hustenanfall.

Die Vorstellung war zu Ende. Beifällig tuschelnd zerstreuten sich die Zuschauer. Emerson löste sich aus dem Nebel und kam auf mich zu.

»Nicht schlecht, oder?« wollte er dämonisch grinsend wissen.

»Darf ich Ihnen die Hand schütteln, Professor«, sagte Vandergelt. »Sie sind der gerissenste Schurke, der mir je untergekommen ist, und das will etwas heißen.«

Emerson strahlte. »Vielen Dank. Lady Baskerville, ich habe mir die Freiheit genommen, für die Männer nach unserer Rückkehr zum Haus ein Festmahl auftragen zu lassen. Allein schon Abdullah und Feisal haben jeweils ein ganzes Schaf verdient.«

»Gewiß.« Lady Baskerville nickte. »Aber wirklich, Radcliffe, ich weiß nicht, was ich davon halten soll – so ein verrückter Hokuspokus. War das übrigens mein Armband aus Smaragden und Rubinen am Hals dieses Tieres?«

»Äh – ähem«, meinte Emerson. Er befingerte das Grübchen auf seinem Kinn. »Ich muß mich für diese Freiheit entschuldigen. Keine Sorge, ich werde es Ihnen zurückgeben.«

»Wie? Die Katze ist davongelaufen.«

Emerson dachte immer noch über eine Antwort nach, als Karl zu uns trat.

»Herr Professor, Sie waren großartig. Nur eine Kleinigkeit, wenn Sie gestatten – der Imperativ des Verbs iri lautet nicht iru, wie Sie es gesagt haben, sondern ...«

»Machen Sie sich nichts draus«, mischte ich mich rasch ein. Emerson funkelte den jungen Deutschen entrüstet an. So mußte Amon Ra ausgesehen haben, wenn er einen Priester, der es wagte, seine Aussprache zu verbessern, mit einem tadelnden Blick bedachte. »Sollten wir nicht besser zum Haus zurückkehren? Bestimmt sind alle müde.«

»Die Schuldigen werden heute nacht keinen Schlaf finden«, war da eine Stimme wie aus Grabestiefen zu vernehmen.

Madame Berengeria hatte sich von ihrem Stuhl erhoben. Ihre Tochter und Mr. O'Connell, die sich seitlich von ihr postiert hatten, versuchten, sie zum Schweigen zu bringen und weiterzuschieben. Doch sie schüttelte sie ab.

»Eine gute Vorstellung, Professor«, fuhr sie fort. »Sie wissen doch mehr von Ihrem früheren Leben, als Sie zugeben wollen. Aber damit nicht genug; Sie Narr, Sie haben über die Götter gelästert, und nun müssen Sie dafür büßen. Ich hätte Sie gerettet, wenn Sie mich nur gelassen hätten.«

»Ach, zum Teufel!« rief Emerson aus. »Wirklich, ich kann es nicht mehr ertragen. Amelia, unternimm etwas.«

Die blutunterlaufenen Augen der Frau richteten sich auf mich. »Sie teilen seine Schuld, und Sie werden auch sein Schicksal teilen. Merken Sie sich die Worte des Weisen: Sei nicht stolz und sprich keine hochtrabenden Worte, denn die Götter lieben die, die schweigen.« »Mutter, bitte«, sagte Mary und nahm die Frau beim Arm.

»Undankbares Mädchen!« Mit einer Drehung ihrer Schultern stieß Madame Mary fort, so daß diese einige Schritte rückwärts taumelte. »Du und deine Liebhaber... Du glaubst, ich bemerke es nicht, aber ich weiß alles! Schmutz, Unreinheit... Die Fleischeslust ist eine Sünde, und so ist mangelnder Respekt vor der eigenen Mutter. Es ist eine Schmähung der Götter, in eine fremde Frau einzudringen, sie zu kennen ...« Diese letzte Bemerkung war offenbar an Karl und O'Connell gerichtet, auf die sie mit einer ausladenden Geste wies. Der Journalist war vor Wut erbleicht, Karl nahm die Anschuldigung vor allem überrascht auf. Fast erwartete ich schon, wieder seinen üblichen Satz zu hören: »Die Engländer! Nie werde ich sie verstehen.«

Trotzdem ergriff keiner von ihnen das Wort, um diese üble Unterstellung abzustreiten. Selbst ich war für einen Augenblick verblüfft. Ich erkannte, daß Berengerias frühere Auftritte einen gewissen Anteil von Berechnung beinhaltet haben mußten. Jetzt aber schauspielerte sie nicht; Schaumtropfen hingen ihr in den Mundwinkeln. Sie richtete ihren flammenden Blick auf Vandergelt, der einen schützenden Arm um seine zukünftige Braut gelegt hatte.

»Ehebruch und Fleischeslust!« schrie Madame. »Erinnern Sie sich an die zwei Brüder, mein ehrenwerter amerikanischer Herr; durch die List einer Frau wurde Anubis dazu getrieben, seinen jüngeren Bruder zu ermorden. Er legte sein Herz in einen Zedernbaum, der von den Männern des Königs gefällt wurde. Die Haarlocke hüllte die Kleider des Pharaos in ihren Duft; die sprechenden Tiere warnten ihn, sich in acht zu nehmen ...«

Jetzt hatte sie die schmale Grenze zum Wahnsinn überschritten. Sie war völlig übergeschnappt und redete wirres Zeug. Ich vermutete, daß nicht einmal ein kräftiger Klaps, mein übliches Heilmittel gegen Hysterie, in diesem Fall etwas ausrichten würde. Noch ehe ich entscheiden konnte, was ich tun sollte, preßte Madame Berengeria eine Hand auf ihr Herz und sank langsam zu Boden.

»Mein Herz ... ich brauche ein Stärkungsmittel ... ich habe mich überanstrengt ...«

Mr. Vandergelt zog ein elegantes silbernes Brandyfläschchen hervor, dessen Inhalt ich der Dahingesunkenen verabreichte. Sie schlürfte das Getränk gierig, und indem ich ihr das Fläschchen vor die Nase hielt wie einem störrischen Maulesel eine Karotte, gelang es mir, sie in die Kutsche zu locken. Mary war das Ganze so peinlich, daß sie in Tränen ausbrach, doch als ich vorschlug, sie solle mit uns in der Kutsche fahren, schüttelte sie den Kopf.

»Sie ist meine Mutter. Ich kann sie nicht im Stich lassen.«

O'Connell und Karl boten an, sie zu begleiten, und so kam es denn auch. Die erste Kutsche machte sich auf den Nachhauseweg, und wir übrigen wollten schon folgen, als mir einfiel, daß Lady Baskerville die Nacht doch eigentlich im Hotel hatte verbringen wollen. Ich versicherte ihr, daß Emerson und ich auch zu Fuß zurückgehen könnten, falls sie ihr Vorhaben in die Tat umsetzen wolle.

»Wie können Sie es mir zutrauen, daß ich Sie im Stich lasse?« lautete die leidenschaftliche Antwort. »Wenn diese schreckliche Frau wirklich einen Herzanfall erlitten hat, müßten Sie zusätzlich zu Ihren anderen Verpflichtungen zwei Kranke versorgen.«

»Aufopfernd wie immer«, lobte Mr. Vandergelt.

»Vielen Dank«, sagte ich.

Nachdem wir das Haus erreicht hatten, krempelte ich die Ärmel hoch und begab mich zuerst in Arthurs Zimmer. Er schlief tief und fest. Also ging ich weiter, um nachzusehen, wie es um Madame stand. Die Ägypterin, die die Aufgabe hatte, die Dame zu bedienen, verließ gerade das Zimmer, als ich ankam. Auf meine Frage, wohin, zum Teufel, sie wolle, teilte sie mir mit, daß die Sitt Baskerville sie nach frischem Wasser geschickt habe. Deshalb erlaubte ich ihr, diesen Auftrag auszuführen.

Lady Baskerville beugte sich über die massige Gestalt, die sich auf dem Bett ausgebreitet hatte. In ihrem eleganten Kleid und dem Spitzenschal paßte sie ganz und gar nicht in ein Krankenzimmer, doch als sie die Bettwäsche glattstrich, waren ihre Bewegungen rasch und geschickt.

»Möchten Sie sie einmal ansehen, Mrs. Emerson? Ich glaube nicht, daß ihr Zustand ernst ist, aber wenn Sie meinen, daß wir Dr. Dubois holen sollten, werde ich sofort jemanden losschicken.«

Nachdem ich Berengerias Puls gefühlt und ihr Herz abgehorcht hatte, nickte ich zustimmend. »Das kann bis morgen warten, glaube ich. Im Augenblick fehlt ihr nichts, abgesehen davon, daß sie völlig betrunken ist.«

Lady Baskervilles volle rote Lippen verzogen sich zu einem spöttischen Lächeln. »Wenn Sie wollen, können Sie mir die Schuld geben, Mrs. Emerson. Sobald man sie aufs Bett gelegt hatte, griff sie unter die Matratze und zog eine Flasche hervor. Sie hat nicht einmal die Augen aufgeschlagen! Zuerst war ich zu überrascht, um einzuschreiten. Dann ... nun, ich sagte mir, daß ein Versuch, ihr die Flasche zu entwenden, nur zu einem Ringkampf geführt hätte, aus dem ich nicht als Siegerin hervorgegangen wäre. Aber, um ehrlich zu sein, wollte ich, daß sie das Bewußtsein verliert. Jetzt verachten Sie mich sicherlich.«

In Wahrheit bewunderte ich sie sehr. Zum erstenmal war sie offen mit mir, und ich konnte ihr nicht zum Vorwurf machen, daß sie einen Gedanken, der mir selbst bereits gekommen war, in die Tat umgesetzt hatte.

Nachdem ich die Dienerin, die mit dem Wasser zurückgekehrt war, angewiesen hatte, gut acht zu geben und mich zu wecken, falls sich Madames Zustand änderte, ging ich mit Lady Baskerville in den Salon, wo sich die anderen versammelt hatten. Emerson hatte sie zusammengerufen, und als wir eintraten, hörten wir, wie Kevin O'Connell meinen Gatten wegen seiner Rücksichtslosigkeit tadelte.

»Miss Mary steht kurz vor einem Zusammenbruch!« rief er. »Sie gehörte eigentlich ins Bett. Sehen Sie sie doch nur an!«

Das Äußere der jungen Dame strafte seine Diagnose Lügen. Zwar waren ihre Wangen tränenverschmiert und ihr Kleid ziemlich mitgenommen, aber sie saß aufrecht in ihrem Sessel, und als sie sprach, klang ihre Stimme gefaßt.

»Nein, mein Freund, ich brauche kein Mitleid. Ich darf nur meine Pflicht nicht vergessen. Meine Mutter ist eine leidende, unglückliche Frau. Ob sie krank, verrückt oder einfach nur bösartig ist, weiß ich nicht, aber das tut auch nichts zur Sache. Sie ist mein Kreuz, und ich werde es tragen. Lady Baskerville, wir werden Sie morgen verlassen. Es ist mir sehr peinlich, daß ich Sie überhaupt solange belästigt habe.«

»Das ist ja alles gut und schön«, platzte Emerson heraus, noch ehe jemand das Wort ergreifen konnte. »Gewiß, wir alle bedauern Sie, Miss Mary, aber im Augenblick muß ich eine dringendere Angelegenheit ansprechen. Ich brauche eine Kopie des Gemäldes von Anubis, bevor ich die Wand niederreiße. Am besten fangen Sie gleich in der Früh mit der Arbeit an, ehe ...«

»Was zum ...« Mit puterrotem Gesicht sprang O'Connell auf. »Das meinen Sie doch nicht im Ernst, Professor!«

»Ruhig, Kevin«, meinte Mary. »Ich habe ein Versprechen gemacht, und das werde ich auch halten. Arbeit ist die beste Medizin für ein verwundetes Herz.«

Emerson knetete sein Kinn. »Wenigstens in diesem Punkt kann ich Ihnen beipflichten. Sie sollten das ebenfalls ins Auge fassen, Mr. O'Connell. Wie lange haben Sie schon keinen Bericht mehr an Ihre Zeitung geschickt?«

O'Connell ließ sich in einen Sessel sinken und schüttelte den zerzausten Rotschopf. »Wahrscheinlich werde ich meine Stellung verlieren«, sagte er bedrückt. »Wenn man die Nachrichten selbst miterlebt, findet man nur schwer die Zeit, darüber zu schreiben.«

»Kopf hoch«, rief Emerson. »In achtundvierzig Stunden – vielleicht auch weniger – werden Sie Ihren Kollegen die Schau stehlen, und zwar mit einer Geschichte, die Ihnen das Wohlwollen Ihres Chefredakteurs sichern wird. Möglicherweise können Sie dann eine Gehaltserhöhung verlangen.«

»Was meinen Sie damit?« Alle Müdigkeit war vergessen. O'Connell setzte sich auf und griff nach Notizbuch und Bleistift. »Glauben Sie, die Grabkammer bis dahin erreicht zu haben?«

»Das auch. Aber davon habe ich nicht gesprochen. Sie werden derjenige sein, der der Welt die Identität von Lord Baskervilles Mörder verkündet.«

Diese Ankündigung verursachte bei den Zuhörern einige Unruhe. Vandergelt stieß ein lautes »Du heiliger Strohsack!« aus, und Mary riß die Augen weit auf. Sogar der nicht so leicht zu erschütternde junge Deutsche starrte Emerson überrascht an.

»Mörder?« wiederholte O'Connell.

»Selbstverständlich wurde er ermordet«, sagte Emerson ungeduldig. »Kommen Sie, Mr. O'Connell, Sie haben das doch schon die ganze Zeit über vermutet, obwohl Sie nicht die Unverschämtheit besaßen, es in Ihren Zeitungsberichten zu erwähnen. Die Abfolge gewaltsamer Tragödien, die sich hier zugetragen haben, führt zwingend zu dem Schluß, daß Lord Baskerville keines natürlichen Todes gestorben ist. Ich habe den Fall untersucht und werde bald in der Lage sein, Ergebnisse bekanntzugeben. Ich warte nur noch auf einen letzten Beweis. Morgen nacht oder am folgenden Vormittag werde ich ihn erhalten. Übrigens, Amelia«, fügte er hinzu und sah mich an, »versuche nicht, meinen Boten abzufangen. Die Nachricht, die er bringt, bat nur für mich eine Bedeutung. Du würdest sie nicht verstehen.«

»Wirklich?« meinte ich.

»Nun gut«, sagte O'Connell. Er schlug die Beine übereinander, legte sein Notizbuch auf die Knie und sah Emerson mit dem koboldhaften Grinsen an, das anzeigte, daß er jetzt ganz der Reporter war. »Sie möchten mir wohl keinen kleinen Hinweis geben, oder, Professor?«

»Ganz bestimmt nicht.«

»Aber nichts kann mich daran hindern, ein bißchen zu spekulieren, nicht wahr?«

»Auf eigene Gefahr«, antwortete Emerson.

»Keine Angst, ich habe ebensowenig Lust wie Sie, mich frühzeitig festzulegen. Hmmm. Ja, die Sache wird eine vorsichtige Wortwahl erfordern. Entschuldigen Sie mich bitte. Ich mache mich besser an die Arbeit.«

»Vergessen Sie Ihr Versprechen nicht«, sagte ich.

»Sie können den Artikel sehen, ehe ich ihn wegschicke«, erwiderte O'Connell. Pfeifend und schwungvollen Schrittes machte er sich davon.

»Wir anderen ziehen uns am besten auch zurück«, schlug Emerson vor. »Vandergelt, kann ich morgen, wenn ich das Grab öffne, auf Ihre Hilfe zählen?«

»Um nichts in der Welt würde ich mir das entgehen lassen ... Das heißt, wenn du nichts dagegen hast, Liebling.«

»Nein«, antwortete Lady Baskerville müde. »Tu, was du willst, Cyrus. Die jüngsten Neuigkeiten haben mich sehr mitgenommen.«

Nachdem sie, auf Vandergelt gestützt, gegangen war, wandte Emerson sich an mich. Noch ehe er sprechen konnte, machte ich eine warnende Handbewegung.

»Ich glaube, Karl möchte dich etwas fragen, Emerson. Entweder das, oder er ist im Schatten eingeschlafen.«

Emerson machte ein erstauntes Gesicht. Karl war so ruhig gewesen, und die Ecke, in der er gesessen hatte, lag so weit von der nächsten Laterne entfernt, daß er möglicherweise eingenickt war. Allerdings vermutete ich einen weniger unschuldigen Grund. Nun erhob er sich und kam auf uns zu.

»Ich möchte den Herrn Professor nichts fragen, sondern ihn warnen. Es war sehr töricht zu sagen, was Sie gesagt haben. Sie haben dem Mörder den Fehdehandschuh hingeworfen.«

»Du meine Güte«, meinte Emerson. »Wie nachlässig von mir.«

Von Bork schüttelte den Kopf. In der letzten Woche hatte er stark abgenommen, und das Licht der Laternen betonte die Schatten unter seinen Wangenknochen und in seinen Augenhöhlen.

»Sie sind kein dummer Mann, Herr Professor. Ich frage mich, warum Sie so gehandelt haben. Aber«, fügte er mit der Andeutung eines Lächelns hinzu, »ich erwarte keine Antwort. Gute Nacht, Herr Professor, Frau Professor – schlafen Sie wohl.«

Stirnrunzelnd beobachtete Emerson, wie der junge Mann davonging. »Er ist der Klügste von dem Haufen«, murmelte er. »Vielleicht habe ich eben einen Fehler gemacht, Peabody. Ich hätte anders mit ihm umgehen sollen.«

»Du bist müde«, sagte ich großmütig. »Kein Wunder nach dem ganzen Geschrei und Herumgespringe. Komm' ins Bett.«

Arm in Arm schlenderten wir über den Hof, und Emerson stellte beim Gehen fest: »Ich glaube, ich habe einen leichten Anflug von Tadel aus deiner Bemerkung herausgehört, Amelia. Meine meisterhafte Vorführung als ›Geschrei und Herumgespringe‹ zu bezeichnen, dürfte wohl kaum …«

»Daß du getanzt hast, war ein Fehler.«

»Ich habe nicht getanzt, sondern einen feierlichen, rituellen Marsch aufgeführt. Der Umstand, daß der Platz begrenzt war …«

»Ich verstehe. Es war der einzige Makel an einer ansonsten grandiosen Vorstellung. Ich nehme an, die Männer haben sich bereiterklärt, wieder an die Arbeit zu gehen?«

»Ja. Abdullah steht heute nacht Wache, aber ich rechne nicht mit irgendwelchen Schwierigkeiten.«

Ich öffnete die Tür zu unserem Zimmer und zündete die Lampe an. Der Docht flammte auf, und das Licht ließ das Fell von Bastet, die auf einem Tisch am Fenster saß, in Hunderten feuriger Funken aufschimmern. Sobald sie Emerson erblickte, gab sie ein begeistertes, kehliges Miau von sich und trippelte auf ihn zu.

»Womit hast du dieses Tier angelockt?« fragte ich, während ich zusah, wie Bastet an Emersons Jackenschößen kratzte.

»Mit Hühnchen«, antwortete Emerson. Er zog ein fettiges Päckchen aus der Hosentasche. Zu meinem Bedauern bemerkte ich, daß es einen scheußlichen Fleck hinterlassen hatte. Dabei läßt sich Fett so schwer herauswaschen.

»Du nimmst besser Lady Baskervilles Armband von ihrem Hals«, meinte ich. »Wahrscheinlich hat sie schon die Hälfte der Steine verloren.«

In der Tat stellte sich heraus, daß das der Fall war. Als ich den bedrückten Ausdruck auf Emersons Gesicht sah, während er das Gewicht und den Wert der Rubine und Smaragde abzuschätzen versuchte, die er würde ersetzen müssen, vergab ich ihm, daß er sich wegen seiner Vorstellung so aufgeplustert hatte.

Als ich am nächsten Morgen nach Arthur sah, begrüßte mich die Schwester und teilte mir mit, daß der Patient eine ruhige Nacht verbracht hatte. Sein Gesicht hatte eine gesündere Färbung angenommen – die ich auf die kräftigende Wirkung der Hühnerbrühe zurückführte –, und als ich ihm die Hand auf die Stirn legte, lächelte er im Schlaf und murmelte etwas.

»Er ruft nach seiner Mutter«, sagte ich und wischte mir mit dem Ärmel eine Träne aus dem Auge.

»Vraiment?« fragte die Schwester zweifelnd. »Er hat ein- oder zweimal gesprochen, aber so leise, daß ich die Wörter nicht unterscheiden konnte.«

»Ich bin mir sicher, daß er ›Mutter‹ gesagt hat. Und vielleicht wird er, wenn er aufwacht, das Gesicht dieser guten Frau über seinem Bett sehen.« Ich gestattete mir das Vergnügen, mir diese anrührende Szene vorzustellen. Natürlich würde auch Mary dabeisein. (Ich mußte wirklich etwas wegen der Kleider des armen Kindes unternehmen; ein hübsches weißes Gewand wäre genau das richtige gewesen.) Arthur würde ihre Hand zwischen seinen mageren, abgezehrten Fingern halten und seine Mutter bitten, ihre neue Tochter zu begrüßen.

Zwar hatte Mary verkündet, sie werde den Rest ihres Lebens ihrer eigenen Mutter widmen, doch das waren nur die romantischen Phantasien eines jungen Mädchens. Die Liebe zum Martyrium, besonders in der Form von Lippenbekenntnissen, kommt bei jungen Menschen häufig vor. Ich war diesem Phänomen bereits begegnet und zweifelte nicht an meiner Fähigkeit, dieser Liebesgeschichte zu einem glücklichen Ende zu verhelfen.

Allerdings wurde es immer später, und falls ich Mary als die neue Lady Baskerville erleben wollte, mußte ich dafür sorgen, daß ihr Bräutigam überlebte. Ich warnte die Nonne noch einmal, dem Kranken nur die Speisen zu geben, die ich selbst oder Daoud ihr brachten.

Dann suchte ich meine nächste Patientin auf. Ein Blick ins Zimmer versicherte mir, daß Madame meiner Pflege nicht bedurfte. Sie schlief den ruhigen Schlaf der Ungerechten und atmete regelmäßig. Es ist eine Fehleinschätzung, daß die Unschuldigen mit einem guten Schlaf gesegnet sind. Je böser ein Mensch ist, desto tiefer schläft er, denn wenn er ein Gewissen hätte, wäre er ja kein Schurke.

Als ich das Speisezimmer betrat, knurrte Emerson mich an, weil ich zu spät kam. Er und Mary hatten ihr Frühstück bereits beendet.

»Wo sind die anderen?« fragte ich, wobei ich ein Stück Toast mit Butter bestrich und nicht auf Emersons Aufforderung achtete, es mitzunehmen und im Gehen zu essen.

»Karl ist schon vorausgegangen«, antwortete Mary. »Kevin ist nach Luxor zum Telegraphenamt gefahren ...«

»Emerson!« rief ich aus.

»Es ist in Ordnung, er hat mir den Artikel gezeigt«, erwiderte Emerson. »Es wird dir Spaß machen, ihn zu lesen, Amelia. Der junge Mann hat eine fast ebenso blühende Phantasie wie du.«

»Vielen Dank. Mary, Ihrer Mutter scheint es heute morgen besser zu gehen.«

»Ja, sie hatte schon öfter diese Anfälle und hat sich immer erstaunlich schnell erholt. Sobald ich mit der Kopie des Gemäldes fertig bin, werde ich dafür sorgen, daß sie nach Luxor zurückgebracht wird.«

»Es besteht kein Grund zur Eile«, sagte ich mitfühlend. »Morgen vormittag ist noch früh genug; heute abend werden Sie nach der Arbeit in dieser Hitze sicherlich erschöpft sein.«

»Nun, wenn Sie wirklich meinen«, sagte Mary zweifelnd. Ihr niedergeschlagener Gesichtsausdruck erhellte sich ein wenig. Auch wenn man fest entschlossen ist, sich würdevoll ins Martyrium zu fügen, ist ein Tag Pause nicht zu verachten. Ich bin mir sicher, daß selbst die frühen christlichen Heiligen keinen Einspruch angemeldet hätten, wenn Cäsar die Fütterung der Löwen auf die nächste Vorstellung hätte verschieben lassen.

Da ich Emersons Gequengel satt hatte, beendete ich mein Frühstück, und wir bereiteten uns zum Aufbruch vor. »Wo ist Mr. Vandergelt?« fragte ich. »Ich dachte, er wollte uns begleiten.«

»Er bringt Lady Baskerville hinüber nach Luxor«, antwortete Emerson. »Wegen der bevorstehenden Hochzeit mußte noch einiges erledigt werden, und ich habe die Dame überredet, dort zu bleiben und einige Einkäufe zu machen. Das muntert Damen doch immer auf, oder nicht?«

Ich warf Emerson einen argwöhnischen Blick zu. Er drehte sich um und versuchte zu pfeifen. »Nun denn«, meinte er. »Brechen wir also auf. Vandergelt wird sich uns später anschließen. Es wird noch einige Zeit dauern, bis wir die Wand niederreißen können.«

Tatsächlich war der Vormittag schon weit fortgeschritten, als unsere Vorbereitungen sich ihrem Ende näherten. Die Luft in den Tiefen des Grabes war immer noch stickig und die Hitze so unglaublich, daß ich mich weigerte, Mary mehr als zehn Minuten am Stück arbeiten zu lassen. Trotz seiner Ungeduld hatte Emerson mir beigepflichtet, daß das vernünftig sei. In der Zwischenzeit beschäftigte er sich damit, den Bau einer soliden hölzernen Abdeckung für den Brunnenschacht zu beaufsichtigen. Karl hatte die Bedienung der Kamera übernommen. Und ich?

Sie wissen wenig von meinem Charakter, werter Leser, wenn Sie sich nicht vorstellen können, welche Gedanken mir im Kopfe herumgingen. Ich saß im Schatten meines Zeltdaches und war vorgeblich dabei, maßstabgetreue Zeichnungen von Tonscherben anzufertigen, doch die fröhlichen Rufe und Flüche, die Emerson ausstieß, während er die Arbeit der Zimmerleute überwachte, erweckten in mir die schlimmsten Vermutungen. Er schien sich seiner selbst sehr sicher zu sein. War es wirklich möglich, daß er, was die Identität von Lord Baskervilles Mörder anbelangte, richtig lag und ich mich geirrt hatte? Ich konnte das nicht glauben. Trotzdem beschloß ich, daß es ratsam sein könnte, meinen Gedankengang im Licht der jüngsten Ereignisse noch einmal durchzuspielen. Falls es nötig werden sollte, konnte ich mir ja immer noch einen Weg einfallen lassen, den Namen im Umschlag zu ändern.

Ich blätterte die Seite in meinem Skizzenblock um, ließ die Töpfe links liegen und widmete mich meinem Fall. Ich beabsichtigte, eine ordentliche kleine Tabelle zu erstellen, und die verschiedenen Motive, Gelegenheiten zur Tat und so weiter darin festzuhalten.

Also begann ich.

Der Tod von Lord Baskerville

Verdächtige: Lady Baskerville

Motiv zum Mord an:

Lord Baskerville. Erbschaft. (Wieviel Lady Baskerville erben würde, wußte ich natürlich noch nicht; aber ich war mir sicher, daß das als Grund für die Beseitigung ihres Gatten genügen würde. Allen Aussagen zufolge mußte er ein außergewöhnlich langweiliger Mensch gewesen sein.)

Armadale. Er war Zeuge des Verbrechens gewesen. Das Zimmer, in dem er gewohnt hatte, lag neben dem von Lady Baskerville. (Allerdings erklärte das nicht, warum Armadale verschwunden war. Hatte er vor Entsetzen den Verstand verloren, nachdem er mitangesehen hatte, wie Lady B. ihren Gatten ermordete? Und wie, zum Teufel, – wie Emerson gesagt hätte – hatte sie ihn niedergemetzelt? Wenn ein unbekanntes, nicht zu ermittelndes Gift benutzt worden wäre, hätte Armadale bloß gesehen, wie Lord Baskerville eine Tasse Tee oder ein Glas Sherry trank.)

Hassan. Hassan hatte Armadale gesehen und etwas beobachtet – möglicherweise eben das nämliche Fenster, durch das der »Geist« gestiegen war –, was die Identität des Mörders verriet. Erpressungsversuch; Beseitigung des Erpressers.

Zufrieden las ich den letzten Abschnitt noch einmal durch. Es ergab Sinn. Eigentlich kamen die Motive für den Mord an Hassan bei allen Verdächtigen in Frage.

Der nächste Abschnitt meiner kleinen Tabelle war nicht so wohlgeordnet. Lady Baskervilles Motive dafür, daß sie Arthur auf den Kopf geschlagen hatte, lagen im dunkeln, außer es gab eine Klausel im Testament seiner Lordschaft, die gewisse Besitzungen im Falle, daß der Erbe des Titels starb, an seine Frau übergehen ließ. Das kam mir nicht nur unwahrscheinlich, sondern ganz und gar ungesetzlich vor.

Beharrlich wandte ich mich dann der Frage der Gelegenheit zu.

Lord Baskerville. Seine Frau hatte eine ausgezeichnete Gelegenheit, an ihn heranzukommen. Aber wie zum Teufel hatte sie es getan.

Armadale. Keine Gelegenheit. Woher wußte Lady Baskerville, wo sich die Höhle befand? Wenn sie Armadale im Haus oder in dessen Nähe ermordet hatte, hätte sie die Leiche in die Höhle schaffen müssen – für eine Frau offensichtlich unmöglich.

Schwach, sehr schwach! Fast konnte ich Emerson frohlokken hören. Die Wahrheit war, daß ich mir wünschte, Lady Baskerville sei die Mörderin. Ich hatte die Frau noch nie ausstehen können.

Bedrückt betrachtete ich meine Tabelle, die nicht so aufging, wie ich gehofft hatte. Seufzend blätterte ich eine Seite um und versuchte es mit einem anderen Ansatz.

Der Tod von Lord Baskerville

Verdächtiger: Arthur Baskerville, alias Charles Milverton.

Das sah gut und professionell aus. Ermutigt fuhr ich fort:

Motiv: Erbschaft und Rache. (So weit, so gut.)

Tatsächlich hatte Arthur ein außergewöhnlich starkes Motiv. Es erklärte auch, warum er sich so närrisch verhalten und sich seinem Onkel unter einem falschen Namen vorgestellt hatte. Das war die Tat eines romantischen jungen Esels. Arthur war ein romantischer junger Esel; aber falls er schon im vorhinein geplant hatte, seinen Onkel umzubringen, hatte er einen guten Grund, einen falschen Namen anzunehmen. Nachdem Baskerville tot war (wie? verdammt, wie?), konnte Arthur nach Kenia zurückkehren, und es war höchst unwahrscheinlich, daß jemand eine Verbindung zwischen Arthur, Lord Baskerville und dem früheren Mr. Milverton herstellte. Wahrscheinlich würde er Titel und Besitzungen beanspruchen, ohne überhaupt nach England zu reisen, und falls das doch noch nötig werden sollte, konnte er sich immer noch eine Ausrede einfallen lassen, um Lady Baskerville nicht über den Weg zu laufen.

Zu meinem Schrecken stellte ich fest, daß die Tabelle sich quer über die ganze Seite ausgebreitet hatte. Ich nahm mich zusammen, umfaßte fest den Bleistift und kehrte zur angemessenen äußeren Form zurück.

Der Tod von Lord Baskerville

Verdächtiger: Cyrus Vandergelt. Seine Motive waren nur zu offensichtlich. In Verletzung des strengen Gebots der Heiligen Schrift hatte er das Weib seines Nächsten begehrt.

An diesem Punkt fiel mir ein, daß ich noch nicht auf Arthurs Tatwerkzeug und seine Gelegenheit eingegangen war und auch nicht erklärt hatte, wer ihn niedergeschlagen hatte, wenn er der eigentliche Mörder war.

Zähneknirschend blätterte ich um und versuchte es aufs neue.

Der Mord an Alan Armadale

Dieser Ansatz basierte auf der Annahme, daß der Tod von Lord Baskerville uns auf den Holzweg geführt hatte – oder, um es eleganter auszudrücken, daß seine Lordschaft eines natürlichen Todes gestorben war; daß es sich bei dem Zeichen auf seiner Stirn um einen bedeutungslosen Flecken handelte, den sensationslüsterne Menschen falsch gedeutet hatten; und daß sich der Mörder den Aufruhr, der aus dem Tod seiner Lordschaft entstanden war, zunutze gemacht hatte, um einen Mord zu begehen, dessen wahres Motiv dadurch verschleiert werden würde.

In diesem Fall war offensichtlich Mr. O'Connell der Verdächtige. Er hatte aus der Geschichte mit dem Fluch nicht nur Kapital geschlagen, er hatte sie erfunden. Ich glaubte nicht, daß er Armadale kaltblütig umgebracht hatte, nein, der Mord war offenbar Folge eines plötzlichen Anfalls leidenschaftlicher Eifersucht. Nachdem die Tat begangen war, hätte ein kluger Mann – und um einen solchen handelte es sich bei O'Connell unzweifelhaft – wahrscheinlich erkannt, wie er den Verdacht von sich ablenken konnte; nämlich indem er einen Zusammenhang zwischen Armadales Tod und dem von Lord Baskerville herstellte.

Das gleiche Motiv – Liebe zu Mary – ließ sich auch im Fall Karl von Bork anwenden. Meiner Ansicht nach war er nicht zu der Form von wilder Leidenschaft befähigt, die einen Mann zu gewalttätigem Handeln treiben kann. Aber stille Wasser gründen tief. Und Karl hatte ein- oder zweimal Gefühl und Schlauheit von ungeahnter Tiefe offenbart.

Inzwischen war meiner Tabelle nicht einmal mehr der Versuch einer äußeren Form anzusehen. Mein willkürliches Gekritzel, das die Gedanken enthielt, die ich oben ein wenig ausgearbeitet wiedergegeben habe, verlief quer über die ganze Seite. Verzweifelt studierte ich meine Aufzeichnungen. Meine Gedankenabläufe sind immer wohlgeordnet, doch der vorliegende Fall verschloß sich einfach dieser Art der Gliederung. Die Autoren von Kriminalromanen haben da keine Schwierigkeiten; sie erfinden das Verbrechen und die Aufklärung und können dann alles so entwickeln, wie es ihnen gefällt.

Ich beschloß, die Gliederung aufzugeben und meine Gedanken frei wandern zu lassen.

Schon allein aufgrund der Gelegenheit schieden alle Frauen als Verdächtige aus. Madame Berengeria verfügte über ein ausgezeichnetes Motiv; vielleicht war sie nicht im medizinischen Sinne verrückt, aber verrückt genug, um jeden aus dem Weg zu räumen, der sich ihrem selbstsüchtigen Besitzanspruch an ihre Tochter in den Weg zu stellen drohte. Allerdings wohnten Mary und sie am Ostufer. Die Leichen waren jedoch alle am Westufer gefunden worden. Ich konnte mir weder Mary noch ihre Mutter vorstellen, wie sie durch die dunklen Straßen von Luxor huschten, ein Boot mieteten, die Matrosen mit Geld zum Schweigen brachten und dann durch die Felder am Westufer eilten. Die bloße Vorstellung, daß Madame das nicht nur einmal, sondern öfter getan haben sollte, war lächerlich – außer sie hatte jemanden dafür bezahlt, den eigentlichen Mord zu begehen. Und obwohl Lady Baskerville am Tatort gewesen war, war es doch ebenso unwahrscheinlich, daß eine elegante, dem Müßiggang ergebene Dame in solche Umtriebe verwickelt war. Besonders der Mord an Armadale stellte mich vor ein Rätsel, das ich in meinem ersten Versuch einer Tabelle bereits angesprochen hatte.

Als ich an diesem Punkt meiner Überlegungen angelangt war, trafen Mr. Vandergelt und Mr. O'Connell ein, die sich zufällig an der Anlegestelle begegnet waren. Ich war froh, von meinen vergeblichen Bemühungen ablassen zu können, denn ich hatte beschlossen, daß ich die ganze Zeit über recht gehabt hatte.

Mr. Vandergelts erste Frage drehte sich um den Stand unserer Arbeiten am Grab.

»Sie haben die Wand doch nicht etwa schon durchbrochen?« wollte er wissen. »Mrs. Amelia, ich werde es Ihnen nie verzeihen, wenn Sie nicht auf mich gewartet haben.«

»Ich glaube, Sie sind gerade rechtzeitig gekommen«, gab ich zurück und versteckte hastig meinen Block unter einem Scherbenhaufen. »Ich wollte gerade hinuntergehen und nachsehen, wie die Sache vorankommt.«

Wir begegneten Mary, die auf dem Weg nach draußen war. Sie war völlig verschwitzt und von Kopf bis Fuß schmutzig, aber ihre Augen funkelten triumphierend, und sie zeigte uns eine großartige Zeichnung, das Ergebnis ihrer Mühen unter solch unbequemen Bedingungen. Das Kunstwerk kam, wie ich dachte, Evelyns Gemälden nicht gleich. Aber vielleicht bin ich auch voreingenommen. Ganz sicher handelte es sich um eine fachmännisch ausgeführte Arbeit, und ich wußte, daß Emerson damit zufrieden sein würde.

Mr. O'Connell redete mit übertrieben irischem Tonfall auf Mary ein und schleppte sie fort, damit sie sich ausruhte. Vandergelt und ich stiegen die Stufen hinab.

Die gerade erst fertiggestellte Holzkonstruktion befand sich schon an ihrem Platz über dem Schacht, und die Männer schickten sich eben an, ein Loch in die Wand zu schlagen.

»Ach, da seid ihr ja«, bemerkte Emerson überflüssigerweise. »Ich wollte euch gerade holen gehen.«

»Das können Sie Ihrer Großmutter erzählen«, meinte Vandergelt. »Aber nichts für ungut, Professor, an Ihrer Stelle hätte ich auch nicht warten wollen. Wie geht es jetzt weiter?«

Ich möchte meinen Lesern technische Einzelheiten ersparen. Man kann sie in Emersons ausgezeichnetem Bericht nachlesen, der in diesem Herbst in der Zeitschrift für Ägyptische Sprache erscheinen wird. Es genügt also zu sagen, daß das Loch gebohrt wurde und Emerson hindurchblickte. Vandergelt und ich, die mit angehaltenem Atem warteten, hörten ihn aufstöhnen.

»Was ist?« rief ich. »Eine Sackgasse? Ein leerer Sarkophag? Schone uns nicht, Emerson.«

Schweigend gab Emerson uns den Weg frei. Vandergelt und ich legten beide jeweils ein Auge an die Öffnung.

Ein weiterer Korridor führte hinab in die Dunkelheit. Er war halb mit Schutt angefüllt – nicht mit den absichtlich aufgeschütteten Kalksteinchen wie der erste Gang, sondern mit Bruchstücken einer eingestürzten Decke und Wand, vermischt mit Splittern vergoldeten Holzes und Fetzen brauner Leinwand – den Überresten der Wickeltücher einer Mumie.

Ich zog die Kerze vom Loch zurück und hielt sie hoch. In ihrem Licht sahen wir uns enttäuscht an.

»Das ist bestimmt nicht die Grabkammer!« rief Vandergelt.

Emerson schüttelte den zerzausten Schopf, der nun mit grauem Staub bedeckt war. »Nein. Anscheinend wurde das Grab für spätere Beisetzungen benutzt, und die Decke ist eingestürzt. Es wird eine langwierige und mühselige Arbeit werden, die Trümmer herauszuschaffen und den Schutt zu sieben.«

»Nun, dann fangen wir doch gleich an«, meinte Vandergelt und wischte sich die schweißnasse Stirn.

Emersons Lippen formten sich zögernd zu einem Lächeln, als er den Amerikaner musterte. Eine Viertelstunde in dem überhitzten Korridor hatten Vandergelt von einem eleganten Gentleman und gutaussehenden Mann von Welt in ein Geschöpf verwandelt, dem man wohl auch im billigsten Londoner Hotel den Zutritt verweigert hätte. Es tropfte aus seinem Spitzbart, sein Gesicht war weiß von Staub, und sein Anzug hing an ihm herunter. Aber er strahlte vor Begeisterung über beide Wangen.

»Ganz richtig«, sagte Emerson. »Fangen wir gleich an.«

Vandergelt zog das Sakko aus und krempelte die Ärmel hoch.

Die Sonne hatte den Zenit überschritten und ihre Reise gen Westen angetreten, als Emerson eine Arbeitspause einlegen ließ. Ich war oben geblieben und hatte mit Mary ein unterhaltsames Gespräch von Frau zu Frau geführt. Sie erwies sich als bemerkenswert widerstandsfähig gegen meine Versuche, herauszufinden, welchen ihrer Verehrer sie bevorzugte. Beharrlich bestand sie darauf, daß ihre Präferenzen unwichtig seien, da sie nicht beabsichtige zu heiraten. Ich glaube, daß ich kurz davor war, ihr Vertrauen zu gewinnen, als wir durch die Ankunft zweier staubiger, zerzauster Vogelscheuchen unterbrochen wurden.

Vandergelt ließ sich unter dem Zeltdach auf den Boden fallen. »Ich hoffe, die Damen werden mich entschuldigen. Im Augenblick ist mein Äußeres nicht eben angemessen, um dem schönen Geschlecht Gesellschaft zu leisten.«

»Sie sehen aus wie ein richtiger Archäologe«, lobte ich ihn. »Trinken Sie eine Tasse Tee und ruhen Sie sich aus, ehe wir wieder hinuntergehen. Irgendwelche Ergebnisse, meine Herren?«

Wieder verweise ich den Leser auf die einschlägigen Veröffentlichungen, die in Kürze erscheinen werden. Wir führten ein angeregtes und äußerst erbauliches Fachgespräch. Auch Mary schien Gefallen daran zu finden; ihre schüchternen Fragen waren sehr vernünftig. Offensichtlich widerstrebend stand sie schließlich auf und verkündete, daß sie gehen müsse.

»Darf ich Miss Mary begleiten?« fragte Karl. »Es ist nicht richtig, daß sie allein umherläuft ...«

»Ich brauche Sie hier«, meinte Emerson geistesabwesend.

»Ich werde die Dame begleiten«, sagte O'Connell. »Außer, Professor, die Sache, über die wir letzte Nacht gesprochen haben, steht kurz bevor.«

»Wovon redet er?« fragte Emerson mich.

»Sie müssen sich doch erinnern«, beharrte O'Connell. »Die Nachricht – der Beweis, der ... äh ...«

»Nachricht? Ach, ja. Warum können Sie sich nicht klar ausdrücken, junger Mann, anstatt so gräßlich geheimnisvoll herumzureden? Es muß an Ihrem Beruf liegen, dieses ständige Herumschleichen und Spionieren. Wie ich Ihnen, wenn ich mich recht erinnere, bereits gesagt habe, wird der Bote wahrscheinlich nicht vor morgen früh eintreffen. Also laufen Sie schon los.«

Dann nahm Emerson mich beiseite. »Amelia, ich möchte, daß du ebenfalls zum Haus zurückgehst.«

»Warum?«

»Die Angelegenheit steuert auf den Höhepunkt zu. Milverton – verdammt, ich meine, der junge Baskerville – ist möglicherweise noch nicht außer Gefahr. Hab ein Auge auf ihn. Und sorge dafür, daß jeder weiß, daß ich die entscheidende Nachricht morgen erwarte.«

Ich verschränkte die Arme und sah ihn unverwandt an. »Wirst du mich in deine Pläne einweihen, Emerson?«

»Aber, Amelia, du kennst sie doch sicher schon.«

»Keinem vernünftig denkenden Menschen ist es möglich, den eigenartigen geistigen Verirrungen zu folgen, die das männliche Geschlecht mit Logik verwechselt«, erwiderte ich. »Trotzdem deckt sich die von dir vorgeschlagene Vorgehensweise zufällig mit meinen eigenen Plänen. Deshalb werde ich tun, was du verlangst.«

»Vielen Dank«, sagte Emerson.

»Bitte, gern geschehen«, antwortete ich.

Mary und Mr. O'Connell waren in Vandergelts Kutsche davongefahren. Ich nahm den Pfad über die Hügel und erreichte deshalb zuerst das Haus. Obwohl es mir inzwischen zur lieben Gewohnheit geworden war, durch das Fenster meines Schlafzimmers zu klettern, beschloß ich, bei dieser Gelegenheit das Haus, wie es sich gehörte, durch das Tor zu betreten. Ich wollte, daß meine Anwesenheit bemerkt wurde.

Als ich den Hof betrat, kam Lady Baskerville aus ihrem Zimmer. Sie begrüßte mich ungewöhnlich freundlich. »Ach, Mrs. Emerson. Wieder ein hartes Tagewerk vollbracht? Gibt es irgendwelche Neuigkeiten?«

»Nur archäologischer Natur«, antwortete ich. »Aber das wird Sie vermutlich nicht interessieren.«

»Früher einmal. Was meinen Gatten begeisterte, begeisterte auch mich. Er sprach ständig darüber. Aber kann man mir jetzt einen Vorwurf daraus machen, daß über diesem ganzen Thema für mich der Schatten unglückseliger Erinnerungen liegt?«

»Wahrscheinlich nicht. Hoffen wir trotzdem, daß diese Erinnerungen mit der Zeit verblassen. Es ist sehr unwahrscheinlich, daß Mr. Vandergelt sein Engagement für die Ägyptologie jemals aufgeben wird, und er wird wollen, daß seine Gattin es mit ihm teilt.«

»Selbstverständlich«, meinte Lady Baskerville.

»War Ihre Fahrt nach Luxor erfolgreich?« fragte ich.

Die finsteren Züge der Dame erhellten sich. »Ja, die Vorbereitungen sind in die Wege geleitet. Und ich habe einiges auftreiben können, was angesichts der Umstände gar nicht so schlecht ist. Kommen Sie mit in mein Zimmer, damit ich Ihnen meine Einkäufe zeigen kann. Die Hälfte des Vergnügens an neuen Kleidern liegt darin, sie einer anderen Frau vorzuführen.«

Ich wollte schon ablehnen, aber Lady Baskervilles plötzliche Freude an meiner Gesellschaft kam mir in höchstem Maße verdächtig vor. Also beschloß ich, sie zu begleiten, um ihre wahren Motive herauszufinden.

Ich glaubte, eines der Motive zu verstehen, als ich die Unordnung in ihrem Zimmer sah. Überall lagen Kleidungsstücke herum, die sie aus ihren Schachteln genommen hatte. Ganz automatisch fing ich an, sie auszuschütteln und ordentlich zusammenzufalten.

»Wo ist Atiyah?« fragte ich. »Eigentlich wäre das doch ihre Arbeit.«

»Wußten Sie es nicht? Die schreckliche Frau ist davongelaufen«, lautete die gleichgültige Antwort. »Was halten Sie von diesem Mieder? Es ist nicht sehr hübsch, aber ...«

Der Rest ihrer Worte rauschte an meinem Ohr vorbei. Ich wurde von einer bösen Vorahnung ergriffen. War Atiyah auch zum Opfer geworden?

»Man sollte etwas unternehmen, um die Frau ausfindig zu machen«, sagte ich, womit ich Lady Baskervilles kritische Ausführungen bezüglich eines bestickten Frisierumhangs unterbrach. »Vielleicht ist sie in Gefahr.«

»Welche Frau? Ach, Atiyah.« Lady Baskerville lachte. »Mrs. Emerson, das arme Geschöpf war drogensüchtig. Haben Sie das nicht bemerkt? Wahrscheinlich hat sie ihren Lohn in Opium umgesetzt und liegt jetzt völlig berauscht in einer Opiumhöhle in Luxor. In den nächsten Tagen komme ich auch ohne Mädchen zurecht. Gott sei Dank werde ich bald in die Zivilisation zurückkehren, wo es auch anständige Dienstboten gibt.«

»Wollen wir hoffen«, erwiderte ich höflich.

»Aber ich vertraue darauf, daß Radcliffe mich erlöst. Hat er nicht versprochen, daß all unsere Zweifel und Fragen heute ein Ende haben würden? Cyrus und ich würden Sie alle nur ungern zurücklassen, solange wir nicht sicher wären, daß Sie nicht mehr in Gefahr schweben.«

»Offenbar wird dieser lang ersehnte Augenblick nicht vor morgen früh eintreten«, meinte ich trocken. »Emerson hat mir gesagt, sein Bote sei aufgehalten worden.«

»Heute, morgen, was macht das für einen Unterschied? Solange es nur bald ist.« Lady Baskerville zuckte die Achseln. »Und das, Mrs. Emerson, wird mein Hochzeitshut. Wie gefällt er Ihnen?«

Sie setzte sich den Hut – einen breitkrempigen Kopfputz, der mit fliederblauen Bändern und rosafarbenen Seidenblumen verziert war – auf den Kopf und befestigte ihn mit zwei juwelenverzierten Hutnadeln. Als ich nicht sofort antwortete, blitzte ein wütender Funke in ihren schwarzen Augen auf.

»Verurteilen Sie mich, weil ich mich so leichtfertig kleide, obwohl ich doch Trauer tragen sollte? Erwarten Sie etwa, daß ich die Bänder durch schwarze ersetze und die Blumen braun färbe?«

Ich verstand die Frage so, wie sie gemeint war, nämlich sarkastisch, und sagte nichts darauf. Ich hatte andere Dinge im Kopf. Ganz offensichtlich war Lady Baskerville über mein mangelndes Interesse erzürnt, und als ich mich erhob, um zu gehen, drängte sie mich nicht zum Bleiben.

Als ich aus Lady Baskervilles Zimmer kam, fuhr die Kutsche gerade durch das Tor. Die jungen Leute hatten keinen Grund, sich zu beeilen. Nachdem Mary mich begrüßt hatte, fragte sie mich, ob ich ihre Mutter gesehen hätte.

»Nein, ich war bei Lady Baskerville. Wenn Sie sich noch ein paar Minuten gedulden, bis ich nach Arthur geschaut habe, begleite ich Sie.«

Mary stimmte diesem Vorschlag gern zu.

Die Nonne begrüßte uns mit leuchtenden Augen und machte wegen der Neuigkeiten, die sie uns mitzuteilen hatte, ein glückliches Gesicht. »Es sieht ganz so aus, als käme er wieder zu Bewußtsein. Es ist ein Wunder, Madame. Das ist die Kraft des Gebets!«

Das ist die Kraft der Hühnersuppe, dachte ich bei mir. Aber ich sagte es nicht. Sollte die gute Frau doch ihre Illusionen haben.

Arthur war entsetzlich mager – selbst die Kraft von Hühnersuppe hat ihre Grenzen –, doch er hatte in den letzten vierundzwanzig Stunden erstaunliche Fortschritte gemacht. Als ich mich über das Bett beugte, regte er sich und murmelte etwas. Ich bedeutete Mary, näher zu kommen.

»Sprechen Sie mit ihm, meine Liebe. Sehen wir, ob es uns gelingt, ihn aufzuwecken. Wenn Sie wollen, können Sie seine Hand halten.«

Kaum hatte Mary die abgezehrte Hand in die ihre genommen und den Namen des jungen Mannes gerufen, als seine langen, goldenen Wimpern flatterten und er den Kopf in ihre Richtung wandte.

»Mary«, murmelte er. »Sind Sie es oder ein Engel?«

»Ich bin es«, antwortete das Mädchen, und die Freudentränen liefen ihr über die Wangen. »Wie glücklich bin ich, daß es Ihnen besser geht!«

Ich fügte einige angemessene Worte hinzu. Arthurs Blick wanderte zu mir hinüber. »Mrs. Emerson?«

»Ja. Jetzt wissen Sie wenigstens, daß Sie nicht gestorben und in den Himmel gekommen sind.« (Ich war schon immer der Ansicht, daß ein wenig Humor derartige Situationen entkrampft.) »Ich weiß, Sie sind noch schwach, Arthur«, fuhr ich fort. »Aber um Ihrer eigenen Sicherheit willen hoffe ich, daß Sie mir eine Frage beantworten können. Wer hat Sie niedergeschlagen?«

»Niedergeschlagen?« Der Kranke runzelte die Stirn. »Hat jemand ... ich kann mich nicht erinnern.«

»Was ist das letzte, woran Sie sich erinnern?«

»Lady ... Lady Baskerville.« Mary schnappte nach Luft und sah mich an. Ich schüttelte den Kopf. Jetzt war auf keinen Fall der richtige Zeitpunkt, um auf der Grundlage der verwirrten Erinnerung eines Verwundeten übereilte Schlußfolgerungen zu ziehen.

»Was ist mit Lady Baskerville?« fragte ich.

»Hat gesagt ... ausruhen.« Arthurs Stimme wurde noch schwächer. »Bin in mein Zimmer gegangen ... hingelegt ...«

»Und sonst erinnern Sie sich an nichts?«

»Nichts.«

»Nun, mein lieber Arthur, überanstrengen Sie sich nicht weiter. Sie brauchen sich keine Sorgen zu machen. Ich kümmere mich um alles.«

Ein Lächeln spielte um die Lippen des jungen Mannes. Seine müden Lider schlossen sich.

Als wir zu Madames Zimmer gingen, meinte Mary seufzend: »Nun kann ich leichteren Herzens fortgehen. Die Sorge um seine Sicherheit ist nun von uns genommen.«

»Richtig«, sagte ich. »Wenn er im Schlaf niedergeschlagen wurde, wie es der Fall zu sein scheint, hat er das Gesicht des Schurken nicht gesehen. Also gibt es keinen Grund, warum er nochmals angegriffen werden sollte. Trotzdem bereue ich die Sicherheitsmaßnahmen nicht. Wir durften kein Risiko eingehen.«

Mary nickte, obwohl ich nicht glaubte, daß sie mir wirklich zugehört hatte. Je näher wir dem Zimmer kamen, das ihr wie die stinkende Höhle eines Trolls vorkommen mußte, desto langsamer ging sie. Ein Zittern lief durch ihren Körper, als sie die Hand nach dem Türknauf ausstreckte.

Der Raum lag in Dunkelheit, da die Rolläden heruntergelassen waren, um die Nachmittagssonne abzuhalten. Das Dienstmädchen lag zusammengekauert auf einer Matte am Fuß des Bettes. Sie sah aus wie eine Tote, aber sie schlief nur; ich konnte sie atmen hören.

Mary berührte ihre Mutter sanft am Arm. »Mutter, wach auf. Ich bin zurück, Mutter.«

Auf einmal fuhr sie zurück und schlug die Hände vor die Brust. Ich sprang hin, um sie zu stützen. »Was ist?« schrie ich. Aber sie schüttelte nur benommen den Kopf.

Nachdem ich sie in einen Sessel verfrachtet hatte, ging ich zum Bett hinüber. Man muß seine Phantasie nicht besonders anstrengen, um sich auszumalen, was ich vorfand.

Als wir eintraten, hatte Madame Berengeria mit dem Rükken zur Tür auf der Seite gelegen. Marys Berührung, so sanft sie auch gewesen sein mochte, hatte ihren Körper aus dem Gleichgewicht gebracht und ihn auf den Rücken rollen lassen. Nach einem Blick auf die starren Augen und den schlaffen Mund war mir alles sonnenklar. Es wäre gar nicht nötig gewesen, daß ich nach dem nicht vorhandenen Puls suchte, obwohl ich das rein gewohnheitsmäßig tat.

»Mein liebes Kind, das hätte jederzeit geschehen können«, sagte ich, nahm Mary bei den Schultern und schüttelte sie liebevoll. »Ihre Mutter war eine kranke Frau, und Sie sollten ihren Tod als willkommene Erlösung sehen.«

»Meinen Sie«, flüsterte Mary. »Meinen Sie, es war ... ihr Herz?«

»Ja«, antwortete ich wahrheitsgetreu. »Ihr Herz ist stehengeblieben. Nun, mein Kind, gehen Sie und legen Sie sich hin. Ich werde alles Notwendige veranlassen.«

Die falsche Schlußfolgerung, die ich Mary hatte ziehen lassen, hatte sie sichtlich erleichtert. Später war noch Zeit genug, daß sie die Wahrheit erfuhr. Inzwischen war die Araberin aufgewacht. Als ich mich ihr zuwandte, krümmte sie sich zusammen, als rechnete sie mit einem Schlag. Aber ich sah keinen Grund, ihr einen Vorwurf zu machen. Also sprach ich freundlich mit ihr und wies sie an, sich um Mary zu kümmern.

Nachdem die beiden gegangen waren, kehrte ich zum Bett zurück. Madames starre Augen und ihr hängender Kiefer waren kein angenehmer Anblick, doch ich hatte schon Schlimmeres gesehen und Schlimmeres tun müssen. Meine Hände waren ziemlich ruhig, als ich mich an meine gräßliche, aber notwendige Aufgabe machte. Ihr Körper war noch warm. Das bewies wenig, da es im Zimmer heiß war, aber ihre Augen verrieten mir die Wahrheit. Die Pupillen waren so stark erweitert, daß die Iris schwarz wirkte. Ganz gewiß war Berengerias Herz stehengeblieben, aber der Grund war eine Überdosis irgendeines Rauschgiftes gewesen.

Ich ließ Emerson sofort eine Nachricht zukommen, obwohl ich nicht davon ausging, daß er sich durch eine solche Kleinigkeit wie einen weiteren Mord von seiner Arbeit würde ablenken lassen. Tatsächlich kehrte er erst zum Tee zurück. Ich erwartete ihn schon, und während er sich seiner schmutzigen Arbeitskleidung entledigte, brachte ich ihn, was die Ereignisse des Tages betraf, auf den neuesten Stand. Arthurs Worte schienen ihn jedoch am meisten zu beeindrucken.

»Sehr interessant«, meinte er und kratzte sich dabei am Kinn. »Wirklich außergewöhnlich interessant! Das befreit uns wenigstens von einer Sorge: Wenn er den Mörder nicht gesehen hat, können wir doch – oder etwa nicht? – annehmen, daß ihm kein zweiter Überfall droht. Noch etwas, Amelia: Hast du in Erwägung gezogen, Dr. Dubois rufen zu lassen, damit er einen Blick auf Madame wirft? Oder hast du die Obduktion selbst durchgeführt?«

»Ich habe ihn benachrichtigt, nicht weil er mir noch etwas hätte sagen können, was ich nicht schon wußte, sondern weil er die Sterbeurkunde unterschreiben mußte. Er war mit mir einer Ansicht, daß der Tod auf Laudanum oder ein ähnlich wirkendes Gift zurückzuführen ist. Nicht einmal er konnte die Anzeichen dafür übersehen. Allerdings behauptet er, sie habe die Droge versehentlich selbst genommen. Offenbar war ganz Luxor über Madames Gewohnheiten im Bilde.«

»Hmmm«, brummte Emerson und rieb sich so heftig das Kinn, daß es sich rosig verfärbte. »Wirklich sehr interess...«

»Hör auf damit«, unterbrach in ihn ärgerlich. »Du weißt ebensogut wie ich, daß es ein Mord war.«

»Bist du dir sicher, daß du es nicht selbst gewesen bist? Erst vor ein paar Tagen hast du gesagt, die Erde wäre ein viel angenehmerer Aufenthaltsort, wenn man Madame von ihr befreite.«

»Dieser Ansicht bin ich immer noch. Doch offensichtlich war ich da nicht die einzige.«

»Ich würde auch sagen, daß in dieser Frage Einstimmigkeit herrschte«, pflichtete Emerson mir bei. »Nun denn, ich muß mich umziehen. Geh schon voraus in den Salon, Amelia. Ich komme gleich nach.«

»Möchtest du nicht die Motive erörtern, die zum Mord an Madame geführt haben? Ich habe da eine Theorie.«

»Das habe ich mir fast gedacht.«

»Es hat etwas mit ihrem wirren Gefasel gestern nacht zu tun.«

»Ich würde es vorziehen, das nicht zu erörtern.«

»Ach ja?« Geistesabwesend kratzte ich mich nun meinerseits am Kinn, und wir musterten uns argwöhnisch. »Nun gut, Emerson, ich werde dir nicht unvorbereitet gegenübertreten.«

Ich war die erste im Salon. Als Emerson erschien, hatten sich auch die anderen versammelt. Mary, die ein schwarzes, von Lady Baskerville geborgtes Kleid trug, wurde von Mr. O'Connell gestützt.

»Ich habe sie überredet zu kommen«, sagte der junge Mann in besitzergreifendem Ton.

»Das war ganz richtig so«, stimmte ich zu. »Schließlich ist eine schöne, heiße Tasse Tee immer noch der beste Trost.«

»Ich glaube, ich werde mehr als eine Tasse Tee brauchen, um mich zu trösten«, verkündete Lady Baskerville. »Sie können sagen, was Sie wollen, Radcliffe, aber auf diesem Haus lastet ein Fluch. Auch wenn Madames Tod ein bedauerlicher Unfall war ...«

»Ach, sind wir uns dessen so sicher?« wollte Emerson wissen.

Vandergelt, der seine aufgeregte Verlobte schützend in seine in weißes Leinen gehüllten Arme genommen hatte, warf meinem Gatten einen scharfen Blick zu.

»Was meinen Sie damit, Professor? Warum können Sie die Angelegenheit nicht auf sich beruhen lassen. Es war doch kein Geheimnis, daß die arme Frau ... äh ...«

Er hielt inne und sah Mary, die Emerson mit erstaunt aufgerissenen Augen betrachtete, entschuldigend an. Ich reichte ihr rasch eine Tasse Tee.

»Vielleicht werden wir die Wahrheit nie erfahren«, antwortete Emerson. »Aber es wäre ein Leichtes gewesen, eine Dosis des Gifts in Madames Lieblingsgetränk zu träufeln. Was das Motiv betrifft ...« Bei diesen Worten blickte er mich an, und ich fuhr mit der Erzählung fort.

»Letzte Nacht hat Madame eine Reihe ungeheuerlicher Anschuldigungen ausgestoßen. Die meisten davon beruhten auf reiner Böswilligkeit und Hysterie. Aber nun frage ich mich, ob in all dem Gefasel nicht doch ein Körnchen Wahrheit steckte. Kennt jemand von Ihnen die alte Geschichte, auf die sie anspielte?«

»Ja, aber natürlich«, erwiderte Vandergelt. »Jeder, der nur ein bißchen über Ägyptologie Bescheid weiß, muß sie schon einmal gehört haben. Die ›Geschichte von den zwei Brüdern‹, richtig?«

Seine Antwort kam prompt. Zu prompt vielleicht? Ein dummer Mensch hätte vielleicht Unkenntnis dieser womöglich gefährlichen Geschichte vorgespiegelt. Ein kluger Mensch hingegen wußte wahrscheinlich, daß Unkenntnis in seinem Fall Verdacht erregen würde, und würde deshalb sofort die Wahrheit gestehen.

»Wovon sprechen Sie?« fragte Mary kläglich. »Ich verstehe kein Wort. Diese Anspielungen ...«

»Lassen Sie mich erklären«, sagte Karl.

»Als Sprachgelehrter kennen Sie die Geschichte vermutlich am besten«, meinte Emerson leichthin. »Fahren Sie fort, Karl.«

Der junge Mann räusperte sich verlegen. Als er zu sprechen begann, stellte ich allerdings fest, daß er nicht wie sonst so häufig ins Stottern geriet. Das hatte etwas zu bedeuten.

»Die Geschichte handelt von zwei Brüdern: Anubis, dem älteren, und Bata, dem jüngeren. Ihre Eltern waren schon tot, und Bata lebte bei seinem älteren Bruder und dessen Frau. Als sie eines Tages auf dem Feld arbeiteten, schickte Anubis Bata zum Haus zurück, um Saatkorn zu holen. Die Gattin des Anubis sah, wie kräftig der junge Mann war, und wollte ... äh ... das heißt, sie fragte ihn ... äh ...«

»Sie hat versucht, ihn zu verführen«, unterbrach Emerson ihn ungeduldig.

»Jawohl, Herr Professor! Entrüstet wies der junge Mann die Frau zurück. Doch da sie befürchtete, Bata werde sie an ihren Gatten verraten, erzählte sie Anubis, Bata habe ... äh ... versucht, sie zu verführen. Also versteckte sich Anubis in der Scheune, um seinen jüngeren Bruder umzubringen, wenn dieser vom Feld zurückkehrte.«

»Aber«, fuhr Karl fort, der sich inzwischen für seine Geschichte erwärmte, »Batas Vieh verfügte über Zauberkräfte; es konnte sprechen. Als eine Kuh nach der anderen in die Scheune kam, warnte jede von ihnen Bata, daß sein Bruder sich hinter der Tür verbarg und beabsichtige, ihn zu ermorden. Also lief Bata fort, und Anubis verfolgte ihn. Die Götter, die von Batas Unschuld wußten, ließen zwischen ihnen einen Fluß voller Krokodile entstehen. Dann rief Bata von der anderen Seite des Flusses zu seinem Bruder hinüber und erklärte ihm, was geschehen war. Als Zeichen seiner Unschuld schnitt er sich den ... äh ... das heißt ...«

Karl lief feuerrot an und hörte auf zu sprechen. Vandergelt grinste breit, als er die Verlegenheit des jungen Mannes bemerkte, und Emerson sagte nachdenklich: »Für diese Handlung gibt es keine annehmbare Beschönigung; lassen Sie sie einfach weg, Karl. Angesichts dessen, was später in der Geschichte geschieht, ergibt sie sowieso nicht viel Sinn.«

»Jawohl, Herr Professor. Also, Bata sagte zu seinem Bruder, er werde an einen Ort gehen, der Zederntal hieß, dort werde er sein Herz in die Krone einer hohen Zeder legen. Anubis werde wissen, daß sein Bruder bei guter Gesundheit sei, solange das Bier in seinem Becher eine klare Farbe habe. Trübe es sich jedoch, so bedeute das, daß Bata in Gefahr schwebe. Dann müsse er Batas Herz suchen und es ihm zurückgeben.«

Lady Baskerville konnte nicht länger an sich halten. »Was soll dieser Unsinn?« rief sie aus. »Noch nie habe ich eine so dumme Geschichte ...«

»Es ist ein Märchen«, meinte ich. »Märchen sind nicht vernünftig, Lady Baskerville. Fahren Sie fort, Karl. Anubis kehrte zum Haus zurück und tötete seine treulose Frau ...«

Hier wurde ich – zum ersten- und letztenmal im Leben – von Karl unterbrochen.

»Jawohl, Frau Professor. Anubis bereute, daß er sich gegen seinen armen, jüngeren Bruder ungerecht verhalten hatte. Und die unsterblichen Götter fühlten ebenfalls Mitleid mit

Bata. Sie beschlossen, ihm eine Frau zu machen – die schönste Frau der Welt –, damit er in der Einsamkeit seiner Verbannung Gesellschaft habe. Und Bata verliebte sich in die Frau und nahm sie zur Gemahlin.«

»Pandora!« rief Mr. O'Connell aus. »Ehrlich, diese Geschichte habe ich noch nie gehört. Aber sie geht genauso wie die Legende von Pandora, die die Götter für ... Himmel Herrgott, ich kann mir den Namen dieses Burschen einfach nicht merken.«

Niemand klärte ihn auf. Ich hätte diesen jungen Mann nie für so bewandert auf dem Gebiet der vergleichenden Literaturwissenschaft gehalten. Doch wahrscheinlicher war es, daß er versuchte, seine eigene Unkenntnis der Geschichte hervorzuheben.

»Die Frau ähnelte Pandora«, stimmte Karl zu. »Sie brachte Böses. Eines Tages, als sie badete, entriß ihr der Fluß eine Haarlocke und trug sie an den Hof des Pharaos. Der Duft ihres Haares war so wundervoll süß, daß der Pharao Soldaten ausschickte, um die Frau, von deren Kopf es stammte, zu finden. Die Soldaten wurden von Frauen begleitet, die Juwelen, schöne Kleider und alles, was Frauen so lieben, bei sich trugen. Als die Frau all diese schönen Dinge sah, verriet sie ihren Gatten. Sie erzählte den Soldaten von dem Herz im Zedernbaum, und die Männer fällten den Baum. Bata stürzte tot zu Boden, und die treulose Frau ging an den Hof des Pharaos.«

»Wie dem auch sei, es ist wie im Märchen vom Aschenputtel«, sagte Mr. O'Connell. »Die Haarlocke, der gläserne Schuh ...«

»Wir wissen alle, was Sie meinen, Mr. O'Connell«, sagte ich.

Ohne eine Spur von Verlegenheit setzte O'Connell ein breites Grinsen auf. »Es schadet nie, sicherzugehen«, stellte er fest.

»Fahren Sie fort, Karl«, meinte ich.

»Eines Tages sah Anubis, der ältere Bruder, daß sich das Bier in seinem Becher getrübt hatte, und er wußte, was das bedeutete. Er suchte seinen Bruder, und er fand ihn und auch dessen Herz in dem gefällten Baum. Er legte das Herz in einen Becher Bier. Bata trank es und erwachte wieder zum Leben. Doch die Frau ...«

»Sehr gut, sehr gut«, sagte Emerson. »Das haben Sie ausgezeichnet erzählt, Karl. Lassen Sie mich den Rest zusammenfassen, denn er ist genauso lang wie der Anfang und sogar noch unlogischer. Schließlich rächte sich Bata an seiner verräterischen Gattin und wurde Pharao.«

Eine Pause entstand.

»Ich habe mein Lebtag noch keinen solchen Unsinn gehört«, sagte Lady Baskerville.

»Märchen sollen unsinnig sein«, entgegnete ich. »Das macht einen Teil ihres Charmes aus.«

Die allgemeine Reaktion auf »Die Geschichte von den zwei Brüdern« ähnelte in etwa der von Lady Baskerville. Alle waren sich einig, daß Madames Anspielungen keine Bedeutung gehabt hätten; das Produkt eines verwirrten Geistes also. Emerson schien nichts dagegen zu haben, das Thema fallenzulassen. Und erst nachdem wir fast mit dem Abendessen fertig waren, kam er auf einen weiteren strittigen Punkt zu sprechen.

»Ich beabsichtige, die Nacht am Grab zu verbringen«, verkündete er. »Nach den Enthüllungen, die morgen bevorstehen, werde ich so viele Arbeiter und Wachen bekommen können, wie ich brauche. Bis dahin besteht immer noch eine gewisse Gefahr, daß das Grab ausgeraubt wird.«

Vandergelt ließ die Gabel fallen. »Was, zum Teufel, meinen Sie damit?«

»Zügeln Sie Ihre Ausdrucksweise«, tadelte Emerson. »Es sind Damen anwesend. Sie haben doch nicht etwa meinen Boten vergessen, oder? Morgen wird er eintreffen. Dann werde ich die Wahrheit erfahren. Die Nachricht wird aus einem einfachen ›Ja‹ oder ›Nein‹ bestehen. Und wenn sie ›ja‹ lautet ... Wer würde vermuten, daß das Schicksal eines Menschen von so einem kleinen Wörtchen abhängt?«

»Du übertreibst«, zischte ich aus dem Mundwinkel. Emerson warf mir einen finsteren Blick zu, aber er hatte den Hinweis verstanden.

»Sind alle fertig?« fragte er. »Gut. Gehen wir zu Bett. Es tut mir leid, wenn ich Sie hetze, aber ich will zurück ins Tal.«

»Dann möchten Sie sich also jetzt entschuldigen?« sagte Lady Baskerville, und ihr war anzusehen, was sie von diesem unhöflichen Benehmen hielt.

»Nein, nein. Ich will meinen Kaffee. Der wird mir helfen, wachzubleiben.«

Als wir hinausgingen, schloß Mary sich mir an. »Ich verstehe es nicht, Mrs. Emerson. Die Geschichte, die Karl erzählt hat, war so merkwürdig. Wie kann sie etwas mit dem Tod meiner Mutter zu tun haben?«

»Vielleicht besteht gar kein Zusammenhang«, antwortete ich tröstend. »Wir tappen immer noch im dunkeln, Mary; wir können nicht sehen, was sich dahinter verbirgt, geschweige denn wissen, ob es sich um Wegweiser handelt, die uns bei unserer Suche die Richtung anzeigen.«

»Wie literarisch gestimmt wir doch alle heute abend sind«, bemerkte der allgegenwärtige Mr. O'Connell lächelnd. Es war sein dienstliches, trollähnliches Grinsen, doch mir schien es, daß in seinen Augen etwas Ernsteres, Unheilschwangeres aufglomm.

Mit einem trotzigen Blick auf mich nahm Lady Baskerville den Platz hinter dem Kaffeetablett ein. Ich lächelte geduldig.

Wenn es der Dame gefiel, diese bedeutungslose Handlung zum Schauplatz eines Machtkampfes zwischen uns zu machen, sollte sie doch. In wenigen Tagen würde ich auch nach außen hin die Hausherrin sein, wie es eigentlich in Wirklichkeit bereits der Fall war.

An diesem Abend waren wir alle besonders höflich. Während ich dem vornehm geflüsterten »Schwarz oder mit Milch?« und »Zwei Stück Zucker, bitte« lauschte, fühlte ich mich, als beobachtete ich dieses alltägliche Tableau durch eine verzerrende Glasscheibe wie in einem Märchen, das ich einmal gelesen hatte. Jeder im Raum spielte eine Rolle. Jeder hatte etwas zu verbergen – Gefühle, Taten, Gedanken.

Lady Baskerville hätte besser daran getan, mich den Kaffee ausschenken zu lassen. Sie war außerordentlich ungeschickt, und nachdem es ihr gelungen war, eine halbe Tasse voll auf das Tablett zu verschütten, stieß sie einen ärgerlichen Schrei aus und griff sich an die Stirn.

»Ich bin so nervös heute abend, ich weiß nicht, was ich tue! Radcliffe, ich wünschte, Sie würden es sich noch einmal überlegen. Bleiben Sie heute nacht hier. Bringen Sie sich nicht in Gefahr. Ich könnte eine weitere ...« Lächelnd schüttelte Emerson den Kopf, und Lady Baskerville, die sich Mühe gab, sein Lächeln zu erwidern, sagte nun etwas ruhiger: »Ich sollte es besser wissen. Aber Sie werden doch wenigstens jemanden mitnehmen? Sie gehen nicht etwa allein?«

Starrsinnig, wie er ist, wollte Emerson dieses vernünftige Ansinnen schon ablehnen. Aber auch die anderen drängten ihn, sich mit einem Begleiter einverstanden zu erklären. Vandergelt bot als erster seine Dienste an.

»Nein, nein, Sie müssen bleiben und die Damen beschützen«, sagte Emerson.

»Wie immer, Herr Professor, wäre es mir eine Ehre, dem herausragendsten ...« mischte sich Karl ein.

»Nein, danke.«

Ich sagte nichts. Für mich bestand keine Notwendigkeit zu sprechen, da Emerson und ich uns für gewöhnlich ohne Worte verständigen. Ich glaube, es handelt sich um eine Art elektrische Schwingungen. Er spürte meine unausgesprochene Botschaft, denn er vermied es, mich anzusehen, während er mit den Augen nervenzerreißend langsam den Raum absuchte.

»Ich glaube, Mr. O'Connell wird mein Opfer«, sagte er schließlich. »Wenn wir eine ruhige Nacht haben, kann er an seinem nächsten Bericht arbeiten.«

»Das paßt mir gut, Professor«, sagte der junge Ire und nahm seine Tasse von Lady Baskerville entgegen.

Plötzlich sprang Emerson mit einem Schrei auf. »Schauen Sie!«

Alle Blicke richteten sich auf das Fenster, auf das er zeigte. O'Connell rannte durchs Zimmer und zog die Vorhänge zurück.

»Was haben Sie gesehen, Professor?«

»Etwas Weißes ist vorbeigehuscht«, antwortete Emerson. »Ich dachte, jemand läuft rasch am Fenster vorbei.«

»Jetzt ist niemand mehr da«, meinte O'Connell. Er kehrte zu seinem Sessel zurück.

Eine Weile sagte keiner etwas. Ich saß da, umklammerte die Armlehnen meines Sessels und versuchte nachzudenken, denn mir war gerade ein neuer und schrecklicher Einfall gekommen. Ich hatte keine Ahnung, was Emerson mit seiner albernen weißen Gestalt und seinem theatralischen Geschrei beabsichtigt haben könnte; meine Sorge war völlig anderer Natur. Vielleicht irrte ich mich. Doch wenn das nicht der Fall war, mußte sofort etwas geschehen, und das duldete keinen Aufschub.

»Halt«, schrie ich und stand diesmal meinerseits auf.

»Was ist?« fragte Emerson.

»Mary!« rief ich aus. »Rasch – sie fällt gleich in Ohnmacht ...«

Die Herren stürzten sich alle auf das erstaunte Mädchen. Ich hatte zwar gehofft – wenn auch nicht wirklich erwartet –, daß sie die Geistesgegenwart besitzen würde, um auf mein Stichwort zu reagieren. Evelyn hätte es ohne Zögern getan, aber Evelyn ist meine Methoden gewöhnt. Aber es machte nichts, die Ablenkung gab mir die Gelegenheit, die ich brauchte. Emersons Kaffeetasse und meine standen auf einem niedrigen Tischchen neben meinem Sessel. Schnell vertauschte ich sie.

»Wirklich, mir fehlt nichts«, beharrte Mary. »Ich bin ein wenig müde, aber schwindelig ist mir gar nicht.«

»Sie sind sehr blaß«, meinte ich mitfühlend. »Und Sie hatten so einen entsetzlichen Tag, Mary. Ich glaube, Sie sollten sich hinlegen.«

»Und du auch«, sagte Emerson und sah mich argwöhnisch an. »Trink deinen Kaffee, Amelia, und geh zu Bett.«

»Gewiß«, sagte ich und tat es ohne Zögern.

Bald löste sich die Gesellschaft auf. Emerson erbot sich, mich zu unserem Zimmer zu geleiten, doch ich teilte ihm mit, daß ich vor dem Zubettgehen noch andere Angelegenheiten zu erledigen hätte. Die erste und wichtigste will ich nicht im Detail beschreiben; der Vorgang war äußerst unangenehm und zu abscheulich, um ihn wiederzugeben. Wenn ich Emersons Absichten hätte vorhersehen können, hätte ich beim Abendessen nicht so herzhaft zugegriffen.

Dann fühlte ich mich verpflichtet, bei Mary hineinzuschauen. Sie war immer noch trügerisch gefaßt, wie es nach einem Schock, sei er nun freudiger oder tragischer Natur, häufig der Fall ist – doch über kurz oder lang würde sie gewiß unter dem verwirrenden Durcheinander von Gefühlen, die in ihr tobten, zusammenbrechen. Ich behandelte sie wie ein verletztes oder verängstigtes Kind, indem ich sie ins Bett verfrachtete und zum Trost eine brennende Kerze stehenließ. Sie war mir für diese Zuwendung, die sie zweifellos noch nie erlebt hatte, rührend dankbar. Ich nutzte die Gelegenheit, um mit ihr über christliche Stärke und britischen Kämpfergeist angesichts widriger Umstände zu sprechen, und fügte hinzu, daß ihre Zukunft, trotz allen Respekts gegenüber ihrer Mutter, für sie eigentlich nur rosig aussehen könne. Ich hätte noch mehr zu sagen gewußt, doch an dieser Stelle unserer Unterhaltung schlief sie ein. Also steckte ich das Moskitonetz um sie herum fest und schlich hinaus.

Emerson wartete vor der Tür. Er lehnte mit verschränkten Armen an der Wand und machte wie so oft ein Gesicht, das »wenn ich nicht so ungewöhnlich geduldig wäre, würde ich schreien und mit dem Fuß aufstampfen« ausdrücken sollte.

»Warum hast du so verdammt lange herumgetrödelt?« wollte er wissen. »Ich habe es eilig.«

»Ich habe dich nicht gebeten, auf mich zu warten.«

»Ich muß mit dir sprechen.«

»Wir haben nichts zu besprechen.«

»Ach!« rief Emerson in dem überraschten Tonfall eines Menschen aus, der soeben eine Entdeckung gemacht hat. »Du bist wütend, weil ich dich nicht gefragt habe, ob du heute nacht mit mir Wache halten willst.«

»Lächerlich. Wenn du unbedingt wie ein Standbild der Geduld herumsitzen und warten willst, bis ein Mörder dich überfällt, werde ich dich nicht davon abhalten.«

»Das glaubst du also?« Emerson lachte laut auf. »Nein, nein, meine liebe Peabody. Das mit der Botschaft war nur eine Finte, selbstverständlich ...«

»Ich weiß.«

»Hmmm«, meinte Emerson. »Denkst du, die anderen wissen das auch?«

»Wahrscheinlich.«

»Worum sorgst du dich dann?«

In diesem Punkt mußte ich ihm recht geben. Die Botschaft war so eine durchsichtige Ausrede, daß nur ein Vollidiot nicht durchschaut hätte, daß es sich um eine Finte handelte.

»Hmmm«, sagte ich.

»Ich hatte gehofft«, gab Emerson zu, »daß dieser Kunstgriff unseren Verdächtigen dazu bewegen würde, nicht etwa mich zu ermorden – ich bin, wie du vielleicht beobachtet hast, mein Liebling, kein Held –, sondern zu fliehen. Wie du glaube ich mittlerweile, daß meine Finte fehlgeschlagen ist. Allerdings möchte ich, falls der Mörder nervöser oder dümmer sein sollte, als wir glauben, daß du hierbleibst und achtgibst, ob jemand das Haus verläßt.«

Beim Sprechen waren wir langsam durch den Hof geschlendert. Nun hatten wir die Tür zu unserem Zimmer erreicht. Emerson öffnete sie, schob mich hinein und umfing mich in einer heftigen Umarmung.

»Schlaf gut, Peabody, mein Liebling. Träum von mir.«

Ich schlang die Arme um seinen Hals. »Mein liebster Mann, achte auf dein wertvolles Leben. Ich würde nie versuchen, dich von deiner Pflicht abzuhalten, doch vergiß nicht, wenn du fallen solltest...«

Emerson stieß mich weg. »Verdammt, Peabody, wie kannst du es wagen, dich über mich lustig zu machen? Hoffentlich stolperst du über einen Stuhl und verstauchst dir den Knöchel.«

Und mit diesen zärtlichen Abschiedsworten verließ er mich, wobei er leise vor sich hin fluchte.

Ich wandte mich an Bastet, die Katze, deren geschmeidige Gestalt ich vor dem offenen Fenster gesehen hatte.

»Er hat das verdient«, sagte ich. »Ich könnte dir fast beipflichten, Bastet; Katzen sind viel vernünftiger als Menschen.«

Bastet und ich hielten gemeinsam Wache, während die Zeiger meiner kleinen Taschenuhr langsam gen Mitternacht krochen. Ich fühlte mich geschmeichelt, weil die Katze bei mir blieb, obwohl sie sonst offensichtlich Emerson bevorzugte. Zweifellos sagte ihr ihr wacher Geist, daß der treueste Freund nicht immer der ist, der Hühnchen in der Tasche hat.

Emersons glatte Ausrede hatte mich nicht einen Augenblick lang täuschen können. Er hoffte, der Mörder würde ihm seine Lüge über Botschaften und entscheidende Hinweise abnehmen; er erwartete, noch in dieser Nacht überfallen zu werden. Je länger ich darüber nachdachte, desto unbehaglicher wurde mir. Ein vernünftiger Mörder (falls es so etwas überhaupt gibt) wäre keine Sekunde auf Emersons Schauspielerei hereingefallen. Doch wenn meine Theorie stimmte, war der Mörder dumm genug, um so zu handeln, wie Emerson voraussah.

Nachdem ich meine Arbeitssachen angezogen hatte, schwärzte ich mir das Gesicht mit Lampenruß und entfernte alles Weiße von meiner Kleidung. Ich öffnete meine Tür einen Spalt und vergewisserte mich, daß der Wächter auf dem Hof patrouillierte. Vor dem Fenster konnte ich niemanden sehen. Als es endlich Mitternacht war, ließ ich die Katze friedlich schlafend auf dem Bett zurück und kletterte aus dem Fenster.

Der Mond war zu hell für meine Zwecke. Lieber wäre mir eine dichte Wolkendecke gewesen. Trotz der Nachtkühle war ich schweißgebadet, als ich die Klippe erreichte, die über dem Tal hing.

Unter mir lagen die Behausungen der Toten friedlich im Licht des ewigen Mondes von Ägypten. Der Zaun um das Grab versperrte mir die Sicht, bis ich nahe genug herangekommen war. Ich hatte nicht erwartet, von fröhlichem Treiben empfangen zu werden; also kam mir die Stille, die diese Stätte umgab, nicht weiter beängstigend vor. Auch daß ich den Schein der Laterne, die Emerson für gewöhnlich brennen ließ, nirgends entdeckte, sorgte mich nicht. Vielleicht hatte er sie in der Hoffnung, den Mörder anzulocken, nicht angezündet. Trotzdem durchfuhr mich der nur allzu bekannte Schauer einer bösen Vorahnung, als ich weiterschlich.

Vorsichtig näherte ich mich der Absperrung. Ich wollte nicht mit dem Verbrecher verwechselt und von meinem eigenen Gatten niedergeschlagen werden. Mein Nahen war mit Sicherheit nicht geräuschlos, denn der felsige Boden war mit Steinchen und Kieseln übersät, die bei jedem Schritt knirschten. Nachdem ich den Zaun erreicht hatte, spähte ich durch einen Spalt zwischen zwei Latten.

»Emerson«, flüsterte ich. »Nicht schießen; ich bin's.«

Keine Antwort. Nicht das geringste Geräusch durchbrach die unheimliche Stille. Das eingezäunte Areal sah aus wie eine verschwommene Photographie, durchzogen von den Schatten der Zaunlatten und verdunkelt durch die Umrisse der Felsen und verschiedener anderer Gegenstände. Mein Instinkt verriet mir die Wahrheit, noch ehe meine angestrengt suchenden Augen eine zusammengesunkene Gestalt neben den Treppenstufen liegen sahen. Ich warf alle Vorsicht über Bord, lief auf die Gestalt zu und stürzte neben ihr zu Boden. Meine tastenden Hände trafen auf zerknitterten Stoff, dichtes, zerzaustes Haar und Gesichtszüge, die ich selbst in der finstersten Nacht wiedererkannt hätte.

»Emerson«, keuchte ich. »Antworte mir! O Gott, ich bin zu spät. Warum habe ich so lange gewartet? Warum habe ...«

Plötzlich erwachte die reglose Gestalt zum Leben. Ich wurde gepackt – gewürgt – am Sprechen gehindert – zu Boden geworfen, und zwar mit einer Gewalt, die mir den Atem raubte – und dann mit einer Umarmung umschlossen, die so wild war wie die eines Todfeindes und nicht zärtlich wie die eines Ehegatten.

»Verdammt, Amelia«, zischte Emerson. »Wenn du meine Beute verscheucht hast, spreche ich nie mehr ein Wort mit dir. Was, zum Teufel, tust du hier?«

Da ich nicht in der Lage war, mich zu äußern, röchelte ich so bedeutsam ich konnte. Emerson gab meinen Mund frei. »Leise«, flüsterte er.

»Wie kannst du es wagen, mich so zu ängstigen?« fragte ich.

»Wie konntest ... Gleichgültig; geh nach hinten zu O'Connell, wo dich niemand sieht, und laß mich wieder meine vorherige Haltung einnehmen. Ich habe mich schlafend gestellt.«

»Du hast geschlafen.«

»Vielleicht bin ich kurz eingenickt ... Schluß mit dem Gerede. Geh in die Hütte, wo O'Connell ...«

»Emerson – wo ist O'Connell? Unser Zusammentreffen war nicht eben geräuschlos. Hätte er dir inzwischen nicht zur Hilfe eilen sollen?«

»Hmmm«, meinte Emerson.

Wir fanden den Journalisten hinter einem Felsen am Abhang. Er atmete tief und regelmäßig und rührte sich nicht, selbst nicht, als Emerson ihn schüttelte.

»Betäubt«, sagte ich leise. »Dieses Ereignis ist höchst besorgniserregend, Emerson.«

»Besorgniserregend ja, es gibt aber auch Anlaß zur Hoffnung«, lautete die Antwort so leise, wie es Emerson möglich war. »Das bestätigt meine Theorie. Bleib hier und laß dich nicht blicken, Peabody, und schlag um Himmels willen nicht zu früh Alarm. Warte, bis ich den Schurken tatsächlich in den Fingern habe.«

»Aber Emerson ...«

»Schluß jetzt. Ich hoffe nur, daß unser angeregtes Gespräch unbemerkt geblieben ist.«

»Warte, Emerson ...«

Er war fort. Ich setzte mich neben den Felsen. Ihm zu folgen und darauf zu bestehen, angehört zu werden, hätte das Gelingen unseres Plans in Gefahr gebracht. Und außerdem war das, was ich ihm hatte mitteilen wollen, nicht länger von Bedeutung. Oder vielleicht doch? Ich kaute an meiner Unterlippe und versuchte, meine Gedanken zu ordnen. O'Connell war betäubt worden. Zweifellos hatte Emersons Kaffee, den ich zu mir genommen hatte, ebenfalls ein Betäubungsmittel enthalten. Da ich mit so etwas gerechnet hatte, hatte ich Emersons Kaffee getrunken und ihn dann sofort wieder von mir gegeben. Trotzdem hatte Emerson, als ich gerade auf ihn gestoßen war, tief und fest geschlafen. Ganz sicher hatte ich Theaterspiel und Wirklichkeit nicht miteinander verwechselt. Ich hatte bemerkt, wie schlaff sich sein Körper anfühlte, und hätte er sich nur schlafend gestellt, hätte er mein Flüstern hören müssen. Er hatte meinen Kaffee getrunken. Oder hatte noch jemand Tassen mit ihm getauscht?

Ein schwacher Schimmer künstlichen Lichtes riß mich aus meinen beunruhigenden Gedanken. Emerson hatte die Laterne angezündet. Ich billigte diesen Entschluß. Wenn ich recht hatte, rechnete der Mörder damit, ihn betäubt und hilflos vorzufinden, und im Lampenlicht konnte man ihn besser ausgestreckt daliegen sehen. Ich wünschte nur, ich hätte sicher sein können, daß er wirklich nicht unter dem Einfluß eines Betäubungsmittels stand. Ich holte tief Luft und ballte die Fäuste. Es tat nichts zur Sache. Ich war bereit. Ich hatte mein Messer, meine Pistole und meinen Sonnenschirm. Ich war entschlossen, meine Pflicht zu tun, und die Liebe verlieh mir Kraft bis in den letzten Muskel. Ich sagte mir, daß Emerson gar nicht in besseren Händen sein konnte als in meinen.

Das sagte ich mir. Doch mit der Zeit fing ich an, meine eigenen Beteuerungen zu bezweifeln – nicht etwa, weil ich keinen Glauben mehr an meine Fähigkeiten besaß, sondern weil ich so viel zu verlieren hatte, falls ich durch einen unvorhergesehenen, unglücklichen Zwischenfall am rechtzeitigen Handeln gehindert werden sollte. Emerson hatte sich neben die Treppe auf den Boden gesetzt; er saß da, den Rücken an die Wand gelehnt und eine Pfeife im Mund. Nachdem er eine Weile geraucht hatte, klopfte er die Pfeife aus und verharrte dann reglos. Allmählich sank sein Kopf nach vorne. Die Pfeife fiel ihm aus der schlaffen Hand. Seine Schultern beugten sich, das Kinn ruhte auf der Brust, er schlief – oder gab er nur vor, zu schlafen? Ein Windhauch zauste ihm das dunkle Haar. Mit wachsendem Unbehagen beobachtete ich seine reglose Gestalt. Ich befand mich mindestens zehn Meter entfernt. Konnte ich ihn rechtzeitig erreichen? Neben mir wälzte sich O'Connell herum und fing an zu schnarchen. Am liebsten hätte ich ihn getreten, obwohl ich wußte, daß er nicht an seiner Bewußtlosigkeit schuld war.

Die Nacht war schon weit fortgeschritten, als das erste verräterische Geräusch an mein Ohr drang. Es handelte sich nur um das leise Klappern eines Kiesels auf Stein und hätte auch von einem umherstreifenden Tier stammen können; doch es ließ mich auffahren, meine Nerven waren zum Zerreißen gespannt. Trotzdem entging mir fast das erste Anzeichen dafür, daß sich etwas bewegte; hinter dem Zaun, außerhalb des Lichtkegels.

Ich hatte gewußt, womit ich rechnen mußte; doch als die

dunkle Gestalt vorsichtig näherkam, so daß ich sie sehen konnte, hielt ich den Atem an. Von Kopf bis Fuß in eng anliegenden Musselin gehüllt, der selbst ihr Gesicht bedeckte, erinnerte sie mich an das erste Auftauchen Ayeshas, der unsterblichen Frau oder Göttin, in Mr. Haggards spannendem Roman mit dem Titel »Sie«. Ayesha verschleierte Gesicht und Körper, da ihre bezaubernde Schönheit den Männern den Verstand raubte; die Verkleidung dieser Erscheinung diente weniger lauteren Zwecken, doch sie löste in mir das gleiche Gefühl des Grauens und der Angst aus. Kein Wunder, daß alle, die sie gesehen hatten, sie für ein Nachtgespenst oder den Geist einer Königin längst vergangener Zeiten hielten.

Angespannt stand sie da, wie bereit, jeden Moment die Flucht zu ergreifen. Der Nachtwind ließ ihre Gewänder flattern wie die Flügel einer riesigen weißen Motte. So stark war mein Drang, mich auf sie zu stürzen, daß ich mir fest auf die Unterlippe biß, bis ich den salzigen Blutgeschmack spürte. Ich mußte warten. In den nahegelegenen Klippen gab es zu viele Möglichkeiten, sich zu verstecken. Wenn sie uns jetzt entkam, würden wir sie vielleicht niemals der Gerechtigkeit zuführen können.

Ich hatte fast zu lange gewartet, denn als sich die Gestalt endlich bewegte, geschah das mit einer solchen Geschwindigkeit, daß ich nicht darauf vorbereitet war. Sie eilte vorwärts und beugte sich mit erhobener Hand über Emerson.

Inzwischen war es offensichtlich, daß Emerson tatsächlich eingeschlafen war und nicht nur so tat. Selbstverständlich hätte ich aufgeschrien, wenn unmittelbare Gefahr gedroht hätte; doch beim Anblick der geisterhaften Gestalt wußte ich alles. Meine Theorie war von Anfang an richtig gewesen. Da ich wußte, wie sie angreifen würde, war mir auch klar, daß dazu eine gewisse Geschicklichkeit und auch die Ruhe zur

Durchführung notwendig waren. Ich hatte genug Zeit. Ich wurde von einem Triumphgefühl ergriffen, als ich mich langsam erhob.

Sobald ich meine Füße belastete, gab mein linker Knöchel nach, der nun, da der Blutkreislauf wieder zu strömen begann, schmerzhaft prickelte. Das Geräusch meines Sturzes war, wie ich leider sagen muß, ziemlich laut.

Während ich mich wieder aufrappelte, huschte die weiße Gestalt eilends davon. Emerson war zur Seite gekippt und zappelte schwach wie ein auf den Rücken gefallener Käfer. Als ich, mit meinem Sonnenschirm als Krücke, an ihm vorbeihumpelte, hörte ich ihn verwundert fluchen.

Eine Frau in weniger ausgezeichneter körperlicher Form wäre wahrscheinlich weitergehinkt, bis es zu spät gewesen wäre. Doch meine Blutgefäße und Muskeln sind ebenso gut trainiert wie der Rest von mir. Beim Laufen kehrte die Kraft in meine Glieder zurück. Die weiße Erscheinung war immer noch in einiger Entfernung vor mir zu sehen, als ich mit wild rudernden Armen zu meinem berühmten Sprint ansetzte. Meine Bitten um Hilfe an jeden, der vielleicht zuhörte, hallten als Echo von den Felswänden wider.

»Help! Au secours! Zur Hilfe! Haltet den Dieb!« untermalten die Verfolgungsjagd, und ich wage zu behaupten, daß meine Schreie ihre Wirkung auf meine Beute nicht verfehlten. Für sie gab es kein Entrinnen, aber sie lief immer weiter, bis ich meinen Sonnenschirm mit aller Kraft auf ihren Kopf niedersausen ließ. Selbst dann, als sie ausgestreckt auf dem Boden lag, griffen ihre zu Klauen verkrümmten Hände nach dem Gegenstand, der ihr im Sturz entglitten war. Kräftig stellte ich meinen Fuß auf die Waffe – eine lange, spitze Hutnadel. Mit gezücktem Sonnenschirm blickte ich hinab auf das verzerrte, nicht länger schöne Gesicht, das mich mit schauerlicher Wildheit anfunkelte.

»Es ist zwecklos, Lady Baskerville«, sagte ich. »Sie sitzen in der Falle. Schon bei unserer ersten Begegnung hätten Sie wissen müssen, daß Sie mir nicht gewachsen sind.«

Unvernünftigerweise war Emerson wegen meiner – wie er es nannte – unbefugten Einmischung böse auf mich. Ich wies ihn darauf hin, daß er sich jetzt, wenn ich mich nicht eingemischt hätte, wohl in einer besseren, aber wahrscheinlich auch langweiligeren Welt befinden würde. Da er das nicht leugnen konnte, es aber auch nicht zugeben wollte, wechselte er das Thema.

Wir veranstalteten eine kleine Zeremonie um das Öffnen der Briefumschläge, denen wir einst unsere Vermutungen hinsichtlich der Identität des Mörders anvertraut hatten. Ich schlug vor, das öffentlich zu tun. Emerson stimmte so bereitwillig zu, daß ich wußte, er hatte entweder richtig geraten oder die Möglichkeit gehabt, die Umschläge auszutauschen.

Wir hielten unsere Konferenz in Arthurs Zimmer ab. Obwohl er noch sehr schwach war, befand er sich außer Gefahr, und ich war der Meinung, es würde seine Genesung beschleunigen, wenn er wußte, daß er nicht mehr unter Mordverdacht stand.

Alle waren gekommen; mit Ausnahme von Mr. Vandergelt, der sich verpflichtet gefühlt hatte, Lady Baskerville nach Luxor zu begleiten, wo sie, wie ich kaum bezweifelte, die Behörden in eine arge Verlegenheit gebracht hatte. Man hatte nur selten mit einem Verbrecher von so hoher gesellschaftlicher Stellung zu tun und dazu noch mit einer Frau. Ich hoffte nur, man würde sie nicht vor lauter Verlegenheit entkommen lassen.

Nachdem Emerson und ich unsere Umschläge geöffnet und die beiden Blatt Papier, auf denen Lady Baskervilles Name stand, vorgezeigt hatten, rief Mary aus: »Sie erstaunen mich, Amelia – und Sie natürlich auch, Professor! Obwohl ich nicht behaupten kann, daß ich Lady Baskerville bewundere, wäre ich doch nie darauf gekommen, daß sie schuldig sein könnte!«

»Für einen analytischen Verstand war es offensichtlich«, antwortete ich. »Lady Baskerville ist zwar gerissen und bösartig, aber nicht wirklich intelligent. Sie hat einen Fehler nach dem anderen begangen.«

»Wie zum Beispiel, daß Sie den Herrn Professor bat, die Expedition zu leiten«, meinte Karl. »Sie hätte wissen sollen, daß ein Mann, der so brillant, so außergewöhnlich ...«

»Nein, das war eine ihrer intelligenteren Handlungen«, sagte Emerson. »Die Arbeiten wären mit oder ohne ihre Zustimmung weitergeführt worden. Im Testament seiner verstorbenen Lordschaft ist das ausdrücklich verfügt. Sie mußte die Rolle der hingebungsvollen Witwe spielen; und damals, als sie sich an uns wandte, war sie sicher, daß sich die Angelegenheit erledigt hatte. Armadale würde, wie sie hoffte, entweder in der Wüste sterben oder heimlich das Land verlassen. Sie unterschätzte sein Durchhaltevermögen und das Ausmaß seiner Leidenschaft. Aber obwohl sie nicht sehr intelligent ist, konnte sie prompt und entschlossen zur Tat schreiten, wenn es nötig war.«

»Und«, fügte ich hinzu, »es war einer von ihren schlaueren Einfällen, sich als Dame in Weiß zu verkleiden. Die Schleier waren so ausladend, daß man die Gestalt auf keinen Fall erkennen konnte; es hätte sogar ein Mann sein können. Außerdem ließ die geisterhafte Erscheinung diejenigen, die sie sahen, zögern, sich ihr zu nähern. Lady Baskerville hat die Dame in Weiß gut für ihre Zwecke genutzt, als sie vorgab, sie in der Nacht, als Emerson von dem steinernen Kopf getroffen wurde, gesehen zu haben. Selbstverständlich war es Habib, der den Stein geworfen hat. Auch weitere Hinweise, wie Lady Baskervilles Vorliebe für ein unfähiges und schüchternes ägyptisches Dienstmädchen, waren in höchstem Maße verdächtig. Ich bezweifle nicht, daß Atiyah einige Dinge beobachtet hat, die eine klügere Dienerin verstanden und mir vielleicht berichtet hätte.«

Ich hätte weitergesprochen, wäre O'Connell mir nicht ins Wort gefallen.

»Einen Moment, Ma'am. Das alles ist ja sehr interessant, aber es handelt sich – wenn Sie mir verzeihen – doch um Dinge, die jedem auffallen würden, nachdem die Sache erst einmal geklärt ist. Ich brauche mehr Einzelheiten, nicht nur für meinen Chefredakteur, sondern auch, um meine eigene Neugier zu befriedigen.«

»Sie kennen die Einzelheiten dieses Falles bereits, obwohl Sie wahrscheinlich keinen Wert darauf legen dürften, sie Ihren Lesern zu schildern«, sagte ich bedeutungsschwanger.

Mr. O'Connell war feuerrot angelaufen, so daß sein Gesicht fast die Farbe seines Haares angenommen hatte. Er hatte mir unter vier Augen gebeichtet, daß er der Urheber des Messers im Kleiderschrank war. Er hatte einen Hoteldiener bestochen, ein kunstvoll geschmücktes Messer – die Art, wie man sie in Andenkenläden findet – an einer gut sichtbaren Stelle in unserem Zimmer zu deponieren. Allerdings hatte sein unfähiger und unterbezahlter Komplize das teure Stück gegen eine billigere Waffe ausgetauscht und diese an den falschen Platz gelegt.

Als ich den Journalisten erröten sah, sagte ich nichts mehr. In den letzten Tagen hatte er sich mein Wohlwollen verdient, und außerdem brauchte er dringend eine kleine Aufmunterung, wenn meine Vermutungen hinsichtlich Mary und Arthur richtig waren.

»Gut, fahren wir fort«, meinte O'Connell, wobei er angestrengt in sein Notizbuch starrte. »Wie haben Sie – und Professor Emerson natürlich – die Wahrheit herausgefunden?«

Ich hatte beschlossen, mir erst anzuhören, was Emerson zu sagen hatte, ehe ich mich festlegte. Also schwieg ich und ließ ihm den Vortritt.

»Von Anfang an war offensichtlich, daß Lady Baskerville die beste Gelegenheit hatte, ihren Gatten zu beseitigen. Es ist eine Binsenweisheit in der Kriminologie ...«

»Ich kann dir nur zehn Minuten zugestehen, Emerson«, unterbrach ich ihn. »Wir dürfen Arthur nicht ermüden.«

»Hmmm«, meinte Emerson. »Dann erzähl du es doch, wenn dir mein Stil zu ausführlich ist.«

»Am besten stelle ich Fragen«, sagte Mr. O'Connell und machte ein belustigtes Gesicht. »Damit sparen wir Zeit, denn wie Sie wissen, bin ich einen knappen, journalistischen Stil gewöhnt.«

»Knapp« war nicht das Wort, das ich verwendet hätte; aber ich hatte nichts gegen seine Vorgehensweise einzuwenden.

»Sie haben die Gelegenheit angesprochen«, sagte er. »Was ist mit dem Motiv, Professor?«

»Es ist eine Binsenweisheit in der Kriminologie«, fuhr Emerson starrsinnig fort, »daß die Erben des Opfers die Hauptverdächtigen sind. Obwohl ich über die Bedingungen des Testaments des verstorbenen Lord Baskerville nicht informiert war, nahm ich doch an, daß seine Witwe etwas erben würde. Allerdings ging ich von einem noch stärkeren Motiv aus. Der Kreis der Archäologen ist begrenzt, und wie in allen kleinen menschlichen Gemeinschaften wird viel geklatscht. Lady Baskervilles Neigung zu ... äh ... wie soll ich das ausdrücken?«

»Außerehelichen Affären«, ergänzte ich. »Das hätte ich dir gleich erzählen können.«

»Wie?« fragte Emerson.

»Ich wußte es in dem Augenblick, als ich sie sah. Sie gehört zu dieser Sorte Frauen.«

»Also«, mischte sich Mr. O'Connell ein, als sich Emersons Gesicht rötete, »haben Sie Erkundigungen über den Ruf der Dame eingezogen, Professor?«

»Genau. Ich hatte sie schon seit einigen Jahren aus den Augen verloren. Ich unterhielt mich mit Bekannten in Luxor und schickte ein paar Telegramme nach Kairo, um mich zu vergewissern, daß sie ihre alten Gewohnheiten nicht abgelegt hatte. Die Antworten bestätigten meinen Verdacht. Ich schloß, daß Lord Baskerville von ihren Affären erfahren – der Ehemann weiß es immer zuletzt – und ihr mit Scheidung, Schande und Armut gedroht hatte.«

In Wirklichkeit kannte Emerson die Tatsachen erst seit dem heutigen Morgen, da Lady Baskerville zusammengebrochen war und ihm alles gestanden hatte. Ich fragte mich, wieviel mehr von diesem interessanten Geständnis er wohl getarnt als eigene Schlußfolgerung im Laufe seines Berichts zum besten geben würde.

»Also hat sie ihren Gatten ermordet, um ihren guten Ruf zu schützen?« fragte Mary ungläubig.

»Um ihren luxuriösen Lebenswandel beibehalten zu können«, antwortete ich, ehe Emerson etwas sagen konnte. »Sie hatte es auf Mr. Vandergelt abgesehen. Er hätte nie eine geschiedene Frau geheiratet – Sie wissen doch, wie puritanisch diese Amerikaner sind –, doch als unglückliche Witwe war sie fest überzeugt, ihn einfangen zu können.«

»Gut«, sagte O'Connell, wobei er eilig mitschrieb. »Jetzt sind Sie dran, Mrs. E. Welches Indiz hat Ihnen die Identität des Mörders verraten?«

»Arthurs Bett«, erwiderte ich.

Mr. O'Connell kicherte. »Wunderbar! Das ist ja fast so geheimnisvoll wie eine von Mr. Sherlock Holmes Schlußfolgerungen. Würden Sie das bitte erläutern, Ma'am.«

»An dem Abend, als wir unseren Freund hier mit dem Tode ringend auffanden«, fing ich mit einem Nicken in Arthurs Richtung an, »war sein Zimmer in Unordnung. Lady Baskerville hatte seine Sachen umhergeworfen, um eine hastige Flucht vorzutäuschen. Allerdings hat sie ...«

»Vergessen, sein Rasierzeug mitzunehmen«, unterbrach Emerson. »Da wußte ich, daß der Mörder eine Frau sein mußte. Kein Mann hätte etwas übersehen, das so offensichtlich ...«

»Und«, sagte ich mit erhobener Stimme, »kein Mann hätte Arthurs Bett so ordentlich gemacht. Vergessen Sie nicht, er hatte sich hingelegt, als er überfallen wurde. Der Mörder mußte das Bett also so machen, daß die Überdecke bis zum Boden hinabhing und Arthurs reglose Gestalt verbarg. Je länger es dauerte, bis man ihn entdeckte, desto schwieriger wäre es für unschuldige Menschen gewesen, ein Alibi nachzuweisen. Diese ordentlich umgeschlagenen Kanten wie in einem Krankenhaus waren sehr verräterisch.«

»Ausgezeichnet«, jubelte Mr. O'Connell und kritzelte weiter. »Aber wie hat sie das Verbrechen begangen, Mrs. E.? Das ist das Erstaunlichste an der Sache.«

»Mit einer Hutnadel«, antwortete ich.

Darauf folgten erstaunte Ausrufe. »Ja«, fuhr ich fort. »Ich gebe zu, daß ich mir lange Zeit darüber den Kopf zerbrochen habe. Erst gestern nachmittag, als Lady Baskerville ihr Hochzeitskleid anprobierte, stellte ich fest, wie tödlich eine Hutnadel sein kann. Lady Baskerville war Krankenschwester, und sie hat damals mit Medizinstudenten und Ärzten verkehrt – äh – Umgang gepflegt. Wenn man eine angespitzte Hutnadel ins Stammhirn einführt, durchbohrt sie das Rükkenmark und tötet das Opfer sofort. Einen kleinen Einstich, verborgen unter dem Haar des Opfers, würde niemand bemerken; und falls es doch dazu kommen sollte, würde man es für einen Insektenstich halten. Armadale hat sie auf die gleiche Weise umgebracht.«

»Aber warum Armadale?« fragte O'Connell aufgeregt mit gezücktem Bleistift. »Hat er sie verdächtigt?«

»Ganz im Gegenteil«, antwortete ich. (Ich habe meinen Atem besser unter Kontrolle als Emerson, weshalb ich schon zu sprechen anfangen konnte, während er noch Luft holte.) »Mr. Armadale dachte, er selbst hätte Lord Baskerville umgebracht.«

Ein mir sehr willkommener Ausbruch von Überraschungsschreien ließ mich innehalten.

»Es ist natürlich nur eine Vermutung«, sagte ich bescheiden, »aber auch die einzige Erklärung, die sich mit den Tatsachen deckt. Lady Baskerville hat Mr. Armadale kaltblütig verführt. Mary ist aufgefallen, daß er einige Wochen vor Lord Baskervilles Tod geistesabwesend und niedergeschlagen wirkte. Wichtiger noch, er wiederholte seinen Heiratsantrag nicht. Er hatte eine neue Geliebte gefunden, und die Seelenpein, die ihm das Wissen, seinen Gönner betrogen zu haben, verursachte, quälte ihn entsetzlich. Lady Baskerville gab vor, ebenso zu empfinden wie er. Sie teilte Armadale mit, daß sie beabsichtigte, ihrem Mann die Wahrheit zu sagen. Dann tat sie so, als habe sie Angst vor der Reaktion ihres Gatten, und bat den jungen Mann, in ihrem Zimmer zu warten, während die Aussprache stattfand. Wie zu erwarten, fing ihr Gatte an zu schreien. Sie kreischte; Armadale stürzte herein und schlug in dem Glauben, seine Geliebte zu schützen, den wütenden Ehemann nieder. Sobald Lord Baskerville zu Boden gestürzt war, beugte sich seine Frau über ihn und rief: ›Du hast ihn umgebracht!‹« »Und Armadale hat ihr geglaubt?« fragte O'Connell zweifelnd. »Meine Leser werden sich die Finger lecken, Mrs. E., aber es ist trotzdem recht unwahrscheinlich.«

»Er liebte sie«, sagte Arthur mit schwacher Stimme. »Sie verstehen die wahre Liebe nicht, Mr. O'Connell.«

Ich nahm Arthurs Handgelenk. »Sie sind erhitzt«, meinte ich. »Sie regen sich zu sehr auf. Wir vertagen die Sitzung besser.«

»Nein, nein.« Der Kranke umklammerte meine Hand. Sein goldblonder Bart war ordentlich gestutzt und sein Haar gekämmt worden. Blässe und Auszehrung ließen ihn besser als je zuvor aussehen, wie Keats in jungen Jahren (selbstverständlich abgesehen davon, daß der Dichter dunkelhaarig war).

»Sie müssen die Geschichte zu Ende erzählen«, fuhr Arthur fort. »Warum hat sie mich überfallen?«

»Ja, warum?« fiel Emerson ein, womit er mich diesmal unvorbereitet erwischte. »Ich wage zu vermuten, daß selbst meine allwissende Gattin darauf keine Antwort hat.«

»Wirklich?« fragte ich.

»In der Tat. Es ergibt keinen Sinn. Arthur hat sie nicht gesehen; sie kam in sein Zimmer, als er schlief. Und warum hat sie bei ihm nicht auch die Haarnadel benutzt?«

»Zuerst mußte sie ihn bewußtlos schlagen«, erklärte ich. »Das Einführen der Nadel an der fraglichen Stelle erfordert einiges Geschick; es geht nicht, während das Opfer wach und in der Lage ist, Widerstand zu leisten. Nachdem sie ihn niedergeschlagen hatte, hielt sie ihn für tot. Vielleicht hatte sie auch Angst, gestört zu werden. In Arthurs Fall mußte sie tagsüber handeln. Möglicherweise hat etwas sie erschreckt, und ihr blieb nur noch die Zeit, ihn unter dem Bett zu verstecken. Die Frage ist, warum sie es für nötig hielt, Sie zum Schweigen zu bringen, Arthur. Wenn jemand im Zusammenhang mit Lord Baskervilles Tod angefangen hätte, Vermutungen anzustellen, wären Sie der offensichtliche Verdächtige gewesen. Daß Sie so naiv und närrisch sein konnten, niemandem zu sagen, wer Sie sind ...«

»Aber ich habe es doch jemandem erzählt«, sagte Arthur unschuldig. »Ich erzählte es Lady Baskerville, kaum eine Woche nach meiner Ankunft.«

Ich wechselte einen Blick mit Emerson. »Das war es also«, meinte er. »Das haben Sie meiner Frau nicht anvertraut, als Sie ihr Ihr Herz ausgeschüttet haben.«

Der junge Mann errötete. »Das wäre nicht sehr fair gewesen. Mrs. Emerson hatte mir sehr unverblümt mitgeteilt, was sie von meiner Dummheit hielt. Zuzugeben, daß Lady Baskerville mir geraten hatte, anonym zu bleiben, hätte geheißen, ihr vorzuwerfen ...« Mit verwirrtem Gesichtsausdruck hielt er inne. Arthur Baskerville mochte gut aussehen, vermögend sein und mit fast allen Schätzen dieser Erde gesegnet. Aber große Geistesgaben gehörten ganz sicher nicht dazu.

»Halt!« O'Connels Bleistift war über die Seite gejagt. Nun blickte der Journalist auf. »Das ist alles großartig, aber Sie erzählen es nicht der Reihe nach. Kehren wir zu dem Mord an Armadale zurück. Ich nehme an, sie überredete den armen Teufel zur Flucht, nachdem Baskerville zusammengebrochen war, und bereitete dann mit ihrer Hutnadel dem Leben seiner Lordschaft ein Ende. Aber – einen Moment mal – niemand hat etwas von einer Abschürfung auf Baskervilles Gesicht gesagt ...«

»Dr. Dubois wäre es nicht einmal aufgefallen, wenn man dem Mann die Kehle durchgeschnitten hätte«, sagte ich. »Aber, um ihm nicht unrecht zu tun, er suchte nach der Todesursache, nicht aber nach einer kleinen Beule am Kiefer oder am Kinn. Außerdem scheint Lord Baskerville besonders begabt darin gewesen zu sein, sich selbst zu verstümmeln. Vermutlich hatte er Abschürfungen, Schnitte und Schrammen am ganzen Körper.«

»Gut.« O'Connell schrieb das nieder. »Also lief Armadale fort – vermutlich verkleidete er sich als Einheimischer und versteckte sich in den Hügeln. Ich bin überrascht, daß er nicht heimlich das Land verlassen hat.«

»Ohne seine Geliebte?« entgegnete ich. »Ich bezweifle, daß der Geisteszustand des jungen Mannes als normal bezeichnet werden konnte. Die entsetzliche Tat, die er seiner Meinung nach begangen hatte, brachte ihn um den Verstand, was es ihm unmöglich machte, in irgendeiner Weise vernünftig zu handeln. Falls er gestehen wollte, hinderte ihn wahrscheinlich der Gedanke daran, daß er dann auch die Frau, die er liebte, als Komplizin beschuldigen mußte. Aber als Lady Baskerville zurückkehrte, konnte er es nicht länger ertragen. Er kam nachts an ihr Fenster und wurde dabei von Hassan beobachtet. Der Dummkopf versuchte, Lady Baskerville zu erpressen – denn er hatte natürlich gesehen, welchem Fenster Armadale sich genähert hatte. Sie beseitigte beide in der nächsten Nacht. Armadale in der Höhle, wo sie sich mit ihm verabredet hatte, und Hassan auf dem Rückweg, als er sie abfing. Ich bin nicht überrascht, daß sie am Morgen so einen erschöpften Eindruck machte.«

»Aber was ist mit ...«

»Jetzt ist es genug«, sagte ich und erhob mich. »Arthur hat mehr Aufregung gehabt, als er verkraften kann. Mary, bleiben Sie bei ihm und kümmern sich darum, daß er Ruhe bekommt? Sobald die gute Schwester aus ihrem wohlverdienten Schlaf aufgewacht ist, werde ich sie schicken, damit sie Sie ablöst.«

Als wir das Zimmer verließen, sah ich, wie Arthur nach Marys Hand griff. Mary errötete und senkte den Blick. Ich hatte alles so gut arrangiert, wie ich konnte, der Rest blieb den beiden überlassen. Ich wich Mr. O'Connells vorwurfsvollem Blick aus und ging voraus in den Salon.

»Es gibt immer noch offene Fragen«, sagte ich, während ich Platz nahm. »Ich wollte nicht, daß Mary mitanhört, wie wir den Tod ihrer Mutter erörtern.«

»Sehr richtig«, meinte Karl zustimmend. »Ich danke Ihnen, Frau Professor, für Ihre...«

»Es ist gut, Karl«, unterbrach ich ihn und fragte mich, wofür er mir dankte; allerdings kümmerte es mich nicht weiter.

Ehe ich fortfahren konnte, ging die Tür auf, und Mr. Vandergelt kam herein. Er sah aus, als sei er seit dem Vortag um einige Zentimeter geschrumpft. Niemand wußte, was er sagen sollte, bis Emerson, der sich zu höchsten Gipfeln des Taktgefühls emporschwang, wozu er bisweilen durchaus in der Lage ist, die richtigen Worte von sich gab.

»Los, Vandergelt, trinken Sie einen!«

»Sie sind ein wahrer Freund, Professor«, antwortete der Amerikaner mit einem langen Seufzer. »Ich glaube, das werde ich tun.«

»Hat sie Sie fortgeschickt, Mr. Vandergelt?« fragte ich mitfühlend.

»Mit Ausdrücken, die einem Bierkutscher die Schamesröte ins Gesicht treiben würden«, lautete die Antwort. »Sie hatte mich wirklich um den Finger gewickelt. Wahrscheinlich halten Sie mich jetzt alle für einen hirnverbrannten alten Esel.«

»Sie sind nicht der einzige, der getäuscht wurde«, versicherte ich ihm.

»Aber nein!« rief Karl aus. »Ich hegte für sie immer die achtungsvollsten, äußerst ...«

»Genau deshalb habe ich Ihr Angebot, letzte Nacht mit mir Wache zu stehen, abgelehnt«, sagte Emerson, der am Tisch stand und dem unglückseligen Vandergelt einen Whiskey einschenkte. »Ihre Achtung vor der Dame hätte sie vielleicht daran gehindert, zu handeln, und wenn es nur für einen Sekundenbruchteil gewesen wäre; und dieser kurze Zeitraum hätte den Unterschied zwischen Leben und Tod bedeuten können.«

»Und deswegen haben Sie mich selbstverständlich auch weggeschickt«, sagte Vandergelt bedrückt. »Ich sage Ihnen, Professor, wenn ich sie gesehen hätte, wäre ich zu verblüfft gewesen, um auch nur einen Finger zu rühren.«

Emerson reichte ihm sein Glas, und Vandergelt nickte ihm dankend zu, ehe er fortfuhr. »Wissen Sie, dieses verdammte Weib erwartet, daß ich sie nach all dem noch heirate. Sie fing an, mich übel zu beschimpfen, als ich ihr sagte, ich müsse mein Angebot mit allem Respekt zurückziehen. Ich fühlte mich wie ein Schuft, aber du meine Güte, eine Frau zu heiraten, die bereits einen Gatten ermordet hat, wäre purer Leichtsinn. Man würde sich immer fragen, ob der Frühstückskaffee nicht doch vielleicht merkwürdig schmeckt.«

»Es wäre auch unpraktisch, zwanzig oder dreißig Jahre zu warten, ehe man die Freuden der Ehe genießen kann«, fügte ich hinzu. »Kopf hoch, Mr. Vandergelt; die Zeit heilt alle Wunden, und ich weiß, daß eine glückliche Zukunft vor Ihnen liegt.«

Meine gutgewählten Worte erhellten die Miene des Amerikaners ein wenig. Elegant hob er sein Glas und prostete mir zu.

»Ich wollte gerade über Madame Berengerias Tod sprechen«, fuhr ich fort. »Wird es Sie zu sehr schmerzen, das mitanzuhören ...«

»Noch einen Whiskey, dann würde es mich nicht einmal mehr schmerzen, wenn die Vereinigte Eisenbahngesellschaft um zwanzig Punkte gefallen wäre«, erwiderte Mr. Vandergelt. Er reichte Emerson sein leeres Glas. »Trinken Sie doch einen mit, Professor.«

»Ich glaube, das werde ich«, antwortete Emerson mit einem tückischen Blick auf mich. »Auf die Hinterlist des weiblichen Geschlechts.«

»Ich werde eurem Beispiel folgen«, sagte ich fröhlich. »Emerson, deine Scherze kommen manchmal zum falschen Zeitpunkt. Mr. O'Connell sitzt mit gezücktem Bleistift auf der Stuhlkante; also erkläre in deinen eigenen Worten die Bedeutung des kleinen Märchens, über das wir gestern abend gesprochen haben, und auch, warum diese scheinbar harmlose Geschichte einen Mord zur Folge hatte.«

»Ähem«, sagte Emerson. »Nun, wenn du darauf bestehst, Peabody.«

»In der Tat. Dafür kümmere ich mich um die Bar und bediene euch beide.« Ich nahm Vandergelt das leere Glas aus der Hand. Emerson lächelte mich verlegen an. Er ist so erschreckend einfach zu lenken, der arme Mann. Die kleinste freundliche Geste rührt ihn zu Tränen.

»Darf ich auch von Ihrem Angebot Gebrauch machen, Ma'am?« fragte O'Connell.

»Aber sicher«, antwortete ich. »Doch keinen Ihrer kühnen Annäherungsversuche an die Bardame, Mr. O'Connell.«

Dieser kleine Scherz sorgte für die gelöste Stimmung, die ich mich zu schaffen bemühte. Als ich die Herren bediente – einschließlich Karls, der mir mit einem Lächeln dankte –, ergriff Emerson das Wort.

»Madame Berengerias Tod war Ironie des Schicksals in Reinkultur, da die arme, dumme Frau nicht die geringste Absicht hatte, Lady Baskerville eines Mordes zu beschuldigen. Wie alle ehrbaren Frauen in Luxor, die in ihrer schier endlosen christlichen Güte ihre Zeit damit verbringen, ihre Geschlechtsgenossinnen durch den Kakao zu ziehen, kannte sie Lady Baskervilles Ruf. Die ›Geschichte von den zwei Brüdern‹ war ein Seitenhieb gegen die Ehebrecherin, nicht die Mörderin. Und der hätte nicht besser sitzen können. Das Herz im Zedernbaum ist das Herz des Geliebten – verletzlich, offen, der Liebe einer Frau vertrauend. Wenn sich das Objekt der Bewunderung als Betrügerin erweist, hat der Geliebte keine Möglichkeit, sich zu verteidigen. Lord Baskerville vertraute seiner Frau. Selbst nachdem er aufgehört hatte, sie zu lieben, sah er keinen Grund, sich vor ihr zu schützen. Daß Madame Berengeria die Bedeutung des Gleichnisses verstand, ist einem schon seit langer Zeit verschütteten Funken von Intelligenz und Einfühlungsvermögen zu verdanken. Wer weiß, was aus ihr geworden wäre, wären die Laster dieser Welt nicht stärker gewesen als ihre Willenskraft.«

Ich sah meinen Gatten an, und Tränen der Zuneigung ließen meinen Blick verschwimmen. Wie oft wird Emerson von Menschen, die ihn nicht kennen, falsch beurteilt! Wie zart und sanft sind die Gefühle, die er hinter einer Maske der Wildheit verbirgt!

Emerson, der nichts von meinen Empfindungen ahnte, nahm einen ordentlichen Schluck Whiskey und fuhr in einem sachlicheren Ton fort: »Der erste Teil der Geschichte von den beiden Brüdern handelt von einer treulosen Gattin, die durch ihre Lügen einen Mann gegen den anderen ausspielt. Betrachten Sie, meine Herren, und auch du, Peabody, diese Geschichte nun im Zusammenhang mit unserem tragischen

Dreiecksverhältnis. Wieder paßte das Gleichnis. Und Lady Baskervilles schlechtes Gewissen führte dazu, daß sie sich für die falsche Deutung entschied. Sie dachte, sie sei in Gefahr, entdeckt zu werden – und es war so leicht, eine tödliche Dosis Opium in Madame Berengerias Brandyflasche zu schütten. Was hatte ein weiterer Mord schon zu bedeuten? Sie hatte ja bereits drei begangen. Und was bedeutete der Tod einer schrecklichen alten Frau? Eigentlich war er ja eher ein Segen.«

Schweigen folgte auf das Ende dieser Ausführungen. Dann wandte sich Emerson an Mr. O'Connell, dessen Stift nur so über die Seite geflitzt war. »Noch Fragen?« wollte er wissen.

»Augenblick, noch einmal den Schluß. ›Was bedeutete der Tod einer schrecklichen ...‹« »Alten Frau«, ergänzte Emerson.

»Ich dummer alter Narr«, murmelte Mr. Vandergelt und betrachtete sein leeres Glas.

Die Tür ging auf, und Mary kam herein.

»Er schläft«, sagte sie und lächelte mir zu. »Ich freue mich so für ihn. Es wird ihm großen Spaß machen, Lord Baskerville zu sein.«

»Und ich freue mich für Sie«, erwiderte ich mit einem bedeutungsvollen Blick.

»Aber woher wissen Sie es?« rief Mary aus und errötete hübsch. »Wir haben es noch niemandem erzählt.«

»Ich weiß solche Dinge immer«, fing ich an.

Glücklicherweise sagte ich nichts weiter, denn noch während ich sprach, trat Karl von Bork an Marys Seite. Er legte den Arm um sie, und sie lehnte sich an ihn, wobei sich ihr Erröten in ein rosiges Leuchten verwandelte.

»Wir müssen Ihnen danken, Frau Professor« sagte er, und seine Schnurrbartenden zeigten vor lauter Glück steil nach oben. »Es gehört sich nicht, so bald nach dem tragischen Ereignis, das wir erörtert haben, über so etwas zu sprechen, aber meine liebe Mary ist jetzt ganz allein auf der Welt, und sie braucht mich. Ich vertraue darauf, daß Sie ihr eine treue Freundin sein werden, bis der glückliche Tag kommt, an dem ich sie bei der Hand nehmen kann ...«

»Was?« entfuhr es Emerson mit weit aufgerissenen Augen.

»Herrgott noch mal!« rief Mr. O'Connell und schleuderte seinen Bleistift quer durchs Zimmer.

»Ich dummer alter Narr«, sagte Mr. Vandergelt zu seinem leeren Glas.

»Meine besten Glückwünsche an Sie beide«, meinte ich. »Selbstverständlich wußte ich es von Anfang an.«

»Ist dir jemals aufgefallen«, wollte Emerson wissen, »daß du in den Gefängnissen dieser Welt ziemlich viele Bekannte hast?«

Ich dachte über diese Frage nach. »Aber, aber, mir fallen nur zwei ein – nein, drei, seit Evelyns Kusine im letzten Jahr in Budapest verhaftet wurde. Das sind nicht sehr viele.«

Emerson kicherte. Er war großartiger Laune, und das mit allem Grund. Die Umgebung, die Entwicklung seiner Karriere, unsere Zukunft – all das gab Anlaß zu ungezügelter Lebensfreude.

Seit den Ereignissen, von denen ich berichtet habe, waren zweieinhalb Monate vergangen, und wir befanden uns auf dem Heimweg. Wir saßen an Deck des Dampfers Rembrandt. Die Sonne schien auf uns herab, und weißgekrönte Wellen teilten sich vor dem Bug, während das Schiff in rascher Geschwindigkeit auf Marseille zusteuerte. Die übrigen Passagiere drängten sich ganz am hinteren Ende des Schiffs zusammen. (Ich kann mir nie merken, ob man es

Heck oder Achtern nennt.) Aber wie dem auch sei, jedenfalls hielten sie sich dort auf und ließen uns in Ruhe. Ich hatte nichts dagegen, daß wir auf diese Weise Zeit und Platz für uns allein hatten, obwohl ich ihre Abneigung gegen unsere Mumien nicht verstand. Schließlich waren die armen Teufel doch tot.

Außerdem waren sie ziemlich feucht. Deshalb brachte Emerson sie jeden Tag an Deck, damit sie trockneten. Sie lagen in ihren bunt bemalten Särgen und blickten ernst der Sonne entgegen, und ich bezweifle nicht, daß sie sich recht wohl dabei fühlten; war denn nicht der Sonnengott die oberste Gottheit gewesen, die sie einst angebetet hatten? Ra Harakhte erwies seinen Gläubigen einen letzten Dienst, damit sie noch einige Jahrhunderte in den feierlichen Hallen eines modernen Tempels der Gelehrsamkeit überstanden – einem Museum.

Unser Grab hatte sich schließlich doch als Enttäuschung entpuppt. Zweifellos war es einmal die Beisetzungsstätte eines Königs gewesen. Der Grundriß und der Bildschmuck waren zu aufwendig für einen gewöhnlichen Sterblichen. Allerdings mußte der ursprüngliche Bewohner jemandes Mißfallen erregt haben, sein Name und sein Portrait waren, wo immer sie auftauchten, böswillig zerstört worden, und die Mumie und die Grabbeigaben waren schon lange verschwunden. Ein ehrgeiziger Priester einer späteren Dynastie hatte die Grabstätte für seine eigene Familie genutzt. Noch später dann war die Decke eingestürzt, und Wasser war in die Grabkammer eingedrungen. Wir hatten die Überreste von nicht weniger als zehn Mumien gefunden; alle mehr oder weniger beschädigt und alle mehr oder weniger mit Juwelen und Amuletten ausgestattet. Bei der Aufteilung der Beute hatte sich Monsieur Grebaut großzügig gezeigt, indem er Emerson die ekelhaftesten und am meisten durchweichten

Mumien zuteilte. Und so genossen die Lobsängerin Amons, Sat-Hathor, und der erste Prophet von Min, Ahmose, ein paar letzte Tage in der Sonne.

Karl und Mary hatten sich am Tag vor unserer Abreise in Luxor das Jawort gegeben. Ich war Brautjungfer gewesen, Emerson hatte die Braut zum Altar geführt, und Mr. Vandergelt hatte als Trauzeuge fungiert. Mr. O'Connell war nicht dabei gewesen. Allerdings machte ich mir keine Sorgen um sein gebrochenes Herz; er war zu sehr mit Leib und Seele Journalist, um einen guten Ehemann abzugeben. Sein Bericht über die Hochzeit war in der Kairoer Zeitung erschienen und hatte sich eher durch Sensationslüsternheit – der Fluch des Pharaos, letzter Teil – als durch Böswilligkeit ausgezeichnet.

Wie ich zu Emerson damals bemerkte, gibt es nichts Besseres als ein Steckenpferd, um einen Menschen von seinen Kümmernissen abzulenken. Mr. Vandergelt war ein gutes Beispiel dafür, obwohl ich nicht glaube, daß seine Zuneigung zu Lady Baskerville jemals mehr als nur oberflächlicher Natur gewesen war. Er hatte sich bei der Antikenverwaltung um Lord Baskervilles Genehmigung beworben und machte bereits eifrig Pläne für die nächste Ausgrabungssaison.

»Wirst du in der nächsten Saison Mr. Vandergelts Angebot, sein Chefarchäologe zu werden, annehmen?« fragte ich.

Emerson, der sich mit seinem Hut über dem Gesicht in einem Liegestuhl zurückgelehnt hatte, grunzte nur. Ich versuchte es anders: »Arthur – Lord Baskerville – hat uns eingeladen, diesen Sommer bei ihm zu verbringen. Er wird bald einen Ersatz für seine verlorene Liebste gefunden haben; ein junger Mann, der sowohl in persönlicher als auch in finanzieller Hinsicht soviel zu bieten hat, hat auch große Auswahl unter den jungen Damen. Aber Mary hatte recht, seinen

Antrag nicht anzunehmen. Sie ist in Luxor zu Hause, und sie interessiert sich sehr für die Ägyptologie. Sie ist viel intelligenter als Arthur, und eine solche Ehe wäre niemals gutgegangen. Arthurs Mutter jedoch hat mir sehr gut gefallen. Ich war ziemlich gerührt, als sie mir die Hand küßte und mir dafür dankte, daß ich ihren Jungen gerettet habe.«

»Das zeigt, wie dumm diese Frau ist«, murmelte Emerson unter seinem Hut hervor. »Durch deinen Leichtsinn hättest du den jungen Mann fast umgebracht. Wenn dir nur eingefallen wäre, ihn zu fragen ...«

»Und was ist mit dir? Diese Frage habe ich dir noch nie gestellt, Emerson, aber gestehe, jetzt da wir allein sind; du hast bis zur letzten Nacht nicht gewußt, daß Lady Baskerville schuldig war. Diesen ganzen Unsinn mit den Indizien und Schlußfolgerungen hast du dir aus ihrem Geständnis zusammengereimt. Wenn du es gewußt hättest, wärest du nicht so unvorsichtig gewesen, dir von ihr Laudanum in den Kaffee schütten zu lassen.«

Emerson setzte sich auf und schob den Hut zurück. »Ich gebe zu, das war eine Fehleinschätzung. Doch wie zum Teufel hätte ich wissen sollen, daß das Dienstmädchen opiumsüchtig war und Lady Baskerville von ihr einen Vorrat der Droge bekommen hat; weißt du, du hättest mich eigentlich warnen müssen.«

»Niemand hätte das vorhersehen können«, sagte ich und wand mich geschickt wie immer aus der Affäre. »Ist es nicht Ironie des Schicksals? Wenn Atiyah nicht süchtig gewesen wäre, wäre sie wahrscheinlich auch eines von Lady Baskervilles vielen Opfern geworden. Obwohl sie die Dame wiederholt bei ihren nächtlichen Wanderungen beobachtete, stand sie zu sehr unter Drogeneinfluß, um zu begreifen, was sie da sah. Abgesehen davon hätte sie keine glaubwürdige Zeugin abgegeben.«

»Apropos«, meinte Emerson, der inzwischen völlig wach war und sich in Verteidigungshaltung befand. »Wie bist du darauf gekommen, Lady Baskerville zu verdächtigen? Und sag' mir jetzt bloß nicht, es wäre Intuition gewesen.«

»Ich habe es dir schon erzählt. Es war Arthurs Bett. Außerdem«, fügte ich hinzu, »war es für mich nicht schwer zu verstehen, was eine Frau dazu treiben kann, ihren Gatten zu ermorden.«

»Und umgekehrt, Peabody, und umgekehrt.« Emerson rutschte wieder in seine Schlummerhaltung zurück und schob sich den Hut über die Augen.

»Es gibt noch etwas, was ich dir gegenüber nie angesprochen habe«, sagte ich.

»Und das wäre?«

»Du«, fuhr ich fort, »wurdest in dieser letzten Nacht vom Schlaf übermannt. Leugne es nicht; noch Stunden später bist du lallend umhergetorkelt. Wenn ich Lady Baskerville nicht mit ihren eigenen Schleiern gefesselt hätte, wäre sie entkommen. Was hast du mir in den Kaffee geschüttet, Emerson?«

»So einen Unsinn habe ich ja noch nie gehört«, nuschelte Emerson.

»Du hast meinen Kaffee getrunken«, fuhr ich gnadenlos fort. »Anders als du bin ich davon ausgegangen, daß Lady Baskerville Schritte unternehmen würde, um sicherzugehen, daß du in dieser Nacht schläfst und hilflos bist. Deshalb habe ich das Gift selbst getrunken wie... nun, wie eine Anzahl von Heldinnen, von denen ich gelesen habe. Also, mein lieber Emerson, was war in meinem Kaffee, und wer hat es dort hineingetan?«

Emerson schwieg. Ich wartete, da ich festgestellt hatte, daß kalte Ruhe viel wirkungsvoller ist als Anschuldigungen, um die Zunge eines Opfers zu lösen.

»Du warst selbst schuld«, sagte Emerson schließlich.

»Ach ja?«

»Wenn du friedlich wie eine vernünftige Frau zu Hause geblieben wärst, wenn man es dir sagt ...«

»Also hast du mir Opium in den Kaffee geschüttet, und Lady Baskerville gab welchen in deinen und in Mr. O'Connells, nachdem du ihn aufgefordert hattest, dich zu begleiten. Wirklich«, sagte ich am Ende meiner Geduld angelangt, »diese ganze Angelegenheit ist eine Farce. Emerson, dein Leichtsinn erstaunt mich. Was wäre gewesen, wenn Lady Baskerville mich auch hätte außer Gefecht setzen wollen? Deine kleine Liebesgabe, die du, wie ich vermute, aus meinem Arzneikästchen hast, hätte zusätzlich zu der ihren meinen nächtlichen Umtrieben ein für allemal ein Ende bereitet.«

Emerson sprang auf. Sein Hut flog ihm durch die heftige Bewegung vom Kopf, segelte einige Sekunden lang durch die Luft und landete dann auf dem Kopf von Sat Hathor, der Lobsängerin Amons. Es war ein ziemlich belustigender Anblick, aber ich war nicht in der Stimmung zu lachen. Der arme Emerson war unter seiner dunklen Sonnenbräune erbleicht. Er achtete nicht auf die Zuschauer im Zwischendeck, hob mich aus meinem Liegestuhl und preßte mich an sich. »Peabody!« rief er aus, und seine Stimme war heiser vor Gemütsbewegung. »Ich bin der dümmste Idiot auf der ganzen Welt. Wenn ich nur daran denke, gefriert mir das Blut in den Adern ... Kannst du mir verzeihen?«

Ich verzieh ihm mit Taten statt mit Worten. Nach einer langen Umarmung ließ er mich los.

»Eigentlich«, sagte er, »steht es zwischen uns Remis. Du hast versucht, mich zu erschießen, und ich habe versucht, dich zu vergiften. Wie ich schon immer sage, Peabody, wir beide passen gut zusammen.«

Es war unmöglich, ihm zu widerstehen. Ich fing an zu lachen, und bald stimmte Emerson mit ein.

»Was hältst du davon, wenn wir ein bißchen hinunter in die Kabine gehen?« fragte er. »Die Mumien kommen eine Zeitlang auch allein zurecht.«

»Noch nicht. Bastet ist gerade aufgewacht, als wir nach oben kamen. Du weißt, sie wird noch ein wenig heulen und toben, bis sie sich in ihre Lage fügt.«

»Ich hätte diese Katze nie mitnehmen sollen«, brummte Emerson. Doch dann erhellten sich seine Züge. »Aber stell dir nur vor, Peabody, was für ein Gespann sie und Ramses abgeben werden. Wir werden uns keine Sekunde mehr langweilen.«

»Es wird ihn für die nächste Saison abhärten«, stimmte ich zu.

»Meinst du wirklich ...«

»Ich bin davon überzeugt. Du meine Güte, Emerson, Luxor entwickelt sich allmählich zu einem Kurort. Dem Jungen wird es dort besser gehen als in dem gräßlichen, feuchten englischen Winter.«

»Zweifellos hast du recht, Peabody.«

»Wie immer. Wo, glaubst du, sollen wir im nächsten Winter mit den Ausgrabungen anfangen?«

Emerson nahm der Lobsängerin Amons den Hut ab und stülpte ihn sich auf den Kopf. Sein Gesicht hatte den Ausdruck, den ich so an ihm liebe – von der ägyptischen Sonne war es braungebrannt wie das eines Nubiers, die Augen hatte er zweifelnd zusammengekniffen, und um seinen Mund spielte ein Lächeln.

»Ich befürchte, im Tal ist nichts mehr zu holen«, antwortete er und kratzte sich am Kinn. »Dort gibt es keine Königsgräber mehr. Aber im westlichen Tal könnte noch etwas zu machen sein. Ich werde Vandergelt sagen, daß wir in der nächsten Saison dort arbeiten sollten. Aber trotzdem, Peabody ...«

»Ja, mein lieber Emerson?«

Emerson ging, die Hände auf dem Rücken, auf dem Deck im Kreis herum. »Erinnerst du dich noch an das Amulett, das wir an der zerschmetterten Leiche des Grabräubers fanden?«

»Wie könnte ich das vergessen?«

»Auf der Kartusche stand der Name Tut-anch-amun.«

»Und wir waren uns sicher, daß es sein Grab gewesen sein muß. Das ist die einzig mögliche Schlußfolgerung, Emerson.«

»Zweifellos, zweifellos. Aber, Peabody, denk an die Ausmaße des Grabes. Hätte ein König, dem nur ein so kurzes Leben und so wenig Regierungszeit beschieden waren, über genügend Zeit und Reichtümer verfügt, um sich eine solche Begräbnisstätte zu bauen?«

»Das hast du in deinem Zeitschriftenartikel erörtert«, erinnerte ich ihn.

»Ich weiß. Aber ich frage mich trotzdem immer wieder ... du glaubst doch auch nicht, daß eine Diebesbande zwei Gräber in derselben Nacht ausrauben kann?«

»Außer die besagten Gräber befinden sich genau nebeneinander«, antwortete ich lachend.

Emerson ließ sich von meiner Heiterkeit anstecken. »Das ist natürlich unmöglich. In diesem Teil des Tals kann es keine weiteren Gräber geben. Trotzdem, Peabody, habe ich das merkwürdige Gefühl, daß wir etwas übersehen haben.«

»Unmöglich, mein lieber Emerson.«

»Ganz recht, meine liebe Peabody.«

Elizabeth Peters

Wächter des Himmels

Roman

ISBN 978-3-548-26291-8
www.ullstein-buchverlage.de

Von einem mysteriösen Boten berufen, unternimmt die furchtlose Archäologin Amelia Peabody mitsamt ihrer Familie eine geheime Expedition in den Sudan. Zurück zur vergessenen Oase, in der sie vor Jahren nur knapp dem Tod entronnen waren. Wer lockt sie zum Ort des Schreckens zurück – und warum?

»Peters liefert mal wieder eine unwiderstehliche Mischung aus Archäologie, Action, Humor und Spannung.«
Publishers Weekly

»Die *Grande Dame* der historischen Spannungsromane«
Washington Post

UB354

ullstein

Aline Templeton

Wer die Toten weckt

Kriminalroman

ISBN 978-3-548-26641-1

www.ullstein-buchverlage.de

Die Polizistin Marjory Fleming liebt ihre ruhige Arbeit im ländlichen Südwesten Irlands. Doch dann wird die Leiche einer jungen Frau gefunden. Niemand kennt die Tote, das Verbrechen liegt Jahre zurück, die Dorfbewohner reagieren verschlossen. Erst die Zusammenarbeit mit der Psychologin Jane bringt Marjory auf die richtige Spur – aber ihre Erkenntnisse bergen tödliche Gefahren ...

UB399

ullstein

Cora Harrison

Kein schöner Ort zum Sterben

Historischer Kriminalroman

ISBN 978-3-548-26617-6
www.ullstein-buchverlage.de

Irland im 16. Jahrhundert: Mit Milde und Klugheit sorgt Richterin Macha für Gerechtigkeit. Allwöchentlich verhandelt sie kleinere und größere Fälle – von Diebstahl über Eheverträge bis hin zum Totschlag. In jüngster Zeit herrscht allerdings wegen einer Vergewaltigung Unfriede in der Gemeinde. Dann wird auch noch der Assistent der Richterin ermordet aufgefunden. Schon bald stellt sich heraus, dass Coleman alles andere als beliebt war – ein Umstand, der die Suche nach dem Täter nicht gerade erleichtert ...

UB400

ullstein

Marc Van Allen

Invisibilis

Thriller

Originalausgabe

ISBN 978-3-548-26613-8
www.ullstein-buchverlage.de

New York, 2006. Winston Seymour, Polizist kurz vor seiner Pensionierung, ermittelt in seinem letzten Fall. Dabei trifft er auf Sarah Lessing, eine junge deutsche Historikerin aus München. Sie ist auf der Flucht, denn jemand will ihren Tod. In ihrem Besitz ist nämlich ein altes Buch und das darin verborgene Geheimnis könnte die Weltgeschichte für immer verändern. Gemeinsam riskieren die beiden alles, um dem destruktiven Plan dieser unbekannten Macht ein Ende zu setzen und die Welt zu retten. Doch wie kann man seinen Feind bekämpfen, wenn man ihn nicht sieht?

UB401

ullstein